Frederick Forsyth, geboren 1938, wurde mit neunzehn Jahren jüngster Jet-Pilot der Royal Air Force. Er arbeitete als Journalist für Reuter in Paris, Brüssel, Madrid, in der Bundesrepublik, der DDR und der Tschechoslowakei, dann als Fernsehreporter der BBC. 1969 schrieb er die Biafra-Story. Weltbestseller wurden seine Romane »Der Schakal«, »Die Akte Odessa«, »Die Hunde des Krieges« und »Der Lotse«. Frederick Forsyth lebt als freier Schriftsteller in London.

W0078619

Von Frederick Forsyth sind außerdem als
Knaur-Taschenbücher erschienen:

»Der Schakal« (Band 377)
»Die Akte Odessa« (Band 419)
»Der Lotse« (Band 514)
»Des Teufels Alternative« (Band 799)

Vollständige Taschenbuchausgabe
Droemersche Verlagsanstalt Th. Knaur Nachf.
München
Die Originalausgabe erschien unter dem Titel
»The Dogs of War« 1974 bei Hutchinson & Co. Ltd., London
© by Danesbrook Productions Ltd., 1974
Lizenzausgabe mit freundlicher Genehmigung des R. Piper & Co. Verlages
© der deutschen Übersetzung durch R. Piper & Co. Verlag, München 1974
Alle Rechte vorbehalten durch R. Piper & Co. Verlag, München
Übersetzung aus dem Englischen von Norbert Wölfl
Umschlaggestaltung Atelier Blaumeiser
Satz IBV Lichtsatz KG, Berlin
Druck und Bindung Clausen & Bosse, Leck
Printed in Germany · 15 · 10 · 384
ISBN 3-426-00448-8

Gesamtauflage dieser Ausgabe: 224 000

Frederick Forsyth:
Die Hunde des Krieges

Roman

Für Giorgio und Christian und Schlee
Und Big Marc und Black Johnny
Und all die Namenlosen in den Gräbern ohne Kreuze.
Wir haben es immerhin versucht.

ISBN 3-426-00448-8   680

Und Cäsars Geist befiehlt Verwüstung, Mord,
Laßt los die Hunde des Krieges!

William Shakespeare

Daß ... man dereinst von meinem Tod nichts sage
Und keine Trauer um mich trage,
Daß ich nicht ruhe in geweihter Erde,
Daß keine Glocke für mich läute,
Daß niemand meinen Leichnam sehe,
Kein Trauernder dem Sarge folge,
Daß keine Blume auf dem Grab erblühe,
Kein Mensch sich meiner je erinnere,
Das ist mein letzter Wunsch.

Thomas Hardy

Inhalt

Prolog

In jener Nacht leuchtete über dem Landestreifen im Busch kein Stern und kein Mond. Die Dunkelheit Westafrikas hüllte die einzelnen Gruppen von Menschen ein wie feuchter Sand. Die Wolkendecke berührte fast die Wipfel der Iroko-Bäume, und die wartenden Männer konnten nur beten, daß es noch eine Weile so blieb, weil sie dann vor den Bombern sicher waren.

Für die klapprige alte DC-4 war die Beleuchtung der Rollbahn kurz vor dem Aufsetzen fünfzehn Sekunden lang eingeschaltet worden. Jetzt wendete die Maschine am Ende des Landestreifens und tastete sich im Dunkeln mit hustenden Motoren hinüber zu den palmengedeckten Hütten. Ein MiG-17-Nachtjäger der Regierung jaulte über den Himmel nach Westen davon. Wahrscheinlich wurde er von einem der sechs DDR-Piloten gesteuert, die im Laufe der letzten drei Monate heruntergekommen waren, weil die Ägypter einen Horror vor Nachtflügen hatten. Man konnte die MiG über der Wolkendecke nicht sehen, und ebenso war die Landebeleuchtung vor den Augen des Piloten verborgen. Er suchte wahrscheinlich das verräterische Aufblitzen der Lichter bei der Landung einer Maschine, aber diese Lichter waren längst wieder gelöscht.

Der Pilot der ausrollenden DC-4 konnte den Düsenjäger über sich nicht hören. Er schaltete seinen Landescheinwerfer ein, um sich zu orientieren, und aus dem Dunkel schrie überflüssigerweise eine Stimme: »Licht aus!« Es ging ohnehin aus, nachdem sich der Pilot zurechtgefunden hatte, und der Jäger war schon Meilen entfernt. Im Süden grollte Artilleriefeuer. Dort war die Front schließlich zusammengebrochen, da die Männer nach zwei Monaten ohne Proviant und Munition ihre Waffen wegwarfen und sich in den Busch schlugen.

Der Pilot der DC-4 brachte seine Maschine zwanzig Meter von einer bereits wartenden Super-Constellation entfernt zum Stehen, schaltete die Triebwerke ab und sprang auf den Beton des Vorfeldes hinunter. Ein Afrikaner lief auf ihn zu. Die beiden Männer sprachen eine Weile leise miteinander, dann näherten sie sich einer größeren Gruppe von Männern, die als dunkler Fleck vor dem dunklen Hintergrund des Palmenwaldes zu erkennen war. Die Gruppe öffnete sich, und der Weiße, der die

DC-4 gelandet hatte, stand dem Mann gegenüber, der den Mittelpunkt bildete. Der Weiße hatte ihn noch nie gesehen, aber viel von ihm gehört. Selbst im Dunkel erkannte er im matten Aufglimmen einiger Zigaretten den Mann, den er hier suchte.

Da der Pilot keine Mütze trug, salutierte er nicht, sondern neigte nur ein wenig den Kopf. Er hatte das noch nie getan, schon gar nicht vor einem Schwarzen, und er hätte diese Geste auch nicht begründen können.

»Ich bin Captain Van Cleef«, sagte er auf englisch, aber mit südafrikanischem Akzent.

Der Afrikaner nickte. Sein buschiger schwarzer Bart berührte dabei das gestreifte Tarnhemd seiner Uniform.

»Ungemütliches Flugwetter, Captain Van Cleef«, bemerkte er trocken. »Und für Nachschub ein bißchen spät.«

Er hatte eine tiefe, klare Stimme. Seine Aussprache erinnerte an eine teure englische Privatschule. Van Cleef fühlte sich nicht wohl in seiner Haut und fragte sich, wie schon so oft während des Flugs durch die Wolkenbänke von der Küste herüber, warum er überhaupt gekommen war.

»Ich bringe keinen Nachschub, Sir. Den gibt es nicht mehr.«

Schon wieder so ein Ausrutscher. Er hatte sich geschworen, den Mann nicht mit ›Sir‹ anzusprechen. Doch nicht einen Kaffer! Es war ihm nur so herausgerutscht. Aber sie hatten schon recht, die anderen Piloten in der Hotelbar in Libreville, die diesen Mann bereits kannten: er war irgendwie anders.

»Warum sind Sie dann gekommen?« fragte der General leise. »Vielleicht wegen der Kinder? Die Nonnen möchten noch einige in Sicherheit bringen, aber heute abend landet keine Caritas-Maschine mehr.«

Van Cleef schüttelte den Kopf, dann fiel ihm ein, daß der andere diese Geste nicht sehen konnte. Nur gut, daß man in der Dunkelheit auch seine Verlegenheit nicht bemerkte. Ringsum standen die Leibwächter mit Maschinenpistolen in den Händen und starrten ihn an.

»Nein, ich wollte Sie abholen. Das heißt – falls Sie mitkommen wollen.«

Es entstand ein längeres Schweigen. Er spürte, daß der Afrikaner ihn im Dunkeln ansah, und gelegentlich blitzte ein weißer Augapfel auf, wenn einer seiner Begleiter die Zigarette an die Lippe hob.

»Ich verstehe. Sind Sie auf Anweisung Ihrer Regierung hierhergekommen?«

»Nein«, sagte Van Cleef, »das war meine eigene Idee.«

Wieder eine lange Pause. Dicht vor ihm nickte der Bärtige, vielleicht verständnisvoll, vielleicht auch erstaunt.

»Ich bin Ihnen sehr dankbar«, sagte dann die Stimme. »Es muß ein schwieriger Flug gewesen sein. Aber ich habe noch meine Constellation hier und hoffe, daß ich damit ins Exil komme.«

Van Cleef war erleichtert. Er hatte keine Ahnung, welche politischen

Verwicklungen entstanden wären, wenn er den General mit nach Libreville genommen hätte.

»Dann warte ich, bis Sie gestartet sind«, sagte er und nickte wieder. Er hätte gern seine Hand ausgestreckt, wußte aber nicht, ob das richtig war. Und er ahnte nicht, daß der afrikanische General dieselben Zweifel hegte.

So machte er nur kehrt und marschierte zu seiner Maschine zurück. Die Schwarzen standen noch eine Weile stumm beisammen.

»Warum tut ein Südafrikaner so etwas?« fragte dann jemand aus dem Gefolge. Der General ließ in einem kurzen Lächeln seine Zähne aufblitzen.

»Ich glaube, das werden wir nie begreifen«, sagte er.

Ein Stück entfernt saßen im Schutz einer Palme fünf Weiße in einem Landrover und beobachteten die vagen Gestalten, die sich zwischen dem Busch und dem Flugzeug hin und her bewegten. Der Anführer saß vorn neben dem dunkelhäutigen Fahrer, und alle fünf rauchten pausenlos.

»Es muß die Maschine aus Südafrika sein«, sagte der Anführer und drehte sich zu einem der anderen vier Weißen um, die hinter ihm im Landrover hockten. »Janni, geh mal rüber und frag den Skipper, ob er Platz für uns hat.«

Ein großer, grobknochiger Mann kletterte von der Ladefläche des Fahrzeugs. Er trug genau wie die anderen den Kampfanzug des Dschungels, eine grüne Tarnuniform mit braunen Streifen, dazu grüne Leinenstiefel, in die er das untere Ende der Hosenbeine gesteckt hatte. Von seinem Gürtel hingen eine Wasserflasche und ein Bowiemesser sowie drei Beutel für die Magazine des FAL-Karabiners an seiner Schulter, aber die Beutel waren leer. Als er nach vorn kam, rief ihn der Anführer noch einmal herbei.

»Laß den FAL hier«, sagte er und streckte die Hand nach dem Karabiner aus. »Und gib dir Mühe, Janni, verstanden? Wenn wir nämlich mit der Kiste nicht wegkommen, dürften wir in ein paar Tagen Hackfleisch sein.«

Janni nickte , rückte sein Käppi zurecht und marschierte auf die DC-4 zu. Captain Van Cleef hörte die leisen Gummisohlen hinter sich nicht.

»Naand, meneer.«

Van Cleef fuhr herum, als er die Sprache der Buren hörte. Er musterte die Gestalt, die so plötzlich aufgetaucht war. Selbst im Dunkeln erkannte er das Abzeichen auf der linken Schulter des Mannes, einen Totenschädel mit zwei gekreuzten Knochen in Schwarz und Weiß. Er nickte zurückhaltend.

»Naand jy Africaans?«

Der Hüne nickte.

»Jan Dupree«, sagte er und streckte die Hand aus.

»Kobus Van Cleef.« Der Pilot schüttelte ihm die Hand.

»Waar gaan-jy nou?« fragte Dupree.

»Nach Libreville, sobald wir mit Beladen fertig sind. Und Sie?«
Janni Dupree grinste.
»Meine Kameraden und ich stecken sozusagen fest. Wenn uns die Regierungstruppen finden, sind wir erledigt. Können Sie uns helfen?«
»Wie viele?« fragte Van Cleef.
»Fünf.«
Auch der Flieger Van Cleef war Söldner. Er zögerte nicht.
»In Ordnung, geht an Bord. Aber beeilt euch. Sobald die Connie da drüben weg ist, starten wir.«
Dupree nickte ihm dankend zu und trottete zurück zum Landrover.
Die vier anderen standen um die Kühlerhaube herum.
»Alles okay, aber wir müssen uns beeilen«, meldete der Südafrikaner.
»Gut, dann schmeißt die Schießeisen in den Wagen und macht euch auf die Socken.« Gewehre und Munitionstaschen fielen klappernd auf die Ladefläche. Der Anführer beugte sich hinüber zu dem schwarzen Offizier mit dem Abzeichen eines Leutnants.
»Good bye, Patrick«, sagte er. »Das wär's dann wohl. Laß den Landrover irgendwo stehen, vergrab die Kanonen und markier die Stelle. Zieh die Uniform aus und verschwinde im Busch, verstanden?«
Der Leutnant, vor einem Jahr noch ein schlichter Rekrut, war rasch befördert worden, weil er besser kämpfen als mit Messer und Gabel essen konnte. Er nahm die Anweisung mit einem ernsten Nicken entgegen.
»Good bye, Sir.«
Die anderen vier Söldner riefen ihm einen Gruß zu und gingen hinüber zur DC-4.
Der Anführer wollte ihnen schon folgen, da kamen aus dem dunklen Busch hinter dem Vorfeld zwei Nonnen herbeigeflattert.
»Major!«
Der Söldner drehte sich um und erkannte die vordere der beiden Schwestern: Er hatte sie vor ein paar Monaten kennengelernt, als die Kämpfe in der Umgebung ihres Krankenhauses wüteten und er den ganzen Komplex evakuieren mußte.
»Schwester Mary Joseph? Was machen Sie denn hier?«
Die ältliche irische Nonne hielt ihn am Ärmel der fleckigen Uniform fest und redete ernsthaft auf ihn ein. Er nickte.
»Versuchen will ich's, aber versprechen kann ich es Ihnen nicht«, sagte er, als sie fertig war.
Er ging hinüber zu dem südafrikanischen Piloten, der unter einer Tragfläche seiner DC-4 stand, und sprach ein paar Minuten lang mit ihm. Dann kehrte der Uniformierte schließlich zu den wartenden Nonnen zurück.
»Er ist einverstanden, aber Sie müssen sich beeilen, Schwester. Er will so rasch wie möglich mit seiner Kiste von hier verschwinden.«
»Gott segne Sie«, sagte die weißgekleidete Gestalt und gab ihrer Begleite-

rin ein paar rasche Anweisungen. Die lief zum Heck des Flugzeugs und stieg die kurze Leiter zum Eingang hinauf. Die andere Schwester verschwand im Schatten der Palmengruppe hinter dem Vorfeld des Flughafens. Im Gänsemarsch traten gleich darauf einige Männer aus dem Dunkel. Jeder trug ein Bündel in den Armen. An der DC-4 reichten sie der wartenden Nonne die Bündel hinauf. Der Kopilot sah ihr zu, wie sie die ersten drei nebeneinander auf den Boden legte, dann setzte er sich mürrisch in Bewegung und half ihr, indem er ihr mit ausgestreckten Armen die Bündel abnahm und sie nach innen weiterreichte.

»Gott segne Sie«, flüsterte die irische Nonne. Eines der Bündel bekleckerte den Uniformärmel des Kopiloten mit einem übelriechenden, grünlichen Exkrement.

»Verdammt – auch das noch!« zischte er und arbeitete weiter.

Der Söldnerführer stand allein da und sah hinüber zu der Super-Constellation. Durch deren Hintereingang stiegen gerade die Flüchtlinge ein – hauptsächlich Verwandte des Führers eines geschlagenen Volkes. In dem matten Lichtschein, der aus der Tür des Flugzeugs fiel, sah er den Mann, den er suchte. Er wollte gerade als letzter die Maschine besteigen. Die anderen, die zurückbleiben und im Busch verschwinden sollten, warteten schon darauf, die Einstiegtreppe wegzuziehen. Da trat der Söldner näher.

»Sir, Major Shannon ist da!« rief einer der Männer.

Der General wandte sich um und brachte trotz seiner Lage noch ein Lächeln zustande.

»Shannon, wollen Sie auch mitkommen?«

Shannon blieb stehen und salutierte. Der General erwiderte den Gruß.

»Nein, danke, Sir. Wir werden nach Libreville mitgenommen, ich wollte mich nur verabschieden.«

»Ja, es war ein langer Kampf. Ich fürchte, nun ist er vorüber. Zumindest für einige Jahre. Ich kann mir einfach nicht vorstellen, daß mein Volk immer und ewig in Knechtschaft leben wird. Übrigens – sind Sie und Ihre Kameraden entsprechend dem Vertrag bezahlt worden?«

»Ja, danke, Sir. Wir haben den vollen Sold bekommen«, antwortete der Söldner. Der Afrikaner nickte ernst.

»Also dann, leben Sie wohl. Ich danke Ihnen für alles, was Sie getan haben.«

Die beiden Männer schüttelten einander die Hand.

»Da wäre noch etwas«, sagte Shannon. »Wie meine Jungs und ich im Jeep saßen, haben wir über alles gesprochen. Sollte es soweit kommen... Wenn Sie uns mal wieder brauchen, geben Sie uns nur Bescheid. Wir werden alle kommen. Sie brauchen nur zu rufen. Das soll ich Ihnen von den Jungs ausrichten.«

Der General sah ihn sekundenlang an.

»Dieser Abend bringt immer neue Überraschungen«, sagte er bedächtig.

»Sie wissen es vielleicht noch nicht, aber die Hälfte meiner engsten Berater und alle wohlhabenden Leute im Land laufen heute abend zum Feind über. Die meisten anderen werden ihrem Beispiel folgen, bevor ein Monat verstrichen ist. Ich danke für Ihr Angebot, Mr. Shannon. Ich werde es nicht vergessen. Noch einmal good bye – und viel Glück.«

Er drehte sich um und stieg hinauf in die matt beleuchtete Super-Constellation. Stotternd sprang das erste der vier Triebwerke an. Shannon trat zurück und grüßte noch einmal zu dem Mann hinauf, in dessen Diensten er eineinhalb Jahre lang gestanden hatte.

»Viel Glück«, murmelte er leise. »Du wirst es brauchen.«

Dann marschierte er zu der wartenden DC-4 zurück. Nachdem die Tür geschlossen war, ließ Van Cleef die Triebwerke warmlaufen und sah dem undeutlichen Umriß der Super-Constellation nach, die über die Rollbahn rumpelte und schließlich abhob. Keine der beiden Maschinen führte irgendwelche Positionslampen, aber vom Cockpit seiner DC-4 aus sah der Südafrikaner die drei Schwanzflossen der Constellation im Süden zwischen den Palmen verschwinden und in die schützenden Wolken eintauchen. Jetzt erst rollte er die DC-4 mit ihrer wimmernden und weinenden Fracht an den Beginn des Rollfeldes.

Eine Stunde lang hüpfte Van Cleef von Wolkenbank zu Wolkenbank, huschte über dünne Schichten Altostratus hinweg, um wieder in einer dichteren Bank unterzutauchen, und vermied es nach Möglichkeit, sich über der mondbeschienenen Ebene ungedeckt von einer patrouillierenden MiG erwischen zu lassen. Erst als er wußte, daß er weit draußen über dem Golf war und die Küste viele Meilen hinter sich hatte, erlaubte er dem Kopiloten, die Kabinenbeleuchtung einzuschalten.

Die Lampen beschienen eine makabre Szene, wie sie Doré in einer Anwandlung von Trübsinn gemalt haben könnte. Der Fußboden der Maschine war mit durchnäßten und beschmutzten Decken ausgelegt, die vor einer Stunde noch Verpackung gewesen waren – Verpackung für die Bündel, die sich zu beiden Seiten der Ladefläche krümmten und wanden: vierzig kleine Kinder, knochig und eingeschrumpft, entstellt von den Folgen der Unterernährung.

Schwester Mary Joseph hatte an der Kabinentür gehockt. Sie erhob sich und kümmerte sich um ihre Schützlinge. Jedes Kind hatte einen Klebestreifen auf der Stirn, dicht unter dem Haaransatz. Die Haare waren durch Anämie längst ockerrot geworden. Auf dem Pflasterstreifen standen in Kugelschreiberbuchstaben alle wichtigen Angaben für das Waisenhaus bei Libreville: Name und Nummer wie bei einem Soldaten – nur kein Rang.

Hinten im Heck der Maschine hockten die fünf Söldner und blinzelten hinüber. In den letzten Monaten hatten sie das alles oft genug erlebt. Jeder von ihnen empfand Ekel, aber keiner zeigte ihn. Mit der Zeit gewöhnt man sich an alles. So war es im Kongo, Jemen, Sudan, in Katanga. Immer dasselbe: immer müssen die Kinder dran glauben. Und man kann nichts dagegen tun.

Sie zogen ihre Zigaretten hervor.

Im Schein der Kabinenbeleuchtung konnten sie einander zum ersten Mal seit dem vorangegangenen Abend wieder richtig sehen. Die Uniformen waren fleckig vom Schweiß und von roter Erde, und den Gesichtern merkte man die Erschöpfung an. Der Anführer lehnte mit dem Rücken an der Toilettentür, die Beine gerade ausgestreckt, den Blick nach vorn zur Pilotenkanzel gerichtet. Carlo Alfred Thomas Shannon, 33. Sein blondes Haar war zu einer Art Crewcut gestutzt; streichholzlanges Haar ist in den Tropen praktischer, weil der Schweiß leichter herausläuft und sich in kurzen Haaren kein Ungeziefer hält. Sein Spitzname ›CAT‹ setzte sich aus seinen Initialen zusammen. Er stammte aus der Grafschaft Tyrone in der Provinz Ulster. Da ihn sein Vater der besseren Schulbildung wegen auf eine der kleineren Public Schools in England geschickt hatte, merkte man seiner Aussprache den typischen nordirischen Akzent nicht mehr an. Nach fünf Jahren bei der Königlichen Marine-Infanterie zog er die Uniform aus und arbeitete bis vor sechs Jahren für eine Londoner Handelsgesellschaft in Uganda. An einem sonnigen Morgen klappte er stillschweigend seine Kontobücher zu, bestieg seinen Landrover und fuhr nach Westen zur Grenze des Kongo. Eine Woche später meldete er sich als Söldner bei Mike Hoares Fünftem Kommando in Stanleyville.

Hoare war gegangen, John-John Peters hatte die Einheit übernommen. Shannon überwarf sich mit Peters und fuhr nach Norden, um sich Denard in Paulis anzuschließen. Zwei Jahre später war er an der Meuterei von Stanleyville beteiligt. Nach der Evakuierung des verletzten Franzosen stieß er in Rhodesien zu Black Jacques Schramme, dem belgischen Ex-Pflanzer und Söldnerführer, der den langen Marsch über Bukavu nach Kigali führte. Nach seiner Rückkehr mit Hilfe des Roten Kreuzes hatte er sich sofort freiwillig für einen anderen afrikanischen Krieg gemeldet und schließlich ein eigenes Bataillon übernommen. Aber für den Sieg war es zu spät. Er kam immer zu spät für den Sieg.

Links von ihm saß der wahrscheinlich beste Werferschütze nördlich des Sambesi. Big Jan Dupree war achtundzwanzig Jahre alt und kam aus Paarl in der Kap-Provinz. Er stammte aus einer verarmten Hugenottenfamilie, deren Vorfahren nach der Aufhebung der Religionsfreiheit in Frankreich vor dem Zorn Mazarins zum Kap der Guten Hoffnung geflohen waren. Sein kantiges Gesicht, beherrscht von einer gebogenen Hakennase über dem dünnlippigen Mund, sah noch eingefallener aus als sonst; es war durchzogen von tiefen Linien der Erschöpfung. Die Lider hingen müde über seinen blaßblauen Augen, und die sandgelben Augenbrauen und das Haar waren schmutzverschmiert. Nach einem Blick auf die Kinder am

Boden der Maschine murmelte er »Bliksems« (Bastarde) und meinte damit die Besitzenden, die Privilegierten, die er für alles Leid auf diesem Planeten verantwortlich machte. Dann versuchte er zu schlafen.

Neben ihm lümmelte Marc Vlaminck, wegen seiner hünenhaften Gestalt Tiny Marc – der winzige Marc – genannt. Der Flame aus Ostende maß in Socken, wenn er welche trug, einen Meter neunzig und wog einhundertfünfzehn Kilogramm. Dabei hatte er kein Gramm Fett auf den Rippen. Er war der Schrecken der Polizei von Ostende und der zumeist friedlichen, braven Bürger, die allen Schwierigkeiten am liebsten aus dem Weg gingen, und er verschaffte den Glasern und Schreinern aus der Stadt eine Menge Aufträge. Wenn in irgendeiner Bar morgens Handwerker auftauchten, wußte man, daß Tiny Marc sich einen vergnügten Abend gemacht hatte.

Er war in einem Waisenhaus von Priestern erzogen worden, die sich bemüht hatten, in das Riesenbaby einigen Respekt hineinzuprügeln – so oft, daß Marc schließlich die Geduld verlor und mit dreizehn Jahren einen der geweihten Rohrstockschwinger mit einem einzigen Faustschlag bewußtlos auf die Steinplatten legte.

Danach hatte er verschiedene Erziehungsheime kennengelernt, eine Sonderschule und das Jugendgefängnis. Ein Seufzer der Erleichterung lief durch die ganze Gemeinde, als er sich schließlich zu den Fallschirmjägern meldete. Er gehörte zu den fünfhundert Mann, die mit Oberst Laurent über Stanleyville absprangen, um die Missionare zu retten, die der dortige Simba-Häuptling Christophe Gbenye auf dem Marktplatz bei lebendigem Leib zu rösten drohte.

Tiny Marc war noch keine vierzig Minuten auf dem Flugplatz, da hatte er seine Berufung erkannt. Nach einer Woche wurde er fahnenflüchtig und schloß sich den Söldnern an, um nicht in eine belgische Kaserne zurückgeschickt zu werden. Abgesehen von seinen Fäusten und Schultern verstand Tiny Marc auch die Bazooka, seine Lieblingswaffe, vorzüglich zu gebrauchen. Er handhabte das Raketenrohr so lässig wie eine Schuljunge seine Wasserpistole.

Als er aus der Enklave in Richtung Libreville floh, war er gerade dreißig. Auf der anderen Seite des Flugzeugrumpfes, dem Belgier gegenüber, saß Jean Baptiste Langarotti. Wie immer, wenn er Zeit totschlagen mußte, ging er seiner Lieblingsbeschäftigung nach. Der kleine, schmächtige, schlanke Mann mit dem olivfarbenen Teint war in Calvi auf Korsika geboren und aufgewachsen. Mit achtzehn Jahren hatte ihn Frankreich zu den Waffen gerufen, und er mußte als einer der hunderttausend ›Appelés‹ im Algerienkrieg kämpfen. Nach der Hälfte seiner achtzehnmonatigen Militärdienstzeit war er Berufssoldat geworden und später zum Zehnten Kolonial-Fallschirmjägerregiment versetzt worden, den gefürchteten Rotmützen unter General Massu, die man schlicht ›Les Paras‹ nannte. Er war einundzwanzig, als der große Knall kam und sich mehrere Einheiten von kolonialfranzösischen Berufssoldaten für die Sache eines ewig französischen Algeriens einsetzten. Damals verkörperte die OAS dieses Bestreben. Langarotti stieß zur OAS, desertierte und tauchte nach dem fehlgeschlagenen Putsch im April 1961 unter. Drei Jahre später wurde er in Frankreich, wo er unter falschem Namen gelebt hatte, gefaßt und verbrachte vier Jahre im Gefängnis. Er schmachtete zuerst in den dunklen, lichtlosen Zellen der Santé in Paris, dann in Tours und schließlich auf der Ile de Ré. Er war ein widerborstiger Häftling, was zwei Wärter mit ihren Narben bis an ihr Lebensende bezeugen konnten.

Mehrfach wurde er wegen Übergriffen gegen das Gefängnispersonal halb totgeschlagen. Er büßte seine volle Strafe ab. Als er 1968 entlassen wurde, fürchtete er nichts auf der Welt bis auf kleine, geschlossene Räume, Zellen und Löcher. Er hatte sich längst schon geschworen, nie wieder in eine solche Zelle zurückzukehren, und wenn es ihn sein Leben kostete. Sollten ›sie‹ ihn jemals wieder holen wollen, würde er ein halbes Dutzend von ihnen mit in den Tod nehmen. Drei Monate nach seiner Entlassung war er auf eigene Kosten nach Afrika geflogen und hatte sich Shannon als Berufssöldner angeschlossen. In der Fluchtnacht war er einunddreißig. Seit seiner Haftentlassung hatte er ständig an jener Waffe geübt, die er schon als Junge auf Korsika gebraucht und die später in den Straßen Algeriens seinen guten Ruf begründet hatte: Um das linke Handgelenk trug er einen breiten Lederstreifen, der auf den ersten Blick genauso aussah wie die Lederriemen, an denen Friseure ihre Rasiermesser schärfen. Er war mit zwei Druckknöpfen befestigt. Wenn er Zeit hatte, nahm er den Streifen ab, drehte ihn auf die Seite, die keine Druckknöpfe trug, und wickelte ihn um seine linke Faust. Das tat er auch jetzt auf dem Flug nach Libreville. In der rechten Hand hielt er das Messer mit der sechszölligen Klinge im Knochenheft, die er so blitzschnell führte, daß sie schon wieder in der Scheide unter seinem Ärmel steckte, bevor sein Opfer tot war. In gleichmäßigem Rhythmus bewegte sich die Klinge auf dem straff gespannten Lederriemen hin und her, ohnehin schon rasiermesserscharf, und wurde mit jedem Streich noch eine Kleinigkeit schärfer. Diese Bewegung beruhigte seine Nerven. Sie reizte natürlich alle anderen, aber niemand beschwerte sich. Wer ihn kannte, wagte keinen Widerspruch gegen seine sanfte leise Stimme oder das kleine, traurige Lächeln dieses schmächtigen Mannes.

Eingeklemmt zwischen Langarotti und Shannon saß der älteste der Gruppe – der Deutsche. Kurt Semmler mit seinen vierzig Jahren war es, der gleich zu Beginn in der Enklave das Totenkopfabzeichen erfunden hatte, das die Söldner und ihre afrikanischen Rekruten trugen. Er war es auch, der einen fünf Meilen langen Abschnitt der Frontlinie gesäubert hatte, indem er sie mit Pfählen markierte, von denen jeder den Schädel eines gefallenen Soldaten der Regierungstruppen trug. Einen ganzen Monat lang war das daraufhin der ruhigste Frontabschnitt. Semmler war 1930 geboren und im Dritten Reich als Sohn eines Münchner Ingenieurs aufgewachsen, der später als Angehöriger der Organisation Todt an der russischen Front fiel. Mit fünfzehn Jahren hatte der begeisterte Hitlerjunge eine kleine Volkssturmeinheit von Kindern und Greisen befehligt. Sein Auftrag war es, mit einer Panzerfaust und drei alten Karabinern die Panzerkolonnen von General George Patton zum Stehen zu bringen. Das gelang ihm natürlich nicht, und er verbrachte seine Jugend unter der verhaßten amerikanischen Besatzung in Bayern. Er hatte auch wenig für seine Mutter übrig, eine religiöse Fanatikerin, die unbedingt einen Priester aus ihm machen wollte. Mit siebzehn brannte er durch, überquerte bei Straßburg die Grenze nach Frankreich und meldete sich in einem der dortigen Rekrutierungsbüros, die eigens für deutsche und belgische Stromer eingerichtet worden waren, zur Fremdenlegion. Nach einem Jahr in Sidi-bel-Abbes ging er mit der Expeditionsarmee nach Indochina. Er machte acht Jahre Dschungelkrieg und Dien Bien Phu mit, ließ sich von den Ärzten in Tourane (Da Nang) einen Lungenflügel entfernen, brauchte glücklicherweise das bittere Ende in Hanoi nicht mitzuerleben und wurde nach Frankreich zurückgeflogen. Nach seiner Rekonvaleszenz schickte man ihn 1958 als Hauptfeldwebel der Eliteeinheit der französischen Kolonialarmee, des I^{ier} Régiment Etranger Parachutiste, nach Algerien. Er gehörte zu jener Handvoll Männer, die schon zweimal in Indochina die völlige Vernichtung des I^{ier} REP überlebt hatten, einer Einheit, die von Regimentsstärke später auf die Größe eines Bataillons zusammenschmolz. Er verehrte nur zwei Männer: Oberst Roger Faulques, der die Aufreibung der schließlich nur noch kompaniestarken Einheit miterlebt hatte, und Commandant Le Bras, einen anderen Veteranen, der später die Garde Republicaine in der Republik Gabun befehligte und die dortigen Uranvorkommen für Frankreich sicherte. Selbst Oberst Marc Rodin, sein früherer Kommandant, verlor Semmlers Achtung, als die OAS schließlich zusammenbrach.

Semmler war beim I^{ier} REP, als es beim Putsch von Algier bis zum letzten Mann aufgerieben und später von Charles de Gaulle für immer aufgelöst wurde. Er war seinen französischen Offizieren überallhin gefolgt und hatte nachher, als man ihn kurz nach der algerischen Unabhängigkeitserklärung im September 1962 in Marseille aufgriff, zwei Jahre im Gefängnis zugebracht. Vor einem schlimmeren Schicksal hatten ihn seine zahlreichen Tapferkeitsauszeichnungen bewahrt. Als er 1964 zum erstenmal seit zwanzig Jahren seine ersten zögernden Schritte ins Zivilleben tat, kam ein früherer Mitgefangener mit einem Vorschlag zu ihm: Er sollte sich an einem Schmuggglerunternehmen im Mittelmeer beteiligen. Drei Jahre lang, mit einem Jahr Unterbrechung in einem italienischen Gefängnis, hatte er Alkohol, Gold und gelegentlich auch Waffen von einem Ende des Mittelmeers zum anderen transportiert. Schließlich verdiente er ein Vermögen beim Zigarettenschmuggel zwischen Italien und Jugoslawien, aber da haute sein Partner Käufer und Verkäufer gleichzeitig übers Ohr, verpfiff Semmler und verschwand mit dem Geld. Semmler, der von mehreren sehr erbosten Herren sehnlichst gesucht wurde, floh auf dem Seeweg nach Spanien, fuhr mit einer Reihe von Bussen weiter nach Lissabon, setzte sich dort mit einem befreundeten Waffenhändler in Verbindung und zog in den afrikanischen Krieg, von dem er gerade in der Zeitung gelesen hatte. Shannon hatte ihn mit Handkuß genommen, denn mit sechzehn Jahren Fronteinsatz verfügte Semmler über größere Erfahrung im Dschungelkrieg als alle anderen. Den Flug nach Libreville verschlief er. Zwei Stunden vor Sonnenaufgang kreiste die DC-4 über dem Flughafen. Durch das Wimmern und Klagen der Kinder war noch ein anderer Ton zu hören: ein Pfeifen. Es war Shannon. Seine Kameraden wußten, daß er immer pfiff, wenn er in den Kampf ging oder gerade von einem Einsatz kam. Sie kannten auch den Namen der Melodie, weil er ihn einmal genannt hatte: Spanish Harlem. Die DC-4 zog zwei Schleifen über dem Flughafen von Libreville, während Van Cleef mit der Bodenkontrolle sprach. Als dann die alte Transportmaschine am Ende des Landestreifens ausrollte, setzte sich ein Militärjeep mit zwei französischen Offizieren vor ihre Nase und lotste Van Cleef von der Piste.

Van Cleef folgte dem Jeep zu einigen Baracken am fernen Ende des Flughafens, weit weg vom Hauptgebäude. Dort wurde der DC-4 bedeutet anzuhalten, aber mit laufenden Triebwerken. Sekunden später wurde eine Treppe an den Ausstieg geschoben, und der Kopilot öffnete von innen die Tür. Ein Käppi tauchte auf, darunter rümpfte sich bei dem üblen Geruch im Inneren der Maschine eine Nase. Dann blieb der Blick des französischen Offiziers an den fünf Söldnern haften. Er winkte sie nach draußen auf die Piste. Als sie die Maschine verlassen hatten, befahl der Offizier dem Kopiloten, die Tür wieder zu schließen, und die DC-4 rollte weiter zum Hauptgebäude, wo einige französische Rotkreuzschwestern und Ärzte schon darauf warteten, die wimmernde Fracht in die Kinderklinik zu bringen. Die fünf Söldner winkten noch einmal dankend zu Van Cleef hinauf. Sie mußten in einer der Baracken eine Stunde lang auf ungemütlich harten Holzstühlen warten, während immer wieder junge französische Soldaten die Nase zur Tür hereinstreckten, um einen Blick auf ›Les Affreux‹ zu werfen, die ›Schrecklichen‹, wie sie im Volksmund genannt wurden. Schließlich hörten sie, wie draußen mit quietschenden Bremsen ein Jeep vorfuhr und auf dem Korridor Hacken zusammenschlugen. Die Tür ging auf und ein hoher Offizier mit sonnenverbranntem, hartem Gesicht trat ein; er trug die übliche Truppenuniform und ein Käppi mit Goldkordel. Shannon bemerkte die scharfen, flinken Augen, das kurzge-

schnittene eisgraue Haar unter dem Käppi und die Schwingen des Fall-
schirmjägers über fünf Reihen von Ordensbändchen an seiner Uniform.
Semmler sprang sofort auf, nahm Haltung an und legte den Mittelfinger
an die Stelle, wo sich einst die Hosennaht seines Kampfanzuges befunden
hatte. Da wußte Shannon, wer der Besucher war: der legendäre Le Bras.
Der Veteran aus Indochina und Algerien drückte jedem die Hand und
blieb vor Semmler längere Zeit stehen.
»Alors, Semmler«, sagte er leise mit einem verstohlenen Lächeln, »immer noch der Kämpfer? Aber jetzt nicht mehr Adjutant, sondern Hauptmann, wie ich sehe.«
Semmler wurde verlegen.
»Oui, mon commandant – pardon, Colonel. Nur vorübergehend.«
Le Bras nickte ein paarmal nachdenklich, dann wandte er sich an alle gemeinsam.
»Ich werde für gute Unterbringung sorgen. Zweifellos liegt Ihnen jetzt
viel an einem Bad, an Rasierzeug und warmem Essen. Da Sie offenbar
nichts mitgebracht haben, wird man Ihnen auch Kleidung zur Verfügung
stellen. Leider dürfen Sie vorerst Ihr Quartier nicht verlassen. Eine reine
Vorsichtsmaßnahme. Es halten sich eine Menge Presseleute in der Stadt
auf, und jeder Kontakt mit Ihnen muß vermieden werden. Sie werden so
bald wie möglich nach Europa zurückgeflogen.«
Das war alles, was er zu sagen hatte. Er hob die rechte Hand an den Rand
seines Käppis, machte auf dem Absatz kehrt und ging.
Eine Stunde später hatten sie nach einer Fahrt in einem geschlossenen
Wagen ihr neues Quartier durch die Hintertür erreicht: fünf Zimmer im
obersten Geschoß des ›Gamba-Hotels‹, eines nur fünfhundert Meter vom
Flughafen auf der anderen Straßenseite gelegenen Neubaus, meilenweit
vom Stadtzentrum entfernt. Ihr junger Begleitoffizier erklärte ihnen, sie
müßten ihre Mahlzeiten in den Zimmern einnehmen und sich bis auf
weiteres hier zur Verfügung halten. Eine Stunde später kam er mit Hand-
tüchern, Rasierapparaten, Zahnpaste und Bürsten, Seife und Schwäm-
men zurück. Inzwischen hatte man ihnen ein Tablett mit Kaffee herauf-
geschickt, und sie sanken alle dankbar in das heiße, nach guter Seife
duftende Bad – das erste seit über sechs Monaten.
Gegen Mittag erschienen ein Militärfriseur und ein Korporal mit Stapeln
von Hosen und Hemden, Jacken, Wäsche und Socken, Pyjamas und Lei-
nenschuhen. Sie probierten die Sachen an, behielten, was ihnen paßte,
und mit dem Rest zog sich der Korporal wieder zurück. Um ein Uhr kam
der Offizier mit vier Kellnern, die das Mittagessen brachten, und befahl
ihnen, sich von den Balkons fernzuhalten. Falls sie Gymnastik zu treiben
wünschten, habe das in den Zimmern zu geschehen. Bis zum Abend
wollte er Bücher und Zeitschriften besorgen, aber er könne nicht versprechen, ob sich welche in Englisch oder Afrikaans auftreiben ließen.

Nach dem besten Mittagessen seit sechs Monaten – damals hatten sie ihren letzten Fronturlaub – fielen die fünf Männer ins Bett und schliefen. Während sie auf ihren ungewohnt bequemen Matratzen zwischen unglaublich kühlen Laken schnarchten, startete Van Cleef in der Abenddämmerung seine DC-4, flog eine Meile entfernt an den Fenstern des ›Gamba-Hotels‹ vorbei und entschwand in südlicher Richtung nach Caprivi und Johannesburg. Auch seine Aufgabe war erfüllt.

Die fünf Söldner verbrachten schließlich vier Wochen im obersten Stockwerk des Hotels, bis sich das Interesse der Presse an ihnen gelegt hatte und die Reporter von ihren Redaktionen zurückbeordert wurden, weil es ohnehin keine Neuigkeit mehr zu erfahren gab.

Eines Abends besuchte sie unvermutet ein französischer Hauptmann von Le Bras' Stab und lächelte breit.

»Messieurs, ich habe eine Neuigkeit für Sie. Noch heute abend fliegen Sie nach Paris zurück. Wir haben für Sie den Flug der Air Afrique um dreiundzwanzig Uhr dreißig gebucht.«

Die fünf Männer hatten sich in Ihrer Abgeschiedenheit zu Tode gelangweilt. Nun jubelten sie.

Der Flug nach Paris mit Zwischenlandungen in Douala und Nizza dauerte zehn Stunden. Am nächsten Vormittag traten sie kurz vor zehn auf dem windigen Flughafen Le Bourget in einen kalten Februartag hinaus. Im Café des Flughafens nahmen sie Abschied. Dupree wollte mit dem Bus nach Orly fahren und von dort aus die nächste SAA-Maschine nach Johannesburg und Kapstadt nehmen. Semmler wollte ihn begleiten und München mindestens einen kurzen Besuch abstatten. Vlaminck erklärte, er werde vom Gare du Nord den ersten Schnellzug nach Brüssel nehmen und von dort nach Ostende weiterfahren. Langarotti reiste vom Gare de Lyon aus mit dem Zug nach Marseille.

»Wir bleiben in Verbindung«, sagten sie und sahen Shannon an. Er war ihr Anführer. Seine Aufgabe war es, sich nach Arbeit umzusehen, nach einem neuen Auftrag, einem neuen Krieg. Sollte einer von ihnen erfahren, daß irgendwo eine Gruppe harter Männer gebraucht wurde, würde er sich seinerseits mit Shannon in Verbindung setzen.

»Ich bleibe für einige Zeit in Paris«, sagte Shannon. »Hier findet man für die Übergangszeit leichter einen Job als in London.«

Sie tauschten Adressen aus, postlagernd, oder die Anschriften von Bars, wo man ihnen eine Nachricht hinterlassen und einen Brief hinterlegen konnte, bis sie wieder auf einen Drink hereinschauten. Dann ging jeder seiner Wege.

Der Rückflug aus Afrika war streng geheimgehalten worden, kein Reporter erwartete sie. Aber einer hatte doch von ihrer Ankunft erfahren. Er wartete auf Shannon, der als letzter von ihnen den Flughafen verließ.

»Shannon.«

Er sprach den Namen nach der Art der Franzosen aus und in keineswegs freundlichem Ton. Shannon drehte sich um. Seine Augen wurden schmaler, als er zehn Meter entfernt die untersetzte Gestalt mit dem mächtigen Schnurrbart stehen sah. Der Mann trug einen dicken Wintermantel und trat dicht an Shannon heran. Sie musterten sich mit Blicken, die verrieten, daß sie wenig füreinander übrig hatten.

»Roux«, sagte Shannon.

»Sie sind also wieder da.«

»Ja, wir sind wieder da.«

»Und besiegt«, sagte der Franzose spöttisch.

»Wir hatten kaum eine Chance«, sagte Shannon.

»Ich gebe Ihnen einen guten Rat, mein Freund: Kehren Sie in Ihre Heimat zurück. Bleiben Sie nicht hier, das wäre unklug. Diese Stadt ist mein Revier. Sollte hier ein Auftrag anfallen, werde ich es zuerst erfahren und ihn abschließen. Wer mitmacht, bestimme ich.«

Shannon ging stumm zum nächstbesten Taxi, öffnete die Tür und setzte sich auf den Rücksitz. Roux folgte ihm mit zorngerötetem Gesicht.

»Hören Sie zu, Shannon. Ich warne Sie.«

Der Ire sah zu ihm hinaus.

»Nein, Roux, hören Sie mir lieber zu: Ich bleibe in Paris, solange es mir paßt. Sie haben mich im Kongo nicht eingeschüchtert, und Sie schaffen es auch jetzt nicht. Ziehen Sie Leine.«

Das Taxi setzte sich in Bewegung. Roux starrte ihm wütend nach. Er murmelte einen Fluch und holte seinen Wagen vom Parkplatz.

Er ließ den Motor an, legte den ersten Gang ein und wartete ein paar Sekunden lang, bevor er die Kupplung kommen ließ.

»Eines Tages bringe ich den Schweinehund um«, murmelte er. Aber dieser Gedanke besserte seine Laune auch nicht.

Erster Teil
Der Kristallberg

1. Kapitel

Jack Mulrooney drehte sich auf seinem Feldbett unter dem Moskitonetz auf die andere Seite und sah die erste graue Morgendämmerung über den Bäumen im Osten heraufschleichen. Es war ein blasser Schimmer, gerade ausreichend, um die Umrisse der Baumriesen erkennen zu lassen, die sich über der Lichtung erhoben. Er zog an seiner Zigarette, verfluchte den Urwald ringsum und fragte sich genau wie alle alten Afrikamänner zum tausendstenmal, warum, zum Teufel, er überhaupt in diesen verpesteten Kontinent zurückgekehrt war.

Wenn er sich wirklich Mühe gegeben hätte, diese Frage zu beantworten, hätte er sich eingestehen müssen, daß er nirgendwo anders leben konnte, ganz bestimmt nicht in London, überhaupt nicht in Großbritannien. Er ertrug die Städte nicht, die Regeln und Vorschriften, die Steuern, die Kälte. Wie alle alten Afrikafahrer liebte und haßte er diesen Kontinent. Und er mußte sich damit abfinden, daß er ihm seit fünfundzwanzig Jahren tief im Blut saß – wie die Malaria, der Whisky und die Millionen von Insektenstichen.

Er war 1945 im Alter von fünfundzwanzig Jahren aus England hierhergekommen. Zuvor hatte er fünf Jahre lang als Mechaniker bei der Royal Air Force gearbeitet, unter anderem auch in Takoradi, wo er in Kisten verpackte Spitfires für den langen Weiterflug nach Ostafrika und den Vorderen Orient zusammengebaut hatte. Das war seine erste Begegnung mit Afrika. Nach der Abmusterung hatte er seine Entschädigung genommen, dem frierenden und hungernden London im Jahre 1945 Lebewohl gesagt und ein Schiff nach Westafrika bestiegen. Dort hatte ihm jemand erzählt, man könne in Afrika ein Vermögen verdienen.

Ein Vermögen war ihm zwar nicht in den Schoß gefallen, aber nach langen Irrfahrten kreuz und quer durch den Kontinent hatte er eine kleine Zinnkonzession auf dem Benue-Plateau erworben, achtzig Meilen von Jos in Nigeria entfernt. Während der malaiischen Krise wurden gute Preise erzielt, und Zinn war teuer. Er hatte neben seinen Tiv-Arbeitern geschuftet, während man im englischen Club, wo die Damen der Kolonialbeamten beim Tee die letzten Tage des Empire verplauderten, von ihm sagte, er sei zu einem Eingeborenen geworden und das gehöre sich nicht.

Es stimmte schon: Mulrooney bevorzugte tatsächlich die afrikanische Lebensart. Er liebte den Busch und er liebte die Afrikaner , denen es offenbar nichts ausmachte, daß er fluchte und brüllte und sie zu noch härterer Arbeit antrieb. Er verwöhnte sie nicht. Seine Zinn-Konzession lief 1960 aus, etwa zur Zeit der Unabhängigkeitserklärung, und er wurde Angestellter bei einer Gesellschaft, die in der Nähe eine größere und lohnendere Konzession betrieb. Als die Grube der Manson Consolidated 1962 ebenfalls erschöpft war, gehörte Mulrooney dort zu den leitenden Leuten.

Mit fünfzig war er immer noch ein großer, kräftiger Mann, grobknochig und stark wie ein Ochse. Er hatte gewaltige Hände, schwielig und vernarbt von der jahrelangen Arbeit im Bergbau. Nun fuhr er sich mit der einen Pranke durch den ungepflegten grauen Haarschopf und drückte mit der anderen seine Zigarette in der feuchten, roten Erde unter der Pritsche aus.

Es war inzwischen noch heller geworden. Er hörte, wie sein Koch drüben auf der anderen Seite der Lichtung ein Feuer anfachte.

Mulrooney bezeichnete sich als Bergingenieur, obwohl er keinerlei Diplom besaß. Er hatte Fachkurse absolviert und das erworben, was keine Universität vermitteln konnte: fünfundzwanzig Jahre harter Erfahrung. Er hatte am Witwatersrand im Goldbergbau, bei Ndola im Kupferbergbau und in Somaliland nach dem kostbaren Wasser gebohrt, in Sierra Leone Diamanten ausgebuddelt. Er konnte einen gefährdeten Stollen mit seinem Instinkt und eine Lagerstätte am Geruch erkennen. Das behauptete er zumindest, und niemand wagte es zu bestreiten, nachdem er abends in den Baracken seine üblichen zwanzig Flaschen Bier getrunken hatte. Er war einer der letzten Prospektoren der alten Schule. Er wußte, daß ›ManCon‹ ihm die kleineren Jobs zuwies, tief im Busch, im wilden Hinterland, meilenweit von jeder Zivilisation entfernt, und er war damit zufrieden. Er arbeitete am liebsten allein, das war nun einmal seine Art. Sein neuester Auftrag war ganz von dieser Sorte: Seit drei Monaten erkundete er die Ausläufer der sogenannten ›Kristallberge‹ im Hinterland der Republik Zangaro, einer winzigen Enklave an der westafrikanischen Küste.

Man hatte ihm erklärt, auf welches Gebiet er sich zu konzentrieren hätte, nämlich auf die unmittelbare Umgebung des Kristallbergs. Die Bergkette mit Erhebungen bis zu tausend Metern verlief in gerader Linie quer durch die ganze Republik, parallel zu der rund vierzig Meilen entfernten Küste. Das Gebirge trennte die Küstenebene vom Hinterland. Es wurde nur von einem einzigen Paß durchbrochen, über den die einzige Straße ins Landesinnere führte: ein schmaler Feldweg, im Sommer von der Sonne zementhart gebrannt, im Winter ein einziger Schlammfluß. Hinter den Bergen lebte der Eingeborenenstamm der Vindu etwa auf der Kulturstufe der Eisenzeit, nur daß ihre Geräte aus Holz bestanden. Mulrooney hatte schon manche wilde Gegend gesehen, aber bestimmt noch nichts so Rückständiges wie das Hinterland Zangaros.

An einer Seite der Bergkette erhob sich der Berg, der dem ganzen Gebirge seinen Namen gab. Es war nicht einmal die höchste Erhebung. Vor vierzig Jahren war ein einsamer Missionar durch den Paß ins Landesinnere vorgedrungen, hatte sich nach Süden gewandt und nach ungefähr zwanzig Meilen einen Berg erblickt, der sich etwas abseits von den anderen erhob. In der vorangegangenen Nacht hatte es geregnet; es war einer der zahlreichen Wolkenbrüche gewesen, die sich für dieses Gebiet in der fünf Monate dauernden Regenzeit immerhin zu gut sieben Meter Niederschlag addierten. Vor den Augen des Priesters glänzte der Berg kristallen in der Morgensonne, daher nannte er ihn den Kristallberg. Er machte eine entsprechende Eintragung in seinem Tagebuch. Zwei Tage später wurde er erschlagen und verspeist. Ein weiteres Jahr später wurde das Tagebuch, von den Dorfbewohnern als heiliges Juju verehrt, von einer Streife Kolonialsoldaten aufgefunden. Die Soldaten radierten in treuer Pflichterfüllung das Dorf von der Landkarte aus, kehrten an die Küste zurück und übergaben das Tagebuch der zuständigen Missionsgesellschaft. So blieb von alldem, was der Priester für eine undankbare Welt getan hatte, nur der Name erhalten, den er diesem Berg gegeben hatte. Später nannte man dann die ganze Gebirgskette die ›Kristallberge‹.

Was der Missionar in der Morgensonne glitzern sah, war kein Kristall – es waren ungezählte Wasserläufe, die sich nach dem nächtlichen Wolkenbruch die Bergflanken hinab ergossen. Das Regenwasser lief auch die anderen Berge hinab, aber die versteckten sich hinter der dichten Vegetation des Dschungels wie unter einer grünen Decke. Von weitem konnte man sie nicht sehen, und drang man in sie ein, befand man sich in einer dampfenden Hölle. Nur der eine Berg glänzte im Licht, weil an seinen Flanken die Vegetation erheblich spärlicher wuchs. Warum das so war, darüber machte sich der Priester ebensowenig Gedanken wie die nächsten zehn oder zwölf Weißen, die den Berg zu Gesicht bekamen.

Aber Mulrooney wußte es, nachdem er drei Monate in der brodelnden Dschungelhölle rings um den Kristallberg zugebracht hatte.

Er hatte gleich zu Beginn den ganzen Berg umkreist und dabei festgestellt, daß es zwischen der seewärts gelegenen Bergflanke und der übrigen Kette tatsächlich eine Lücke gab. Der Kristallberg erhob sich allein östlich von der Hauptkette. Da er niedriger war als die höchsten Gipfel der vorgelagerten Kette, konnte man ihn von der anderen Seite aus nicht sehen. Auch in anderer Hinsicht war der Berg nicht besonders auffallend, nur hatte er pro Quadratmeile mehr Bäche aufzuweisen als die anderen Hügel. Mulrooney zählte die Bäche gewissenhaft, sowohl am Kristallberg als auch an den umliegenden Erhebungen. Es konnte kein Zweifel bestehen. Nach dem Regen lief auch von den anderen Bergen das Wasser ab, doch ein Großteil des Niederschlags wurde vom Boden aufgesogen. Die anderen Berge hatten über ihrem felsigen Kern sechs Meter Humus, auf dem Kristallberg gab es kaum Mutterboden. Mulrooney ließ seine Eingeborenen-Arbeiter, an Ort und Stelle angeheuerte Vindu, mit einem transportablen Bohrgerät eine Reihe von Löchern bohren und fand den Unterschied der Humustiefe an zwanzig verschiedenen Stellen bestätigt. Diese Bohrungen gaben ihm über das Warum Aufschluß.

Im Laufe von Jahrmillionen hatte sich die Erdkrume aus der Verwitterung des Felsens und vom Wind herbeigetragenen Staub gebildet. Der Regen hatte zwar einen Teil davon wieder ins Tal gespült, über Bäche und Flüsse in ein flaches Flußdelta, aber etwas Humus war stets in Spalten hängengeblieben, verschont von dem Wasser, das sich inzwischen eigene Mulden gegraben hatte. Diese Rinnen im weichen Gestein waren zu einem Entwässerungssystem geworden, das sich immer tiefer in den Berg einschnitt und einen Teil der Oberfläche unberührt ließ. So hatte sich die Erdschicht aufgebaut, war mit jedem Jahrhundert, jedem Jahrtausend ein wenig dicker geworden. Die Vögel und der Wind hatten Samen herbeigetragen. Pflanzen fanden Halt an geschützten Stellen, und ihre Wurzeln trugen zur Festigung des Hangbodens bei. Als Mulrooney die Hänge zu sehen bekam, war schon genügend fruchtbarer Humus vorhanden, um die mächtigen Bäume und die ineinander verstrickten Schlinggewächse zu ernähren, die alle Gipfel und Hänge bedeckten – bis auf den einen Berg. An diesem einen Berg konnte sich das Wasser keine Rinnen graben, die zu Flüssen wurden, schon gar nicht an der steilsten Flanke, die landeinwärts im Osten lag. Hier hatte sich der Humus in Falten gesammelt, wo Büsche, Gras und Farne wuchsen. Von diesen Vegetationsinseln aus hatte sich der grüne Teppich ausgebreitet und mit seinen Schlinggewächsen in dünner Schicht den kahlen Fels überzogen, der regelmäßig während der Regenzeit vom Wasser blankgewaschen wurde. Diese schimmernden nassen Flächen mitten im Grün waren es, die der Missionar vor seinem Tode gesehen hatte. Der Unterschied ergab sich aus einem einfachen Grund: der einzelne Berg bestand aus einem anderen Material als die Hauptkette des Gebirges, nämlich aus granithartem Urgestein und nicht aus dem weicheren Material der wesentlich jüngeren Hauptkette.

Diese Tatsache hatte Mulrooney bei seiner Umwanderung des Kristallbergs einwandfrei festgestellt. Dazu brauchte er vierzehn Tage. Er fand dabei heraus, daß nicht weniger als siebzig Wasserläufe den Kristallberg herabstürzten. Die meisten von ihnen sammelten sich in drei größeren Flüssen, die sich nach Osten in das tiefergelegene Tal ergossen. Aber er stellte noch etwas anderes fest. An den Ufern der Flüsse, die von diesem Berg kamen, hatte der Boden eine andere Färbung, und auch die Vegetation war eine andere. Einige Pflanzensorten gab es überall, aber andere fehlten, obgleich sie an den übrigen Berghängen und den anderen Flüssen üppig gediehen. Durchwegs war die Vegetation entlang der Flüsse, die ihren Ursprung am Kristallberg hatten, dünner und spärlicher als anderswo. Durch einen Mangel an fruchtbarem Humus ließ sich das nicht erklären, denn der war reichlich vorhanden.

Also mußte die Erde selbst etwas enthalten, was das Pflanzenleben entlang der Flußläufe hemmte.

Mulrooney machte sich daran, die siebzig Flüsse, die ihn interessierten, kartographisch aufzunehmen. Er entnahm den Flußbetten bei dieser Gelegenheit Bodenproben, erst an der Oberfläche, dann aus tieferen Schichten bis hinunter auf den gewachsenen Fels.

Die Entnahme der Bodenproben ging so vor sich: Er schüttete jeweils zwei Eimer Kies und Geröll auf eine Zeltplane, baute daraus einen Kegel und viertelte sie mit der Schaufel. Dann nahm er die beiden einander gegenüberliegenden Viertel der Probe, vermischte sie und viertelte den neuen Kegel wieder, bis er am Ende einen echten Querschnitt des Materials im Gewicht von zwei bis drei Pfund gewonnen hatte. Nach dem Trocknen kam diese Probe dann in einen kunststoffbeschichteten Leinenbeutel, der versiegelt und sorgfältig beschriftet wurde. Im Laufe eines Monats hatte er aus den siebzig Fluß- und Bachbetten eintausendfünfhundert Pfund Sand und Geröll in sechshundert Beutel gesammelt. Dann nahm er den Berg selbst in Angriff.

Er wußte jetzt schon, was die Laboruntersuchung ergeben würde: daß seine Bodenproben gewisse Mengen von alluvialem Zinn enthielten, winzige Partikel, die in Zehntausenden von Jahren aus dem Berg gewaschen worden waren – den Beweis, daß der Kristallberg Kassiterit oder anderes Zinnerz enthalten mußte.

Er teilte die Bergflanken in Abschnitte und versuchte dabei, die Einzugsgebiete und Ursprünge der Bäche zu berücksichtigen, die sich hier in der feuchten Jahreszeit sammelten. Nach Ablauf einer Woche wußte er, daß der Fels keine Zinnerzgänge enthielt, sondern höchstwahrscheinlich das, was die Geologen versprengte Ablagerungen nennen. Überall war der Zinngehalt feststellbar. Unter den wuchernden Schlingpflanzen fand er blanke Felsflächen, die von zentimeterbreiten Adern durchzogen wurden wie die Nase eines Trinkers. Sie bestanden aus milchigweißem Quarz, der sich meterweit über den blanken Fels erstreckte.

Was er auch sah, alles deutete auf Zinn hin. Wieder umrundete er dreimal den ganzen Berg, und seine Beobachtungen bestätigten die versprengten Einlagerungen, die überall vorhandenen weißen Adern im dunkelgrauen Fels. Mit Hammer und Meißel schlug er tiefe Löcher in den Stein, und auch hier ergab sich dasselbe Bild. Manchmal glaubte er, im Quarz dunklere Tönungen zu erkennen, die Bestätigung für das Vorhandensein von Zinn.

Dann begann er ernsthaft zu hämmern und genau Karten anzulegen. Er sammelte Proben der reinweißen Quarzadern und sicherheitshalber auch solche von dem Muttergestein zwischen den Adern. Drei Monate, nachdem er seinen Fuß in den unberührten Dschungel östlich des Berges gesetzt hatte, war er fertig. Er hatte weitere eintausendfünfhundert Pfund Steine gesammelt, die er zur Küste mitnehmen mußte. Diese eineinhalb Tonnen Gesteins- und Erdproben waren alle drei Tage in einzelnen Ladungen aus seinem Arbeitslager ins Hauptlager zurücktransportiert und im Schutze von Zeltplanen gestapelt worden. Hier im Hauptlager erwartete er nun die Morgendämmerung.

Nach dem Frühstück sollten die Träger, die er tags zuvor nach längerem Feilschen angeworben hatte, aus dem Dorf kommen und seine Trophäen über den Pfad, der sich großspurig Straße nannte, zur Küste schaffen. Dort wartete in einem Dorf an der Straße sein Zweitonner, dessen Zündverteiler und Schlüssel er vorsichtshalber in seinem Proviantbeutel stekken hatte. Falls die Eingeborenen den Lastwagen nicht in Stücke geschlagen hatten, mußte er eigentlich noch funktionieren. Er hatte dem Dorfältesten genug Geld dafür gezahlt, sich um die Kiste zu kümmern. Mit dem beladenen Lastwagen und zwanzig Helfern, die das Fahrzeug auf Steigungen ziehen und aus Gräben und Schlaglöchern schieben sollten, gedachte er die Hauptstadt in drei Tagen zu erreichen. Nach einem Telegramm nach London würde er mehrere Tage warten müssen, bis ihn das gecharterte Schiff der Gesellschaft abholte. Er wäre lieber über die Küstenstraße hundert Meilen weit nach Norden in die Nachbarrepublik gefahren, um seine Proben von dem dortigen Flugplatz aus auf dem Luftweg zu verfrachten. Aber die Vereinbarung zwischen ManCon und der Regierung von Zangaro schrieb vor, daß er die Proben in die Hauptstadt mitzubringen hatte.

Jack Mulrooney schwang sich von seinem Feldbett, schlug das Moskitonetz zur Seite und brüllte seinen Koch an: »He, Dingaling, wo bleibt mein verdammter Kaffee?«

Der Vindu-Koch, der außer ›Kaffee‹ kein Wort verstanden hatte, hockte grinsend am Feuer und winkte vergnügt. Mulrooney marschierte über die Lichtung hinüber zu seinem Waschbehälter aus imprägnierter Zeltbahn und begann sich zu schrubben, während sich die Mücken auf seinem verschwitzten Oberkörper niederließen.

»Verfluchtes Afrika«, murmelte er und steckte das Gesicht ins Wasser. Aber er war an diesem Morgen zufrieden. Er war überzeugt, sowohl ausgeschwemmtes (»Seifen«-)Zinn als auch zinnhaltiges Gestein gefunden zu haben. Die Frage war nur, wie hoch pro Tonne der Gehalt sein mochte. Bei einem Weltmarktpreis von etwa dreitausenddreihundert Dollar pro Tonne Zinn mußten die Analytiker und Wirtschaftler ausrechnen, ob Zinn in abbauwürdigen Mengen vorhanden war: Das bedeutete nämlich die Einrichtung eines Minencamps mit komplizierten Maschinen und die

Anwerbung von Arbeitern, ganz zu schweigen von einer Schmalspurbahn, die für den Abtransport des Erzes bis an die Küste gebaut werden mußte. Es war schon ein gottverlassener, schwer zugänglicher Fleck. Wie üblich, würde man alles nach Pfund, Shilling und Penny ausrechnen. Das war nun einmal der Lauf der Welt. Er erlegte noch einen Moskito an seinem Oberarm und zog sich das T-Shirt über.

Sechs Tage später beugte sich Jack Mulrooney über die Reling des von seiner Gesellschaft gecharterten Küstenmotorbootes, spuckte ins Meer und sah hinter sich die Küste Zangaros entschwinden.

»Verdammte Schweinehunde«, murmelte er wütend. Er brachte als Souvenir ein Reihe blauer Flecken an Brust und Rücken und einen Riß an der Backe mit, die Spuren von Gewehrkolben, die ihn bei der Razzia im Hotel getroffen hatten.

Sie hatten zwei Tage gebraucht, um die Proben aus dem unwegsamen Busch bis zur Straße zu schaffen, und einen weiteren Tag und eine ganze Nacht hatte sich der Lastwagen dann über den zerwühlten Trampelpfad aus dem Landesinneren zur Küste gequält. Während der Regenzeit hätte er es nie geschafft. Aber noch lag ein Monat Trockenheit vor ihnen, und die zementharten Rinnen im Schlamm hatten den Mercedes beinahe in Einzelteile zerlegt. Drei Tage zuvor hatte Mulrooney seine Vindu-Arbeiter bezahlt und entlassen. Dann rollte der Lastwagen ächzend das letzte Gefälle zu der Teerstraße hinunter, die erst vierzehn Meilen vor der Hauptstadt begann. Von hier aus war es noch eine Stunde in die Stadt und zum Hotel gewesen.

›Hotel‹ war eigentlich nicht der richtige Ausdruck. Seit der Unabhängigkeit war das beste Haus am Platze zu einer schäbigen Herberge abgesunken, die aber wenigstens einen Parkplatz besaß. Hier hatte er den Lastwagen abgestellt, verriegelt und dann das Telegramm abgeschickt. Gerade noch rechtzeitig, denn sechs Stunden später war die Hölle los. Auf Befehl des Präsidenten wurden Hafen, Flugplatz und alle anderen Verbindungen nach draußen blockiert.

Von dieser Maßnahme erfuhr er erst, als eine Gruppe abgerissener, zerlumpter Soldaten, die ihre Karabiner am Lauf wie Keulen schwangen, das Hotel stürmten und mit der Durchsuchung der Zimmer begannen. Es war zwecklos, sie nach dem Grund zu fragen, denn sie brüllten ihn nur in einer Sprache an, die er nicht verstand. Er glaubte jedoch, den Vindu-Dialekt wiederzuerkennen, den er drei Monate lang bei seinen Arbeitern gehört hatte.

So etwas läßt sich ein Mulrooney nicht bieten. Er hatte zwei Kolbenhiebe eingesteckt und dann zugeschlagen. Der nächststehende Soldat war auf dem Rücken den halben Korridor entlanggerutscht, und die übrige Meute hatte durchgedreht. Daß keine Schießerei entfesselt wurde, war nur einem gütigen Geschick und dem Umstand zu verdanken, daß die Soldaten ihre Gewehre lieber als Keulen gebrauchten, anstatt mühsam nach komplizierten Mechanismen wie Sicherungshebel und Abzugsbügel zu suchen.

Man hatte ihn zum nächstgelegenen Polizeirevier geschleppt und zwei Tage lang abwechselnd angebrüllt und dann wieder in einer unterirdischen Zelle ignoriert. Er wußte gar nicht, wieviel Glück er hatte. Ein Schweizer Geschäftsmann, einer der seltenen ausländischen Besucher der Republik, hatte Mulrooneys Abtransport beobachtet und um sein Leben gefürchtet. Der Mann hatte sich mit der Schweizer Botschaft in Verbindung gesetzt – insgesamt waren nur sechs europäische Staaten und die USA diplomatisch in Zangaro vertreten –, und die Schweizer Botschaft wiederum hatte ManCon verständigt, weil der Schweizer den Namen der Firma von Mulrooneys Habseligkeiten im Hotel her kannte.

Zwei Tage später war das Küstenmotorboot da. Der Schweizer Konsul hatte sich erfolgreich für Mulrooneys Entlassung eingesetzt. Zweifellos war auch Bestechungsgeld bezahlt worden, für das ManCon geradestehen mußte. Für Jack Mulrooney war der Ärger damit noch nicht ausgestanden. Nach seiner Freilassung hatte man seinen Lastwagen aufgebrochen und die Proben über den ganzen Parkplatz verstreut. Die Gesteinsbrocken waren gekennzeichnet und konnten wieder eingesammelt werden, aber Sand, Geröll und Steinsplitter waren durcheinandergeraten. Glücklicherweise waren die rund fünfzig aufgeschlitzten Säcke noch halbvoll geblieben, so konnte er sie neu versiegeln und zum Boot schaffen. Zoll, Polizei und Militär hatten daraufhin das Boot noch einmal vom Bug bis zum Heck durchsucht und die Mannschaft rüde angebrüllt, ohne zu erklären, was sie eigentlich wollten.

Der verängstigte Schweizer Konsulatsbeamte, der Mulrooney aus dem Revier ins Hotel zurückgebracht hatte, erwähnte etwas von Gerüchten über einen Attentatsversuch gegen den Präsidenten und über einen hohen Offizier, der von den Soldaten als angeblicher Rädelsführer gesucht wurde.

Vier Tage nach dem Auslaufen aus dem Hafen Clarence traf Jack Mulrooney, der seine Gesteinsproben immer noch hütete wie seinen Augapfel, an Bord einer Chartermaschine in Luton in England ein. Ein Lastwagen schaffte seine Proben zur Analyse nach Watford, und er selbst durfte nach einer Untersuchung durch den Firmenarzt einen dreiwöchigen Urlaub antreten. Er fuhr zu seiner Schwester nach Dulwich und langweilte sich schon nach einer Woche zu Tode.

Auf den Tag genau drei Wochen später lehnte sich Sir James Manson, Ritter des British Empire, Vorstandsvorsitzender und Generaldirektor der

Manson Consolidated Mining Company Ltd., im zehnten Stockwerk der Zentralverwaltung der Firma in London in seinem Ledersessel zurück, warf noch einen Blick auf den vor ihm liegenden Bericht und stieß hervor: »Großer Gott!« Keiner gab ihm eine Antwort.

Er stand von seinem mächtigen Schreibtisch auf, trat vor das breite Panoramafenster an der Südseite und sah hinunter auf die Londoner Innenstadt, das Herz eines finanziellen Weltreiches, das trotz aller Unkenrufe immer noch existierte.

Manchen der wimmelnden emsigen Ameisen in nüchternem Grau, mit schwarzen Bowlern auf dem Kopf, erschien es vielleicht nur als ein Arbeitsplatz – langweilig und ermüdend, eine Tretmühle, die jedem das Letzte abforderte, bis er sich schließlich zur Ruhe setzen konnte. Für andere, die jung und noch voller Hoffnung waren, bedeutete diese City ein Land der unbegrenzten Möglichkeiten, in dem Können und harte Arbeit mit Karriere und Sicherheit belohnt wurden. Für Romantiker war die City zweifellos die Heimat der großen Handelsherren, für Pragmatiker der größte Absatzmarkt der Welt und für linksradikale Gewerkschaftler ein Ort, wo nutzlose Müßiggänger einer reichen, privilegierten Oberschicht dem Luxus frönten. James Manson war Zyniker und Realist. Er kannte die City genauer: Sie war nichts weiter als ein schlichter Dschungel, und er war darin einer der Panther.

Er war von Natur aus ein Raubtier und hatte schon früh erkannt, daß es gewisse Regeln gab, zu denen man sich offiziell bekennen mußte, um sie dann insgeheim zu mißachten; daß genau wie in der Politik nur ein Gebot galt, nämlich das elfte: ›Du sollst dich nicht erwischen lassen.‹ Durch strenge Beachtung dieser obersten Grundregel war er vor einem Monat beim Neujahrsempfang geadelt worden. Der Vorschlag stammte von der Konservativen Partei (angeblich wegen seiner Verdienste um die Industrie, in Wirklichkeit jedoch als Gegenleistung für heimliche Zuwendungen zum Wahlkampffonds der Partei) und wurde von der Regierung Wilson wegen seiner Unterstützung der offiziellen Nigeria-Politik befürwortet. Sein Vermögen hatte er gemacht, indem er die zweite Voraussetzung erfüllte; so kam es, daß er jetzt fünfundzwanzig Prozent der Aktien seiner eigenen Bergwerksgesellschaft besaß und in dem Penthouse-Büro als mehrfacher Millionär residierte.

Er war einundsechzig Jahre alt, klein, aggressiv und bullig gebaut wie ein Panzer. Seine unwiderstehliche Kraft und piratenhafte Skrupellosigkeit waren bei den Frauen geschätzt und bei Konkurrenten gefürchtet. Er war gerissen genug, um nach außen hin die etablierte Ordnung der City und der Gesellschaft, des wirtschaftlichen und politischen Lebens zu respektieren, obgleich er genau wußte, daß in beiden Bereichen Männer am Werk waren, die hinter einer Maske von Ansehen und Seriosität eine fast totale moralische Skrupellosigkeit verbargen. Einige dieser Leute hatte er in seinen Verwaltungsrat berufen, darunter auch zwei frühere Minister aus konservativen Kabinetten. Keiner der beiden hatte etwas gegen eine dicke Tantieme zusätzlich zum Direktorengehalt einzuwenden, zahlbar an ein Konto auf den Cayman-Inseln oder auf den Bahamas, und soviel er wußte frönte einer der Exminister einem absonderlichen Privatvergnügen: Er pflegte bei Tisch mit Häubchen, Dienstmädchenschürze und einem strahlenden Lächeln angetan, drei bis vier ledergekleidete Dominas zu bedienen. In Mansons Augen waren beide Männer recht nützlich, da sie über beträchtlichen Einfluß und erstklassige Beziehungen ohne hinderliches Ehrgefühl verfügten. In der Öffentlichkeit waren beide als verdiente Politiker bekannt. So genoß James Manson großes Ansehen im Rahmen der Spielregeln der City, die mit den sonst üblichen Regeln absolut nichts zu tun hatten.

Das war nicht von jeher so gewesen. Deshalb stießen alle Rechercheure, die sich mit seiner Vergangenheit befaßten, immer wieder gegen Gummiwände. Über den Beginn seiner Karriere war sehr wenig bekannt, und er war klug genug, dafür zu sorgen, daß es so blieb. Er ließ zwar durchsickern, daß er der Sohn eines rhodesischen Lokführers war, aufgewachsen in der Nähe der weitläufigen Kupferminen von Ndola im nördlichen Rhodesien, dem heutigen Sambia. Er bekannte sogar, daß er als Junge vor Ort gearbeitet und später sein erstes Vermögen mit Kupfer verdient hatte. Aber er verlor kein Wort darüber, wie das geschehen war.

In Wirklichkeit hatte er die Bergwerke sehr früh, schon vor seinem zwanzigsten Geburtstag, verlassen und erkannt, daß die Männer, die unter Tage ihr Leben inmitten lärmender Maschinen aufs Spiel setzen, nie Geld verdienen würden – jedenfalls nicht das große Geld. Das lag über der Erde und nicht einmal im Management der Minen. Als junger Mann hatte er sich mit dem Finanzwesen befaßt, mit dem Einsatz und der Manipulation von Geld, und sein Abendstudium hatte ihn gelehrt, daß man binnen einer Woche mit Kupferanteilen mehr verdienen konnte, als ein Bergmann in seinem ganzen Leben nach Hause brachte. Er hatte als kleiner Makler am Witwatersrand begonnen, nebenbei ein paar geschmuggelte Diamanten verkauft und Gerüchte in Umlauf gesetzt, die den Spekulanten die Brieftaschen öffneten, dann leichtgläubigen Mitmenschen einige ausgebeutete Claims verkauft. Daher stammte sein erstes Vermögen. Kurz nach dem Zweiten Weltkrieg tauchte er mit fünfunddreißig Jahren in London auf, besaß die richtigen Beziehungen für ein kupferhungriges Großbritannien, das seine Industrie in Schwung bringen wollte, und 1948 gründete er seine eigene Bergwerksgesellschaft. Sie wurde Mitte der fünfziger Jahre in eine Aktiengesellschaft umgewandelt, und fünfzehn Jahre später erstreckte sich seine Interessensphäre über die ganze Welt. Als einer der ersten erkannte er den frischen Wind, der mit Harold Macmillan durch Afrika wehte und den schwarzen Republiken die Unabhän-

gigkeit brachte. Er machte sich die Mühe, die meisten der neuen macht-
hungrigen afrikanischen Politiker kennenzulernen, während ein Großteil
der anderen Geschäftsleute der City immer noch die neuerliche Unabhängigkeit der einstigen Kolonien beklagte.
Er war für die neuen Männer ein guter Partner. Sie durchschauten seine
Erfolgsstory, und er durchschaute ihre Beteuerungen, es gehe ihnen nur
um ihre schwarzen Landsleute. Dabei wußten sie, was er wollte, und er
wußte, was sie wollten. So füllte er die Schweizer Bankkonten auf, und
sie erteilten Manson Consolidated Bergwerkslizenzen zu Preisen, die weit
unter dem Handelswert lagen. ManCon, wie die Firma kurz genannt
wurde, blühte und gedieh.
James Manson hatte auch mehrere Vermögen nebenbei verdient. So zum
Beispiel in jüngster Vergangenheit mit den Anteilen einer Nickelmine in
Australien. Die Gesellschaft nannte sich Poseidon. Als die Poseidon-Ak-
tien im Spätsommer 1969 bei vier Shilling standen, hatte ihm jemand zu-
geflüstert, ein Geologenteam habe in Zentralaustralien eventuell etwas
in einem Landstrich entdeckt, wo Poseidon die Schürfrechte besaß. Er riskierte eine erkleckliche Summe für einen vertraulichen Auszug aus den
Untersuchungsberichten. Darin stand: Nickel, und zwar eine ganze
Menge. Nickel war zwar auf dem Weltmarkt nicht knapp, aber das
schreckte die Spekulanten nicht ab; sie und nicht die Anleger trieben die
Aktienkurse hoch.
Er setzte sich mit seiner Schweizer Bank in Verbindung, einem so diskre-
ten Geldinstitut, daß es sein Vorhandensein nur durch ein Goldtäfelchen
von der Größe einer Visitenkarte an der Wand neben einer soliden Eichentür in einer schmalen Züricher Gasse kundtat. In der Schweiz gibt
es keinen Börsenmakler. Alle Investitionen werden über die Bank abgewickelt. Manson wies Dr. Martin Steinhofer, den Chef der Investment-
Abteilung der Zwingli-Bank, an, in seinem Namen fünftausend Posei-
don-Anteile zu erwerben. Der Schweizer Bankier verständigte die
angesehene Londoner Firma Joseph Sebag & Co. und gab die Order für
das Bankhaus Zwingli weiter. Zum Zeitpunkt der Transaktion notierte
Poseidon mit fünf Shilling.
Der Sturm brach los, als Ende September das Ausmaß der australischen
Nickelvorkommen bekannt wurde. Die Kurse gerieten in Bewegung, und
geschickt plazierte Gerüchte sorgten dafür, daß aus dem Anstieg ein Run
wurde. Sir James Manson wollte die Papiere ursprünglich abstoßen, sobald sie fünfzig Pfund pro Anteil erreicht hatten, aber sie kletterten so
kräftig, daß er sie noch behielt. Schließlich schätzte er den erreichbaren
Höchststand auf etwa einhundertfünfzehn Pfund und wies Dr. Steinhofer
an, bei einhundert Pfund mit dem Verkauf zu beginnen. Der diskrete
Schweizer Bankier tat es und veräußerte das ganze Aktienpaket zu einem
Durchschnittspreis von einhundertdrei Pfund pro Anteil. Das Papier er-

reichte eine Spitzennotierung von einhundertzwanzig Pfund, dann setzte sich die Vernunft durch, und der Kurs sank auf zehn Pfund. Diese Differenz von zwanzig Pfund störte Manson nicht, denn er wußte, daß man dann verkaufen muß, wenn ein Papier noch eine ansteigende Tendenz aufweist und genügend Kaufinteressenten findet. Nach Abzug aller Kosten und Gebühren machte er dabei einen guten Schnitt von netto fünfhunderttausend Pfund, die immer noch beim Schweizer Bankhaus Zwingli lagen.

Einem britischen Staatsbürger ist es natürlich verboten, ohne Kenntnis des Finanzamtes ein ausländisches Bankkonto zu besitzen, und er darf auch nicht innerhalb von sechzig Tagen einen Gewinn von einer halben Million Pfund Sterling machen, ohne dafür Kapitalgewinnsteuern abzuführen. Aber Dr. Steinhofer war in der Schweiz ansässig und ein verschwiegener Mann.

An diesem Februarnachmittag kehrte Sir James Manson nun an seinen Schreibtisch zurück, ließ sich in den weichgepolsterten Ledersessel sinken und griff wieder nach dem vor ihm liegenden Bericht. Er war in einem großen versiegelten Briefumschlag eingetroffen, vertraulich und nur zu seiner persönlichen Kenntnisnahme. Der Bericht trug die Unterschrift von Dr. Gordon Chalmers, dem Leiter von ManCons Abteilung für Untersuchung, Forschung, Kartographie und Probeanalyse außerhalb Londons. Der Bericht bezog sich auf Tests an Proben, die ein gewisser Mulrooney angeblich vor drei Wochen aus einem Land namens Zangaro mitgebracht hatte.

Dr. Chalmers war ein wortkarger Mann. Er faßte das Ergebnis des Berichtes knapp und präzise zusammen. Mulrooney habe einen Berg oder Hügel von rund sechshundert Metern über NN und annähernd tausend Metern Durchmesser entdeckt. Er liege etwas abseits von einer Bergkette im Hinterland Zangaros. Dieser Berg enthalte eine weitversprengte Lagerstätte eines Minerals von offenbar gleichmäßiger Verteilung in einem Muttergestein von eisenhaltigem Typus, mehrere Millionen Jahre älter als der Sandstein der umliegenden Berge.

Mulrooney hatte zahlreiche, gleichmäßig vorkommende Quarzeinsprengungen gefunden und das Vorhandensein von Zinn vorausgesagt. Er war mit Proben des Quarzes, des Muttergesteins und des Bachgerölls aus den am Hügel entspringenden Wasserläufen wiedergekommen. Die Quarzadern enthielten tatsächlich geringfügige Mengen Zinn. Interessant war jedoch das Muttergestein. Verschiedene Untersuchungen hatten ergeben, daß dieses Muttergestein und die Kiesproben kleinere, kaum abbauwürdige Mengen Nickel enthielten. Sie enthielten aber auch einen bemerkenswert hohen Anteil von Platin. Es ließ sich in allen Proben nachweisen, und zwar in sehr gleichmäßiger Verteilung. Das reichste bekannte Platinvorkommen der Welt seien die Rustenburg-Minen in Südafrika, wo die Konzentration oder ›Graduierung‹ bis zu 0,25 Troy-Unzen pro Tonne Material betrage. Die durchschnittliche Konzentration in den Mulrooney-Proben liege bei 0,81. Mit vorzüglicher Hochachtung, Ihr...

Sir James Manson wußte ebensogut wie jeder andere Fachmann, daß Platin das drittkostbarste Metall der Welt war und in diesem Augenblick zu einem Marktpreis von einhundertdreißig Dollar pro Troy-Unze gehandelt wurde. Es war ihm auch klar, daß der Preis bei dem steigenden Weltbedarf im Laufe der nächsten drei Jahre auf mindestens einhundertfünfzig Dollar und innerhalb von fünf Jahren wahrscheinlich bis auf zweihundert Dollar steigen würde. Den Höchstpreis von dreihundert Dollar aus dem Jahr 1968 würde Platin wahrscheinlich nicht mehr erreichen, denn dieser Preis war lächerlich.

Er stellte auf einem Notizblock einige Berechnungen an. Zweihundertfünfzig Millionen Kubikmeter Fels zu zwei Tonnen pro Kubikmeter – das machte fünfhundert Millionen Tonnen. Bei einem Durchschnitt von einer halben Unze pro Tonne Fels kamen zweihundertfünfzig Millionen Unzen heraus. Wenn das Bekanntwerden einer neuen Lagerstätte den Preis auf neunzig Dollar pro Unze drückte und die ungünstige Lage des Kristallberges für Abbau und Verarbeitung Kosten in Höhe von fünfzig Dollar pro Unze erforderte, blieben immer noch...

Sir James Manson lehnte sich in seinem Ledersessel zurück und stieß einen leisen Pfiff aus.

»Großer Gott, zehn Milliarden Dollar auf einem Haufen.«

2. Kapitel

Platin ist ein Metall und hat wie jedes Metall seinen Marktpreis. Dieser Preis wird grundsätzlich von zwei Faktoren bestimmt: Erstens ist das Metall bei gewissen industriellen Verfahren unentbehrlich, und zweitens ist es selten. Platin ist sogar sehr selten. Die gesamte jährliche Weltproduktion beträgt, abgesehen von den heimlich auf Vorrat produzierten Mengen, nur knapp über eineinhalb Millionen Troy-Unzen. Der weitaus größte Teil, wahrscheinlich über fünfundneunzig Prozent, kommt aus Südafrika, Kanada und Rußland. Rußland ist üblicherweise der störrische Partner dieser Dreiergruppe. Die Produzenten würden den Preis auf dem Weltmarkt gern stabil erhalten, um langfristige Investitionen für neue Verarbeitungsanlagen und den Ausbau neuer Bergwerke planen zu können, ohne fürchten zu müssen, daß der Preis plötzlich ins Bodenlose fällt, wenn jemand unerwartet größere Mengen von gehortetem Platin auf den Markt wirft. Die Russen sorgen immer wieder für Unruhe auf dem Platinmarkt, indem sie unbekannte Mengen horten und damit jederzeit nach Belieben große Quantitäten abstoßen können.

Von den eineinhalb Millionen Troy-Unzen, die jährlich auf dem Weltmarkt gehandelt werden, stammen etwa dreihundertfünfzigtausend aus der Sowjetunion. Sie besitzt damit einen Marktanteil von dreiundzwanzig bis vierundzwanzig Prozent, genug, um einen beträchtlichen Einfluß auszuüben. Das Angebot wird über Sojus Prom Export vermarktet. Kanada wirft rund zweihunderttausend Unzen pro Jahr auf den Markt, die restlos aus den Nickelbergwerken der Firma International Nickel stammen, und diese Menge wird Jahr für Jahr fast ausschließlich von den amerikanischen Engelhardt Industries aufgekauft. Sollte der US-Bedarf an Platin unvermittelt steil ansteigen, könnte Kanada wahrscheinlich die zusätzlich benötigten Mengen nicht liefern.

Mit nahezu neunhundertfünfzigtausend Unzen pro Jahr beherrscht Südafrika den Markt. Abgesehen von den Impala-Minen, die gerade erschlossen wurden, als Sir James Manson die Lage auf dem Weltmarkt überdachte, und die seitdem große Bedeutung erlangt haben, sind die Giganten im Platingeschäft die Rustenburg-Minen, die über die Hälfte der ganzen Welterzeugung liefern. Diese werden von der Holdinggesellschaft Johannesburg Consolidated kontrolliert, die ein hinreichend dickes Aktienpaket besitzt, um die Minen praktisch allein zu leiten. Die Verarbeitung und der Vertrieb des Platins aus Rustenburg- Minen besorgt nach wie vor die in London ansässige Firma Johnson-Matthey.

Das wußte James Manson so gut wie jeder andere. Er war zwar nicht im Platingeschäft engagiert, als ihm Chalmers Bericht auf den Schreibtisch flatterte, aber er kannte die Lage auf diesem Markt so gut, wie sich ein Neurochirurg mit den Herzfunktionen auskennt. Er wußte auch, warum gerade zu diesem Zeitpunkt der Chef der amerikanischen Engelhardt Industries, der vielseitige Charlie Engelhardt, in der Öffentlichkeit besser bekannt als der Besitzer des sagenumwobenen Rennpferdes Nijinsky, sich ins südafrikanische Platingeschäft einkaufte: Amerika würde nämlich um die Mitte der siebziger Jahre wesentlich mehr Platin brauchen als Kanada liefern konnte. Dessen war Manson ganz sicher.

Der Grund, aus dem der amerikanische Platinverbrauch sich in der zweiten Hälfte der siebziger Jahre wahrscheinlich verdreifachen mußte, lag in einem schlichten Blechteil, jedem Autofahrer als Auspuff bekannt.

Ende der sechziger Jahre war in Amerika das Smog-Problem zu einem Politikum geworden. Worte wie ›Luftverschmutzung‹, ›Ökologie‹, ›Umweltschutz‹, vor zehn Jahren noch so gut wie unbekannt, gingen nun jedem Politiker glatt über die Lippen und waren zu Modebegriffen geworden. Auf den Gesetzgeber wurde ein zunehmender Druck ausgeübt, die Umweltverschmutzung zu überwachen und schließlich einzuschränken. Ralph Nader ist es zu verdanken, daß dabei das Automobil zur wichtigsten Zielscheibe wurde. Manson war sicher, daß sich dieser Trend zu Beginn der siebziger Jahre noch verstärken würde und daß bis 1975 oder spätestens 1976 jedes amerikanische Auto laut gesetzlicher Vorschrift mit einer Vorrichtung versehen sein mußte, die die Auspuffgase von giftigen Bestandteilen befreite. Er nahm ferner an, daß Städte wie Tokio, Madrid und Rom später diesem Beispiel folgen würden. Doch das große Vorbild war Kalifornien.

Die Abgase eines Motors setzen sich aus drei Bestandteilen zusammen, die sich durchwegs unschädlich machen lassen: zwei davon durch ein chemisches Verfahren namens Oxydation und der dritte durch ein Verfahren namens Reduktion. Bei der Reduktion ist ein sogenannter Katalysator erforderlich, und eine Oxydation erreicht man, indem man entweder die Gase bei sehr hohen Temperaturen unter Zuführung von Frischluft verbrennt oder indem man sie bei niedrigen Temperaturen verbrennt, wie sie in einem Auspuff vorkommen. Die Verbrennung bei niedriger Temperatur erfordert ebenso wie die Reduktion einen Katalysator. Der einzige bisher bekannte brauchbare Katalysator heißt Platin.

Zwei Dinge konnte sich Sir James Manson an den Fingern abzählen: Man würde zwar auch in den siebziger Jahren große Anstrengungen unternehmen, um ein Methode der Abgasreinigung zu finden, die ohne Edelmetall-Katalysator auskommt, aber eine brauchbare Lösung dieses Problems war höchstwahrscheinlich nicht vor 1980 zu erwarten. Daher würde eine auf Platin begründete katalytische Abgasreinigung noch für ein Jahrzehnt die einzige brauchbare Lösung bleiben und man würde für jeden Auspuff eine Zehntelunze reines Platin benötigen.

Der zweite Punkt war, daß bei einer gesetzlichen Vorschrift zur Ausstattung aller Neuwagen mit einer Abgasreinigung, die auch strengsten Anforderungen genügte und von der er glaubte, daß die USA sie bis 1975 verabschieden mußten, ein zusätzlicher jährlicher Bedarf von eineinhalb Millionen Unzen Platin entstehen würde. Das entsprach einer Verdoppelung der Weltproduktion, und die Amerikaner würden nicht wissen, woher sie die zusätzlichen Mengen nehmen sollten.

Diese Frage glaubte James Manson beantworten zu können: Sie konnten bei ihm kaufen. Wenn Platin noch für ein Jahrzehnt für jede Vorrichtung zur Abgasreinigung absolut unentbehrlich war und der Weltbedarf das Angebot bei weitem überstieg, mußte das zu einem recht annehmbaren Preis führen.

Nur ein Problem ergab sich: Er mußte absolut sicher sein, daß er allein die Kontrolle über alle Abbaurechte am Kristallberg ausübte.

Die Frage war nur wie?

Normalerweise wäre die Sache so gelaufen, daß er die Republik besuchte, zu der dieser Berg gehörte, sich um eine Audienz beim Präsidenten bemühte, ihm die Untersuchungsergebnisse zeigte und einen Handel vorschlug, der ManCon die Abbaurechte, der Regierung eine angemessene Gewinnbeteiligung zur Aufbesserung der Staatsfinanzen und dem Präsidenten eine regelmäßige fette Tantieme auf ein Schweizer Konto sicherte. Das war der übliche Weg.

Aber ganz abgesehen von der Tatsache, daß jede andere Bergwerksgesellschaft der Welt zur Erlangung dieser Abbaurechte mitbieten würde, wenn sie erfuhr, was der Kristallberg enthielt, gab es noch drei Parteien, die sich mit allen Mitteln einschalten würden – entweder um die Produktion selbst aufzunehmen oder um sie für immer zu verhindern: die Südafrikaner, die Kanadier und vor allem die Russen. Das Auftauchen eines neuen, leistungsfähigen Lieferanten auf dem Weltmarkt würde nämlich den sowjetischen Anteil an diesem Markt so stark beschneiden, daß die Sowjets dann nur noch eine entbehrliche Statistenrolle spielten und im Platingeschäft Machteinfluß und Gewinne einbüßen mußten.

Manson hatte den Namen Zangaro zwar schon irgendwo gehört, aber das war eine so obskure Gegend, daß er praktisch nichts über das Land wußte. Er mußte also vor allen Dingen weitere Informationen sammeln.

Er beugte sich vor und drückte auf einen Knopf seiner Sprechanlage. »Miss Cooke, würden Sie bitte hereinkommen.«

Er nannte sie immer noch ›Miss Cooke‹, obgleich sie seit sieben Jahren sein Privatsekretärin war, und auch in den zehn Jahren davor, während sie sich von der einfachen Stenotypistin im Schreibsaal bis in den zehnten Stock vorarbeitete, war niemand auf den Gedanken gekommen, daß sie vielleicht einen Vornamen haben könnte. Und doch hatte sie einen: Marjory. Aber sie war einfach nicht der Typ, zu dem man ›Marjory‹ sagen konnte.

Sicher hatte es einmal Männer gegeben, die sie Marjory nannten, vor langer Zeit, schon vor dem Krieg, als sie noch ein junges Mädchen war. Vielleicht hatten manche sogar versucht, mit ihr zu flirten oder sie in die Kehrseite zu zwicken. Aber das war inzwischen lange fünfunddreißig Jahre her. Fünf Jahre Krieg und Sanitätsdienst in den brennenden Straßen Londons, das Bemühen, einen Grenadier zu vergessen, der aus Dünkirchen nicht zurückgekehrt war, danach zwanzig Jahre als Pflegerin einer kranken, ewig greinenden Mutter, einer bettlägerigen Tyrannin, die ihre Schwäche und ihre Tränen als Waffe eingesetzt hatte – das hatte Miss Cooke die Jugend und jeglichen femininen Reiz gekostet. Jetzt war sie vierundfünfzig, sehr gepflegt, tüchtig und ernst, betrachtete ihre Arbeit bei ManCon als ihren Lebensinhalt und den zehnten Stock der Zentrale als höchstes aller erreichbaren Ziele; daneben gab es nur noch den Terrier, der mit ihr die hübsche Wohnung im Vorort Chigwell teilte und der auf ihrem Bett schlafen durfte.

Niemand sagte Marjory zu ihr. Die jüngeren Herren in der Zentrale nannten sie einen verschrumpelten Apfel, die Sekretärinnen sprachen nur von ›dem alten Drachen‹. Alle anderen nannten sie ›Miss Cooke‹, auch ihr Brötchengeber, Sir James Manson, über den sie mehr wußte, als sie jemals ihm oder einem anderen gegenüber eingestanden hätte. Sie trat durch die Tür in der Buchentäfelung ein, die in geschlossenem Zustand wie ein Teil der Wand wirkte.

»Miss Cooke, ich bin darauf gestoßen, daß wir in den letzten Monaten eine kleine Untersuchung durchgeführt haben – soviel ich weiß, ein Einmannunternehmen –, und zwar in der Republik Zangaro.«

»Ja, Sir James, das stimmt.«

»Ach, Sie wissen Bescheid?«

Natürlich wußte sie Bescheid. Miss Cooke vergaß nie etwas, was über ihren Schreibtisch gegangen war.

»Ja, Sir James.«

»Gut. Dann stellen Sie bitte fest, wer uns die behördliche Genehmigung zur Durchführung der Untersuchung besorgt hat.«

»Das ist sicher bei den Akten, Sir James. Ich sehe sofort nach.«

Zehn Minuten später kam sie wieder, nachdem sie in ihrem Terminkalender mit dem doppelten Index-, Namens-, Sachregister nachgesehen und sich die Bestätigung aus der Personalabteilung geholt hatte.

»Das war Mr. Bryant, Sir James.« Sie hielt eine Karteikarte in der Hand. »Richard Bryant von der Rechtsabteilung Übersee.«

»Ich nehme an, er hat einen Bericht vorgelegt?« fragte Sir James.

»Entsprechend den Vorschriften müßte er's getan haben.«

»Dann schicken Sie mir bitte seinen Bericht herein, Miss Cooke.«

Sie verließ das Büro. Der Chef von ManCon sah durch das Tafelglas hinaus in die frühe Abenddämmerung, die sich über die City von London herabsenkte. In den mittleren Stockwerken gingen die Lichter an – in den unteren hatten sie den ganzen Tag über gebrannt –, aber hier oben in der Skyline reichte das Licht des Wintertages noch aus. Nur zum Lesen genügte es nicht mehr. Sir James knipste die Leselampe auf seinem Schreibtisch an, als Miss Cooke wiederkam, den gewünschten Bericht auf seine Schreibtischunterlage legte und durch die getäfelte Wand entschwand.

Der Bericht, den Richard Bryant vor sechs Monaten eingereicht hatte, war in dem firmenüblichen knappen Stil gehalten: Auf Anweisung des Leiters der Rechtsabteilung Übersee war er nach Clarence geflogen, der Hauptstadt Zangaros, und hatte dort nach einwöchigem Antichambrieren einen Gesprächstermin beim Minister für Bodenschätze erhalten. Im Laufe von sechs Tagen kam es zu drei Gesprächen und schließlich zu einer Vereinbarung, daß ein einzelner Vertreter der Firma ManCon in die Republik einreisen und im Hinterland jenseits der Kristallberge Bodenuntersuchungen durchführen dürfe. Die geographische Festlegung war von der Firma absichtlich sehr vage gehalten, um ihrem Mann die Gelegenheit zu geben, sich möglichst frei im Land zu bewegen. Nach längerem Hickhack wurde dem Minister bedeutet, daß die Gesellschaft nicht im entferntesten daran dächte, eine Gebühr der erwarteten Höhe zu entrichten, da nichts auf eventuell vorhandene Bodenschätze hinwies; dann hatten sich Bryant und der Minister auf eine bestimmte Summe geeinigt. Die im Vertrag genannte Summe machte natürlich nur gut die Hälfte dessen aus, was tatsächlich bezahlt wurde, denn der Rest ging auf das Privatkonto des Ministers.

Das war alles.

Der einzige Hinweis auf die Landessitten war ein offenbar korrupter Minister. Na und? dachte Sir James Manson, in Washington hätte es Bryant wahrscheinlich nicht anders gemacht. Nur waren die handelsüblichen Preise dort anders.

Er beugte sich wieder über sein Sprechgerät.

»Miss Cooke, Mister Bryant möchte bitte zu mir kommen.«

Er ließ den Knopf los und drückte auf einen anderen.

»Martin, kommen Sie doch bitte gleich mal zu mir.«

Martin Thorpe brauchte für seinen Weg von seinem Büro im neunten Stock genau zwei Minuten. Er sah nicht aus wie das Finanzgenie und der verhätschelte Wunderknabe eines der skrupellosesten Geldmacher in einer bekanntermaßen skrupellosen und raffgierigen Branche, sondern eher wie der Kapitän einer Sportmannschaft aus einer guten Public School – charmant, jungenhaft und ordentlich, mit dunklem welligem Haar und tiefblauen Augen. Die Sekretärinnen nannten ihn sexy, und die Aufsichtsräte, die mit ansehen mußten, wie ihnen an der Börse Optionen vor der Nase weggeschnappt wurden oder wie ihre Gesellschaften unversehens unter die Kontrolle einiger von Martin Thorpe vorgeschobener Strohmänner gerieten, hatten durchaus weniger nette Bezeichnungen für ihn.

Trotz seines Äußeren hatte Thorpe nie eine Public School besucht und war kein Sportler, geschweige denn ein Mannschaftskapitän. Er wußte nichts mit Begriffen wie Konditionstief, Feldüberlegenheit oder Flügelspiel anzufangen, aber dafür hatte er die stündlichen Kursbewegungen sämtlicher Tochtergesellschaften von ManCon für den ganzen Tag im Kopf. Mit neunundzwanzig Jahren war er ehrgeizig und wollte es zu etwas bringen. ManCon und Sir James bedeuteten vielleicht das richtige Sprungbrett für ihn, und seine Firmentreue beruhte ganz auf seinem ungewöhnlich hohen Gehalt, den Kontakten in der City, die ihm seine Position bei Manson eintrug, und der Erkenntnis, daß er von seinem jetzigen Posten aus sehr gut die ›ganz große Chance‹ wahrnehmen konnte.

Als er das Büro betrat, hatte Sir James den Zangaro-Bericht in eine Schublade geschoben. Nur Bryants Bericht lag noch auf seiner Schreibunterlage.

Er bedachte seinen Schützling mit einem freundlichen Lächeln.

»Martin, ich habe für Sie eine Aufgabe, die einige Diskretion erfordert. Die Sache ist eilig und könnte die halbe Nacht in Anspruch nehmen.«

Es war nicht Sir James' Art, sich zu erkundigen, ob Thorpe an diesem Abend etwas vorhatte. Thorpe wußte es und nahm diesen Umstand als Begleiterscheinung seines Spitzengehalts in Kauf.

»Ist schon in Ordnung, Sir James. Was ich vorhatte, läßt sich mit einem Telefongespräch erledigen.«

»Gut. Hören Sie zu: Ich habe ein paar alte Berichte durchgesehen und bin dabei auf diese Sache hier gestoßen. Vor sechs Monaten hat unsere Rechtsabteilung Übersee einen unserer Leute in eine abgelegene Republik namens Zangaro geschickt. Ich weiß nicht, warum, aber ich hätte es gern gewußt. Der Mann hat die Genehmigung der Regierung für ein paar Bodenuntersuchungen nach möglichen Minerallagerstätten in einem unerschlossenen Gebiet erwirkt, das hinter den sogenannten Kristallbergen liegt. Nun möchte ich folgendes erfahren: Wurde diese Sache damals oder noch zuvor oder seit dieser Reise vor sechs Monaten jemals gegenüber dem Aufsichtsrat erwähnt?«

»Dem Aufsichtsrat?«

»Richtig. Hat der Aufsichtsrat etwas von dieser Untersuchung erfahren? Das möchte ich gern wissen. Möglicherweise steht es nicht auf der Tagesordnung. Sie müssen sich also die Protokolle durchsehen. Falls die Angelegenheit irgendwo unter ›Sonstiges‹ gestreift wurde, überprüfen Sie die Protokolle aller Aufsichtsratssitzungen der letzten zwölf Monate. Stellen Sie zweitens fest, wer Bryants Reise vor sechs Monaten bewilligt hat, aus welchem Grund und wer den Ingenieur hingeschickt hat – und warum. Der Mann, der die Untersuchungen durchführte, heißt Mulrooney. Ich möchte auch einiges über ihn erfahren, aber das finden Sie in den Personalunterlagen. Haben Sie verstanden?«

Thorpe war erstaunt. Das alles lag außerhalb seiner Zuständigkeit. »Ja, Sir James, aber Miss Cooke könnte das in der Hälfte der Zeit erledigen oder erledigen lassen.«

»Ja, schon möglich, aber ich möchte, daß Sie es tun. Wenn Sie eine Personalakte oder ein Sitzungsprotokoll anfordern, wird man annehmen, daß es um eine Finanzierungsfrage geht. Man wird sich keine weiteren Gedanken darüber machen.«

Jetzt begann es bei Thorpe zu dämmern.

»Sie meinen... Sie haben da unten etwas gefunden, Sir James?« Manson sah hinaus auf den inzwischen tintenschwarzen Himmel und das strahlende Lichtermeer unter ihm, wo Makler und Händler, Angestellte und Kaufleute, Bankiers und Beamte, Versicherungsagenten und Börsenjobber, Käufer und Verkäufer, Rechtsvertreter und in manchen Büros zweifellos auch Rechtsbrecher ihren Winternachmittag bis zum Feierabend um halb sechs verbrachten.

»Fragen Sie nicht«, sagte er knurrig zu dem jungen Mann, »tun Sie nur, was ich Ihnen sage.«

Grinsend verließ Martin Thorpe das Büro durch die Hintertür und stieg die Treppe hinunter zu seinem eigenen Reich.

»Ein gerissener Hund«, murmelte er vor sich hin.

Sir James Manson wandte sich um, als ein Summton der Sprechanlage die Stille des doppelt verglasten, schalldichten Allerheiligsten störte.

»Mister Bryant ist hier, Sir James.«

Manson durchquerte den Raum und schaltete die Deckenbeleuchtung ein. An seinem Schreibtisch drückte er auf die Ruftaste.

»Schicken Sie ihn herein, Miss Cooke.«

Es gab drei Gründe, aus denen mittlere Angestellte gelegentlich ins Allerheiligste zitiert wurden: entweder ging es um Anweisungen oder Berichte, die Sir James persönlich erteilen oder anhören wollte, also ums Geschäft; oder der Betreffende bekam eine Zigarre verpaßt, bis er nur noch als schweißnasser Putzlumpen dastand, und das war die Hölle; oder der Chef wollte gegenüber einem verdienten Mitarbeiter den gütigen Onkel spielen – eine Auszeichnung.

Auf der Schwelle stand nun Michael Bryant, mit neununddreißig Jahren ein mittlerer Angestellter, der tüchtig und zuverlässig seine Arbeit verrichtete. Aber er war auf diesen Job angewiesen und wußte, daß nicht der erste dieser drei Gründe ihn hierhergeführt haben konnte. Er fürchtete den zweiten Grund und war namenlos erleichtert, als er merkte, daß es sich um den dritten handeln mußte.

Sir James trat ihm mit freundlichem Lächeln entgegen.

»Ah – Bryant! Kommen Sie herein.«

Miss Cooke schloß die Tür hinter ihm und ging zum Schreibtisch zurück. Sir James Manson deutete auf einen der Sessel in der Konferenzecke des geräumigen Büros, weitab vom Schreibtisch. Bryant fragte sich immer noch, was das alles sollte, und ließ sich in die gepflegten Wildlederpolster sinken. Manson trat an die Wand und öffnete zwei Türen seiner gut ausgerüsteten Hausbar.

»Etwas zu trinken, Bryant? Ich denke, es ist nicht mehr zu früh.«

»Danke, Sir, einen Scotch bitte.«

»So ist's recht. Das Zeug mag ich auch am liebsten. Ich schließe mich Ihnen an.«

Bryant sah auf die Uhr. Es war Viertel vor fünf, und an einem Londoner Winternachmittag sicher nicht mehr zu früh für einen Drink. Im übrigen erinnerte er sich an eine Party im Büro, auf der Sir James sich über Sherrytrinker und ähnliche Leute lustig gemacht und den ganzen Abend bei Scotch verbracht hatte. Es lohnt sich, so etwas zu beobachten, überlegte Bryant, während sein Chef von seinem speziellen Glenlivet etwas in zwei schön geschliffene alte Kristallgläser goß. Den Eiskübel rührte er natürlich nicht an.

»Wasser? Oder ein Spritzer Soda?« rief er von der Bar.

Bryant sah sich um und sah die Flasche. »Einfach gemalzt, Sir James? Nein danke, dann lieber pur.«

Manson nickte ein paarmal beifällig und kam mit den Gläsern herüber. Sie prosteten einander zu und kosteten den vorzüglichen Whisky. Bryant wartete immer noch gespannt auf den Beginn des Gesprächs. Manson bemerkte es und setzte die Miene des guten Onkels auf.

»Lassen Sie sich keine grauen Haare wachsen, weil ich Sie zu mir heraufbestellt habe«, begann er. »Ich habe nur einen Stapel alte Berichte aus meiner Schublade durchgesehen und bin dabei auch auf Ihren gestoßen. Ich muß ihn damals gelesen und vergessen haben, ihn Miss Cooke in die Ablage zu geben.«

»Meinen Bericht?« fragte Bryant.

»Jaja, den Bericht, den Sie nach Ihrer Rückkehr abgeliefert haben. Wie hieß das Land doch gleich wieder? War das nicht Zangaro?«

»Ach ja, Sir, Zangaro, das war vor sechs Monaten.«

»Sehr richtig. Natürlich vor sechs Monaten. Beim Durchblättern ist mir aufgefallen, daß Sie es damals mit diesem Minister nicht einfach hatten.«

Bryant begann sich zu entspannen. In dem Büro war es angenehm warm, der Sessel ungewöhnlich bequem, der Whisky beruhigend wie ein guter alter Freund. Er lächelte in der Erinnerung.

»Aber ich habe immerhin die Genehmigung bekommen.«

»Ein verdammtes Kunststück«, beglückwünschte ihn Sir James und lächelte ebenfalls. »Wissen Sie, ich habe das früher auch gemacht. Schwierige Aufträge und die Kastanien aus dem Feuer geholt. Aber in Westafrika war ich noch nie. Damals nicht. Später natürlich schon. Nachdem das alles losging.«

Bei ›das alles‹ deutete er flüchtig auf das luxuriöse Büro.

»Heutzutage bin ich hier oben viel zu sehr mit Papierkram eingedeckt«, fuhr Sir James fort. »Ich beneide oft euch junge Leute, die ihr loszieht und Verträge schließt wie in der guten alten Zeit. Erzählen Sie mir doch von Ihrer Reise nach Zangaro.«

»Nun, das war wirklich wie in der guten alten Zeit. Nachdem ich ein paar Stunden dort war, rechnete ich beinahe damit, ein paar Wilde mit Knochen quer durch die Nase herumlaufen zu sehen.«

»So, wirklich? Großer Gott, eine wilde Gegend, dieses Zangaro.«

Sir James Manson lehnte den Kopf zurück ins Dunkel, und Bryant hatte es sich inzwischen so gemütlich gemacht, daß ihm der Gegensatz zwischen dem scharfen Blick und dem aufmunternden Ton nicht auffiel.

»Ja, wirklich, Sir James. Ein unbeschreibliches Chaos, und seit der Unabhängigkeit vor fünf Jahren auf dem besten Weg, ins finstere Mittelalter zurückzusinken.«

Er erinnerte sich an eine andere beiläufige Bemerkung seines Chefs gegenüber einigen Mitarbeitern.

»Ein klassisches Beispiel für die Vorstellung, daß heute in den meisten afrikanischen Republiken Gruppen an die Macht gelangt sind, deren Leistung sie nicht einmal befähigt, eine Müllkippe zu leiten. Natürlich hat das einfache Volk darunter zu leiden.«

Sir James wußte natürlich auch, wann ihm seine eigenen Worte aufgetischt wurden. Mit stillem Lächeln erhob er sich, trat ans Fenster und sah auf den dichten Feierabendverkehr hinunter.

»Und wer gibt jetzt dort den Ton an?« fragte er leise.

»Der Präsident. Oder vielmehr der Diktator«, antwortete Bryant aus seinem Sessel. Sein Glas war leer. »Ein gewisser Jean Kimba. Er gewann die erste und einzige Wahl kurz vor der Unabhängigkeitserklärung vor fünf Jahren gegen die erklärte Absicht der Kolonialmacht. Durch Anwendung von Terror und Woodoo gegenüber den Wählern, wie manche behaupten. Die Leute sind ziemlich rückständig, müssen Sie wissen. Die meisten hatten keine Ahnung, worum es bei einer Wahl geht. Jetzt brauchen sie sich nicht mehr darum zu kümmern.«

»Also ein harter Bursche, dieser Kimba?« fragte Sir James.

»Nicht nur hart, Sir, sondern regelrecht verrückt. Ein Größenwahnsinniger, und wahrscheinlich auch noch geistesgestört. Er regiert vollkommen eigenmächtig, umgeben von einem kleinen Hofstaat politischer Nullen. Wenn jemand bei ihm in Ungnade fällt oder irgendwie sein Mißtrauen erregt, verschwindet er in den Gefängniszellen der alten Polizeizentrale aus der Kolonialzeit. Angeblich überwacht Kimba dort die Folterungen höchstpersönlich. Noch keiner ist da lebend wieder herausgekommen.«

»Hm, was ist das doch für eine Welt, in der wir leben, Bryant. Und diese Leute haben bei den Vereinten Nationen dieselbe Stimme wie Großbritannien oder Amerika. Von wem läßt sich der Mann in seinen Regierungsgeschäften beraten?«

»Von keinem seiner Leute. Natürlich gibt es da die Stimmen. Das behaupten jedenfalls die wenigen Weißen, die dort ausgeharrt haben.«

»Stimmen?« fragte Sir James.

»Ja, Sir. Er behauptet gegenüber dem Volk, daß er sich von göttlichen Stimmen leiten läßt. Er spricht angeblich mit Gott. Das hat er vor dem Volk und dem kompletten Diplomatischen Corps deutlich gemacht.«

»O Gott, noch einer«, murmelte Manson und sah immer noch auf die Straßen hinunter. »Manchmal glaube ich, daß es ein Fehler war, die Afrikaner mit dem lieben Gott bekannt zu machen. Die Hälfte aller Volksführer will jetzt mit ihm auf du und du stehen.«

»Abgesehen davon herrscht er durch eine Art hypnotische Furcht. Die Leute glauben, er hätte einen mächtigen Juju oder Woodoo oder Zauber. Er sorgt dafür, daß sie in panischer Angst vor ihm leben.«

»Und die ausländischen Vertretungen?« fragte der Mann am Fenster.

»Nun, Sir, die halten sich zurück. Anscheinend fürchten sie sich vor den

Exzessen dieses Verrückten genauso wie die Eingeborenen. Er ist eine Art Kreuzung zwischen Scheich Abeid Karume in Sansibar, Papa Doc Duvalier in Haiti und Sekou Touré in Guinea.«

Sir James wandte sich vom Fenster und fragte mit täuschend leiser Stimme: »Warum Sekou Touré?«

Bryant war nun ganz in seinem Element. Er war froh, seinem Arbeitgeber beweisen zu können, daß er seine Hausaufgaben gelernt und sich ein umfassendes Wissen der politischen Lage in Afrika angeeignet hatte.

»Nun, er ist fast so etwas wie ein Kommunist, Sir James. Seit Beginn seiner politischen Karriere hat er nur einen Mann wirklich verehrt: Lumumba. Deshalb sind dort die Russen so stark. Für die Größe des Landes unterhalten sie eine erstaunlich große Botschaft. Um Devisen zu verdienen, nachdem die Plantagen durch Mißwirtschaft eingegangen sind, verkaufen sie den größten Teil ihrer Rohprodukte an die einlaufenden russischen Frachter. Diese Frachter sind natürlich elektronisch voll ausgerüstete Spionageschiffe oder Mutterschiffe für U-Boote, die sie auf dem offenen Meer mit frischen Nahrungsmitteln versorgen. Aber das Geld, das sie dabei erlösen, bekommt nicht das Volk, sondern es wandert auf Kimbas Bankkonto.«

»Das klingt nicht besonders marxistisch«, warf Manson ironisch ein. Bryant grinste.

»Beim Geld hört der Marxismus auf«, antwortete er. »Das ist überall so.«

»Aber die Russen sind stark, nicht wahr? Sehr einflußreich? Noch einen Whisky, Bryant?«

Während Bryant antwortete, goß der ManCon-Chef noch zwei Gläser Glenlivet ein.

»Ja, Sir James. Kimba hat praktisch keine Ahnung von Dingen, die seinen unmittelbaren Gesichtskreis überschreiten, denn abgesehen von einigen Besuchen in afrikanischen Nachbarstaaten hat er seine Heimat noch nie verlassen. Deshalb läßt er sich in außenpolitischen Angelegenheiten manchmal beraten. Dafür stehen ihm drei Ratgeber zur Verfügung, Schwarze aus seinem eigenen Stamm. Zwei sind in Moskau ausgebildet, einer in Peking. Oder er setzt sich mit den Russen unmittelbar in Verbindung. Eines Abends unterhielt ich mich in der Hotelbar mit einem Händler, einem Franzosen. Der sagte mir, der russische Botschafter oder einer seiner Berater sei fast täglich im Präsidentenpalast.«

Bryant blieb noch zehn Minuten, aber Manson hatte so ziemlich alles erfahren, was er wissen wollte. Um zwanzig nach fünf schob er Bryant ebenso freundlich und glatt hinaus, wie er ihn empfangen hatte. Dann winkte er Miss Cooke herein.

»Wir haben in der Forschungsabteilung Gesteinsproben einen Ingenieur namens Jack Mulrooney«, sagte er. »Er ist vor drei Wochen von einer dreimonatigen Reise aus Afrika zurückgekommen, mußte dort unter primitivsten Bedingungen im Busch leben, also könnte er noch Urlaub haben. Versuchen Sie, ihn zu Hause zu erreichen. Ich möchte ihn morgen vormittag um zehn Uhr sprechen. Zweitens dann Dr. Gordon Chalmers, den Laborchef. Sie erwischen ihn vielleicht in Watford, bevor er das Labor verläßt. Wenn nicht, rufen Sie ihn zu Hause an. Ich möchte ihn morgen um zwölf hier haben. Sagen Sie alle anderen Verabredungen ab und richten Sie es so ein, daß ich Chalmers zum Essen mitnehmen kann. Reservieren Sie mir einen Tisch bei ›Wilton‹ in der Bury Street. Das wäre alles, danke. Ich bin in ein paar Minuten fertig. In zehn Minuten soll mein Wagen vorfahren.«

Nachdem sich Miss Cooke zurückgezogen hatte, drückte Manson auf einen Knopf seiner Sprechanlage und sagte: »Simon, kommen Sie doch bitte auf einen Sprung zu mir herauf.«

Simon Endean sah täuschend harmlos aus, genau wie Martin Thorpe, aber auf eine andere Weise: Er stammte aus einer untadeligen Familie und verbarg unter der Politur die moralische Haltung eines Gauners vom Eastend. Zu den guten Manieren und der Skrupellosigkeit gesellte sich eine gewisse Schlauheit. Er brauchte einen James Manson als Stütze, genau wie James Manson früher oder später auf seinem Weg nach oben oder im Überlebenskampf des Großkapitalismus die Dienste eines Simon Endean nötig haben würde.

Endean war ein Mann von der Art, wie man sie dutzendweise in den eleganten Spielclubs des Londoner Westend antrifft – wortgewandte Gekken, die sich vor jedem Millionär verbeugen und die jedes Showgirl kneifen. Der Unterschied war nur, daß Endean durch seine Intelligenz zu einer leitenden Position als Assistent des Chefs eines sehr elitären Spielclubs aufgestiegen war.

Im Gegensatz zu Thorpe hatte er nicht den Ehrgeiz, Multimillionär zu werden. Ihm genügte schon eine Million, und bis dahin fühlte er sich in Mansons Schatten wohl. Er verdiente genug für eine Sechszimmerwohnung, den Corvette und die Mädchen. Auch er hatte sein Büro im neunten Stock und kam über die Verbindungstreppe herauf, die gegenüber von Miss Cookes Tür in der Buchentäfelung mündete.

»Sir James?«

»Simon, morgen mittag esse ich mit einem gewissen Gordon Chalmers. Er tritt kaum in Erscheinung und ist der Chef unseres wissenschaftlichen Labors draußen in Watford. Um zwölf wird er hier sein. Bis dahin brauche ich einen Bericht über ihn. Natürlich die Personalakte, aber auch alles andere, was Sie ausfindig machen können. Sein Privatleben, die Familie, irgendwelche Schwächen und vor allem, ob er in Geldschwierigkeiten steckt, die über den Rahmen seines Gehalts hinausgehen. Seine politische Haltung, falls er eine hat. Die meisten dieser Wissenschaftler sind linksorientiert. Aber nicht alle. Sie können sich vielleicht heute vor Feierabend noch kurz mit Errington von der Personalabteilung unterhalten. Sehen Sie die Akten durch und legen Sie sie mir morgen früh zurecht. Gleich morgen fangen Sie mit seinem Privatleben an. Rufen Sie mich spätestens bis elf Uhr fünfundvierzig an. Verstanden? Ich weiß, der Termin ist kurz, aber es ist wichtig.«

Endean nahm die Anweisung entgegen, ohne mit der Wimper zu zucken. Er wußte, worum es ging: Sir James Manson brauchte häufig solche Informationen, da er selten einem Mann gegenübertrat, sei es Freund oder Feind, ohne eine Auskunft über ihn einzuholen, die auch sein Privatleben einschloß. Schon mehrfach hatte er Gegner überrumpelt, weil er besser vorbereitet war. Endean nickte und ging schnurstracks zur Personalabteilung, die Martin Thorpe zufällig gerade verlassen hatte. Aber sie begegneten einander nicht.

Ein Rolls-Royce mit Chauffeur brachte Manson vom ManCon-Verwaltungsgebäude zu seiner Wohnung im dritten Stock des Arlington House hinter dem ›Ritz‹, wo ihm ein ausgiebiges warmes Bad und ein im ›Caprice‹ bestelltes Dinner erwarteten. Manson lehnte sich in die Polster zurück und zündete sich die erste Zigarre dieses Abends an. Der Chauffeur reichte ihm die Spätausgabe des *Evening Standard*, und sie passierten gerade den Bahnhof Charing Cross, da fiel sein Blick auf eine kurze Notiz. Sie stand zwischen den Rennergebnissen. Er las sie mehrmals hintereinander, dann starrte er hinaus auf den quirlenden Verkehr und die eiligen Fußgänger, die dem Bahnhof zustrebten oder im kalten Nieselregen des Februars einem Bus nachliefen, der sie nach einem aufreibenden Tag in der City ins traute Heim irgendwo in Eden Bridge oder Seven Oaks bringen sollte.

Dabei begann in seinem Kopf ein Gedanke zu keimen. Jeder andere hätte ihn lachend abgetan, aber Sir James Manson war nicht irgendwer. Er war ein Pirat des zwanzigsten Jahrhunderts und stolz darauf. Die halbfette Schlagzeile über der Kurzmeldung in der Abendzeitung bezog sich auf eine afrikanische Republik – nicht Zangaro, sondern eine andere. Auch von ihr hatte Manson bisher kaum etwas gehört, denn es gab dort keine Bodenschätze. Die Überschrift lautete: ›Neuer Staatsstreich in Afrika.‹

3. Kapitel

Martin Thorpe wartete schon im Vorraum des Chefbüros, als Sir James um fünf nach neun eintraf. Er ging gleich mit hinein.

»Was haben Sie herausgefunden?« fragte Sir James Manson, während er seinen Regenmantel auszog und in den Einbauschrank hängte.

Thorpe zog sein Notizbuch aus der Tasche, klappte es auf und meldete das Ergebnis seiner Ermittlungen vom Abend zuvor.

»Vor einem Jahr hatten wir ein Erkundungsteam in der Republik, die nordöstlich von Zangaro liegt. Es wurde von einem Aufklärungsflugzeug begleitet, das wir bei einer französischen Firma gemietet hatten. Die zu untersuchende Gegend lag in der Nähe und grenzte teilweise an Zangaro. Leider gibt es nur wenige zuverlässige Landkarten dieses Gebietes und überhaupt keine Luftaufnahmen. Ohne den Flughafen Decca und andere Leitstrahlen für die Funkortung mußte sich der Pilot bei seinen Berechnungen nach der Geschwindigkeit und der Flugzeit richten.

Eines Tages war der Rückenwind stärker als vorausgesagt. Er flog den vorgesehenen Landstreifen ab und kehrte zum Stützpunkt zurück. Er wußte aber nicht, daß er mit dem Wind jedesmal die Grenze überschritten und vierzig Meilen nach Zangaro eingeflogen war. Als die Luftaufnahmen entwickelt wurden, zeigte es sich, daß er weit über das Ziel hinausgeschossen war.«

»Wer ist zuerst darauf gekommen? Diese französische Firma?« fragte Manson.

»Nein, Sir. Die hatten den Film nur entwickelt und ihn gemäß dem Vertrag kommentarlos an uns weitergegeben. Es war die Aufgabe unserer eigenen Luftaufklärungsabteilung, die auf den Fotos gezeigten Gebiete zu identifizieren. Dabei merkte man, daß am Ende einer jeden Serie eine Strecke Land folgte, die außerhalb des bezeichneten Gebietes lag. Die Fotos wurden weggeworfen oder zumindest beiseite gelegt. Unsere Mitarbeiter hatten erkannt, daß diese Bilder eine Bergkette zeigten, die außerhalb des vorgesehenen Bereiches lag, da dieser überhaupt keine Erhöhungen enthielt.

Dann sah sich ein kluger Mann die überzähligen Fotos noch einmal an und merkte, daß ein Teil des Berglandes, etwas östlich von der Hauptkette gelegen, Unterschiede in Dichte und Typus der Vegetation aufwies. So etwas sieht man vom Boden aus nicht, aber aus einer Höhe von dreitausend Metern fällt der Unterschied auf wie ein Bierdeckel auf einem grünen Billardtisch.«

»Ich weiß, wie man so etwas macht«, knurrte Sir James. »Weiter, weiter.«

»Verzeihung, Sir, ich wußte es nicht. Für mich war es neu. Ein halbes Dutzend Fotos wurden an einen Spezialisten unserer Abteilung Foto-Geologie weitergereicht, und er bestätigte nach dem Studium meiner Vergrößerung, daß die unterschiedliche Vegetation nur ein kleines Gebiet umfaßt – nämlich einen ungefähr kegelförmigen Berg von etwa sechshundert Meter Höhe. Beide Abteilungen legten dem Chef der Topografischen Abteilung Berichte vor. Er identifizierte die Hügelkette als die Kristallberge und glaubte, in dem etwas abseits gelegenen Berg den eigentlichen Kristallberg zu erkennen. Er schickte die Akte hinüber in die Rechtsabteilung Übersee, und der Abteilungsleiter Willoughby ließ durch Bryant an Ort und Stelle die Genehmigung zu einer Untersuchung einholen.«

»Davon hat er mir nichts gesagt«, murmelte Manson. Er saß jetzt hinter seinem Schreibtisch.

»Er hat darüber eine Aktennotiz verfaßt, Sir James. Ich habe sie hier. Sie waren damals in Kanada und wurden erst einen Monat später zurückerwartet. Er bringt klar zum Ausdruck, daß er einer Untersuchung dieses Gebietes nur eine geringe Chance einräumt; aber da wir bereits ohne zusätzliche Kosten Luftaufnahmen bekommen hatten und da die Abteilung Foto-Geologie der Meinung war, für die Unterschiede in der Vegetation müßte es Gründe geben, waren die Kosten gerechtfertigt. Willoughby vertrat außerdem die Ansicht, für seinen Mitarbeiter Bryant könnte es eine nützliche Erfahrung sein, zum erstenmal allein eine solche Aufgabe zu übernehmen. Bis dahin hatte ihn immer Willoughby begleitet.«

»Ist das alles?«

»Fast. Bryant bekam sein Visum und fuhr vor sechs Monaten los. Nach drei Wochen kam er mit der Genehmigung wieder zurück. Vor vier Monaten erklärte sich die Abteilung Bodenuntersuchungen damit einverstanden, einen Prospektor namens Jack Mulrooney von den Grabungen in Ghana abzuziehen und ihn zum Kristallberg zu schicken, vorausgesetzt, die Kosten blieben in einem überschaubaren Rahmen. Die Sache war nicht teuer. Er kam vor drei Wochen mit eineinhalb Tonnen an Bodenproben zurück, die sich seitdem im Laboratorium Watford befinden.«

»Ja, natürlich«, sagte Sir James Manson nach einer Pause. »Hat der Aufsichtsrat etwas von der ganzen Sache erfahren?«

»Nein, Sir«, erklärte Thorpe entschieden. »Es war ja nur eine Bagatelle. Ich bin alle Protokolle der Aufsichtsratssitzungen in den letzten zwölf Monaten durchgegangen, jedes vorgelegte Dokument, einschließlich aller Aktennotizen und Briefe an die Aufsichtsratsmitglieder. Es wurde kein Wort davon erwähnt. Die Kosten des Unternehmens sind ganz einfach irgendwo untergegangen. Von der Projektabteilung ist auch kein Anstoß erfolgt, da uns die Luftaufnahmen von der französischen Firma und ihrem alten Navigator geschenkt wurden. Die Sache war von Anfang an improvisiert und für den Aufsichtsrat nie wichtig genug.«

James Manson nickte sichtlich zufrieden.

»Gut. Jetzt zu Mulrooney. Wie klug ist er?«

Thorpe konsultierte Jack Mulrooneys Personalakte.

»Keine Diplome, keine Qualifikationen, aber sehr viel praktische Erfahrung, Sir. Ein alter Hase und ein erfahrener Afrikamann.«

Manson blätterte das Aktenstück durch, überflog den Lebenslauf und studierte den Werdegang des Mannes, seit seinem Eintritt in die Firma. »Erfahrung hat er«, knurrte Manson. »Diese alten Afrikakenner darf man nicht unterschätzen. Ich hab auch in einem Bergwerkscamp am Rand angefangen. Auf dieser Stufe ist Mulrooney stehengeblieben. Also bitte keine Überheblichkeit, solche Leute sind sehr nützlich und können sehr scharfsinnig sein.«

Er verabschiedete Martin Thorpe und sagte zu sich selbst: »Wollen mal sehen, wie scharfsinnig dieser Mr. Mulrooney ist.«

Er drückte wieder auf einen Knopf seiner Sprechanlage.

»Ist Mr. Mulrooney schon hier, Miss Cooke?«

»Ja, Sir James, er wartet.«

»Führen Sie ihn bitte herein.«

Manson war schon auf dem Weg zur Tür, als sein Mitarbeiter hereingeschoben wurde. Er begrüßte ihn herzlich und führte ihn zu der Sitzgruppe, wo er am Abend zuvor mit Bryant geplaudert hatte. Miss Cooke wurde noch gebeten, Kaffee zu besorgen. Aus der Personalakte ging hervor, daß Mulrooney ein leidenschaftlicher Kaffeetrinker war.

Jack Mulrooney wirkte in der Penthouse-Etage eines Londoner Verwaltungsgebäudes ebenso fehl am Platze wie etwa Thorpe im afrikanischen Busch. Seine Ärmel waren viel zu kurz, und er wußte nicht recht, was er mit seinen Händen anfangen sollte. Sein grauer Haarschopf war mit viel Wasser gebändigt worden, und beim Rasieren hatte er sich geschnitten. Den obersten Boss lernte er heute zum erstenmal kennen. Sir James gab sich redliche Mühe, die Verlegenheit des Mannes zu überspielen.

Als Miss Cooke mit dem Kaffeeservice und einer Schale feiner Kekse zurückkam, hörte sie gerade, wie ihr Chef zu dem Iren sagte:

»...Mensch, das ist's ja gerade! Sie besitzen genau das, was man den Grünschnäbeln aus der Universität nie beibringen kann. Fünfundzwanzig Jahre hart erkämpfte Erfahrung, wie man das verdammte Zeug aus dem Boden holt.«

Jedem Menschen tut es gut, anerkannt zu werden, und Jack Mulrooney bildete da keine Ausnahme. Er strahlte und nickte. Als Miss Cooke gegangen war, deutete Sir James auf das Kaffeeservice.

»Sehen Sie sich diese windigen Dinger an. Früher habe ich aus einem anständigen, soliden Becher getrunken, jetzt kriege ich dieses pimplige Zeug. Ich erinnere mich noch, damals am Rand, Ende der dreißiger Jahre, aber das war noch vor Ihrer Zeit...«

Mulrooney blieb eine Stunde. Er verabschiedete sich mit dem Eindruck, daß der Alte, trotz aller gegenteiliger Gerüchte, doch ein anständiger Kerl war. Auch Sir James Manson hatte sich eine Meinung über Mulrooney gebildet: Ein verdammt guter Mann, wenn es darum ging, Steinchen von einem Berg zu klopfen und dabei keine Fragen zu stellen.

Bevor er sich verabschiedete, faßte Mulrooney seine Ansicht noch einmal zusammen.

»Da unten liegt Zinn, Sir James. Darauf verwette ich meinen Kopf. Die Frage ist nur, ob man's einigermaßen wirtschaftlich rausholen kann.«

Sir James klopfte ihm kräftig auf die Schulter.

»Zerbrechen Sie sich darüber nicht den Kopf. Das werden wir wissen, sobald der Bericht aus Watford vorliegt. Und keine Sorge: wenn wir dort auch nur eine Unze Zinn finden, die ich unter dem Marktpreis zur Küste schaffen kann, holen wir uns das Zeug. Und wie steht's mit Ihnen? Wie sieht Ihr nächstes Abenteuer aus?«

»Weiß ich noch nicht, Sir. Ich habe noch drei Tage Urlaub, dann melde ich mich wieder im Büro.«

»Möchten Sie wieder ins Ausland?« Sir James strahlte ihn an.

»Ja, Sir. Ganz ehrlich: ich halte diese Stadt und das Wetter und alles drum herum nicht aus.«

»Also dahin, wo es warm ist, wie? Ich hörte, Sie lieben die Wildnis?«

»Ja, das stimmt. Dort draußen ist man sein eigener Herr.«

»Da haben Sie recht.« Manson lächelte. »So ist es wirklich. Fast beneide ich Sie. Nein, verdammt noch mal, ich beneide Sie wirklich! Mal sehen, was sich machen läßt.«

Zwei Minuten später hatte Jack Mulrooney das Büro verlassen. Manson schickte Miss Cooke mit dem Aktenstück in die Personalabteilung zurück und wies die Buchhaltung an, bis spätestens Montag einen Sonderbonus von tausend Pfund an Mulrooney zu überweisen. Dann rief er den Chef der Abteilung Bodenuntersuchungen an.

»Welche Untersuchungen haben Sie für die nächste Zeit vorgesehen?« fragte er ohne jede Einleitung.

Drei Aktionen waren geplant: Eine in einer abgelegenen Gegend im äußersten Norden Kenias, nahe der Grenze zu Somalia, wo das Hirn in der Mittagssonne austrocknet und nachts das Mark in den Knochen gefriert und wo Shifta-Banden das Land unsicher machen. Dieses Unternehmen sollte fast ein Jahr dauern. Bei dem Versuch, einen Mann für so lange Zeit in eine so unwirtliche Gegend zu schicken, hatte er sich beinahe zwei Kündigungen eingehandelt.

»Schicken Sie Mulrooney hin«, sagte Sir James und legte auf.

Er sah auf die Uhr. Es war elf. Er griff nach der Personalakte über Dr. Gordon Chalmers, die Endean ihm am Abend zuvor auf den Schreibtisch gelegt hatte.

Chalmers hatte mit Auszeichnung die Londoner Bergwerksakademie absolviert, wahrscheinlich die beste Fachuniversität der Welt, obgleich ihr Witwatersrand gern diesen Rang streitig machen möchte. Er hatte sein Staatsexamen erst in Geologie und später in Chemie bestanden und mit etwa fünfundzwanzig Jahren promoviert. Nach fünfjähriger Assistententätigkeit an der Universität war er als Wissenschaftler bei Rio-Tinto-Zinc angestellt und vor sechs Jahren für ein besseres Gehalt von ManCon abgeworben worden. Seit vier Jahren leitete er nun die wissenschaftliche Abteilung der Firma, die am Stadtrand von Watford in Hertfordshire lag,

einer der Grafschaften im Norden Londons. Das Paßfoto in der Personalakte zeigte einen Mann von Ende Dreißig mit einem gelbroten Bart. Er
trug eine Tweedjacke und ein rotes Hemd und blickte böse in die Kamera.
Der aus Wolle gestrickte Schlips hing schief.

Um elf Uhr fünfunddreißig läutete das Privattelefon. Sir James Manson
hob ab und hörte am anderen Ende der Leitung das Fallen einer Münze
in einer öffentlichen Fernsprechzelle. Dann meldete sich Endeans
Stimme. Er sprach knapp und präzise zwei Minuten lang vom Bahnhof
Watford aus. Als er fertig war, brummte Manson zufrieden.

»Das ist gut zu wissen«, sagte er. »Kommen Sie jetzt nach London zurück.
Ich habe noch einen Auftrag für Sie. Ich brauche eine lückenlose Auskunft
über die Republik Zangaro. Ich will alles darüber wissen. Ja – Zangaro.«
Er buchstabierte das Wort.

»Beginnen Sie mit der Entdeckung und gehen Sie chronologisch vor. Ich
brauche die Geschichte des Landes, seine Geographie, seine Lage, Wirtschaft, Landwirtschaft und seinen Bergbau, falls es so etwas gibt, die Politik und den Entwicklungsstand. Konzentrieren Sie sich auf die zehn Jahre
vor der Unabhängigkeit und ganz besonders auf den Zeitraum danach. Ich
will alles wissen, was Sie über den Präsidenten in Erfahrung bringen können, sein Kabinett, das Parlament, falls es eins gibt, die Verwaltung und
Exekutive, die Justiz und die politischen Parteien. Wichtig sind vor allem
drei Punkte: Erstens die Frage des Einflusses der Russen oder Chinesen
beziehungsweise lokaler Kommunisten auf den Präsidenten. Zweitens
darf niemand, der auch nur entfernt mit der Republik zu tun hat, ahnen,
daß Ermittlungen laufen, und drittens dürfen Sie unter keinen Umständen sagen, daß Sie von ManCon kommen. Geben Sie lieber einen anderen
Namen an, verstanden? Gut. Berichten Sie mir sobald wie möglich, spätestens in zwanzig Tagen. Ihre Spesenanweisung für die Buchhaltung un-
terzeichne ich allein, und seien Sie diskret. Offiziell machen Sie Urlaub.
Wir gleichen das später aus.«

Manson legte auf und rief zu Thorpe hinunter, um ihm weitere Anweisungen zu erteilen. Drei Minuten später kam Thorpe ins zehnte Stockwerk herauf und legte seinem Chef das gewünschte Papier auf den Tisch.
Es war der Durchschlag eines Briefes.

Zehn Stockwerke tiefer trat Dr. Gordon Chalmers an der Ecke von Moorgate aus einem Taxi und bezahlte. Er fühlte sich in dem dunklen Anzug
und Mantel ungemütlich, aber Peggy hatte ihm erklärt, das sei für eine
Einladung beim obersten Chef unbedingt erforderlich.

Ein paar Schritte vor dem Hauptportal des Verwaltungsgebäudes fiel ihm
an einem Zeitungskiosk der beiden Blätter *Evening News* und *Evening
Standard* eine Schlagzeile ins Auge. Er verzog in bitterem Spott die Lippen und kaufte sich beide Zeitungen. Der Text der Meldung stand nicht

auf der Titelseite, sondern weiter hinten. Die Schlagzeile lautete: ›Contergan-Eltern fordern Entschädigung.‹

Die Meldung selbst war etwas ausführlicher, aber nicht sehr lang: Wieder hatte eine Marathon-Konferenz zwischen Vertretern der Eltern von über hundert contergangeschädigten Kindern in England und der Herstellerfirma des Medikaments stattgefunden, und wieder war man nicht zu einer Einigung gelangt. Also wurden die Gespräche ›auf einen späteren Zeitpunkt vertagt‹.

Gordon Chalmers dachte an das Haus bei Watford, das er an diesem Morgen verlassen hatte, an seine Frau Peggy, die gerade dreißig wurde und wie vierzig aussah und an die neunjährige Margaret, das arme Kind, das ohne Beine und mit nur einem Arm geboren war und dringend eine Spezialprothese brauchte – genauso dringend wie das speziell eingerichtete Haus, in dem sie nun endlich lebten und dessen Hypothek ihn ein Vermögen kostete.

»Auf einen späteren Zeitpunkt vertagt«, knurrte er und stopfte die beiden Zeitungen in einen Papierkorb. Er las die Abendblätter ohnehin nur selten. Seine Zeitungen waren der *Guardian*, *Privat Eye* und die linksgerichtete *Tribune*. Nachdem Gordon Chalmers fast zehn Jahre lang zugesehen hatte, wie eine Gruppe fast mittelloser Eltern vergeblich mit einem Riesenkonzern um eine Entschädigung rang, hatte sich bei ihm eine Verbitterung gegenüber allen Großkapitalisten festgesetzt. Zehn Minuten später stand er einem der größten gegenüber.

Chalmers ließ sich von Sir James nicht einwickeln wie Bryant und Mulrooney. Der Wissenschaftler hielt sich an seinem Glas Bier fest und sah seinem Chef trotzig ins Gesicht. Manson überschaute die Lage rasch und kam zur Sache, nachdem Miss Cooke ihm seinen Whisky gereicht und sich zurückgezogen hatte.

»Sie können sich wahrscheinlich denken, weshalb ich Sie hierher gebeten habe, Dr. Chalmers.«

»Ich kann's mir denken, Sir James. Der Bericht über den Kristallberg.«

»Richtig. Es war übrigens sehr vernünftig von Ihnen, ihn in einem versiegelten Umschlag an mich persönlich zu richten. Sehr vernünftig.«

Chalmers zuckte die Achseln. Er hatte es nur getan, weil laut interner Vorschrift alle wichtigen Untersuchungsergebnisse direkt dem Präsidenten der Gesellschaft vorzulegen waren. Sobald ihm klar geworden war, was die Proben enthielten, war das für ihn eine reine Routinesache.

»Ich möchte Ihnen zwei Fragen stellen und bitte um exakte Antworten«, sagte Sir James. »Sind Sie Ihrer Sache absolut sicher, was diese Ergebnisse betrifft? Können die Tests, die an diesen Gesteinsproben vorgenommen wurden, wirklich nicht anders gedeutet werden?«

Chalmers zeigte sich weder schockiert noch gekränkt. Er wußte, daß die Arbeit der Wissenschaftler von Laien immer noch häufig mit Schwarzer

Magie in Verbindung gebracht und daher als ungenau angesehen wurde. Er hatte es längst aufgegeben zu erläutern, welch hoher Grad an Präzision in seinem Handwerk steckte.

»Absolut sicher. Erstens gibt es zum Nachweis von Platin eine ganze Reihe verschiedener Tests, und sie sind bei sämtlichen Proben einheitlich positiv ausgefallen. Zweitens habe ich alle bekannten Analyseverfahren bei sämtlichen Proben nicht nur einmal, sondern sogar zweimal angewandt. Theoretisch wäre es möglich, daß jemand das ausgeschwemmte Material verfälscht hat, aber das gilt auf keinen Fall für die innere Struktur des Gesteins. Das Ergebnis meines Berichts ist in seiner Genauigkeit wissenschaftlich unangreifbar.«

Sir James Manson hörte sich den Vortrag respektvoll an und nickte bewundernd.

»Die zweite Frage: Wie viele Leute außer Ihnen kennen in Ihrem Labor die Ergebnisse der Analyse dieser Proben vom Kristallberg?«

»Niemand«, antwortete Chalmers mit aller Entschiedenheit.

»Niemand?« wiederholte Manson. »Hören Sie, sicher hat doch einer Ihrer Assistenten...«

Chalmers trank einen Schluck Bier und schüttelte den Kopf.

»Sir James, als die Proben eintrafen, wurden sie wie üblich in Kisten verpackt und eingelagert. Mulrooneys Begleitschreiben kündigte das Vorhandensein von Zinn in unbekannter Menge an. Da es sich nur um eine Routine-Untersuchung handelte, beauftragte ich einen jungen Assistenten damit. In seiner Unerfahrenheit beschränkte er sich auf die Tests zum Nachweis von Zinn und sonst nichts. Als sie negativ ausfielen, zog er mich hinzu. Ich zeigte ihm das richtige Verfahren und das Ergebnis war wieder negativ. Darauf erklärte ich ihm, man dürfe sich durch die Meinung eines Prospektors nicht beeindrucken lassen, und erläuterte ihm einige weitere Tests. Auch sie waren negativ. Das übrige Labor hatte schon Feierabend, aber ich machte Überstunden und war allein da, als die ersten positiven Ergebnisse auftauchten. Um Mitternacht wußte ich dann, daß die Geröllprobe aus dem Bachbett, von der ich knapp ein halbes Pfund verwendete, Platin in kleinen Mengen enthielt. Danach fuhr ich nach Hause.

Am nächsten Morgen wies ich dem jungen Mann eine andere Arbeit zu. Ich machte die weitere Analyse selbst. Es waren sechshundert Beutel mit Kies und Geröll, dazu eintausendfünfhundert Pfund Gestein – über dreihundert einzelne Brocken, die von verschiedenen Stellen des Berges stammen. Nach Mulrooneys Foto konnte ich mir den Berg gut vorstellen. Die versprengten Einlagerungen sind in allen Teilen der Gesteinsformation anzutreffen. Das habe ich in meinem Bericht festgestellt.«

In einem Anflug von Trotz trank er sein Glas leer.

Sir James Manson nickte immer noch und sah den Wissenschaftler mit gut gespielter Hochachtung an.

»Unglaublich«, murmelte er schließlich. »Ich weiß, daß ihr Wissenschaftler immer sachlich und reserviert bleiben wollt, aber ich könnte mir denken, daß sogar Sie aufgeregt waren. Hier könnte eine für den Weltmarkt wichtige Platinquelle vorliegen. Wissen Sie, wie oft so etwas bei Edelmetallen vorkommt? Einmal in zehn Jahren, vielleicht sogar einmal im ganzen Leben...«

Natürlich war Chalmers nach seiner Entdeckung aufgeregt gewesen und hatte drei Wochen lang bis tief in die Nacht hinein gearbeitet, um jeden einzelnen Beutel, jeden Stein vom Kristallberg zu untersuchen, aber das hätte er nie zugegeben. Er zuckte nur die Achseln und bemerkte:

»Für ManCon wird das sicherlich sehr gewinnbringend sein.«

»Nicht unbedingt«, sagte James Manson leise. Zum erstenmal reagierte Chalmers betroffen.

»Nein?« fragte er. »Aber das ist doch ein Vermögen.«

»Ein Vermögen unter der Erde, ja«, antwortete Sir James, erhob sich und trat ans Fenster. »Aber es kommt noch sehr darauf an, wer den Schatz hebt, falls überhaupt. Sehen Sie, es steht zu befürchten, daß dieses Platin noch jahrelang nicht verarbeitet wird oder aber es wird verarbeitet und dann gehortet. Ich möchte Ihnen die Zusammenhänge erklären, mein lieber Doktor...«

Dreißig Minuten lang redete er über Finanzen und hohe Politik, zwei Gebiete, auf denen sich Dr. Chalmers nicht sehr firm fühlte.

»So liegen die Dinge«, schloß er. »Wenn wir das Untersuchungsergebnis sofort publizieren, besteht die Gefahr, daß alles der russischen Regierung auf einem Tablett überreicht wird.«

Dr. Chalmers, der eigentlich nichts gegen die russische Regierung einzuwenden hatte, zuckte nur die Achseln.

»An den Tatsachen kann ich nichts ändern, Sir James.«

James hob entsetzt die Augenbrauen. »Du liebe Zeit, Doktor, natürlich können Sie das nicht.« Er sah überrascht auf die Uhr. »Gleich eins!« rief er. »Sie müssen hungrig sein, mir knurrt jedenfalls der Magen. Gehen wir eine Kleinigkeit essen.«

Er hatte daran gedacht, den Royce vorfahren zu lassen, aber nach Endeans Telefonanruf aus Watford und der Information, Chalmers sei auf die *Tribune* abonniert, entschied er sich für ein schlichtes Taxi.

Die ›Kleinigkeit‹ bestand aus Pastete, Omelette mit Trüffeln, geschmortem Hasenrücken in roter Weinsauce und einem Biskuit-Dessert. Manson behielt mit seiner Vermutung recht: Chalmers lehnte einen solchen Überfluß zwar grundsätzlich ab, entwickelte aber gleichzeitig einen gesunden Appetit. Selbst er vermochte nicht ein schlichtes Naturgesetz auf den Kopf zu stellen, das besagt, daß ein gutes Essen ein Gefühl angenehmer Fülle, Zufriedenheit und Euphorie verbreitet und den moralischen Widerstand schwächt. Außerdem hatte Manson darauf spekuliert, daß ein

Biertrinker den schweren Rotwein nicht gewöhnt ist, und zwei Flaschen Côte du Rhône ermutigten Chalmers, über alles zu plaudern, was ihn interessierte: Über seine Arbeit, seine Familie und seine Weltanschauung. Als er auf seine Familie und das neue Haus zu sprechen kam, erwähnte Sir James mit gebührend bekümmerter Miene, er erinnere sich, Chalmers vor einem halben Jahr in einem Fernsehinterview auf offener Straße gesehen zu haben.

»Sie müssen mir verzeihen«, sagte er, »ich habe das nicht gewußt... Ich meine, Ihre kleine Tochter – welch eine Tragödie.«

Chalmers nickte und starrte das Tischtuch an. Erst zögernd, dann mit immer mehr Selbstvertrauen, begann er seinem Chef von Margaret zu erzählen.

»Aber das können Sie doch nicht verstehen«, sagte er einmal.

»Ich kann es versuchen«, antwortete Sir James leise. »Wissen Sie, ich habe selbst eine Tochter. Sie ist natürlich älter.«

Zehn Minuten später entstand eine Gesprächspause. Sir James Manson zog ein zusammengefaltetes Blatt Papier aus der Rocktasche.

»Ich weiß wirklich nicht, wie ich mich da ausdrücken soll«, sagte er mit einem Anflug von Verlegenheit, »aber... nun, ich weiß natürlich genausogut wie jeder andere im Haus, wie sehr Sie sich für unsere Firma einsetzen. Die langen Überstunden und diese privaten Sorgen wirken sich natürlich aus, zweifellos auch bei ihrer Frau. Deshalb habe ich heute morgen diese Anweisung an meine Bank erteilt.«

Er schob Chalmers die Briefkopie zu. Das Schreiben war knapp und unmißverständlich: Der Leiter der Coutts-Bank wurde angewiesen, am ersten Tag eines jeden Monats per Einschreiben fünfzehn Banknoten im Wert von je zehn Pfund an die Privatadresse von Dr. Gordon Chalmers zu senden. Der Dauerauftrag sollte eine Laufzeit von zehn Jahren haben, falls er nicht widerrufen wurde.

Chalmers hob den Kopf. Die Miene seines Arbeitgebers drückte Besorgnis und Mitgefühl aus, daneben eine kleine Verlegenheit.

»Danke«, flüsterte Chalmers.

Sir James griff nach seinem Arm und schüttelte ihn.

»Kommen Sie, reden wir nicht mehr über diese Sache, trinken wir lieber einen Cognac.«

Während der Rückfahrt im Taxi schlug Manson vor, Chalmers am Bahnhof abzusetzen, damit er nach Watford zurückfahren konnte.

»Ich muß noch einmal ins Büro, um mit dieser Zangaro-Angelegenheit und Ihrem Bericht weiterzukommen«, sagte er.

Chalmers sah durch das Fenster des Taxis hinaus auf den Verkehr, an diesem Freitagnachmittag aus der City von London hinausflutete.

»Was werden Sie nun in dieser Sache unternehmen?« fragte er.

»Ich weiß es wirklich nicht. Am liebsten würde ich das Ding nicht abschikken. Ein Jammer, wenn alles in fremde Hände kommt, und das geschieht unweigerlich, wenn Ihr Bericht Zangaro erreicht. Aber früher oder später muß ich denen irgend etwas vorweisen.«

Wieder entstand eine lange Pause. Das Taxi bog auf den Bahnhofsvorplatz ein.

»Kann ich irgend etwas tun?« fragte der Wissenschaftler.

Sir James Manson stieß einen langen Seufzer aus.

»Ja«, sagte er zurückhaltend. »Beseitigen Sie Mulrooneys Proben genauso, wie Sie andere ausgewertete Proben wegschaffen würden. Vernichten Sie alle Notizen über Ihre Analysen. Nehmen Sie Ihr Exemplar des Berichts und machen Sie eine genaue Abschrift, nur mit einem Unterschied: Aus den Tests soll eindeutig hervorgehen, daß Spuren von geringwertigem Zinn vorhanden sind, aber nicht in abbauwürdigen Mengen. Verbrennen Sie Ihr Exemplar des Originalberichts. Und dann verlieren Sie nie wieder ein Wort darüber.«

Das Taxi hielt an. Als keiner der beiden Fahrgäste Anstalten machte auszusteigen, steckte der Fahrer die Nase durch den Spalt in der Trennscheibe.

»Wir sind da, Chef.«

»Ich gebe Ihnen mein Ehrenwort«, sagte Sir James Manson halblaut. »Früher oder später könnte sich die politische Lage ändern, und dann wird sich ManCon um die Schürfrechte bewerben, genau wie es dem üblichen Verfahren entspricht.«

Dr. Chalmers stieg aus und drehte sich zu seinem Arbeitgeber um, der in seiner Ecke saß.

»Ich weiß nicht, ob ich das kann, Sir«, sagte er. »Ich muß es mir überlegen.«

Manson nickte.

»Selbstverständlich. Ich weiß, daß ich viel von Ihnen verlange. Sprechen Sie doch mit Ihrer Frau darüber. Sie wird es sicher verstehen.«

Dann schloß er die Tür und ließ sich in die City fahren.

An diesem Abend speiste Sir James mit einem Beamten des Foreign Office und nahm ihn mit in seinen Club. Es war nicht einer der exklusivsten Londoner Clubs, da Manson nichts davon hielt, eine solche Bastion des alten Establishments zu erobern und sich von den anderen Mitgliedern schneiden zu lassen. Außerdem hatte er keine Zeit für das Gesellschaftsleben und wenig Verständnis für die eingebildeten Idioten, mit denen man es an der Spitze der gehobenen Gesellschaft zu tun hatte. Diese Angelegenheiten überließ er seiner Frau. Der Adelstitel war nützlich, aber das war auch schon alles.

Er verachtete Adrian Goole und hielt ihn für einen pedantischen Trottel. Deshalb hatte er ihn auch zum Essen eingeladen. Maßgebend dafür war außerdem die Tatsache, daß dieser Mann in der Abteilung Wirtschaftsinformationen des Außenministeriums beschäftigt war.

Als vor Jahren das wirtschaftliche Engagement seiner Gesellschaft in Ghana und Nigeria einen gewissen Stand erreicht hatte, war er zum inneren Kreis des Londoner Westafrika-Komitees gestoßen. Dieses Organ war und ist eine Art Zusammenschluß aller größeren, in London ansässigen Firmen, die in Westafrika tätig sind. Das Westafrika-Komitee beschäftigt sich weit eingehender mit Handel, und daher auch mit Geld, als beispielsweise das Ostafrika-Komitee, und besprach in regelmäßigen Abständen wirtschaftlich und politisch interessante Ereignisse in Westafrika. Beide Ausschüsse wiesen bestimmte Berührungspunkte auf und berieten sowohl das Außenministerium als auch das Commonwealth-Ministerium, indem sie sagten, was ihrer Ansicht nach für Großbritannien von Vorteil war.

Sir James Manson sah die Sache etwas anders. In seinen Augen hatten die beiden Komitees die Aufgabe, der Regierung das vorzuschlagen, was in diesem Teil der Welt die Profite verbessern konnte. Er hatte damit nicht so unrecht. Während des Bürgerkriegs in Nigeria war er in dem Komitee tätig gewesen und hatte mitangehört, wie die verschiedenen Vertreter von Banken, Bergwerken, Öl- und Handelsgesellschaften zu einer raschen Beendigung des Kriegs rieten; das war gleichbedeutend mit einem beschleunigten Sieg der Regierungstruppen.

Das Komitee hatte, wie nicht anders zu erwarten war, der Regierung empfohlen, die Truppen der nigerianischen Zentralregierung zu unterstützen, falls diese zwei Bedingungen erfüllten: Sie mußten erkennen lassen, daß sie imstande waren, einen raschen Sieg zu erringen, und britische Stellen in Nigeria mußten diesen Umstand einwandfrei bestätigen. Dann sah das Komitee zu, wie die Regierung sich auf Anraten des Foreign Office in Afrika erneut einen gigantischen Schnitzer leistete. Der Krieg dauerte nicht sechs, sondern dreißig Monate. Und Harold Wilson wäre lieber zum Mond geflogen, als von der einmal eingeschlagenen Politik abzuweichen und einzugestehen, daß seinen Beamten vielleicht ein Fehler unterlaufen sein könnte.

Manson mußte große Einbußen hinnehmen, da seine Bergwerke stillagen und das Erz auf Grund der unübersichtlichen Transportverhältnisse nicht per Eisenbahn an die Küste geschafft werden konnte, aber noch viel größer waren die Verluste im Ölgeschäft, die MacFazdean von der Shell-BP einsteckte.

Während dieses Zeitraumes hatte Adrian Goole als Verbindungsmann zwischen dem Außenministerium und dem Komitee fungiert. Nun saß er James Manson in einer Nische gegenüber, mit schneeweißen Manschetten, die sehr korrekt vier Zentimeter aus dem Ärmel hervorlugten, und mit der ernsthaften Aufmerksamkeit eines Musterschülers.

Manson tischte ihm einige Teilwahrheiten auf, erwähnte aber mit keinem Wort das Vorhandensein von Platin. Er sprach über Zinn, übertrieb jedoch die mutmaßliche Ergiebigkeit. Natürlich seien die Vorkommen abbauwürdig, aber – im Vertrauen gesagt – die Abhängigkeit des Präsidenten von den russischen Beratern habe ihn abgeschreckt. Die Gewinnbeteiligung der Regierung von Zangaro könne ein ganz hübsches Sümmchen abwerfen und ihr daher den Rücken stärken, aber da dieser Despot praktisch eine Marionette des Kreml sei, wolle man schließlich Macht und Einfluß dieser Republik nicht noch durch Geld unterstützen. Goole schluckte alles. Seine ernste Miene drückte Besorgnis aus.

»Eine verdammt schwierige Entscheidung«, sagte er voller Sympathie. »Ich kann nicht umhin, Ihre politische Vernunft zu bewundern. Im Augenblick ist Zangaro bankrott und so gut wie unbekannt. Aber wenn das Land reich würde... Ja, Sie haben vollkommen recht. Ein echtes Dilemma. Wann müssen Sie den Bericht mit den Untersuchungsergebnissen abliefern?«

»Früher oder später«, brummte Manson. »Die Frage ist nur: Wie soll ich mich da verhalten? Wenn die russische Botschaft den Bericht zu sehen bekommt, wird dem Handelsattaché sofort klar werden, daß die Zinnvorkommen abbauwürdig sind. Er wird sich dann um die Schürfrechte bemühen. Die bekommt dann ein anderer, der Diktator wird trotzdem reich und wer weiß, welche Probleme daraus für den Westen entstehen? Wir sind damit genauso weit wie zuvor.«

Goole überlegte eine Weile.

»Ich hielt es für richtig, Sie über diese Lage zu informieren«, sagte Manson.

»Ja, ja, besten Dank.« Goole war tief in Gedanken versunken. »Sagen Sie«, fragte er schließlich, »was würde geschehen, wenn Sie die Zahlen einfach halbierten, die sich auf die Zinnmenge pro Tonne Erz beziehen?«

»Halbieren?«

»Ja, wenn Sie die Angaben halbieren und einen Gehalt an reinem Zinn nachweisen, der pro Tonne Gestein nur noch fünfzig Prozent beträgt.«

»Nun, ein solcher Zinngehalt wäre wirtschaftlich nicht mehr auszubeuten.«

»Und die Gesteinsproben könnten doch beispielsweise von einer anderen Stelle stammen, die, sagen wir mal, eine Meile entfernt liegt?« fragte Goole.

»Ja, das müßte gehen. Aber mein Prospektor hat Gesteinsproben mit hohem Zinngehalt gefunden.«

»Wenn er sie aber nicht gefunden hätte«, fuhr Goole fort, »wenn er die Proben an einer anderen Stelle genommen hätte, dann könnte der Zinngehalt doch um fünfzig Prozent niedriger liegen?«

»Ja, schon möglich. Die Proben würden dann höchstwahrscheinlich sogar weniger als fünfzig Prozent aufweisen. Aber er hat nun mal an der richtigen Stelle gearbeitet.«

»Unter Aufsicht?« fragte Goole.

»Nein, allein.«

»Und er hat bei seiner Arbeit keine echten Spuren hinterlassen?«

»Nein«, antwortete Manson. »Er hat ein paar Steine abgeschlagen, aber die Stellen sind längst überwuchert. Außerdem kommt dort niemand hin. Die Gegend liegt hinter dem Mond.«

Er zündete sich umständlich eine Zigarre an.

»Wissen Sie, Goole, Sie sind ein verdammt schlauer Bursche. Ober, bitte noch einen Cognac.«

Sie verabschiedeten sich auf den Stufen des Clubs mit ein paar Scherzworten. Der Portier winkte für Goole ein Taxi herbei, damit er zu seiner Frau nach Holland Park heimfahren konnte.

»Noch etwas«, sagte der Beamte, als er schon am Taxi stand. »Bewahren Sie über diese Angelegenheit strengstes Stillschweigen. Ich muß natürlich einen vertraulichen Bericht zu den Akten nehmen, aber ansonsten bleibt die Sache ganz unter uns.«

»Selbstverständlich«, sagte Manson.

»Ich bin Ihnen dankbar dafür, daß Sie es für richtig hielten, mich ins Vertrauen zu ziehen. Sie haben ja keine Ahnung, wie sehr unsere Arbeit an den Wirtschaftsproblemen erleichtert wird, wenn man weiß, was vorgeht. Ich werde Zangaro unauffällig im Auge behalten, und sollte sich dort eine Änderung der politischen Lage abzeichnen, werden Sie es als erster erfahren. Gute Nacht.«

Sir James Manson sah das Taxi davonfahren und winkte seinen Rolls-Royce herbei, der ein Stück entfernt parkte.

»Sie werden es als erster erfahren«, ahmte er Goole nach. »Und ob ich das werde, mein Junge. Ich werde die Sache nämlich ankurbeln.«

Er beugte sich durch das offene Fenster am Beifahrersitz zu seinem Chauffeur Craddock hinein.

»Wenn man es solchen pingeligen, kleinen Pinschern überlassen hätte, unser Imperium aufzubauen, Craddock, dann hätten wir bis heute vielleicht gerade die Insel Wight kolonisiert.«

»Sie haben vollkommen recht, Sir James«, erwiderte Craddock.

Der Chauffeur wartete, bis sein Chef hinten eingestiegen war, dann öffnete er die Trennscheibe.

»Gloucestershire, Sir James?«

»Gloucestershire, Craddock.«

Es begann wieder zu nieseln, als die elegante Limousine über den Piccadilly Square und die Park Lane hinauf zur A40 rollte. Sie brachte Sir James Manson nach Westen hinaus zu seiner Villa mit den zehn Schlafzimmern, die ihm seine dankbare Firma vor drei Jahren für zweihundertfünfzigtausend Pfund gekauft hatte. Dort warteten auch seine Frau und seine neunzehnjährige Tochter, aber die hatte er sich selbst zugelegt.

Eine Stunde später lag Gordon Chalmers neben seiner Frau im Bett, müde und aufgebracht nach einem zweistündigen Streit. Peggy Chalmers lag auf dem Rücken und sah zur Decke hinauf.

»Ich kann das nicht«, sagte Chalmers zum zehntenmal. »Ich kann doch nicht einfach hingehen und einen Untersuchungsbericht fälschen, nur damit der verdammte Manson noch mehr Geld verdient.«

Das Schweigen zog sich in die Länge. Das alles hatten sie schon dutzende Male durchgekaut, seitdem Peggy Mansons Brief an die Bank gelesen und von ihrem Mann erfahren hatte, wie die Bedingungen für eine finanzielle Besserstellung lauteten.

»Was macht das schon aus«, kam ihre Stimme leise aus dem Dunkel neben ihm, »was macht es schon aus, wenn erst einmal alles erledigt ist. Ob *er* nun die Schürfrechte kriegt oder die Russen oder niemand? Ob die Preise steigen oder fallen? Welche Rolle spielt das? Es geht doch nur um Steinbrocken und kaltes Metall.«

Peggy Chalmers beugte sich über Ihren Mann und betrachtete den vagen Umriß seines Gesichts. Draußen schüttelte der Nachtwind die Äste der alten Ulme, neben der sie das neue Heim mit den Sondereinrichtungen für ihre verkrüppelte Tochter gebaut hatten.

Peggy Chalmers fuhr in leidenschaftlich drängendem Ton fort:

»Aber Margaret ist kein Steinbrocken, und ich bin nicht aus kaltem Metall. Wir brauchen das Geld, Gordon, wir brauchen es jetzt und für die nächsten zehn Jahre. Bitte, Liebling, bitte, schlag dir nur ein einziges Mal den Gedanken an einen Leserbrief an die *Tribune* aus dem Kopf und tu, was er von dir will.«

Gordon Chalmers sah zwischen den Vorhängen durch den schmalen Fensterspalt hinaus, den er zum Lüften offengelassen hatte.

»Na schön«, sagte er schließlich.

»Du wirst es tun?«

»Ja, verdammt noch mal, ich tu's.«

»Du schwörst es, Liebling? Gibst mir dein Ehrenwort?«

Wieder entstand eine lange Pause.

»Du hast mein Wort«, sagte die leise Stimme aus dem Dunkel. Sie grub ihr Gesicht in das Haar auf seiner Brust.

»Danke, Liebling. Und mach dir bitte darüber keine Sorgen. In einem Monat hast du alles vergessen. Du wirst schon sehen.«

Zehn Minuten später war sie eingeschlafen, erschöpft von der allabendlichen Anstrengung, Margaret zu baden und ins Bett zu bringen und von dem ungewohnten Streit mit ihrem Mann. Gordon Chalmers starrte immer noch in die Nacht hinaus.

»Die gewinnen immer«, murmelte er nach einer Weile verbittert. »Die verdammten Schweinehunde sitzen immer am längeren Hebel.«

Am folgenden Tag, einem Samstag, fuhr er in das fünf Meilen entfernte Labor und verfaßte einen vollkommen neuen Bericht für die Republik Zangaro. Dann verbrannte er seine Notizen und den Originalbericht und schaffte die Gesteinsproben hinüber zu dem Abfallhaufen, wo ein nahegelegenes Bauunternehmen Zement und Split für Gartenwege daraus machen würde. Er gab den revidierten Bericht per Einschreiben an Sir James Manson in der Zentralverwaltung auf, fuhr nach Hause und versuchte alles zu vergessen.

Am Montag traf der Bericht in London ein, und der Dauerauftrag zugunsten Chalmers' ging an die Bank. Der Bericht wurde zur Kenntnisnahme an Willoughby und Bryant in die Rechtsabteilung Übersee hinuntergeschickt, und Bryant erhielt Anweisung, gleich am nächsten Tag abzureisen und dem Minister für Bodenschätze in Clarence das Schreiben persönlich auszuhändigen. Ein Begleitbrief der Geschäftsleitung bedauerte das negative Untersuchungsergebnis.

Am Dienstag abend stand Richard Bryant an der Auslandsabfertigung des Londoner Flughafens Heathrow und wartete auf den Flug der BEA nach Paris, um dort das nötige zu besorgen und mit der Air Afrique weiterzufliegen. Fünfhundert Meter entfernt schlängelte sich Jack Mulrooney im Flughafengebäude Nummer drei durch die Paßkontrolle, um den Nachtjumbo der BOAC nach Nairobi zu erwischen. Er war nicht unglücklich darüber. Von London hatte er die Nase voll. Vor ihm lagen Kenia, die Sonne, der Busch, vielleicht sogar die Gelegenheit, einen Löwen vor die Flinte zu bekommen.

Am Ende dieser Woche existierte das Wissen um die geheimen Schätze des Kristallberges nur noch in den Köpfen zweier Männer. Der eine hatte seiner Frau ewiges Stillschweigen geschworen, und der andere plante schon den nächsten Schritt.

4. Kapitel

Simon Endean betrat Sir James' Büro mit einem umfangreichen Aktenstück unter dem Arm. Es enthielt einen hundertseitigen Bericht über die Republik Zangaro, eine Mappe mit großen Fotos und mehreren Landkarten. Er erläuterte, was er mitgebracht hatte. Manson nickte beifällig. »Und während Sie das zusammenstellten, hat niemand erfahren, wer Sie sind und bei wem Sie arbeiten?« fragte er.

»Nein, Sir James. Ich habe ein Pseudonym benutzt, und keiner hat es angezweifelt.«

»Auch in Zangaro kann niemand erfahren haben, daß eine umfangreiche Auskunft eingeholt wurde?«

»Nein. Ich habe die vorhandenen Archive benutzt, so spärlich sie auch sind, dann einige Universitätsbibliotheken in England und auf dem Kontinent, Nachschlagwerke sowie den einzigen Touristenführer, der von Zangaro selbst herausgegeben wurde, obwohl er noch aus der Kolonialzeit stammt und seit fünf Jahren überholt ist. Ich habe dabei immer vorgegeben, Informationen für eine Doktorarbeit über die Lage Afrikas während der Kolonialzeit und danach zu sammeln. Es wird keine Rückfragen geben.«

»Gut«, sagte Manson, »den Bericht lese ich später. Bitte, die wichtigsten Fakten.«

Endean nahm eine der Landkarten aus dem Ordner und breitete sie auf dem Schreibtisch aus. Sie zeigte einen Ausschnitt der westafrikanischen Küste mit der besonders markierten Republik Zangaro.

»Wie Sie sehen, Sir James, handelt es sich hier um eine Enklave an der Küste, im Norden und Osten von dieser Republik hier und im Süden von dieser begrenzt. Die vierte Seite wird vom Meer gebildet.

Das Land hat die Form eines Rechtecks, das mit einer seiner Schmalseiten ans Meer grenzt.

Die Grenzen wurden in der Kolonialzeit, als man Afrika unter sich aufteilte, vollkommen willkürlich gezogen und sind nichts weiter als Striche auf einer Landkarte. In Wirklichkeit gibt es keine echten Grenzen, und da so gut wie keine Straßen vorhanden sind, existiert nur ein einziger Grenzübergang – hier an der Straße, die nach Norden ins Nachbarland führt. Der gesamte Landverkehr wird über diese eine Straße abgewickelt.«

Sir James Manson betrachtete das Viereck auf der Karte und brummte: »Und was ist mit den Grenzen im Osten und Süden?«

»Keine Straßen, Sir. Vollkommen wegloses Gebiet, es sei denn, man schlägt sich eine Schneise quer durch den Dschungel, und der besteht zumeist aus undurchdringlichem afrikanischen Busch.

Hinter der Hauptstadt liegt eine schmale Küstenebene, das einzige kultivierte Gebiet im Land, abgesehen von den winzigen Dschungellichtungen der Eingeborenen. Hinter der Ebene verläuft der Fluß Zangaro, dann folgen die Ausläufer der Kristallberge, die Bergkette selbst, und dahinter erstreckt sich meilenweit bis zur Ostgrenze der Dschungel.«

»Wie steht es mit anderen Verkehrsverbindungen?« fragte Manson.

»Es gibt praktisch überhaupt keine Straßen«, erklärte Endean.

»Der Fluß Zangaro verläuft von der nördlichen Grenze ziemlich dicht an der Küste entlang, quer durch die ganze Republik und mündet kurz vor der südlichen Landesgrenze ins Meer. An der Flußmündung gibt es ein paar Stege und Hütten, die einen winzigen Exporthafen für Holz darstellen sollen, aber keine Docks. Das Holzgeschäft ist seit der Unabhängigkeit so gut wie zum Erliegen gekommen. Da der Zangaro fast parallel zur Küste verläuft und sich ihr auf einer Strecke von sechzig Meilen immer mehr nähert, trennt er die Republik praktisch in zwei Teile: Den Streifen der Küstenebene zum Meer hin, mit den Mangrovensümpfen, durch die die ganze Küste für Schiffe und Boote aller Art unzugänglich wird, und das Hinterland auf der anderen Seite des Flusses. Östlich davon erheben sich die Berge und hinter ihnen liegt der Busch. Der Fluß wäre für Kähne schiffbar, aber niemand interessiert sich dafür. Die Republik im Norden besitzt eine moderne Hauptstadt an der Küste mit einem Hochseehafen, und der Zangaro selbst ist an der Mündung versandet und versumpft.«

»Wie war das mit dem Holzexport? Wie lief das ab?«

Endean holte eine Landkarte größeren Maßstabs aus dem Ordner und legte sie auf den Tisch. Mit einem Bleistift tippte er auf die Zangaro-Mündung im Süden der Republik.

»Das Holz wurde flußaufwärts gefällt, entweder unmittelbar an den Ufern oder in den westlichen Ausläufern des Gebirges. Dort gibt es immer noch eine Menge guter Hölzer, aber seit der Unabhängigkeit interessiert sich niemand dafür. Die Baumstämme wurden den Fluß hinuntergeflößt und in der Mündung gestapelt. Wenn Schiffe kamen, ankerten sie vor der Küste, und Schlepper brachten die Flöße zu den Schiffen. Die Stämme wurden mit dem Ladezeug an Bord verladen. Der Holzexport bekam nie einen größeren Umfang.«

Manson betrachtete aufmerksam die Landkarte: die siebzig Meilen Küstenlinie, den fast parallel dazu verlaufenden Fluß, zwanzig Meilen von der Küste entfernt, den undurchdringlichen Mangrovensumpf zwischen Fluß und Meer, und die Berge hinter dem Fluß. Er erkannte den Kristallberg, erwähnte ihn aber nicht.

»Was ist mit größeren Straßen? Es muß doch einige geben.«

Endean kam allmählich in Fahrt.

»Die Hauptstadt liegt am äußersten Ende einer nicht sehr großen Halbinsel, die sich hier in der Mitte der Küstenlinie ins Meer vorschiebt. Zur offenen See hin gibt es einen kleinen Hafen, übrigens den einzigen brauchbaren Hafen im Land, und gleich hinter der Stadt schließt sich die Halbinsel wieder ans Festland an. Es gibt eine Straße, die in der Mitte der Halbinsel verläuft und sich sechs Meilen weit in genau östlicher Richtung landeinwärts fortsetzt. Dann stößt sie hier an diese Kreuzung. Eine Straße zweigt nach rechts, also nach Süden, ab, sie ist sieben Meilen weit geteert und für weitere zwanzig Meilen unbefestigt. Dann verläuft sie sich in den Sümpfen der Zangaro-Mündung. Die andere Straße führt nach links, also nach Norden, durch die Ebene am Westufer des Flusses und weiter bis zur nördlichen Grenze. Hier gibt es einen Grenzübergang, der von einem Dutzend verschlafener, korrupter Soldaten besetzt ist. Ein paar Reisende haben mir erzählt, daß diese Leute ohnehin keinen Paß lesen können und gar nicht wissen, ob ein Visum drin ist oder nicht. Man drückt ihnen ein paar Geldstücke in die Hand und kommt ohne weiteres durch.«

»Wo ist diese Straße, die landeinwärts führt?« fragte Sir James.

Endean deutete mit dem Finger auf die Karte.

»Die ist so klein, daß sie nicht einmal eingezeichnet ist. Wenn man nach der Kreuzung der Straße nach Norden folgt, kommt man nach zehn Meilen an eine Abzweigung nach rechts, landeinwärts. Es handelt sich um eine unbefestigte Fahrspur. Dieser Weg führt über den östlichen Teil der Ebene und überquert auf einer wackeligen Holzbrücke den Zangaro.«

»Diese Brücke stellt also die einzige Verbindung zwischen den beiden Landesteilen links und rechts vom Fluß dar?« fragte Manson verwundert.

Endean zuckte die Achseln.

»Jedenfalls die einzige Verbindung für den Fahrzeugverkehr. Aber der existiert kaum. Die Eingeborenen überqueren den Zangaro mit Kanus.«

Manson wechselte das Thema, aber sein Blick hing immer noch an der Landkarte.

»Welche Stämme leben hier?«

»Es gibt da zwei Stämme«, sagte Endean. »Am Ostufer des Flusses bis tief in den Busch hinein erstreckt sich das Land der Vindu. Sie leben übrigens auch noch östlich der Landesgrenze. Ich sagte ja schon, daß die Grenzen willkürlich gezogen wurden. Die Vindu sind praktisch in der Steinzeit steckengeblieben. Sie verlassen kaum einmal ihren Busch und überqueren so gut wie nie den Fluß. Die Ebene auf dem Westufer bis zum Meer, einschließlich der Halbinsel mit der Hauptstadt, ist das Land der Caja. Sie hassen die Vindu und umgekehrt.«

»Bevölkerungszahl?«

»Im Landesinneren fast nicht feststellbar. Offiziell wird die Einwohnerzahl mit zweihundertzwanzigtausend angegeben. Darin sind dreißigtausend Caja und schätzungsweise einhundertneunzigtausend Vindu enthalten. Aber bei diesen Zahlen handelt es sich um reine Schätzungen, nur die Caja kann man wahrscheinlich halbwegs genau erfassen.«

»Wie, zum Teufel, haben die Leute dann eine Wahl abgehalten?« fragte Manson.

»Das wird immer ein Geheimnis bleiben«, entgegnete Endean. »Es war ohnehin ein Chaos. Die Hälfte der Bevölkerung wußte nicht einmal, was eine Wahl ist und was sie wählen sollten.«

»Und die Wirtschaft?«

»Von der Wirtschaft ist nicht mehr viel übrig«, antwortete Endean. »Das Vindu-Land produziert nichts. Die Leute leben von dem, was ihre Weiber

auf kleinen Lichtungen im Busch an Süßkartoffeln und Manioksträu-
chern anpflanzen; die Frauen verrichten nämlich die gesamte Arbeit, und
das ist schon wenig genug. Wenn man sie gut bezahlt, verdingen sie sich
als Lastträger. Die Männer gehen auf die Jagd. Die Kinder sind ein einziges Krankenhaus von Malaria, Trachomeen, Bilharziosen und Unterernährung.
In der Küstenebene wurden während der Kolonialzeit Kakao, Baumwolle,
Kaffee und Bananen von geringer Qualität angebaut. Die Plantagen wurden von Weißen mit Hilfe eingeborener Arbeiter betrieben. Das Zeug war
nicht viel wert, aber da in Europa mit der Kolonialmacht ein garantierter
Abnehmer vorhanden war, reichten die harten Devisen zur Bezahlung der
geringfügigen Importe. Nach der Unabhängigkeitserklärung wurden die
Plantagen vom Präsidenten verstaatlicht und nach Vertreibung der Wei-
ßen an seine Parteigänger verteilt. Inzwischen sind sie erledigt und von
Unkraut überwuchert.«
»Haben Sie irgendwelche Zahlen bekommen?«
»Ja, Sir. Im letzten Jahr vor der Unabhängigkeit betrug die gesamte Ka-
kao-Ernte – das wichtigste Landesprodukt – dreißigtausend Tonnen. Im
vergangenen Jahr waren es eintausend Tonnen, aber sie fanden keinen
Käufer. Die Ernte verrottet.«
»Und wie steht es mit Kaffee, Baumwolle und Bananen?«
»Die Plantagen für Bananen und Kaffee sind buchstäblich an der Miß-
wirtschaft erstickt. Die Baumwollfelder wurden von einer Seuche befal-
len, und es gab kein Insektenvertilgungsmittel.«
»Wie sieht die wirtschaftliche Lage jetzt aus?«
»Katastrophal. Das Land ist bankrott, das Geld wertloses Papier, die Ex-
porte sind praktisch auf Null gesunken, und Importe gibt es nicht mehr.
Es sind zwar Spenden von der UNO, von den Russen und von der alten
Kolonialmacht eingetroffen, aber da die Regierung das Zeug immer hin-
ten herum verkauft und den Erlös in die eigene Tasche steckt, sind sogar
diese drei Quellen versiegt.«
»Also eine echte Bananenrepublik«, murmelte Sir James.
»In jeder Hinsicht: korrupt, unberechenbar, brutal. Hinter der Küste gibt
es einige fischreiche Seen, aber die Leute können nicht fischen. Die beiden
Fischkutter, die sie besaßen, gehörten Weißen. Einer von ihnen wurde
von den Soldaten zusammengeschlagen, und beide haben aufgegeben. Die
Maschinen sind verrostet, die Boote leck. Deshalb leiden die Eingebore-
nen unter Eiweißmangel. Die wenigen Ziegen und Hühner reichen nicht
aus.«
»Die medizinische Versorgung?«
»Die Vereinten Nationen betreiben ein Krankenhaus in Clarence. Es ist
das einzige im Land.«
»Und Ärzte?«

»Es gab unter den Zangaris zwei ausgebildete Ärzte. Einer wurde verhaftet und starb im Gefängnis, der andere floh ins Exil. Die Missionare wurden vom Präsidenten als Imperialisten ausgewiesen. Sie hatten fast durchwegs eine medizinische Ausbildung und waren nicht nur Prediger. Die Nonnen bildeten Krankenschwestern aus, aber auch sie mußten das Land verlassen.«

»Wie viele Europäer?«

»Im Hinterland wahrscheinlich keiner. In der Küstenebene ein paar Landwirtschaftsexperten und Techniker der Vereinten Nationen. In der Hauptstadt ungefähr vierzig Diplomaten, davon zwanzig in der russischen Botschaft, die übrigen in den Vertretungen Frankreichs, der Schweiz, Amerikas, der beiden deutschen Staaten, der Tschechoslowakei und Chinas. Abgesehen davon im Krankenhaus ungefähr fünf Fachkräfte der UNO, dann weitere fünf Techniker für Stromgenerator, Flugkontrolle, Wasserwerk und so weiter. Darüber hinaus muß es noch etwa fünfzig andere geben, Händler, Verwaltungsexperten und Geschäftsleute, die auf eine Besserung der Lage hoffen.

Vor sechs Wochen kam es tatsächlich zu einem Krach, und einer der UNO-Leute wurde halbtot geschlagen. Daraufhin drohten die fünf Techniker mit Kündigung und suchten Asyl in ihren jeweiligen Botschaften. Möglicherweise haben sie inzwischen das Land verlassen. Dann dürfte inzwischen auch die Versorgung mit Wasser und Elektrizität und der Betrieb auf dem Flughafen zusammengebrochen sein.«

»Wo liegt der Flughafen?«

»Hier am Ausgangspunkt der Halbinsel, gleich hinter der Hauptstadt. Er hat keine internationalen Ausmaße, deshalb muß man zunächst mit der Air Afrique hierher in die Republik im Norden fliegen, von da aus mit einer kleinen zweimotorigen Maschine weiter nach Clarence. Sie verkehrt dreimal in der Woche. Eine französische Firma hat diese Konzession bekommen, aber sie ist kaum noch lukrativ.«

»Zu welchen Staaten bestehen freundschaftliche Beziehungen?«

Endean schüttelte den Kopf.

»Zangaro hat keine Freunde mehr. Niemand ist an diesem Trümmerhaufen interessiert. Selbst der Organisation für Afrikanische Einheit ist das Land ein Dorn im Auge. Die Republik ist so obskur, daß niemand sie erwähnt. Die Presse meidet sie, daher steht nichts in den Zeitungen. Die Regierung verhält sich so feindselig gegenüber Weißen, daß niemand einen Vertreter hinschicken will. Es wird kein Geld investiert, weil nichts vor der Konfiszierung durch irgendeinen Parteibonzen sicher ist. Es gibt dort eine Jugendorganisation der führenden Partei, die ungestraft jeden zusammenschlagen darf, deshalb herrschen Angst und Terror.«

»Und die Russen?«

»Sie verfügen über die größte diplomatische Vertretung und wahrscheinlich in außenpolitischen Fragen, von denen der Präsident nichts versteht, über einen gewissen Einfluß. Seine Berater wurden überwiegend in Moskau geschult, er persönlich allerdings nicht.«

»Gibt es da unten überhaupt ein wirtschaftliches Potential?« fragte Sir James. Endean nickte bedächtig.

»Ich glaube, das Potential ist bei gutem Management ausreichend, um der Bevölkerung einen bescheidenen Wohlstand zu garantieren. Die Bevölkerungszahl ist so klein, die Bedürfnisse sind so gering, daß sich das Land mit Nahrungsmitteln, Kleidung und den wichtigsten Wirtschaftsgütern selbst versorgen könnte, wenn ein paar harte Devisen für die notwendigsten Einfuhren vorhanden wären. Das ließe sich leicht machen. Auf jeden Fall sind die Bedürfnisse so gering, daß karitative Organisationen das Nötigste herbeischaffen könnten, wenn ihre Mitarbeiter nicht ständig belästigt und ihre Einrichtungen nicht dauernd zusammengeschlagen oder geplündert würden. Spenden und Geschenke werden gestohlen und von den Regierungsmitgliedern privat verschoben.«

»Sie sagten vorhin, daß die Vindu an keine Arbeit gewöhnt sind. Wie steht es mit den Cajas?«

»Auch nicht«, sagte Endean. »Die sitzen den ganzen Tag herum und verschwinden im Busch, wenn sie jemand drohend ansieht. Die fruchtbare Flußebene hat immer genug für ihren Lebensunterhalt hervorgebracht, und damit geben sie sich zufrieden.«

»Wer hat dann in der Kolonialzeit die Güter bewirtschaftet?«

»Die Kolonialmacht hat von auswärts ungefähr zwanzigtausend schwarze Arbeiter ins Land geholt. Sie wurden in Zangaro seßhaft und leben noch da. Mit ihren Familienangehörigen zählen sie etwa fünfzigtausend Köpfe. Aber sie wurden von der Kolonialmacht nie erfaßt und waren deshalb auch nicht an der Volksabstimmung über die Unabhängigkeit beteiligt. Soweit überhaupt Arbeit vorhanden ist, tun sie für Geld immer noch alles.«

»Wo leben diese Leute?« fragte Manson.

»Etwa fünfzehntausend von ihnen sind in ihren Hütten auf den Plantagen geblieben, obgleich es für sie dort keine Beschäftigung mehr gibt, da inzwischen alle Maschinen und Einrichtungen kaputt sind. Die übrigen sind nach Clarence ausgewichen und vegetieren dahin. Sie leben in Buden entlang der Straße zum Flughafen.«

Fünf Minuten lang betrachtete Sir James die Landkarte und dachte dabei an einen Berg, einen verrückten Präsidenten, einen Hofstaat von in Moskau geschulten Beratern und eine russische Botschaft. Schließlich seufzte er.

»Welch ein heilloses Durcheinander.«

»Das ist noch milde ausgedrückt«, sagte Endean. »Auf dem Platz in der Hauptstadt finden immer noch in aller Öffentlichkeit Hinrichtungen statt. Der Delinquent wird mit einer Machete in Stücke gehackt. Sehr liebenswürdige Leute.«

»Und wem hat man nun dieses Paradies auf Erden zu verdanken?«

An Stelle einer Antwort holte Endean ein Foto aus dem Umschlag und legte es auf die Landkarte.

Sir James Manson sah vor sich einen Afrikaner in mittleren Jahren, in schwarzseidenem Zylinderhut, schwarzem Cut und ausgebeulten Hosen. Das Bild war offenbar bei seiner Amtseinführung aufgenommen, denn im Hintergrund standen mehrere Kolonialbeamte auf den Treppenstufen eines Prachtbaus. Das Gesicht unter dem Zylinder war nicht rund, sondern länglich und hager, mit tief eingekerbten Falten beiderseits der Nase. Die Mundwinkel krümmten sich abwärts und riefen so den Eindruck tiefer Mißbilligung hervor. Das Auffallendste waren die Augen. Sie wirkten starr und glasig, wie oft bei Fanatikern.

»Das ist der Mann«, sagte Endean. »Total verrückt und hinterhältig wie eine Klapperschlange. Die westafrikanische Version von Papa Doc. Ein Seher, der sich von Geisterstimmen leiten läßt, der Befreier vom Joch des weißen Mannes, der Erlöser seines Volkes, Schwindler, Räuber und Polizeichef, Folterknecht aller Verdächtigen, Verhörspezialist und verlängerter Arm des Allmächtigen, Empfänger von Visionen, oberster Herr über Leben und Tod – Seine Exzellenz Präsident Jean Kimba.«

Sir James Manson betrachtete eine ganze Weile das Gesicht des Mannes, der, ohne es zu ahnen, auf einem Platinschatz im Wert von zehn Milliarden Dollar saß.

Ob die Welt vom Verschwinden dieses Mannes überhaupt Notiz nehmen würde? dachte er.

Er sagte nichts, aber nach Endeans Bericht war er entschlossen, genau das in die Wege zu leiten.

Vor sechs Jahren hatte sich die Kolonialmacht, die über das heutige Zangaro herrschte, unter dem zunehmenden Druck der Weltöffentlichkeit entschlossen, der Kolonie die Unabhängigkeit zu gewähren. In einem Land, das keinerlei Erfahrung in der Selbstverwaltung besaß, wurden überhastete Vorbereitungen getroffen und für das darauffolgende Jahr allgemeine Wahlen und die Proklamation der Unabhängigkeit festgesetzt. In dem Wirrwarr bildeten sich fünf politische Parteien. Zwei davon waren völlig stammesorientiert: die eine behauptete, die Interessen der Vindu zu vertreten, die andere, die der Caja. Die übrigen drei Parteien entwickelten eigene politische Programme und gaben vor, sich über alle stammesmäßigen Trennlinien hinweg für das Volk einzusetzen. Eine dieser Parteien entstand aus der konservativen Gruppe, geführt von einem Mann, der schon unter den Kolonialherren ein öffentliches Amt innehatte und von ihnen gefördert wurde. Er versprach eine Fortsetzung der engen

Anlehnung an das Mutterland, das wenigstens für eine Deckung der örtlichen Papierwährung sorgte und die exportfähigen Landesprodukte aufkaufte. Die zweite Partei, klein und schwach, stand in der Mitte und wurde von einem Intellektuellen geführt, einem in Europa ausgebildeten Professor. Die dritte war ausgesprochen radikal und wurde von einem Mann geleitet, der mehrere schwere Kerkerstrafen auf dem Kerbholz hatte. Er hieß Jean Kimba.

Lange vor den Wahlen waren zwei seiner späteren Mitstreiter als Studenten in Europa bei antikolonialistischen Straßendemonstrationen aufgefallen, wurden von russischen Agenten angesprochen und bekamen Stipendien zur Beendigung ihrer Ausbildung an der Patrice-Lumumba-Universität bei Moskau; sie verließen später heimlich Zangaro und flogen nach Europa. Dort trafen sie sich mit Abgesandten des Kreml, erhielten eine bestimmte Geldsumme und nahmen einige sehr praktische Ratschläge mit nach Hause.

Mit Hilfe dieses Geldes bauten Kimba und seine Leute aus dem Stamm der Vindu politische Schlägertrupps auf und ignorierten völlig die kleine Minderheit der Caja. Diese politischen Kader machten sich im unkontrollierten Hinterland an die Arbeit. Einige Vertreter der rivalisierenden Parteien fanden ein sehr trauriges Ende, und sämtliche Clan-Häuptlinge der Vindu wurden von den Kadern aufgesucht.

Nachdem verschiedene Leute öffentlich verbrannt worden waren – anderen hatte man die Augen ausgestochen –, kapierten die Häuptlinge. Als die Wahlen näherrückten, handelten sie nach der überzeugenden Logik, daß man sich besser nach den Befehlen der Mächtigen richtet, um qualvolle Vergeltungsmaßnahmen zu vermeiden, als nach den Schwachen und Machtlosen. Sie befahlen ihren Stammesangehörigen, die Stimme für Kimba abzugeben. So errang er unter den Vindu eine klare Mehrheit und siegte eindeutig über Opposition und Caja-Wähler. Hinzu kam noch die Tatsache, daß sich plötzlich die Zahl der wahlberechtigten Vindu fast verdoppelt hatte, denn jeder Dorfhäuptling wurde angehalten, die Zahl der angeblich in seinem Bereich lebenden Menschen wesentlich höher anzugeben. Die oberflächliche Volkszählung durch die Kolonialbeamten stützte sich ja nur auf die zahlenmäßigen Angaben der Dorfältesten.

Nun versagte die Kolonialmacht. Anstatt von der feinen englischen Art abzuweichen und dafür zu sorgen, daß ihr Favorit die erste ausschlaggebende Wahl gewann, um dann mit ihm ein Schutzbündnis zu unterzeichnen und die Machtstellung des prowestlichen Zangaro-Politikers durch Entsendung einer Kompanie weißer Fallschirmjäger zu unterstützen, ließen die Kolonialherren zu, daß ihr schlimmster Feind die Wahl gewann. Einen Monat später wurde Jean Kimba als erster Präsident der Republik Zangaro in sein Amt eingeführt.

Was nun folgte, entsprach ganz dem üblichen Schema: Die vier anderen

Parteien wurden als ›umstürzlerisch‹ verboten und ihre Anführer kurz danach unter fadenscheinigen Vorwänden festgenommen. Sie starben an den Folterungen im Gefängnis, nachdem sie Kimba, dem Befreier, sämtliche Parteigelder übereignet hatten. Militär und Polizei aus der Kolonialzeit wurden aufgelöst, sobald eine halbwegs festgefügte, ausschließlich aus Vindu-Kriegern bestehende Streitmacht aufgebaut war. Die Caja-Soldaten, die unter den Kolonialherren den größten Teil der Polizeitruppe gestellt hatten, wurden gleichzeitig entlassen und auf Lastwagen verladen, um – wie es hieß – nach Hause abgeschoben zu werden. Die sechs Lastwagen verließen die Hauptstadt, hielten an einer einsamen Stelle am Zangaro-Fluß – und dann knatterten die Maschinengewehre. Das war das Ende der ausgebildeten Caja-Truppe.

In der Hauptstadt durften Polizei- und Zollbeamte, überwiegend Caja, zuerst noch bleiben, aber man nahm ihnen die Munition für ihre Waffen weg. Alle Macht lag nun in den Händen der Vindu-Truppe. Das Terror-Regime begann. Diese Entwicklung dauerte achtzehn Monate. Güter, Vermögen und Geschäfte der Kolonisten wurden konfisziert, die Wirtschaft kam allmählich zum Erliegen. Es gab keine ausgebildeten Vindu, die in der Lage gewesen wären, die wenigen Staatsunternehmen auch nur mit bescheidenem Erfolg zu leiten, und die Plantagen waren ohnehin Kimbas Parteigängern übereignet worden. Als die Kolonisten das Land verließen, kamen an ihrer Stelle einige UNO-Techniker zur Aufrechterhaltung der wichtigsten Versorgungsbetriebe, aber die Ausschreitungen, denen sie ausgesetzt waren, veranlaßten die meisten von ihnen, sich früher oder später wieder abberufen zu lassen.

Nach einigen kurzen ›brutalen‹ Terrorakten waren die ängstlichen Caja vollends unterworfen, und selbst jenseits des Flusses im Vindu-Land wurden mehrere blutige Exempel statuiert, wenn der eine oder andere Häuptling leise an die Wahlversprechen zu erinnern wagte. Danach resignierten sie und kehrten in den Busch zurück. Sie konnten es sich leisten, denn was in der Hauptstadt vorging, hatte sie ohnehin nie besonders berührt. Kimba und seine Anhänger, unterstützt durch die Vindu-Armee und die unberechenbaren, höchst gefährlichen Polit-Banden der Jugendorganisation, regierten nun von Clarence aus uneingeschränkt und nur auf den eigenen Profit bedacht.

Was den Profit betrifft, kamen unglaubliche Methoden zur Anwendung. Simon Endeans Bericht enthielt die Unterlagen eines solchen Falles: Kimba war verärgert über das Ausbleiben seines Anteils an einem vereinbarten Geschäft, ließ den beteiligten europäischen Geschäftsmann ins Gefängnis werfen und dessen Frau durch einen Abgesandten mitteilen, er werde ihr die Finger und Ohren ihres Mannes per Post zusenden, falls für ihn nicht ein Lösegeld gezahlt würde. Der Verhaftete selbst bestätigte in einem Brief den Ernst dieser Drohung, und der armen Frau blieb nichts anderes übrig, als bei seinen Geschäftspartnern die geforderte halbe Million Dollar aufzutreiben und zu bezahlen. Der Mann wurde freigelassen, aber seine Regierung verpflichtete ihn zu strengem Stillschweigen, weil sie Verwicklungen mit den schwarz-afrikanischen Ländern in der UNO fürchtete. Die Presse erfuhr nie etwas von dem Vorfall. Ein andermal wurden zwei Staatsangehörige der einstigen Kolonialmacht verhaftet und in der Kaserne der ehemaligen Polizeizentrale zusammengeschlagen. Sie kamen erst frei, nachdem der Justizminister eine hohe Bestechungssumme erhalten hatte, an der offenbar auch Kimba beteiligt war. Ihr Verbrechen bestand darin, daß sie es versäumt hatten, sich zu verneigen, als Kimbas Wagen vorüberfuhr.

In den fünf Jahren seit der Unabhängigkeitserklärung hatte Kimba alle möglichen Gegner ausgelöscht oder ins Exil gejagt – und wer das Land verlassen konnte, durfte noch von Glück sagen. Es gab daher in der Republik keine Ärzte, Ingenieure oder andere Fachkräfte mehr. Sie waren ohnehin rar gewesen, und Kimba sah in seinem Mißtrauen jeden gebildeten Mann als Gegner an.

Im Laufe der Jahre hatte er eine krankhafte Angst vor Attentaten entwickelt und verließ sein Land überhaupt nicht mehr. Er hielt sich fast ausschließlich im Palast auf, und zwar im Schutz einer starken Leibwache. Schußwaffen jeder Art waren eingesammelt und beschlagnahmt worden, darunter auch Jagdgewehre und Schrotflinten, so daß der Mangel an eiweißhaltiger Nahrung noch verschärft wurde. Die Einfuhr von Patronen und Schießpulver war untersagt; kamen Jäger aus dem Vindu-Stamm im Landesinneren an die Küste, um das Schwarzpulver zu kaufen, das sie für die Jagd brauchten, so schickte man sie unverrichteter Dinge wieder nach Hause. Sie konnten ihre nutzlosen Vorderlader nur an den Nagel hängen. Das Tragen von Messern war in der Stadt verboten. Wer dabei erwischt wurde, hatte die Todesstrafe zu erwarten.

Sir James Manson studierte sehr gründlich den ausführlichen Bericht, die Fotos der Hauptstadt, des Palastes und Kimbas, sowie die Landkarten. Dann ließ er Simon Endean noch einmal in sein Büro kommen. Den hatte das Interesse seines Chefs an der obskuren Mini-Republik natürlich sehr neugierig gemacht, und er hatte sich bei Martin Thorpe, dessen Büro im neunten Stock gleich nebenan lag, erkundigt, was das alles zu bedeuten habe. Aber Thorpe hatte sich nur grinsend mit dem Zeigefinger an die Nasenspitze getippt.

Auch Thorpe war seiner Sache nicht ganz sicher, aber er vermutete etwas. Beide Männer wußten jedoch genau, daß man keine Fragen stellen durfte, wenn sich ihr Arbeitgeber etwas in den Kopf gesetzt hatte und Informationen brauchte.

Als sich Endean am nächsten Morgen bei Manson meldete, stand Manson an seinem Lieblingsplatz, am Fenster des Penthouses, und sah hinunter in die Straße.

»Über zwei Dinge muß ich noch mehr wissen, Simon«, begann Sir James Manson und kehrte an seinen Schreibtisch zurück. »Sie erwähnen hier Unruhen in der Hauptstadt, die vor sechs bis sieben Wochen stattfanden. Ich habe von jemandem, der um diese Zeit dort war, etwas über diese Unruhen erfahren. Er erwähnte ein Gerücht von einem Attentatsversuch auf Kimba. Worum ging es überhaupt?«

Endean war erleichtert. Er hatte das auch von seinen Informanten zu hören bekommen, aber als Bagatelle nicht in den Bericht aufgenommen.

»Immer dann, wenn der Präsident einen bösen Traum hatte, kommt es zu Verhaftungen und zu Gerüchten über Anschläge gegen sein Leben«, sagte Endean. »Normalerweise sucht er nur einen Vorwand, jemanden verhaften und hinrichten zu lassen. Bei den erwähnten Unruhen Ende Januar war es der Armeebefehlshaber Oberst Bobi. Hinter vorgehaltener Hand wurde mir mitgeteilt, daß es bei dem Streit zwischen den beiden Männern in Wirklichkeit darum ging, daß Kimba einen zu geringen Anteil an Schmiergeldern bekam, die Bobi ausgehandelt hatte. Für das UNO-Krankenhaus war eine Sendung Arzneimittel eingetroffen. Die Armee machte sich schon im Hafen über die Ladung her und stahl die Hälfte. Bobi war für die Aktion verantwortlich und verschob die entwendeten Medikamente auf dem Schwarzen Markt. Der Erlös sollte an Kimba weitergegeben werden. Jedenfalls hat der Leiter des UNO-Krankenhauses die wirkliche Höhe des Verlustes erwähnt, als er bei Kimba protestierte und seinen Rücktritt androhte. Der Betrag war wesentlich höher, als Bobi gegenüber Kimba angegeben hatte. Der Präsident wurde wütend und schickte einige Leibwächter los, um Bobi zu suchen. Sie stellten dabei die ganze Stadt auf den Kopf und verhafteten jeden, der ihnen in die Quere kam oder dessen Nase ihnen nicht gefiel.«

»Was wurde aus Bobi?« fragte Manson.

»Er konnte fliehen. Er fuhr in einem Jeep zur Grenze, ließ den Jeep dort stehen und umging zu Fuß die Grenzkontrolle.«

»Zu welchem Stamm gehört er?«

»Er ist seltsamerweise ein Mischling: halb Vindu und halb Caja, vermutlich das Produkt eines Vindu-Überfalls auf ein Caja-Dorf vor vierzig Jahren.«

»Gehörte er zu Kimbas neuer Armee oder zu der alten Kolonialarmee?« fragte Manson.

»Er war Korporal in der Polizeitruppe der Kolonialherren, muß also eine gewisse Grundausbildung gehabt haben. Dann wurde er kurz vor der Unabhängigkeit entlassen – wegen Trunkenheit im Dienst und Befehlsverweigerung. Als Kimba an die Macht kam, holte er ihn zurück, weil er wenigstens einen Mann brauchte, der bei einem Gewehr Lauf und Kolben unterscheiden konnte. In der Kolonialzeit gab Bobi sich als Caja aus, aber kaum war Kimba am Ruder, schwor er, ein echter Vindu zu sein.«

»Warum hat ihn Kimba behalten? Zählte er vielleicht zu seinen ursprünglichen Parteigängern?«

»Als Bobi merkte, woher der Wind wehte, ging er zu Kimba und schwor ihm ewige Treue. Er war klüger als der Gouverneur der Kolonialherren, der an Kimbas Wahl nicht glauben wollte, bis ihm die endgültigen Zahlen vorlagen. Kimba behielt Bobi und beförderte ihn sogar zum Befehlshaber der Armee, weil es optisch besser wirkte, wenn ein halber Caja die Repressalien gegen die Caja-Opposition durchführte.«

»Was ist das für ein Mann?« fragte Manson nachdenklich.

»Ein Kleiderschrank«, antwortete Endean, »ein Gorilla in Menschengestalt. Wenig Gehirn, aber dafür eine gewisse instinktive Schlauheit. Gleich und gleich gesellt sich gern – zwischen den beiden war es ein Streit unter Dieben.«

»Aber westlich geschult, kein Kommunist?« fragte Manson.

»Nein, Sir, kein Kommunist. Er ist absolut unpolitisch.«

»Bestechlich?«

»Bestimmt. Es muß ihm zur Zeit sehr schlecht gehen. Außerhalb Zangaros hat er sicher nichts auf die hohe Kante gelegt. An das große Geld kam nur der Präsident selbst heran.«

»Wo hält er sich jetzt auf?«

»Das weiß ich nicht, Sir, irgendwo im Exil.«

»Gut«, sagte Manson. »Machen Sie ihn ausfindig, wo er auch sein mag.« Endean nickte. »Soll ich ihn aufsuchen?«

»Noch nicht«, antwortete Manson. »Dann noch etwas: Der Bericht ist gut und sehr ausführlich, bis auf eine Kleinigkeit. Das ist der militärische Aspekt. Ich brauche eine lückenlose Aufstellung der militärischen Sicherheitsvorkehrungen in und um den Präsidentenpalast und in der Hauptstadt. Anzahl der Soldaten, der Polizisten, der Leibwächter des Präsidenten, ihre Unterbringung und Kampfkraft, Stand ihrer Ausbildung und Erfahrung, mutmaßliche Härte ihres Widerstands im Falle eines Angriffs, welche Waffen tragen sie, können sie damit umgehen, welche Reserven sind vorhanden, wo befindet sich das Waffenlager, wo überall sind Wachen postiert, stehen gepanzerte Fahrzeuge oder Geschütze zur Verfügung, bilden die Russen die Armee aus, existieren außerhalb von Clarence Ausbildungslager – kurzum alles, was damit zu tun hat.«

Endean sah seinen Chef verdutzt an. Der Ausdruck ›im Falle eines Angriffs‹ war ihm aufgefallen. Was in aller Welt hatte der Alte vor, überlegte er. Aber seine Miene blieb ausdruckslos.

»Das würde einen persönlichen Besuch erfordern, Sir James.«

»Ja, das gebe ich zu. Besitzen Sie einen Reisepaß unter einem anderen Namen?«

»Nein, Sir. Außerdem könnte ich diese Angaben nicht beschaffen. Dazu ist eine genaue Kenntnis militärischer Angelegenheiten erforderlich und die Erfahrung mit afrikanischen Soldaten. Für die allgemeine Wehrpflicht war ich damals zu jung. Von Armeen und Waffen verstehe ich nichts.« Manson stand wieder am Fenster und sah über die City hinweg. »Ich weiß«, sagte er leise, »diesen Bericht kann nur ein Soldat liefern.«

»Richtig, Sir James. Sie werden kaum einen Angehörigen unserer Armee bereit finden, einen solchen Auftrag zu übernehmen, auch nicht für ein Vermögen. Außerdem hätte er dann in seinem Paß ›Berufssoldat‹ stehen. Woher soll ich einen Militärexperten nehmen, der bereit ist, nach Clarence zu fliegen, um diese Informationen zu sammeln?«

»Es gibt solche Leute«, sagte Manson. »Man nennt sie Söldner. Sie kämpfen für jeden, der ihnen dafür gutes Geld bezahlt. Und dazu bin ich bereit. Suchen Sie mir also einen Söldner, der Initiative und Köpfchen mitbringt. Den besten Mann in ganz Europa.«

CAT Shannon lag auf seinem Bett in dem kleinen Hotel am Montmartre und sah dem Rauch nach, der sich von seiner Zigarette zur Decke emporkräuselte. Er langweilte sich. In den Wochen seit seiner Rückkehr aus Afrika hatte er den größten Teil seiner Ersparnisse dafür aufgewandt, überall in Europa nach einem neuen Auftrag zu suchen.

In Rom hatte er mit einem Priesterorden konferiert und vorgeschlagen, im Landesinneren des südlichen Sudan einen kleinen Flugplatz für Medikamente und Proviant einzurichten. Er wußte, daß im südlichen Sudan drei verschiedene Gruppen von Söldnern tätig waren und auf der Seite der Neger im Bürgerkrieg gegen den arabischen Norden kämpften. In Wahr-el-Gazar führten zwei andere britische Söldner, nämlich Ron Gregory und Rip Kirby, an der Seite des Dinka-Stammes einen Kleinkrieg, indem sie die von der sudanesischen Armee benutzten Straßen verminten und versuchten, ihre gepanzerten Fahrzeuge in die Luft zu sprengen. In der südlichen Äquatorial-Provinz unterhielt Fritz Paulsen ein Ausbildungslager, in dem er angeblich Eingeborene in der Kriegskunst unterwies, aber man hatte seit Monaten nichts mehr von ihm gehört. Östlich davon, am oberen Nil, gab es ein wesentlich leistungsfähigeres Ausbildungszentrum. Vier Israelis trainierten dort die Stammeskrieger und rüsteten sie mit sowjetischen Waffen aus dem gewaltigen Arsenal aus, das die Israelis den Ägyptern im Jahre 1967 abgenommen hatten. Der Krieg in den drei Provinzen des südlichen Sudan beschäftigte den größten Teil der sudanesischen Armee und Luftwaffe, so daß fünf Geschwader ägyptischer Kampfflugzeuge in der Nähe von Khartum stationiert sein mußten und gegen die Israelis am Suezkanal nicht verfügbar waren. Shannon hatte die Israelische Botschaft in Paris aufgesucht und ein vierzig Minuten langes Gespräch mit dem Militärattaché geführt. Der Mann hatte ihm höflich zugehört, sich höflich bedankt und ihn dann ebenso höflich hinausgeschoben. Er ließ lediglich verlauten, daß im südlichen Sudan auf seiten der Rebellen keine israelischen Berater tätig seien und er daher nichts für Shannon tun könne. Zweifellos war die Unterhaltung auf Band aufgenommen und nach Tel Aviv geschickt worden, aber Shannon glaubte kaum, von den Leuten je wieder etwas zu hören. Er gab zu, daß die Israelis erstklassige Kämpfer waren und über einen ausgezeichneten Geheimdienst verfügten, aber nach seiner Meinung wußten sie zuwenig über Schwarz-Afrika und steuerten sowohl in Uganda als auch an anderen Stellen einem Mißerfolg entgegen.

Abgesehen vom Sudan waren die Aussichten gering. Es gingen zwar Gerüchte um, der CIA suche erfahrene Söldner zur Ausbildung der antikommunistischen Meos in Kambodscha und ein paar Scheichs am Persischen Golf hätten die Nase voll von ihrer Abhängigkeit von britischen Militärberatern und suchten nach Söldnern, die in ihrem Auftrag tätig werden sollten. Angeblich brauchte man Männer, die bereit waren, für die Scheichs im Hinterland zu kämpfen oder die Palastwache zu organisieren. Shannon bezweifelte all diese Geschichten. Erstens traute er dem CIA nicht über den Weg, und zweitens waren die Araber, was ihre Entschlußfreudigkeit betraf, auch nicht viel besser.

Außer am Golf, in Kambodscha und im Sudan standen die Chancen schlecht und es gab keine ordentlichen Kriege. Es sah ganz danach aus, als sollte der Friede ausbrechen. Blieb noch die Chance, für einen amerikanischen Waffenhändler als Leibwächter zu dienen, und tatsächlich war schon ein solcher Mann in Paris an ihn herangetreten, weil er sich bedroht fühlte und einen tüchtigen Schutzengel brauchte.

Der Waffenhändler hatte erfahren, daß Shannon sich in der Stadt aufhielt und daß er ein außergewöhnlich geschickter und schneller Mann war; er hatte einen Unterhändler mit einem entsprechenden Vorschlag zu Shannon geschickt. CAT hatte zwar nicht abgelehnt, aber ihm lag nicht viel an diesem Job. Der Händler war durch seine eigene Dummheit in Schwierigkeiten geraten: Er hatte eine Ladung Waffen an die Provisorische Irisch-Republikanische Armee geschickt und dann den Briten einen Tip gegeben, wo diese Waffen an Land gebracht würden. Die Folge waren mehrere Verhaftungen und eine Verärgerung der Freiheitskämpfer. Dann war aus Belfast etwas durchgesickert, und die Republikaner wurden wütend. Ein Leibwächter hat in erster Linie die Aufgabe, die Gegner abzuschrecken, bis sich die Gemüter beruhigt haben und Gras über die Sache gewachsen ist. Ein Shannon als Leibwächter hätte zwar die meisten Profis nachdenklich gestimmt und abziehen lassen, solange sie noch am Leben waren, aber die Rebellen waren tolle Hunde und wahrscheinlich nicht vernünftig genug, die Finger von der Sache zu lassen. Also mußte Shannon mit einer Schießerei rechnen, und die französische Polizei würde sicher nicht sehr erbaut sein, auf ihren Straßen blutende Freiheitskämpfer herumliegen zu haben. Da Shannon außerdem ein Protestant aus Ulster war, würde ihm niemand glauben, er habe dabei nur seine Pflicht getan. Doch das Angebot galt noch.

Inzwischen war der März schon zehn Tage alt, aber das Wetter blieb feuchtkalt, täglich fiel Nieselregen, und Paris zeigte sich von seiner unfreundlichsten Seite. Für ein Leben im Freien war es nicht warm genug, und Hotelzimmer kosten eine Menge Geld. Shannon ging mit seinen restlichen Dollars so sparsam um wie möglich. Er gab etwa einem Dutzend Leuten seine Telefonnummer, von denen er hoffte, sie könnten vielleicht etwas in Erfahrung bringen. Dann verkroch er sich mit ein paar Taschenbüchern in seinem Hotelzimmer.

Nun starrte er zur Decke empor und dachte an zu Hause. Ein echtes Zuhause gab es für ihn zwar nicht mehr, aber in Ermangelung eines treffenderen Begriffs nannte er es so, und er träumte von den weiten Wiesen mit den vereinzelten Bäumen an der Grenze zwischen Tyrone und Donegal, der Gegend, aus der er stammte.

Er war in dem kleinen Dorf Castlederg in der Grafschaft Tyrone, dicht an der Grenze von Donegal, geboren und aufgewachsen. Sein Elternhaus lag eine Meile vom Dorf entfernt auf einem Hügel, mit dem Blick nach Westen über Donegal hinweg.

Donegal war für die Leute dort ein Land, das der liebe Gott vergessen hatte fertigzustellen. Die wenigen Bäume neigten sich nach Osten, gebeugt von dem Wind, der ständig vom Nordatlantik heranfegte.

Sein Vater hatte eine Flachsweberei besessen, die gutes irisches Leinen erzeugte. Für die Gegend war er so etwas wie ein kleiner Graf gewesen. Er war Protestant, während fast alle Arbeiter und Bauern ringsum katholisch waren; da die beiden Konfessionen in Ulster so unverträglich sind wie Feuer und Wasser, hatte der kleine Carlo nie einen Spielkameraden. Aber es war das Land der Pferde. Er konnte früher reiten als radfahren und besaß mit fünf Jahren ein eigenes Pony. Er erinnerte sich gut daran, wie er mit diesem Pony ins Dorf ritt, um sich im Kramladen der alten Mrs. Gailey für einen halben Penny Zuckerwerk zu kaufen.

Mit acht Jahren war er auf Drängen seiner Mutter, einer Engländerin aus reichem Hause, auf ein Internat nach England geschickt worden. Dort hatten sie ihn zehn Jahre lang zu einem echten Englishman erzogen, und er hatte sowohl in seiner Ausdrucksweise wie in seinem ganzen Verhalten alles abgelegt, was irgendwie an Ulster erinnerte. In den Ferien hatte er zwar die Hochmoore und seine Pferde besucht, aber er kannte in der Gegend von Castlederg keine Gleichaltrigen, und so waren seine Ferien zwar gesund, aber einsam – seine einzige Freude blieben wilde Galoppaden gegen den Wind.

Mit zweiundzwanzig Jahren diente er als Sergeant bei der Königlichen

Marine-Infanterie, da starben seine Eltern bei einem Verkehrsunfall auf der Straße nach Belfast. Er war zur Beerdigung gekommen, ein strammer Soldat mit schwarzem Gürtel und Gamaschen, geschmückt mit dem grünen Käppi der gefürchteten Einheit. Dann hatte er den heruntergekommenen, fast bankrotten Betrieb des Vaters verkauft, das Haus verriegelt und war nach Portsmouth zurückgekehrt.

5. Kapitel

Simon Endean wußte genau, daß man irgendwo in London alles in Erfahrung bringen kann, was man wissen will, auch den Namen und die Adresse eines erstklassigen Söldners. Das einzige Problem ist oft die Frage, wo man mit der Suche beginnt und an wen man sich wenden soll. Er ließ sich Kaffee in sein Büro bringen, dachte eine Stunde angestrengt nach und fuhr dann mit dem Taxi in die Fleet Street. Über einen Freund in der Lokalredaktion einer der größten Londoner Tageszeitungen bekam er Zugang zum Ausschnittarchiv des Blattes. Er erklärte dem Archivar, welche Mappen er durchzublättern wünschte. Die nächsten zwei Stunden verbrachte er im Archiv der Agentur über einem Verzeichnis sämtlicher Zeitungsmeldungen, die in den vorangegangenen zehn Jahren irgendwo in Großbritannien über Söldner erschienen waren. Es gab da Artikel über Katanga, den Kongo, Jemen, Vietnam, Kambodscha, Laos, den Sudan, Nigeria und Ruanda; Nachrichten, Kommentare, Leitartikel und Fotos. Er las alle gründlich durch und achtete dabei besonders auf die Namenszeile.

Er suchte dabei nicht in erster Linie nach dem Namen eines Söldners. Es waren ohnehin zu viele Namen angeführt, Pseudonyme, Noms de Guerre und Spitznamen, einige davon zweifellos falsch. Er suchte nach einem Fachmann auf diesem Gebiet, einem Autor oder Reporter, dessen Beiträge erkennen ließen, daß er auf diesem Gebiet bewandert war und es verstand, in einem verwirrenden Labyrinth einander widersprechender Behauptungen und angeblicher Taten den berühmten roten Faden zu finden. Nach zwei Stunden intensiven Studiums stand dieser Name auf Endeans Zettel. Er hatte von dem Mann noch nie etwas gehört.

Im Laufe der letzten drei Jahre waren drei Artikel mit derselben Namenszeile erschienen; bei dem Journalisten handelte es sich offenbar um einen Engländer oder Amerikaner. Er schien sehr gut informiert zu sein und erwähnte Söldner aus einem halben Dutzend verschiedener Länder, wobei er weder ihre Leistungen übertrieb noch ihre Laufbahnen zu haarsträubenden Sensationsberichten machte. Endean notierte sich den Namen und die drei Zeitungen, in denen die Artikel erschienen waren. Schon das deutete auf einen freiberuflich tätigen Autor hin.

Ein zweiter Anruf bei seinem Freund in der Lokalredaktion brachte ihm die Adresse des Journalisten ein: es handelte sich um eine kleine Wohnung im Norden Londons.

Es war schon dunkel, als Endean das Verwaltungsgebäude der ManCon verließ. Er holte seinen Corvette aus der Tiefgarage und fuhr in Richtung Norden. Als er die angegebene Adresse erreichte, war das Haus schon dunkel und er läutete vergebens an der Tür. Endean hoffte nur, daß der Mann nicht verreist war, aber das verneinte die Frau in der Erdgeschoßwohnung. Erfreulicherweise war es kein besonders großes oder schickes Haus; das ließ darauf schließen, daß der Journalist, wie die meisten Freiberufler, einem kleinen Nebenverdienst sicher nicht abgeneigt war. Endean beschloß, am nächsten Morgen wiederzukommen.

Kurz nach acht Uhr morgens drückte Simon Endean wieder auf den Klingelknopf neben dem Namensschild des Journalisten. Eine halbe Minute später ertönte eine blecherne Stimme aus dem kleinen Lautsprecher im Holz des Türrahmens.

»Ja.«

»Guten Morgen!« rief Endean in die Wechselsprechanlage. »Mein Name ist Harris, Walter Harris. Ich bin Geschäftsmann und hätte Sie gern einen Augenblick gesprochen.«

Die Haustür ging auf. Endean stieg zum vierten Stock hinauf, wo eine Wohnungstür halb geöffnet war. Der Gesuchte stand vor ihm. Endean wurde ins Wohnzimmer geführt und kam gleich zur Sache.

»Ich bin in der City geschäftlich tätig«, log er aalglatt. »In gewissem Sinne vertrete ich eine Gruppe von Geschäftsfreunden, die alle eines gemeinsam haben: geschäftliche Interessen in einem bestimmten Staat Westafrikas.« Der Journalist nickte zurückhaltend und trank einen Schluck Kaffee.

»In letzter Zeit häufen sich die Berichte über die Möglichkeit eines Staatsstreichs. Der Präsident ist für dortige Verhältnisse ein halbwegs vernünftiger Mann und bei seinen Leuten sehr beliebt. Einer meiner Geschäftsfreunde hat nun durch einen seiner Arbeiter erfahren, daß ein eventueller Staatsstreich – falls es überhaupt dazu kommt – von Kommunisten inszeniert sein könnte. Ich hoffe, Sie folgen mir.«

»Ja, weiter.«

»Nun ist man der Ansicht, daß höchstens ein kleiner Teil der Armee einen solchen Staatsstreich unterstützen würde, es sei denn, daß eine Blitzaktion Verwirrung stiftete und die Armee führerlos dastünde. Mit anderen Worten: Wenn vollendete Tatsachen geschaffen würden, könnte das Gros der Armee auf jeden Fall umschwenken, sobald die Offiziere erkennen, daß der Staatsstreich geglückt ist. Sollte es jedoch zu einem halben Fehlschlag kommen, so sind wir alle davon überzeugt, daß sich der größte Teil der Armee hinter den Präsidenten stellen würde. Wie Sie vielleicht wissen, lehrt die Erfahrung, daß die ersten zwanzig Stunden nach einem solchen Staatsstreich die entscheidenden sind.«

»Und was habe ich damit zu tun?« fragte der Journalist.

»Darauf komme ich gleich zu sprechen«, sagte Endean. »Wir sind übereinstimmend der Auffassung, daß der Staatsstreich nur gelingen könnte, wenn die Verschwörer vorher den Präsidenten beseitigen. Bleibt er am Leben, muß der Putsch scheitern oder er kommt gar nicht erst zum Tragen und alles wäre in Ordnung. Dadurch tritt die Frage der Sicherung des Präsidentenpalastes in den Vordergrund. Wir haben uns mit Freunden im Foreign Office in Verbindung gesetzt. Sie halten es für ausgeschlossen, daß man die Entsendung eines britischen Berufsoffiziers als persönlichen Sicherheitsbeauftragten für den Präsidenten befürworten könne.«

»Und?« Der Journalist trank wieder einen Schluck Kaffee und zündete sich eine Zigarette an.

Er mißtraute seinem Besucher. Der Mann war ihm viel zu glatt.

»Deshalb wäre der Präsident bereit, die Dienste eines Berufssoldaten in Anspruch zu nehmen, der ihn auf vertraglicher Basis in allen Sicherheitsfragen, die seine eigene Person betreffen, beraten soll. Er sucht einen Mann, der hinfahren und den Palast sowie alle Sicherheitsvorkehrungen gründlich durchleuchten könnte, um eventuell noch vorhandene Lücken zu schließen. Ich glaube, man nennt solche Männer, tüchtige Soldaten, die nicht unbedingt unter der Fahne des eigenen Vaterlandes kämpfen, Söldner.«

Der Journalist nickte ein paarmal. Er zweifelte nicht daran, daß die Geschichte, die ihm dieser sogenannte Harris aufgetischt hatte, von der Wahrheit weit entfernt war. Erstens hätte die britische Regierung bestimmt nichts gegen die Entsendung eines Fachberaters einzuwenden, wenn es sich tatsächlich um die Sicherung des Palastes handelte. Zweitens gab es in London, in der Sloane Street Nummer 22, eine außerordentlich tüchtige Firma, die genau auf solche Aufgaben spezialisiert war: Watchguard International.

Das machte er Harris mit wenigen Sätzen begreiflich. Aber der Mann ließ sich nicht erschüttern.

»Aha«, sagte er nur. »Ich muß wohl ein wenig offener sein.«

»Das wäre recht nützlich«, entgegnete der Journalist.

»Sehen Sie, es geht doch darum, daß die Regierung Ihrer Majestät vielleicht der Entsendung eines Experten zustimmen würde, wenn es sich lediglich um eine Beratertätigkeit handelte. Aber wenn sein Rat darin bestünde, daß die Palastwache trotz aller politischen Risiken besser ausgebildet werden müßte, könnte das ein offizieller Abgesandter der britischen Regierung nicht mehr übernehmen. Dasselbe gilt auch, falls ihm der Präsident auf Jahre hinaus einen festen Posten anbieten würde. Was die Firma Watchguard betrifft, wäre einer der früheren Luftwaffenspezialisten sicher geeignet, aber wenn er zur Palastwache gehörte und es würde ein Staatsstreich versucht, so könnte es trotz seiner Anwesenheit zum Kampf kommen. Nun wissen Sie selbst, wie das übrige Afrika über einen Sicherheitsbeauftragten von Watchguard denken würde, wo die meisten Schwarzen ohnehin glauben, daß diese Firma irgendwie mit dem Außenministerium in Verbindung steht. Bei einem reinen Außenseiter, der zwar nicht dieses Ansehen genießt, wäre eine solche Haltung noch verständlich und er würde den Präsidenten nicht dem allgemeinen Gespött preisgeben, er sei nur ein Werkzeug der verhaßten Imperialisten.«

»Was wollen Sie also?« fragte der Journalist.

»Den Namen eines guten Söldners«, entgegnete Endean. »Eines Mannes mit Verstand und Initiative, der für sein Geld anständige Arbeit liefert.

»Warum kommen Sie damit zu mir?«

»Weil sich ein Angehöriger unserer Gruppe daran erinnerte, daß Sie vor mehreren Monaten einen einschlägigen Artikel geschrieben haben – offenbar mit sehr viel Sachverstand.«

»Vom Schreiben lebe ich«, sagte der Journalist.

Endean zog zweihundert Pfund in Zehnpfundnoten aus der Tasche und legte sie auf den Tisch.

»Dann schreiben Sie für mich«, sagte er.

»Was? Einen Artikel?«

»Nein, ein Memorandum: eine Liste von Namen und Einsätzen. Sie können Sie mir auch mündlich geben, wenn Sie wollen.«

»Ich mach es schriftlich«, sagte der Journalist. Er ging hinüber in seine Arbeitsecke, die aus Schreibtisch, Schreibmaschine und einem Stapel weißen Papiers darauf bestand. Er spannte ein Blatt in die Maschine ein, blätterte hin und wieder in einem Karteikasten neben dem Schreibtisch und tippte ohne Pause fünfzig Minuten lang. Dann stand er auf und überreichte Endean drei vollgeschriebene Schreibmaschinenbogen.

»Das sind die besten Söldner, die es heute gibt: Die ältere Generation aus dem Kongo von vor sechs Jahren und die neuen Stars. Ich habe alle weggelassen, die nicht in der Lage wären, eine Kompanie zu führen. Reine Schläger nützen Ihnen nichts.«

Endean nahm die Blätter in die Hand und las sie aufmerksam durch. Sie enthielten folgendes:

Oberst Lamouline. Belgier, vermutlich Staatsbeamter, kam 1964 unter Moise Tschombe in den Kongo. Wahrscheinlich mit voller Billigung der belgischen Regierung. Erstklassiger Soldat, kein Söldner im eigentlichen Sinne des Wortes. Baute das (französisch sprechende) Sechste Kommando auf und befehligte es bis 1965, übergab dann Oberbefehl an Denard und ging.

Robert Denard. Franzose. Ausgebildet bei Polizei, nicht Militär. War während der Abtrennung 1961/62 in Katanga, vermutlich als Polizeiberater. Hat das Land nach Fehlschlag der Abtrennung und Flucht Tschombes verlassen. Befehligte für Jacques Foccart französische Söldnereinheit im Jemen. Kehrte 1964 in den Kongo zurück und schloß sich Lamouline an. Befehligte nach Lamouline das Sechste Kommando bis 1967. Nahm zögernd an der zweiten Stanleyville-Revolte (Meuterei der Söldner) 1967 teil. Schwere Kopfverletzung durch Abpraller von der eigenen Seite. Zur Behandlung nach Rhodesien geflogen. Versuchte Rückkehr in den Kongo durch Söldnerinvasion im November 1967 von Süden aus über Dilolo. Operation wurde verzögert, angeblich durch Bestechungsaktion des CIA, und scheiterte schließlich. Lebt seitdem in Paris.

Jacques Schramme, Belgier, ehemaliger Pflanzer. Spitzname ›Black Jack‹. Baute Anfang 1961 eigene Eingeborenen-Truppe in Katanga auf und spielte beim Unabhängigkeitsversuch eine bedeutende Rolle. Floh nach Mißlingen des Aufstandes als einer der letzten nach Angola. Nahm seine Katanga-Soldaten mit. Wartete in Angola Tschombes Rückkehr ab und marschierte wieder in Katanga ein. Während des Krieges gegen die Simba-Rebellen 1964/65 operierte seine 10. Codo mehr oder weniger selbständig. Hielt sich bei der ersten Stanleyville-Revolte 1966 (Katanga-Meuterei) zurück, worauf seine gemischte Einheit von Söldnern und Katangesen unbehelligt blieb. Inszenierte 1967 die Stanleyville-Meuterei, der sich später Denard anschloß. Übernahm nach Denards Verletzung das gemeinsame Oberkommando und führte den Marsch nach Bukavu an. Heimkehr 1968, seitdem kein Söldner-Einsatz mehr.

Roger Faulques. Hochdekorierter französischer Berufsoffizier. Während der Abtrennung nach Katanga entsandt, vermutlich von der französischen Regierung. Späterer Kommandeur Denards, der die französischen Operationen im Jemen leitete. Am Söldnereinsatz im Kongo nicht beteiligt. Führte im nigerianischen Bürgerkrieg kleinere Operationen im französischen Auftrag durch. Tapferer Draufgänger, aber durch Kriegsverletzungen fast ein Krüppel.

Mike Hoare. Südafrikaner mit britischer Staatsbürgerschaft. Fungierte während der Katanga-Sezession als Militärberater und wurde ein enger, persönlicher Freund Tschombes. 1964, nach Tschombes Rückkehr an die Macht, in den Kongo zurückgerufen; baute das englischsprachige Fünfte Kommando auf. Leitete es während des Kriegs gegen die Simbas, zog sich im Dezember 1965 zurück und übergab die Einheit an Peters. Wohlhabend und sozusagen im Ruhestand.

John Peters. Schloß sich Hoare 1964 im ersten Söldnerkrieg an. Stieg zum stellvertretenden Kommandeur auf. Furchtlos und absolut ohne Skrupel. Mehrere von Hoares Offizieren weigerten sich, unter Peters zu dienen, und wurden versetzt oder schieden aus dem 5. Codo aus. Setzte sich Ende 1966 als reicher Mann zur Ruhe.

PS: Diese sechs zählen zur ›älteren Generation‹, da sie von Anfang an in den Katanga- und Kongo-Kriegen Berühmtheit erlangten. Die folgenden fünf sind – bis auf den etwa fünfundvierzigjährigen Roux – jünger, bilden aber insofern die ›jüngere Generation‹, als sie im Kongo noch nachgeordnete Posten innehatten oder nach den Kongo-Unruhen berühmt wurden.

Fritz Paulsen. Deutscher. Begann seine Söldnerlaufbahn bei der von Faulques aufgestellten Gruppe, die sich am nigerianischen Bürgerkrieg beteiligte. Blieb im Land und führte die Überreste der Gruppe noch neun Monate lang. Dann entlassen. Ließ sich vom Süd-Sudan anwerben.

George Schroeder. Südafrikaner. Diente unter Hoare und Peters beim 5. Codo im Kongo. Prominenter Mann im südafrikanischen Kontingent dieser Einheit. Von Südafrikanern nach Peters als Anführer vorgeschlagen. Peters war einverstanden und übergab ihm das Kommando. 5. Codo einige Monate danach aufgelöst und nach Hause geschickt. Seitdem verschollen. Dürfte in Südafrika leben.

Charles Roux. Franzose. Als sehr junger Offizier bei Katanga-Sezession. Schied früh aus und ging über Angola nach Südafrika. Blieb bis 1964 dort und kehrte mit Südafrikanern zurück, um unter Hoare zu kämpfen. Meinungsverschiedenheiten mit Hoare, schloß sich Denard an. Rasch befördert und als stellv. Kommandant zum 14. Codo, einer Untereinheit des 6. Codo, versetzt. Nahm 1966 an Revolte in Stanleyville teil, dabei wurde seine Einheit fast aufgerieben. Wurde von Peters heimlich aus dem Kongo herausgeschafft. Kehrte auf dem Luftweg mit mehreren Südafrikanern im Mai 1967 zurück und schloß sich Schramme an. Nahm auch an der 1967er-Revolte in Stanleyville teil. Nach Denards Verwundung als Oberkommandierender der inzwischen zusammengeschlossenen 10. und 6. Kommandos vorgeschlagen. Mißerfolg. Bei Bukavu in Schießerei verletzt und über Kigali nach Hause geschafft. Seitdem keine Aktionen mehr. Lebt in Paris.

Carlo Shannon. Brite. Diente 1964 unter Hoare im 5. Codo. Wollte nicht unter Peters dienen. 1966 zu Denard versetzt, schloß sich 6. Codo an. Machte unter Schramme den Marsch auf Bukavu mit. Kämpfte während der ganzen Belagerung. Im April 1968 als einer der letzten in die Heimat transportiert. Meldete sich freiwillig für den nigerianischen Bürgerkrieg, diente unter Paulsen. Übernahm nach Paulsens Entlassung im November 1968 Überreste der Gruppe. Kommandant bis zum Ende. Lebt angeblich in Paris.

Lucien Brun. Alias Paul Leroy. Franzose, spricht fließend Englisch. Diente als regulärer französischer Offizier im Algerienkrieg. Normale Abmusterung. War 1964 in Südafrika, meldete sich für den Kongo. Traf 1964 mit südafrikanischer Einheit ein, schloß sich Hoares 5. Codo an. Tapferer Kämpfer, Ende 1964 verwundet. Kehrte 1965 zurück. Weigerte sich, unter Peters Dienst zu tun, Anfang 1966 zu Denard und dem 6. Codo versetzt. Verließ angesichts bevorstehender Revolte im Mai 1966 den

Kongo. Diente unter Faulques im nigerianischen Bürgerkrieg. Kam wieder und bemühte sich vergebens um eigenes Kommando. 1968 nach Hause geschickt. Lebt in Paris. Hochintelligent und politisch stark interessiert.

Endean hob den Kopf, nachdem er zu Ende gelesen hatte.
»Diese Männer wären alle für eine solche Aufgabe verfügbar?« fragte er.
Der Journalist schüttelte den Kopf.
»Ich bezweifle es«, sagte er. »Ich habe alle aufgezählt, die eine solche Aufgabe übernehmen könnten. Ob sie es aber wollen, ist eine andere Frage. Es käme auf die Größe der Aufgabe an, auf die Anzahl von Männern, die sie befehligen sollen. Bei den älteren geht es auch ums Prestige. Und darum, wie dringend sie einen Auftrag nötig haben. Einige der älteren Söldner haben sich zur Ruhe gesetzt und sind finanziell gutgestellt.«
»Welche?« fragte Endean.
Der Schreiber fuhr mit dem Zeigefinger die Liste entlang.
»Zunächst einmal die älteren. Lamouline kriegen Sie nie. Er hat in der Praxis immer die offizielle belgische Politik vertreten, ist ein erfahrener Kämpe und wurde von seinen Leuten verehrt. Nun hat er sich zur Ruhe gesetzt. Der andere Belgier, Black Jack Schramme, betreibt als Pensionär eine Hühnerfarm in Portugal. Von den Franzosen ist Roger Faulques vielleicht der höchstdekorierte Offizier der ganzen französischen Armee. Auch er wird von den Leuten, die unter ihm gekämpft haben, verehrt, sei es beim Militär oder in der Fremdenlegion. Andere betrachteten ihn als Gentleman. Aber er ist durch seine Kriegsverletzungen schwer behindert und hat bei seinem letzten Auftrag versagt, weil er den Oberbefehl an einen anderen weitergab, der nicht viel taugte. Wenn der Oberst selbst zur Stelle gewesen wäre, hätte die Sache vermutlich geklappt.
Denard war im Kongo sehr gut, hat sich aber in Stanleyville eine äußerst schwere Kopfverletzung zugezogen. Jetzt ist es aus mit ihm. Die französischen Söldner haben immer noch Kontakt zu ihm und erhoffen sich einen Job, aber seit dem Fiasko bei Dilolo hat er kein Kommando mehr bekommen und wurde auch sonst nicht mehr eingesetzt. Kein Wunder.
Von den Angloschsen hat sich Mike Hoare zur Ruhe gesetzt. Es geht ihm sehr gut. Vielleicht könnte ihn ein Projekt in der Größenordnung einer Million Pfund locken, aber nicht einmal das ist sicher. Sein letzter Einsatz fand in Nigeria statt, wo er beiden Seiten ein Projekt zum Preis von einer halben Million Pfund vorschlug. Beide Vorschläge wurden übrigens abgelehnt. Auch John Peters hat sich ins Privatleben zurückgezogen und leitet eine Fabrik in Singapur. Alle sechs haben auf dem Höhepunkt ihrer Karriere eine Menge Geld verdient, aber keiner hat sich auf die heute gefragten, mehr technisch orientierten kleineren Aktionen umgestellt. Vielleicht wollen sie es nicht, vielleicht können sie es nicht.«

»Und die fünf anderen?« fragte Endean.

»Paulsen war einmal gut, hat aber ein Formtief. Die Presseberichte sind ihm zu Kopf gestiegen, und das ist für einen Söldner immer schlecht. Zur Zeit ist er viel harmloser, als ihn die Sonntagszeitungen hinstellen. Roux ist verbittert, seit er nach Denards Verwundung das Kommando in Stanleyville nicht bekam. Er nimmt für sich den Oberbefehl über sämtliche französische Söldner in Anspruch, hat aber seit Bukavu keinen Auftrag mehr. Die letzten beiden sind besser: Beide in den Dreißigern, intelligent, gebildet und im Kampf tapfer genug, um andere Söldner anführen zu können. Diese Leute kämpfen übrigens nur unter einem Führer, den sie selbst wählen. Es hat also keinen Zweck, einen schlechten Söldner mit der Rekrutierung einer Truppe zu beauftragen, weil niemand daran denkt, unter einem Mann zu dienen, der selbst einmal davongelaufen ist. Es ist daher sehr wichtig, was sie im Kampf geleistet haben.

Lucien Brun, alias Paul Leroy, käme für diese Sache in Frage. Leider weiß man bei ihm nie, ob er nicht Informationen an den französischen Geheimdienst weiterleitet. Wäre das von Bedeutung?«

»Ja, sehr«, antwortete Endean knapp. »Sie haben den Südafrikaner Schroeder übergangen. Was ist mit ihm? Sie sagten, er hätte das Fünfte Kommando im Kongo befehligt?«

»Ja«, antwortete der Journalist. »Jedenfalls ganz am Ende. Es ist auch unter seinem Kommando zusammengebrochen. Er ist ein erstklassiger Soldat, aber man darf ihn nicht überfordern. Er würde zum Beispiel ein Bataillon Söldner ausgezeichnet führen, vorausgesetzt, ein übergeordneter Brigadestab setzt ihm einen festen Rahmen. Er ist ein guter Kämpfer, denkt aber konventionell. Sehr wenig Phantasie, jedenfalls nicht genug, um eine Aktion von Anfang an selbst zu planen. Er braucht Stabsoffiziere, die ihm das Organisieren abnehmen.«

»Und Shannon? Er ist Brite?«

»Irischer Herkunft. Er ist noch neu im Geschäft und erhielt vor einem Jahr sein erstes Kommando, hat sich aber gut gehalten. Er denkt unkonventionell und hat eine Menge Mut. Außerdem versteht er es, bis ins letzte Detail zu organisieren.«

Endean erhob sich.

Langsam ging er zur Tür.

»Sagen Sie mir noch eines«, fragte er, schon an der Tür. »Wenn Sie ein Unternehmen... Wenn Sie einen Mann suchen würden, der einen Auftrag übernehmen und eine Situation selbständig einschätzen muß – welchen würden Sie dann wählen?«

Der Journalist griff nach seinen Notizen.

»CAT Shannon«, antwortete er, ohne zu zögern. »Wenn ich ein Unternehmen organisieren müßte, würde ich nur CAT nehmen.«

»Wo steckt er?« fragte Endean.

Der Journalist nannte ihm ein Hotel und eine Bar in Paris.

»Sie können es an beiden Adressen versuchen«, bemerkte er.

»Und wenn dieser Shannon aus irgendwelchen Gründen nicht verfügbar wäre oder die Sache nicht übernehmen könnte, wer wäre dann Ihre zweite Wahl?«

Der Journalist überlegte eine Weile.

»Falls es Lucien Brun nicht tut, wäre Roux der einzige andere, der fast sicher zur Verfügung steht und der auch über die nötige Erfahrung verfügt«, sagte er.

»Haben Sie seine Adresse?« fragte Endean.

Der Journalist nahm ein kleines Notizbuch aus der Schreibtischschublade und blätterte es durch.

»Roux hat eine Wohnung in Paris.« Er nannte Endean die Adresse. Ein paar Sekunden später hörte er Endean die Treppe hinuntergehen. Er griff nach dem Telefon und wählte eine Nummer.

»Carrie? Hallo, ich bin's. Wir gehen heute abend ganz groß aus. Ich habe gerade das Honorar für einen Artikel kassiert.«

CAT Shannon schlenderte nachdenklich die Rue Blanche hinauf zur Place Clichy. Die kleinen Bars zu beiden Seiten der Straße hatten bereits geöffnet, Aufreißer standen in den Türen und versuchten ihn zu animieren, sich die schönsten Mädchen von Paris anzusehen. Diese Mädchen, auf die jede andere Bezeichnung wahrscheinlich besser gepaßt hätte, blinzelten durch die Spitzenvorhänge an den Fenstern hinaus auf die dunkle Straße. Es war kurz nach fünf, an einem kühlen Abend Mitte März, und es wehte ein eisiger Wind. Shannons Stimmung entsprach durchaus diesem Wetter.

Er überquerte den Platz und bog in eine andere Seitenstraße ein, um sein Hotel aufzusuchen. Das hatte sonst wenige Vorzüge aufzuweisen, aber von den oberen Stockwerken aus hatte man einen herrlichen Blick, da es fast auf dem höchsten Punkt des Montmartre lag. Er dachte an Dr. Dunois, den er vor einer Woche zu einer Generaluntersuchung aufgesucht hatte. Der frühere Fallschirmjäger und Armeearzt Dunois war Bergsteiger geworden und hatte zwei französische Expeditionen zum Himalaja und in die Anden als Expeditionsarzt begleitet.

Später hatte er sich freiwillig zu einigen besonders harten Einsätzen in Afrika gemeldet und in solchen Krisen zeitweilig für das französische Rote Kreuz gearbeitet. Hier war er den Söldnern begegnet und hatte nach Kämpfen mehrere von ihnen zusammengeflickt. Selbst in Paris hatte er sich einen Ruf als Söldnerarzt erworben, eine Menge Schußwunden zusammengenäht und viele Granatwerfersplitter aus ihren Muskeln geholt. Wenn einer von ihnen einen Arzt brauchte oder sich untersuchen lassen wollte, wandte er sich für gewöhnlich an Dunois' Praxis in Paris. Wer gerade in Geld schwamm, zahlte sofort mit baren Dollars. Bei anderen, die weniger gut dran waren, vergaß Dunois die Rechnung – und das ist bei französischen Ärzten ungewöhnlich.

Shannon betrat sein Hotel und ließ sich den Schlüssel geben. Der Alte machte Dienst am Empfang.

»Ah, Monsieur, Sie sind aus London angerufen worden. Den ganzen Tag lang. Der Mann hat eine Nachricht für Sie hinterlassen.«

Der Alte holte einen Zettel aus dem Schlüsselfach. Die Schrift war ungelenk und zittrig, offenbar Buchstabe für Buchstabe diktiert.

Die Mitteilung lautete schlicht: ›Vorsicht Harris‹ und war mit dem Namen eines Journalisten unterzeichnet, den Shannon aus seinen Afrika-Einsätzen kannte und von dem er wußte, daß er jetzt in London lebte.

»Außerdem wartet im Salon einer auf Sie, Monsieur.«

Der Alte deutete hinüber zu dem kleinen Raum neben der Hotelhalle, wo Shannon durch die Flügeltür einen Mann sitzen sah. Er war ungefähr so alt wie er selbst, trug das nüchterne Grau des Londoner Geschäftsmannes und sah aufmerksam zu ihm herüber. Als Shannon den Salon betrat, erhob sich sein Besucher mit einer Geschmeidigkeit, die nichts von englischer Steifheit an sich hatte, und auch die breiten Schultern paßten schlecht in den grauen Geschäftsanzug. Solchen Männern war Shannon schon öfter begegnet. Sie traten immer im Auftrag älterer und reicherer Leute auf.

»Mr. Shannon?«

»Ja.«

»Mein Name ist Walter Harris.«

»Sie wollten mich sprechen?«

»Auf diese Gelegenheit warte ich schon seit einigen Stunden. Sollen wir uns hier oder in Ihrem Zimmer unterhalten?«

»Wir können hierbleiben, der Alte versteht kein Englisch.«

Die beiden Männer nahmen gegenüber Platz. Endean lehnte sich zurück und schlug die Beine übereinander. Er griff nach einer Packung Zigaretten und hielt sie Shannon hin. Shannon schüttelte den Kopf und holte seine eigene Marke aus der Jackentasche, aber dann steckte er die Packung wieder ein.

»Ich habe gehört, Sie sind Söldner, Mr. Shannon.«

»Ja.«

»Sie wurden mir empfohlen. Ich spreche für eine Gruppe von Londoner Geschäftsleuten. Wir hätten eventuell einen Auftrag zu vergeben. Dazu brauchen wir einen Mann, der in militärischen Dingen bewandert ist und der ins Ausland reisen kann, ohne irgendwelches Aufsehen zu erregen. Einen Mann, der über seine Beobachtungen einen intelligenten Bericht verfassen kann, der eine militärische Lage zu analysieren weiß und der danach den Mund hält.«

»Ich bin kein Berufskiller«, sagte Shannon knapp.

»Den suchen wir auch nicht«, sagte Endean.

»Also gut: Worin besteht der Auftrag? Und wie hoch ist das Honorar?« fragte Shannon. Er hielt nichts davon, viele Worte zu verlieren. Sein Gegenüber machte auch nicht den Eindruck, als ließe er sich durch Direktheit schockieren. Endean lächelte.

»Zunächst müßten Sie zur Unterrichtung nach London kommen. Ihre Reise und die Spesen würden wir selbstverständlich auch dann ersetzen, wenn Sie den Auftrag ablehnen.«

»Warum London? Warum nicht hier?« fragte Shannon.

Endean hüllte sich in eine Rauchwolke.

»Es geht um Landkarten und andere Papiere«, sagte er. »Ich wollte sie nicht mitbringen. Außerdem muß ich meine Geschäftspartner konsultieren und ihnen Bericht erstatten, ob Sie akzeptiert haben oder nicht – je nachdem.«

Es entstand eine Pause. Endean zog ein Bündel von Einhundertfrancnoten aus der Tasche.

»Fünfzehnhundert Franç«, sagte er. »Das sind zur Zeit etwa einhundertzwanzig Pfund. Für Ihren Flug nach London – Einzel- oder Rückflug, wie Sie wünschen. Außerdem die Hotelkosten. Sollten Sie unseren Vorschlag ablehnen, nachdem sie ihn gehört haben, erhalten Sie für Ihre Bemühungen weitere einhundert Pfund. Wenn Sie akzeptieren, werden wir uns über Ihr künftiges Gehalt schon einigen.«

Shannon nickte.

»In Ordnung, ich hör' mir die Sache an – in London. Wann?«

»Morgen«, antwortete Endean und erhob sich. »Kommen Sie irgendwann im Laufe des Tages und steigen Sie im Posthouse Hotel am Haverstock Hill ab. Ich lasse dort noch heute abend nach meiner Rückkehr Ihr Zimmer reservieren. Übermorgen früh um neun rufe ich Sie in Ihrem Hotel an und verabrede mich mit Ihnen? Alles klar?«

Shannon nickte wieder und nahm die Geldscheine an sich.

»Reservieren Sie mir das Zimmer auf den Namen Keith Brown«, sagte er. Der Mann, der sich Harris nannte, verließ das Hotel, ging langsam den Montmartre hinunter und suchte nach einem Taxi.

Er sah keinen Anlaß, gegenüber Shannon zu erwähnen, daß er am selben Nachmittag, vor drei Stunden, mit einem anderen Söldner gesprochen hatte, einem gewissen Charles Roux. Er sagte auch nichts davon, daß er den Franzosen trotz dessen offenkundiger Bereitwilligkeit nicht für den richtigen Mann hielt: Er hatte sich von ihm mit dem vagen Versprechen verabschiedet: »Sie hören wieder von uns.«

Vierundzwanzig Stunden später stand Shannon am Fenster seines Hotelzimmers im Posthouse und beobachtete durch den Londoner Regen den

Feierabendverkehr, der von Camden Town den Haverstock Hill herauf-
flutete, um sich den in Richtung Hampstead und die anderen Wohnstädte
im Grünen zu verteilen. Er war heute morgen mit der ersten Maschine
eingetroffen und hatte dabei seinen Paß auf den Namen Keith Brown benutzt. Schon vor langer Zeit war er gezwungen gewesen, sich auf dem
in Söldnerkreisen üblichen Weg einen falschen Paß zu besorgen. Ende
1967 hatte er mit Black Jack Schramme in Bukavu gelegen, monatelang
umzingelt und belagert von der kongolesischen Armee. Schließlich hatten
die Söldner diese Stadt am Seeufer unbesiegt, aber ohne einen Schuß Munition geräumt, waren über die Brücke in das benachbarte Ruanda hin-
übermarschiert und hatten sich dort entwaffnen lassen, wobei das Rote
Kreuz Garantien abgab, die es unmöglich halten konnte.
Danach hatten sie fast sechs Monate lang untätig in dem Internierungsla-
ger Kigali gesessen, während das Rote Kreuz mit der Regierung von Ruanda über ihre Rückführung nach Europa verhandelte. Präsident Mobutu
vom Kongo verlangte ihre Auslieferung, um sie hinrichten zu lassen, aber
die Söldner hatten gedroht, im Falle einer solchen Entscheidung die Armee von Ruanda mit bloßen Händen zu überfallen, ihre Waffen zurück-
zuerobern und sich den Heimweg freizukämpfen. Die Regierung von Ruanda war klug genug gewesen, diese Drohung ernst zu nehmen.
Als schließlich die Entscheidung fiel, die Männer nach Europa zurückzu-
fliegen, hatte der britische Konsul das Lager aufgesucht und den sechs
britischen Söldnern nüchtern erklärt, er müsse ihre Pässe einziehen. Sie
hatten ebenso nüchtern erwidert, sie hätten im See von Bukavu alles verloren. Auf dem Heimflug nach London war Shannon und den anderen
vom Foreign Office mitgeteilt worden, jeder von ihnen habe dreihundert-
fünfzig Pfund für den Flug zu bezahlen und keinem würde je wieder ein
Reisepaß ausgestellt werden.
Alle Männer mußten sich vor Verlassen des Lagers fotografieren, regi-
strieren und ihre Fingerabdrücke abnehmen lassen. Sie mußten außerdem eine eidesstattliche Erklärung unterschreiben, den afrikanischen
Kontinent nie wieder zu betreten. Kopien dieser Dokumente sollten allen
afrikanischen Regierungen zugehen.
Die Reaktion der Söldner war vorauszusehen. Jeder von ihnen trug einen
üppigen Bart und Schnurrbart, die Haare waren im Lager monatelang
nicht geschnitten worden, da Scheren und alle gefährlichen Instrumente
verboten waren. Man konnte die Männer auf den Fotos daher kaum erkennen. Sie tauschten nun die Namen und gaben auch ihre Fingerabdrücke jeweils für einen anderen ab. Das Ergebnis war, daß jeder Steck-
brief das unkenntliche Foto eines Mannes enthielt, dazu die Fingerabdrücke eines zweiten und den Namen eines dritten. Ihre eidesstattlichen
Erklärungen, Afrika für immer verlassen zu wollen, unterzeichneten sie
mit fingierten Namen wie Sebastian Weetabix oder Neddy Segoon.

Auch Shannon reagierte auf die Forderung des Auswärtigen Amtes nicht entgegenkommender. Er hatte seinen Paß natürlich nicht verloren und reiste damit wohin er wollte, bis er abgelaufen war. Dann unternahm er die erforderlichen Schritte, sich einen neuen zu beschaffen, ausgestellt vom Paßamt, aber aufgrund einer Geburtsurkunde für ein Baby, das in Yarmouth, etwa um die Zeit von Shannons Geburt, an Meningitis gestorben war. Diese Geburtsurkunde bekam er vom Standesamt im Somerset House für die übliche Gebühr von fünf Shilling*.

Bei seiner Ankunft in London hatte er sich an diesem Morgen mit dem Journalisten in Verbindung gesetzt, den er noch aus Afrika kannte, und erfahren, wie Walter Harris an ihn herangetreten war. Er bedankte sich für die freundliche Empfehlung und bat den Journalisten um die Adresse einer guten Privatdetektei. Die suchte er am Spätnachmittag auf, leistete eine Anzahlung von zwanzig Pfund und versprach, am nächsten Morgen nähere Anweisungen zu erteilen.

Endean rief am folgenden Morgen vereinbarungsgemäß pünktlich um neun Uhr an und wurde sofort mit Mr. Brown verbunden.

»In der Sloane Avenue liegt ein Wohnblock, der sich Chelsea Cloisters nennt«, sagte er ohne weitere Einleitung. »Ich habe die Wohnung dreihundertsiebzehn für uns reserviert, damit wir uns in Ruhe unterhalten können. Bitte seien Sie pünktlich um elf Uhr dort und erwarten Sie mich in der Halle, ich bringe den Schlüssel mit.«

Dann legte er auf. Shannon schlug die Adresse im Telefonbuch nach und rief die Detektei an.

»Ihr Detektiv soll um zehn Uhr fünfzehn in der Halle der Chelsea Cloisters in der Sloane Avenue sein«, sagte er. »Er braucht einen eigenen Wagen.«

»Bringt er mit«, versprach der Chef des Detektivbüros.

Eine Stunde später traf Shannon den Detektiv in der Empfangshalle des modernen Wohnblocks. Zu seiner Überraschung handelte es sich um einen jungen Mann von kaum zwanzig Jahren mit langem Haar. Shannon musterte ihn mißtrauisch.

»Verstehen Sie denn etwas von Ihrem Job?« fragte er.

Der Junge nickte. Shannon konnte nur hoffen, daß seine Geschicklichkeit nicht allzu weit hinter seinem Enthusiasmus zurückblieb.

»Lassen Sie Ihren Sturzhelm lieber draußen beim Motorrad«, sagte er. »Leute, die in diesem Haus zu tun haben, tragen keine Sturzhelme. Dann setzen Sie sich dort drüben hin und lesen eine Zeitung.«

---

* Dieser Trick, der auch bei einem fehlgeschlagenen Attentat auf General De Gaulle vom Täter angewandt wurde, ist in dem Roman *Der Schakal* ausführlich beschrieben.

Da der Junge keine bei sich hatte, gab ihm Shannon eine Morgenzeitung. »Ich setze mich hier drüben auf die andere Seite. Ungefähr um elf wird ein Mann hereinkommen und mir zunicken. Dann besteigen wir gemeinsam den Lift. Merken Sie sich den Mann genau, damit Sie ihn später wiedererkennen. Etwa eine Stunde später müßte er das Haus wieder verlassen. Sie sitzen dann drüben auf der anderen Straßenseite, startbereit auf ihrem Motorrad, haben den Helm auf und tun so, als hätten Sie eine kleine Panne, verstanden?«

»Ja, verstanden.«

»Wenn der Mann irgendwo in der Nähe seinen eleganten Wagen besteigt, notieren Sie sich die Nummer. Oder er nimmt ein Taxi. In beiden Fällen fahren Sie ihm nach und stellen Sie fest, was er vor hat. Beschatten Sie ihn, bis Sie einigermaßen sicher sind, daß er sein endgültiges Ziel erreicht hat.«

Der junge Mann hörte aufmerksam zu und verschanzte sich dann in der äußersten Ecke der Halle hinter seiner Zeitung.

Der Portier warf ihm einen mißbilligenden Blick zu, ließ ihn aber in Ruhe. Er war hier in der Halle schon Zeuge der eigentümlichsten Verabredungen geworden.

Vierzig Minuten später kam Simon Endean herein. Shannon bemerkte, daß er vor der Haustür ein Taxi bezahlte und hoffte, daß der junge Detektiv es auch gesehen hatte. Er stand auf und nickte ihm zu, aber Endean marschierte an ihm vorbei und drückte auf den Knopf neben dem Lift. Shannon stellte sich neben ihn und bemerkte, wie der junge Mann über den Rand seiner Zeitung hinwegblinzelte.

Heiliger Strohsack, dachte Shannon und machte eine Bemerkung über das schlechte Wetter, um zu verhindern, daß der Mann, der sich Harris nannte, die Halle allzu genau musterte.

In der Wohnung Nummer dreihundertsiebzehn ließ sich Endean in einen Sessel sinken, öffnete seine Aktenmappe und nahm eine Landkarte heraus. Er breitete sie auf dem Bett aus und forderte Shannon auf, sich die Karte genau anzusehen. Nach drei Minuten hatte Shannon sich alle wichtigen Einzelheiten eingeprägt. Dann begann Endean mit seinen Instruktionen.

Es handelte sich um eine sorgfältig überlegte Mischung aus Dichtung und Wahrheit. Er behauptete immer noch, ein Konsortium britischer Geschäftsleute zu vertreten, die irgendwelche Geschäfte mit der Republik Zangaro tätigten, und die durch Präsident Kimba Einbußen erlitten hatten, teilweise bis an den Rand des Bankrotts.

Dann referierte er über den Werdegang der Republik, angefangen bei der Unabhängigkeitserklärung. Was er sagte, entsprach der Wahrheit und stammte größtenteils aus seinem eigenen Bericht an Sir James Manson. Der springende Punkt kam zum Schluß.

»Eine Gruppe von Offizieren der Armee hat sich mit einigen ortsansässigen Geschäftsleuten in Verbindung gesetzt, von denen es übrigens nicht mehr viele gibt. Sie haben die Absicht angedeutet, Kimba im Handstreich zu stürzen. Einer der dortigen Kaufleute verständigte unsere Gruppe und erläuterte uns das Problem. Es geht in erster Linie darum, daß diese Leute trotz ihres Offiziersranges von militärischen Dingen praktisch nichts verstehen und nicht wissen, wie sie den Mann stürzen sollen, weil er sich überwiegend hinter den dicken Mauern seines Palastes aufhält, umgeben von seiner Leibwache.

Offen gesagt würden wir das Abtreten dieses Mannes ebensowenig bedauern wie sein eigenes Volk. Eine neue Regierung wäre wirtschaftlich von Vorteil und täte auch der Republik gut. Wir brauchen einen Mann, der hinfährt, um die militärische Lage und die Sicherheitseinrichtungen im Palast, in seiner unmittelbaren Umgebung und bei den wichtigsten öffentlichen Einrichtungen zu durchleuchten. Was wir brauchen, ist ein vollständiger Bericht über Kimbas militärische Stärke.«

»Wollen Sie diesen Bericht an Ihre Offiziere weiterleiten?« fragte Shannon.

»Das sind nicht unsere Offiziere, das sind Zangari. Aber wenn sie wirklich losschlagen, sollten sie wenigstens wissen, was sie tun.«

Shannon glaubte zwar die erste Hälfte der Informationen, nicht aber die zweite. Wenn die Offiziere an Ort und Stelle nicht fähig waren, die Lage richtig einzuschätzen, dann war ihnen auch kein Staatsstreich zuzutrauen. Aber er schwieg.

»Ich müßte als Tourist hinfahren«, sagte er. »Ein anderes Alibi käme kaum in Betracht.«

»Richtig.«

»Wahrscheinlich kommen dort herzlich wenig Touristen hin. Könnte ich nicht als Geschäftsbesuch bei einem Ihrer dortigen Freunde auftauchen?«

»Das ist unmöglich«, entgegnete Endean. »Wenn etwas schiefgeht, wäre die Hölle los.«

Du meinst, wenn man mich schnappt, dachte Shannon, sprach es aber nicht aus. Er wurde schließlich dafür bezahlt, daß er Risiken einging. Das und seine Erfahrung bildeten sein Kapital.

»Da wäre noch die Frage des Honorars«, sagte er.

»Sie sind also bereit?«

»Wenn die Bezahlung stimmt, ja.«

Endean nickte beifällig.

»Morgen wird man Ihnen ein Rückflugticket von London zur Hauptstadt der Nachbarrepublik ins Hotel schicken«, sagte er. »Das Visum für diese Republik müssen Sie sich in Paris besorgen. Zangaro ist ein so armes Land, daß es in Europa nur eine Botschaft unterhält, und die befindet sich ebenfalls in Paris. Aber es dauert einen Monat, ehe man von dort ein

Visum bekommt. In der Hauptstadt der Nachbarrepublik unterhält Zangaro ein Konsulat. Dort können Sie gegen Barzahlung das Visum kriegen, und zwar innerhalb einer Stunde, wenn Sie dem Konsul ein paar Geldscheine zustecken. Sie wissen doch, wie so etwas geht?«

Shannon nickte. Er wußte es nur zu gut.

»Sie holen sich also das Visum in Paris und fliegen mit der Air Afrique weiter. Nach der Landung besorgen Sie sich an Ort und Stelle das Visum für Zangaro und nehmen die Anschlußmaschine nach Clarence. Visum und Flug werden in bar bezahlt. Ich lasse Ihnen zusammen mit dem Ticket dreihundert Pfund in französischen Francs als Spesenvorschuß ins Hotel schicken.«

»Ich brauche fünfhundert«, sagte Shannon. »Ich werde mindestens zehn Tage unterwegs sein, vielleicht auch länger, wenn die Verbindungen schlecht sind und das Visum Zeit kostet. Bei dreihundert habe ich keine Reserve für eventuelle Schmiergelder oder eine Verzögerung.«

»Also schön, dann fünfhundert in französischen Francs. Plus fünfhundert für Sie persönlich«, sagte Endean.

»Tausend«, sagte Shannon.

»Dollar? Ich habe mir sagen lassen, daß Sie nach US-Dollar rechnen.«

»Pfund«, entgegnete Shannon. »Das macht zweitausendfünfhundert Dollar oder das Grundgehalt für zwei Monate, falls ich normal unter Vertrag stünde.«

»Aber Sie werden doch nur zehn Tage unterwegs sein«, protestierte Endean.

»Sie vergessen den Risikozuschlag«, erwiderte Shannon. »Wenn die Zustände nur halb so schlimm sind, wie Sie berichten, wird jeder, der bei einem solchen Auftrag gefaßt wird, langsam und sehr qualvoll zu Tode gefoltert. Wenn ich schon für Sie den Kopf hinhalten soll, dann müssen Sie auch dafür bezahlen.«

»Okay, tausend Pfund. Fünfhundert als Anzahlung und fünfhundert nach Ihrer Rückkehr.«

»Woher soll ich wissen, ob Sie sich nach meiner Rückkehr überhaupt noch einmal mit mir in Verbindung setzen werden?« fragte Shannon.

»Und woher soll ich wissen, ob Sie überhaupt nach Zangaro fliegen?« konterte Endean.

Shannon überlegte. Dann nickte er.

»Also gut: die Hälfte jetzt, die andere Hälfte später.«

Zehn Minuten später hatte Endean die Wohnung verlassen. Er wies Shannon an, ihm fünf Minuten Vorsprung zu geben.

Um drei Uhr nachmittags war der Chef der Detektei von der Mittagspause zurück. Shannon rief ihn um Viertel nach drei an.

»Ach ja, Mr. Brown«, sagte die Stimme am Telefon. »Ich habe mit meinem Beauftragten gesprochen. Er hat entsprechend Ihrer Anweisung vor dem Gebäude auf die betreffende Person gewartet und ist ihr gefolgt. Der Mann winkte ein Taxi heran, und mein Mitarbeiter fuhr ihm bis in die City nach. Dort hat der Betreffende ein Gebäude betreten.«

»Was für ein Gebäude?«

»Das ManCon House. Die Zentralverwaltung der Manson Consolidated Mining.«

»Wissen Sie, ob er bei dieser Firma beschäftigt ist?«

»Scheint so«, antwortete der Detektiv. »Mein Mitarbeiter konnte ihm natürlich nicht ins Haus folgen, aber er bemerkte, wie der Portier den Mann grüßte und ihm die Tür offenhielt. Das hat er für ein paar Sekretärinnen und kleinere Angestellte, die später das Haus verließen, nicht getan.«

»Der Junge ist klüger, als er aussieht«, gab Shannon zu. »Das war gut beobachtet.« Shannon erteilte noch einige Anweisungen und überwies am Nachmittag fünfzig Pfund an das Detektivbüro. Außerdem eröffnete er mit einer Einlage von zehn Pfund ein Bankkonto. Am nächsten Morgen zahlte er weitere fünfhundert Pfund ein und flog am Abend nach Paris.

Dr. Gordon Chalmers war nicht sehr trinkfest. Er rührte nur selten härtere Sachen als Bier an, und wurde dann immer gleich gesprächig, wie Sir James Manson, sein Arbeitgeber, bei dem Mittagessen im Restaurant ›Wilton‹ schon festgestellt hatte. An dem Abend, als CAT Shannon auf dem Flughafen Le Bourget in die DC-8 der Air Afrique nach Westafrika umstieg, aß Dr. Chalmers mit einem alten Studienfreund, der jetzt ebenfalls als Wissenschaftler in der Industrie tätig war.

Für das Abendessen gab es keinen besonderen Anlaß. Chalmers hatte seinen früheren Kommilitonen zufällig vor ein paar Tagen auf der Straße getroffen und sich mit ihm zum Essen verabredet.

Vor fünfzehn Jahren hatten sie gemeinsam für ihr Staatsexamen gebüffelt, ernsthaft und engagiert, wie es nun einmal die Art vieler junger Naturwissenschaftler ist. Um die Mitte der fünfziger Jahre standen die Atombombe und der Kolonialismus im Vordergrund. Sie hatten gemeinsam mit Tausenden anderer für nukleare Abrüstung demonstriert und noch für verschiedene andere Bewegungen, die eine sofortige Auflösung des britischen Weltreiches und die Unabhängigkeit forderten. Sie waren beide empört und echt engagiert gewesen, und sie hatten sich in diesem Punkt nicht geändert. Aber in ihrer Empörung über die politische Weltlage waren sie mit der kommunistischen Jugendbewegung in Berührung gekommen. Chalmers war ihr wieder entwachsen, hatte geheiratet und eine Familie gegründet, eine Hypothek auf sein Haus aufgenommen und sich allmählich dem Lebensstil der gutsituierten Mittelschicht angepaßt. Die Sorgen, die ihn während der vergangenen vierzehn Tage heimgesucht hatten, veranlaßten ihn, beim Essen mehr als nur das gewohnte Glas Wein zu trinken, erheblich mehr sogar. Sein Freund, ein sympathischer Mensch mit sanften braunen Augen, merkte, daß ihn etwas drückte. Er erkundigte sich, ob er ihm nicht irgendwie helfen könne.

Beim Cognac spürte Dr. Chalmers, daß er sich irgendeinem Menschen anvertrauen mußte – nicht seiner Frau, sondern einem Berufskollegen, der auch Wissenschaftler war und ihn besser verstehen würde. Natürlich unter dem Siegel strengster Verschwiegenheit, wie er seinem verständnisvollen und mitfühlenden Freund einschärfte.

Als der alte Studienfreund von der verkrüppelten Tochter erfuhr und hörte, wieviel Geld es kostet, die teuren Einrichtungen für sie anzuschaffen, sprach Mitgefühl aus seinem Blick, und er legte Doktor Chalmers tröstend die Hand auf den Arm.

»Mach dir darüber keine Sorgen, Gordon, das ist durchaus verständlich. Jeder andere hätte genauso gehandelt«, sagte er. Chalmers fühlte sich erleichtert, als sie das Restaurant verließen und sich auf den Heimweg machten.

Er hatte seinen alten Freund zwar gefragt, wie es ihm in den Jahren seit dem Staatsexamen ergangen sei, aber der war ihm geschickt ausgewichen. Chalmers, gebeugt von der Last seiner Sorgen und leicht benebelt vom schweren Wein, wollte nicht aufdringlich werden. Aber selbst wenn er sich genauer erkundigt hätte, wäre kaum anzunehmen gewesen, daß ihm sein Freund die Wahrheit gesagt hätte: Er hatte sich nicht von der Bourgeoisie vereinnahmen lassen; er war überzeugter und aktiver Parteigenosse geblieben.

6. Kapitel

Die Convair 440, die den Zubringerdienst versah, beschrieb eine enge Kurve über der Bucht und setzte auf dem Flugplatz von Clarence zur Landung an. Shannon hatte sich absichtlich auf die linke Seite der Kabine gesetzt, weil er von hier aus beim Anflug einen besseren Blick über die Stadt hatte. Aus einer Höhe von rund dreihundert Metern sah er, daß die Hauptstadt Zangaros die Spitze der Halbinsel einnahm, an drei Seiten umgeben vom palmengesäumten Wasser des Golfs, an der vierten Seite, wo sich die gedrungene, nur acht Meilen lange Halbinsel ins Meer vorschob, von einem Landstreifen begrenzt.

Die Landspitze war an der Stelle, wo sie aus den Mangrovensümpfen der Küste ragte, drei Meilen breit und an der Spitze, wo die Stadt lag, nur noch eine Meile. Auch die beiden Flanken waren mit Mangroven bewachsen, und nur an der Spitze der Halbinsel wichen die Sümpfe einem steinigen Strand.

Die Stadt nahm die ganze Breite der Halbinsel ein und erstreckte sich etwa eine Meile tief landeinwärts. Von hier aus führte eine einzige Straße zwischen bestellten Feldern hindurch, sieben Meilen weit bis zur eigentlichen Küstenlinie.

Die vornehmeren Gebäude lagen offenbar an der äußersten Landspitze, wo der Seewind etwas Kühlung versprach, denn aus der Vogelschau sah man die weitverstreuten Gebäude auf riesigen Grundstücken liegen. Landeinwärts schlossen sich anscheinend die ärmeren Stadtviertel an, mit schmalen, dreckigen Gassen zwischen Tausenden wellblechgedeckter Buden. Shannon konzentrierte sich auf den wohlhabenden Teil von Clarence, einst bewohnt von den Kolonialherren, denn hier mußten die wichtigsten Gebäude liegen, und er hatte nur für wenige Sekunden Gelegenheit, sie aus diesem günstigen Blickwinkel zu überschauen.

Ganz am Kap lag ein kleiner Hafen an einer Stelle, wo sich ohne ersichtlichen geologischen Grund zwei lange, gebogene Geröllmolen ins Meer hinausschoben wie die Fühler eines Hirschkäfers oder die Zangen eines Ohrwurms. An der landeinwärts gelegenen Seite dieser Bucht befand sich der Hafen. Shannon sah, wie der Wind außerhalb der Molen die See kräuselte, während der Wasserspiegel in dem zu drei Vierteln umschlossenen Hafenbecken blank und unbewegt dalag. Dieser sichere Ankerplatz an der Spitze der Halbinsel, eine Laune der Natur, hatte zweifellos die ersten Seefahrer angelockt.

Im Zentrum des Hafens – genau gegenüber der Einfahrt – dominierte ein betonierter Kai mit einer Art Lagerhaus dahinter, an dem aber kein einziges Schiff lag. Links vom Kai schien der Fischereihafen der Eingeborenen zu liegen. Der steinige Strand war übersät von langen Kanus und zum Trocknen aufgespannten Netzen. Rechts vom Kai befand sich der alte Hafen, eine Ansammlung baufälliger Holzstege, die ins Wasser ragten.

Hinter dem Lagerschuppen folgte ein etwa zweihundert Meter breiter, verwilderter Grasstreifen, der bis an die Uferstraße reichte. Jenseits der Straße begannen dann die Häuser der Stadt. Shannon erblickte flüchtig eine weiße Kirche im Kolonialstil und ein imposantes Gebäude, vielleicht den Gouverneurspalast vergangener Tage, von einer hohen Mauer umgeben. Die Mauer umschloß außer den Hauptgebäuden einen weiten Hofraum, gesäumt von niedrigen Hütten, die offenbar neueren Datums waren.

Nun richtete die Convair ihre Nase auf, die Stadt verschwand aus seinem Blickfeld, und die Maschine setzte auf.

Seine erste Begegnung mit Zangaro hatte Shannon bereits am Tag zuvor bei der Beantragung des Touristenvisums erlebt. Der Konsul in der Hauptstadt der Nachbarrepublik hatte ihn mit einiger Überraschung empfangen, da er derlei Anträge nicht gewöhnt war. Shannon mußte ein fünf Seiten langes Formular ausfüllen und die unmöglichsten Fragen beantworten, angefangen von den Vornamen seiner Eltern (die er einfach erfand, weil er nicht die leiseste Ahnung hatte, wie Keith Browns Eltern geheißen haben mochten).

Als er dann seinen Reisepaß überreichte, lag zwischen dem ersten und dem zweiten Blatt ganz zufällig eine ansehnliche Banknote. Sie verschwand in der Tasche des Konsuls. Dann kontrollierte der Mann den Paß von allen Seiten, las ihn von vorn bis hinten durch, hielt ihn gegen das Licht, drehte ihn mehrmals um und überprüfte die Devisengenehmigung auf der letzten Seite. Nach fünf Minuten begann sich Shannon ernsthafte Gedanken zu machen – stimmte etwas nicht? War dem britischen Außenministerium etwa ausgerechnet bei diesem Paß ein Fehler unterlaufen? Dann sah ihn der Konsul an und sagte:

»Sie sind also Amerikaner.«

Voller Erleichterung wurde Shannon klar, daß der Herr Konsul Analphabet war. Fünf Minuten später besaß er sein Visum. Doch auf dem Flugplatz von Clarence hörte der Spaß auf.

Er hatte kein Begleitgepäck bei sich, sondern nur eine kleine Reisetasche. Die Hitze im größten (und einzigen) Abfertigungsraum war unbeschreiblich, und es wimmelte von Fliegen. Etwa ein Dutzend Soldaten und zehn Polizisten lungerten herum. Man sah ihnen die unterschiedliche Stammeszugehörigkeit an. Die Polizisten gaben sich zurückhaltend, sprachen kaum miteinander und lehnten nur lässig an der Wand. Die Soldaten waren es, die Shannons Aufmerksamkeit auf sich zogen. Er behielt sie ständig im Auge, während er einen endlos langen Fragebogen ausfüllte – übrigens denselben, den er schon gestern im Konsulat ausgefüllt hatte – und die Paß- und Gesundheitskontrolle über sich ergehen ließ. Die Beamten hier schienen wie die Polizisten zum Stamm der Caja zu gehören. Bei der Zollkontrolle ging der Ärger dann los. Ein Zivilist erwartete ihn und winkte ihn mit einer knappen Handbewegung in einen Nebenraum. Shannon gehorchte und nahm seine Reisetasche mit. Vier Soldaten schoben sich hinter ihm herein. Sie hatten etwas an sich, was bei ihm unangenehme Erinnerungen wachrief.

Diese Haltung hatte er schon einmal gesehen, vor langer Zeit im Kongo: Die nackte unmittelbare Drohung, die von einem Afrika auf primitivster Kulturstufe ausgeht, wenn es bewaffnet ist und über Macht verfügt – vollkommen unberechenbar, mit absolut unlogischen Reaktionen auf eine bestimmte Situation, gefährlich wie eine tickende Zeitbombe. Kurz vor den schlimmsten Blutbädern, die Kongolesen unter Katanganern, Simbas unter Missionaren und die kongolesische Armee unter den Simbas angerichtet hatten, war ihm genau dieser bedrohliche Stumpfsinn aufgefallen, dieses Gefühl ungezügelter Macht, das sich urplötzlich und ohne ersichtlichen Grund in Gewalttätigkeiten äußern kann. Das hatten auch die Vindu-Soldaten von Präsident Kimba an sich.

Der Zollbeamte in Zivil befahl Shannon, seine Reisetasche auf den wackeligen Tisch zu stellen, und begann sie zu durchsuchen. Es war eine sehr
gründliche Durchsuchung, als fahndete er nach versteckten Waffen, bis
er den elektrischen Rasierapparat entdeckte. Er nahm ihn aus seinem Etui,
betrachtete ihn und knipste ihn an. Der vollaufgeladene Remington Lek-
tronic begann emsig zu summen. Der Zollbeamte schob ihn in seine Tasche, ohne im geringsten die Miene zu verziehen.
Nachdem er mit der Reisetasche fertig war, bedeutete er Shannon, seine
Anzugtaschen zu entleeren. Schlüssel, Taschentuch, Münzen, Brieftasche und Paß wurden auf den Tisch gelegt. Der Zollbeamte griff zuerst
nach der Brieftasche, nahm die Reiseschecks heraus, betrachtete sie und
gab sie brummend zurück. Die Münzen steckte er sofort ein. Unter den
Banknoten befanden sich zwei Scheine über je fünftausend afrikanische
Francs und mehrere Hunderter. Die Soldaten hatten sich näher herange-
schoben. Außer ihrem gleichmäßigen Atmen in dem stickigen Raum gaben sie immer noch kein Geräusch von sich und hielten ihre Karabiner
am Lauf fest wie Keulen. Aber jetzt ließen sie Neugier erkennen. Der Zivilist hinter dem Tisch steckte auch die beiden Fünftausend-Francs-Noten
ein, und einer der Soldaten griff nach den kleineren Scheinen.
Shannon sah den Beamten an. Der erwiderte den Blick. Dann hob er be-
deutsam sein Trikothemd hoch und zeigte Shannon den Griff eines kurzen Browning, neun Millimeter, oder vielleicht einer 7,65, die im Hosenbund steckte. Er tippte mit dem Zeigefinger darauf.
»Polizei«, sagte er und starrte Shannon ins Gesicht. Shannon juckte es
in den Fingern, und er hätte dem Kerl am liebsten die Zähne eingeschlagen, aber sein Verstand sagte ihm immer wieder: Ruhe bewahren, Junge,
bleib vollkommen ruhig!
Sehr langsam und vorsichtig deutete er auf seine übrigen Habseligkeiten,
die noch auf dem Tisch lagen und hob fragend die Augenbrauen. Der Zivilist nickte und Shannon steckte alles wieder ein. Er spürte, wie sich die
Soldaten hinter seinem Rücken zurückzogen, aber ihre Waffen hielten sie
immer noch am Lauf gepackt, um vielleicht schon im nächsten Augenblick einen Kolbenhieb auszuteilen, wenn ihnen danach war.
Eine Ewigkeit schien zu vergehen, bis der Zivilist eine Kopfbewegung in
Richtung Tür machte und Shannon gehen durfte. Er spürte, wie ihm der
Schweiß über das Rückgrat hinablief und sich im Hosenbund sammelte.
Draußen in der Abfertigungshalle war der einzige andere weiße Fluggast
eine junge Amerikanerin. Sie war von einem katholischen Priester abgeholt worden, der in Pidgin-English wortreich auf die Soldaten einredete
und dem Mädchen damit größere Scherereien ersparte. Er hob den Kopf
und sah Shannon an. Shannon verzog eine Augenbraue. Der Priester sah
über Shannons Schulter hinweg auf die Tür im Zollraum und nickte un-
merklich.

Draußen auf dem kleinen sonnendurchglühten Platz vor dem Flughafengebäude gab es keinen Bus, kein Taxi. Shannon wartete. Fünf Minuten später hörte er hinter sich eine angenehm leise Stimme mit weichem, irischen Akzent.

»Kann ich Sie in die Stadt mitnehmen, mein Sohn?«

Sie setzten sich in den Volkswagenkäfer des Priesters, der sicherheitshalber im Schatten einer Palmengruppe, ein paar Meter vor dem Tor, geparkt hatte. Die junge Amerikanerin war außer sich und beschwerte sich mit schriller Stimme, jemand habe ihre Handtasche geöffnet und durchsucht. Shannon schwieg dazu, denn er wußte genau, daß er mit knapper Not einer Schlägerei entgangen war. Der Priester gehörte zum UNO-Krankenhaus und fungierte dort gleichzeitig als Pfarrer, Verwalter und Arzt. Er warf Shannon einen verständnisvollen Blick zu.

»Man hat Sie gefilzt.«

»Und wie«, sagte Shannon. Der Verlust von fünfzehn englischen Pfund war zu verschmerzen, aber ihm, wie auch dem Priester, war die bedrohliche Stimmung der Soldaten aufgefallen.

»Hier muß man vorsichtig sein, sehr, sehr vorsichtig«, sagte der Priester leise. »Haben Sie schon ein Hotelzimmer?«

Shannon verneinte. Der Priester fuhr ihn zum ›Independence‹, dem einzigen Hotel in Clarence, das Europäer beherbergen durfte.

»Der Geschäftsführer heißt Gomez, ein recht anständiger Kerl«, sagte der Priester.

Wenn in einer afrikanischen Stadt ein neues Gesicht auftaucht, hagelt es meist von den anderen Europäern Einladungen in den Club, auf einen Drink in den Privatbungalow oder zu einer Party am Abend. Darauf verzichtete der Priester trotz seiner Hilfsbereitschaft. Auch diese Eigenart Zangaros begriff Shannon rasch: die gedrückte Stimmung sprang auch auf die Weißen über. Im Laufe der nächsten Tage sollte er noch mehr lernen, und zwar größtenteils von Gomez.

Noch am selben Abend lernte er diesen Gomez kennen, den einstigen Besitzer und jetzigen Geschäftsführer des ›Independence-Hotel‹. Gomez war fünfzig und ein *pied noir*, ein Franko-Algerier. In den letzten Tagen der französischen Herrschaft über Algerien vor fast zehn Jahren hatte er seinen blühenden Landmaschinenhandel noch kurz vor dem endgültigen Zusammenbruch verkauft, denn später konnte man ein Geschäft nicht einmal mehr verschenken. Mit dem Erlös war er nach Frankreich zurückgekehrt, aber schon nach einem Jahr war ihm klargeworden, daß er in der Enge Europas nicht mehr leben konnte.

So hatte er sich nach einer neuen Heimat umgesehen und sich fünf Jahre vor der Unabhängigkeitserklärung, als noch niemand an so etwas dachte, in Zangaro niedergelassen. Mit seinen Ersparnissen hatte er das Hotel erworben und im Laufe der Jahre immer weiter ausgebaut.

Nach der Ausrufung der Republik änderte sich die Lage. Vor drei Jahren hatte man Gomez eröffnet, das Hotel werde verstaatlicht, und er bekäme eine Entschädigung in Landeswährung. Er sah niemals auch nur einen Pfennig davon und außerdem wäre es doch nur wertloses Papier gewesen. Aber er blieb als Geschäftsführer im Hotel, von der vagen Hoffnung beseelt, eines Tages könnte alles wieder besser werden, und es würde ihm von seinem einzigen Besitz auf Erden vielleicht doch noch etwas für einen geruhsamen Lebensabend übrigbleiben. Als Geschäftsführer arbeitete er auch am Empfang und in der Bar. Dort fand ihn Shannon.

Es wäre Shannon leichtgefallen, sofort Gomez' Freundschaft zu gewinnen, indem er einige Namen ehemaliger OAS-Männer, Fremdenlegionäre und Paras erwähnte, mit denen er im Kongo zusammengewesen war. Aber damit hätte er seine Tarnung als schlichter englischer Tourist preisgegeben, der vom Norden hergeflogen war, weil er zufällig fünf Tage Zeit übrig hatte und aus purer persönlicher Neugier einmal die obskure Republik Zangaro etwas genauer kennenlernen wollte. Er blieb lieber seiner Touristenrolle treu.

Doch später, als die Bar schon geschlossen hatte, lud er Gomez auf einen Drink in sein Zimmer ein. Aus unerfindlichen Gründen hatten ihm die Soldaten auf dem Flughafen eine Flasche Whisky, die er bei sich trug, nicht weggenommen. Beim Anblick der Flasche machte Gomez große Augen. Den Import von Luxusartikeln wie Whisky konnte sich das Land nicht leisten. Als er andeutete, er sei aus purer Neugier nach Zangaro gekommen, schnaubte Gomez nur.

»Neugier, ja, es ist schon verdammt komisch. Komisch und unheimlich.« Sie sprachen zwar französisch und waren allein im Zimmer, aber trotzdem senkte Gomez seine Stimme und beugte sich vor. Wieder spürte Shannon die unbeschreibliche Angst, von der hier alle beherrscht wurden, bis auf die brutalen Schläger in Uniform und den Geheimpolizisten, der sich auf dem Flugplatz als Zollbeamter ausgegeben hatte. Nachdem Gomez die Flasche etwa zur Hälfte geleert hatte, wurde er ein wenig redseliger. Behutsam horchte ihn Shannon aus. Gomez bestätigte fast alles, was Shannon schon von dem angeblichen Walter Harris erfahren hatte, und er fügte noch ein paar sehr makabre Anekdoten hinzu.

Er bestätigte, daß sich Präsident Kimba in der Stadt aufhielt, daß er sie kaum noch verließ, es sei denn für einen kurzen Besuch in seinem Heimatort, drüben im Vindu-Land, und daß er sich im Präsidentenpalast verschanzte, dem großen, mauerumgebenen Gebäude, das Shannon aus der Luft gesehen hatte.

Als Gomez schließlich gute Nacht sagte und um zwei Uhr morgens in sein eigenes Zimmer schwankte, hatte Shannon noch einige weitere wichtige Informationen aus seinem Gerede herausgesiebt. Die Angehörigen der zivilen Polizei, der Gendarmerie und des Zolls trugen zwar Handfeuerwaffen, aber ohne Munition, wie Gomez beteuerte. Da sie Caja waren, traute man ihnen nicht über den Weg, und Kimba ließ in seiner krankhaften Angst vor einem Putsch nicht zu, daß sie auch nur eine einzige Patrone bekamen. Er wußte, daß sie niemals an seiner Seite kämpfen würden, und mußte verhindern, daß sie sich eventuell gegen ihn stellten. Die Revolver und Pistolen waren reine Dekoration.

Gomez verbürgte sich weiterhin dafür, daß die Macht in der Stadt ausschließlich in den Händen von Kimbas Vindu lag. Die gefürchtete Geheimpolizei trug für gewöhnlich Zivil und war mit automatischen Pistolen bewaffnet, die Karabiner der Armee hatte Shannon schon am Flughafen gesehen, und die Palastwache des Präsidenten besaß Maschinenpistolen. Sie hielt sich nur im Bereich des Palastes auf, war Kimba mehr als getreu ergeben und begleitete ihn auf Schritt und Tritt mindestens in Zugstärke.

Am nächsten Morgen machte Shannon einen Spaziergang. Sekunden später hüpfte schon ein kleiner Junge von zehn oder elf Jahren neben ihm her, den Gomez ihm nachgeschickt hatte. Den Grund der Maßnahme erfuhr er erst später. Er glaubte zunächst, der Kleine sollte als Fremdenführer fungieren, obgleich das ziemlich sinnlos war, da sie kein Wort miteinander wechseln konnten. In Wirklichkeit handelte es sich um einen Service, den Gomez allen seinen Gästen angedeihen ließ, ob sie nun darum baten oder nicht: Sollte ein Tourist aus irgendwelchen Gründen verhaftet und abtransportiert werden, hatte sich der Knirps in die Büsche zu schlagen und Gomez Meldung zu machen. Der gab die Meldung dann heimlich an die Botschaft der Schweiz oder der Bundesrepublik weiter, damit Verhandlungen über die Freilassung des Betreffenden eingeleitet werden konnten, bevor man ihn halbtot geprügelt hatte. Der Junge hieß Boniface.

An diesem Vormittag legte Shannon Meile um Meile zurück, immer dichter gefolgt von dem Jungen. Niemand hielt sie an. Es gab kaum ein Fahrzeug auf den Straßen, und die Gegend um das Regierungsviertel wirkte menschenleer. Shannon hatte von Gomez einen kleinen Stadtplan bekommen, der noch aus der Kolonialzeit stammte. An Hand dieses Planes identifizierte er die wichtigsten Gebäude von Clarence. Vor der einzigen Bank, dem einzigen Postamt, dem halben Dutzend Ministerien, dem Hafen und dem UNO-Krankenhaus lungerten jeweils Gruppen von sechs oder sieben Soldaten herum. Bei der Einlösung eines Reiseschecks sah er in der Schalterhalle Schlafsäcke liegen, und während der Mittagspause bemerkte er zweimal, wie ein Soldat seine Kameraden aus einem Topf mit Essen versorgte. Daraus schloß Shannon, daß die Wachen fest in den betreffenden Gebäuden stationiert waren. Spät am Abend wurde ihm diese Beobachtung durch Gomez bestätigt.

Vor jeder der sechs Botschaften, an denen er vorüberkam, sah er einen

Posten. Drei der Soldaten hockten schlafend im Staub. Bis Mittag zählte er schätzungsweise hundert Soldaten, die sich in zwölf Gruppen über das ganze Stadtgebiet verteilten. Sie waren mit alten Karabinern vom Typ Mauser 7,92 bewaffnet, aber die meisten Waffen wirkten verrostet und ungepflegt. Die Soldaten trugen schmutziggrüne Hosen und Hemden, Leinenschuhe, geflochtene Gürtel und Schildmützen, die an die Kappen amerikanischer Baseball-Spieler erinnerten. Der äußere Eindruck war durchwegs schäbig, verlottert, ungewaschen und heruntergekommen. Ihren Ausbildungsstand, die Vertrautheit im Umgang mit den Waffen, ihre Disziplin und Kampfkraft schätzte Shannon auf Null. Sie waren eine undisziplinierte Horde von Schlägern, die es zwar fertigbrachten, die ängstlichen Caja durch ihre Waffen und ihre Brutalität einzuschüchtern, die aber wahrscheinlich noch nie im Ernst einen Schuß abgefeuert hatten und sicherlich noch nie auf einen Gegner gestoßen waren, der sein Handwerk verstand. Hauptaufgabe der Posten war es offenbar, zivile Unruhen zu verhindern, aber bei einem ernsthaften Schußwechsel würden sie wahrscheinlich Hals über Kopf türmen.

Das Interessanteste an ihnen waren die flachen Munitionstaschen am Gürtel, in denen nicht ein einziges Reservemagazin steckte. Natürlich besitzt jede Mauser ein Originalmagazin, aber es enthält nur fünf Patronen. Am Nachmittag kontrollierte Shannon den Hafen. Vom Festland her war der Eindruck ganz anders. Die beiden Molen aus Sand und Stein, die den natürlichen Seehafen bildeten, ragten an ihrem Beginn etwa sieben Meter und an der Spitze noch zwei Meter aus dem Wasser. Er ging beide Molen bis zu ihrem äußersten Ende ab. Sie waren mit knie- bis hüfthohem Buschwerk bedeckt, das am Ende der langen Trockenzeit braun, verdorrt und aus der Luft nicht zu sehen war. An der Spitze hatten die Molen noch eine Breite von etwa zwölf Metern, am Uferansatz ungefähr vierzig Metern. Von den äußersten Enden her konnte man das gesamte Hafengebiet gut überblicken.

Genau in der Mitte lag der zementierte Kai, dahinter der Lagerschuppen. Nördlich davon schoben sich die alten hölzernen Stege ins Wasser vor, einige längst in sich zusammengebrochen, mit Pfosten, die wie Zahnstummel im Wasser standen. Südlich vom Lagerschuppen erstreckte sich das steinige Strandstück mit den Fischerbooten. Von der Spitze der einen Geröllmole aus war der Präsidentenpalast nicht zu sehen, weil er hinter dem Lagerschuppen verschwand, aber von der anderen Spitze aus konnte man die obersten Stockwerke des Palastes deutlich sehen. Shannon schlenderte zum Hafen zurück und sah sich die Fischerboote an. Dieser Strand wäre eine gute Landestelle mit leichtem Gefälle zum Wasser hin, dachte er beiläufig.

Hinter dem Lagerhaus hörte die zementierte Fläche auf, und der sanfte Uferhang erstreckte sich mit seinem hüfthohen Buschwerk, das von zahlreichen Fußwegen und einer befestigten Fahrstraße durchschnitten wurde, bis an den Palast. Shannon ging diese Straße entlang. Als er den höchsten Punkt der Uferböschung erreicht hatte, lag die ganze Fassade des alten Gouverneurspalastes zweihundert Meter entfernt vor ihm. Nach weiteren hundert Metern zweigte nach links und rechts die Uferstraße ab. An dieser Kreuzung erwartete ihn eine Gruppe von vier Soldaten, besser und korrekter gekleidet als die übrigen, bewaffnet mit Sturmgewehren vom Typ Kalaschnikow Ak47. Schweigend sahen sie ihn an, als er nach rechts abbog und in Richtung Hotel zurückging. Er nickte ihnen zu, aber sie verzogen keine Miene. Die Palastwache!

Beim Gehen sah er nach links hinüber und prägte sich alle Einzelheiten des Palastes ein. Das Gebäude war dreißig Meter lang, die Fenster im Erdgeschoß waren zugemauert und in der selben stumpfweißen Farbe getüncht wie das übrige Mauerwerk; die Fassade wurde beherrscht von einem hohen und breiten Tor aus dicken Balken – zweifellos erst nachträglich eingebaut. Vor den zugemauerten Fenstern erstreckte sich eine Terrasse, die jetzt nutzlos geworden war, da es keinen Zugang mehr gab. Das erste Stockwerk hatte sieben Fenster, eins über dem Haupteingang und je drei links und rechts davon. Das zweite Obergeschoß hatte zehn wesentlich kleinere Fenster. Gleich darüber setzte mit der Dachrinne das rotgedeckte Giebeldach an.

Er bemerkte weitere Männer der Palastwache in der Nähe des Haupteingangs, und an den Fenstern im ersten Stock waren geschlossene Jalousien, die vielleicht aus Stahl bestanden (genau konnte er es aus dieser Entfernung nicht erkennen). Unbefugte durften sich dem Palast anscheinend nur bis an diese Straßenkreuzung nähern.

Die Zeit bis zum Sonnenuntergang verbrachte er mit einer Besichtigung des Palastes aus der Ferne. Zu beiden Seiten verlief eine fast drei Meter hohe neue Mauer von den Ecken des Hauptgebäudes etwa achtzig Meter landeinwärts, wo eine querlaufende Mauer den Hofraum abschloß. Interessanterweise gab es zu dem ganzen Komplex keine anderen Zugänge. Die Mauer hatte gleichmäßig eine Höhe von knapp drei Metern – das konnte er durch den Vergleich mit der Größe eines Postens abschätzen, der dicht davorstand – und war auf der Oberkante mit Glassplittern gespickt. Er wußte, daß man ihm nie einen Blick hinter diese Mauern gewähren würde, aber er erinnerte sich noch gut an den Anblick von oben. Fast hätte er laut gelacht.

Er grinste Boniface an.

»Weißt du, Junge, der verdammte Narr fühlt sich sicher hinter einer mächtigen Mauer mit Glasscherben obendrauf und nur einem Eingang. In Wirklichkeit hockt er in einer Falle aus Ziegelsteinen, in einem riesigen hermetisch abgeschlossenen Hinrichtungsgelände.«

Der Junge grinste breit, verstand aber kein Wort. Er deutete an, daß er nach Hause gehen und etwas essen wolle. Shannon nickte, und sie kehrten mit brennenden Füßen und schmerzenden Beinmuskeln ins Hotel zurück. Shannon machte sich weder Notizen noch Zeichnungen, aber er prägte sich jede Einzelheit ein. Er gab Gomez den Stadtplan zurück und setzte sich nach dem Abendessen zu dem Franzosen an die Bar.

Weiter hinten tranken zwei Chinesen aus der Botschaft schweigend ihr Bier. Deshalb sprachen die Europäer kaum miteinander. Außerdem standen die Fenster offen. Aber später nahm Gomez, der sich nach Gesellschaft sehnte, ein Dutzend Flaschen mit und lud Shannon in sein Zimmer im obersten Stock ein. Dort saßen sie auf dem Balkon und sahen hinaus auf die nachtschlafene Stadt, die wegen eines Stromausfalls fast ganz im Dunkeln lag.

Shannon wußte nicht recht, ob er Gomez ins Vertrauen ziehen sollte. Er entschied sich dagegen. Er erwähnte, daß er in der Bank Schwierigkeiten gehabt hätte, einen Scheck über fünfzig Pfund einzulösen. Gomez schnaubte.

»Das ist immer schwierig«, sagte er. »Reiseschecks kennen die hier nicht, und Devisen bekommt man kaum zu sehen.«

»Aber doch bestimmt an der Bank?«

»Nur für kurze Zeit. Kimba hat den gesamten Staatsschatz der Republik im Palast eingeschlossen.«

Shannons Interesse erwachte sofort. Während der nächsten zwei Stunden erfuhr er ratenweise, daß Kimba auch den gesamten Munitionsvorrat des Landes im alten Weinkeller des Gouverneurspalastes persönlich unter Verschluß hielt, und daß er die Rundfunkstation dorthin verlegt hatte, um sich von seinem eigenen Studio direkt an die Nation und an die Welt wenden zu können, ohne eine Einmischung von außen befürchten zu müssen. Die lokalen Radiostationen spielen immer eine entscheidende Rolle bei Staatsstreichen. Shannon erfuhr weiterhin, daß keine gepanzerten Fahrzeuge und keine Artillerie vorhanden war, und daß es außer den hundert Soldaten in der Hauptstadt weitere hundert außerhalb der Stadt gab, dazu ein gutes Dutzend in dem Eingeborenenlager an der Flughafenstraße und noch ein paar Einheiten in den Caja-Dörfern zwischen der Halbinsel und der Brücke über den Zangaro. Diese zweihundert Mann machten die Hälfte der nationalen Streitmacht aus. Die andere Hälfte war in einer Kaserne untergebracht, die eigentlich gar keine richtige Kaserne war; es handelte sich um die Baracken der alten Kolonialpolizei, vierhundert Meter vom Palast entfernt – winzige Wellblechbuden, von einem Schilfzaun umgeben. Diese vierhundert Mann stellten die gesamte Armee dar. Die persönliche Palastwache des Präsidenten war vierzig bis sechzig Mann stark und in den Buden innerhalb der Umfassungsmauer untergebracht.

An seinem dritten Tag in Zangaro sah sich Shannon die Polizeibaracken an, in denen die zweihundert Soldaten lebten, die gerade nicht Dienst taten. Der Zaun bestand, wie Gomez schon gesagt hatte, aus Schilf, aber es gelang Shannon, bei einer Besichtigung der nahegelegenen Kirche unbemerkt den Glockenturm zu erklimmen, und von dort aus einen Blick über den hohen, dichten Zaun zu werfen. Die Wellblechbaracken waren in zwei Reihen angeordnet, zwischen denen Wäscheleinen gespannt waren. Auf der einen Seite dampften Kessel auf niedrigen, gemauerten Feuerstellen. Zwei Dutzend Männer lungerten gelangweilt umher und waren durchweg unbewaffnet. Sie mochten ihre Gewehre in den Baracken gelassen haben, aber Shannon hielt es für wahrscheinlicher, daß alle Waffen im Arsenal aufbewahrt wurden, einem kleinen, runden Steingebäude, etwas abseits von den Baracken. Das gesamte Lager wirkte außerordentlich primitiv.

An diesem Abend hatte er seinen ersten Zusammenstoß mit einem Uniformierten. Er schlenderte eine Stunde lang durch die dunklen Straßen, die glücklicherweise noch nie eine Beleuchtung gesehen hatten, und versuchte, näher an den Palast heranzukommen. Die Rückfront und die beiden Seitenmauern hatte er bereits kontrolliert und sich davon überzeugt, daß es hier keine Patrouillen gab. An der Vorderseite der Mauer waren ihm zwei Mann der Palastwache entgegengetreten und hatten ihn brüsk abgewiesen. Er hatte festgestellt, daß drei Mann an der Straßenkreuzung auf halben Weg zwischen dem Hügel zum Hafen hin und dem Hauptportal hockten. Wichtig für ihn war, daß sie von ihrem Posten aus den Hafen nicht sehen konnten. Von dieser Straßenkreuzung aus reichte das Blickfeld der Soldaten über die Hügelkuppe hinweg hinaus aufs Meer außerhalb der Enden der beiden Molen, und wenn der Mond nicht sehr hell schien, konnten sie das fünfhundert Meter entfernte Wasser nicht einmal sehen. Ein Licht da draußen würden sie jedoch zweifellos erkennen. Im Dunkeln konnte Shannon von der Straßenkreuzung aus das hundert Meter entfernte Tor nicht ausmachen, vermutete jedoch, daß dort wie üblich zwei weitere Posten standen. Er bot den Soldaten, die ihn angehalten hatten, Zigaretten an und ging wieder. Auf dem Rückweg zum Hotel ›Independence‹ kam er an mehreren Bars vorbei, die von Laternen erleuchtet wurden, und ging dann auf der dunklen Straße weiter. Nach hundert Metern stieß er auf den Soldaten. Der Mann war offenbar angetrunken und hatte in den Graben am Straßenrand sein Wasser abgeschlagen. Er schwankte auf Shannon zu und packte seinen Karabiner an Lauf und Kolben. Im hellen Mondschein konnte Shannon ihn deutlich erkennen. Der Soldat knurrte etwas. Shannon verstand ihn nicht, nahm aber an, daß der Mann Geld haben wollte.

Er hörte ein paarmal das Wort ›Bier‹ und noch einige andere Laute, die er nicht verstand. Bevor Shannon nach der Geldbörse greifen oder weiter gehen konnte, fauchte ihn der Kerl plötzlich an und stieß mit dem Lauf der Waffe nach ihm. Alles andere spielte sich schnell und lautlos ab. Shannon drückte mit einer Hand die Mündung des Karabiners von seinem Bauch weg und zog mit einem Ruck an der Waffe. Der Soldat verlor das Gleichgewicht. Diese ungewohnte Reaktion schien ihn zu verblüffen. Er erholte sich rasch wieder, stieß ein Grunzen aus, drehte den Karabiner um, packte ihn am Lauf und schwang ihn wie eine Keule. Shannon trat dicht an den Soldaten heran, unterlief den Schlag, indem er den Mann an beiden Oberarmen packte, und riß sein Knie hoch.

Nun war es für einen Rückzug zu spät. Das Gewehr fiel zu Boden, Shannon hob waagerecht die Hand, machte den Arm steif und schlug dem Soldaten die Handkante an den Unterkiefer. Ein scharfer Schmerz fuhr ihm durch den Arm, als er das Knacken der Nackenwirbel hörte. Später stellte er fest, daß er sich in der Schulter einen Muskelriß zugezogen hatte. Der Schwarze sackte in sich zusammen.

Shannon sah sich nach allen Seiten um, aber es kam niemand. Er rollte den Toten in den Straßengraben und untersuchte den Karabiner. Einzeln drückte er die Patronen aus dem Magazin. Es waren nur drei – keine in der Kammer. Dann zog er den Bolzen zurück und visierte durch den Lauf den Mond an. Er sah monatealte Partikel von Dreck, Staub, Sand, Ruß und Erde. Er schob den Bolzen wieder vor, steckte die drei Patronen ins Magazin, warf die Waffe zu dem Toten in dem Graben und ging nach Hause.

»Das wird ja immer besser«, murmelte er, schlich heimlich ins Hotel und legte sich ins Bett. Er glaubte kaum an intensive polizeiliche Ermittlungen. Das gebrochene Genick würde man zweifellos einem Sturz in den Straßengraben zuschreiben, und von Fingerabdrücken hatte man hier sicher noch nichts gehört.

Trotzdem schützte er am nächsten Tag Kopfschmerzen vor, blieb im Hotel und unterhielt sich mit Gomez. Am darauffolgenden Morgen fuhr er zum Flughafen und bestieg die Convair 440 nach Norden. Während die Republik Zangaro unter der Tragfläche verschwand, schoß ihm eine Bemerkung von Gomez durch den Kopf.

Es gab in Zangaro keinen Bergbau – und es hatte auch früher keinen gegeben.

Vierzig Stunden später war er wieder in London.

Bei seinem allwöchentlichen Gespräch mit Präsident Kimba fühlte sich Botschafter Leonid Dobrovolsky immer ein wenig ungemütlich. Wer den Diktator persönlich kannte, zweifelte kaum an seiner Unzurechnungsfähigkeit. Aber im Gegensatz zu den meisten anderen Diplomaten hatte Leonid Dobrovolsky von seiner Dienststelle in Moskau ausdrückliche Anweisung, sich nach besten Kräften um eine vernünftige Zusammenarbeit mit dem unberechenbaren Afrikaner zu bemühen. Er stand vor dem massigen Mahagonischreibtisch im Arbeitsraum des Präsidenten im ersten Stock des Palastes und wartete auf eine Reaktion Kimbas.

Aus der Nähe gesehen wirkte Präsident Kimba längst nicht so groß und markant wie auf den offiziellen Porträts. Der gewaltige Schreibtisch ließ ihn fast zwergenhaft erscheinen, zumal er vollkommen unbeweglich in seinem Sessel kauerte. Dobrovolsky wartete darauf, daß diese Starrheit vorüberging. Er wußte, was dann folgen konnte: Entweder sprach der Mann, der Zangaro regierte, klar und vernünftig wie ein absolut normaler Mann, oder auf die fast lähmende Stille folgte ein lauter Wutausbruch wie von einem Besessenen – und genau das bildete er sich ja ein.

Kimba nickte bedächtig.

»Bitte fahren Sie fort«, sagte er.

Dobrovolsky atmete erleichtert auf. Offenbar war der Präsident bereit, zuzuhören. Aber die schlechte Nachricht kam erst noch, und er konnte sie dem Mann nicht ersparen. Möglich, daß sich dann alles änderte.

»Herr Präsident, meine Regierung hat mich davon unterrichtet, daß nach einer kürzlich eingegangenen Information der geologische Bericht einer britischen Frima an die Republik Zangaro unkorrekt sein könnte. Ich meine die Bodenuntersuchungen, die vor mehreren Wochen durch die Londoner Firma Manson Consolidated vorgenommen wurden.«

Die etwas vorstehenden Augen des Präsidenten starrten den Botschafter immer noch ohne jeden Ausdruck an. Kimba ließ mit keinem Wort erkennen, ob er sich an den Zweck von Dobrovolskys Besuch im Palast erinnerte.

Der Botschafter umriß mit wenigen Worten die von ManCon durchgeführten Untersuchungen und den Abschlußbericht, den ein gewisser Mr. Bryant dem Minister für Bodenschätze überreicht hatte.

»Kurzum, Euer Exzellenz: Ich bin beauftragt, Sie davon zu unterrichten, daß der Bericht nach Auffassung meiner Regierung nicht wahrheitsgemäß wiedergibt, was in dem fraglichen Gebiet tatsächlich gefunden wurde, nämlich im Bereich der Kristallberge.«

Er wartete wieder, weil es nicht mehr viel zu sagen gab. Als sich Kimba endlich regte, sprach er zu Dobrovolskys Erleichterung ruhig und vernünftig.

»In welcher Hinsicht soll dieser Bericht unkorrekt sein?«

»Wir sind über Einzelheiten nicht genau orientiert, Euer Exzellenz, aber man darf durchaus annehmen, daß der vorgelegte Bericht im fraglichen Gebiet keine abbauwürdigen Bodenschätze aufweist, da sich diese britische Firma anscheinend in keiner Weise um Schürfrechte bemüht hat. Hierin dürfte wahrscheinlich die Ungenauigkeit des Berichts bestehen. Mit anderen Worten: Die Bodenproben, die der britische Ingenieur mitgenommen hat, enthalten offenbar mehr, als die Briten Ihnen mitteilen wollen.«

Es folgte ein längeres Schweigen, und der Botschafter war schon auf einen Wutausbruch gefaßt. Aber er unterblieb.

»Sie haben mich betrogen«, flüsterte Kimba.

»Natürlich, Euer Exzellenz«, warf Dobrovolsky rasch ein, »gibt es nur eine einzige Möglichkeit, sich vollkommene Gewißheit zu verschaffen: Andere Experten müßten aus demselben Bereich Gesteins- und Bodenproben entnehmen. In diesem Zusammenhang bin ich von meiner Regierung angewiesen, Euer Exzellenz untertänigst um Erlaubnis zu ersuchen, einem Forschungsteam des Bergtechnischen Instituts von Swerdlowsk die Einreise nach Zangaro zu gestatten, um dasselbe Gebiet zu untersuchen, in dem der britische Ingenieur gearbeitet hat.«

Kimba ließ sich viel Zeit zum Nachdenken. Schließlich nickte er.

»Gewährt«, sagte er. Dobrovolsky verbeugte sich. Sein Begleiter Volkov, offiziell Zweiter Botschaftssekretär, in Wirklichkeit jedoch der für Zangaro zuständige Agent des KGB, warf ihm einen Seitenblick zu.

»Zweitens geht es um die Frage Ihrer persönlichen Sicherheit«, sagte Dobrovolsky. Endlich erreichte er bei dem Diktator eine Reaktion. Dieses Thema nahm Kimba immer außerordentlich ernst. Er fuhr hoch und sah sich argwöhnisch im Zimmer um. Die drei Zangari, die hinter den beiden Russen standen, zitterten.

»Meine Sicherheit?« fragte Kimba im gewohnten Flüsterton.

»Wir erlauben uns, in gebührendem Respekt noch einmal darauf hinzuweisen, welche Bedeutung die sowjetische Regierung dem Umstand beimißt, daß Euer Exzellenz auch in Zukunft Zangaro auf dem Weg zu Frieden und Fortschritt führen, den Euer Exzellenz in so beispielhafter Weise eingeschlagen haben«, sagte der Russe. Diese orientalisch anmutenden Schmeicheleien wirkten nicht übertrieben; Kimba erwartete sie ganz selbstverständlich, wenn jemand das Wort an ihn richtete.

»Um auch weiterhin die Sicherheit der hochgeschätzten Person Eurer Exzellenz zu garantieren, möchten wir gerade angesichts des kürzlich erfolgten äußerst gefährlichen Verrats durch einen Ihrer Offiziere mit gebührendem Respekt noch einmal vorschlagen, einem Angehörigen meiner Botschaft den Aufenthalt im Palast zu gestatten, damit er der Sicherungstruppe Eurer Exzellenz mit Rat und Tat beistehen kann.«

Der Hinweis auf den ›Verrat‹ von Oberst Bobi riß Kimba aus seiner Trance. Er zitterte am ganzen Körper, wobei dem Russen allerdings verborgen blieb, ob aus Angst oder Wut. Dann begann er zu sprechen, erst langsam im üblichen Flüsterton, dann immer schneller und lauter. Dabei funkelte er die drei Zangaris am anderen Ende des Arbeitsraumes an. Nach wenigen Sätzen verfiel er in den Vindu-Dialekt, den nur die Zangari verstanden, aber den Sinn seiner Worte hatten die Russen bereits mitbekommen: Er fühlte sich immer und überall von Hinterlist und Verrat umgeben, sei von den Geistern vor Verschwörungen in allen Ecken und

Enden gewarnt worden und wisse ganz genau, wer ihm nicht absolut treu ergeben sei und wer heimlich böse Gedanken im Herzen trage, aber er werde sie ausrotten, jeden einzelnen von ihnen, mit allen ihm zur Verfügung stehenden Mitteln. So ging es eine halbe Stunde weiter, dann beruhigte er sich allmählich wieder und kehrte zu einer europäischen Sprache zurück, die auch von den Russen verstanden wurde.

Als die beiden Männer wieder in die Sonne hinaustraten und den Wagen der Botschaft bestiegen, waren sie schweißbedeckt – teils von der Hitze, weil die Klimaanlage im Palast wieder einmal nicht funktionierte, teils aber auch von der Wirkung, die Kimba wie immer auf sie ausgeübt hatte. »Ich bin froh, daß wir das hinter uns haben«, sagte Volkov zu seinem Kollegen, als sie zur Botschaft zurückfuhren. »Auf jeden Fall haben wir die Genehmigung in der Tasche. Morgen setze ich meinen Agenten ein.«

»Und ich sorge dafür, daß die Bergwerksingenieure möglichst bald hergeschickt werden«, sagte Dobrovolsky. »Hoffen wir, daß an dem geologischen Bericht der Briten wirklich etwas nicht astrein ist. Wenn wir uns irren, weiß ich nicht, wie ich es dem Präsidenten erklären soll.«

Volkov knurrte.

»Besser Sie als ich«, sagte er dann.

Shannon bezog ein Zimmer im Lowndes Hotel in der Nähe von Knigthsbridge, wie er es vor seiner Abreise aus London mit Walter Harris vereinbart hatte. Nach Ablauf der für die Reise veranschlagten zehn Tage sollte Harris jeden Morgen um neun im Hotel anrufen und sich nach Mr. Keith Brown erkundigen. Shannon traf mittags ein und erfuhr, daß er vor drei Stunden zum erstenmal angerufen worden war. Das bedeutete, daß er die Zeit bis morgen früh neun Uhr ganz für sich hatte.

Nachdem er ausgiebig gebadet, sich umgezogen und etwas gegessen hatte, rief er zunächst die Detektei an. Der Besitzer erinnerte sich nach kurzem Überlegen an Keith Brown und schien in Akten zu blättern, wie Shannon aus dem Rascheln von Papier schloß. Dann fand er den gesuchten Bericht.

»Ja, Mr. Brown, ich habe alles hier. Soll ich es Ihnen zuschicken?«

»Lieber nicht«, sagte Shannon. »Ist der Bericht lang?«

»Nein, nur etwa eine Seite. Soll ich ihn am Telefon vorlesen?«

»Ja, bitte.«

Der Detektiv räusperte sich und begann:

»Am Morgen nach Auftragserteilung durch den Mandanten wartete mein Beauftragter in der Nähe des Eingangs zur Tiefgarage unter dem ManCon House. Er hatte insofern Glück, als die Person, die er am Tag zuvor nach dem Gespräch mit unserem Mandanten in der Sloane Avenue mit einem Taxi hier eintreffen sah, mit seinem Wagen kam. Bei der Einfahrt in die Garage konnte mein Beauftragter das Gesicht der Person deutlich erkennen. Die Identität steht unzweifelhaft fest. Bei dem Fahrzeug handelte es sich um einen Chevrolet Corvette. Der Detektiv notierte die Nummer des Fahrzeugs. Später wurden bei der Zulassungsstelle Erkundigungen eingezogen. Das Fahrzeug ist auf den Namen Simon John Endean, wohnhaft in South Kensington, zugelassen.« Kurze Pause. »Brauchen Sie die Adresse, Mr. Brown?«

»Nicht unbedingt«, sagte Shannon. »Wissen Sie, welche Funktion dieser Endean im ManCon House hat?«

»Ja«, antwortete der Privatdetektiv. »Das habe ich von einem befreundeten Journalisten erfahren. Er ist persönlicher Assistent und die rechte Hand von Sir James Manson, dem Aufsichtsratvorsitzenden und Generaldirektor der Firma Manson Consolidated.«

»Danke«, sagte Shannon und legte auf.

»Das wird ja immer seltsamer«, murmelte er, als er die Hotelhalle verließ und zur Jermyn Street hinüberschlenderte, um einen Scheck einzulösen und ein paar Hemden zu kaufen. Es war der 1. April, die Sonne schien warm, und auf dem Rasen am Hyde Park Corner blühten die Narzissen.

Während Shannons Abwesenheit war auch Simon Endean nicht müßig gewesen. Das Ergebnis seiner Bemühungen teilte er an diesem Nachmittag im Penthouse oberhalb von Moorgate Sir James Manson mit.

»Es geht um Oberst Bobi«, sagte er zu seinem Chef, als er das Büro betrat.

»Um wen?«

»Oberst Bobi, den früheren Armeekommandeur von Zangaro. Jetzt im Exil, von Präsident Jean Kimba auf Lebenszeit verbannt. Er hat ihn übrigens durch Dekret in Abwesenheit wegen Hochverrats zum Tode verurteilt. Sie wollten wissen, wo er steckt.«

Manson ließ sich hinter seinem Schreibtisch nieder und nickte. Er erinnerte sich genau – den Kristallberg hatte er nicht vergessen.

»Also – wo steckt er?« fragte er.

»Er lebt im Exil in Dahomey«, sagte Endean. »Es war verdammt schwer, ihn aufzuspüren, ohne dabei aufzufallen. Aber er hat sich in Cotonou, der Hauptstadt von Dahomey, niedergelassen. Anscheinend hat er ein wenig Geld, wenn auch nicht sehr viel, denn sonst hätte er sich wie die anderen reichen Staatsflüchtlinge bei Genf eine Villa mit einer hohen Mauer drum herum gemietet. Er lebt sehr zurückgezogen in einem kleinen, gemieteten Haus, weil das vermutlich die sicherste Garantie dafür ist, daß ihn die Regierung von Dahomey nicht ausweist. Angeblich hat Kimba die Auslieferung beantragt, aber niemand kümmert sich darum. Außerdem ist er weit genug weg, um Kimba nie wieder bedrohlich zu werden.«

»Und Shannon, der Söldner?« fragte Manson.

»Muß morgen oder übermorgen zurückkommen«, antwortete Endean. »Ich habe ihm sicherheitshalber ab gestern im Lowndes Hotel ein Zimmer reserviert. Heute morgen um neun war er noch nicht wieder hier. Ich werde es morgen um dieselbe Zeit vereinbarungsgemäß wieder versuchen.«

»Versuchen Sie es jetzt«, sagte Manson.

Das Hotel bestätigte Endean, Mr. Brown sei eingetroffen, aber derzeit nicht im Hotel. Sir James Manson hörte das Gespräch am Nebenapparat mit.

»Lassen Sie ihm ausrichten, daß Sie ihn heute abend um sieben anrufen«, knurrte er.

Endean gab die Nachricht durch, dann legten beide ihre Hörer auf.

»Ich brauche seinen Bericht so schnell wie möglich«, sagte Manson. »Bis morgen mittag muß er fertig sein. Dann treffen Sie sich mit ihm und lesen den Bericht. Stellen Sie fest, ob er alle gewünschten Antworten auf meine Fragen enthält. Dann bringen Sie ihn mir. Legen Sie Shannon für zwei Tage auf Eis, damit ich seine Angaben studieren kann.«

Shannon erhielt Endeans Mitteilung kurz nach fünf und wartete um sieben Uhr in seinem Zimmer auf den Anruf. Den Rest des Abends bis zum Schlafengehen verbrachte er damit, seine Notizen und Eindrücke von Zangaro zu ordnen: Einige Skizzen auf einem Block Linienpapier, das er zufällig auf dem Flughafen in Paris gekauft hatte, maßstabgetreue Zeichnungen mit Entfernungsangaben in Clarence, die er selbst abgeschritten hatte, einen Fremdenführer durch Zangaro mit ›Sehenswürdigkeiten‹ aus dem Jahre 1959, von denen jedoch nur ›die Residenz Seiner Exzellenz des Gouverneurs der Kolonie‹ wirklich von Interesse war, und ein außerordentlich schmeichelhaftes Porträt von Kimba – übrigens einer der wenigen Artikel, die in der Republik nicht knapp waren.

Am nächsten Morgen schlenderte er zur Knightsbridge hinunter, als die Geschäfte gerade öffneten, kaufte sich eine Reiseschreibmaschine und weißes Papier und verbrachte den Vormittag mit seinem Bericht. Er war in drei Abschnitte gegliedert: Eine knappe Schilderung seines Besuchs, eine detaillierte Beschreibung aller wichtigen Gebäude der Hauptstadt mit Zeichnungen und eine ebenso detaillierte Darstellung der militärischen Lage. Er erwähnte den Umstand, daß er von einer Luftwaffe oder Marine nichts bemerkt habe, und Gomez' Bestätigung, daß beide nicht existierten. Was er nicht erwähnte, war sein Ausflug in die Eingeborenenslums am hinteren Ende der Halbinsel, wo er die Hütten der ärmeren Cajas und noch weiter landeinwärts die Wellblechbuden von Tausenden von eingewanderten Arbeitern und ihren Familien gesehen hatte, die sich immer noch in ihrer Muttersprache unterhielten.

Er schloß den Bericht mit einer Zusammenfassung:

»Das Grundproblem, Kimba zu stürzen, wurde durch den Betroffenen selbst vereinfacht. Der überwiegende Teil der Landfläche der Republik Zangaro, das Vindu-Land jenseits des Flusses, ist in jeder Hinsicht ohne politische oder wirtschaftliche Bedeutung. Sollte Kimba jemals die Kontrolle über die Küstenebene verlieren, die den Großteil der ohnehin geringen landeseigenen Produktion liefert, dann verliert er auch das ganze Land. Man kann auch einen Schritt weitergehen: Es wäre ihm und seinen Männern unmöglich, die Ebene gegen die feindseligen und verbitterten Caja zu halten, wo Zorn zwar durch Angst gedämpft wird, aber unter der Oberfläche schwelt und ausbrechen würde, sobald er die Halbinsel verloren hat. Diese Halbinsel wiederum ist für die Vindu-Streitkräfte unhaltbar, wenn erst einmal die Stadt Clarence verloren ist. Schließlich besitzt er keinen Rückhalt in der Stadt Clarence, wenn er und seine Streitkräfte den Palast eingebüßt haben. Kurzum: Durch seine Politik absoluter Zentralisierung reduziert sich die Anzahl der Ziele, die zum Zweck der Übernahme der Staatsgewalt eingenommen werden müssen, auf eins, nämlich den Palastkomplex mit dem Präsidenten, seiner Palastgarde, dem Waffenlager, dem Staatsschatz und der Rundfunkstation.

Das Palastgebäude kann auf Grund der geschlossenen Umfassungsmauer nur im Sturm genommen werden.

Das Haupttor könnte vielleicht durch einen sehr schweren Lastwagen oder Bulldozer eingedrückt werden, wenn der Fahrer bereit ist, für diesen Versuch sein Leben einzusetzen. Ein solcher Geist ist mir weder in der Bürgerschaft noch in der Armee aufgefallen, und auch ein geeignetes Fahrzeug scheint es nicht zu geben. Andererseits könnte der Palast auch durch die Opferbereitschaft von Hunderten mutiger Männer mit Kletterleitern genommen werden. Aber auch diese Opferbereitschaft scheint nicht zu existieren. Realistischer wäre es, den Palast und die ganze Anlage bei geringem Blutvergießen nach vorherigem Trommelfeuer einzunehmen. Gegen Mörser oder Granatwerfer würde die Mauer keinerlei Schutz bieten, sondern für alle, die sich in ihrem Inneren befinden, zu einer tödlichen Falle werden. Das Tor ließe sich durch eine Bazooka-Rakete sprengen. Ich sah keinerlei Anzeichen von solchen Waffen und habe auch von keiner einzigen Person erfahren, die sie bedienen könnte. Aus diesen Überlegungen läßt sich folgender Schluß ableiten:

Eine Partei oder Gruppe innerhalb der Republik, die Kimba stürzen und dann an die Macht gelangen möchte, muß ihn und seine Leibwache im Bereich des Palastes vernichten. Dazu wäre die Hilfe technischer Experten erforderlich, eine Hilfe, die mitsamt der erforderlichen Ausrüstung aus dem Ausland kommen müßte. Unter diesen Voraussetzungen könnte man Kimba durch ein Feuergefecht stürzen und vernichten, das kaum eine Stunde dauern dürfte.«

»Ist Shannon bekannt, daß es in Zangaro keine Gruppe gibt, die die Absicht erkennen läßt, Kimba stürzen zu wollen?« fragte Sir James Manson am nächsten Morgen, als er den Bericht las.

»Von mir hat er es nicht erfahren«, antwortete Endean. »Ich habe ihn ge-

mäß Ihrer Anweisung informiert. Ich habe nur erwähnt, es gäbe innerhalb der Armee eine Gruppe, und die von mir vertretenen Geschäftsleute
seien bereit, auf ihre Kosten die Erfolgsaussichten eines Staatsstreichs
durch diese Gruppe untersuchen zu lassen. Aber er ist nicht dumm. Er
muß selbst gesehen haben, daß dort niemand in der Lage wäre, so etwas
zu unternehmen.«

»Dieser Shannon gefällt mir«, sagte Manson und klappte den Bericht zu.
»Die Art und Weise, wie er mit diesen Soldaten umgesprungen ist, läßt
auf Mut schließen. Der Bericht ist gut geschrieben, knapp und präzise.
Die Frage ist nur: Könnte er diese Aufgabe allein übernehmen?«

»Er hat da eine interessante Bemerkung gemacht«, warf Endean ein. »Als
ich ihn ausfragte, sagte er, die Kampfkraft der Armee von Zangaro sei so
minimal, daß technische Berater ohnehin praktisch die ganze Arbeit selbst
tun müßten, um dann den Staat auf einem silbernen Tablett dem neuen
Mann zu übergeben.«

»So, hat er das gesagt«, murmelte Manson. »Dann vermutet er wohl be-
reits, daß er nicht aus den angegebenen Gründen hingeflogen ist.«
Er überlegte eine Weile, dann meldete sich Endean: »Darf ich Ihnen eine
Frage stellen, Sir James?«

»Welche?«

»Ganz einfach: Warum ist Shannon hingeflogen? Wozu brauchen Sie einen militärischen Bericht darüber, wie man Kimba stürzen und töten
könnte?«

Sir James Manson sah eine Weile zum Fenster hinaus. Schließlich sagte
er: »Holen Sie mir Martin Thorpe herauf.« Während Thorpe gerufen
wurde, blieb Manson an dem breiten Fenster stehen und sah auf London
hinab, wie immer, wenn er angestrengt nachdachte.

Er hatte die beiden jungen Männer persönlich eingestellt und ihnen ohne
Rücksicht auf ihre Jugend Spitzenpositionen und Spitzengehälter gegeben. Sein Beweggrund war nicht nur ihre Intelligenz, die sich bei beiden
nicht bestreiten ließ. Er hatte es hauptsächlich deshalb getan, weil er bei
diesen beiden eine Skrupellosigkeit gespürt hatte, die durchaus seiner eigenen entsprach, eine Bereitschaft, für den Erfolg alle sogenannten moralischen Grundsätze außer acht zu lassen. Sie waren Söldner – wie Shannon, und wie er selbst. Was die vier unterschied war lediglich das Ausmaß
des Erfolges und die Frage des öffentlichen Ansehens. Er hatte sie zu seinen persönlichen Assistenten gemacht, die zwar von der Firma bezahlt
wurden, aber in jeder Hinsicht nur ihm unterstellt waren. Nun fragte er
sich: Durfte er ihnen bei diesem einen riesigen Projekt trauen? Ich muß
es tun, beschloß er, als Thorpe das Büro betrat. Er glaubte auch zu wissen,
wie er sich ihrer Loyalität versichern konnte.

Er bat sie, Platz zu nehmen, blieb aber selbst mit dem Rücken zum Fenster
stehen. Dann sagte er:

»Ich möchte, daß Sie beide sehr gründlich überlegen, bevor Sie mir Ihre Antwort geben. Nehmen Sie an, jemand würde jedem von Ihnen auf einem Schweizer Bankkonto ein Vermögen von fünf Millionen Pfund garantieren – wie weit wären Sie bereit, dafür zu gehen?«

Zehn Stockwerke tiefer summte der Verkehr wie ein ferner Bienenschwarm und unterstrich noch die Totenstille im Raum. Endean sah seinen Chef an und nickte bedächtig.

»Sehr, sehr weit«, antwortete er leise.

Thorpe gab keine Antwort. Genau aus diesem Grund war er ja in die City gekommen, deshalb hatte er sich Manson angeschlossen, sich umfassende Kenntnisse auf dem Gebiet des Finanzwesens angeeignet. Da war er also, der Haupttreffer, der nur alle zehn Jahre einmal vorkam. Er nickte zustimmend.

»Wieso...?« stieß Endean hervor. Anstatt einer Antwort trat Manson an seinen Banksafe und holte zwei Berichte heraus, der dritte Bericht von Shannon lag bereits auf dem Schreibtisch. Er nahm dahinter Platz.

Manson redete ohne Unterbrechung eine Stunde lang. Er fing ganz von vorn an und las dann die letzten sechs Absätze von Dr. Chalmers Bericht über die Proben vom Kristallberg vor. Thorpe stieß einen langen Pfiff aus und flüsterte: »Großer Gott!«

Endean brauchte noch einen Zehnminutenvortrag über Platin, dann hatte auch er begriffen und reagierte mit einem langgezogenen Seufzer.

Manson berichtete, wie er Mulrooney nach Nordkenia ins Exil geschickt und Chalmers zum Schweigen verpflichtet hatte; dann folgte der zweite Besuch Bryants in Clarence und die Annahme des fingierten Berichts durch Kimbas Minister. Er wies auf den sowjetischen Einfluß in Zangaro hin und die kürzlich erfolgte Ausweisung von Oberst Bobi, der bei entsprechenden Voraussetzungen in Zangaro durchaus an die Macht gelangen könnte. Er las Thorpe einen Großteil von Endeans allgemeinem Bericht über Zangaro vor und schloß mit der Zusammenfassung von Shannons Bericht.

»Wenn die Sache überhaupt klappen soll«, erklärte Manson abschließend, »dann nur mit Hilfe zweier streng geheimer Operationen, die parallel ablaufen. Die eine Maßnahme besteht darin, daß Shannon unter Simons Leitung ein Unternehmen aufzieht, das zur völligen Vernichtung des Palastes mit allem Drum und Dran und zu Bobis Rückkehr führt; dieser übernimmt, von Simon begleitet, am nächsten Morgen die Macht im Staate und wird der neue Präsident. Gleichzeitig müßte Martin einen Firmenmantel kaufen, ohne durchblicken zu lassen, wer dahintersteckt oder warum.«

Endean runzelte die Stirn.

»Den Sinn der ersten Maßnahme sehe ich ein, aber wozu die zweite?« fragte er.

»Sagen Sie's ihm, Martin«, forderte Manson. Thorpe grinste, denn sein Scharfsinn hatte bereits Mansons Absicht erfaßt.

»Ein Firmenmantel, Simon, ist eine Firma, meist sehr alt und ohne nennenswertes Vermögen, die praktisch keine Geschäfte mehr abwickelt und deren Anteile daher sehr billig sind – nun, sagen wir einen Shilling pro Stück.«

»Warum kauft man sie dann?« fragte Endean, der immer noch nicht durchblickte.

»Nehmen wir an, Sir James besitzt die Mehrheit einer Firma, über eine Schweizer Bank heimlich und ganz legal gekauft durch Strohmänner, und diese Firma hat eine Million Anteile zu je einem Shilling. Ohne Wissen der übrigen Aktionäre, des Aufsichtsrates oder der Börse besitzt Sir James nun über die Schweizer Bank sechshunderttausend dieser einen Million Anteile. Nun verkauft Oberst Bobi – Verzeihung, Präsident Bobi – dieser Firma für zehn Jahre die exklusiven Schürfrechte einer bestimmten Gegend im Hinterland Zangaros. Eine hochangesehene Spezialfirma entsendet ein neues Forschungsteam und entdeckt den Kristallberg. Was geschieht mit den Aktien der Firma X, wenn der Aktienmarkt von dieser Sache erfährt?«

Endean kapierte.

»Sie steigen«, antwortete er lächelnd.

»Und zwar steil«, sagte Thorpe. »Wenn man ein wenig nachhilft, können sie von einem Shilling bis auf über einhundert Pfund pro Anteil klettern. Nun rechnen Sie mal: Sechshunderttausend Anteile zu einem Shilling pro Stück kann man für dreißigtausend Pfund kaufen. Wenn Sie sechshunderttausend Aktien zu je einhundert Pfund verkaufen – das dürfte der Mindesterlös sein – was ziehen Sie dann an Land? Ansehnliche sechzig Millionen Pfund auf einer Schweizer Bank. Stimmt's, Sir James?«

»Richtig.« Manson nickte grimmig. »Wenn man natürlich die Hälfte der Anteile in kleinen Paketen an sehr viele Interessenten verkauft, bleibt die Kontrolle der Firma, die über die Schürfrechte verfügt, in den Händen der alten Eigentümer. Aber es könnte ja eine größere Gesellschaft die ganzen sechshunderttausend Anteile en bloc erwerben wollen.«

Thorpe nickte nachdenklich.

»Ja, die kontrollierende Mehrheit einer solchen Firma wäre für sechzig Millionen ein gutes Geschäft. Aber wessen Angebot würden Sie akzeptieren?«

»Mein eigenes«, antwortete Manson. Thorpe blieb der Mund offen stehen.

»Ihr Angebot?«

»ManCon würde das einzige akzeptable Angebot abgeben. Auf diese Weise bleiben die Schürfrechte fest in britischer Hand, und für ManCon wäre das ein sehr erheblicher Vermögenszuwachs.«

Endean fragte: »Aber dann würden Sie sich doch selbst sechzig Millionen Pfund bezahlen?«

»Nein«, sagte Thorpe ruhig. »Die Aktionäre von ManCon würden Sir James sechzig Millionen bezahlen, allerdings ohne es zu wissen.«

»Und wie nennt man das in der Sprache der Börsianer?« fragte Endean.

»Tja, an der Börse gibt's dafür einen Ausdruck«, gab Thorpe zu.

Sir James Manson bot ihnen Whisky an. Dann griff er nach seinem eigenen Glas.

»Sind Sie dabei, meine Herren?« fragte er.

Die beiden jungen Männer tauschten einen Blick, dann nickten sie.

»Also dann – auf den Kristallberg.«

Sie tranken.

»Melden Sie sich morgen früh um Punkt neun Uhr bei mir«, sagte Manson, als sie sich verabschiedeten. An der Tür zur Hintertreppe blieb Thorpe stehen.

»Wissen Sie, Sir James, die Sache wird verdammt gefährlich. Wenn ein einziges Wort durchsickert...«

Sir James Manson stand mit dem Rücken zum Fenster, und die Sonne malte einen hellen Streifen auf den Teppich zu seinen Füßen. Er stand breitbeinig da, die Fäuste in die Hüften gestemmt.

»Wenn man eine Bank oder einen Geldtransport überfällt«, sagte er, »ist das lediglich rüde. Eine ganze Republik einzusacken hat für mich schon einen gewissen Stil.«

7. Kapitel

»Sie wollen damit praktisch sagen, daß es in der Armee keine Gruppe von Unzufriedenen gibt, und daß Ihres Wissens nie jemand daran gedacht hat, Präsident Kimba zu stürzen?«

CAT Shannon und Simon Endean saßen in Shannons Hotelzimmer und tranken eine Tasse Kaffee. Endean hatte Shannon wie vereinbart um neun angerufen und ihn angewiesen, einen zweiten Anruf abzuwarten. Nach Rücksprache bei Sir James Manson hatte er sich dann für elf Uhr mit Shannon verabredet.

Endean nickte.

»Stimmt. In diesem einen Punkt wurde die Information geändert. Aber ich sehe darin keinen Unterschied. Sie sagten selbst, die Kampfkraft der Armee sei so gering, daß die technischen Helfer ohnehin die ganze Arbeit allein machen müßten.«

»Und ob das etwas ausmacht«, sagte Shannon. »Wenn man den Palast angreift und erobert, ist noch lange nicht gesagt, daß man ihn auch halten kann. Durch die Vernichtung des Palastes und Kimbas entsteht in der

Staatsführung ein Vakuum. Jemand muß einspringen und diese Macht übernehmen. Die Söldner darf man bei Tag nicht einmal sehen. Wer also übernimmt die Regierung?«

Endean nickte wieder. Er hatte bei einem Söldner kein politisches Verständnis vorausgesetzt.

»Wir haben da einen Mann im Auge«, sagte er vorsichtig.

»Hält er sich in der Republik auf oder im Exil?«

»Im Exil.«

»Dann müßte man ihn in den Palast bringen, damit er bis zum Mittag nach dem Angriff auf den Palast über Rundfunk bekanntgibt, er hätte durch einen internen Staatsstreich die Macht übernommen.«

»Das ließe sich machen.«

»Dann wäre da noch etwas.«

»Was?« fragte Endean.

»Das neue Regime braucht eine loyale Truppe, Soldaten, die am Abend angeblich den Handstreich durchführen und am Tag darauf bei Sonnenaufgang als Wachen in Erscheinung treten. Geschieht das nicht, sitzen wir in der Falle, eine Gruppe weißer Söldner, die im Palast hockt und sich aus politischen Gründen nicht blicken lassen darf und der im Falle eines Gegenangriffs sogar der Rückzug abgeschnitten ist. Besitzt unser Mann im Exil treu ergebene Soldaten, die er mitbringen kann, oder ließe sich eine solche Truppe rasch in der Hauptstadt aufstellen?«

»Ich glaube, das sollten Sie uns überlassen«, sagte Endean sehr zurückhaltend. »Von Ihnen verlangen wir die Vorbereitung und Durchführung der militärischen Seite eines solchen Angriffs.«

»Das kann ich schon machen«, sagte Shannon ohne zu zögern, »aber was ist mit den Vorbereitungen der Organisation, der Anwerbung von Männern, Beschaffung von Waffen und der Munition?«

»Das alles wäre Ihre Angelegenheit. Sie fangen ganz von vorne an und sind bis zur Besetzung des Palastes und zum Tod Kimbas verantwortlich.«

»Kimba muß dran glauben?«

»Selbstverständlich«, sagte Endean. »Glücklicherweise hat er längst alle beseitigt, die genug Initiative und Verstand mitbringen, um als Rivalen gefährlich zu werden. Infolgedessen ist er der einzige, der eventuell eine Streitmacht für einen Gegenangriff neu zusammenstellen könnte. Wenn er tot ist, erlischt mit ihm auch seine hypnotische Macht über das Volk.«

»Jaja, der Juju stirbt mit dem Menschen.«

»Wer bitte?«

»Ach nichts, das würden Sie doch nicht verstehen.«

»Versuchen Sie es«, sagte Endean kalt.

»Der Mann besitzt einen Juju«, erklärte Shannon. »Zumindest glauben das die Leute. Das ist ein von den Geistern verliehener mächtiger Zauber, der ihn gegen seine Feinde schützt, ihm die Unbesiegbarkeit garantiert, ihn vor Angriffen bewahrt und auch vor dem Tod. Im Kongo glaubten noch die Simbas, daß ihr Anführer Pierre Mulele einen ähnlichen Juju besessen hätte. Er hat ihnen weisgemacht, er könnte ihn an seine Anhänger weitergeben und sie damit unsterblich machen. Alle glaubten ihm. Sie waren überzeugt, daß Kugeln einfach wie Wassertropfen von ihnen abgleiten müßten. So rannten sie reihenweise gegen uns an, benebelt von Dagga und Whisky, sahen ihre Vordermänner wie die Fliegen sterben und griffen trotzdem immer wieder an. Genauso ist es bei Kimba. Solange sie ihn für unsterblich halten, ist er es auch. Niemand würde es wagen, einen Finger gegen ihn zu erheben. Wenn sie erst einmal seine Leiche gesehen haben, ist derjenige ihr neuer Anführer, der ihn getötet hat. Er besitzt den stärkeren Juju.«

Endean machte ein überraschtes Gesicht.

»Ist das Land wirklich so rückständig?«

»Es ist nicht rückständig. Wir machen es doch genauso mit Amuletts, Heiligenreliquien und dem Glauben an eine göttliche Vorsehung, die unsere Sache beschirmt. Aber bei uns nennen wir das Religion, bei den anderen primitiven Aberglauben.«

»Schon gut«, sagte Endean knapp. »Wenn es so ist, muß Kimba erst recht sterben.«

»Das heißt, daß er sich im Palast aufhalten muß, wenn wir angreifen. Die Sache wird sinnlos, wenn er irgendwo anders ist. Solange Kimba lebt, wird niemand Ihren Strohmann unterstützen.«

»Ich habe gehört, daß er ohnehin meistens im Palast ist.«

»Stimmt«, sagte Shannon, »aber wir brauchen eine Garantie dafür. Die ist an einem Datum gegeben: am Unabhängigkeitstag. Am Vorabend des Unabhängigkeitstages wird er sich todsicher im Palast aufhalten.«

»Wann ist das?«

»In dreieinhalb Monaten.«

»Ist diese Zeitspanne für das Projekt ausreichend?« fragte Endean.

»Ja, bei einigem Glück schon. Allerdings hätte ich lieber ein paar Wochen mehr zur Verfügung.«

»Das Projekt ist noch nicht akzeptiert worden«, bemerkte Endean.

»Das nicht. Aber wenn Sie einen neuen Mann in den Palast bringen wollen, geht das nur durch einen Angriff von außen. Soll ich Ihnen die ganze Sache ausarbeiten, einschließlich der geschätzten Kosten und des Zeitplans?«

»Ja. Die Kosten sind sehr wichtig. Meine Geschäftsfreunde wollen wissen, wie hoch ihr Einsatz ist.«

»Na schön«, sagte Shannon, »die Sache kostet sie fünfhundert Pfund.«

»Sie wurden bereits bezahlt«, sagte Endean kalt.

»Ich wurde für eine Reise nach Zangaro und einen Bericht über die dortige militärische Lage bezahlt«, antwortete Shannon. »Was Sie jetzt verlangen, ist ein neuer Bericht, der nichts mit unserer ursprünglichen Vereinbarung zu tun hat.«

»Fünfhundert Pfund sind ein bißchen happig für ein paar beschriebene Seiten Papier.«

»Quatsch. Sie wissen doch ganz genau, daß Sie Gebühren und Honorare bezahlen müssen, wenn Ihre Firma einen Anwalt, einen Architekten, einen Buchprüfer oder einen anderen Experten engagiert. Ich bin ein technischer Experte für Kriegsfragen. Was Sie bezahlen, ist mein Wissen, meine Erfahrung: Woher Sie die besten Leute, die besten Waffen bekommen, wie man sie hintransportiert und so weiter. Dafür bezahlen Sie fünfhundert Pfund, und es würde Sie zweimal soviel kosten, wenn Sie in den nächsten zwölf Monaten versuchten, das alles selbst herauszufinden. Außerdem könnten Sie es gar nicht, weil Sie die Verbindungen nicht haben.«

Endean erhob sich.

»Gut, der Betrag wird Ihnen heute nachmittag durch einen Boten überbracht. Morgen ist Freitag. Meine Geschäftspartner würden diesen Bericht gerne über das Wochenende studieren. Arbeiten Sie ihn bitte bis morgen nachmittag drei Uhr aus. Ich werde ihn dann hier abholen.«

Nachdem er die Tür hinter sich geschlossen hatte, hob Shannon seine Kaffeetasse zu einem ironischen Toast.

»Bis bald, Mr. Walter Harris alias Simon Endean«, sagte er leise.

Nicht zum erstenmal dankte er seinem Glücksstern für den liebenswürdigen und redseligen Hotelier Gomez. Während einer der langen nächtlichen Unterhaltungen hatte ihm Gomez die Geschichte des jetzt im Exil lebenden Oberst Bobi erzählt. Er hatte auch erwähnt, daß Bobi ohne den Rückhalt Kimbas ein Nichts war – verhaßt bei den Cajas wegen des grausamen Vorgehens seiner Soldaten auf Kimbas Befehl, unfähig, die Vindu-Soldaten zu kommandieren. Es war also an Shannon, für eine Streitmacht mit schwarzen Gesichtern zu sorgen, die am Morgen nach dem Überfall die Macht im Lande übernehmen konnte.

Endeans großer, brauner Umschlag mit den fünfzig Zehnpfundnoten traf kurz nach drei mit einem Taxi ein und wurde am Empfang des Lowndes Hotels abgegeben. Shannon zählte die Banknoten, schob sie in die Innentasche seiner Jacke und machte sich an die Arbeit. Er brauchte dazu den Rest des Nachmittags und fast die ganze Nacht.

Er saß in seinem Zimmer am Tisch, grübelte über seinen Zeichnungen und Skizzen der Stadt Clarence, des Hafens, des Wohnviertels mit dem Präsidentenpalast und der Kaserne.

Nach der klassischen militärischen Taktik hätte man eine Streitmacht in der Nähe der Stelle landen müssen, wo die Halbinsel ans Festland stieß, um nach kurzem Marsch über die Verbindungsstraße Clarence vom Land her zu erreichen. Dabei wäre die T-Kreuzung zu besetzen gewesen. Auf diese Weise hätte man die Halbinsel und die Hauptstadt von allen Nachschubwegen abgeschnitten. Aber damit wäre der Überraschungseffekt verlorengegangen.

Shannons besondere Begabung bestand darin, daß er Afrika und die Mentalität der afrikanischen Soldaten kannte und in seinem Denken unkonventionell war. Dieselbe Einstellung hatte Hoare den Spitznamen ›verrückter Mike‹ eingebracht. Die Taktik der Söldner im Kongo ließ sich unverändert auf jeden schwarzafrikanischen Gegner übertragen, wo die Verhältnisse den europäischen fast genau entgegengesetzt waren.

Jeder konventionell denkende europäische Militärexperte hätte Shannons Pläne als tollkühn und aussichtslos bezeichnet. Er verließ sich darauf, daß Sir James Manson nie in der britischen Armee gedient hatte – im *Who's Who* fand sich jedenfalls kein Hinweis darauf – und den Plan akzeptierte. Shannon jedenfalls wußte, daß er durchführbar war und daß es auf andere Weise gar nicht ging.

Sein Kriegsplan stützte sich auf drei typisch afrikanische Umstände, die er am eigenen Leib erfahren hatte: Erstens kämpft der europäische Soldat bei guter Geländekenntnis im Dunkeln tapfer und zuverlässig, während der afrikanische Soldat, selbst auf eigenem Terrain, aus Furcht vor dem unsichtbaren Feind ringsum im Dunkeln oft so gut wie hilflos ist. Zweitens braucht der afrikanische Soldat, wenn er völlig die Orientierung verloren hat, länger als der europäische Soldat, um sich zu fassen und zum Gegenangriff neu zu gruppieren, was den Überraschungseffekt noch wirksamer macht. Drittens kann man afrikanische Soldaten durch Feuerkraft – sprich Krach – in Panik und kopflose Furcht treiben, mag die Zahl der Gegner in Wirklichkeit auch noch so klein sein.

Shannon sah deshalb einen völlig überraschenden Nachtangriff mit ohrenbetäubendem Krach und konzentriertem Trommelfeuer vor.

Er arbeitete langsam und methodisch und tippte jedes Wort mühsam mit zwei Fingern in die Maschine. Um zwei Uhr morgens hielt es der Zimmernachbar nicht mehr länger aus, klopfte mit den Fäusten an die Trennwand und jammerte, er möchte jetzt endlich schlafen. Shannon schrieb seinen Satz zu Ende und machte fünf Minuten später Feierabend. Abgesehen vom Klappern der Schreibmaschine war da noch ein anderes Geräusch, das den empfindlichen Zimmernachbarn störte. Bei der Arbeit und auch später im Bett pfiff der Schreiber eine traurige Melodie vor sich hin. Wäre sein schlafloser Nachbar musikalisch gewesen, hätte er in Shannons Pfeifen die Melodie von ›Spanish Harlem‹ erkannt.

Auch Martin Thorpe fand in dieser Nacht keinen Schlaf. Er wußte, daß er ein anstrengendes Wochenende vor sich hatte und an den nächsten zweieinhalb Tagen rund viertausendfünfhundert Karteikarten studieren mußte. Jede dieser Karten enthielt die wesentlichsten Angaben über eine der in London registrierten Aktiengesellschaften.

In London gibt es zwei Agenturen, die ihren Abonnenten derartige Informationen über alle britischen Gesellschaften liefern: Moodies und Exchange Telegraph, kurz ›Extel‹ genannt. Thorpe hatte die Extel-Kartei in seinem Büro, denn ManCon brauchte die Angaben häufig für den normalen Geschäftsverkehr. Aber zum Zweck der Suche nach einem Firmenmantel hatte Thorpe beschlossen, die entsprechenden Unterlagen von Moodies zu kaufen und sich nach Hause schicken zu lassen, weil Moodies erstens gründlicher über die kleineren Aktiengesellschaften Großbritanniens unterrichtete – und zweitens aus Sicherheitsgründen.

An diesem Donnerstag war er nach Sir James Mansons Instruktionen sofort zu einer Anwaltsfirma gegangen. Ohne seinen Namen preiszugeben, hatten die Anwälte einen kompletten Satz von Moodies-Karten bestellt. Er hatte den Anwälten die Gebühr von zweihundertsechzig Pfund für die Karten plus fünfzig Pfund für drei Karteischränke sowie die Anwaltsgebühr bezahlt. Nachdem er erfahren hatte, daß die Kartei am Freitagnachmittag abgeholt werden könne, hatte er eine kleine Möbelspedition damit beauftragt.

Während er in seiner ruhigen, elegant eingerichteten Wohnung in dem Vorort Hampstead Garden im Bett lag, plante auch er seinen Feldzug – nicht so detailliert wie Shannon, da er noch zu wenig über die Sache wußte, sondern in großen Zügen. Er setzte dabei Strohmänner und Aktienpakete genauso ein wie Shannon seine Maschinengewehre und Granatwerfer.

Shannon überreichte Endean am Freitagnachmittag um drei Uhr seinen kompletten Operationsplan. Dieser umfaßte vierzehn Seiten, darunter vier Seiten mit Zeichnungen und zwei Listen mit Ausrüstungsgegenständen. Er hatte den Plan nach dem Frühstück fertiggestellt, als er annahm, daß sein schlafbedürftiger Nachbar das Hotel verlassen hatte. Nun steckte alles in einer braunen Mappe. Er hatte der Versuchung widerstanden, auf den Umschlag ›Sir James Manson – persönlich‹ zu schreiben. Es war ja nicht nötig, die Sache absichtlich platzen zu lassen, denn wenn ihm der Bergwerksbaron den Auftrag erteilte, war das für ihn ein gutes Geschäft. Also sagte er weiterhin ›Mr. Harris‹ zu Endean und sprach von ›Ihren Geschäftsfreunden‹ anstatt von ›Ihrem Chef‹. Endean nahm die Mappe in Empfang und wies Shannon an, über das Wochenende in der Stadt zu bleiben und sich ab Sonntag mitternacht zur Verfügung zu halten.

Den Rest des Nachmittags verbrachte Shannon mit Einkäufen, aber seine Gedanken waren bei dem, was er in Who's Who über seinen neuen Auftraggeber gelesen hatte, den Selfmademan und Millionär Sir James Manson. Teils aus Neugier, teils auch aus dem Gefühl heraus, daß solche Informationen eines Tages wichtig werden könnten, wollte er mehr über den Menschen Manson erfahren und darüber, warum ein Söldner für ihn in Zangaro Krieg führen sollte.

Eine Angabe aus *Who's Who* ging Shannon nicht aus dem Kopf: Der Hinweis auf eine Tochter, die jetzt etwa zwanzig sein mußte. So betrat er am Nachmittag eine Telefonzelle in der Nähe der German Street und rief den Privatdetektiv an, der Endean bei ihrem ersten Treffen in Chelsea gefolgt war und ihn als Mansons Assistenten identifiziert hatte.

Der Chef der Detektei war sehr herzlich, als er die Stimme seines früheren Mandanten am Telefon hörte. Er wußte ja, daß dieser Mr. Brown prompt und in bar bezahlte. Solche Kunden sind Gold wert. Wenn es Brown beliebte, sich immer nur am Telefon zu melden, so war das seine Angelegenheit.

»Haben Sie Zugang zu einem möglichst umfassenden Zeitungsausschnittarchiv?« fragte Shannon.

»Ließe sich machen«, antwortete der Agenturchef.

»Ich brauche kurze Angaben über eine junge Dame, die sicher in der Londoner Presse irgendwo in den Gesellschaftsspalten erwähnt wurde. Ich möchte nur wissen, was sie tut und wo sie wohnt. Aber ich brauche die Angaben rasch.«

Es entstand eine Pause.

»Es gibt solche Archive und ich könnte die Erkundigungen wahrscheinlich telefonisch einholen«, sagte der Detektiv dann. »Wie ist der Name?«

»Miss Julie Manson, die Tochter von Sir James Manson.«

Der Detektiv überlegte. Er erinnerte sich, daß schon bei dem früheren Auftrag dieses Mandanten die Spur zu Sir James Mansons Assistenten geführt hatte. Er wußte auch, daß er Mr. Browns Wunsch innerhalb einer Stunde erfüllen konnte.

Die beiden einigten sich auf ein bescheidenes Honorar, und Shannon versprach, den Betrag sofort per Einschreiben zu schicken. Damit gab sich der Detektiv zufrieden und ersuchte seinen Mandanten, kurz vor fünf noch einmal anzurufen.

Shannon beendete seine Einkäufe und rief um Punkt fünf zurück. Innerhalb weniger Sekunden erfuhr er, was er wissen wollte. Tief in Gedanken schlenderte er zum Hotel zurück und rief den Journalisten an, der ihn mit dem angeblichen Mr. Harris bekannt gemacht hatte.

»Hallo«, sagte er knurrig. »Ich bin's, CAT Shannon.«

»Hallo, CAT«, kam die überraschte Antwort. »Wo haben Sie gesteckt?«

»Ich war unterwegs«, sagte Shannon. »Ich wollte mich nur dafür bedanken, daß Sie mich diesem Harris empfohlen haben.«

»Keine Ursache. Hat er Ihnen einen Job angeboten?«

Shannon blieb vorsichtig.

»Ja, eine kleine Sache für ein paar Tage. Ist schon erledigt. Aber ich bin im Augenblick einigermaßen bei Kasse. Wie wär's mit einem ordentlichen Abendessen?«

»Warum nicht«, antwortete der Journalist.

»Sagen Sie«, fragte Shannon, »sind Sie immer noch mit dem Mädchen von damals zusammen?«

»Ja, immer noch mit demselben, warum?«

»Sie arbeitet doch als Modell, nicht wahr?«

»Ja.«

»Hören Sie«, sagte Shannon, »Sie finden das vielleicht albern, aber ich möchte furchtbar gern ein Mädchen kennenlernen, das auch als Modell arbeitet, an das ich aber nicht herankomme. Die Kleine heißt Julie Manson. Könnten Sie Ihre Freundin fragen, ob sie beruflich schon einmal mit ihr zu tun hatte?«

Der Journalist überlegte.

»Ja, ich rufe Carrie an und frage sie. Wo erreiche ich Sie?«

»Ich rufe in einer halben Stunde zurück.«

Shannon hatte Glück: Die beiden Mädchen kannten einander und hatten gemeinsam die Mannequinschule besucht. Sie wurden auch durch dieselbe Agentur vertreten. Schon eine Stunde später erfuhr Shannon, diesmal direkt von der Freundin des Journalisten, daß Julie Manson mit einem Abendessen zu viert einverstanden war. Sie verabredeten sich für kurz nach acht in Carries Wohnung, und auch Julie Manson wollte dorthinkommen.

Sie war schon da, als kurz nacheinander Shannon und der Journalist in Carries Wohnung in der Nähe von Maida Vale erschienen. Dann machten sie sich zu viert auf den Weg. Der Journalist hatte in einem kleinen Kellerrestaurant in Marylebone, das sich ›Baker and Oven‹ nannte, einen Tisch reserviert. Die Küche war ganz nach Shannons Geschmack: es gab gewaltige Portionen, halbrohes Steak mit Gemüse, dazu zwei Flaschen Beaujolais. Mindestens ebensogut wie das Essen gefiel ihm Julie.

Sie war nur wenig über einen Meter fünfzig groß, trug hohe Absätze und hielt sich sehr aufrecht, um etwas eindrucksvoller zu wirken. Nach ihren eigenen Angaben war sie neunzehn und hatte ein niedliches rundes Gesicht, das engelsgleiche Unschuld ausdrücken konnte, aber ungeheuer sexy wirkte, wenn sie sich unbeobachtet glaubte.

Shannon hatte den Eindruck, daß eine allzu nachsichtige Erziehung dieses Mädchen an den Gedanken gewöhnt hatte, daß alles nach ihrer Nase gehen müßte. Aber sie war amüsant und hübsch, und mehr verlangte Shannon von einem Mädchen nicht. Sie trug ihr hüftlanges, dunkelbraunes Haar offen und schien unter ihrem Kleid eine recht vielversprechende Figur zu verbergen. Auch sie war von dem Rendezvous anscheinend sehr angetan.

Shannon hatte seinen Freund zwar gebeten, nichts über seinen Beruf zu sagen, aber Carrie hatte eine unbedachte Bemerkung darüber gemacht, daß er ein Söldner sei. Während des Essens wurde darüber nicht gesprochen. Shannon blieb wie üblich wortkarg, was nicht schwierig war, da Julie und die große kastanienbraune Carrie die Unterhaltung allein bestritten.

Als sie das Restaurant verlassen hatten und wieder draußen in der kalten Nachtluft standen, sagte der Journalist, er werde mit seiner Freundin nach Hause fahren. Für Shannon winkte er ein Taxi herbei und bat ihn, Julie auf dem Weg ins Hotel an ihrer Wohnung abzusetzen. Als der Söldner einstieg, zwinkerte ihm der Journalist verstohlen zu.

»Ich glaube, Sie haben's geschafft«, flüsterte er.

Shannon brummte nur.

Das Taxi hielt vor Julies Wohnung in Mayfair. Sie lud ihn auf eine Tasse Kaffee ein, also bezahlte er das Taxi und begleitete sie hinauf in ihr offenbar sehr teures Apartment. Erst als sie auf dem Sofa saßen und Julies extrastarken Mokka tranken, kam sie wieder auf seinen Beruf zu sprechen. Er lehnte in der Sofaecke, während sie ein Stück entfernt vorn auf der Kante saß und sich zu ihm umdrehte.

»Haben Sie schon Menschen getötet?« fragte sie.

»Ja.«

»Im Krieg?«

»Manchmal, meistens.«

»Wie viele?«

»Ich weiß es nicht. Ich hab' sie nie gezählt.«

Julie schluckte ein paarmal.

»Mir ist noch kein Mann begegnet, der schon Menschen getötet hat.«

»Da wäre ich nicht so sicher«, konterte Shannon. »Wer einen Krieg mitgemacht hat, dürfte auch Menschen getötet haben.«

»Haben Sie irgendwelche Narben?« Auch das war eine dieser Routinefragen. Shannon hatte tatsächlich über ein Dutzend Narben an seinem Körper, Andenken an Gewehrkugeln, Granatsplitter und andere Eisenstücke. Er nickte.

»Einige.«

»Herzeigen«, verlangte sie.

»Nein.«

»Zeigen Sie mir die Narben, sonst glaub' ich's Ihnen nicht.«

Sie stand auf. Er hob den Kopf und lächelte sie an.

»Ich zeig' dir meine, und du zeigst mir deine«, stichelte er.

»Ich hab' doch keine«, sagte Julie empört.

»Herzeigen«, sagte Shannon knapp und wandte sich ab, um seine leere Kaffeetasse auf das Tischchen hinter dem Sofa zu stellen. Er hörte etwas rascheln. Als er sich wieder umwandte, wäre er beinahe an seinem letzten Schluck Kaffee erstickt. Sie hatte kaum eine Sekunde dazu gebraucht, den

Reißverschluß an ihrem Kleid zu öffnen und es an sich heruntergleiten zu lassen. Darunter trug sie nichts als ein Paar Strümpfe und ein dünnes, goldenes Kettchen um die Taille.

»Sieh mal«, sagte sie leise, »keine Spur von einer Narbe.«

Sie hatte recht. Ihr zierlicher, vollerblühter Körper war von den Füßen bis hinauf zu der dunklen Mähne, die beinahe bis an das goldene Kettchen reichte, von einem makellosen, milchigen Weiß. Shannon schluckte.

»Und ich hab' dich für Papas braves Mädchen gehalten«, sagte er. Sie kicherte.

»Das glauben alle, ganz besonders Daddy«, antwortete sie. »Und jetzt bist du dran.«

Um dieselbe Zeit saß Sir James Manson in der Bibliothek seines Landhauses, nahe dem Dorf Notgrove im Hügelland von Gloucestershire, Shannons Mappe auf dem Knie und ein Glas Brandy-Soda neben sich. Es war fast Mitternacht, und Lady Manson hatte sich längst zur Ruhe begeben. Er hatte sich das Projekt Shannon für die ungestörte Lektüre in seiner Bibliothek aufgespart und der Versuchung widerstanden, den Umschlag schon unterwegs im Wagen zu öffnen oder sich vorzeitig vom Dinner davonzustehlen. Für konzentriertes Arbeiten bevorzugte er die Nachtstunden, und auf dieses Dokument wollte er sich wirklich voll konzentrieren. Er klappte die Mappe auf und legte die Landkarten und Skizzen beiseite. Dann vertiefte er sich in den Bericht:

» *Vorwort*. Grundlagen des folgenden Plans sind der von Mr. Walter Harris ausgearbeitete Bericht über die Republik Zangaro, mein eigener Besuch in Zangaro und der darüber erstattete Bericht sowie die Informationen, die mir Mr. Harris hinsichtlich der angestrebten Ziele gegeben hat. Punkte, die Mr. Harris bekannt, mir aber nicht mitgeteilt wurden, können darin nicht berücksichtigt werden. Darunter fällt vor allem das Nachspiel des Angriffs und die Errichtung der Nachfolgeregierung. Dieses Nachspiel dürfte unter Umständen Vorbereitungen erfordern, die in den Angriffsplan eingebaut werden müssen und die ich leider nicht berücksichtigen konnte.

Zweck der Unternehmung. Die Vorbereitung und Durchführung eines Angriffs auf den Präsidentenpalast in Clarence, der Hauptstadt von Zangaro, die Eroberung und Besetzung dieses Palastes sowie die Liquidation des Präsidenten und seiner im Palast wohnenden Leibwache. Außerdem die Inbesitznahme des Waffenlagers der Republik, des Staatsschatzes und der Rundfunkstation, die sich ebenfalls im Palast befinden. Schließlich muß dafür gesorgt werden, daß eventuelle bewaffnete Überlebende der Leibwache oder der Armee im Gebiet außerhalb der Stadt keinerlei Möglichkeit zu einem Gegenangriff erhalten.

Angriffsmethode. Nach Durchleuchtung der militärischen Lage in Clarence muß der Angriff zweifellos von der See her erfolgen, und zwar mit Stoßrichtung auf den Palast selbst. Der Gedanke an eine Landung auf dem Flugplatz muß als undurchführbar zurückgewiesen werden. Erstens würden die Behörden am Ausgangsflughafen den Start einer Chartermaschine mit der erforderlichen Anzahl von Männern und Waffen nicht gestatten, ohne den Zweck des Unternehmens zu vermuten. Selbst wenn sich die Genehmigung zum Start erreichen ließe, bestünde bei diesen Behörden die Gefahr der Verhaftung oder einer vorzeitigen Warnung.

Zweitens bietet ein Angriff vom Land her keine zusätzlichen Vorteile, dafür aber viele Nachteile. Die Einschleusung einer bewaffneten Truppe über die nördliche Grenze würde bedeuten, daß Männer und Waffen in die Nachbarrepublik eingeschmuggelt werden müssen, die über tüchtige Polizei- und Sicherheitskräfte verfügt. Die Gefahr einer vorzeitigen Entdeckung und Festnahme wäre über Gebühr hoch. Ebenso unrealistisch wäre die Landung an einem anderen Ort an der Küste Zangaros und ein Marsch nach Clarence. Der größte Teil dieser Küste besteht aus Mangrovensümpfen, die für Boote unerreichbar sind, und die kleinen vorhandenen Landestellen wären in der Dunkelheit unauffindbar. Außerdem hätte der Stoßtrupp ohne geeignete Transportmittel einen langen Weg bis zur Hauptstadt zurückzulegen, und die Verteidiger wären rechtzeitig gewarnt. Schließlich würde am Tage die geringe zahlenmäßige Stärke des Angriffstrupps sichtbar, was die Verteidiger zu hartem Widerstand veranlassen würde.

Schließlich wurde der Gedanke erwogen, Waffen und Männer heimlich in die Republik einzuschleusen, und sie dort bis zum Abend des Angriffs zu verbergen. Auch dieser Plan ist unrealistisch, teils wegen des erheblichen Gewichts der erforderlichen Waffen, teils auch deshalb, weil ein solches Arsenal und so viele ungewohnte Besucher unweigerlich auffallen müßten; teils aber auch deshalb, weil dieser Plan eine in Zangaro nicht vorhandene Unterstützung durch Sympathisanten voraussetzen würde. Daraus geht hervor, daß der einzig durchführbare Plan in einem Angriff mit Hilfe leichter Boote besteht, die von einem größeren, vor der Küste ankernden Schiff abgesetzt werden, direkt den Hafen von Clarence anlaufen und deren Besatzung unmittelbar nach der Landung den Palast angreift.

Voraussetzungen des Angriffs. Die Kampftruppe sollte aus mindestens zwölf Mann bestehen und mit Granatwerfern, Bazookas und Handgranaten bewaffnet sein sowie mit Schnellfeuergewehren für den Nahkampf. Der Angriff sollte zwischen zwei und drei Uhr morgens von der See her erfolgen, weil um diese Zeit ganz Clarence schläft und der Zeitpunkt weit genug vor dem Sonnenaufgang liegt, um bis dahin alle sichtbaren Spuren weißer Söldner zu verwischen.«

Auf weiteren sechs Seiten beschrieb Shannon genau seine Vorstellungen von Planung, Personaleinsatz, Bewaffnung und Munition, Hilfsmitteln wie Funkgeräten, Sturmbooten mit Außenbordern, Leuchtkugeln, Material der Uniformen, Proviant und Frischkost. Er kalkulierte die Kosten aller Artikel und beschrieb, wie er den Palast zerstören und die Armee in die Flucht jagen wollte.

Zur Frage des Transportschiffes für die Einheit schrieb er: »Abgesehen von der Bewaffnung dürfte die Bereitstellung des Schiffes die schwierigste Aufgabe sein. Nach genauer Überlegung bin ich gegen das Chartern eines Fahrzeugs, weil man es dann mit einer eventuell unzuverlässigen Mannschaft und einem Kapitän zu tun hätte, der jederzeit die Seiten wechseln könnte. Außerdem bestünde ein hohes Sicherheitsrisiko, da Fahrzeuge, die sich zu einer solchen Charter bereitfinden würden, vermutlich den Behörden der Mittelmeerländer bekannt sind. Ich empfehle daher den zusätzlichen finanziellen Aufwand für den Kauf eines kleinen Frachters und für eine Besatzung, die eigens angeheuert wird und den Auftraggebern treu ergeben ist. Ein solches Schiff ließe sich später wieder veräußern und wäre auf lange Sicht vermutlich billiger.«

Shannon betonte besonders die Notwendigkeit der strikten Geheimhaltung.

Er erklärte: »Da mir die Identität der Auftraggeber mit Ausnahme von Mr. Harris unbekannt ist, empfiehlt es sich, im Falle der Annahme meiner Vorschläge Mr. Harris als einziges Bindeglied zwischen ihnen und mir einzusetzen. Die erforderlichen Geldbeträge sollten mir durch Mr. Harris ausgehändigt werden, und alle Kostenbelege würden auf demselben Weg übermittelt. Ich würde zwar vier Helfer benötigen, aber keiner von ihnen würde, solange wir uns nicht auf hoher See befinden, die Art des Auftrags erfahren und gewiß nicht den Bestimmungsort. Selbst die Seekarten der betreffenden Küstengebiete sollten dem Kapitän erst unterwegs überreicht werden. Der obige Plan berücksichtigt die Geheimhaltung, da alle Käufe soweit wie möglich legal auf dem offenen Markt getätigt werden sollen und nur die Waffen illegal zu erwerben sind. In jedem einzelnen Stadium des Plans würde jegliche Ermittlung völlig ins Leere laufen, und ferner würde in jedem Stadium die notwendige Ausrüstung unabhängig voneinander in verschiedenen Staaten von verschiedenen Personen gekauft. Der Gesamtplan wäre nur mir selbst, Mr. Harris und den Auftraggebern bekannt. Schlimmstenfalls wäre ich nicht einmal in der Lage, die Auftraggeber zu benennen, und ich könnte wahrscheinlich nicht einmal Mr. Harris identifizieren.«

Sir James Manson nickte und brummte während der Lektüre mehrmals zustimmend. Um ein Uhr morgens goß er sich noch einen Cognac ein und wandte sich dann den gesonderten Bogen mit Kosten- und Zeitangaben zu:

»Erkundungsfahrt nach Zangaro, 2 Berichte,
sonstige bisherige Ausgaben (erledigt) £ 2.500,–
Salär des Kommandanten £ 10.000,–
Alle übrigen Personalkosten £ 10.000,–
Gesamtkosten für Verwaltung, Reisen, Hotels etc. £ 10.000,–
Ankauf der Waffen £ 25.000,–
Ankauf des Frachters £ 30.000,–
Zusätzliches Gerät £ 7.500,–
Sonstiges £ 5.000,–

Summe £ 100.000,–

Das zweite Blatt enthielt den vorläufigen Zeitplan:

1. Stadium – *Vorbereitung:*	Personalbeschaffung und Bereitstellung, Errichtung des Bankkontos. Kauf einer Firma mit Sitz im Ausland.	20 Tage
2. Stadium – *Beschaffung:*	In diesem Zeitraum wird das gesamte benötigte Material in Partien gekauft.	40 Tage
3. Stadium – *Bereitstellung:*	Verbringung von Mannschaft und Material auf den Frachter bis zum Tag des Ablegens.	20 Tage
4. Stadium – *Transport:*	Überführung von Mannschaft und Material auf dem Seeweg vom Einschiffungshafen bis vor die Küste von Zangaro.	20 Tage

Der Tag X wäre der Unabhängigkeitstag in Zangaro. Das wäre nach obigem Zeitplan, der spätestens am kommenden Mittwoch anlaufen müßte, der einhundertste Tag.«
Sir James Manson las den ganzen Bericht zweimal und verbrachte dann eine volle Stunde damit, eine seiner teuren Importe zu rauchen und die Holztäfelung sowie die ledergebundenen Buchrücken an seinen Wänden anzustarren. Nach der Zigarre schloß er das Aktenstück in den Wandsafe und ging zu Bett.

CAT Shannon lag in dem abgedunkelten Schlafzimmer auf dem Rücken und strich mit der Hand spielerisch über den Mädchenkörper, der halb auf ihm lag. Es war ein zierlicher, aber ungemein erotischer Körper, wie er in der vergangenen Stunde feststellen konnte. Was immer Julie in den zwei Jahren seit ihrem Schulabschluß gelernt haben mochte – mit Steno und Schreibmaschine hatte es sicher nicht viel zu tun. Ihr Appetit auf sexuelle Abwechslung war unersättlich und wurde nur noch durch ihre Energie und ihre sagenhafte Redseligkeit überboten.
Sie räkelte sich und begann mit ihm zu spielen.

»Komisch«, murmelte er nachdenklich, »die Zeiten müssen sich geändert haben. Wir treiben's jetzt schon die halbe Nacht miteinander und ich weiß gar nichts über dich.«

Sie hielt einen Augenblick inne und fragte: »Was zum Beispiel?«

»Zum Beispiel wo du zu Hause bist«, antwortet er. »Abgesehen von dieser Wohnung.«

»In Gloucestershire.«

»Und was macht dein alter Herr?« fragte er leise. Er bekam keine Antwort. Da packte er ihr Haar und zog ihren Kopf herum.

»Au, das tut weh! Er arbeitet in der City. Warum?«

»Makler?«

»Nein. Er leitet eine Firma, die irgendwie mit Bergwerken zu tun hat. Das ist seine Spezialität. Und das hier ist meine – jetzt paß mal auf.«

Eine halbe Stunde später ließ sie von ihm ab und fragte: »War's schön?« Shannon lachte. Seine weißen Zähne blitzten im Dunkeln.

»O ja«, sagte er leise, »das war wirklich schön. Erzähl mir was über deinen alten Herrn.«

»Daddy? Ach, der ist nur ein langweiliger Geschäftsmann. Er hockt den ganzen Tag in einem stickigen Büro in der City.«

»Manche Geschäftsleute können ganz interessant sein. Was ist dein Vater für ein Mensch?«

An diesem Samstagvormittag trank Sir James Manson gerade seinen Kaffee auf der Sonnenterrasse an der Südseite des Landhauses, als Adrian Goole anrief. Der Beamte hielt sich in seinem Haus in Kent auf.

»Hoffentlich störe ich nicht Ihr Wochenende«, begann er.

»Überhapt nicht, mein Lieber«, log Manson. »Für Sie bin ich jederzeit erreichbar.«

»Ich hätte noch gestern abend im Büro angerufen, aber ich wurde durch eine Besprechung aufgehalten. Wir haben uns doch neulich über die Ergebnisse Ihrer Untersuchungen in Afrika unterhalten. Erinnern Sie sich?«

Manson vermutete, daß Goole über eine normale Amtsleitung nicht offen sprechen wollte.

»Ach ja«, sagte er. »Ich habe Ihre Anregungen aufgegriffen, die Sie mir beim Essen machten. Die fraglichen Zahlen wurden leicht verändert, so daß die Mengen aus wirtschaftlicher Sicht uninteressant erscheinen. Der Bericht wurde abgeschickt; er ist auch angekommen, aber ich habe nichts mehr darüber gehört.«

Gooles nächste Worte rissen Sir James Manson aus seiner Beschaulichkeit.

»Wir aber«, sagte die Stimme am anderen Ende der Leitung. »Die Sache ist nicht gerade beunruhigend, aber doch seltsam. Unser dortiger Botschafter ist in vier kleinen Republiken akkreditiert, wohnt aber nicht dort, wie Sie wissen. Er schickt regelmäßig Berichte und erfährt vieles aus den verschiedensten Quellen, unter anderem auch von befreundeten Diplomaten. Gestern bekam ich aus seinem letzten Bericht einen Auszug auf den Schreibtisch, der sich mit wirtschaftlichen Fragen befaßt. Es scheinen Gerüchte im Umlauf zu sein, nach denen die sowjetische Regierung die Erlaubnis erhalten hat, ein eigenes Team hinzuschicken. Es kann natürlich sein, daß es sich nicht um dieselbe Gegend handelt, in der Ihre Leute...«

Sir James Manson starrte das Telefon an, während Gooles Stimme an seinem Ohr vorbeiglitt. In seiner linken Schläfe begann es zu hämmern.

»Ich dachte nur, daß die Russen bei ihren Untersuchungen in demselben Gebiet zu etwas anderen Ergebnissen gelangen könnten. Aber glücklicherweise geht es ja nur um kleinere Mengen von Zinn. Trotzdem wollte ich Sie für alle Fälle unterrichten... Hallo, hallo? Sind Sie noch da?«

Manson nahm sich zusammen. Es kostete ihn einige Mühe, aber dann klang seine Stimme völlig normal.

»Ja, ich bin noch da. Entschuldigen Sie, aber ich war gerade in Gedanken. Nett von Ihnen, daß Sie mich angerufen haben, Goole. Ich glaube nicht, daß es sich um den Bereich handelt, in dem wir recherchiert haben. Aber trotzdem ist es ganz nützlich, solche Dinge zu wissen.«

Sie tauschten die üblichen Floskeln aus und legten auf. Manson schlenderte langsam auf die Sonnenterrasse hinaus. Seine Gedanken rasten. Ein Zufall? Durchaus möglich. Wenn die sowjetischen Experten ein Gebiet durchkämmten, das meilenweit von den Kristallbergen entfernt lag, dann wäre es reiner Zufall. Wenn sie andererseits gleich den Kristallberg aufs Korn nähmen, ohne zuvor durch Luftaufnahmen die unterschiedliche Vegetation entdeckt zu haben – dann wäre es kein Zufall mehr. Das wäre Sabotage. Und es gab keine Möglichkeit, die Wahrheit herauszufinden, ohne die eigenen Interessen aufs Spiel zu setzen.

Manson dachte an Chalmers und knirschte mit den Zähnen. Habe ich den Kerl nicht mit Geld zum Schweigen gebracht? Hat er doch geredet? Wissentlich? Oder unwissentlich? Er war drauf und dran, den Fall Chalmers durch Endean oder einen seiner Freunde erledigen zu lassen. Aber das würde nichts an der Sache ändern. Ein Beweis für die undichte Stelle war auf diese Weise nicht zu erlangen.

Er dachte sogar daran, das Vorhaben sofort abzublasen und zu vergessen. Aber wo dieser schillernde Regenbogen die Erde berührte, da wartete eine Goldgrube auf ihn. James Manson war kein Feigling. Er hatte sich seinen Platz im Leben nur erobert, weil er nie vor einem Risiko zurückgeschreckt war, schon gar nicht vor einem unbewiesenen.

Er setzte sich in den Liegestuhl neben seinen inzwischen kalt gewordenen Kaffee und dachte nach. Er wollte zwar planmäßig weitermachen, mußte aber davon ausgehen, daß das russische Forschungsteam auf dasselbe Gebiet wie Mulrooney stoßen würde und daß den russischen Fachleuten auch die Veränderung der Vegetation auffallen würde. Damit war ein neues Moment im Spiel: ein Zeitlimit. Er überschlug im Kopf ein paar Daten und kam auf drei Monate. Wenn die Russen erfuhren, was der Kristallberg enthielt, würden bald eine Menge ›technischer Berater‹ dort auftauchen. Über die Hälfte dieser Männer würden geschulte KGB-Agenten sein.

Shannons knappster Zeitplan umfaßte hundert Tage, aber er hatte Endean schon zuvor mitgeteilt, daß zusätzliche vierzehn Tage die Verwirklichung des Projekts erleichtern würden. Diese vierzehn Tage standen nun nicht mehr zur Verfügung. Wenn die Russen schneller handelten als sonst, waren vielleicht auch hundert Tage schon zu weit gespannt.

Er ging zum Telefon und rief Simon Endean an. Für ihn war das Wochenende ruiniert, und da sollte Endean ruhig auch etwas tun.

Endean rief Shannon am Montagmorgen im Hotel an und verabredete sich für vierzehn Uhr mit ihm in einem kleinen Wohnblock in St. John's Wood. Er hatte am selben Morgen auf Anweisung von Sir James Manson diese Wohnung gemietet; vorangegangen war eine ausführliche Unterredung am Sonntagnachmittag im Landhaus. Er hatte sich unter dem Namen Harris vorgestellt, die Miete in bar vorausbezahlt und als Empfehlung eine fiktive Adresse genannt, die niemand kontrollierte. Der Grund war ganz einfach: diese Wohnung besaß eine direkte Amtsleitung, die nicht über eine Telefonzentrale lief.

Shannon erschien pünktlich und fand den Mann, den er immer noch Harris nannte, bereits vorbereitet. Das Telefon war an einem Schreibtischmikrofon angeschlossen, so daß die im Raum Anwesenden mit dem Teilnehmer am anderen Ende der Leitung konferieren konnten.

»Der Chef unseres Konsortiums hat Ihren Bericht gelesen«, sagte er zu Shannon. »Er möchte gern mit Ihnen sprechen«.

Um halb drei läutete das Telefon. Endean schaltete den Verstärker ein, und Sir James Mansons Stimme kam aus dem Lautsprecher. Shannon ließ sich nicht anmerken, daß er wußte, mit wem er da sprach.

»Sind Sie da, Shannon?« fragte die Stimme.

»Ja, Sir.«

»Ich habe Ihren Bericht gelesen und stimme sowohl mit Ihrer Einschätzung der Lage als auch Ihren Schlußfolgerungen überein. Wären Sie bereit, diesen Auftrag zu übernehmen?«

»Ja, Sir, ich würde ihn übernehmen.«

»Dann möchte ich einige Punkte mit Ihnen durchsprechen. Sie haben in der Kostenaufstellung für sich selbst ein Honorar von zehntausend Pfund eingesetzt.«

»Stimmt, Sir. Offen gesagt glaube ich nicht, daß jemand für weniger Geld den Auftrag übernehmen würde. Die meisten würden sogar mehr verlangen. Sollte jemand einen Kostenvoranschlag mit einem niedrigeren Honorar vorlegen, so dürfte der Betreffende trotzdem auf mindestens zehn Prozent kommen, indem er diese Summe einfach in den unkontrollierbaren Kosten für den Ankauf der Ausrüstung unterbringt.«

Es entstand eine Pause, dann sagte die Stimme:

»Also gut, akzeptiert. Was bekomme ich für mein Geld?«

»Meine Erfahrung, meine Kontakte, meine Verbindung zu Waffenhändlern, Schmugglern und Söldnern. Außerdem mein Stillschweigen für den Fall, daß etwas schiefgeht. Für mich sind das drei Monate verdammt harter Arbeit und des ständigen Risikos, verhaftet zu werden. Außerdem setze ich bei dem Angriff mein Leben aufs Spiel!«

Ein Brummen kam aus dem Lautsprecher.

»In Ordnung. Nun zur Finanzierung. Die hunderttausend Pfund werden auf ein Schweizer Konto überwiesen, das Mr. Harris in dieser Woche eröffnen wird. Er bezahlt Ihnen während der nächsten zwei Monate daraus die erforderlichen Summen in Raten entsprechend den anfallenden Kosten. Die Form der Fühlungnahme mit ihm müssen Sie untereinander vereinbaren. Wenn für etwas Geld ausgegeben wird, muß er entweder anwesend sein oder Quittungen bekommen.«

»Das wird nicht in allen Fällen möglich sein, Sir. Waffenhändler stellen keine Quittungen aus, schon gar nicht auf dem Schwarzmarkt, und die meisten Leute, mit denen ich zu tun haben werde, dürften Mr. Harris nicht dabeihaben wollen. Für sie kommt er aus einer anderen Welt. Ich möchte vorschlagen, größtenteils mit Reiseschecks und Überweisungen von Bank zu Bank zu arbeiten. Und noch etwas: Wenn Mr. Harris anwesend sein muß, um jede Abhebung und jeden Scheck über tausend Pfund gegenzuzeichnen, muß er mir entweder auf Schritt und Tritt folgen, was ich aus Gründen meiner eigenen Sicherheit ablehne, oder wir schaffen die Vorbereitungen niemals innerhalb von hundert Tagen.«

Diesmal war die Pause länger.

»Was meinen Sie mit Ihrer eigenen Sicherheit?« fragte die Stimme.

»Ich meine damit, Sir, daß ich Mr. Harris nicht kenne. Ich bin nicht damit einverstanden, wenn er soviel über mich erfährt, daß er mich in jeder europäischen Stadt verhaften lassen kann. Sie haben Ihre Sicherheitsvorkehrungen getroffen. Ich muß es auch tun. Meine Sicherheit ist nur garantiert, wenn ich allein und ohne Überwachung reisen und arbeiten kann.«

»Sie sind ein vorsichtiger Mann, Mr. Shannon.«

»Das muß ich sein, sonst wäre ich nicht mehr am Leben.«

Ein grimmiges Lachen drang aus dem Lautsprecher. »Und woher soll ich wissen, ob man Ihnen so hohe Beträge anvertrauen kann?«

»Das können Sie nicht wissen, Sir. Bis zu einem gewissen Grad kann Mr. Harris die Beträge aufgliedern. Aber Waffen müssen in bar bezahlt werden, und zwar nur vom Käufer allein. Ich sehe nur eine einzige andere Möglichkeit: Entweder Sie bitten Mr. Harris, das Unternehmen persönlich zu leiten, oder Sie engagieren einen anderen Profi. Dann wüßten Sie aber wieder nicht, ob Sie ihm trauen können.«

»Einverstanden, Mr. Shannon. Mr. Harris?«

»Ja, Sir«, antwortete Endean sofort.

»Bitte kommen Sie nach Ihrer Besprechung sofort zu mir zurück. Mr. Shannon, der Auftrag ist hiermit erteilt. Sie haben hundert Tage Zeit, eine Republik zu klauen, Mr. Shannon. Einhundert Tage!«

Zweiter Teil
Die hundert Tage

1. Kapitel

Nachdem Sir James Manson aufgelegt hatte, saßen Simon Endean und CAT Shannon minutenlang da und sahen sich nur an. Shannon faßte sich zuerst wieder.

»Da wir von nun an zusammenarbeiten müssen, wollen wir eines klarstellen«, sagte er zu Endean. »Wenn irgend jemand, egal wer, Wind von diesem Projekt bekommt, wird über kurz oder lang der eine oder andere Geheimdienst einer Großmacht davon erfahren: wahrscheinlich der CIA oder das britische SIS oder vielleicht der französische SDECE. Die werden uns dann gründlich die Suppe versalzen. Weder Sie noch ich können verhindern, daß dann die ganze Sache ins Wasser fällt. Wir müssen daher auf strikteste Geheimhaltung achten.«

»Wem sagen Sie das«, zischte Endean. »Für mich steht hier viel mehr auf dem Spiel als für Sie.«

»Okay. Nun zum Geld. Ich fliege morgen nach Brüssel und eröffne irgendwo in Belgien ein neues Konto. Morgen abend bin ich wieder hier. Setzen sie sich dann mit mir in Verbindung. Ich werde Ihnen sagen, bei welcher Bank und unter welchem Namen ich das Konto eröffnet habe. Dann brauche ich einen Kreditspielraum in der Größenordnung von mindestens zehntausend Pfund. Morgen abend bekommen Sie eine vollständige Liste der Ausgaben, die davon bezahlt werden müssen. In der Hauptsache handelt es sich um Gehälter für meine Assistenten, um Bankgarantien und so weiter.«

»Wo erreiche ich Sie?« fragte Endean.

»Das ist der zweite Punkt«, entgegnete Shannon. »Ich brauche eine Operationsbasis, an der ich telefonisch und brieflich gefahrlos erreichbar bin. Wie steht's mit dieser Wohnung hier? Könnte man Sie als Mieter identifizieren?«

Daran hatte Endean noch nicht gedacht. Er überlegte.

»Ich habe sie auf meinen Namen gemietet und für einen Monat im voraus bezahlt«, murmelte er.

»Spielt es denn eine Rolle, wenn der Name Harris unter dem Mietvertrag steht?« fragte Shannon.

»Nein.«

»Dann werde ich sie übernehmen. Es wäre zu schade, eine Monatsmiete verfallen zu lassen. Die weiteren Zahlungen leiste ich dann. Haben Sie einen Schlüssel?«

»Ja, natürlich. Ich bin ja hereingekommen.«

»Wie viele Schlüssel existieren?«

Anstatt einer Antwort holte Endean einen Ring mit vier Schlüsseln aus der Tasche. Zwei davon waren offenbar Hausschlüssel, die anderen zwei Wohnungsschlüssel. Shannon nahm sie ihm ab.

»Nun zur Frage der Verständigung«, fuhr er fort. »Sie können mich hier telefonisch jederzeit erreichen. Kann sein, daß ich manchmal nicht hier bin. Ich werde viel im Ausland reisen. Da Sie mir vermutlich Ihre Telefonnummer nicht geben wollen, sollten Sie auf einem Postamt, das in der Nähe Ihres Büros oder Ihrer Wohnung liegt, zweimal täglich nach postlagernden Telegrammen fragen. Wenn ich Sie dringend brauche, telegrafiere ich Ihnen, unter welcher Telefonnummer ich erreichbar bin.«

»Ja. Das läßt sich bis morgen abend erledigen. Noch etwas?«

»Für die Dauer des Unternehmens werde ich den Namen Keith Brown benutzen. Alles, was mit ›Keith‹ unterschrieben ist, kommt von mir. Wenn Sie mich in meinem Hotel anrufen, fragen sie nach Keith Brown. Wenn ich mich mit den Worten melde: ›Hier spricht Mr. Brown‹, dann legen Sie sofort auf. Dann herrscht dicke Luft. Sagen Sie ›falsch verbunden‹ oder ich sei der falsche Brown. Das wäre im Augenblick alles. Sie müssen jetzt ins Büro zurück. Rufen Sie mich heute abend um acht hier an, dann informiere ich Sie über den letzten Stand.«

Wenige Minuten später stand Endean am Straßenrand und sah sich nach einem Taxi um.

Glücklicherweise hatte Shannon die fünfhundert Pfund, die er von Endean für die Ausarbeitung des Plans erhalten hatte, noch nicht zur Bank gebracht. Er besaß immer noch vierhundertfünfzig Pfund von dem Geld. Die Hotelrechnung in Knightsbridge konnte er auch später erledigen.

Er rief die Fluggesellschaft BEA an und buchte für die Morgenmaschine in der Touristenklasse einen Flug nach Brüssel und den Rückflug für sechzehn Uhr. Dann konnte er bis sechs Uhr wieder in dieser Wohnung sein. Danach gab er telefonisch vier Auslandstelegramme auf, eins nach Paarl in der Kap-Provinz Südafrikas, eins nach Ostende, eins nach Marseille und eins nach München. Der Text lautete: ›Erbitte dringend Anruf London 507/0041 an einem der drei nächsten Tage um Mitternacht. Shannon‹. Anschließend fuhr er mit einem Taxi ins Lowndes Hotel zurück, bezahlte seine Rechnung und verließ das Hotel ebenso anonym, wie er gekommen war.

Um acht Uhr rief Endean wie vereinbart an. Shannon berichtete, was er bisher unternommen hatte. Sie vereinbarten den nächsten Anruf für den folgenden Tag um zweiundzwanzig Uhr.

Dann verbrachte Shannon zwei Stunden damit, sich den ganzen Wohnblock und die nähere Umgebung genau anzusehen. Er entdeckte mehrere kleine Restaurants, davon zwei ganz in der Nähe in der St. John's Wood High Street, und aß in einem davon gemütlich zu abend. Um elf Uhr war er wieder zu Hause.

Er zählte sein Geld. Es waren noch über vierhundert Pfund übrig. Dreihundert Pfund legte er für das Flugticket und die übrigen Reisekosten beiseite. Dann kontrollierte er seine Habseligkeiten. Sämtliche Kleidungsstücke waren unauffällig und weniger als drei Monate alt; die meisten Sachen hatte er während der letzten zehn Tage in London gekauft. Wegen einer Waffe brauchte er sich keine Sorgen zu machen, da er keine besaß. Aus Sicherheitsgründen verbrannte er das Farbband, mit dem er seine Berichte getippt hatte, und fädelte ein neues Band in die Schreibmaschine ein.

In London wurde es an diesem Abend zwar schon früh dunkel, aber für die Kap-Provinz war es noch ein lauer, sonniger Sommerabend, als Janni Dupree mit seinem Wagen an Seapoint vorbei nach Kapstadt fuhr. Auch er besaß einen Chevrolet wie Endean, nur älter, aber größer und auffälliger; er hatte den Wagen vor vier Wochen, nach seiner Rückkehr aus Paris, mit einem Teil seiner Dollars aus zweiter Hand gekauft. Nachdem er den Tag auf dem Boot eines Freundes in Simonstown mit Schwimmen und Fischen verbracht hatte, fuhr er nun heim nach Paarl. Er kehrte nach einem Einsatz immer wieder gern nach Paarl zurück, aber genauso schnell wurde es ihm hier wieder langweilig wie damals vor zehn Jahren.

Er war in Paarl Valley aufgewachsen und als kleiner Junge durch die ärmlichen Weinberge gestreift, die Leuten wie seinen Eltern gehörten. In diesem Tal hatte er zusammen mit Pieter, seinem Klonkie, Vögel fangen und schießen gelernt; weiße Jungen dürfen mit Farbigen spielen, bis sie groß genug sind, um die Bedeutung der Hautfarbe zu begreifen.

Pieter, mit seinen riesigen braunen Augen, dem verfilzten schwarzen Wuschelkopf und der mahagonifarbenen Haut, war zwei Jahre älter als Janni und sollte auf ihn aufpassen. In Wirklichkeit waren die beiden aber gleich groß, weil Janni seinen Jahren immer voraus war. Bald hatte er die Führungsrolle übernommen. An Sommertagen wie diesem waren die beiden barfüßigen Jungen vor zwanzig Jahren mit dem Bus an der Küste entlang zum Kap Agulhas hinausgefahren, wo sich Atlantischer und Indischer Ozean treffen. Dort hatten sie nach Gelbschwanz-Galjoen und Roten Steinbrassen gefischt.

Nach Abschluß der Oberschule in Paarl war Janni zu einem Problem geworden: Er war zu groß, zu aggressiv und rastlos, kam mit seinen gewaltigen Fäusten immer wieder in Schwierigkeiten und landete zweimal vor dem Richter. Er hätte den Weinberg seiner Eltern übernehmen können und zusammen mit seinem Vater die spärlichen Reben bearbeiten sollen, aus denen ein dünner Wein gemacht wurde. Aber er hielt nichts davon, krumm und alt zu werden und das ganze Leben in einem landwirtschaftlichen Kleinbetrieb mit nur vier farbigen Hilfsarbeitern zu verbringen. Mit achtzehn meldete er sich freiwillig zum Militär, absolvierte seine Grundausbildung in Potchefstroom und wurde dann zu den Fallschirmjägern nach Bloemfontein versetzt. Hier war es auch, wo er seinen eigentlichen Lebensberuf entdeckte – hier und beim harten Spezialtraining im Busch rund um Pietersburg. Auch das Militär hielt ihn für gut geeignet, bis auf eine Ausnahme: Seine Neigung, mit den falschen Leuten Krach anzufangen. Bei einer Prügelei hatte Korporal Dupree einen Sergeanten bewußtlos geschlagen und war vom Befehlshaber seiner Einheit zum einfachen Soldaten degradiert worden.

Verbittert verließ er unerlaubt seine Einheit, wurde in einer Bar in East London, Südafrika, erwischt, schlug zwei Militärpolizisten krankenhausreif und verbüßte sechs Monate im Militärgefängnis. Nach seiner Entlassung entdeckte er ein Inserat in einer Zeitung, meldete sich in einem kleinen Büro in Durban und wurde zwei Tage später von Südafrika aus nach Kamina in Katanga geflogen.

Mit zweiundzwanzig war er Söldner geworden. Das war vor sechs Jahren. Während er über die vielfach gewundene Straße durch Franshoek nach Paarl Valley fuhr, überlegte er, ob nicht Shannon oder einer der Kameraden bald irgendeinen Auftrag besorgen könnten. Aber am Postamt wartete keine Nachricht für ihn. Vom Meer zogen Wolken auf, ein Gewitter lag in der Luft.

Heute abend wird es regnen, dachte er, eine hübsche kalte Dusche. Er sah hinauf zum Paarl Rock, diesem Naturphänomen, das dem Tal und der Stadt vor langer Zeit, als seine Vorfahren ins Land gekommen waren, den Namen gegeben hatte. Schon als Junge hatte er den Fels immer bewundert. In trockenem Zustand war er stumpfgrau, aber nach einem Regen leuchtete er im Mondlicht immer wie eine gewaltige Perle. Dann beherrschte er ganz die winzige Stadt zu seinen Füßen. Hier war Janni zu Hause, obgleich ihm sein Heimatort nie seinen Lebenstraum erfüllen konnte. Wenn er vor sich den Perlenfelsen aufleuchten sah, wußte er, daß er wieder heimgekehrt war. Doch an diesem Abend wünschte er sich nichts sehnlicher, als weit weg von hier zu sein, in einen neuen Krieg zu ziehen.

Er wußte noch nicht, daß ihn schon am nächsten Morgen Shannons Telegramm in einen neuen Krieg rufen würde.

Tiny Marc Vlaminck lehnte an der Bartheke, in der Hand einen Krug mit schäumendem flämischem Bier. Vor dem Fenster des Lokals, das von seiner Freundin betrieben wurde, lag das Kneipenviertel Ostendes fast verlassen da. Vom Meer her wehte ein rauher Wind, und die Sommertouristen waren noch nicht gekommen. Er langweilte sich.

Im ersten Monat nach seiner Rückkehr aus den Tropen hatte er sich gefreut, wieder zu Hause zu sein, sich in einem heißen Bad zu räkeln und mit alten Freunden zu plaudern, die ihn häufig besuchten. Sogar die Lokalpresse hatte sich für ihn interessiert, aber er hatte die Reporter zum Teufel gejagt. Er wollte unter keinen Umständen Ärger mit den Behörden bekommen und wußte, daß man ihn in Ruhe lassen würde, solange er nichts tat oder sagte, was gegenüber den afrikanischen Botschaften in Brüssel hätte peinlich sein können.

Aber nach ein paar Wochen ging ihm die Untätigkeit auf die Nerven. Vor ein paar Tagen hatte es eine kleine Abwechslung gegeben: Er hatte einen Seemann zusammengeschlagen, der versuchte, Anna in den Hintern zu zwicken; dieses Gebiet betrachtete Tiny Marc als seine ureigenste Domäne. Die Erinnerung daran brachte ihn auf einen neuen Gedanken. Er hörte Anna oben in der kleinen gemeinsamen Wohnung über der Bar bei der Hausarbeit rumoren. Er rutschte von seinem Hocker, trank den Krug leer und rief: »Wenn jemand reinkommt, soll er sich selbst bedienen!« Dann trampelte er die Hintertreppe hinauf. In diesem Augenblick kam der Telegrammbote.

Es war ein klarer Frühlingsabend mit einem Hauch von Kühle in der Luft, und das Wasser des alten Hafens von Marseille lag wie eine Glasscheibe da. Die Bars und Cafés ringsum spiegelten sich darin, bis ein einzelner heimkehrender Trawler seine Bugwelle aufwarf, die durch das ganze Hafenbecken wanderte und schließlich glucksend an den Rümpfen der schon festgemachten Boote erstarb. Entlang der Cannebière waren alle Autos fest verschlossen, aus tausend Fenstern duftete es nach gebratenem Fisch, die alten Männer nippten an ihrem Anisette, die Heroinhändler huschten mit ihrer lukrativen Ware durch die engen, dunklen Gassen. Es war ein Abend wie jeder andere.

In diesem vielsprachigen Hexenkessel, der sich Le Panier nennt, saß Jean Baptiste Langarotti an einem Ecktisch in einer kleinen Bar, ein großes Glas mit kühlem Ricard in der Hand.

Er langweilte sich nicht wie Janni Dupree oder Marc Vlaminck. Seine Jahre im Gefängnis hatten ihn gelehrt, sich auch für die kleinen Dinge im Leben zu interessieren, und er konnte lange Perioden der Untätigkeit besser durchstehen als die meisten anderen Menschen.

Darüber hinaus hatte er es geschafft, Arbeit zu finden und seinen Lebensunterhalt zu verdienen. Er brauchte seine Ersparnisse nicht anzugreifen. Niemand wußte etwas von dem Konto in der Schweiz, das von Monat zu Monat beständig wuchs. Eines Tages wollte er damit die kleine Bar in Calvi kaufen, die er sich schon lange wünschte.

Vor einem Monat war ein guter Freund aus dem Algerienkrieg wegen einer Kleinigkeit geschnappt worden. Es handelte sich um einen Koffer mit zwölf alten 45er-Colts der französischen Armee. Er hatte Jean Baptiste aus Les Baumettes einen Brief geschrieben und ihn gebeten, sich um das Mädchen ›zu kümmern‹, von deren Einkünften der eingesperrte Freund normalerweise lebte. Er wußte, daß ihn der Korse nicht betrügen würde. Sie war ein braves, liebes Mädchen namens Marie-Claire und trat unter dem Namen Lola allabendlich in einer Bar im Stadtteil Tubano auf. Bald hatte sie an Langarotti – vermutlich wegen seiner Figur – einen Narren gefressen und beklagte sich nur darüber, daß er sie nicht genauso hernahm wie ihr gefangener Freund. Die übrige Unterwelt, die vielleicht Ansprüche auf Lola angemeldet hätte, kannte Langarotti und ließ ihn in Ruhe.

So war Lola vielleicht das bestbehütete Mädchen in der Stadt, und Jean Baptiste wartete ohne besondere Eile auf seinen nächsten Einsatz. Er hatte sich mit einigen Leuten in der Branche in Verbindung gesetzt, verließ sich aber mehr auf eine Mitteilung des erfahreneren Shannon. An ihn würden sich mögliche Kunden eher wenden als an die viel jüngeren Grünschnäbel.

Kurz nach seiner Rückkehr nach Frankreich war Charles Roux aus Paris mit einem Vorschlag an ihn herangetreten: Der Korse sollte einen Exklusivvertrag mit ihm abschließen und würde dafür als erster berücksichtigt, falls ein neuer Auftrag in Sicht war. Roux hatte mit einem halben Dutzend Eisen geprahlt, die er angeblich im Feuer hatte, aber der Korse war unverbindlich geblieben.

Später hatte er Erkundigungen eingezogen und dabei festgestellt, daß Roux ein Schwätzer war. Seit er im Herbst 1967 mit einer Kugel im Arm aus Bukavu zurückgekehrt war, hatte er selbst keinen Auftrag mehr bekommen.

Mit einem Seufzer sah Langarotti auf die Uhr, trank sein Glas leer und erhob sich. Es wurde Zeit, Lola in ihrer Wohnung abzuholen und sie zur Arbeit zu begleiten, um dann in einem durchgehend geöffneten Postamt nachzusehen, ob nicht doch ein Telegramm von Shannon mit der Ankündigung eines neuen Jobs angekommen war.

In München war es noch kälter als bei Marc Vlaminck in Ostende. Kurt Semmler, dessen Blut durch die langen Jahre im Fernen Osten, in Algerien und Afrika dünner geworden war, fröstelte in seinem knielangen schwarzen Ledermantel, als er das Postamt ansteuerte. Er fragte regelmäßig jeden Morgen und jeden Abend am Schalter für postlagernde Sendungen nach und gab die Hoffnung nicht auf, mit einem Brief oder Telegramm zur Besprechung mit einem möglichen Kunden eingeladen zu werden, der einen Söldner brauchte.

Er hatte die Zeit seiner Rückkehr aus Afrika als furchtbar langweilig empfunden. Wie die meisten alten Soldaten haßte er das zivile Leben, fühlte
sich in Zivilkleidung unwohl, verachtete die Politiker und sehnte sich
nach dem festen Halt militärischer Disziplin – nach einem Einsatz. Schon
die Rückkehr in die Heimat hatte ihn entmutigt. Überall begegneten ihm
langhaarige Jugendliche, schlampig gekleidet und undiszipliniert, mit
Transparenten in den Händen und Schlagworten auf den Lippen. Was er
vermißte, war jedes Gefühl für Zielstrebigkeit, für die Hingabe an den
Gedanken eines Großdeutschen Reiches und seinen Führer, wie er ihn in
seiner Jugend gekannt hatte, das Gefühl für Ordnung und Disziplin im
militärischen Leben.
Selbst das Dasein als Schmuggler im Mittelmeer, so frei und ungebunden
es auch gewesen war, hatte ihn mit dem Gefühl beseelt, aktiv etwas zu
tun, Gefahr zu wittern, einen Einsatz planen und ausführen zu können.
Wenn er mit einem schnellen Boot und zwei Tonnen amerikanischen Zigaretten an Bord auf die italienische Küste zuglitt, konnte er sich zumindest einbilden, wieder auf dem Mekong zu sein und mit der Fremdenlegion einen Einsatz gegen die Flußpiraten des Xoa Binh zu fahren.
München hatte ihm nichts zu bieten. Er trank zuviel, rauchte zuviel, gab
sich mit leichten Mädchen ab und wurde immer mißmutiger.
Im Postamt fand er an diesem Abend nichts. Aber schon am nächsten
Morgen würde das anders sein: Shannons Telegramm war quer durch das
nachtschlafene Europa bereits unterwegs zu ihm. Um Mitternacht rief
Marc Vlaminck aus Ostende in London an. In Belgien werden Tele-
gramme bis zehn Uhr abends ausgeliefert. Shannon gab Vlaminck nur die
Nummer seines Flugs und wies ihn an, ihn am nächsten Morgen mit einem Wagen am Flughafen abzuholen.

Für jemanden, der ein diskretes, aber ganz legales Bankkonto braucht, hat
Belgien gegenüber dem vielgepriesenen Schweizer Bankensystem man-
cherlei Vorzüge aufzuweisen. Belgien ist zwar nicht annähernd so reich
oder mächtig wie Deutschland oder so neutral wie die Schweiz, aber es
gestattet die Ein- und Ausfuhr unbegrenzter Geldbeträge ohne Einmischung oder Kontrolle durch die Regierung. Das Bankgeheimnis wird hier
genauso groß geschrieben wie in der Schweiz; deshalb ist es den Banken
in Belgien, Luxemburg und Liechtenstein in den letzten Jahren gelungen,
ihren Umsatz auf Kosten der Schweiz ständig zu steigern.
Am nächsten Morgen ließ sich Shannon von Marc Vlaminck zur Kreditbank in Brügge fahren, siebzig Minuten von Brüssel entfernt. Der hünenhafte Belgier ließ sich nichts von seiner brennenden Neugier anmerken. Als sie die Landstraße nach Brügge erreicht hatten, bemerkte
Shannon nur, er habe einen Auftrag bekommen und brauche vier Männer. Ob Vlaminck interessiert sei?

Natürlich war Tiny Marc interessiert. Shannon teilte ihm mit, über die Operation selbst könne er ihm nur sagen, daß es sich nicht bloß um einen Kampfauftrag handle, sondern um ein Projekt, das von Anfang an aufgebaut werden müsse. Für die nächsten drei Monate sei er bereit, die üblichen eintausendzweihundertfünfzig Dollar pro Monat plus Spesen zu bieten, und zwar für eine Tätigkeit, die in diesen drei Monaten noch keine Abwesenheit von zu Hause erfordere, wohl aber einige riskante Stunden innerhalb Europas. Das sei zwar nicht direkt Söldnerarbeit, müsse aber erledigt werden. Marc brummte:

»Für dieses Geld raube ich keine Banken aus.«

»Darum geht es auch nicht. Wir müssen Waffen auf ein Boot schaffen. Später geht es dann nach Afrika in einen hübschen kleinen Krieg.«

Marc griente.

»Ist das ein längerer Feldzug, oder geht die Sache ruck-zuck?«

»Ein Überfall«, antwortete Shannon. »Wenn alles klappt, könnte ein langfristiger Vertrag drin sein. Versprechen kann ich's dir nicht, aber es sieht ganz danach aus. Dazu eine dicke Erfolgsprämie.«

»Okay, ich mache mit«, sagte Marc. Inzwischen hatten sie den Marktplatz von Brügge erreicht.

Das Hauptbüro der Kreditbank liegt in der Vlamingstraat Nr. 25, einer schmalen Hauptstraße mit Häusern im typisch flämischen Stil des achtzehnten Jahrhunderts, durchweg erstklassig erhalten. Die Erdgeschosse waren meistens zu Läden umgebaut, aber darüber sehen die Fassaden genauso aus wie auf dem Gemälde eines alten Meisters.

Shannon stellte sich dem Leiter der Abteilung Auslandskonten vor, einem Herrn Goossens, und wies sich mit seinem Paß als Keith Brown aus. Vierzig Minuten später hatte er mit einer Bareinlage in Höhe von einhundert Pfund Sterling ein laufendes Konto eröffnet und Herrn Goossens mitgeteilt, in den nächsten Tagen würden aus der Schweiz zehntausend Pfund überwiesen; die Hälfte dieses Betrags sollte unverzüglich auf sein Londoner Konto weitergeleitet werden. Er hinterlegte seine Unterschriftsprobe – Keith Brown – und vereinbarte als Kode für telefonische Aufträge, daß er die zwölf Ziffern seiner Kontonummer in umgekehrter Reihenfolge nennen und jeweils das Datum des Vortages anfügen sollte. Auf diese Weise hatte er die Möglichkeit, Überweisungen und Abhebungen zu veranlassen, ohne selbst nach Brügge kommen zu müssen. Er unterschrieb ein Formular, das die Bank von jeder Haftung aus dieser Methode des Zahlungsverkehrs befreite, und erklärte sich bereit, bei schriftlichen Anweisungen zum Nachweis der Echtheit jeweils mit roter Tinte seine Kontonummer unter seine Unterschrift zu schreiben. Um halb eins war er fertig und traf sich mit Vlaminck vor der Bank. Sie aßen ausgiebig im Café des Arts am Marktplatz gegenüber dem Rathaus, dann fuhr ihn Vlaminck zurück zum Flughafen Brüssel. Bevor sich Shannon von dem Flamen verabschiedete, gab er ihm fünfzig Pfund in bar und bat ihn, am nächsten Tag mit der Fähre Ostende–Dover nach England zu kommen und sich um sechs Uhr abends bei ihm in seiner Londoner Wohnung zu melden. Er mußte noch eine Stunde auf seine Maschine warten und war pünktlich zum Tee wieder in London.

Auch Simon Endean verbrachte einen hektischen Tag. Er flog mit der ersten Maschine nach Zürich und landete kurz nach zehn auf dem Flughafen Kloten. Eine Stunde später stand er in der Hauptgeschäftsstelle der Zürcher Handelsbank in der Talstraße 58 und eröffnete ein Kontokorrentkonto auf seinen Namen. Auch er hinterlegte mehrere Unterschriftsproben und vereinbarte dann mit dem Bankbeamten, alle schriftlichen Anweisungen an die Bank einfach mit der Kontonummer zu unterschreiben und das jeweilige Datum darunterzusetzen. Die Kontonummer sollte in schwarzer Farbe, das Datum grün geschrieben werden. Er zahlte die mitgebrachten fünfhundert Pfund in bar ein und kündigte für die nächsten Tage eine Überweisung von einhunderttausend Pfund an. Schließlich beauftragte er die Bank, sofort nach Gutschrift zehntausend Pfund auf ein Konto in Belgien zu überweisen, das er später schriftlich benennen wollte. Er unterschrieb einen langen Vertrag, der die Bank aus jeglicher Haftung bis hin zur groben Fahrlässigkeit entließ und ihm praktisch keinerlei rechtlichen Schutz gewährte. Aber er wußte ohnehin, daß es keinen Sinn hatte, vor einem Schweizer Gericht gegen eine Schweizer Bank zu klagen. Dann nahm er in der Talstraße ein Taxi und warf bei der Zwingli-Bank einen versiegelten Umschlag ein, bevor er zum Flughafen zurückfuhr. Der Brief, den Dr. Martin Steinhofer eine halbe Stunde später in Händen hielt, stammte von Sir James Manson. Er trug Mansons Signatur in der mit der Zürcher Bank vereinbarten Form. Dr. Steinhofer wurde angewiesen, sofort einhunderttausend Pfund auf das Konto von Mr. Simon Endean bei der Handelsbank zu überweisen; Sir James werde ihn morgen, am Mittwoch, in seinem Büro aufsuchen.
Kurz vor sechs Uhr landete Endean wieder in London.

Martin Thorpe war erschöpft, als er am Dienstagvormittag ins Büro kam. Er hatte das Wochenende und den ganzen Montag damit verbracht, methodisch die viertausendfünfhundert Karten von Moodies Verzeichnis der bei der Londoner Börse zugelassenen Aktiengesellschaften durchzuarbeiten.
Er hatte sich ganz auf die Suche nach einem geeigneten Firmenmantel konzentriert und dabei kleine Firmen aussortiert, deren Gründungsjahr möglichst weit zurücklag, die möglichst heruntergekommen und kapitalschwach waren und die in den vergangenen drei Jahren entweder mit Verlust oder mit einem Gewinn von höchstens zehntausend Pfund gear-

beitet hatten. Außerdem sollten die betreffenden Firmen ein Aktienkapital von weniger als zweihunderttausend Pfund aufweisen.

Martin Thorpe hatte schließlich zwei Dutzend Firmen gefunden, die diesen Bedingungen entsprachen. Er legte sie Sir James Manson vor. In der Rangfolge ihrer offensichtlichen Eignung hatte er sie von eins bis vierundzwanzig durchnumeriert.

Aber damit war seine Arbeit noch nicht getan. Am Nachmittag betrat er das Companies House in der City Road E.C. 2.

Er legte dem Archiv eine Liste seiner ersten acht Gesellschaften vor, entrichtete für jeden Namen auf der Liste die vorgeschriebene Gebühr und erwarb damit – wie jeder Bürger – das Recht, die kompletten Firmenunterlagen einzusehen. Während er darauf wartete, daß ihm die acht umfangreichen Aktenstücke in den Lesesaal gebracht wurden, warf er einen Blick auf die neuesten Börsenkurse und stellte zufrieden fest, daß keine seiner acht Gesellschaften mit mehr als drei Shilling pro Stück notierte. Als die Unterlagen eintrafen, machte er sich sofort an die Durchsicht. Dreierlei interessierte ihn, was der Zusammenfassung der Moodies-Karten nicht zu entnehmen war: Er wollte sich über die Streuung der Aktien informieren und sichergehen, daß die Vorstandsmitglieder nicht zusammen über die Mehrheit verfügten, schließlich wollte er sich vergewissern, daß in letzter Zeit nicht von einem einzelnen Aktionär oder von einer Gruppe Anteile gekauft worden waren. Das hätte darauf hingewiesen, daß ein anderes Raubtier in der City auf Beute aus war.

Als man im Companies House Feierabend machte, hatte er sieben der acht Aktenstücke durchgearbeitet. Die übrigen siebzehn nahm er sich für den folgenden Tag vor. Aber der dritte Posten auf seiner Liste fesselte bereits seine Aufmerksamkeit. Auf dem Papier sah alles von seinem Standpunkt aus großartig aus – zu schön, um wahr zu sein. Es wunderte ihn nur, daß ihm nicht ein anderer längst diesen fetten Brocken weggeschnappt hatte. Irgendwo mußte die Sache einen Haken haben, aber selbst dieser ließ sich durch Martin Thorpes Einfallsreichtum bestimmt zurechtbiegen. Falls diese Möglichkeit bestand, war alles perfekt.

Simon Endean rief CAT Shannon um zehn Uhr abends in dessen Wohnung an. Beide berichteten sich gegenseitig über die Ergebnisse des Tages. Endean teilte Shannon mit, die besprochenen einhunderttausend Pfund müßten eigentlich noch am Nachmittag auf sein neues Schweizer Konto überwiesen worden sein, und Shannon ersuchte Endean, die ersten zehntausend Pfund für Keith Brown auf die Kreditbank in Brügge zu überweisen.

Endean legte auf und schrieb sofort seine Anweisung an die Handelsbank. Er verlangte, die angeforderte Summe unverzüglich zu transferieren, die belgische Bank dürfe jedoch unter keinen Umständen den Namen des

Schweizer Kontoinhabers erfahren. Die Telex-Überweisung solle lediglich die Kontonummer ausweisen. Kurz vor Mitternacht gab er den Brief per Eilboten auf dem durchgehend geöffneten Postamt am Trafalgar Square auf.

Um Viertel vor zwölf läutete wieder das Telefon in Shannons Wohnung. Semmler rief aus München an. Shannon teilte ihm mit, er habe für sie alle Arbeit, könne aber nicht nach München kommen. Semmler solle am folgenden Tag einen einfachen Flug nach London buchen und um sechs Uhr abends da sein. Shannon gab ihm seine Adresse und versprach, auf jeden Fall die Reisekosten zu erstatten, auch den Rückflug nach München, falls Semmler den Auftrag ablehne. Semmler war einverstanden, und Shannon legte auf.

Als nächster meldete sich Langarotti aus Marseille. Er hatte inzwischen Shannons Telegramm an seiner Postlageradresse gefunden und sagte zu, ebenfalls um sechs Uhr in London zu sein.

Janni Duprees Anruf kam erst eine halbe Stunde nach Mitternacht durch. Auch er war sofort bereit, seine Koffer zu packen und die dreizehntausend Kilometer nach London zu fliegen; allerdings konnte er erst in zweieinhalb Tagen da sein. Er versprach, sich am Freitagabend in Shannons Wohnung zu melden.

Nachdem der letzte Anruf erledigt war, las Shannon noch eine Stunde. Dann schaltete er das Licht aus. Tag eins war zu Ende.

Sir James Manson flog natürlich erster Klasse und nicht in der Touristenklasse. An diesem Mittwochmorgen genehmigte er sich im ›Trident‹ in Zürich ein englisches Frühstück und wurde kurz vor Mittag respektvoll in Dr. Martin Steinhofers holzgetäfeltes Büro geführt.

Die beiden Männer kannten sich seit zehn Jahren. Im Laufe dieser Zeit hatte die Zwingli-Bank mehrfach Geschäfte in Situationen abgewickelt, die einen Strohmann erforderten, weil die zu erwerbenden Aktien im Wert um das Dreifache gestiegen wären, wenn man erfahren hätte, daß Manson hinter dem Kauf steckte. Manson war für Dr. Steinhofer ein hochgeschätzter Kunde. Der Schweizer erhob sich, drückte seinem englischen Gast die Hand und bot ihm einen bequemen Sessel an.

Dann wurden Zigarren, Kaffee und kleine Gläser Kirschwasser serviert. Erst als der Sekretär gegangen war, kam Sir James auf das Geschäftliche zu sprechen.

»Ich werde im Laufe der nächsten Wochen versuchen, die Aktienmehrheit einer kleinen englischen Gesellschaft zu erlangen. Den Namen der Firma kann ich im Augenblick noch nicht nennen, weil ich noch kein für meine Zwecke geeignetes Instrument gefunden habe. Aber ich hoffe, das wird bald der Fall sein.«

Dr. Steinhofer nickte schweigend und trank einen Schluck Kaffee.

»Für den Anfang wird es sich um eine recht bescheidene Transaktion handeln, die nur relativ wenig Geld erfordert. Was die weitere Entwicklung betrifft, habe ich Grund zu der Annahme, daß gewisse Nachrichten an der Börse sich recht interessant auf die Notierungen dieser Gesellschaft auswirken werden.«

Manson brauchte dem Schweizer Bankier nichts über die Spielregeln der Londoner Börse zu erzählen, der kannte sie genausogut wie er selbst; schließlich war er an allen wichtigen Börsen der Welt zu Hause.

Nach dem britischen Firmenrecht muß sich jede Person, die zehn Prozent oder mehr an frei auf dem Markt gehandelten Aktien einer Firma erwirbt, innerhalb von vierzehn Tagen gegenüber dem Vorstand identifizieren. Zweck dieses Gesetzes ist es, die Öffentlichkeit davon zu unterrichten, wer in welcher Aktiengesellschaft welchen Anteil besitzt.

Aus diesem Grund wird jeder angesehene Londoner Makler, der für einen Klienten Aktien aufkauft, entsprechend diesem Gesetz dem Aufsichtsrat der betreffenden Firma den Namen des Klienten nennen, sobald die Zehn-Prozent-Grenze überschritten wird; unter dieser Grenze bleibt der Käufer anonym.

Sucht ein Spekulant heimlich die Majorität einer Aktiengesellschaft zu erwerben, kann er dieses Gesetz mit Hilfe von Strohmännern umgehen. Aber auch in diesem Fall würde jeder seriöse Londoner Börsenmakler sofort dahinterkommen, wer der eigentliche Aufkäufer der Aktien ist, und entsprechend dem Gesetz den Namen des Auftraggebers preisgeben.

Aber eine Schweizer Bank hat nicht dem englischen Gesetz, sondern der eigenen Schweigepflicht zu gehorchen. Sie lehnt es einfach ab, Fragen nach eventuellen Hintermännern ihrer Kunden zu beantworten, und gibt auch sonst nichts preis, selbst wenn sie insgeheim vermutet, daß die Strohmänner gar nicht existieren.

Über die Feinheiten solcher Transaktionen waren sich beide Männer einig, die an diesem Vormittag in Dr. Steinhofers Büro beisammensaßen. Sir James fuhr fort: »Für den beabsichtigten Aktienkauf habe ich mich mit sechs Geschäftspartnern zusammengetan. Sie werden in meinem Auftrag die Aktien erwerben. Alle sechs haben den Wunsch geäußert, kleine Konten bei der Zwingli-Bank zu eröffnen und Sie zu bitten, den Aktienkauf freundlicherweise in ihrem Namen abzuwickeln.«

Dr. Steinhofer stellte die Kaffeetasse hin und nickte. Als guter Schweizer vertrat er den Standpunkt, daß es sinnlos ist, Regeln zu brechen, die man auch großherzig umgehen kann, vorausgesetzt, es handelt sich nicht um Schweizer Gesetze. Er hielt es auch für sinnlos, Aktienkurse absichtlich in die Höhe zu treiben, auch wenn es sich nur um ein kleines Geschäft handelte. Wer den Rappen nicht ehrt, ist den Franken nicht wert.

» Es ist kein Problem«, sagte er vorsichtig. »Werden die Herren zur Eröffnung ihrer Konten persönlich hier erscheinen?«

Sir James blies eine aromatisch duftende Rauchwolke zur Decke. »Es kann durchaus sein, daß ihr Terminkalender sie an einem persönlichen Erscheinen hindert. Was mich betrifft, habe ich meinen Finanzberater bevollmächtigt, für mich zu handeln. Das spart Zeit und Mühe, verstehen Sie? Es könnte sein, daß die anderen sechs Geschäftspartner auch diesen Weg einschlagen. Sie haben doch nichts dagegen?«

»Selbstverständlich nicht«, murmelte Dr. Steinhofer. »Und wer ist bitte Ihr Finanzberater?«

»Mr. Martin Thorpe.« Sir James zog einen dünnen Briefumschlag aus der Tasche und reichte ihn dem Bankier.

»Hier ist meine Vollmacht, von einem Notar vor Zeugen ausgefertigt und von mir unterschrieben. Meine Unterschriftsproben zum Vergleich haben Sie ja vorliegen. Sie finden in dem Schriftstück Mr. Thorpes vollen Namen und die Nummer seines Passes, mit dem er sich ausweisen wird. Er wird in den nächsten acht bis zehn Tagen nach Zürich kommen, um alles weitere zu regeln. Von da an ist er mein Handlungsbevollmächtigter, und seine Unterschrift gilt soviel wie meine eigene. Ist das in Ordnung?« Dr. Steinhofer überflog das Schriftstück und nickte.

»Gewiß, Sir James. Ich sehe keine Probleme.«

Manson stand auf und legte seine Zigarre auf den Aschenbecher. »Dann werde ich mich jetzt von Ihnen verabschieden, Dr. Steinhofer, und alles weitere Mr. Thorpe überlassen. Er wird mich natürlich bei jedem einzelnen Schritt konsultieren.«

Nach einem Händedruck wurde Sir James Manson hinausgeführt. Als hinter ihm die schwere Eichentür leise und dezent ins Schloß fiel, stellte er den Mantelkragen auf, denn in der Schweiz wehte immer noch ein rauher Wind. Dann stieg er in den wartenden Mietwagen und ließ sich zum Essen ins ›Baur au Lac‹ fahren. Dort ißt man wenigstens gut, dachte er, aber ansonsten ist Zürich ein trauriges Kaff. Nicht mal ein ordentliches Bordell gibt es hier.

Unterstaatssekretär Sergei Golon war an diesem Morgen nicht sehr gut gelaunt. Mit der Morgenpost war ein Brief auf seinem Frühstückstisch gelandet, der ihn davon unterrichtete, daß sein Sohn die Aufnahmeprüfung in die Verwaltungsakademie nicht bestanden und daß es daraufhin einen Familienkrach gegeben habe. Die Folge war, daß sich sofort sein hartnäckiges Sodbrennen wieder meldete und einen qualvollen Tag ankündigte. Außerdem war seine Sekretärin krank geschrieben.

Vor den Fenstern seines kleinen Büros in der Westafrikaabteilung des Außenministeriums lagen Moskaus spätwinterliche Straßen noch immer mit Schneematsch bedeckt da; im trüben Morgenlicht wartete das schmutzige Grau darauf, vom Frühling weggetaut zu werden.

Ein scheußliches Wetter, nicht Winter und nicht Frühling, hatte der

Wärter bemerkt, als er seinen Moskwitsch in der Tiefgarage unter dem Ministerium geparkt hatte.

Golon hatte ihm brummig zugestimmt und war dann mit dem Lift in den achten Stock hinaufgefahren, um mit der täglichen Arbeit zu beginnen. Er hatte sich vom Schreibtisch seiner fehlenden Sekretärin den Stapel mit den Akten geholt, die hier aus verschiedenen Teilen des Gebäudes zusammengelaufen waren, und mit der Durcharbeitung begonnen. Dabei lutschte er langsam eine Tablette gegen das Sodbrennen.

Die dritte Akte war ihm vom Büro des Staatssekretärs zur besonderen Aufmerksamkeit empfohlen worden. Auf dem Deckblatt stand in penibler Beamtenschrift: ›Nach eigenem Ermessen das Erforderliche veranlassen.‹ Mißgelaunt begann Golon zu blättern und sah, daß die Sache mit einem Aktenvermerk des Auslands-Nachrichtendienstes begonnen hatte; sein Ministerium hatte sodann Botschafter Dobrovolsky bestimmte Instruktionen erteilt, die nach dem letzten Telegramm von Dobrovolsky auch ausgeführt worden waren. Das Ansuchen sei bewilligt, berichtete der Botschafter und drängte auf sofortige Maßnahmen.

Golon schnaubte. Da man ihn selbst bei der Verteilung von Botschafterposten übergangen hatte, vertrat er die feste Überzeugung, daß die Diplomaten im Ausland durchwegs dazu neigten, ihren eigenen Amtsbereich viel zu wichtig zu nehmen.

»Als ob wir keine anderen Sorgen hätten«, knurrte er. Sein Blick fiel bereits auf die nächste Aktenmappe. Er wußte, daß sie die Republik Guinea betraf, von wo der sowjetische Botschafter laufend in Telegrammen über die Zunahme des chinesischen Einflusses in Conakry berichtete. Das ist wirklich wichtig, dachte er. Im Vergleich dazu erschien es ihm belanglos, die Frage zu klären, ob es im Hinterland Zangaros Zinn in abbauwürdigen Mengen gab oder nicht. Außerdem hatte die Sowjetunion ja selbst genug Zinn.

Immerhin waren die Maßnahmen von oben genehmigt, und als guter Beamter veranlaßte er sie. Er lieh sich eine Sekretärin aus dem Schreibsaal aus und diktierte ihr einen Brief an den Direktor des Bergbauinstituts Swerdlowsk: Er möge ein kleines Team von Geologen und Ingenieuren auswählen, um eine mutmaßliche Zinnlagerstätte in Afrika zu erkunden; sobald Forschungsteam und Ausrüstung vorbereitet seien, möge er ihn unterrichten.

Insgeheim befürchtete er, die Frage des Transports nach Westafrika über das zuständige Amt selbst regeln zu müssen, aber dann schob er diesen Gedanken beiseite. Das qualvolle Brennen in der Kehle ließ nach, und er bemerkte zum erstenmal die hübschen Knie der Stenotypistin.

CAT Shannon verbrachte einen ruhigen Tag. Er schlief lange und fuhr dann zu seiner Bank im Westend, um den größten Teil der tausend Pfund von seinem Konto abzuheben. Er wußte ja, daß dieses Loch mehr als gestopft würde, sobald die Überweisung aus Belgien eintraf.

Nach dem Mittagessen rief er seinen Journalistenfreund an. Der fragte überrascht: »Ich dachte, Sie seien verreist?«

»Warum sollte ich?«

»Nun, die kleine Julie hat nach Ihnen gesucht. Sie müssen einen großen Eindruck auf sie gemacht haben. Carrie sagt, sie redet nur noch von Ihnen. Aber im Lowndes Hotel hat sie erfahren, daß sie mit unbekanntem Ziel verreist seien.«

Shannon versprach, sich um Julie zu kümmern. Er nannte seine Telefonnummer, aber nicht seine Adresse. Nach dem Austausch der üblichen Floskeln kam er auf die Information zu sprechen, die er brauchte.

»Ich glaube, das ließe sich machen«, sagte sein Freund zögernd. »Aber ich sollte ihn wirklich vorher anrufen und fragen, ob er einverstanden ist.«

»Tun Sie das«, sagte Shannon. »Sagen Sie ihm, daß ich ihn sprechen muß und daß ich bereit bin, für ein paar Stunden mit ihm hinzufahren. Und sagen Sie ihm auch, ich würde ihn nicht belästigen, wenn die Sache in meinen Augen nicht so wichtig wäre.«

Der Journalist versprach, anzurufen und dann Shannon die Telefonnummer und Adresse des Mannes durchzugeben, mit dem Shannon sprechen wollte – falls der Mann zu einem solchen Gespräch bereit war.

Am Nachmittag schrieb Shannon einen Brief an Herrn Goossens bei der Kreditbank in Brügge: Er werde zwei oder drei Geschäftspartnern die Kreditbank als seine Postanschrift mitteilen und sich regelmäßig telefonisch erkundigen, ob eventuell schriftliche Nachrichten für ihn eingetroffen seien. Er werde auch gewisse Briefe an Geschäftsfreunde über die Kreditbank leiten und ersuche Herrn Goossens, in solchen Fällen die fertig adressierten, jedoch nicht frankierten Briefe zu entnehmen und von Brügge aus weiterzubefördern. Alle Porto- und sonstigen Spesen möge Herr Goossens seinem Konto belasten.

Um fünf Uhr nachmittags rief ihn Endean an. Shannon gab ihm einen Lagebericht, erwähnte aber nichts vom Gespräch mit dem Journalisten, dessen Existenz er Endean bisher verschwiegen hatte. Er sagte jedoch, daß er noch an diesem Abend drei der vier von ihm ausgewählten Männer zu getrennten Besprechungen in London erwarte und daß der vierte bis spätestens Freitagabend ankommen werde.

Nach fünf erschöpfenden Tagen war die Suche für Martin Thorpe endlich abgeschlossen. Er hatte in der City Road die Unterlagen von weiteren siebzehn Firmen durchgeackert und eine Liste aufgestellt, die nur noch fünf Gesellschaften enthielt. An der Spitze stand die Firma, die ihm schon am Tag zuvor aufgefallen war. Am Nachmittag hatte er die Lektüre beendet. Da Sir James Manson noch nicht aus Zürich zurückgekehrt war, beschloß Thorpe, sich für den Rest des Tages freizunehmen. Er konnte seinem Chef ja immer noch am nächsten Morgen Bericht erstatten und anschließend die betreffende Gesellschaft vorsichtig durchleuchten, um festzustellen, warum die Aktien zu einem so erstaunlichen Preis zu haben waren. Am späten Nachmittag war er wieder draußen in Hampstead Garden und mähte seinen Rasen.

2. Kapitel

Als erster der vier Söldner traf Kurt Semmler mit der Lufthansa aus München auf Londons Flughafen Heathrow ein. Gleich nachdem er die Zollkontrolle passiert hatte, versuchte er Shannon anzurufen, bekam aber keine Antwort. Da es für seine Verabredung noch zu früh war, beschloß er auf dem Flughafen zu warten. Er fand im Restaurant einen Fensterplatz gegenüber dem Gebäude Nummer zwei, trank Kaffee und rauchte nervös eine Zigarette nach der anderen, während die Jets zum Kontinent starteten.

Marc Vlaminck meldete sich bei Shannon kurz nach fünf. CAT nahm ein Blatt mit den Namen einiger Hotels in der Umgebung seiner Wohnung zur Hand und nannte ihm eines davon. Der Belgier notierte sich in seiner Telefonzelle in der Victoria Station den Namen des Hotels Buchstabe für Buchstabe. Ein paar Minuten später winkte er ein Taxi herbei und zeigte dem Fahrer den Zettel.

Zehn Minuten nach Vlaminck telefonierte Semmler. Auch er bekam von Shannon ein Hotel genannt, schrieb sich den Namen auf und nahm vor dem Flughafengebäude ein Minicar.

Langarotti meldete sich als letzter kurz vor sechs von der Haltestelle des Flughafenbusses in der Cromwell Road aus. Auch er fuhr mit einem Taxi in sein Hotel.

Um sieben rief Shannon sie der Reihe nach an und bestellte sie für halb acht in seine Wohnung.

Erst bei der Begrüßung erfuhr jeder, daß auch die anderen eingeladen worden waren. Ihre Gesichter strahlten. Das lag teilweise an der Wiedersehensfreude, teilweise auch daran, daß Shannon über Geld verfügen mußte, wenn er sie alle nach London kommen ließ und ihnen die Rückerstattung der Kosten versprochen hatte. Vielleicht machten sie sich Gedanken über den möglichen Auftraggeber, aber natürlich fragte keiner danach.

Ihr erster Eindruck wurde noch durch Shannons Mitteilung verstärkt, er habe zu denselben Bedingungen auch Dupree ersucht, aus Südafrika zu kommen. Ein Flugticket für fünfhundert Pfund bedeutete, daß es Shannon ernst war. Sie setzten sich hin und spitzten die Ohren.

»Bei dem vorliegenden Auftrag«, begann er, »handelt es sich um ein Projekt, das von Grund auf organisiert werden muß. Wir müssen praktisch alles selbst erledigen. Zweck des Unternehmens ist ein blitzartiger Überfall auf eine Küstenstadt in Afrika. Wir müssen ein Gebäude zerschießen, es stürmen und besetzen, jeden erledigen, der uns in die Quere kommt und uns dann wieder zurückziehen.«

Die Reaktion fiel so aus, wie er es sich erhofft hatte: Die Männer tauschten beifällige Blicke. Vlaminck kratzte sich mit breitem Grinsen an der Brust. »Klasse«, murmelte Semmler und zündete sich eine neue Zigarette an. Er hielt auch Shannon die Packung hin, aber der schüttelte bedauernd den Kopf. Langarotti betrachtete Shannon mit ausdruckslosem Gesicht und wetzte dabei sein Messer an dem schwarzen Lederriemen über seiner linken Faust.

Shannon breitete eine Landkarte auf dem Fußboden aus. Begierig beugten sich die Männer darüber. Es war eine handgezeichnete Karte, die einen Küstenabschnitt und einige Gebäude zeigte. Sie war nicht einmal sehr genau, denn es fehlten die beiden weitgeschwungenen Hafenmolen, die Wahrzeichen von Clarence. Aber sie genügte, um die Grundzüge der Operation zu erläutern.

Der Söldnerführer sprach zwanzig Minuten lang und erklärte die überfallartige Aktion, die er schon gegenüber seinem Auftraggeber als einzig mögliche Lösung des Problems bezeichnet hatte. Die drei Kameraden stimmten ihm zu. Niemand fragte nach dem Namen des Bestimmungsortes. Sie wußten, daß Shannon ihn nicht preisgeben würde, und sie brauchten ihn auch nicht zu wissen. Dabei ging es nicht um Mangel an Vertrauen, sondern schlichtweg um die Sicherheit. Sollte die Geheimhaltung einen Riß bekommen, wollte keiner von ihnen in Verdacht geraten. Shannon sprach ein hartes Französisch, das er beim Sechsten Kommando im Kongo gelernt hatte. Er wußte, daß Vlaminck, wie jeder Barmixer in Ostende, einigermaßen Englisch sprach und daß Semmler über ein Vokabular von ungefähr zweihundert Worten verfügte. Nur Langarotti verstand sehr wenig Englisch, deshalb bedienten sie sich zur Verständigung der französischen Sprache, wobei jedoch alles übersetzt werden mußte, wenn Dupree dabei war.

»So, das wär's«, sagte Shannon, als er mit seiner Erklärung fertig war. »Die Bedingungen sehen folgendermaßen aus: Ab morgen früh bezieht jeder von euch ein monatliches Gehalt von eintausendzweihundertfünfzig Dollar plus Spesen und Reisekosten innerhalb Europas. Das Budget ist großzügig bemessen. Im Stadium der Vorbereitung sind nur zwei illegale Aufgaben zu bewältigen, weil ich großen Wert darauf legte, die Vorbereitungen weitgehend im gesetzlichen Rahmen zu halten. Eine dieser Aufgaben ist ein Grenzübertritt von Belgien nach Frankreich, die andere das Verladen einiger Kisten auf ein Schiff irgendwo in Südeuropa. In beiden Fällen sind wir alle dabei. Ihr bekommt für drei Monate euer Gehalt garantiert plus fünftausend Dollar pro Kopf als Erfolgsprämie. Was haltet ihr davon?«

Die drei Männer sahen einander an. Vlaminck nickte.

»Ich mache mit«, sagte er. »Sieht gut aus, wie ich gestern schon sagte.«

Langarotti wetzte sein Messer.

»Werden irgendwie französische Interessen verletzt?« fragte er. »Möchte nicht ins Exil wandern.«

»Ich gebe dir mein Wort, daß die Aktion nicht gegen Franzosen in Afrika gerichtet ist.«

»D'accord«, sagte der Korse schlicht.

»Kurt?« fragte Shannon.

»Wie steht's mit der Versicherung?« fragte der Deutsche. »Mir kann das egal sein, ich habe keine Angehörigen, aber was ist mit Marc?«

Der Belgier nickte.

»Ja, ich möchte Anna nicht auf dem trockenen sitzen lassen«, murmelte er.

Söldner werden bei einem Einsatz durch ihre Auftraggeber für gewöhnlich mit zwanzigtausend Dollar im Todesfall und sechstausend bei schwerer Verletzung versichert.

»Die Versicherung müßt ihr selbst abschließen, aber die Höhe bleibt euch überlassen. Wenn einem etwas zustößt, beschwören die anderen, daß er auf hoher See durch einen Unfall über Bord ging. Sollte jemand schwer verletzt werden, beschwören wir alle, es sei durch einen Betriebsunfall an Bord geschehen. Gegenüber der Versicherung seid ihr Passagiere eines kleinen Frachters auf einer Vergnügungsreise von Europa nach Südafrika. Okay?«

Die drei nickten.

»Ich mache mit«, sagte Semmler.

Die Abmachung wurde durch Handschlag besiegelt. Dann teilte Shannon jedem seine Aufgaben zu.

»Kurt, du bekommst am Freitag deinen ersten Gehaltsscheck und tausend Pfund Spesenvorschuß. Dann siehst du dich in der Mittelmeergegend nach einem geeigneten Boot um. Ich brauche einen kleinen Frachter mit einwandfreien Papieren. Wohlgemerkt: Das Boot darf noch nie in eine krumme Sache verwickelt gewesen sein. Das Schiff muß mit sauberen Papieren zum Verkauf stehen. Ich denke an hundert bis zweihundert Tonnen, einen Küstenfrachter oder umgebauten Trawler, notfalls ein umgebautes Marinefahrzeug, das aber nicht nach Kriegsschiff aussehen darf. Verläßlichkeit ist wichtiger als Geschwindigkeit. Das Schiff muß in der Lage sein, in einem Mittelmeerhafen unauffällig eine Ladung an Bord zu nehmen, selbst wenn diese Ladung aus Waffen besteht. Es soll als Frachtschiff auf den Namen einer kleinen Firma oder eines Besitzers registriert sein. Preis: bis zu fünfundzwanzigtausend Pfund, einschließlich eventuell notwendiger Reparaturen. Spätestens heute in sechzig Tagen muß das Schiff voll gebunkert und verproviantiert für eine Reise nach Kapstadt auslaufbereit sein. Alles klar?«

Semmler nickte und ging in Gedanken sofort seine Beziehungen zu Seeleuten durch.

»Jean Baptiste: Welche Stadt im Mittelmeerraum kennst du am besten?«

»Marseille«, antwortete Langarotti ohne zu zögern.

»Okay. Du kriegst am Freitag dein Gehalt und fünfhundert Pfund. Fahr nach Marseille, miete dich in einem kleinen Hotel ein und sieh dich dann vorsichtig um. Ich brauche drei große, halbsteife Schlauchboote von der Art, wie Zodiac sie herstellt. Sie wurden für Sportzwecke aus Landungsbooten der Marine-Infanterie weiterentwickelt. Kauf sie bei drei verschiedenen Lieferanten und übergib sie einer angesehenen Exportfirma zur Ausfuhr nach Marokko. Der Zweck: Wasserskilauf und Tauchen in einem Ferienzentrum. Farbe: Schwarz. Dazu drei kräftige Außenborder mit Batterie-Anlasser. Die Boote müssen bis zu einer Tonne Zuladung vertragen. Mit diesem Gewicht müssen die Maschinen mindestens zehn Knoten schaffen. Unter Berücksichtigung einer ausreichenden Reserve brauchst du etwa sechzig PS. Wichtig ist die Ausstattung mit einem sehr leisen Unterwasserauspuff. Sollte das nicht zu bekommen sein, so laß dir von einem Mechaniker drei Auspuffverlängerungen mit den nötigen Ventilen anbauen. Die Maschinen übergibst du mit derselben Zweckbestimmung wie die Schlauchboote der Exportfirma: Wassersport in Marokko. Die fünfhundert Pfund werden dafür nicht reichen. Richte ein Bankkonto ein und schreib mir den Namen der Bank und die Kontonummer an diese Adresse hier. Ich lasse dann das Geld überweisen. Aber du mußt alles getrennt kaufen und mir die Preisliste per Post hierher schikken. Okay?«

Langarotti nickte und wetzte wieder sein Messer.

»Marc, du erinnerst dich doch, daß du mir einmal erzählt hast, du kennst einen Mann in Belgien, der neunzehnhundertfünfundvierzig aus deutschen Lagerbeständen tausend nagelneue Schmeisser-Maschinenpistolen geklaut und die Hälfte davon noch in Besitz hat? Fahr am Freitag mit deinem Gehalt und fünfhundert Pfund Spesen nach Ostende zurück und mach diesen Mann ausfindig. Frag ihn, ob er verkaufen will. Ich brauche hundert Maschinenpistolen in erstklassigem Zustand. Ich bezahle einhundert Dollar pro Stück, das ist weit mehr als der gängige Preis. Sobald du den Mann gefunden hast, schreib mir an meine hiesige Adresse, wann und wo ich mich mit ihm treffen kann. Kapiert?«

Um halb zehn waren sie fertig. Jeder hatte seine Instruktionen im Kopf.

»So, wie wär's jetzt mit einem Happen zu essen?« fragte Shannon seine Kameraden. Der Vorschlag wurde begeistert aufgenommen, weil allen der Magen knurrte; sie hatten seit einem kleinen Imbiß im Flugzeug nichts mehr gegessen. Shannon lud sie gleich an der nächsten Ecke ins ›Paprika‹ ein. Sie sprachen immer noch französisch, aber die anderen Gäste beachteten sie nur, wenn ihr Gelächter einmal zu laut wurde. Offensichtlich befanden sie sich in angeregter Stimmung, aber niemand von den anderen Gästen wäre darauf gekommen, was die kleine Gruppe in der Ecke so in Schwung brachte: Die Aussicht, wieder einmal unter CAT Shannons Führung in einen Krieg zu ziehen.

Auch jenseits des Kanals dachte jemand intensiv an Carlo Alfred Thomas Shannon, doch waren seine Gedanken nicht sehr liebenswürdig. Er wanderte in seinem Wohnzimmer des Apartments nahe der Place de la Bastille auf und ab und dachte über die Informationen nach, die er seit einer Woche sammelte; erst vor wenigen Stunden war der Hinweis aus Marseille eingetroffen.

Hätte der Journalist, der in seinem Gespräch mit Simon Endean als zweiten möglichen Kandidaten den Söldner Charles Roux vorgeschlagen hatte, mehr über den Franzosen gewußt, dann wäre seine Beschreibung kaum so schmeichelhaft ausgefallen. Aber er kannte nur die wichtigsten Daten aus dem Lebenslauf dieses Mannes und wußte kaum etwas über seinen Charakter. Was er nicht ahnte, konnte er auch Endean nicht mitteilen: Daß Roux den anderen von ihm empfohlenen Söldner, nämlich CAT Shannon, erbittert haßte.

Nach Endeans Besuch bei Roux hatte der Franzose volle vierzehn Tage auf eine zweite Fühlungnahme gewartet. Als sie ausblieb, sah er sich zu der Folgerung gezwungen, daß entweder das Projekt seines Besuchers Walter Harris aufgegeben worden war – oder daß ein anderer den Auftrag bekommen hatte.

Was die zweite Möglichkeit betraf, zog er Erkundigungen ein, vor allem unter den Männern, die für den Engländer als Partner vielleicht noch in Frage gekommen wären. Bei dieser Gelegenheit erfuhr er, daß CAT Shannon in Paris gewesen war und unter seinem eigenen Namen in einem kleinen Hotel am Montmartre gewohnt hatte. Für Roux war das ein harter Schlag, da er Shannons Spur seit dem Zusammentreffen auf dem Flugplatz Le Bourget verloren und angenommen hatte, Shannon sei nicht mehr in Paris.

Vor über einer Woche hatte er einen Mann, den er für vertrauenswürdig hielt, mit näheren Erkundigungen nach Shannon beauftragt. Es war ein gewisser Henry Alain, ebenfalls früherer Söldner.

Alain hatte sich schon vierundzwanzig Stunden später mit seinem Bericht gemeldet: Shannon sei aus dem Hotel auf dem Montmartre verschwunden und nicht wieder aufgetaucht. Er konnte Roux darüber hinaus noch zweierlei berichten: Shannons Abreise sei am Morgen nach dem Besuch des Engländers in Roux' Wohnung erfolgt, und zweitens habe auch Shannon an diesem Nachmittag Besuch gehabt. Der Hotelangestellte konnte sich nach einer kleinen finanziellen Ermunterung noch genau an Shannons Besucher erinnern. Nach der Beschreibung zweifelte Roux nicht daran, daß es sich um denselben Mann handelte, der auch ihn aufgesucht hatte.

Mr. Harris aus London hatte also in Paris Gespräche mit zwei Söldnern geführt, obgleich er nur einen brauchte. Als Ergebnis war Shannon verschwunden, während er, Roux, als Ladenhüter zurückblieb. Daß ausgerechnet Shannon den Auftrag bekommen hatte, vertiefte noch Roux' Wut, da es keinen anderen Menschen gab, den Roux mehr gehaßt hätte. Er ließ das Hotel vier Tage lang durch Henry Alain überwachen, aber Shannon war nicht zurückgekehrt. Dann versuchte er es auf andere Weise. Er erinnerte sich an Zeitungsberichte, nach denen Shannon die letzten Tage in der Enklave mit dem Korsen Langarotti zusammengewesen war. Wenn Shannon wieder etwas zu tun hatte, galt das wahrscheinlich auch für Langarotti. So hatte er Henry Alain nach Marseille geschickt, um den Korsen ausfindig zu machen und etwas über Shannon zu erfahren. Alain war gerade mit der Mitteilung zurückgekehrt, Langarotti habe Marseille an diesem Nachmittag verlassen. Sein Ziel: London.

Roux wandte sich an seinen Informanten. »Bon, Henry, das wäre alles. Ich sag dir Bescheid, wenn ich dich brauche. Der Hotelmensch vom Montmartre verständigt dich doch, falls Shannon zurückkommt?«

»Klar«, sagte Alain und erhob sich.

»Dann ruf mich sofort an.«

Nachdem Alain gegangen war, überlegte Roux: Daß sich Langarotti ausgerechnet nach London abgesetzt hatte, bedeutete sicher, daß er sich dort mit Shannon traf. Das wiederum hieß, daß Shannon Männer suchte und infolgedessen einen Auftrag haben mußte. Roux zweifelte nicht daran, daß es sich um Walter Harris' Auftrag handelte, der eigentlich ihm gehörte. Er empfand es als niederträchtig, auf französischem Boden, den er für seine ausschließliche Domäne hielt, keinen Franzosen zu rekrutieren. Harris' Auftrag war ihm noch aus einem anderen Grunde wichtig. Er hatte seit Bukavu nicht mehr gearbeitet und würde höchstwahrscheinlich bald seinen Einfluß auf die französische Söldnergruppe einbüßen, wenn es ihm nicht gelang, diese Leute irgendwie zu beschäftigen. Wenn Shannon ausfiel, wenn er beispielsweise für immer verschwand, mußte dieser Mr. Harris wahrscheinlich auf Roux zurückgreifen und ihn engagieren – wie es sich ohnehin gehört hätte.

Ohne zu zögern führte er in Paris ein Ortsgespräch.

Das Abendessen in London näherte sich seinem Ende. Die Männer hatten eine Menge kräftigen Landwein getrunken, den sie wie fast alle Söldner den feineren Sorten vorzogen. Tiny Marc hob sein Glas und brachte den Toast der Kongo-Veteranen aus:

> »Vive la Mort, vive la guerre,
> Vive le sacré mercenaire.«

Im Gegensatz zu den anderen hatte CAT Shannon einen klaren Kopf behalten. Er lehnte sich zurück und dachte darüber nach, was wohl passieren würde, wenn er diese Meute auf Kimbas Palast losließ. Dann hob er schweigend sein Glas und trank auf die Hunde des Krieges.

Charles Roux war achtundvierzig und nicht ganz normal; beide Tatsachen hatten allerdings nichts miteinander zu tun. Man konnte ihn nicht als verrückt einstufen, aber die meisten Psychiater hätten bei ihm zumindest eine geistige Labilität festgestellt. Eine solche Diagnose hätte sich auf das Vorhandensein eines gewissen Größenwahns gestützt; aber es laufen genug Größenwahnsinnige frei herum, da man bei ihnen diese Störung beschönigend als übertriebenes Selbstbewußtsein bezeichnet.
Die besagten Psychiater hätten wahrscheinlich bei dem französischen Söldner auch einen Anflug von Paranoia entdeckt und bei genauerer Untersuchung eventuell sogar psychopathische Züge gefunden. Aber da Roux niemals von einem erfahrenen Psychiater untersucht worden war und da er seine Labilität normalerweise hinter einer Fassade von Intelligenz und großer Schläue tarnte, kam dieses Thema nie zur Sprache.
Als äußerliche Merkmale seiner Gemütsverfassung war nur seine Fähigkeit anzuführen, der eigenen Person eine völlig illusorische Bedeutung beizumessen und voller Selbstmitleid die Überzeugung zu vertreten, er habe nie einen Fehler begangen, sondern schuld seien immer die anderen. Er konnte Menschen, die ihm nach seiner Meinung unrecht getan hatten, mit erbittertem Haß verfolgen.
Die Opfer dieses Hasses hatten häufig nichts weiter getan, als Roux zu frustrieren. Nur in Shannons Fall gab es dafür handfeste Gründe.
Roux war schon Ende Dreißig und immer noch Stabsfeldwebel, als er aus der französischen Armee entlassen wurde. Es ging damals um ein paar verschwundene Geldbeträge.
1961 war er auf eigene Kosten nach Katanga gereist und hatte sich Moise Tschombe, dem Führer der abtrünnigen Provinz, als qualifizierter Militärberater empfohlen. In diesem Jahr erreichte der Kampf um die Loslösung der an Bodenschätzen reichen Provinz Katanga aus der gerade selbständig gewordenen, von Unruhen geschüttelten Republik Kongo ihren Höhepunkt. Die Karriere mehrerer Männer, die sich später als Söldnerführer einen Namen machten, begann damals in Katanga. Auch Hoare, Denard und Schramme gehörten zu ihnen. Trotz seines Dranges zu Höherem spielte Roux bei den Auseinandersetzungen um Katanga nur eine

Nebenrolle. Als es der mächtigen UNO schließlich gelang, die kleinen Söldnerbanden, wenn schon nicht militärisch, so doch politisch an die Wand zu drängen, war Roux unter denen, die mit einem blauen Auge davonkamen.

Das war 1962. Als der Kongo zwei Jahre später wie ein Kartenhaus unter dem Ansturm der von den Kommunisten unterstützten Simbas einzustürzen drohte, wurde Tschombe aus dem Exil geholt, um nicht nur Katanga, sondern den gesamten Kongo zu führen. Er ließ Hoare nachkommen, und mit ihm kam Roux zurück. Für einen Franzosen wäre eigentlich das französisch sprechende Sechste Kommando die richtige Einheit gewesen, aber da sich Roux gerade in Südafrika aufgehalten hatte, stieß er zum Fünften Kommando. Man übertrug ihm den Befehl über eine Kompanie, und sechs Monate später bekam er als Unterführer einen jungen Anglo-Iren namens Shannon zugeteilt.

Drei Monate später überwarf sich Roux mit Hoare. Roux war schon damals von seinen überragenden militärischen Führerqualitäten überzeugt. Er hatte Auftrag, eine Straßensperre der Simbas zu sprengen. Dazu entwickelte er einen eigenen Plan und erlebte ein Desaster. Vier weiße Söldner und über ein Dutzend Katanga-Soldaten kamen ums Leben. Das lag teils an der falschen Planung, teils an dem Umstand, daß Roux sinnlos betrunken war. Seine Trunkenheit war wohl auf den Umstand zurückzuführen, daß Roux trotz aller Prahlerei keine Kämpfernatur war.

Oberst Hoare verlangte von Roux einen Bericht und bekam ihn auch. Er stimmte nicht ganz mit den wohlbekannten Tatsachen überein. Da ließ Hoare den einzigen Überlebenden, Zugführer Carlo Shannon, kommen und befragte ihn eingehend.

Das Ergebnis war so, daß er sofort Roux zu sich zitierte. Er warf ihn fristlos hinaus.

Roux ging nach Norden und schloß sich bei Paulis dem Sechsten Kommando unter Denard an. Seine Entlassung aus dem Fünften Kommando erklärte er mit der Voreingenommenheit beschränkter Briten gegenüber einem überlegenen französischen Offizier. Es war eine Interpretation, die Denard ohne weiteres schluckte. Er versetzte Roux als stellvertretenden Befehlshaber zu einem kleineren Kommando, das nominell dem Sechsten unterstand, aber praktisch unabhängig operierte. Es handelte sich um das Vierzehnte Kommando bei Watsa unter Kommandant Tavernier.

1966 hatte sich Hoare zur Ruhe gesetzt und auch Tavernier war gegangen. Das Vierzehnte Kommando wurde von Kommandant Wautier befehligt, einem Belgier wie Tavernier. Roux war immer noch Stellvertreter und haßte Wautier. Dabei hatte ihm der Belgier nichts getan. Der einzige Grund für die Abneigung bestand darin, daß Roux nach Taverniers Ablösung selbst mit diesem Posten gerechnet hatte. Aber er hatte ihn nicht bekommen. Deshalb haßte er Wautier.

Das überwiegend aus Katanga-Soldaten bestehende Vierzehnte Kommando bildete 1966 bei der Meuterei gegen die Kongo-Regierung eine Art Speerspitze. Die Meuterei war von Wautier gut vorbereitet und hätte wahrscheinlich auch Erfolg gehabt. Black Jack Schramme hielt sein ebenfalls aus Katanga-Soldaten bestehendes Zehntes Kommando zurück, um den Lauf der Ereignisse abzuwarten. Unter Wautiers Führung wäre die Revolte vermutlich geglückt. Dann hätte höchstwahrscheinlich auch Black Jack mit seinem Zehnten Kommando eingegriffen und die Regierung des Kongo wäre wohl gestürzt worden. Zur Einleitung der Revolte hatte Wautier seine Soldaten nach Stanleyville gebracht, wo sich auf dem linken Kongoufer ein riesiges Waffenlager befand. Die Munition hätte ausgereicht, die mittleren und östlichen Teile des Kongo jahrelang zu halten.

Zwei Stunden vor dem Angriff wurde Kommandant Wautier erschossen. Wie es dazu kam, wurde nie offiziell bewiesen, aber tatsächlich war es Roux, der seinen Vorgesetzten mit einem Genickschuß ermordete. Ein klügerer Mann hätte die Aktion daraufhin abgeblasen. Aber Roux bestand darauf, den Oberbefehl zu übernehmen, und die Meuterei scheiterte. Es gelang seinen Soldaten nicht, den Fluß zu überqueren, und die Regierungsstreitkräfte bekamen die Oberhand, als sich herausstellte, daß das Waffenlager noch in ihren Händen war. Roux' Einheit wurde bis auf den letzten Mann aufgerieben. Schramme war froh darüber, mit seinen Leuten an dem Fiasko nicht beteiligt gewesen zu sein. In panischer Flucht wandte sich Roux an John Peters, den neuen Kommandanten des englisch sprechenden Fünften Kommandos, das ebenfalls abseits gestanden hatte. Peters schmuggelte den verzweifelten Roux außer Landes, indem er ihn als verwundeten Engländer maskierte.

Die einzige Fluchtmöglichkeit war eine Maschine nach Südafrika, und diese Gelegenheit nahm Roux wahr. Zehn Monate später kehrte er wieder in den Kongo zurück, diesmal in Begleitung von fünf Südafrikanern. Er hatte Wind von der bevorstehenden Revolte bekommen und stieß im Hauptquartier des Zehnten Kommandos bei Kindu zu Schramme. Als die neue Meuterei ausbrach, war er wieder in Stanleyville und diesmal beteiligten sich sowohl Schramme als auch Denard. Schon wenige Stunden später war Denard durch eine Kopfverletzung außer Gefecht gesetzt. Die abprallende Kugel eines eigenen Mannes hatte ihn getroffen. Im entscheidenden Augenblick fiel der Oberkommandierende des vereinigten Sechsten und Zehnten Kommandos aus. Roux erklärte, als Franzose habe er den Vortritt vor dem Belgier Schramme und außerdem sei er der beste Offizier am Platz. Nur er könne die Söldner kommandieren und daher sei er der richtige Mann für den Oberbefehl.

Die Wahl fiel auf Schramme, und zwar nicht deshalb, weil er der geeignetste Anführer der Weißen war, sondern weil er als einziger die Katanga-Soldaten befehligen konnte; ohne diese Hilfstruppen wären die wenigen Europäer hoffnungslos unterlegen gewesen.

Roux' Anspruch wurde aus zwei Gründen abgewiesen. Die Katangesen haßten ihn und mißtrauten ihm, weil sie sich nur zu gut daran erinnerten, wie er ein Jahr zuvor eine Einheit ihrer Kameraden in den Tod geführt hatte. Und im Rat der Söldner, der am Abend vor Denards Evakuierung nach Rhodesien stattfand, sprach sich einer von Denards Kompaniechefs, nämlich Shannon, gegen Roux' Nominierung aus. Shannon hatte achtzehn Monate zuvor das Fünfte Kommando verlassen und sich dem Sechsten angeschlossen, weil er nicht unter Peters dienen wollte.

Ein zweites Mal mißlang es den Söldnern, das Arsenal zu erobern. Schramme entschied sich für den langen Marsch von Stanleyville nach Bukavu, einem Urlaubsort am See Bukavu, von wo aus die Flucht in die benachbarte Republik Ruanda möglich war, falls etwas schiefging.

Schon damals hatte Roux' Haß auf Shannon einen Höhepunkt erreicht. Um die beiden Streithähne auseinanderzuhalten, bekam Shannons Kompanie von Schramme die gefährliche Aufgabe der Vorhut zugeteilt, die für Söldner, Katangesen und Tausende von Begleitern, die sich ihren Weg zum See quer durch den Kongo freikämpften, einen Weg zu bahnen hatte. Roux bildete die Nachhut. So begegneten sich beide nicht.

Erst in Bukavu sahen sie sich wieder, nachdem die Söldner von drei Seiten eingeschlossen waren und ihnen nur noch der Fluchtweg über den See im Rücken der Stadt offen blieb. Das war im September 1967. Roux verlor in betrunkenem Zustand beim Kartenspiel und warf Shannon Betrügereien vor. Shannon erwiderte, Roux habe sich beim Pokern genauso dilettantisch verhalten wie bei seinen Angriffen auf Straßensperren der Simbas, und er habe aus demselben Grund wie damals verloren: Weil er keine Nerven besaß. Die Männer rings um den Tisch verharrten in tödlichem Schweigen, die umstehenden Söldner zogen sich vorsichtshalber bis an die Wand zurück. Aber Roux gab nach. Er funkelte Shannon an, ließ aber zu, daß der junge Ire aufstand und zur Tür ging. Erst als er ihm den Rücken zukehrte, griff Roux nach seinem 45er-Colt und zielte. Shannon reagierte schneller. Er wirbelte herum, riß seine Automatik heraus und feuerte quer durch den langgestreckten Raum. Für einen Schuß aus der Hüfte, noch dazu aus der Drehung heraus, war es ein Glückstreffer. Die Kugel erwischte Roux unterhalb der rechten Schulter und durchschlug seinen Bizeps. Sein Arm hing schlaff herab, und Blut tropfte von den Fingern auf den Colt, der neben ihm auf dem Fußboden lag.

»Ich erinnere mich an noch etwas«, rief Shannon durch den Raum, »nämlich an die Sache mit Wautier!«

Nach der Schießerei war Roux erledigt. Er floh über die Brücke nach Ruanda, ließ sich in die Hauptstadt Kigali fahren und flog nach Frankreich zurück. So wurde ihm der Fall Bukavus erspart, als im November schließlich die Munition ausging und die Beteiligten in Kigali für fünf Monate interniert wurden. Er hatte aber auch keine Gelegenheit mehr, mit Shannon abzurechnen.

Als erster Rückkehrer aus Bukavu gab Roux in Paris mehrere Interviews. Er prahlte mit seinen Verdiensten, wies auf seine Kriegsverletzung hin und beteuerte, er würde am liebsten sofort an die Spitze seiner Männer zurückkehren. Das Fiasko von Dilolo, bei dem schlecht vorbereiteten Versuch des gerade wiedergenesenen Denard, im Süden von Angola aus in den Kongo einzudringen, um seine hart kämpfenden Männer in Bukavu zu entlasten, und die nachfolgende Pensionierung des einstigen Anführers des Sechsten Kommandos, riefen bei Roux die Überzeugung hervor, er beanspruche mit vollem Recht die führende Rolle unter den französischen Söldnern. Er hatte bei Beutezügen im Kongo eine Menge Geld verdient und beiseite gelegt.

Mit diesem Geld konnte er gegenüber den kleinen Säufern und Ganoven angeben, die sich gern als ehemalige Söldner ausgaben. Sie brachten ihm auch ein gewisses Maß an Loyalität entgegen – allerdings nur, soweit man Treue mit Geld erkaufen kann.

Zu dieser Sorte gehörten sowohl Henry Alain als auch Roux' nächster Besucher, den er telefonisch herbeizitiert hatte. Auch dieser Mann war ein Söldner, allerdings von ganz anderem Typ: Raymond Thomard war von Natur aus ein Berufskiller. Auch er hatte einmal im Kongo gekämpft, als er vor der Polizei fliehen mußte, und Roux hatte ihn zu seinem Helfershelfer gemacht. Thomard war ihm so treu ergeben, wie man das von einem Heuerling nur erwarten kann, weil Roux mit ein paar Trinkgeldern und seiner Prahlerei den Eindruck zu erwecken wußte, als sei er ein wichtiger Mann.

»Ich habe einen Job für dich«, sagte Roux zu Thomard. »Der Auftrag ist mir fünftausend Dollar wert. Interessiert?«

Thomard grinste. »Klar, Chef. Wer ist der Kerl, den ich abknipsen soll?«

»CAT Shannon.«

Thomard machte ein langes Gesicht. Roux kam seinem Einwand zuvor. »Ich weiß, wie gut er ist, aber du bist besser. Außerdem ahnt er nichts. Du bekommst seine Adresse, sobald er sich wieder in Paris blicken läßt. Du brauchst nur abzuwarten, bis er das Haus verläßt. Dann nimmst du ihn aufs Korn. Kennt er dich vom Sehen?«

Thomard schüttelte den Kopf.

»Wir sind uns noch nie begegnet«, sagte er.

Roux klopfte ihm auf die Schulter.

»Dann mach dir mal keine Sorgen. Wir bleiben in Verbindung und ich sage dir Bescheid, wann und wo du ihn triffst.«

Simon Endeans Brief vom Dienstagabend ging am Donnerstagmorgen um zehn Uhr bei der Handelsbank in Zürich ein. Die Anweisung, zehntausend Pfund auf das Konto von Mr. Keith Brown bei der Kredietbank in Brügge zu überweisen, wurde sofort telegrafisch ausgeführt.

Gegen Mittag bekam Herr Goossens das Telex vorgelegt und telegrafierte unverzüglich fünftausend Pfund an Mr. Browns Konto im Westend von London. Kurz vor vier Uhr nachmittags erfuhr Shannon bei einem Kontrollanruf, er könne jetzt über das Geld verfügen. Er ließ sich mit dem Direktor persönlich verbinden und bat ihn, dafür zu sorgen, daß er am nächsten Morgen bis zu dreitausendfünfhundert Pfund in bar abheben könne. Man sagte ihm, das Bargeld liege ab elf Uhr dreißig zur Abholung bereit.

Am selben Morgen meldete sich Martin Thorpe kurz nach neun Uhr bei Sir James Manson und legte ihm alles vor, was er seit dem vergangenen Samstag ausfindig gemacht hatte.

Die beiden sahen gemeinsam die kurze Liste durch und studierten die fotokopierten Dokumente, die Thorpe am Dienstag und Mittwoch im Companies House besorgt hatte. Als sie damit fertig waren, lehnte sich Sir James in seinem Sessel zurück und starrte zur Decke empor.

»Was die Bormac betrifft, haben Sie zweifellos recht, Martin«, sagte er. »Aber warum hat nicht längst jemand den Hauptaktionär ausgekauft?«

Mit dieser Frage hatte sich auch Martin Thorpe den ganzen vergangenen Tag und die letzte Nacht beschäftigt.

Die Bormac Trading Company Ltd. war 1904 zur Ausbeutung einiger Gummiplantagen gegründet worden. Die Plantagen waren mit Hilfe chinesischer Kulis in den letzten Jahren des vergangenen Jahrhunderts entstanden.

Schöpfer des Unternehmens war ein skrupelloser Ire namens Ian Macallister, der 1921 geadelt wurde. Seine Besitzungen lagen auf Borneo – daher auch der Name der Firma.

Macallister war mehr Pionier als Geschäftsmann. 1903 schloß er sich mit einigen Londoner Kaufleuten zusammen; ein Jahr später wurde die Bormac gegründet und mit einer halben Million Stammaktien flottgemacht. Macallister hatte im Jahr zuvor ein siebzehnjähriges Mädchen geheiratet. Er bekam hundertfünfzigtausend Anteile, einen Sitz im Aufsichtsrat und auf Lebenszeit die Leitung der Gummiplantagen.

Zehn Jahre nach der Gründung hatten die Londoner Kaufleute Verträge mit Firmen abgeschlossen, die der britischen Rüstungsindustrie Gummi lieferten. Der Kurs pro Aktie war von ursprünglich vier Shilling auf über zwei Pfund geklettert. Die Kriegsgewinner kassierten bis 1918. Unmittelbar nach dem Ersten Weltkrieg folgte für die Firma eine Flaute, dann setzte in den zwanziger Jahren die hektische Motorisierung ein, und der Bedarf an Autoreifen ließ den Kurs des Papiers wieder steigen. Nun erfolgte eine Aktienemission im Verhältnis eins zu eins, wodurch das Aktienkapital der Firma auf eine Million und Sir Ians Paket auf dreihunderttausend aufgestockt wurden. Später wurden keine Aktien mehr ausgegeben.

Die Depression ließ Preise und Kurse wieder in den Keller sinken. Um 1937 begann sich die Firma erneut zu erholen. In diesem Jahr lief einer der chinesischen Kulis Amok und richtete den schlafenden Sir Ian mit einem Parang, einem großen malaiischen Messer, übel zu. Seltsamerweise starb er an Blutvergiftung. Sein bisheriger Stellvertreter übernahm die Leitung der Plantagen. Doch ihm fehlte die Energie seines verstorbenen Chefs, und bei steigenden Preisen sank die Produktion. Der Zweite Weltkrieg hätte der Firma neuen Auftrieb gegeben, aber die japanische Invasion von 1941 schnitt den Nachschub ab.

Das letzte Stündchen hatte für die Firma geschlagen, als die indonesischen Nationalisten im Jahre 1948 den Holländern die Kontrolle über die ostindischen Inseln und Borneo abnahmen. Als man schließlich die Grenzlinie zwischen Indonesisch-Borneo und Britisch-Nordborneo zog, lagen die Plantagen auf der indonesischen Seite und wurden sofort entschädigungslos enteignet.

Seit über zwanzig Jahren hatte sich die Firma nun weitergequält. Ihre Anlagevermögen waren unwiederbringlich verloren, ergebnislose Prozesse gegen das Regime Präsident Sukarnos zehrten an den Barbeständen, die Preise fielen. Als Martin Thorpe die Akte der Firma in die Hand bekam, stand der Aktienkurs auf einem Shilling pro Aktie und der Höchststand der letzten zwölf Monate war ein Shilling und drei Pence gewesen.

Der Vorstand bestand aus fünf Herren, von denen zur Verabschiedung eines Beschlusses laut Gesellschaftsvertrag zwei ein Quorum bilden mußten. Der angegebene Firmensitz war identisch mit der Adresse einer alteingesessenen Londoner Anwaltsfirma, die einen ihrer Teilhaber als geschäftsführendes Vorstandsmitglied stellte. Die früheren Büros hatte man auf Grund der steigenden Kosten längst aufgegeben. An den seltenen Vorstandssitzungen nahmen gewöhnlich der Vorsitzende, ein älterer Herr, der in Sussex lebte – der jüngere Bruder von Sir Ians früherem Stellvertreter, der im Krieg gefallen war und seinem Bruder seine Anteile vermacht hatte –, sowie der Sekretär, nämlich der erwähnte Londoner Anwalt, und gelegentlich einer der drei jüngeren Vorstandsmitglieder teil, die durchwegs weit von London entfernt lebten. Es gab nur selten etwas Geschäftliches zu besprechen, und das Einkommen der Firma bestand hauptsächlich aus unregelmäßigen Entschädigungszahlungen der neuen indonesischen Regierung unter General Suharto.

Die fünf Vorstandsmitglieder gemeinsam verfügten nur über achtzehn Prozent des Aktienkapitals. Zweiundfünfzig Prozent befanden sich in den Händen von sechseinhalbtausend Kleinaktionären im ganzen Land, darunter vielen Hausfrauen und Witwen. Zweifellos schlummerten seit vielen Jahren längst vergessene Aktien in irgendwelchen Banksafes und Anwaltkanzleien überall im Land.

Aber das war es nicht, wofür sich Thorpe und Manson so sehr interessierten. Wenn sie versucht hätten, auf dem freien Markt ein ausreichend großes Aktienpaket zusammenzukaufen, hätte das erstens Jahre gedauert, und zweitens jeden Beobachter in der City mit der Nase darauf gestoßen, daß jemand mit der Bormac etwas im Sinne hatte. Ihr Interesse galt dem geschlossenen Aktienpaket von dreihunderttausend Anteilen, das sich im Besitz der verwitweten Lady Macallister befand.

Rätselhaft war nur, warum ihr nicht längst jemand das ganze Paket abgekauft und damit den Mantel der einst blühenden Gummigesellschaft übernommen hatte. In jeder anderen Hinsicht war die Firma für Mansons Absicht ideal, denn der zweck des Unternehmens war so weit gespannt, daß die Ausbeutung von Rohstoffen aller Art in irgendeinem Land außerhalb Großbritanniens darunterfiel.

»Sie muß inzwischen fünfundachtzig sein«, sagte Thorpe schließlich. »Sie lebt in einem tristen, alten Wohnviertel in Kensington und wird von einer altgedienten Gesellschafterin versorgt.«

»Bestimmt hat man ihr Angebote gemacht«, überlegte Sir James. »Warum klammert sie sich an die Aktien?«

»Vielleicht will sie einfach nicht verkaufen«, meinte Thorpe. »Oder sie mochte die Leute nicht, von denen die Angebote stammten. Alte Leute sind manchmal komisch.«

Es sind nicht nur die alten Leute, die bei Aktiengeschäften manchmal unlogisch handeln. Die meisten Börsenmakler haben die Erfahrung gemacht, daß sehr vernünftige und vorteilhafte Angebote zuweilen von einem Klienten einfach deshalb abgelehnt werden, weil ihm der Makler nicht gefällt.

Sir James Manson beugte sich plötzlich vor und stemmte beide Ellbogen auf den Schreibtisch.

»Martin, erkundigen Sie sich nach der alten Dame. Stellen Sie fest, wer sie ist, wo sie lebt, was sie denkt, was sie mag und was nicht, finden Sie ihre Eigenarten und vor allen Dingen ihre schwachen Punkte heraus. Sie muß einen schwachen Punkt haben, irgendeine Kleinigkeit, die für sie eine so gewaltige Versuchung darstellen würde, daß sie dafür ihr Aktienpaket verkauft. Wahrscheinlich ist es nicht Geld, denn Geld hatte man ihr bereits angeboten. Aber es muß etwas geben – und das sollen Sie herausbekommen.«

Thorpe stand auf. Manson bat ihn mit einer Handbewegung, sich noch einmal zu setzen. Er holte sechs vorgedruckte Formulare aus seiner Schreibtischlade: Anträge auf die Einrichtung eines Nummernkontos bei der Zwingli-Bank in Zürich.

Seine Anweisungen waren knapp und präzise. Thorpe nickte.

»Nehmen Sie die Morgenmaschine, dann können Sie morgen abend wieder zurück sein«, sagte Manson und verabschiedete seinen Assistenten.

Simon Endean rief Shannon kurz nach zwei in dessen Wohnung an und erhielt den neuesten Bericht über alles, was der Söldner inzwischen veranlaßt hatte. Mansons Assistent war von Shannons Exaktheit erfreut und notierte sich die Einzelheiten auf einem Block, um später selbst Sir James berichten zu können.

Als Shannon fertig war, kam er auf Geld zu sprechen.

»Ich brauche telegrafisch fünftausend Pfund direkt von Ihrer Schweizer Bank auf mein auf Keith Brown lautendes Konto beim Stammhaus der Banque de Credit in Luxemburg selbst, und zwar bis Montag mittag«, sagte er zu Endean. »Dann weitere fünftausend per Telex auf mein Konto bei der Hauptstelle der Landesbank in Hamburg bis Mittwoch morgen.« Er erklärte, ein Großteil der fünftausend Pfund in London sei bereits verfügt, und die anderen fünftausend in Brügge brauche er als Reserve. Die beiden gleichhohen Summen in Luxemburg und Hamburg seien in erster Linie dazu bestimmt, seinen Kontaktleuten vor den Verhandlungen mit einem beglaubigten Scheck seine Zahlungsfähigkeit beweisen zu können. Später werde der größere Teil des Geldes nach Brügge transferiert und der Rest voll durch Quittungen belegt.

»Ich kann Ihnen selbstverständlich eine vollständige Abrechnung der bisher ausgegebenen oder verfügten Summen geben«, sagte er zu Endean. »Aber dazu brauche ich Ihre Postanschrift.«

Endean gab ihm die Adresse einer Brief-Service-Firma, bei der er an diesem Morgen unter dem Namen Walter Harris ein Postfach eröffnet hatte. Er versprach, die Überweisung der beiden Beträge an Keith Brown in Luxemburg und Hamburg von Zürich aus sofort zu veranlassen.

Janni Dupree meldete sich um fünf Uhr vom Londoner Flughafen aus. Er hatte die längste Reise hinter sich: Am Vortag von Kapstadt nach Johannesburg, Übernachtung im Holiday Inn und dann den langen SAA-Flug über Luanda in Portugiesisch-Angola mit Zwischenlandung auf der Isla do Sol, um nicht das Territorium irgendeines schwarzafrikanischen Staates überfliegen zu müssen.

Shannon befahl ihm, sofort mit dem Taxi in seine Wohnung zu kommen. Während Dupree unterwegs war, beorderte Shannon auch die drei anderen Söldner aus ihren Hotels herbei.

Um sechs Uhr kam es zu einem zweiten Treffen. Alle begrüßten den Südafrikaner und hörten dann schweigend zu, wie Shannon ihm gegenüber alles wiederholte, was sie vom Abend zuvor schon wußten. Janni strahlte, als Shannon die Bedingungen nannte.

»Also werden wir wieder kämpfen, CAT, ich bin dabei.«

»Gut. Für dich hab ich folgenden Auftrag: Du bleibst hier in London und besorgst dir eine kleine Wohnung. Dabei helfe ich dir morgen. Wir sehen gemeinsam den *Evening Standard* durch und erledigen das bis zum Abend.

Du wirst unsere Klamotten einkaufen. Wir brauchen fünfzig T-Shirts, fünfzig Unterhosen, fünfzig Paar leichte Nylonsocken. Mit einer Reservegarnitur pro Mann macht das hundert. Die Liste bekommst du später. Außerdem fünfzig Uniformhosen, nach Möglichkeit in Tarnfarbe und möglichst passend zu den Jacken. Weitere fünfzig Uniformblusen mit Reißverschluß, ebenfalls in Tarnfarbe.

Das alles kannst du ganz offen in einschlägigen Sportgeschäften bekommen. Hier in der Stadt tragen allmählich sogar die Hippies und die Sonntagsjäger Kampfanzüge.

Bei denselben Großhändlern bekommst du Westen, Socken und Unterhosen, aber kauf die Hosen und Uniformblusen bei einem anderen. Weiter fünfzig grüne Käppis und fünfzig Paar Stiefel. Bei den Hosen nimmst du die größte Nummer, wir können sie ja nachher kürzen. Die Hälfte der Blusen in groß, die Hälfte in mittelgroß. Die Stiefel besorg dir in einem Campinggeschäft. Ich brauche keine schweren britischen Armeestiefel, sondern grüne Leinenstiefel, wasserdicht und vorn geschnürt.

Nun zum Koppelzeug: Ich brauche fünfzig Leinengürtel, Munitionstaschen, Proviantbeutel und Campingbeutel mit einer kreisrunden Verstärkung. Wenn man die ein wenig umbaut, passen die Bazookas hinein. Schließlich fünfzig leichte Schlafsäcke aus Nylon. Okay? Wie gesagt: Eine schriftliche Liste bekommst du später.«

Dupree nickte. »Alles okay. Und wieviel wird das Zeug kosten?«

»Etwa tausend Pfund. Beim Einkauf gehst du folgendermaßen vor: Im Branchentelefonbuch findest du über ein Dutzend Läden mit Waren aus Armeebeständen. Kauf die Jacken, Blusen, Koppel, Käppis, Proviant- und Campingbeutel sowie die Stiefel in verschiedenen Geschäften, bezahl alles in bar und nimm die Sachen gleich mit. Es wird dich zwar kaum jemand danach fragen, aber du nennst weder deinen richtigen Namen noch deine richtige Adresse. Wenn du alles beisammen hast, schaffst du es in ein ganz normales Lagerhaus, läßt es exportgerecht verpacken und verständigst vier verschiedene Spediteure, die sich mit Exportgeschäften auskennen. Du bezahlst alles im voraus und läßt die vier getrennten Ladungen versiegelt an eine Speditionsfirma in Marseille zu Händen von Jean Baptiste Langarotti verschiffen.«

»Wie heißt der Spediteur in Marseille?« fragte Dupree.

»Das wissen wir noch nicht«, antwortete Shannon und wandte sich an den Korsen.

»Jean, sobald du die Speditionsfirma weißt, über die du die Schlauchboote und Außenborder verschiffen willst, schickst du Namen und Adresse per Post nach London, und zwar eine Kopie an meine Anschrift und eine zweite an Jan Dupree, postlagernd, Postamt Trafalgar Square, London, verstanden?«

Langarotti notierte sich die Anschrift, während Shannon die Anweisung für Dupree übersetzte.

»Janni, du besorgst dir die Postlageradresse in den nächsten Tagen und fragst wöchentlich nach Jeans Brief. Dann weist du die Speditionsfirma an, die Kisten unter Zollverschluß in seemäßiger Verpackung auf Langarottis Namen nach Marseille zu transportieren. Nun zum Geld: Ich habe gerade erfahren, daß die Überweisung aus Brüssel da ist.«

Die drei Europäer kramten Zettel aus ihren Taschen, während sich Shannon von Dupree das Flugticket geben ließ. Dann holte Shannon aus seinem Schreibtisch vier Briefe, die an Herrn Goossens bei der Kreditbank gerichtet waren. Sie hatten ungefähr denselben Wortlaut: Die Kreditbank solle eine Summe von X US-Dollars von Mr. Keith Browns Konto auf das Konto von Mr. X überweisen.

In die Lücken setzte Shannon den Gegenwert eines Flugtickets ein, und zwar jeweils von Ostende, Marseille, München und Kapstadt nach London und zurück.

In den Briefen wurde Herr Goossens außerdem ersucht, gleich nach Erhalt des Briefes auf die angegebenen Konten jeweils eintausendzweihundertfünfzig Dollar zu überweisen, und Überweisungen in derselben Höhe noch einmal am 5. Mai und am 5. Juni vorzunehmen. Der Reihe nach diktierten die Söldner Shannon den Namen der jeweiligen Bank. Sie lagen fast alle in der Schweiz. Shannon trug sie mit Schreibmaschine in den Brief ein.

Als er fertig war, las jeder seinen Brief durch, dann unterschrieb sie Shannon, steckte sie in getrennte Umschläge, klebte sie zu und gab jedem sein Schreiben zum Aufgeben.

Zuletzt zahlte er jedem der Söldner fünfzig Pfund in bar für die Spesen des zweitägigen Aufenthalts in London und forderte sie auf, ihn am nächsten Vormittag um elf vor dem Eingang seiner Londoner Bank zu erwarten.

Als sie gegangen waren, setzte er sich hin und schrieb einen langen Brief an einen Mann in Afrika. Er rief den Journalisten an, der sich inzwischen telefonisch vergewissert hatte, daß er die Postadresse des Afrikaners weitergeben durfte. Am Abend brachte Shannon den Eilbrief zur Post und speiste allein in einem Restaurant.

Kurz vor Mittag wurde Martin Thorpe von Dr. Steinhofer in der Zwingli-Bank empfangen. Da Sir James Manson seinen Besuch angekündigt hatte, wurde Thorpe dieselbe Sonderbehandlung zuteil.

Er legte dem Bankier die sechs Antragsformulare auf Nummernkonten vor. Sie waren vorschriftsmäßig ausgefüllt und unterzeichnet. Getrennte Karten wiesen die beiden vorgeschriebenen Unterschriftsproben der Antragsteller auf. Sie lauteten auf den Namen: Adams, Ball, Carter, Davis, Edwards und Frost.

Jedem Formular waren zwei Schreiben beigefügt: Eine unterschriebene Bankvollmacht der Herren Adams, Ball, Carter, Davis, Edwards und Frost für Mr. Martin Thorpe, und ein von Sir James Manson unterzeichneter Brief, in dem Dr. Steinhofer aufgefordert wurde, auf jedes der neuen Konten den Betrag von fünfzigtausend Pfund aus Sir James' Guthaben zu übertragen.

Dr. Steinhofer war natürlich klug und erfahren genug, um sofort über den bemerkenswerten Zufall zu stolpern, daß die Namen der sechs ›Geschäftsfreunde‹ mit den ersten sechs Buchstaben des Alphabets begannen. Aber er sagte sich, daß es ihn nichts anginge, ob diese sechs Personen nun tatsächlich existierten oder nicht. Wenn ein reicher britischer Geschäftsmann es für richtig hielt, die lästigen Vorschriften seines Aktiengesetzes zu umgehen, dann war das seine Angelegenheit. Außerdem wußte Dr. Steinhofer genug über eine ganze Reihe von Geschäftsleuten der Londoner City, um das britische Handelsministerium bis ans Ende des Jahrhunderts mit Ermittlungsverfahren vollauf zu beschäftigen.

Daß er die Antragsformulare von Thorpe widerspruchslos entgegennahm, hatte noch einen anderen guten Grund. Wenn die Aktien der Gesellschaft, die Sir James heimlich zu erwerben suchte, von ihrem heutigen Stand zu astronomischen Höhen emporkletterten – einen anderen Zweck der Übung vermochte Dr. Steinhofer nicht einzusehen –, dann hinderte einen Schweizer Bankier nichts daran, auf seinen Namen ebenfalls einige dieser Anteile zu kaufen.

»Die Gesellschaft, die wir ins Auge gefaßt haben, nennt sich Bormac Trading Company Ltd.«, sagte Thorpe leise. Er erwähnte die derzeitige Situation der Firma und den Umstand, daß die alte Lady Macallister mit ihren dreihunderttausend Anteilen dreißig Prozent der Firma besaß.

Er fuhr fort: »Wir haben Grund zu der Annahme, daß früher schon Versuche unternommen wurden, die alte Dame zu einem Verkauf zu bewegen. Sie scheinen erfolglos gewesen zu sein. Wir werden es trotzdem versuchen. Sollte es uns nicht gelingen, werden wir uns nach einem anderen Firmenmantel umsehen.«

Dr. Steinhofer hörte ihm schweigend zu und rauchte eine Zigarre.

»Wie Sie wissen, Dr. Steinhofer, müßte ein einzelner Käufer dieser Aktien seine Identität preisgeben. Deshalb werden als Käufer die vier Herren

Adams, Ball, Carter und Davis auftreten und je siebeneinhalb Prozent der Firma erwerben. Wir möchten Sie bitten, dieses Geschäft für alle vier abzuwickeln.«

Dr. Steinhofer nickte. Das war so üblich.

»Selbstverständlich, Mr. Thorpe.«

»Ich werde versuchen, die alte Dame zur Unterzeichnung von Übertragungsurkunden zu bewegen, in denen der Name des Käufers offen gelassen ist. Das geschieht einfach deshalb, weil in England manche Leute, besonders alte Damen, gegenüber Schweizer Banken gewisse Vorbehalte hegen.«

»Das kann ich mir denken«, sagte Dr. Steinhofer ungerührt. »Ich verstehe Sie vollkommen. Verbleiben wir also so: Sobald Sie mit dieser Dame gesprochen haben, sehen wir zu, wie sich alles zum besten regeln läßt. Aber bitten Sie Sir James, sich keine Sorgen zu machen. Es werden vier verschiedene Käufer auftreten, und das britische Aktiengesetz wird in keiner Weise verletzt.«

Am Abend war Thorpe wieder in London und konnte sein Wochenende genießen.

Die vier Söldner warteten auf dem Bürgersteig, als Shannon kurz vor zwölf seine Bank verließ. Er hielt vier braune Briefumschläge in den Händen.

»Marc, das hier ist deiner. Es sind fünfhundert Pfund drin. Da du zu Hause wohnen wirst, fallen bei dir die geringsten Spesen an. Du hast mit diesen fünfhundert Pfund einen Lieferwagen zu kaufen und eine verschließbare Garage zu mieten. Es sind noch ein paar andere Anschaffungen nötig. Eine Liste findest du in deinem Umschlag. Mach den Mann ausfindig, der die Schmeisser-MPs zu verkaufen hat, und arrangiere eine Zusammenkunft zwischen ihm und mir. Ich rufe dich in etwa zehn Tagen in deiner Bar an.«

Der hünenhafte Belgier nickte und winkte ein Taxi herbei. Dann ließ er sich zur Victoria Station fahren, um per Eisenbahn die nächste Fähre nach Ostende zu erreichen.

»Kurt, das ist dein Umschlag. Es sind tausend Pfund drin, weil du wesentlich mehr reisen wirst. Du mußt innerhalb von vierzig Tagen das Schiff auftreiben. Die Verbindung zu mir hältst du per Telefon und per Telegramm aufrecht, aber drück dich kurz und vorsichtig aus. In Briefen an meine hiesige Adresse kannst du ganz offen schreiben. Wenn meine Post überwacht wird, sind wir ohnehin erledigt.

Jean Baptiste, hier sind fünfhundert Pfund für dich. Das Geld muß vierzig Tage reichen. Vermeide jeden Ärger und mach einen weiten Bogen um deine alten Stammkneipen. Sieh dich nach den Schlauchbooten und Motoren um und gib mir brieflich Nachricht. Eröffne ein Bankkonto und

schreib mir die Adresse. Wenn ich mit dem Zeug und auch mit dem Preis einverstanden bin, werde ich dir das Geld überweisen. Und vergiß den Spediteur nicht. Achte darauf, daß alles sauber und gesetzlich abläuft.«
Der Franzose und der Deutsche nahmen ihr Geld und ihre Anweisungen entgegen und fuhren dann mit einem zweiten Taxi zum Londoner Flughafen. Semmler wollte nach Neapel, Langarotti nach Marseille.
Shannon nahm Dupree beim Arm und schlenderte mit ihm den Piccadilly hinunter.
Auch Dupree bekam seinen Briefumschlag.
»Ich habe dir fünfzehnhundert Pfund hineingesteckt, Janni. Tausend Pfund müßten für alle Einkäufe und Lagergebühren sowie für die Verpackungs- und Transportkosten nach Marseille bequem reichen. Mit den fünfhundert Pfund kannst du leicht vier bis sechs Wochen auskommen. Ich möchte, daß du gleich am Montagmorgen mit Einkaufen beginnst. Bereite dir über das Wochenende aus dem Branchentelefonbuch eine Liste der Läden und Lagerhäuser vor. In dreißig Tagen mußt du fertig sein, weil in fünfundvierzig Tagen alles in Marseille bereitstehen muß.«
Er kaufte eine Abendzeitung, schlug die Vermietungen auf und zeigte Dupree die spaltenlangen Angebote von Wohnungen und Apartments, die man möbliert und unmöbliert mieten konnte.
»Such dir bis heute abend eine kleine Wohnung und laß mich morgen die Adresse wissen.«
Kurz vor Hyde Park Corner verabschiedeten sie sich.

Shannon verbrachte den Abend mit einer kompletten Kostenaufstellung für Harris. Er wies darauf hin, daß damit der Großteil der aus Brügge transferierten fünftausend Pfund aufgebraucht sei. Die wenigen hundert Pfund, die noch übrig waren, wolle er als Reserve auf dem Londoner Konto stehen lassen.
Zuletzt erklärte er, von den ihm selbst zustehenden zehntausend Pfund habe er noch nichts entnommen; er schlage Harris vor, das Honorar entweder direkt von Harris' Schweizer Konto auf Shannons Schweizer Konto zu überweisen oder den Betrag Keith Browns Konto in Belgien gutschreiben zu lassen.
Diesen Brief brachte er noch Freitagabend zur Post.

Das Wochenende hatte er frei. Er rief Julie Manson an und lud sie zum Abendessen ein. Sie wollte gerade über das Wochenende ins Landhaus ihrer Eltern fahren, sagte den Besuch aber sofort ab. Da es ohnehin schon spät geworden war, holte sie Shannon in ihrem knallroten MGB-Buggy ab. Sie sah an diesem Abend ziemlich niedlich und verdorben aus.
»Hast du irgendwo Plätze bestellt?« fragte sie.
»Ja. Warum?«

»Weil ich mit dir in eins meiner Stammlokale gehen wollte. Dann mache ich dich mit ein paar Freunden bekannt.«

Shannon schüttelte den Kopf.

»Kommt nicht in Frage«, sagte er. »Es wäre nicht das erste Mal, daß mich die Leute den ganzen Abend wie ein Tier im Zoo anstarren und mir alberne Fragen über Mord und Totschlag stellen. Das ist ekelhaft.«

Sie schmollte.

»Bitte, CAT!«

»Nein.«

»Ich sag auch kein Wort darüber, wer du bist und was du machst. Das bleibt geheim. Komm doch. Vom Sehen kennt dich doch niemand.«

Shannon wurde weich.

»Aber unter einer Bedingung: Ich heiße Keith Brown. Verstanden? Keith Brown. Sonst kein Wort über mich und meinen Beruf. Hast du das verstanden?«

Sie kicherte.

»Prima«, sagte sie. »wirklich prima! Der große Unbekannte höchstpersönlich. Steigen Sie ein, Mr. Keith Brown.«

Sie führte ihn ins ›Tramps‹, wo man sie anscheinend gut kannte. Johnny Gold erhob sich von seinem Platz neben der Tür und begrüßte sie überschwenglich mit einem Kuß auf beide Wangen. Sie machte die beiden Männer miteinander bekannt. Johnny gab Shannon die Hand.

»Nett, daß Sie mitgekommen sind, Keith. Viel Spaß!«

Zum Essen nahmen sie an der langen Tafel Platz, die parallel zur Bar aufgestellt war. Die Vorspeise bestand aus Hummercocktail nach Art des Hauses, serviert in ausgehöhlten Ananas. Shannon saß mit dem Gesicht zum Lokal und nahm die anderen Gäste unter die Lupe. Nach dem langen Haar und der lässigen Kleidung zu urteilen, stammten die meisten direkt oder indirekt aus der Showbranche. Einige der Männer sahen nach Jungmanagern aus, die entweder ›in‹ sein oder ein hübsches Starlet aufreißen wollten. Bei diesen Mädchen entdeckte er auf der anderen Seite des Raums, außerhalb Julies Blickfeld, ein bekanntes Gesicht.

Nach der Vorspeise bestellte Shannon Spießchen auf Pürree, entschuldigte sich und stand auf. Langsam schlenderte er in die Halle hinaus, als suche er die Toiletten. Sekunden später spürte er eine schwere Hand auf seiner Schulter, drehte sich um und stand Simon Endean gegenüber.

»Sind Sie verrückt geworden?«

Shannon spielte den Erstaunten und sah ihn aus großen, unschuldigen Augen an.

»Verrückt? Ich glaube nicht. Warum?«

Endean hätte sich beinahe verplappert, faßte sich aber gerade noch rechtzeitig. Er war bleich vor Wut. Er kannte seinen Chef gut genug, um zu wissen, wie sehr Manson an seinem vermeintlich so braven Töchterchen hing. Er konnte sich leicht ausmalen, wie er reagieren würde, wenn er erführe, daß Shannon die Kleine ausführte oder vielleicht gar mit ihr schlief.

Aber er mußte sich zurückhalten. Er ging immer noch davon aus, daß Shannon weder seinen richtigen Namen noch den seines Arbeitgebers kannte. Wenn er ihm Vorhaltungen machte, weil Shannon mit einer gewissen Julie Manson ausging, verriet er nicht nur sich und Mansons Namen, sondern gleichzeitig auch ihrer beider Rollen als Shannons Auftraggeber. Er konnte Shannon nicht einmal befehlen, das Mädchen in Ruhe zu lassen, weil sich Shannon dann bei ihr erkundigen würde, wer Endean war. Also schluckte er seinen Zorn.

»Was machen Sie überhaupt hier?« fragte er lahm.

»Essen«, antwortete Shannon sichtlich verdutzt. »Hören Sie, Harris, wenn ich zum Essen ausgehen will, ist das wohl meine Privatangelegenheit. Über das Wochenende habe ich nichts Wichtiges zu erledigen. Und nach Luxemburg kann ich erst am Montag fliegen.«

Endean wurde noch wütender. Er konnte Shannon nicht gut begreiflich machen, daß es ihm gar nicht um eventuelle Versäumnisse hinsichtlich des Auftrags ging.

»Wer ist das Mädchen?« fragte er.

Shannon zuckte die Achseln.

»Sie heißt Julie. Ich habe sie vor zwei Tagen in einem Café kennengelernt.«

»Einfach so aufgerissen?« fragte Endean entsetzt.

»Ja, so könnte man es nennen. Warum?«

»Ach – nichts. Aber seien Sie vorsichtig, was Mädchen betrifft – alle Mädchen. Sie sollten lieber für einige Zeit die Finger davon lassen.«

»Harris, zerbrechen Sie sich nicht den Kopf über meine Sicherheit. Es werden keine Indiskretionen vorkommen, auch nicht im Bett. Außerdem habe ich ihr gesagt, daß ich Keith Brown heiße, im Ölgeschäft tätig bin und in London Urlaub mache.«

Anstelle einer Antwort drehte sich Endean auf dem Absatz um, rief einem Kellner zu, er solle ihn bei den anderen mit einem plötzlichen Termin entschuldigen, und rannte hinaus, bevor sich Julie Manson umdrehen und ihn vielleicht erkennen konnte. Shannon sah ihm nach.

»Leck mich am Arsch«, sagte er leise. »Du und dein verdammter Sir James Manson!«

Endean blieb draußen auf dem Bürgersteig stehen und fluchte leise vor sich hin. Es blieb ihm nichts anderes übrig als zu beten, daß Shannon sich tatsächlich als Keith Brown vorgestellt hatte und daß Julie Manson ihrem Vater nichts über ihren neuen Freund erzählte.

Shannon und Julie tanzten bis kurz vor drei. Auf dem Heimweg in Shannons Wohnung hatten sie den ersten Krach. Er brachte ihr bei, daß es besser sei, ihrem Vater nichts davon zu erzählen, daß sie mit einem Söldner ausging, vor allem aber seinen Namen nicht zu erwähnen.

»Nach allem, was du mir bisher über ihn erzählt hast, scheint er sehr an dir zu hängen. Er würde dich vermutlich wegschicken oder der Jugendfürsorge übergeben.«

Sie tat sehr ernst und meinte, mit ihrem Vater werde sie schon fertig, das sei ihr bisher immer gelungen, und außerdem fände sie es lustig, der Fürsorge übergeben zu werden. Dann stünde ihr Name wenigstens in allen Zeitungen. Außerdem sei dann immer noch er, Shannon, da. Er könne sie mit Gewalt aus dem Heim holen und mit ihr fliehen.

Shannon wußte nicht so recht, ob das ernst gemeint war oder nicht. Er fürchtete, an diesem Abend gegenüber Endean zu weit gegangen zu sein; andererseits war es gar nicht seine Absicht gewesen, sich mit ihm zu treffen. Sie stritten immer noch, als sie sein Wohnzimmer betraten.

»Außerdem lasse ich mir von niemandem vorschreiben, was ich zu tun und zu lassen habe«, erklärte das Mädchen und warf den Mantel über eine Sessellehne.

»Von mir schon«, knurrte Shannon. »Du wirst gegenüber deinem Vater den Schnabel halten, kapiert?«

Als Antwort streckte sie ihm die Zunge heraus.

»Ich mache immer, was mir paßt!« verkündete sie und stampfte mit dem Fuß auf. Shannon wurde wütend. Er packte sie, drehte sie herum, zog sie zum nächsten Sessel, setzte sich hin und legte sie übers Knie. Fünf Minuten lang waren in der Wohnung nur zweierlei Geräusche zu hören: das protestierende Kreischen des Mädchens und das laute Klatschen seiner Hand. Als er sie losließ, rannte sie laut schluchzend ins Schlafzimmer und warf hinter sich die Tür ins Schloß.

Shannon zuckte die Achseln. Die Würfel waren gefallen, und er konnte nichts daran ändern. Er goß sich in der Küche eine Tasse Kaffee auf und trat damit ans Fenster. Während er an seiner Tasse nippte, sah er hinaus über die Gärten auf die Rückseiten der Häuser. Es brannte kaum noch ein Licht, denn die braven Leute von St. John's Wood lagen längst im Bettchen.

Im Schlafzimmer war es dunkel, als er eintrat. Am äußersten Rand seines Doppelbettes sah er einen dunklen Umriß. Es war kein Laut zu hören, als hielte sie die Luft an. Auf halbem Wege zum Bett verfing sich sein Fuß in ihrem Kleid, und zwei Schritte weiter stieß er gegen einen abgestreiften Schuh. Er setzte sich auf die Bettkante. Als sich seine Augen an die Dunkelheit gewöhnt hatten, erkannte er auf dem Kissen ihr Gesicht mit zwei dunklen Augen, die ihn unverwandt beobachteten.

»Du bist ein Ekel«, flüsterte sie.

Er beugte sich vor, schob seine Hand zwischen Kinn und Hals und begann sie zärtlich, aber fest zu streicheln.

»Mich hat noch nie jemand geschlagen.«

»Drum ist auch das aus dir geworden.«

»Was?«

»Ein verzogenes kleines Mädchen.«

»Bin ich nicht.« Pause. »Doch, das bin ich.«

Er streichelte weiter.

»CAT?«

»Ja.«

»Glaubst du wirklich, daß mich Dad wegschickt, wenn ich ihm etwas sage?«

»Ja, das glaube ich.«

»Und du glaubst, ich hätte es ihm tatsächlich erzählt?«

»Warum nicht?«

»Bist du deshalb so böse geworden?«

»Ja.«

»Dann hast du mich also nur geprügelt, weil du mich liebst?«

»Wahrscheinlich.«

Sie drehte ihren Kopf herum. Gleich darauf spürte er ihre Zunge, die eifrig über die Innenfläche seiner Hand huschte.

»Komm zu mir ins Bett, Liebling. Ich bin so scharf, daß ich es kaum abwarten kann.«

Er war erst halb ausgezogen, da schleuderte sie die Bettdecke weg, kniete auf der Matratze und strich ihm mit beiden Händen über die Brust. »Mach schnell«, flüsterte sie zwischen Küssen.

Du bist ein elender Lügner, Shannon, dachte er, als er sich auf den Rücken drehte und die Zärtlichkeiten des verliebten jungen Mädchens über sich ergehen ließ.

Im Osten über Camden Town wurde der Himmel schon grau, als sie zwei Stunden später still nebeneinander lagen. Er hätte jetzt gern eine Zigarette geraucht. Julie lag zusammengerollt in seinem Arm, und ihre Sehnsucht war zumindest für den Augenblick gestillt.

»Sag mal...« begann sie.

»Ja?«

»Warum führst du eigentlich dieses Leben? Warum bist du Söldner geworden? Warum führst du gegen andere Leute Krieg?«

»Ich führe doch keinen Krieg – das heißt, ich fange ihn nicht an. Schuld ist die Welt, in der wir leben, dirigiert von Männern, die sich furchtbar moralisch und integer aufführen, während die meisten von ihnen in Wirklichkeit egoistische Schweinehunde sind. Sie fangen die Kriege an – für Geld oder Macht. Ich bin nur ein einfacher Soldat, weil mir dieses Leben gefällt.«

»Aber warum kämpfst du dann für Geld? Das tun Söldner doch, nicht wahr?«

»Es geht nicht nur ums Geld. Natürlich gibt es unter uns Typen, die nichts anderes im Sinn haben. Aber wenn es ernst wird, ziehen diese Pseudo-Söldner meistens den Schwanz ein und kneifen. Die besten von uns kämpfen aus denselben Gründen wie ich: sie lieben das harte Soldatenleben, den Kampf.«

»Aber warum muß es überhaupt Kriege geben? Warum können nicht alle in Frieden miteinander leben?«

Er starrte im Dunkeln zur Decke empor.

»Weil es auf dieser Welt nur zwei Sorten von Menschen gibt: Raubtiere und Pflanzenfresser. Die Raubtiere schaffen immer den Weg nach oben, weil sie bereit sind zu kämpfen, Menschen und Dinge aufzufressen, die sich ihnen in den Weg stellen. Den anderen fehlt der Nerv dazu, oder der Mut, oder der Hunger – oder die Rücksichtslosigkeit. Deshalb wird die Welt von den Raubtieren regiert. Sie werden zu Machthabern. Und Machthaber geben sich nie zufrieden. Sie wollen immer noch mehr Macht anhäufen.

In der kommunistischen Welt – glaub ja nicht, die führenden Kommunisten seien friedliebend! – heißt die gängige Währung Macht. Macht, Macht und noch mehr Macht, egal, wie viele Menschen dafür sterben müssen. In der kapitalistischen Welt ist Geld die gängige Währung. Geld und noch mehr Geld. Öl, Gold, Aktien und Wertpapiere, immer mehr davon, darauf haben sie es abgesehen. Und wenn sie dafür lügen und betrügen, stehlen und bestechen müssen. Solche Leute verdienen viel Geld, und Geld verleiht ihnen Macht. So geht eigentlich doch alles wieder auf Machtgelüste zurück. Wenn sie glauben, daß irgendwo genug davon zu bekommen ist, aber nur durch einen Krieg – dann führen sie eben Krieg. Alles andere, der sogenannte Idealismus, ist nur leeres Geschwätz.«

»Manche kämpfen aus Idealismus. Die Vietkong zum Beispiel. Das hab' ich in der Zeitung gelesen.«

»Ja, manche Leute kämpfen aus Idealismus, und neunundneunzig Prozent davon werden betrogen. Auch die anderen zu Hause, die den Krieg verherrlichen. Wir sind stets im Recht – die anderen im Unrecht. So heißt es in Washington und Peking, in London und Moskau. Und was ist wirklich? Die Leute werden betrogen! Oder glaubst du vielleicht, die amerikanischen Soldaten in Vietnam sterben für die Grundrechte der Menschheit? Sie sterben für den Dow-Jones-Index in der Wallstreet. So ist es immer schon gewesen. Auch bei den britischen Soldaten, die in Kenya, auf Zypern und in Aden gefallen sind. Glaubst du wirklich, sie sind mit dem Ruf nach Gott, König und Vaterland auf den Lippen in den Kampf gezogen? Sie waren dort, weil ihr Oberst es ihnen befohlen hatte, und der bekam seine Befehle vom Verteidigungsminister, und dieser vom Kabinett. Um die Beherrschung der Wirtschaft ging es, sonst um nichts! Und was war? Die Wirtschaft dieser Länder ist wieder an die Leute gefallen, denen sie ohnehin gehörte. Wen scherten schon die Leichen, die von der britischen Armee zurückgelassen wurden? Das alles ist ein einziger großer Betrug, Julie. Bei mir ist das insofern anders, als niemand mir befiehlt, wo und für welche Seite ich zu kämpfen habe. Deshalb sind wir Söldner bei den Politikern, beim Establishment, so verhaßt. Es geht nicht darum, daß wir härter oder gefährlicher wären als andere – das sind wir nicht, ganz im Gegenteil. Aber sie können uns nicht kontrollieren, wir lassen uns von ihnen nichts befehlen. Wir schießen nicht den nieder, den sie weggeräumt haben wollen, wir beginnen nicht, wenn sie ›los‹ sagen, und wir hören nicht auf, wenn einer ›halt‹ schreit. Deshalb sind wir gesetzlos, vogelfrei. Wir kämpfen nur auf Grund eines Vertrags, und wir suchen uns die Vertragspartner genau aus.«

Julie setzte sich auf und fuhr mit der Hand über seine harten, festen Muskeln. Sie war konventionell erzogen worden. Wie so viele aus ihrer Generation begriff sie kaum einen Bruchteil dessen, was um sie herum geschah.

»Was ist mit den Kriegen, in denen Menschen für eine echte Überzeugung kämpfen?« fragte sie. »Zum Beispiel der Krieg gegen Hitler – der war doch gerecht, wie?«

Shannon nickte seufzend.

»Ja, das schon. Gegen Hitler zu kämpfen, war richtig. Nur haben ihm die Magnaten der westlichen Welt bis zum Kriegsausbruch Stahl verkauft, und dann haben sie wieder ein Vermögen verdient, indem sie anderen Stahl verkauften, um damit Hitlers Stahl zu zermalmen. Die Kommunisten waren auch nicht besser. Stalin schloß einen Pakt mit Hitler und wartete dann darauf, daß sich Kapitalismus und Nazismus gegenseitig vernichteten, um als lachender Dritter von den Trümmern zu profitieren. Erst als Hitler Rußland angriff, kamen die ach so idealistisch gesinnten Kommunisten der ganzen Welt dahinter, daß der Nationalsozialismus doch nicht das Wahre sei. Außerdem kostete es dreißig Millionen Menschenleben, Hitler zu besiegen. Ein Söldner hätte das mit einer Kugel geschafft, die noch nicht mal einen Shilling wert ist.«

»Aber wir haben doch gesiegt, oder nicht? Wir haben das Richtige getan und gewonnen.«

»Wir haben gesiegt, mein Schatz, weil Russen, Briten und Amerikaner gemeinsam über mehr Kanonen, Panzer, Flugzeuge und Schiffe verfügten als Hitler. Nur deshalb haben wir den Krieg gewonnen. Hätte Hitler mehr davon gehabt, wäre er der Sieger gewesen. Soll ich dir etwas sagen? Dann hätte die Geschichte ihm recht gegeben und uns ins Unrecht gesetzt. Der Sieger hat immer recht. Es gibt da einen hübschen Spruch: ›Gott ist auf seiten der stärkeren Bataillone.‹ Das ist das Evangelium der Reichen und Mächtigen, der Zyniker und der Einfaltspinsel. Die Politiker glauben an dieses Evangelium, und die sogenannten seriösen Zeitungen predigen es. In Wahrheit ist aber das Establishment auf seiten der größeren Bataillone, die es überhaupt erst geschaffen und bewaffnet hat. Anscheinend geht den Millionen, die solchen Quatsch lesen, nie auf, daß Gott – falls es ihn überhaupt gibt – eher etwas mit Wahrheit, Gerechtigkeit und Nächstenliebe zu tun haben könnte als mit brutaler Gewalt, und Wahrheit und Gerechtigkeit auch mal auf seiten des Schwächeren zu finden sein könnten. Aber auch das würde nichts ändern. Die stärkeren Bataillone siegen immer, die ›seriöse‹ Presse ist immer dafür, und die Einfältigen glauben es immer.«

»CAT, du bist ein Rebell«, murmelte sie.

»Klar. Ich war es immer schon. Nein, nicht immer. Erst seit ich auf Zypern sechs meiner Kameraden begraben habe. Damals begann ich an der Weisheit und Integrität unserer Führer zu zweifeln.«

»Abgesehen davon, daß du Menschen tötest, könntest du doch selbst ums Leben kommen. Du könntest in einem dieser sinnlosen Kriege fallen.«

»Ja – und auf der anderen Seite könnte ich weiterleben wie ein eierlegendes Huhn im Käfig einer sinnlosen Großstadt. Ich könnte sinnlose Formulare ausfüllen, sinnlose Steuern bezahlen und damit unfähigen Politikern und Staatsmännern die Möglichkeit geben, mein Geld sinnlos zu verplempern. Ich könnte mit einer sinnlosen Tätigkeit ein sinnloses Gehalt verdienen und bis zu meiner sinnlosen Pensionierung genauso sinnlos morgens und abends mit einem Zug hin und her fahren. Da ziehe ich es schon vor, nach meinem eigenen Rezept zu leben und zu sterben.«

»Denkst du manchmal an den Tod?« fragte sie.

»Natürlich. Oft sogar. Du nicht?«

»Doch. Aber ich will nicht sterben. Ich will nicht, daß du stirbst.«

»Der Tod ist gar nicht so schlimm. Man gewöhnt sich an den Gedanken, wenn man oft genug nur knapp davongekommen ist. Ich will dir etwas sagen. Neulich habe ich hier die Schubladen ausgeräumt. Eine davon war mit einer Zeitung ausgelegt, über ein Jahr alt. Ich entdeckte eine Meldung und begann zu lesen. Sie stammte aus dem vorletzten Winter. Es ging um einen alten Mann, der allein in einer Kellerwohnung hauste. Eines Tages fand man ihn tot auf. Er war schon eine Woche vorher gestorben. Bei der Untersuchung ergab sich, daß der Alte nie Besuch bekam und selbst kaum noch die Wohnung verlassen konnte. Der Gerichtsarzt stellte fest, daß der Mann seit mindestens einem Jahr unterernährt war. Weißt du, was man in seiner Kehle fand? Ein Stück Pappe. Er hatte an einem Karton genagt, um satt zu werden. Nein, das ist nichts für mich! Wenn ich einmal abtrete, dann auf meine Weise. Ich will nicht in einem Keller krepieren, halb verhungert, mit einem Stück Pappe zwischen den Zähnen. Lieber gehe ich mit einer Kugel in der Brust, mit Blut im Mund und einem Revolver in der Hand. Mit stolzer Verachtung im Herzen und dem Ruf: ›Der Teufel soll euch alle holen!‹ «

Er sah sie an.

»Laß uns jetzt schlafen, Julie, es wird schon hell.«

4. Kapitel

Shannon traf am Montag kurz nach ein Uhr in Luxemburg ein und fuhr mit einem Taxi vom Flugplatz zur Banque de Credit. Er wies sich mit seinem Reisepaß als Keith Brown aus und erkundigte sich nach den fünftausend Pfund, die für ihn bereitliegen müßten.

Es gab eine Verzögerung, weil erst im Fernschreibraum nachgefragt werden mußte, aber dann stellte sich heraus, daß die Gutschrift gerade aus Zürich angekommen war. Shannon hob nicht die ganze Summe in bar ab, sondern ließ sich den Gegenwert von tausend Pfund in Luxemburger Francs auszahlen und überschrieb die restlichen viertausend Pfund der Bank. Dafür wurde ihm ein beglaubigter Bankscheck über den Gegenwert ausgestellt.

Er hatte gerade noch Zeit für einen raschen Imbiß, dann war er in der Hougstraat mit der Firma Lang & Stein, Wirtschaftsprüfer, verabredet. Luxemburg bietet ebenso wie Belgien und Liechtenstein einem Geldanleger die Möglichkeit, äußerst diskret Bankgeschäfte und andere Transaktionen abzuwickeln. Bei einem Strafverfahren im Ausland ist hier kaum Auskunft zu bekommen. Wenn eine in Luxemburg registrierte Firma nicht gegen die Gesetze des Großherzogtums verstoßen hat oder wenn nicht der einwandfreie Nachweis geführt wird, daß sie in illegale internationale Geschäfte von höchst unschöner Art verwickelt war, begegnet man im großen und ganzen jeder Frage nach den Besitzverhältnissen einer solchen Firma mit Achselzucken. Genau das brauchte Shannon.

Er hatte sich schon vor drei Tagen telefonisch mit Herrn Emil Stein, einem Mitinhaber dieses sehr angesehenen Hauses, verabredet. Shannon trug zu diesem Anlaß einen neuen schwarzen Anzug, ein weißes Hemd und eine Krawatte in den Farben einer großen englischen Universität. Außer einer Aktentasche trug er die *Times* unter dem Arm. Diese Zeitung vermittelte in manchen Ländern seltsamerweise den Eindruck, ihr Leser sei ein sehr seriöser Engländer. Shannon sagte zu dem grauhaarigen Luxemburger: »Eine Gruppe britischer Geschäftsleute, der ich angehöre, möchte in den kommenden Monaten Geschäfte im Mittelmeerraum abwickeln, wahrscheinlich in Spanien, Frankreich und Italien. Zu diesem Zweck würden wir gern eine Holding-Firma in Luxemburg gründen. Wie sie sich vorstellen können, dürften Geschäftsbeziehungen zu verschiedenen Ländern mit unterschiedlichen Finanzgesetzen für einen britischen Staatsbürger sehr kompliziert werden. Da erscheint eine Holding-Firma in Luxemburg allein schon aus steuerlichen Gründen als ratsam.«

Herr Stein nickte. Dieses Anliegen überraschte ihn nicht. In dem winzigen Großherzogtum waren bereits viele derartige Holding-Firmen registriert, und sein Unternehmen bekam Tag für Tag entsprechende Anfragen.

»Das dürfte kein Problem sein«, sagte er zu seinem Besucher. »Sie sind sich natürlich im klaren darüber, daß alle Vorschriften unseres Landes gewissenhaft beachtet werden müssen. Ist das geschehen, kann die Holding-Gesellschaft die Aktienmehrheiten einer ganzen Reihe von Firmen besitzen, die in anderen Ländern registriert sind, ohne daß auswärtige Steuerprüfer Einblick in die Geschäftsunterlagen erhalten würden.«

»Sehr freundlich von Ihnen. Würden Sie mir bitte erklären, wie man eine solche Gesellschaft in Luxemburg gründet?« bat Shannon.

Stein betete die Voraussetzungen wie einen gut gelernten Text herunter. »Im Gegensatz zu den Gepflogenheiten in anderen Ländern muß jede Gesellschaft mit beschränkter Haftung in Luxemburg mindestens sieben Teilhaber und mindestens drei Mitglieder in der Geschäftsführung aufweisen. Häufig übernimmt jedoch der Wirtschaftsprüfer, der bei der Errichtung einer solchen Firma behilflich ist, den Posten des Geschäftsführers, und seine Kompagnons stellen die beiden anderen Mitglieder, während seine Mitarbeiter mit einem rein nominellen Betrag an der Firma beteiligt werden. Bei dieser Regelung ist die Person, die eine solche Firma gründen möchte, lediglich der siebente Anteilseigner, aber sie kontrolliert aufgrund der Majorität die Gesellschaft.

Normalerweise werden Firmenanteile und Ihre Inhaber registriert, aber es besteht auch die Möglichkeit der Ausgabe von Inhaberpapieren, die eine Preisgabe der Identität des Mehrheitseigners überflüssig macht. Wer die Mehrzahl der Anteile besitzt, kontrolliert die Firma. Sollten die Anteilscheine verlorengehen oder gestohlen werden, würde ihr neuer Besitzer automatisch die Firma kontrollieren, ohne nachweisen zu müssen, auf welche Weise er in den Besitz der Anteile gelangt ist. Können Sie mir folgen, Mr. Brown?«

Shannon nickte. Genau diese Konstellation hatte er sich erhofft, damit Semmler das Schiff über eine nicht identifizierbare Briefkastenfirma kaufen konnte.

Stein fuhr fort: »Eine Holding-Gesellschaft darf, wie der Name schon sagt, keinerlei Geschäfte abwickeln. Sie kann nur an anderen Firmen beteiligt sein. Besitzt Ihre Gruppe von Geschäftsleuten Anteile an anderen Firmen, die sie gern nach Luxemburg transferieren möchte?«

»Nein, noch nicht«, antwortete Shannon. »Wir hoffen, bereits bestehende Firmen in unserem neuen Betätigungsgebiet aufkaufen oder weitere Gesellschaften mit beschränkter Haftung gründen und die Anteilsmehrheit nach Luxemburg verlegen zu können.«

Nach einer Stunde war alles geregelt. Shannon hatte Herrn Stein zum

Beweis seiner Zahlungsfähigkeit den beglaubigten Scheck über viertausend Pfund gezeigt und fünfhundert Pfund in bar hinterlegt.

Herr Stein war bereit, sofort die Gründung und Eintragung einer Holding-Gesellschaft namens ›Tyrone Holdings S. A.‹ in die Wege zu leiten. Zuvor hatte er sich in dem umfangreichen Verzeichnis bereits registrierter Firmen vergewissert, daß dieser Name noch frei war. Das gesamte Firmenkapital sollte vierzigtausend Pfund betragen, von denen aber zunächst nur eintausend Pfund in Einzelanteilen von je einem Pfund ausgegeben werden sollten. Herr Stein sollte einen Anteil und den Vorsitz der Geschäftsführung übernehmen. Je einen weiteren Anteil erhielten Herr Lang und ein jüngerer Kompagnon der Firma. Diese drei Männer bildeten die Geschäftsführung. Die übrigen drei Angestellten – Sekretärinnen und Buchhalterinnen – wurden jeweils mit einem Anteil bedacht, während die restlichen neunhundertvierundneunzig Anteile in Mr. Browns Besitz verblieben. Er kontrollierte damit die Firma, und die Geschäftsführung hatte sich nach seinen Wünschen zu richten.

Die Gründungsversammlung sollte in zwölf Tagen stattfinden, gegebenenfalls auch zu einem späteren Termin, den Mr. Brown noch schriftlich mitteilen wollte.

Damit verabschiedete sich Shannon.

Noch vor Schalterschluß war er wieder in der Bank, gab den Scheck zurück und ließ die viertausend Pfund auf sein Konto in Brügge überweisen. Er mietete sich im ›Excelsior‹ ein und verbrachte die Nacht in Luxemburg. Seinen Weiterflug nach Hamburg hatte er für den nächsten Morgen schon gebucht und ließ ihn sich über das Hotel telefonisch bestätigen. In Hamburg ging es ihm um Waffen.

Der Waffenhandel ist nach dem Rauschgifthandel das lukrativste Geschäft der Welt. Natürlich sind auch die Regierungen intensiv daran beteiligt. Seit 1945 ist es beinahe zu einer Frage des nationalen Prestiges geworden, eine eigene Rüstungsindustrie zu besitzen. Diese Entwicklung nahm einen solchen Aufschwung, daß Anfang der siebziger Jahre nach einer offiziellen Schätzung für jeden Bewohner unseres Planeten, ob Mann, Frau, Greis oder Kind, eine Schußwaffe militärischer Art existierte. Man kann die Waffenherstellung einfach nicht dem Verbrauch anpassen, es sei denn in Kriegszeiten, und die logische Folge ist, daß man entweder den Überschuß exportiert oder Kriege anheizt – oder beides tut. Da kaum eine Regierung selbst in einen Krieg verwickelt werden möchte, aber andererseits aus Sicherheitsgründen auch die Rüstungsindustrie nicht gedrosselt werden soll, verlegt man seit Jahren das Schwergewicht auf den Waffenexport. Aus diesem Grund verfügen alle Großmächte über gutbezahlte Verkäufer, die den ganzen Globus bereisen und jeden Potentaten, bei dem sie eine Audienz bekommen können, davon zu überzeugen versuchen, daß er nicht genügend Waffen besitzt oder daß sein Waffenarsenal veraltet ist und erneuert werden müßte.

Es interessiert diese Verkäufer nicht, daß beispielsweise fünfundneunzig Prozent aller in Afrika vorhandenen Waffen nicht zum Schutz gegen Aggressoren verwendet werden, sondern zur Unterwerfung der Bevölkerung unter den Willen eines Diktators. Natürlich ging es beim Waffenhandel ursprünglich um die Profite rivalisierender westlicher Nationen, aber das Erscheinen Rußlands und Chinas auf dem Exportmarkt für Waffen hat das Schwergewicht auf die Rivalität um Macht verlegt.

In den Hauptstädten der Großmächte wird täglich gegeneinander abgewogen, was geschäftlich wünschenswert und was politisch wünschenswert ist. Daraus entstehen komplizierte Überlegungen: Die eine Macht verkauft Waffen an die Republik A, aber nicht an B. Darauf beeilt sich eine rivalisierende Macht, Waffen an B, jedoch nicht an A zu verkaufen. Dieses Spiel nennt man Herstellung eines Gleichgewichts der Macht und daher Erhaltung des Friedens. Vom geschäftlichen Standpunkt aus ist der Waffenhandel immer wünschenswert, weil er immer gewinnbringend bleibt. Einschränkungen ergeben sich nur aus Überlegungen der politischen Opportunität, also der Frage, ob dieses oder jenes Land diese oder jene Waffen besitzen sollte. Auf diesem schwankenden Boden des Zusammenspiels von Zweckmäßigkeit und Profitüberlegungen ist überall auf der Welt eine enge Zusammenarbeit zwischen Außen- und Verteidigungsministerien entstanden.

Die Errichtung einer landeseigenen Rüstungsindustrie ist nicht schwierig, wenn man sich auf die Grundausrüstung beschränkt. Es ist relativ einfach, Gewehre und Maschinenpistolen, die Munition dafür sowie Handgranaten und Pistolen herzustellen. Das erfordert nur ein geringes Maß an Technologie, industrieller Entwicklung und Rohmaterial. Aber die kleineren Länder kaufen gewöhnlich ihre Waffen von den größeren, weil ihr Bedarf zu gering ist und weil sie wissen, daß sie auf technischer Ebene gegen die Großmächte keine Chance beim Exportgeschäft hätten. Dennoch haben in den vergangenen Jahrzehnten immer mehr mittlere Mächte ihre eigene, wenn auch auf die Grundausrüstung beschränkte Waffenindustrie entwickelt. Je komplizierter die Waffen werden, um so schwieriger ist ihre Herstellung und um so kleiner daher die Anzahl der im Wettbewerb miteinander stehenden Länder. Es ist leicht, Handfeuerwaffen zu machen, schwieriger wird es schon bei Artillerie, Panzern und anderem schweren Gerät. Sehr schwierig ist die Errichtung von Anlagen zum Bau moderner Kriegsschiffe, am allerschwierigsten die Produktion moderner Düsenjäger und Bomber. Den Entwicklungsstand der einheimischen Rüstungsindustrie kann man daran ablesen, an welchem Punkt sie ihre technische Grenze erreicht hat und von wo an Waffen und Waffensysteme importiert werden müssen.

Die bedeutendsten Waffenhersteller und Waffenexporteure sind die Vereinigten Staaten, Kanada, Großbritannien, Frankreich, Italien, die Bundesrepublik (mit gewissen Einschränkungen auf Grund der Pariser Verträge von 1954), Schweden, die Schweiz, Spanien, Belgien, Israel und Südafrika in der westlichen Welt. Schweden und die Schweiz sind neutrale Länder, die aber trotzdem hervorragende Waffen produzieren und exportieren, während Israel und Südafrika ihre Rüstungsindustrien auf Grund ihrer prekären politischen Lage ausbauten: Sie wollen im Falle einer Krise von niemandem abhängig sein. Beide Länder exportieren nur geringe Mengen Waffen. Alle übrigen gehören der NATO an und betreiben eine gemeinsame Verteidigungspolitik. In bezug auf Waffengeschäfte kommt es hier auch zu einer nicht genau definierten gegenseitigen Abstimmung in der Außenpolitik.

Jeder Kaufantrag für Waffen in einem dieser Länder wird üblicherweise genau überprüft, bevor man ihm entspricht. Ebenso hat das kleinere Käuferland sich stets schriftlich zu verpflichten, daß es die gelieferten Waffen nur mit ausdrücklicher Genehmigung des Lieferanten an dritte weitergibt. Mit anderen Worten: Es werden viele Fragen gestellt, bevor das Außenministerium ein Waffengeschäft genehmigt, und so kommen Geschäfte fast ausschließlich von Regierung zu Regierung zustande.

Die Ostblock-Waffen sind weitgehend standardisiert und stammen überwiegend aus Rußland und der Tschechoslowakei. Der Neuling China produziert jetzt ebenfalls Waffen, die technisch so ausgereift sind, daß sie den Anforderungen der maoistischen Theorie des Guerilla-Kriegs genügen. Die kommunistischen Staaten verfolgen bei Waffengeschäften eine andere Politik. Bei ihnen stehen nicht Geld, sondern politischer Einfluß im Vordergrund, und viele sowjetische Waffenlieferungen sind keine normalen Geschäfte, sondern Geschenke zur Erhaltung der Freundschaft. Aus der Überzeugung heraus, daß Gewehre Macht verleihen, verkaufen die kommunistischen Länder ihre Waffen nicht nur an andere souveräne Regierungen, sondern auch an ›Befreiungsorganisationen‹, die sie politisch unterstützen. Hier handelt es sich meist um Geschenke und nicht um Verkäufe. So darf jede kommunistische, marxistische, extrem links gerichtete oder revolutionäre Bewegung fast überall auf der Welt einigermaßen sicher sein, daß es ihr nie an Schießeisen für den Guerilla-Krieg fehlen wird.

In der Mitte stehen die neutralen Länder Schweiz und Schweden, die sich hinsichtlich ihrer Waffenlieferungen selbst Beschränkungen auferlegt haben. Das tut sonst niemand.

Da die Russen nichts dagegen haben, Waffen an nicht staatliche Empfänger zu verkaufen und zu verschenken, der Westen aber davor zurückscheut, treten private Waffenhändler auf. In Rußland gibt es keine privaten Waffenhändler; sie füllen in westlichen Ländern eine Lücke aus. Der

Waffenhändler ist ein Privatunternehmer, an den sich jeder wendet, der Waffen kaufen möchte, aber um im Geschäft zu bleiben, muß er eng mit dem Verteidigungsministerium seines Landes zusammenarbeiten, sonst verliert er seine Existenz. Es liegt in seinem eigenen Interesse, sich den Wünschen seiner Regierung zu fügen: Der Staat ist seine Lieferquelle, die sofort versiegen kann, wenn er unbequem wird, und darüber hinaus gibt es auch noch unerfreulichere Methoden, ihn kaltzustellen.

Deshalb verkauft der lizenzierte Waffenhändler, zumeist Bürger und gleichzeitig Einwohner seines Landes, Waffen nur dann an einen Einkäufer, wenn seine Regierung dieses Geschäft genehmigt hat. Solche Händler sind zumeist große Firmen mit eigenen Lagerbeständen.

Dies ist die oberste Etage des privaten Waffengeschäftes. In trüben Gewässern tummeln sich zweifelhaftere Fische. Auf der nächsten Stufe steht der lizenzierte Händler ohne eigenes Waffenlager, der mit einer großen staatseigenen oder zumindest vom Staat kontrollierten Herstellerfirma zusammenarbeitet. Er vermittelt das Geschäft und bekommt seinen Anteil. Seine Lizenz hängt davon ab, daß er gegen bestimmte Richtlinien seiner Regierung nicht verstößt. Das hindert manche Waffenhändler nicht daran, gelegentlich dubiose Geschäfte zu machen; zwei angesehene Waffenhändler wurden allerdings in den letzten Jahren von ihren Regierungen dabei ertappt und kaltgestellt.

Ganz unten in dem schmutzigen Tümpel schwimmen die Schwarzhändler. Sie operieren auf eigene Faust und ohne Lizenz. Deshalb dürfen sie auch keine legalen Lagerbestände unterhalten. Ihre geschäftliche Grundlage besteht darin, daß sie für heimliche Käufer da sind, für Leute oder Organisationen, die keine Regierung repräsentieren und die daher mit dem Staat auch keine Geschäfte abschließen können. Sie haben keine Möglichkeit, eine kommunistische Regierung zur Unterstützung ihrer Politik zu bewegen. Trotzdem brauchen sie Waffen.

Das entscheidende Dokument bei einem Waffengeschäft ist das Endverbraucherzertifikat. Darin wird bestätigt, daß der Waffenkauf vom Endverbraucher oder in seinem Namen getätigt wird, und in der westlichen Welt hat das fast ausnahmslos eine souveräne Regierung zu sein. Das Endverbraucherzertifikat spielt nur dann keine Rolle, wenn es sich um das Geschenk eines Geheimdienstes an eine irreguläre Armee oder um ein reines Schwarzmarktgeschäft handelt. So hat beispielsweise der CIA kostenlos die Castro-Gegner beim Schweinebucht-Unternehmen ausgerüstet und später die Söldner im Kongo bewaffnet. Auf Schwarzmarktgeschäften beruhten die Waffenlieferungen aus verschiedenen privaten europäischen und amerikanischen Quellen für die illegale Irisch-Republikanische Armee. Das Endverbraucherzertifikat wird als internationales Dokument formlos ausgestellt. Es enthält eine schriftliche Bescheinigung des Bevollmächtigten einer Nationalregierung, die entweder den Überbringer oder den Händler ermächtigt, bei der Regierung des Lieferlandes einen Antrag auf Kauf *und* Export einer bestimmten Menge Waffen zu stellen.

Entscheidend im Umgang mit Endverbraucherzertifikaten ist die Tatsache, daß manche Länder die Echtheit dieses Dokuments sehr streng überprüfen, während andere die Kontrolle lasch handhaben. Selbstverständlich kann man Endverbraucherzertifikate wie jedes andere Dokument fälschen.

Über all diese Umstände war Shannon längst informiert, als er seine Maschine nach Hamburg bestieg.

Es war ihm klar, daß er keine Chance hatte, von irgendeiner europäischen Regierung die Genehmigung für einen Waffenkauf zu erhalten. Auch würde keine kommunistische Regierung die Freundlichkeit besitzen, ihm die Waffen zu schenken, da ein Sturz Kimbas den kommunistischen Interessen zuwiderlief. Jeder offene Antrag hätte das gesamte Unternehmen mit Sicherheit vorzeitig aufgedeckt und vereitelt.

Aus denselben Gründen war er nicht in der Lage, sich an einen der führenden staatlichen Waffenhersteller zu wenden, weil jeder staatliche Rüstungsbetrieb eine solche Anfrage direkt an die zuständige Regierung weitergeleitet hätte.

Er konnte auch nicht zu einem der großen privaten Waffenhändler gehen wie Cogswell & Harrison in London oder Parker & Hale in Birmingham. Zu derselben Gruppe gehören Bofors in Schweden, Oerlikon-Bührle in der Schweiz, CETME in Spanien, Werner und andere in Deutschland, Omnipol in der Tschechoslowakei und Fiat in Italien. Sie alle kamen nicht in Frage.

Er hatte außerdem die besonderen Umstände des beabsichtigten Waffenkaufs zu berücksichtigen. Der Umfang des Geschäftes war zu gering, um einen der großen lizenzierten Waffenhändler zu interessieren, die normalerweise in Millionenbeträgen rechneten. Das wäre nichts für den einstigen König der privaten Waffenhändler Sam Cummings von der Firma Interarmco gewesen, der nach dem Krieg zwei Jahrzehnte lang von seinem Penthouse in Monaco aus ein privates Rüstungsimperium dirigierte und sich inzwischen zur Ruhe gesetzt hatte; auch nicht für Dr. Strakaty in Wien, den Bevollmächtigten der Prager Firma Omnipol in der Washingtonstraße Nr. 11; nichts für Dr. Langenstein in München, Dr. Peretti in Rom oder M. Cammermundt in Brüssel.

Er mußte sich auf das Niveau jener Männer begeben, die mit kleineren Summen und Mengen arbeiteten. In Deutschland kannte er Günther Leinhauser, einen früheren Teilhaber von Cummings, in Paris die Namen Pierre Lorez, Maurice Herscu und Paul Favier. Aber nach gründlicher Überlegung hatte er sich dafür entschieden, zwei Männer in Hamburg aufzusuchen.

Die Schwierigkeit bestand darin, daß man dem Waffensortiment, das er suchte, seine Bestimmung genau ansah: die Ausrüstung für eine Blitzaktion, in der es darum ging, ein bestimmtes Gebäude im Handstreich zu nehmen. Der mengenmäßige Spielraum war so gering, daß man keinem Berufssoldaten etwas vormachen konnte: Hinter der Bestellung konnte kein Verteidigungsministerium stehen, auch nicht das eines sehr kleinen Landes.

Shannon hatte daher beschlossen, die Bestellung weiter zu unterteilen und bei jedem einzelnen Lieferanten einen in sich geschlossenen Posten aufzugeben. Eine Gesamtbestellung hätte die Art des Unternehmens verraten.

Von einem der Männer, die er aufsuchen wollte, brauchte er vierhunderttausend Schuß Neun-Millimeter-Standardmunition, die sowohl für automatische Pistolen als auch für Schnellfeuergewehre verwendbar war. Eine solche Bestellung war zu umfangreich, um sie auf dem Schwarzmarkt aufzugeben und ohne komplizierte Schmuggeleien an Bord eines Schiffes zu schaffen. Aber es war eine Bestellung, die ohne weiteres von der Polizei irgendeines kleinen Landes stammen konnte und die insofern unverdächtig war, als keine dazugehörigen Waffen geordert wurden. Bei einer Überprüfung konnte es so aussehen, als sollten lediglich Munitionsbestände ergänzt werden.

Um die Patronen zu bekommen, brauchte Shannon einen lizenzierten Waffenhändler, der eine so kleine Bestellung bei größeren Orders dazwischenmogeln konnte. Trotz seiner Lizenz mußte der Händler bereit sein, ein ›krummes‹ Geschäft mit einem gefälschten Endverbraucherzertifikat abzuwickeln. Dazu war es erforderlich, genau zu wissen, in welchen Ländern keine strengen Kontrollen üblich waren.

Noch zehn Jahre zuvor lagen überall in Europa riesige Mengen an überzähligen Waffen herum. Diese ›schwarzen‹ Bestände in Privathand waren aus Kolonialkriegen übriggeblieben: von den Franzosen in Algerien, den Belgiern im Kongo und so weiter.

Aber diese Überschüsse waren im Laufe der sechziger Jahre bei einer ganzen Serie kleiner Operationen und Kriege aufgebraucht worden, insbesondere im Jemen und in Nigeria. Shannon brauchte deshalb einen Händler, der ein nicht ganz astreines Endverbraucherzertifikat akzeptierte und bereit war, es einem staatlichen Lieferanten vorzulegen, der kaum neugierige Fragen stellte. Noch vor wenigen Jahren war die tschechoslowakische Regierung dafür bekannt, die auch unter kommunistischem Regime ihre alte Tradition fortsetzte, Waffen an jeden zu verkaufen, der des Weges kam. Noch vor wenigen Jahren hätte er mit einem Koffer voller Dollars zur Zentrale der Omnipol in Prag gehen, sich seine Ladung aussuchen und mitsamt den gekauften Waffen ein paar Stunden später in einer Chartermaschine Prag wieder verlassen können. So einfach war das. Aber seit der sowjetischen Intervention von 1968 kontrollierte der KGB jeden Kaufantrag, und es wurden viel zuviele neugierige Fragen gestellt.

Noch zwei andere Länder waren dafür bekannt, daß dort kein Hahn nach der Herkunft der vorgelegten Endverbraucherzertifikate krähte. Das eine war Spanien, immer schon an ausländischer Währung interessiert; die Fabriken der CETME stellten ein großes Sortiment aller möglichen Waffen her, die vom spanischen Armeeministerium praktisch an jedermann verhökert wurden. Das andere Land war neu auf dem Markt: Jugoslawien.

Jugoslawien hatte erst vor wenigen Jahren die eigene Rüstungsproduktion aufgenommen und bald den Punkt erreicht, wo die eigenen Streitkräfte hinreichend mit einheimischen Waffen ausgerüstet waren. Der nächste logische Schritt war eine Überproduktion, da man ja Fabriken, die erst vor wenigen Jahren mit hohem Kostenaufwand errichtet worden waren, nicht wieder stillegen konnte – und damit der Wunsch nach Exporten. Als Neuling auf dem internationalen Waffenmarkt hatte Jugoslawien noch keinen guten Ruf für Qualität vorzuweisen und zog es daher vor, Waffenkäufer nicht allzu genau unter die Lupe zu nehmen. Jugoslawien stellte einen ordentlichen leichten Granatwerfer und eine recht brauchbare Bazooka her, die eng an das tschechoslowakische Modell RPG-7 angelehnt war.

Die jugoslawischen Waffen waren erst kurz auf dem Markt, und so hielt es Shannon für möglich, daß sich Belgrad von einem Waffenhändler auch zur Lieferung kleinster Mengen überreden ließ: zwei Sechzig-Millimeter-Granatwerfer mit hundert Granaten, dazu zwei Bazookas und vierzig Raketen. Dabei sollte mit dem Vorwand operiert werden, daß es sich um einen neuen Kunden handle, der diese Waffen erst erproben und dann eine wesentlich umfangreichere Nachbestellung aufgeben wolle.

Wegen der ersten Bestellung wollte sich Shannon an einen Händler wenden der offiziell mit der CETME in Madrid zusammenarbeitete, von dem man aber wußte, daß er durchaus bereit war, auch ein nicht ganz astreines Endverbraucherzertifikat durchzuboxen. Für die zweite Bestellung hatte Shannon einen Namen in Hamburg ausfindig gemacht, einen Mann, der es verstanden hatte, schon sehr früh die Beziehungen zu den jugoslawischen Waffenschmieden zu pflegen und sich mit ihnen gutzustellen, obgleich er keine Lizenz besaß.

Normalerweise hat es keinen Sinn, zu einem nicht lizenzierten Waffenhändler zu gehen. Falls er den Auftrag nicht aus eigenen illegalen Beständen erfüllen kann – dann aber ohne Exportgenehmigung –, ist er nur dann nützlich, wenn er ein geschickt gefälschtes Endverbraucherzertifikat besorgen kann. Danach muß man versuchen, einem lizenzierten Waffenhändler dieses Papier anzudrehen. Der lizenzierte Händler kann den Auftrag dann mit staatlicher Genehmigung aus seinem ganz legalen

Lagerbestand ausführen und eine Exportgenehmigung dafür einholen, oder er legt das falsche Zertifikat irgendeiner Regierung vor und steht mit seinem Namen dafür gerade. Aber gelegentlich kann der illegale Händler noch aus einem anderen Grund nützlich werden: wegen seiner intimen Marktkenntnis, weil er eben weiß, wo man zu einem bestimmten Zeitpunkt was bekommen kann. Das war der Grund, aus dem Shannon auch noch einen zweiten Mann in Hamburg besuchen wollte.

Nach seiner Ankunft in der Hansestadt fuhr Shannon bei der Landesbank vorbei und stellte fest, daß seine fünftausend Pfund bereits eingetroffen waren. Er ließ sich von der Bank für die ganze Summe einen Scheck auf seinen Namen ausstellen und fuhr damit zum Hotel ›Atlantik‹, wo er sein Zimmer gebucht hatte.

Johann Schlinker, ein kleiner, rundlicher, jovialer Mann, empfing Shannon etwas später in seinem kleinen, bescheiden eingerichteten Büro. Die Begrüßung fiel so überschwenglich aus, daß Shannon ihm auf Anhieb nicht über den Weg traute. Die beiden sprachen englisch miteinander und nannten ihre Preise in Dollar, wie das im Waffenhandel üblich ist.

Shannon bedankte sich bei Schlinker für die Gelegenheit zu dieser Unterredung und legte ihm seinen Reisepaß auf den Namen Keith Brown vor. Der Deutsche blätterte ihn aufmerksam durch und gab ihn zurück.

»Und was führt Sie hierher?« fragte er.

»Herr Schlinker, Sie wurden mir als außerordentlich zuverlässiger Geschäftspartner in der Waffenbranche empfohlen.«

Schlinker nickte lächelnd, aber das Kompliment hinterließ bei ihm keinen Eindruck.

»Von wem, wenn ich fragen darf?«

Shannon erwähnte den Namen eines Mannes in Paris, der in Afrika eng mit einer gewissen geheimen Dienststelle zusammenarbeitete. Die beiden waren sich einmal in Afrika begegnet, und vor einem Monat hatte Shannon in Paris die alte Bekanntschaft erneuert. Er hatte den Mann vor einer Woche angerufen, und es stimmte tatsächlich, daß dieser ihm Schlinker als Lieferanten für die gewünschten Waren empfohlen hatte. Der Mann wußte, daß Shannon den Namen Brown benutzen würde.

Schlinker hob die Augenbrauen.

»Würden Sie mich bitte für einen Augenblick entschuldigen«, murmelte er und verließ den Raum. Nebenan hörte Shannon einen Fernschreiber klappern. Nach einer Viertelstunde kam Schlinker zurück. Er lächelte.

»Ich mußte wegen einer dringenden Sache einen Geschäftsfreund in Paris anrufen«, erklärte er strahlend. »Bitte fahren Sie fort.«

Shannon wußte genau, daß Schlinker über Fernschreiber einen Kollegen in Paris gebeten hatte, sich bei dem Agenten über Keith Brown zu informieren. Anscheinend war die Bestätigung gerade eingetroffen.

»Ich möchte eine bestimmte Menge Neun-Millimeter-Munition kaufen«, sagte Shannon ohne Umschweife. »Ich weiß, daß es sich um einen kleinen Auftrag handelt, aber die Munition geht an eine Gruppe von Leuten in Afrika und dient einem ganz bestimmten Zweck. Wenn alles klappt, bin ich überzeugt, daß größere Aufträge folgen werden.«

»Um welche Größenordnung handelt es sich?« fragte der Deutsche.

»Vierhunderttausend Schuß.«

Schlinker verzog das Gesicht.

»Das ist wirklich nicht viel«, sagte er schlicht.

»Ich weiß. Im Augenblick steht nur ein begrenzter Etat zur Verfügung. Man hofft, mit einer kleinen Investition ein größeres Ziel anzusteuern.«

Schlinker nickte. Er war das gewöhnt. Der erste Auftrag fällt meist nur klein aus.

»Welche Rolle spielen Sie dabei? Sie sind doch kein Waffenhändler?«

»Ich fungiere für diese Leute ganz allgemein als technischer und militärischer Berater. Als die Frage nach einem neuen Lieferanten auftauchte, hat man mich gebeten, deswegen nach Europa zu reisen«, antwortete Shannon.

»Und Sie haben kein Endverbraucherzertifikat?«

»Nein, leider nicht. Ich hatte gehofft, so etwas ließe sich arrangieren.«

»Natürlich geht das«, sagte Schlinker, »das ist kein Problem. Es dauert nur länger und kostet mehr Geld. Aber machen läßt es sich. Man könnte diese Bestellung ab Lager ausführen, doch das befindet sich in Wien. Auf diese Weise wäre ein Endverbraucherzertifikat erforderlich. Oder man könnte ein solches Dokument besorgen und ganz normal auf dem üblichen Weg die Exportgenehmigung beantragen.«

»Der zweite Weg wäre mir lieber«, sagte Shannon. »Der Transport erfolgt auf dem Seeweg, und es wäre gefährlich, einen solchen Posten quer durch Österreich und Italien bis auf das Schiff zu transportieren. Das ist ein Gebiet, mit dem ich nicht vertraut bin. Außerdem würde eine Entdeckung lange Gefängnisstrafen für diejenigen bedeuten, bei denen man die Munition findet. Und man könnte herausfinden, daß die Ware von Ihnen stammt.«

Schlinker lächelte. Er wußte, daß ihm von dieser Seite keine Gefahr drohte, aber hinsichtlich der Grenzkontrollen hatte Shannon recht. Die neuerdings aufgetauchte Gefahr von seiten gewisser Terroristengruppen hatte die österreichischen, deutschen und italienischen Behörden gegenüber bedenklichen Warensendungen sehr mißtrauisch gemacht.

Shannon traute Schlinker durchaus zu, daß er ihm heute die Munition verkaufte und ihn morgen anzeigte. Bei Verwendung eines gefälschten Endverbraucherzertifikates mußte Schlinker zu der Vereinbarung stehen; er war es schließlich, der dieses Papier den Behörden vorzulegen hatte.

»Sie könnten recht haben«, meinte Schlinker schließlich. »Also gut. Ich kann Ihnen Neun-Millimeter-Standardmunition zu fünfundsechzig Dollar pro Tausend anbieten. Für das Zertifikat muß ich einen Aufschlag von zehn Prozent berechnen und weitere zehn Prozent bei Lieferung frei Schiff.«

Shannon rechnete rasch nach. Frei Schiff – das bedeutete die Lieferung mit Exportgenehmigung, fertig verzollt auf das zum Auslaufen klar gemachte Schiff. Der Preis würde sich auf sechsundzwanzigtausend Dollar plus fünftausendzweihundert Dollar Aufschlag belaufen.

»Wie stellen Sie sich die Bezahlung vor?« fragte er.

»Die fünftausendzweihundert Dollar brauche ich im voraus«, sagte Schlinker. »Daraus müssen die Kosten für das Zertifikat sowie sämtliche Reise- und Verwaltungskosten gedeckt werden. Der volle Kaufpreis wäre hier in meinem Büro zu entrichten, sobald ich Ihnen das Zertifikat vorlegen kann, aber noch vor Kaufabschluß. Als lizenzierter Händler würde ich die Ware im Namen meines Kunden erwerben, nämlich der auf dem Zertifikat angeführten Regierung. Ist das Geschäft erst einmal abgeschlossen, dürfte kaum damit zu rechnen sein, daß der staatliche Lieferant die Ware wieder zurücknimmt und den Kaufpreis erstattet. Deshalb brauche ich die ganze Summe im voraus. Für den Antrag auf Exportgenehmigung müßte ich außerdem den Namen des Schiffes wissen. Es muß sich dabei um ein Fahrzeug im normalen Linienverkehr oder um einen Frachter im Besitz einer eingetragenen Schiffahrtsgesellschaft handeln.«

Shannon nickte. Die Bedingungen waren hart, aber Schlinker saß am längeren Hebel. Wäre Shannon tatsächlich der Beauftragte einer Regierung gewesen, so säße er jetzt überhaupt nicht hier.

»Wie lang wird es von der Bezahlung bis zur Auslieferung dauern?« fragte er.

»Höchstens vierzig Tage.«

Shannon stand auf. Er zeigte Schlinker den beglaubigten Scheck, um seine Zahlungsfähigkeit zu beweisen, und versprach, in spätestens einer Stunde fünftausendzweihundert Dollar in bar oder den Gegenwert in Mark abzuliefern. Schlinker entschied sich für Mark und gab Shannon, als er das Geld brachte, dafür eine normale Quittung.

Während Schlinker die Quittung ausstellte, blätterte Shannon einige Broschüren durch, die auf dem Kaffeetisch lagen. Sie enthielten das Angebot einer anderen Firma, die sich offenbar auf Pyrotechnische Erzeugnisse spezialisierte, die nicht unter die Rubrik ›Waffen‹ fielen. Außerdem lieferte sie alle möglichen Dinge, wie Wach- und Schließgesellschaften sie brauchten: Schlagstöcke, Gummiknüppel, Walkie Talkies, Tränengaswerfer, Fackeln, Leuchtraketen und so weiter.

Shannon nahm seine Quittung entgegen und fragte: »Haben Sie etwas mit dieser Firma zu tun, Herr Schlinker?«

Schlinker lächelte breit.

»Sie gehört mir«, sagte er. »Ihr verdanke ich meinen Namen in der Öffentlichkeit.«

Außerdem ist das eine verdammt praktische Tarnung für ein ganzes Lagerhaus voller Kisten mit der Aufschrift ›Vorsicht! Explosionsgefahr!‹, dachte Shannon. Aber die Sache interessierte ihn.

Er stellte rasch eine Liste zusammen und zeigte sie Schlinker.

»Könnten Sie aus Ihren eigenen Beständen diesen Exportauftrag ausführen?« fragte er.

Schlinker überflog die Liste: zwei Raketenwerfer, wie sie von der Küstenwacht für Notsignale verwendet wurden, zehn Magnesium-Leuchtraketen von äußerster Brenndauer und Leuchtkraft an Fallschirmen, zwei starke Nebelhörner mit Druckluftzylindern, vier Nachtgläser, drei Walkie Talkies mit Detektor-Kristallen und einer Reichweite von maximal acht Kilometern und fünf Armband-Kompasse.

»Gern«, sagte Schlinker. »Das hab' ich alles vorrätig.«

»Dann bestell' ich diese Gegenstände bei Ihnen. Da sie nicht als Waffen betrachtet werden können, dürfte es mit dem Export wohl keine Probleme geben.«

»Ganz und gar nicht. Ich kann Ihnen die Waren überallhin ausliefern, selbstverständlich auch auf ein Schiff.«

»Gut«, sagte Shannon. »Wie hoch belaufen sich die Gesamtkosten einschließlich Fracht bis zu einer Exportfirma in Marseille?«

Schlinker konsultierte seinen Katalog und die Preisliste und addierte zehn Prozent für Frachtkosten.

»Viertausendachthundert Dollar«, sagte er.

»Ich melde mich in zwölf Tagen wieder«, versprach Shannon. »Bitte lassen Sie bis dahin alles frachtmäßig verpacken. Ich gebe Ihnen dann den Namen der Exportfirma in Marseille und schicke Ihnen einen beglaubigten Scheck über viertausendachthundert Dollar. In spätestens dreißig Tagen bekommen Sie die restlichen sechsundzwanzigtausend Dollar für die Munitionslieferung sowie den Namen des Schiffes.«

Mit seinem zweiten Gesprächspartner traf er sich zum Abendessen im ›Atlantik‹. Alan Baker, ein Kanadier, war nach dem Krieg in Deutschland geblieben und hatte eine Deutsche geheiratet. Der einstige Royal Engineer hatte in den ersten Nachkriegsjahren zunächst Nylonstrümpfe, Uhren und Flüchtlinge über die innerdeutschen Grenzen geschmuggelt und später ungezählte kleine Widerstandsgruppen mit Waffen versorgt. Diese nationalistisch orientierten Freiheitskämpfer waren aus dem Krieg übriggeblieben und leisteten in Zentral- und Osteuropa immer noch Widerstand – mit dem einzigen Unterschied, daß sie während des Krieges gegen die Deutschen und später gegen die Kommunisten kämpften.

Die meisten Waffenlieferungen wurden von den Amerikanern finanziert.

Baker benutzte seine Kenntnisse der Sprache und der Guerillataktik für seine Geschäfte: Er lieferte ihnen heimlich Waffen und wurde von den Amerikanern dafür fürstlich bezahlt. Als sich diese Widerstandsgruppen allmählich auflösten, hielt er sich Anfang der fünfziger Jahre in Tanger auf. Die im Krieg und gleich danach erworbene Erfahrung als Schmuggler befähigte ihn, aus dem damaligen internationalen Freihafen an der Nordspitze Marokkos Parfüms und Zigaretten nach Italien und Spanien zu schaffen. Dieses Geschäft fand ein abruptes Ende, als sein Schiff in einem internen Bandenkrieg gesprengt und versenkt wurde. Er kehrte nach Deutschland zurück und handelte mit jeglicher Ware, für die er Käufer und Verkäufer fand. Sein neuester Coup war die Vermittlung einer Lieferung jugoslawischer Waffen für die Baskenbewegung im nördlichen Spanien.

Shannon hatte ihn kennengelernt, als Baker im April 1968 Waffen nach Äthiopien lieferte und Shannon selbst nach der Rückkehr aus Bukavu arbeitslos war. Baker kannte Shannons richtigen Namen.

Der kleine, drahtige Mann mit seinen unsteten Augen hörte sich schweigend an, was Shannon wollte.

»Ja, das läßt sich machen«, sagte er, als Shannon fertig war. »Die Jugoslawen werden durchaus verstehen können, daß ein neuer Kunde als Probelieferung für Testzwecke zwei Granatwerfer und zwei Bazookas haben will, bevor er eine größere Bestellung aufgibt. Das klingt plausibel. Kein Problem – die Dinger kann ich leicht besorgen. Ich habe erstklassige Beziehungen zu den Leuten in Belgrad. Und sie liefern schnell. Meine Schwierigkeiten liegen im Augenblick woanders, wie ich zugeben muß.«

»Wo?«

»Beim Endverbraucherzertifikat«, antwortete Baker. »Ich hatte einen Mann in Bonn sitzen, einen Diplomaten aus Ostafrika, der für einen bestimmten Preis und ein paar hübsche deutsche Mädchen jede gewünschte Unterschrift leistete. Aber er wurde vor zwei Wochen von seinem Posten abberufen. Einen entsprechenden Ersatz habe ich noch nicht gefunden.«

»Sind die Jugoslawen sehr pingelig, was die Dokumente betrifft?«

Baker schüttelte den Kopf.

»Nein. Wenn die Papiere einen legalen Eindruck machen, prüfen sie nicht weiter nach. Aber ein Zertifikat mit dem entsprechenden amtlichen Stempel muß vorhanden sein. So weit geht die Schlamperei eben doch nicht.«

Shannon überlegte eine Weile. Er kannte in Paris einen Mann, der einmal behauptet hatte, er könne über einen Freund bei einer Botschaft Endverbraucherzertifikate besorgen.

»Und wenn ich Ihnen einen verläßlichen Mann besorge«, fragte Shannon, »würden Sie den akzeptieren?«

Baker zog an seiner Zigarre.

»Selbstverständlich«, antwortete er. »Was den Preis betrifft, so kostet ein Sechzig-Millimeter-Granatwerfer eintausendeinhundert Dollar. Die Granaten dazu machen vierundzwanzig Dollar pro Stück. Schwierig ist nur, daß es sich wirklich um sehr kleine Summen handelt. Könnten Sie nicht wenigstens die Stückzahl der Granaten von hundert auf dreihundert erhöhen? Dann wäre alles einfacher. Einhundert Granaten – das genügt nicht einmal für Testzwecke.«

»In Ordnung«, sagte Shannon, »Ich nehme dreihundert, aber mehr nicht. Sonst überschreite ich meinen Etat und muß aus eigener Tasche zulegen.« Das stimmte zwar nicht, weil er sich für Mehrausgaben einen Spielraum gelassen hatte und sein eigenes Gehalt nicht angreifen mußte. Aber er wußte, daß Baker dieses Argument akzeptieren würde.

»Gut«, sagte Baker, »das macht also siebentausendzweihundert Dollar für die Granaten. Die Bazookas kosten pro Stück eintausend Dollar, die dazugehörige Rakete zweiundvierzig Dollar fünfzig. Bei vierzig Stück macht das... Augenblick...«

»Siebzehnhundert Dollar«, sagte Shannon. »Der gesamte Auftrag beläuft sich auf dreizehntausendeinhundert Dollar.«

»Plus zehn Prozent für den Transport frei Schiff, CAT. Ohne das Endverbraucherzertifikat. Ich hätte es Ihnen für zwanzig Prozent besorgt. Bleiben Sie realistisch: Die Bestellung ist winzig, aber meine eigenen Spesen bleiben dieselben. Also macht die Gesamtsumme vierzehntausendvierhundertzehn Dollar. Sagen wir vierzehneinhalb, einverstanden?«

»Sagen wir vierzehntausendvierhundert«, erklärte Shannon. »Ich besorge das Dokument und schicke es Ihnen zusammen mit einer Anzahlung von fünfzig Prozent. Weitere fünfundzwanzig Prozent bezahle ich, sobald die Ware in Jugoslawien versandfertig liegt, und die restlichen fünfundzwanzig Prozent bei Ablegen des Schiffes. Sind Sie mit Reiseschecks in Dollar einverstanden?«

Baker hätte gern alles im voraus gehabt, aber als illegaler Händler besaß er im Gegensatz zu Schlinker kein Lager und keine eigene Postanschrift. Er konnte nur als Vermittler fungieren, während als Käufer ein befreundeter Waffenhändler auftrat. Wer auf dem Schwarzmarkt arbeitet, muß auch ungünstigere Bedingungen, einen geringeren Profit und eine niedrigere Vorauszahlung akzeptieren.

Zu den ältesten Tricks des Gewerbes gehört es, eine Waffenlieferung zuzusagen, sehr zuversichtlich zu tun, den Kunden hinsichtlich der Integrität des Vermittlers in Sicherheit zu wiegen und dann mit einer möglichst großen Anzahlung zu verschwinden. Diese Erfahrung mußte so mancher farbige Waffeneinkäufer in Europa machen. Aber Baker wußte, daß Shannon nie auf diesen Trick hereinfallen würde. Außerdem waren fünfzig Prozent von vierzehntausendvierhundert Dollar eine zu geringe Summe, um dafür unterzutauchen.

»Okay«, sagte Baker. »Sobald mir Ihr Endverbraucherzertifikat vorliegt, mache ich mich an die Arbeit.«

Sie bezahlten und standen auf.

»Wie lange dauert es dann noch bis zur Verschiffung?« fragte Shannon.

»Dreißig bis fünfunddreißig Tage«, entgegnete Baker. »Haben Sie übrigens schon ein Schiff?«

»Noch nicht. Ich nehme an, Sie müssen den Namen des Schiffes wissen. Den teile ich Ihnen zusammen mit dem Zertifikat mit.«

»Ich wüßte ein sehr ordentliches Schiff, das Sie chartern können. Zweitausend Mark pro Tag alles inklusive: Mannschaft, Proviant und so weiter. Es bringt Sie mitsamt Ihrer Ladung überall hin und natürlich absolut diskret.«

Shannon überlegte: Zwanzig Tage im Mittelmeer, zwanzig Tage im Einsatz und zwanzig Tage zurück: einhundertzwanzigtausend Mark oder fünfzehntausend Pfund. Billiger als der Kauf eines eigenen Schiffes. Sehr verlockend. Aber es behagte ihm nicht, daß ein Außenstehender einen Teil des Waffengeschäftes und das Schiff kontrollieren und außerdem das Ziel kennen sollte. Damit würde Baker oder der Schiffseigner praktisch zu einem Partner in dem Unternehmen.

»Na gut«, sagte Shannon vorsichtig, »wie heißt das Schiff?«

»*San Andrea.*«

Shannon zuckte zusammen. Den Namen hatte er schon von Semmler gehört.

»Auf Zypern registriert?« fragte er.

»Ja, stimmt.«

»Vergessen wir's«, sagte er nur.

Als sie den Speisesaal verließen, sah Shannon den Waffenhändler Johann Schlinker in einer Nische sitzen. Er glaubte erst, der Mann sei ihm nachgegangen, aber dann merkte er, daß er noch jemanden bei sich hatte. Anscheinend speiste er mit einem wichtigen Kunden. Er wandte den Kopf ab und ging rasch vorbei.

Am Ausgang reichte er Baker die Hand.

»Sie hören wieder von mir«, sagte er. »Und – lassen Sie mich nicht sitzen.«

»Keine Sorge, CAT. Sie können mir vertrauen«, antwortete Baker.

Er ging eilig die Straße hinunter. »Da kann ich auch des Teufels Großmutter vertrauen«, murmelte Shannon und ging ins Hotel zurück.

Auf dem Weg hinauf zu seinem Zimmer ging ihm dauernd das Gesicht des Mannes durch den Kopf, den er bei Schlinker gesehen hatte. Dieses Gesicht kannte er von irgendwoher. Er wußte es nur nicht unterzubringen. Erst beim Einschlafen fiel es ihm ein: Es war der Stabschef der illegalen IRA.

Am nächsten Morgen, einem Mittwoch, flog er nach London zurück. Damit begann der neunte Tag des Unternehmens.

5. Kapitel

Martin Thorpe betrat etwa um dieselbe Zeit Sir James Mansons Büro, als CAT Shannon von Hamburg startete.

»Lady Macallister«, sagte er als Einleitung. Sir James deutete auf einen Sessel. »Ich habe sie mit einem Staubkamm bearbeitet«, fuhr Thorpe fort. »Es sind tatsächlich schon zweimal Leute an sie herangetreten, die daran interessiert waren, ihre dreißig Prozent an der Firma Bormac zu erwerben. Sie müssen etwas falsch gemacht haben und bekamen eine Abfuhr. Sie ist sechsundachtzig, halb senil und sehr launisch. Das behauptet man zumindest von ihr. Sie ist außerdem stolz auf ihre schottische Abstammung und läßt alle ihre Angelegenheiten durch einen Anwalt in Dundee erledigen. Hier haben Sie meinen kompletten Bericht.«

Er reichte Sir James einen Schnellhefter. Der Chef von Manson Consolidated las den Bericht in wenigen Minuten durch. Er brummte einige Male und fluchte gelegentlich. Als er fertig war, hob er den Kopf.

»Ich möchte trotzdem diese dreihunderttausend Bormac-Anteile«, sagte er. »Was haben die anderen bei ihr falsch gemacht?«

»Nur eines im Leben scheint ihr wichtig zu sein – und das ist nicht das Geld. Sie ist recht wohlhabend. Als sie heiratete, war sie nur die Tochter eines schottischen Landedelmannes mit mehr Landbesitz als Bargeld. Zweifellos wurde die Heirat zwischen den beiden Familien verabredet. Nachdem ihr alter Herr gestorben war, erbte sie alles: viele Hektar trostloses Hochmoor. Aber in den letzten zwanzig Jahren haben die Fischerei- und Jagdrechte, die sie an Stadtbewohner verpachtete, ein kleines Vermögen eingebracht, und mit einigen Parzellen, die sie an Industriebetriebe verkaufte, verdiente sie noch mehr. Das Geld wurde von ihrem Makler sehr geschickt angelegt. Von ihrem Einkommen kann sie bequem leben. Ich vermute, daß man ihr eine Menge Geld geboten hat – aber sonst nichts. Und das interessierte sie nicht.«

»Was zum Teufel würde sie denn interessieren?« fragte Sir James.

»Sehen Sie sich bitte den zweiten Absatz auf Seite zwei an, Sir James. Verstehen Sie nun, was ich meine? Bei jedem Geburtstag eine Notiz in der *Times* über den vom Londoner Stadtrat vereitelten Versuch, eine Statue errichten zu lassen. Das Denkmal, das sie in ihrem Heimatort aufgestellt hat. Ich glaube, darin besteht ihr einziger Ehrgeiz: im Andenken an den alten Sklaventreiber, den sie einst heiratete.«

»Ja, da könnten Sie recht haben. Was schlagen Sie vor?«

Thorpe erläuterte seine Vorstellungen. Manson hörte genau zu.

»Es könnte gehen«, sagte er schließlich. »Es sind schon seltsamere Dinge geschehen. Die Schwierigkeit besteht nur darin, daß der erste Versuch klappen muß. Wenn die alte Dame ablehnt, brauchen Sie gar nicht wiederzukommen. Auf ein reines Geldangebot würde sie vermutlich genauso reagieren wie in den beiden ersten Fällen. Schön – machen Sie es so. Sie muß auf jeden Fall ihre Anteile verkaufen.«

Mit dieser Anweisung machte sich Thorpe auf den Weg.

Shannon war kurz nach zwölf wieder in seiner Londoner Wohnung. Auf der Fußmatte lag ein Telegramm von Langarotti aus Marseille. Es war an Keith Brown adressiert und schlicht mit ›Jean‹ unterschrieben. Der Text bestand nur aus der Adresse eines Hotels, etwas abseits vom Stadtzentrum, in das der Korse unter dem Namen Lavallon abgestiegen war. Diese Vorsichtsmaßnahme fand Shannon gut. Wer in einem französischen Hotel absteigt, muß eine Anmeldung ausfüllen, die später von der Polizei abgeholt wird. Und die Polizei hätte sich darüber Gedanken machen können, warum ihr alter Freund Langarotti so weit abseits von seinem früheren Jagdrevier wohnte.

Shannon brauchte zehn Minuten, um die Telefonnummer des Hotels zu erfahren, dann meldete er ein Gespräch an. Im Hotel erfuhr er, Monsieur Lavallon sei ausgegangen. Er hinterließ für ihn eine Nachricht, er möge gleich nach seiner Rückkehr Mr. Brown in London anrufen. Er hatte seine vier Kameraden veranlaßt, seine Telefonnummer auswendig zu lernen. Ebenfalls telefonisch gab er ein Telegramm an die Postlageradresse Endeans unter dem Namen Walter Harris auf: Er sei wieder in London und habe etwas mit ihm zu besprechen. Ein weiteres Telegramm forderte Janni Dupree auf, sich sofort bei Shannon zu melden.

Er rief seine Schweizer Bank an und erfuhr, daß die Hälfte seines Honorars in Höhe von fünftausend Pfund an ihn überwiesen worden war. Die Gutschrift stammte von einem ungenannten Konteninhaber bei der Handelsbank. Es konnte nur Endean sein. Er zuckte die Achseln. Daß in einem so frühen Stadium nur das halbe Honorar ausbezahlt wurde, war üblich. Beim Umfang des ManCon-Konzerns, der Kimba unbedingt stürzen wollte, bestand keine Gefahr, daß er die übrigen fünftausend Pfund nicht erhalten würde.

Im Laufe des Nachmittags tippte er einen Bericht über seine Reise nach Luxemburg und Hamburg. Er ließ dabei nur die Namen des Wirtschaftsprüfers in Luxemburg und der beiden Waffenhändler aus. Dann legte er eine Spesenabrechnung bei.

Erst nach vier Uhr war er fertig. Seit dem Imbiß in der Lufthansa-Maschine hatte er nichts mehr gegessen. Im Kühlschrank fand er noch ein halbes Dutzend Eier, verpfuschte ein Omelett, warf es weg und legte sich schlafen.

Kurz nach sechs stand Janni Dupree an der Tür und weckte ihn. Fünf Minuten später läutete das Telefon: Endean hatte sein Telegramm abgeholt. Endean merkte bald, daß Shannon nicht offen sprechen konnte.

»Ist jemand bei Ihnen?« fragte Endean.

»Ja.«

»Geschäftlich?«

»Ja.«

»Sollen wir uns treffen?«

»Es wäre mir lieber«, sagte Shannon. »Morgen vormittag?«

»Okay. Paßt Ihnen elf Uhr?«

»Natürlich«, sagte Shannon.

»Bei Ihnen?«

»Einverstanden.«

»Ich bin um elf dort«, versprach Endean und legte auf.

Shannon wandte sich an den Südafrikaner.

»Wie kommst du voran, Janni?«

Dupree hatte in den Tagen seit der Übernahme des Auftrages schon einiges erreicht. Die hundert Paar Socken, fünfzig Blusen und Unterhosen waren bestellt und konnten am Freitag abgeholt werden. Er hatte auch einen Lieferanten für die fünfzig Uniformblusen gefunden und die Bestellung aufgegeben. Dieselbe Firma hätte auch passende Hosen liefern können, aber Dupree hatte Anweisung, die Hosen bei einer anderen Firma zu bestellen. Kein Lieferant sollte merken, daß jemand komplette Uniformen kaufte. Dupree erwähnte, es sei ohnehin niemand mißtrauisch geworden, aber Shannon hielt es trotzdem für richtiger, die ursprüngliche Regelung beizubehalten.

Die Leinenschuhe hatte Janni bisher noch nicht aufgetrieben. Er wollte es weiter versuchen und dann nach Käppis, Proviantbeuteln, Koppelzeug und Schlafsäcken fahnden. Shannon riet ihm, die erste Sendung Wäsche so rasch wie möglich nach Marseille zu schicken. Er versprach, bei Langarotti innerhalb der nächsten achtundvierzig Stunden die Adresse des Exportagenten zu erfragen.

Bevor sich der Südafrikaner verabschiedete, tippte Shannon noch einen Brief an Langarotti und adressierte ihn unter seinem richtigen Namen an die Hauptpost von Marseille. Darin erinnerte er den Korsen an eine Unterhaltung, die sie vor sechs Monaten unter einer Gruppe von Palmen geführt hatten. Das Thema war Waffenkauf. Der Korse hatte dabei erwähnt, er kenne einen Mann in Paris, der von einem dortigen Botschaftsangestellten Endverbraucherzertifikate beschaffen könne. Shannon erkundigte sich nach dem Namen dieses Mannes und danach, wo man ihn erreichen könne.

Als er fertig war, gab er Dupree den Brief mit der Anweisung, ihn noch an diesem Abend per Eilboten am Trafalgar Square aufzugeben. Er wäre selbst zur Post gegangen, sagte er, wenn er nicht auf Langarottis Anruf aus Marseille warten müßte.

Sein Magen knurrte, als Langarotti endlich um acht anrief. Die Telefonverbindung war so miserabel, als wäre die betreffende Leitung noch vom Begründer des Telefondienstes höchstpersönlich gelegt worden.

Shannon erkundigte sich sehr vorsichtig nach Langarottis Fortschritten. Auch er richtete sich nach der Anweisung, die er den anderen Söldnern erteilt hatte: Niemals am Telefon offen sprechen!

»Ich wohne in einem Hotel und habe dir die Adresse geschickt«, sagte Langarotti.

»Ich hab' sie bekommen!« schrie Shannon.

»Ich habe einen Motorroller gemietet und alle Läden abgeklappert, in denen man die betreffenden Artikel bekommt«, fuhr die undeutliche Stimme fort. »Für jedes Sortiment gibt es drei Hersteller. Bei den drei Schlauchboot-Lieferanten habe ich Prospekte angefordert. Sie müßten in einer Woche hier sein. Dann kann ich bei einem hiesigen Händler die am besten geeignete Marke bestellen.«

»Gut gemacht«, lobte Shannon, »und der zweite Artikel?«

»Hängt davon ab, was wir in den angeforderten Prospekten aussuchen. Keine Sorge, diese Dinger können wir überall an der Küste in jedem Laden kriegen. Weil das Frühjahr vor der Tür steht, führen die Sportgeschäfte die neuesten Modelle.«

»Gut!« schrie Shannon. »Jetzt hör mir zu: Ich brauche die Adresse eines guten Exportagenten, und zwar früher als beabsichtigt. Von hier aus werden einige Kisten abgehen und auch eine aus Hamburg.«

»Leicht zu machen«, antwortete Langarotti, »aber ich halte Toulon für besser. Den Grund kannst du dir denken.«

Shannon wußte Bescheid. In seinem Hotel konnte Langarotti einen falschen Namen angeben, aber wenn er von einem Hafen aus Waren exportieren wollte, mußte er seinen Ausweis vorlegen. Außerdem wurde gerade der Hafen von Marseille seit etwa einem Jahr sehr viel strenger überwacht, und der neue Leiter des Zolls war gefürchtet. Zweck dieser Maßnahme war die Eindämmung des Heroinhandels, aber wenn man ein Schiff nach Rauschgift durchsuchte, konnten dabei leicht auch Waffen auftauchen. Es wäre wirklich lächerlich gewesen, wegen einer ganz anderen Sache aufzufallen.

»Einverstanden«, sagte Shannon, »du kennst das Gebiet am besten. Gib mir die Adresse so rasch wie möglich telegrafisch durch. Und noch etwas: Ich habe heute abend einen Eilbrief für dich an die Hauptpost von Marseille geschickt. Darin steht alles weitere. Gib mir die Adresse telegrafisch durch, sobald du den Brief bekommst. Das müßte am Freitagmorgen sein.«

»Okay«, sagte Langarotti. »War das alles?«

»Im Augenblick schon. Schick mir die Prospekte und die Preise mit deinen Vorschlägen. Wir dürfen den Etat nicht überschreiten.«

»Gut. Wiederhören!« schrie Langarotti.

Shannon legte auf. Er speiste allein im ›Bois de St. Jean‹ und ging früh zu Bett.

Endean kam am nächsten Vormittag pünktlich um elf, studierte eine Stunde lang den Bericht und die Abrechnung und besprach beides mit Shannon.

»In Ordnung«, sagte er schließlich. »Wie kommen Sie voran?«

»Gut«, antwortete Shannon. »Natürlich stehen wir noch ganz am Anfang. Ich arbeite ja erst seit zehn Tagen. Ich möchte bis zum zwanzigsten Tage alle Bestellungen unter Dach und Fach haben, dann bleiben vierzig Tage zur Auslieferung. Anschließend brauchen wir eine Sicherheitsspanne von zwanzig Tagen, um alles zu sammeln und diskret an Bord zu bringen. Wenn wir den Terminplan einhalten, müßten wir am achtzigsten Tag ablegen. Übrigens brauche ich bald wieder Geld.«

»Sie haben doch dreieinhalbtausend in London und siebentausend in Belgien«, protestierte Endean.

»Ja, ich weiß, aber es kommen eine Menge Zahlungen auf uns zu.«

Er erklärte Endean, daß er dem Hamburger Waffenhändler ›Johann‹ die noch offenen sechsundzwanzigtausend Dollar innerhalb von zwölf Tagen bezahlen müsse, um ihm vierzig Tage Zeit für die Formalitäten in Madrid zu geben. Dann hatte ›Johann‹ weitere viertausendachthundert Dollar für die restlichen Ausrüstungsgegenstände zu bekommen. Sobald aus Paris das Endverbraucherzertifikat vorlag, mußte er es zusammen mit siebentausendzweihundert Dollar an ›Alan‹ schicken, das waren fünfzig Prozent des Preises der jugoslawischen Waffen.

»Es läppert sich zusammen«, sagte er. »Die größten Posten sind natürlich die Waffen und das Schiff. Sie machen zusammen über die Hälfte des Etats aus.«

»Na gut«, sagte Endean, »Ich werde rückfragen und Ihrer belgischen Bank weitere zwanzigtausend Pfund überweisen lassen. Sobald Sie das Geld brauchen, kann alles telefonisch erledigt werden.«

Er stand auf. »Noch etwas?«

»Nein«, antwortete Shannon. »Am Wochenende muß ich wieder verreisen. Ich werde fast eine Woche unterwegs sein. Ich möchte mich um die Suche nach dem Schiff kümmern, um die Auswahl der Boote und der Außenborder in Marseille und die Maschinenpistolen in Belgien.«

»Sobald sie zurück sind, schicken Sie mir ein Telegramm an die übliche Adresse«, sagte Endean.

Das geräumige Wohnzimmer in der Nähe von Cottesmore Gardens, nicht weit von der Kensington High Street entfernt, wirkte äußerst düster. Schwere Vorhänge sperrten die Frühlingssonne aus. Nur durch einen schmalen Spalt kam etwas Tageslicht durch die dichten Stores herein. Zwischen den vier spätviktorianischen Polstersesseln standen viele kleine Tischchen mit Nippes und Krimskrams. Knöpfe von alten Uniformen, Orden aus längst vergessenen Kämpfen gegen längst ausgerottete Eingeborenenstämme, Briefbeschwerer und zierliche Püppchen aus Meißener Porzellan, alte Miniaturen und Fächer aus Ballsälen, deren Musik längst verklungen war. An der verblichenen Brokatverkleidung der Wände hingen Porträts von Ahnen, die sicherlich nicht alle zu einer Familie gehören konnten. Aber bei Schotten war man nie ganz sicher.

Über dem niemals benutzten offenen Kamin zeigte ein riesiges Bild in einem Barockrahmen einen Mann im Kilt. Es war neueren Datums als die anderen Gemälde, aber auch schon vom Alter nachgedunkelt. Aus dem Gesicht, das von rötlichem Haar eingerahmt wurde, starrte ein scharfes Augenpaar ins Zimmer, als hätte der Mann gerade einen Kuli entdeckt, der vor Überarbeitung zusammengebrochen war. Darunter stand: ›Sir Ian Macallister, K.B.E.‹

Martin Thorpe konzentrierte sich wieder auf Lady Macallister, die zusammengesunken in einem Sessel saß und ständig an dem Hörapparat an ihrer Brust drehte. Es fiel ihm schwer, ihr undeutliches Gemurmel zu verstehen.

»Sie sind nicht der erste, Mr. Martin«, sagte sie. Er hatte sich zweimal deutlich vorgestellt, aber sie nannte ihn trotzdem ›Mr. Martin‹. »Ich sehe einfach nicht ein, warum ich verkaufen sollte. Verstehen sie, es war immerhin die Firma meines Mannes. Sein persönliches Werk, seine Gründung. Nun kommt jemand daher und möchte etwas ganz anderes mit der Firma machen: Häuser bauen und so weiter. Das begreife ich überhaupt nicht. Ich werde auch nicht verkaufen.«

»Aber Lady Macallister...«

Sie redete einfach weiter, denn sie hatte seinen Einwand tatsächlich nicht gehört. Ihr Hörgerät funktionierte nie richtig, weil sie ständig daran herumspielte. Thorpe begriff allmählich, warum sich seine Vorgänger nach einem anderen Firmenmantel umgesehen hatten.

»Verstehen Sie, Mr. Martin, mein verstorbener Mann, Gott sei seiner armen Seele gnädig, konnte mir nicht sehr viel hinterlassen. Als diese schrecklichen Chinesen ihn umbrachten, war ich auf Urlaub in Schottland und bin nie wieder zurückgekehrt. Aber man sagte mir, daß der Grundbesitz immer noch zur Firma gehörte und daß ich einen großen Teil dieser Firma besaß. Für mich war das ein Vermächtnis, begreifen Sie das nicht? Ich kann doch nicht einfach hingehen und sein Vermächtnis an mich veräußern.«

Thorpe hätte ihr am liebsten klargemacht, daß dieses Vermächtnis wertlos war, aber er sagte nur noch einmal: »Lady Macallister...«

»Sie müssen direkt in das Hörgerät sprechen, sie ist stocktaub«, sagte Lady Macallisters Gesellschafterin.

Thorpe bedankte sich bei ihr und nahm die Frau zum erstenmal richtig wahr. Sie war Ende sechzig und machte den vergrämten Eindruck einer Frau, die einst bessere Zeiten gesehen hatte, und die sich nun mit einer launischen, zänkischen, aber wohlhabenden Herrin herumschlagen mußte.

Thorpe stand auf und trat auf die Greisin zu. Er beugte sich über ihr Hörrohr.

»Lady Macallister, meine Auftraggeber wollen an der Firma nichts verändern. Im Gegenteil: Sie wollen eine Menge Geld investieren und die Gesellschaft wieder reich und berühmt machen. Die Plantagen sollen das werden, was sie zu Lebzeiten von Sir Ian einmal waren.«

Zum erstenmal seit dem Beginn des Gesprächs vor einer Stunde leuchtete etwas in den Augen der Frau auf.

»Wie damals, als mein seliger Mann sie noch führte?« fragte sie.

»Ja, Lady Macallister!« schrie Thorpe und deutete auf den alten Tyrannen an der Wand. »Wir wollen sein Lebenswerk wiedererwecken, ganz in seinem Sinne, und ihm in den Macallister-Gründungen ein bleibendes Denkmal setzen.«

Aber ihr Interesse war schon wieder verflackert.

»Sie haben ihm nie ein Denkmal gesetzt«, nörgelte sie. »Ich habe es wirklich versucht. Ich habe an die Behörden geschrieben, ich habe mich bereit erklärt, die Statue zu bezahlen, aber angeblich war kein Platz da. Es werden so viele Statuen aufgestellt, aber nicht von meinem Ian.«

»Man wird ihm ein Denkmal errichten, wenn die Gesellschaft zu neuem Ruhm kommt«, brüllte Thorpe. »Wenn die Firma wieder reich wäre, könnte sie darauf bestehen. Sie könnten eine Stiftung gründen, die seinen Namen trägt, damit die Welt ihn nicht vergißt.«

Diesen Köder hatte er schon einmal ausgeworfen, aber offenbar hatte sie ihn nicht verstanden.

Diesmal begriff sie.

»Das würde eine Menge Geld kosten«, sagte sie mit zitternder Stimme. »Ich bin nicht so reich.«

Vermutlich ahnte sie selbst nicht, wie reich sie war.

»Sie brauchen das nicht zu bezahlen, Lady Macallister«, sagte er. »Das würde die Gesellschaft übernehmen. Aber sie müßte erst neu belebt werden. Und das kostet Geld. Meine Freunde wären bereit, die erforderlichen Mittel zu investieren.«

»Ich weiß nicht, ich weiß nicht«, jammerte sie und zog ein Spitzentüchlein aus dem Ärmel. »Ich verstehe von diesen Dingen nichts. Wenn nur mein lieber Ian hier wäre. Oder Mr. Dalgleish. Er hat mich immer gut beraten und alle Papiere für mich unterschrieben. Mrs. Barton, ich möchte in mein Zimmer zurück.«

»Wird auch Zeit«, sagte die Gesellschafterin brüsk. »Kommen Sie, ruhen Sie sich aus und nehmen Sie Ihre Medizin.«

Sie half der alten Dame auf die Füße und führte sie aus dem Wohnzimmer. Durch die offene Tür hörte Thorpe ihre scharfe Kommandostimme und die Proteste der Greisin.

Nach einer Weile kam Mrs. Barton ins Wohnzimmer zurück.

»Sie muß sich eine Weile ausruhen«, erklärte sie.

Thorpe lächelte und sagte traurig: »Anscheinend ist es mir nicht gelungen. Wissen Sie, diese Aktien sind so lange wertlos, wie die Gesellschaft nicht durch eine neue Leitung und entsprechendes Bargeld wiederbelebt wird. Meine Partner wären bereit, viel dafür aufzuwenden.«

Er wandte sich zum Gehen.

»Entschuldigen Sie die Störung«, murmelte er.

»Ich bin Störungen gewöhnt«, sagte Mrs. Barton, aber ihr Widerstand schmolz dahin. Es war lange her, seit sich jemand bei ihr entschuldigt hatte. »Möchten Sie vielleicht eine Tasse Tee? Ich trinke um diese Zeit immer Tee.«

Ein Instinkt veranlaßte Thorpe, die Einladung anzunehmen. Als sie beim Tee in Mrs. Bartons Küche saßen, fühlte er sich fast wie zu Hause. Die Küche seiner Mutter in Battersea hatte ganz ähnlich ausgesehen. Mrs. Barton erzählte ihm von Lady Macallister, ihren Quengeleien, ihrem Starrsinn und den ständigen Schwierigkeiten mit der Taubheit, hinter der sie sich verschanzte.

»Sie begreift Ihre vernünftigen Gründe gar nicht, Mr. Thorpe, nicht einmal Ihr Angebot, dem alten Scheusal da draußen ein Denkmal zu errichten.«

Thorpe war überrascht. Mrs. Barton schien durchaus eine eigene Meinung zu haben, wenn ihre Arbeitgeberin nicht zuhörte.

»Sie tut alles, was sie ihr raten«, bemerkte er.

»Möchten Sie noch eine Tasse Tee?« Beim Eingießen sagte sie leise: »Ja, sie tut, was ich ihr sage. Sie weiß, daß sie von mir abhängig ist. Wenn ich wegginge, bekäme sie nie eine neue Gesellschafterin. Das ist heutzutage schwer.«

»Ist das für Sie überhaupt ein Leben, Mrs. Barton?«

»Nein«, antwortete sie kurz angebunden. »Aber ich habe ein Dach über dem Kopf und mein Auskommen. Man muß für alles im Leben bezahlen.«

»Dafür, daß man verwitwet ist?« fragte Thorpe mitfühlend.

»Ja.«

Auf dem Kaminsims neben der Uhr stand das Foto eines jungen Mannes in der Uniform eines Piloten der Royal Air Force. Er trug eine Pelzjacke, einen gepunkteten Schal und sah von der Seite Martin Thorpe gar nicht unähnlich.

»Ihr Sohn?« fragte er.

Mrs. Barton nickte und sah das Bild an.

»Ja, er wurde neunzehnhundertdreiundvierzig über Frankreich abgeschossen.«

»Das tut mir leid.«

»Es ist lange her, man gewöhnt sich an alles.«

»Aber dann haben Sie niemanden, der sich um Sie kümmert?«

»Nein, ich komme schon zurecht. Sie wird mir zweifellos etwas Geld vermachen. Ich versorge sie seit sechzehn Jahren.«

»Natürlich wird sie. Ihr Lebensabend wird bestimmt gesichert sein.«

Er verbrachte eine Stunde in der Küche und ging viel zuversichtlicher als er gekommen war. Von einer Telefonzelle aus rief er die ManCon-Zentrale an, und zehn Minuten später hatte Endean das erledigt, worum ihn sein Kollege gebeten hatte.

Im Westend erklärte sich ein Versicherungsagent bereit, Überstunden zu machen und Mr. Thorpe am nächsten Morgen um zehn Uhr zu empfangen.

An diesem Donnerstagabend kam Johann Schlinker mit dem Flugzeug aus Hamburg nach London. Er hatte schon am Vormittag telefonisch seine Verabredung getroffen, aber nicht im Büro, sondern in der Wohnung seines Gesprächspartners.

Um neun Uhr abends traf er sich mit dem Diplomaten der Irakischen Botschaft zum Essen. Es wurde ein kostspieliges Dinner, zumal der deutsche Waffenhändler seinem Gast einen Umschlag überreichte, der in D-Mark den Gegenwert von tausend Pfund enthielt. Dafür bekam er von dem Araber einen anderen Umschlag ausgehändigt. Er enthielt einen Brief auf dem offiziellen Botschaftspapier. Der Brief war an keine bestimmte Person adressiert und besagte, daß der Unterzeichnete als Angehöriger der Londoner Botschaft der Republik Irak vom Innen- und Polizeiministerium seines Landes beauftragt sei, mit Herrn Johann Schlinker über den Ankauf von vierhunderttausend Schuß normaler Neun-Millimeter-Munition für die Polizeieinheiten des Irak zu verhandeln. Das Schreiben war von dem Diplomaten unterzeichnet, und es trug das Siegel der Republik Irak, das sich normalerweise auf dem Schreibtisch des Botschafters befand. Der Brief bescheinigte außerdem, die Munition sei ausschließlich für den Gebrauch innerhalb der Republik Irak bestimmt und werde unter keinen Umständen ganz oder teilweise an ein anderes Land weitergegeben. So sah ein Endverbraucherzertifikat aus.

Der Deutsche verbrachte die Nacht in London und flog am nächsten Morgen zurück.

Am Freitagmorgen um elf rief CAT Shannon Marc Vlaminck in der Wohnung über der Bar in Ostende an.

Er nannte seinen Namen und fragte: »Hast du den Mann aufgespürt, über den wir gesprochen haben?« Auch der Belgier wußte, daß er sich am Telefon vorsichtig auszudrücken hatte.

»Ja, ich habe ihn gefunden«, antwortete Tiny Marc. Er saß im Bett, während Anna neben ihm leise schnarchte. Die Bar schloß normalerweise zwischen drei und vier Uhr morgens, und die beiden standen selten vor der Mittagszeit auf.

»Ist er bereit, über die Ware zu verhandeln?« fragte Shannon.

»Ich denke schon«, sagte Vlaminck. »Ich habe ihm gegenüber das Thema noch nicht angeschnitten, weiß aber von einem hiesigen Geschäftsfreund, daß er nach entsprechender Empfehlung durch einen gemeinsamen Bekannten normalerweise zu einem Geschäft bereit ist.«

»Und die erwähnten Waren besitzt er noch?«

»Ja«, antwortete die Stimme aus Belgien. »Die Ware ist noch verfügbar.«

»Gut«, sagte Shannon, »setz dich zunächst allein mit ihm in Verbindung und sag ihm, du hättest einen Kunden, der mit ihm ins Geschäft kommen möchte. Er soll sich am nächsten Wochenende für eine Verhandlung zur Verfügung halten. Sag ihm, es sei ein guter und verläßlicher Kunde, ein Engländer namens Brown. Du mußt ihn für das Geschäft interessieren. Sag ihm, der Kunde möchte bei der Besprechung ein Muster sehen und gleich über die Lieferung verhandeln, wenn es seinen Vorstellungen entspricht. Ich rufe dich vor dem Wochenende noch einmal an und sage dir, wann und wo wir uns treffen können. Kapiert?«

»Klar«, sagte Marc, »ich werde das morgen oder übermorgen erledigen.«

Sie beendeten das Gespräch mit den üblichen guten Wünschen.

Um halb drei kam ein Telegramm aus Marseille. Es enthielt eine Adresse in Frankreich und die Mitteilung, Langarotti werde den Mann anrufen und Shannon persönlich empfehlen. Die Suche nach einem Exportagenten sei im Gang, und Shannon bekäme innerhalb von fünf Tagen den Namen mitgeteilt.

Shannon buchte telefonisch bei der U.T.A. für den folgenden Sonntag um Mitternacht von Le Bourget in Paris aus einen Flug nach Afrika. Bei der BEA ließ er sich für die erste Maschine am nächsten Morgen, also Samstag, einen Platz nach Paris reservieren. Noch am selben Nachmittag bezahlte er beide Flugkarten in bar.

Er steckte zweitausend Pfund von dem Geld, das er aus Deutschland mitgebracht hatte, in einen Briefumschlag und verstaute ihn hinter dem Futter seiner Reisetasche. Der britische Zoll sieht es nämlich nicht gern, wenn Bürger das Land mit größeren Beträgen als den erlaubten fünfundzwanzig Pfund in bar und dreihundert Pfund in Reiseschecks verlassen.

Sir James Manson rief kurz nach der Mittagspause Simon Endean in sein Büro. Er hatte Shannons Bericht gelesen und war angenehm überrascht von den guten Fortschritten der Vorbereitungen. Er hatte die Spesenabrechnung geprüft und genehmigt. Was ihn noch mehr freute, war der ausführliche Telefonbericht von Martin Thorpe, der die halbe Nacht und den halben Vormittag bei einem Versicherungsagenten verbracht hatte.

»Shannon wird also den größten Teil der kommenden Woche unterwegs sein«, sagte er zu Endean, als dieser eintrat.

»Ja, Sir James.«

»Gut, ich habe hier noch etwas, das ohnehin früher oder später erledigt werden muß. Nehmen Sie einen unserer üblichen Anstellungsverträge, wie wir sie für Afrika-Repräsentanten verwenden. Überkleben Sie den Firmenkopf mit einem Stück Papier und setzen Sie den Namen Bormac ein. Antoine Bobi soll zunächst für die Dauer eines Jahres bei einem Monatsgehalt von fünfhundert Pfund als unser Vertreter für Westafrika eingestellt werden. Zeigen Sie mir den Vertrag, wenn Sie ihn fertig haben.«

»Sie meinen Oberst Bobi?« fragte Endean.

»Genau. Ich möchte nicht, daß uns der künftige Präsident von Zangaro davonläuft. Gleich am nächsten Montag reisen Sie nach Cotonou und überzeugen den Oberst davon, daß die von Ihnen repräsentierte Bormac Trading Company von seinem Scharfsinn und seiner Geschicklichkeit beeindruckt sei und ihn gern als ständigen Berater in Westafrika gewinnen möchte. Keine Sorge, er wird nicht nachprüfen, ob es die Bormac überhaupt gibt und ob Sie zu Verhandlungen befugt sind. Wenn ich diese Leute richtig einschätze, interessiert sie nur das Geld: Falls er ohnehin knapp dran ist, wird er das Gehalt als Geschenk des Himmels betrachten. Sagen Sie ihm, seine Aufgaben würden ihm später mitgeteilt und vorerst bestünde die einzige Bedingung für den Vertrag darin, daß er sich während der nächsten drei Monate oder bis zu Ihrem nächsten Besuch in seinem Haus in Dahomey zur Verfügung hält. Versprechen Sie ihm dafür ruhig eine Prämie. Sagen Sie ihm, wir würden das Geld in der Währung von Dahomey auf sein dortiges Konto überweisen. Auf keinen Fall bekommt er eine harte Währung in die Finger. Sonst taucht er unter. Noch etwas: Wenn der Vertrag fertig ist, lassen Sie ihn fotokopieren, damit die Briefkopfänderung nicht auffällt und nehmen nur die Fotokopien mit. Die letzte Zahl des Datums müssen Sie so verwischen, daß sie unleserlich wird.«

Endean hatte verstanden und bereitete alles vor, um Oberst Antoine Bobi unter falschen Voraussetzungen zu engagieren.

Am Freitagnachmittag kurz nach vier verließ Thorpe die düstere Wohnung im Bezirk Kensington. Er hatte die vier Aktientransfers in der Tasche, ordnungsgemäß unterschrieben von Lady Macallister und Mrs.

Barton als Zeugin. Außerdem besaß er eine von der alten Dame unterzeichnete Vollmacht, mit der Rechtsanwalt Dalgleish in Dundee beauftragt wurde, Mr. Thorpe die Originalaktien gegen Vorlage des Briefes und des Personalausweises und eines entsprechenden Schecks auszuhändigen. Lady Macallister war nicht aufgefallen, daß der Name des Empfängers auf den Dokumenten offen gelassen war.

Was sie viel mehr beschäftigte, war der Gedanke, daß Mrs. Barton demnächst ihre Koffer packen wollte.

In die Lücken sollten noch am selben Tag die Namen der Strohmänner der Zwingli-Bank eingetragen werden, die für die Herren Adams, Ball, Carter und Davis auftraten. Nach einem Besuch in Zürich am nächsten Morgen würden die Stempel der Bank und die Gegenzeichnung Dr. Steinhofers die Formulare vervollständigen und vier beglaubigte Schecks auf die Konten der vier Strohmänner für je siebeneinhalb Prozent des Bormac-Aktienkapitals ausgestellt sein.

Sir James Manson hatte für jeden der dreihunderttausend Anteile, die an der Börse mit einem Shilling und einem Penny gehandelt wurden, zwei Shilling bezahlen müssen. Das machte insgesamt dreißigtausend Pfund. Das Geschäft hatte ihn noch weitere dreißigtausend Pfund gekostet, die an diesem Vormittag durch drei Bankkonten gewandert, einmal in bar abgehoben und eine Stunde später auf ein weiteres Konto eingezahlt worden waren; sie garantierten einer betagten Haushälterin und Gesellschafterin einen sorgenfreien Lebensabend.

Alles in allem betrachtete Thorpe den Preis als nicht überzogen. Wichtiger war die Verwischung aller Spuren. Auf keinem Dokument erschien der Name Thorpe, die Lebensversicherung war von einem Rechtsanwalt eingezahlt worden, und Rechtsanwälte haben von Berufs wegen zu schweigen. Thorpe war sicher, daß such Mrs. Barton den Mund halten würde. Und außerdem war noch alles vollkommen legal über die Bühne gegangen.

6. Kapitel

Benoit Lambert, seinen Freunden und der Polizei unter dem Spitznamen ›Benny‹ bekannt, war ein kleiner Gauner und gab sich gern als Söldner aus. In Wirklichkeit hatte er nur einmal eine ganz kurze Gastrolle als Söldner gespielt – als ihn die Polizei im Gebiet Paris suchte, war er nach Afrika geflohen und hatte sich im Kongo bei Denards Sechstem Kommando gemeldet.

Aus unerfindlichen Gründen hatte der Söldnerführer einen Narren an dem ängstlichen Männchen gefressen und ihm fernab vom Schuß einen Posten in der Schreibstube gegeben. Dort hatte er sich bewährt, weil er sein einziges Talent voll ausspielen konnte. Er war nämlich ein Tausendsassa im Organisieren der unmöglichsten Dinge. Er organisierte Eier, wo es gar keine Hühner gab, und Whisky, wo weit und breit keine Destille stand. Jede militärische Einheit braucht einen solchen Organisator. Er war fast ein Jahr lang bei dem Sechsten Kommando geblieben, dann witterte er im Mai 1967 Schwierigkeiten, als sich Schrammes Zehntes Kommando zur Revolte gegen die kongolesische Regierung anschickte. Er fürchtete – zu Recht, wie sich später herausstellte –, daß auch Denards Sechstes in den Tumult verwickelt werden könnte, und daß dann kein Druckposten in der Schreibstube mehr sicher genug war. Für Benny Lambert war es das Signal, sich sofort abzusetzen.

Zu seiner eigenen Überraschung ließ man ihn laufen.

Nach seiner Rückkehr spielte er nun in Frankreich den Söldner und nannte sich später einen Waffenhändler. Ein echter Söldner war er sicher nicht, aber was den Handel mit Waffen anbetraf, versetzten ihn seine guten Beziehungen in die Lage, gelegentlich ein Schießeisen zu besorgen, meist Faustfeuerwaffen für die Unterwelt oder gelegentlich eine Kiste Karabiner. Er kannte auch einen afrikanischen Diplomaten, der gegen eine angemessene Gebühr bereit war, ein halbwegs brauchbares Endverbraucherzertifikat zu liefern: einen persönlichen Brief des Botschafters mit dem amtlichen Siegel. Vor achtzehn Monaten hatte er in einer Bar mit einem gewissen Langarotti darüber gesprochen.

Dennoch war er überrascht, als ihm Freitagabend der Korse am Telefon mitteilte, daß CAT Shannon ihn morgen oder übermorgen besuchen werde. Er hatte von Shannon schon gehört, wußte aber auch, wie abgrundtief Charles Roux den irischen Söldnerkollegen haßte. Nach einigem Überlegen war Lambert bereit, Shannon bei sich zu erwarten.

»Ja, ich denke schon, daß ich das Zertifikat beschaffen kann«, sagte er, nachdem ihm Shannon seinen Wunsch erläutert hatte. »Mein Kontaktmann ist noch in Paris. Ich habe mit ihm recht häufig zu tun.«

Das war eine Lüge, weil er ihn kaum zu sehen bekam, aber er hoffte trotzdem, das Geschäft über die Bühne zu bringen.

»Wieviel?« fragte Shannon knapp.

»Fünfzehntausend Franc«, sagte Lambert.

Shannon antwortete mit einem Ausdruck, der in keinem feinen Wörterbuch stand. »Ich zahle Ihnen dafür tausend Pfund, und das liegt schon über der normalen Taxe.«

Lambert rechnete. Nach dem Tageskurs waren das etwas mehr als elftausend Franc.

»Okay«, sagte er.

»Wenn Sie ein Sterbenswörtchen darüber verlauten lassen, werde ich Sie ausweiden wie ein Suppenhuhn«, versprach Shannon. »Oder ich überlasse es dem Korsen, der versteht sich besser darauf, wie Sie vielleicht wissen.«

»Ehrlich, ich sage kein Wort«, beteuerte Benny. »Tausend Pfund, und Sie kriegen den Brief innerhalb von vier Tagen. Absolut diskret.«

Shannon legte fünfhundert Pfund auf den Tisch.

»Die Hälfte jetzt, die zweite Hälfte bei Ablieferung.«

Lambert wollte widersprechen, wußte aber, daß es sinnlos gewesen wäre. Der Ire traute ihm nicht.

»Ich bin am Mittwoch wieder hier«, sagte Shannon. »Halten Sie den Brief bereit, dann zahle ich die restlichen fünfhundert aus.«

Nachdem er gegangen war, überlegte Benny Lambert, wie er sich verhalten sollte. Am Ende beschloß er, den Brief zu beschaffen, das Geld zu kassieren und Roux erst danach zu verständigen.

Am nächsten Tag nahm Shannon die Mitternachtsmaschine nach Afrika und landete am Montag im Morgengrauen.

Es wurde eine lange Fahrt querfeldein. In dem Taxi war es heiß und stickig. Die Trockenzeit hatte ihren Höhepunkt erreicht. Tiefblau und wolkenlos spannte sich der afrikanische Himmel über den Kokospalmen. Shannon machte die Hitze nichts aus. Trotz des sechsstündigen Flugs ohne Schlaf tat es gut, wieder einmal in Afrika zu sein.

Hier fühlte er sich wohler als in den westeuropäischen Städten. Die Geräusche und Gerüche waren ihm vertraut, der Anblick der Frauen, die mit ihren Lasten auf den Köpfen in langer Reihe am Straßenrand entlang zum nächsten Markt marschierten.

In jedem Dorf, das sie passierten, war unter den Palmdächern der Buden wie an jedem Morgen der Markt im Gange. Es wurde gehandelt und getratscht, gekauft und verkauft. Während sich die Frauen um die Stände kümmerten, hockten die Männer im Schatten und rückten die Welt zurecht. Nackte braune Kinder spielten im Staub.

Shannon hatte beide Fenster heruntergedreht. Er lehnte sich zurück und atmete den Geruch der Palmen ein, der qualmenden Holzkohlenfeuer und der braunen, brackigen Wasserläufe, die sie überquerten. Er hatte vom Flugplatz aus die Telefonnummer angerufen, die ihm der Journalist verraten hatte und wußte, daß er erwartet wurde. Kurz vor Mittag erreichten sie die kleine Villa, die in einem bescheidenen Park etwas abseits von der Straße lag.

Die Wachen am Tor durchsuchten ihn von Kopf bis Fuß, ehe er das Taxi bezahlen und eintreten durfte. Eines der Gesichter kannte er. Es gehörte einem Leibwächter des Mannes, den er aufsuchen sollte. Der Diener grinste ihn an und nickte. Er geleitete Shannon in eines der drei Gebäude in dem Park und bat ihn, in einem leeren Wohnzimmer zu warten. Eine halbe Stunde blieb er allein.

Shannon stand am Fenster und spürte, wie der kühle Luftzug der Klimaanlage seine Kleidung trocknete. Dann hörte er den leisen Schritt von Sandalen auf den Fliesen und drehte sich um.

Der General hatte sich seit ihrer letzten Begegnung auf dem dunklen Landestreifen nicht verändert. Der üppige Bart, die tiefe Baßstimme waren immer noch dieselben.

»So rasch sehen wir uns also wieder, Major Shannon. Haben Sie es nicht mehr ausgehalten?«

Sein Ton war scherzhaft wie immer. Die beiden Männer gaben sich die Hand.

»Ich bin hergekommen, Sir, weil ich etwas mit Ihnen besprechen möchte.«

»Als armer Exilpolitiker habe ich Ihnen nicht viel zu bieten«, sagte der General. »Aber ich bin immer bereit, Ihnen zuzuhören. Wenn ich mich recht erinnere, sind manche Ihrer Ideen nicht schlecht gewesen.«

Shannon sagte: »Selbst im Exil besitzen Sie etwas, das ich brauchen könnte: die Loyalität Ihres Volkes. Ich brauche ein paar zuverlässige Männer.«

Die beiden Männer diskutierten den ganzen Nachmittag. Als es dunkel wurde, saßen sie immer noch über Shannons Zeichnungen gebeugt. Da Shannon beim Zoll mit einer Leibesvisitation rechnen mußte, hatte er nichts weiter mitgebracht als weißes Papier und bunte Fettstifte.

Bei Sonnenuntergang hatten sie sich über die wichtigsten Punkte geeinigt. Während der Nacht wurde der Plan ausgearbeitet. Erst um drei Uhr morgens riefen sie den Wagen, der Shannon zur Frühmaschine nach Paris bringen sollte.

Als sie sich auf der Terrasse verabschiedeten, schüttelten sie sich wieder die Hände.

»Ich melde mich wieder, Sir«, sagte Shannon.

»Und ich muß sofort meine Leute losschicken«, antwortete der General. »Aber in sechzig Tagen werden meine Männer bereitstehen.«

Shannon war todmüde. Die Anstrengungen der vielen Reisen machten sich bemerkbar, die ununterbrochene Folge von Flughäfen und Hotels, Besprechungen und Verhandlungen pumpte ihn aus. Auf der Rückfahrt zum Flugplatz bekam er den ersten Schlaf seit zwei Tagen, und während des Fluges nach Paris döste er wieder ein. Die vielen Zwischenlandungen machten ein richtiges Schlafen unmöglich: erst eine Stunde in Ouagadougou, dann auf einem abgelegenen Rollfeld in Mauretanien, schließlich in Marseille. Kurz vor achtzehn Uhr landete er in Le Bourget.

Es war der Abschluß des fünfzehnten Tags.

Während Shannon in Paris landete, bestieg Martin Thorpe den Nachtzug nach Glasgow, Stirling und Perth. Von dort aus bekam er einen Anschluß nach Dundee, dem Sitz der altehrwürdigen Anwaltskanzlei Dalgleish & Dalgleish. In seinem Aktenkoffer lagen das Dokument, das Lady Macallister und Mrs. Barton als Zeugin in der vergangenen Woche unterschrieben hatten, sowie die Schecks der Zwingli-Bank in Zürich über je siebentausendfünfhundert Pfund.

Vierundzwanzig Stunden, dachte er und zog die Vorhänge in seinem Schlafwagen zu. In vierundzwanzig Stunden mußte alles erledigt sein, und drei Wochen später saß ein neuer Mann im Aufsichtsrat, eine Marionette, an deren Fäden er und Sir James Manson zogen. Martin Thorpe machte es sich im Bett bequem, schob die Aktenmappe unter das Kopfkissen und genoß das Gefühl seiner Macht.

Am späten Dienstagabend bezog Shannon im Herzen des 8. Arrondissement von Paris, nicht weit von der Madeleine entfernt, ein Hotel. Da er den Namen Keith Brown benutzte, durfte er sich in seinem alten Revier Montmartre nicht blicken lassen, da man ihn dort als Carlo Shannon kannte. Aber er fühlte sich auch im ›Plaza Surene‹ sehr wohl. Er badete, rasierte sich und wollte gerade zum Essen ausgehen. Er hatte telefonisch einen Tisch in seinem Lieblingslokal, im Restaurant ›Mazagran‹, bestellt, und Madame Michelle hatte ihm ein Filet Mignon genau nach seinem Geschmack versprochen, mit gemischtem Salat und einer Flasche Pot de Chirouble zum Hinunterspülen.

Die beiden angemeldeten Gespräche kamen fast gleichzeitig. Der erste Anrufer war ein gewisser Monsieur Lavallon aus Marseille, den er besser unter dem Namen Jean Baptiste Langarotti kannte.

»Hast du den Exportagenten schon?« fragte Shannon nach der üblichen Begrüßung.

»Ja«, antwortete der Korse. »Die Firma liegt in Toulon. Seriös und tüchtig. Sie haben im Zollhafen ein eigenes Lager.«

Shannon griff nach Papier und Bleistift und bat: »Buchstabieren.«

»Agence Maritime Duphot«, buchstabierte Langarotti und diktierte dazu die Adresse. »Schick die Frachtpapiere an diese Agentur und laß die Sendung als Eigentum von Monsieur Langarotti kennzeichnen.«

Shannon legte auf, aber er wurde sofort mit einem Mr. Dupree aus London verbunden.

»Ich hab' gerade dein Telegramm bekommen«, knurrte Janni Dupree.

Shannon diktierte ihm den Namen und die Adresse der Exportfirma in Toulon, und Dupree notierte sich alles.

»Gut«, sagte er schließlich, »die ersten vier Kisten stehen fertig unter Zollverschluß bereit. Ich werde den Londoner Spediteur anweisen, das Zeug so schnell wie möglich wegzuschicken. Übrigens habe ich auch die Stiefel bekommen.«

»Gut gemacht«, lobte Shannon.

Dann rief er eine Bar in Ostende an. Er mußte fünfzehn Minuten warten, ehe er Marcs Stimme hörte.

»Ich bin in Paris«, sagte Shannon, »es geht um den Mann mit der Warenprobe...«

»Ja«, unterbrach ihn Marc, »ich habe mit ihm gesprochen. Er ist bereit, mit dir über Preise und Bedingungen zu verhandeln.«

»In Ordnung. Am Donnerstagabend oder Freitagmorgen bin ich in Belgien. Schlag' ihm als Treffpunkt den Freitagmorgen vor, dann können wir beim Frühstück in meinem Zimmer im ›Holiday Inn‹ am Flughafen in Brüssel verhandeln.«

»Ich kenn's«, sagte Marc. »In Ordnung, ich sag' ihm Bescheid und rufe wieder zurück.«

»Morgen zwischen zehn und elf«, sagte Shannon und legte auf.

Nun zog er endlich seine Jacke über, um vernünftig zu essen und einmal wieder eine ganze Nacht zu schlafen.

Während Shannon schlief, flog Simon Endean mit der Nachtmaschine nach Afrika. Er war am Montag mit der ersten Maschine in Paris eingetroffen und sofort mit einem Taxi zur Botschaft von Dahomey in der Avenue Victor Hugo gefahren. Und dort hatte er auf einem umfangreichen rosa Formular ein Touristenvisum für sechs Tage beantragt. Kurz vor Büroschluß am Dienstagnachmittag konnte er es im Konsulat abholen und bekam gerade noch die Mitternachtsmaschine über Niamey nach Cotonou. Shannon wäre nicht sonderlich überrascht gewesen, daß auch Endean nach Afrika reiste, weil er ohnehin vermutete, daß der im Exil lebende Oberst Bobi in Sir James Mansons Plänen eine gewisse Rolle spielte und daß sich der frühere Kommandant der Armee von Zangaro irgendwo an der Mangrovenküste versteckt hielt. Aber hätte Endean gewußt, daß Shannon gerade von einem Geheimbesuch bei dem General im selben Teil Afrikas zurückgekehrt war, hätte das sicherlich seinen Schlaf gestört – trotz der Tablette, die er an Bord der DC-8 genommen hatte.

Am nächsten Morgen um Viertel nach zehn rief Marc Vlaminck bei Shannon an.

»Er ist mit dem Termin einverstanden und bringt das Muster mit«, sagte der Belgier. »Soll ich auch mitkommen?«

»Natürlich«, antwortete Shannon. »Frag beim Empfang nach Mr. Brown. Noch etwas: Hast du schon den Lieferwagen gekauft?«

»Ja, warum?«

»Hat ihn unser Geschäftsfreund schon gesehen?«

Vlaminck überlegte, dann antwortete er: »Nein.«

»Dann bring ihn nicht mit nach Brüssel. Nimm dir einen Mietwagen. Hol ihn unterwegs ab. Verstanden?«

»Ja«, sagte Vlaminck ziemlich perplex. »Wie du willst.«

Shannon blieb noch eine Weile im Bett liegen und fühlte sich schon wesentlich wohler. Er bestellte sein Frühstück, verbrachte wie immer fünf Minuten unter der Dusche – vier unter siedend heißem Wasser und eine Minute unter dem eiskalten Wasserstrahl –, und danach frühstückte er gemütlich. Dabei telefonierte er mit Benny Lambert in Paris und Herrn Stein von der Firma Lang & Stein in Luxemburg.

»Haben Sie den Brief für mich?« fragte Lambert.

Die Stimme des kleinen Gauners klang gepreßt.

»Ja, ich habe ihn gestern gekriegt. Zum Glück hatte mein Kontaktmann am Montag Dienst, und ich konnte ihn erwischen. Gestern abend hat er den Empfehlungsbrief besorgt. Wann brauchen Sie ihn?«

»Heute nachmittag.«

»Gut. Und mein Honorar?«

»Keine Sorge, das hab' ich hier.«

»Dann kommen Sie gegen drei zu mir«, sagte Lambert.

Shannon überlegte eine Weile.

»Nein, wir treffen uns hier«, sagte er und nannte Lambert den Namen des Hotels. Mit einem solchen Kerl traf er sich lieber in aller Öffentlichkeit. Zu seiner Überraschung erklärte sich Lambert sofort bereit, ins Hotel zu kommen. Seinem Ton war anzumerken, daß irgend etwas nicht stimmte, doch Shannon kam nicht gleich dahinter. Er wußte nicht, daß Lambert die Absicht hatte, ihn an Roux zu verraten.

Herr Stein telefonierte gerade und wollte zurückrufen. Das tat er dann eine Stunde später.

»Es geht um die Gründungsversammlung meiner Holding-Gesellschaft, der Tyrone Holdings«, begann Shannon.

»Ach, Mr. Brown!« rief Stein. »Es ist alles in Ordnung. Was schlagen Sie vor?«

»Morgen nachmittag«, antwortete Shannon. Die Versammlung wurde für drei Uhr in Steins Büro anberaumt. Shannon ließ sich durch das Hotel für den D-Zug kurz nach neun am nächsten Morgen einen Platz von Paris nach Luxemburg reservieren.

»Ich muß schon sagen, daß ich das sehr, sehr seltsam finde.«

Mr. Duncan Dalgleish senior paßte vom Aussehen her genau in den altmodischen, würdevollen Rahmen seiner Kanzlei.

Er studierte umständlich die vier Übertragungsurkunden, die von Lady Macallister und Mrs. Barton als Zeugin unterschrieben waren. »Ja, ja«, hatte er mehrmals in sorgenvollem Ton gemurmelt und dabei seinem Besucher aus London mißbilligende Blicke zugeworfen. Beglaubigte Schecks einer Züricher Bank waren ihm offenbar ungewohnt. Er hielt sie mit spitzen Fingern, als sei das Papier heiß.

»Sie müssen verstehen, daß man früher schon an Lady Macallister wegen des Verkaufs dieser Anteile herangetreten ist. In der Vergangenheit hat sie in solchen Fällen stets meine Kanzlei konsultiert, und ich habe es für richtig gehalten, ihr von einem Verkauf abzuraten«, fuhr er fort.

Thorpe war überzeugt davon, daß Mr. Dalgleishs Mandanten auf seinen Rat hin bestimmt ganze Stapel wertloser Aktien verwahrten, aber er blieb höflich.

»Mr. Dalgleish, Sie müssen doch zugeben, daß meine Geschäftsfreunde Lady Macallister fast den doppelten Tageswert der Aktien bezahlen. Sie hat die Urkunden aus freien Stücken unterschrieben und mich bevollmächtigt, die Zertifikate gegen Vorlage ihres Schreibens und beglaubigter Schecks im Gesamtwert von dreißigtausend Pfund abzuholen. Beides halten Sie in Händen.«

Der alte Herr seufzte.

»Es ist nur so eigenartig, daß sie mich nicht vorher um Rat gefragt hat«, sagte er traurig. »Ich berate sie doch sonst in allen Finanzfragen.«

»Die Unterschrift dürfte einwandfrei sein«, erklärte Thorpe.

»Ja, natürlich. Die mir erteilte Handlungsvollmacht schränkt Lady Macallisters Handlungsfreiheit in keiner Weise ein.«

»Dann wäre ich Ihnen dankbar, wenn Sie mir die Zertifikate aushändigen würden, damit ich nach London zurückfahren kann.«

Der alte Herr erhob sich mühsam.

»Entschuldigen Sie mich bitte, Mr. Thorpe«, sagte er würdevoll und zog sich in sein Allerheiligstes zurück. Thorpe wußte, daß er mit London telefonieren wollte. Er hoffte nur, daß Lady Macallister wegen Ihrer Schwerhörigkeit gezwungen sein würde, Mrs. Barton – sofern sie überhaupt noch da war – als Vermittlerin dazwischenzuschalten. Es dauerte eine halbe Stunde, bis der Anwalt zurückkam. In der Hand hielt er ein dickes Bündel alter, vergilbter Aktienzertifikate.

»Lady Macallister hat Ihre Aussagen bestätigt, Mr. Thorpe. Das soll natürlich nicht heißen, daß ich daran gezweifelt hätte. Aber vor so einer umfangreichen Transaktion fühle ich mich zu einer Rückfrage bei meiner Mandantin verpflichtet.«

»Selbstverständlich«, sagte Thorpe, stand auf und streckte die Hand aus. Dalgleish trennte sich so ungern von den Urkunden als seien es seine eigenen.

Eine Stunde später rollte Thorpe im Zug durch die frühlingshafte Landschaft zurück nach London.

Sechstausend Meilen vom blühenden Heidekraut der schottischen Berge entfernt saß Simon Endean mit dem massigen Oberst Bobi in einem kleinen Mietshaus von Cotonou. Er war mit der Morgenmaschine gelandet und hatte sich im ›Hotel du Port‹ eingemietet. Der Geschäftsführer war ihm behilflich gewesen, die Adresse des im Exil lebenden Offiziers ausfindig zu machen.

Bobi war ein Hüne von einem Mann, mit grob-brutalen Gesichtszügen und gewaltigen Händen. Eine gute Kombination, dachte Endean. Ihm war es gleichgültig, ob Bobi als Nachfolger von Jean Kimba das Land ins Unglück stürzen würde oder nicht. Ihm ging es lediglich darum, daß dieser Mann gegen eine entsprechende Gebühr und eine saftige Bestechung der Bormac Trading Company die Abbaurechte am Kristallberg überschrieb. Für ein monatliches Gehalt von fünfhundert Pfund war der Oberst gern bereit, für die Bormac als Berater in Westafrika zu fungieren. Er hatte so getan, als studiere er sorgfältig den vorbereiteten Vertrag, aber Endean bemerkte mit Vergnügen, daß Bobi nicht mit der Wimper zuckte, als er auf Seite drei stieß, die Endean absichtlich auf dem Kopf stehend eingeheftet hatte. Vermutlich konnte der Mann kaum lesen und schreiben.

Endean erklärte die Vertragsbedingungen in einem Mischmasch von simplem Französisch und Pidgin-Englisch. Bobi nickte dazu, während seine kleinen blutunterlaufenen Augen an dem Vertrag hafteten. Endean betonte, daß sich Bobi für die nächsten zwei bis drei Monate in seiner Villa aufzuhalten habe und daß er, Endean, ihn dann noch einmal hier aufsuchen werde.

Der Engländer erfuhr, daß Bobi immer einen gültigen Diplomatenpaß der Republik Zangaro besaß, seit er vor längerer Zeit zusammen mit dem Verteidigungsminister, Kimbas Vetter, einen Auslandsbesuch gemacht hatte.

Kurz vor Sonnenuntergang kritzelte Bobi seine Unterschrift unter das Dokument. Sie war nicht besonders wichtig. Erst später sollte Bobi erfahren, daß die Bormac ihn als Gegenleistung für die Abbaurechte wieder an die Macht bringen wollte. Endean war sicher, daß Bobi keine Einwände erheben würde, wenn nur der Preis stimmte.

Am nächsten Morgen flog Endean über Paris nach London zurück.

Die Besprechung mit Benny Lambert fand wie verabredet im Hotel statt. Sie war kurz und sachlich. Shannon öffnete den Briefumschlag, den ihm Lambert überreichte. Der Umschlag enthielt zwei identische Papiere mit dem Briefkopf der Botschaft der Republik Togo in Paris.

Einer der Bogen trug lediglich die Unterschrift und das Siegel der Botschaft. Der andere war die Bescheinigung, daß Herr... im Auftrage der Regierung von Togo berechtigt sei, bei der Regierung von... den Kauf der auf beiliegendem Blatt angeführten Waffen zu beantragen. Der Brief enthielt ferner die übliche Zusicherung, daß die genannten Waffen ausschließlich für die Streitkräfte der Republik Togo bestimmt seien und an keinen Dritten weitergegeben würden. Auch dieses Schreiben trug das Amtssiegel der Republik.

Shannon nickte. Er war überzeugt davon, daß Alan Baker es fertigbringen würde, seinen Namen als den des bevollmächtigten Zwischenhändlers und das Land Jugoslawien so einzusetzen, daß niemand es bemerkte. Er überreichte Lambert die vereinbarten fünfhundert Pfund und ging dann.

Lambert gehörte zu jenen Charakteren, die ungern eine Entscheidung treffen. Seit drei Tagen zögerte er immer wieder, Charles Roux anzurufen und ihm zu sagen, daß Shannon in Paris nach einem Endverbraucherzertifikat suche. Er wußte, daß diese Information den französischen Söldner sehr interessieren würde, auch wenn er den Grund nicht kannte. Wahrscheinlich betrachtet Roux den Bereich von Paris als seine höchstpersönliche Domäne, dachte Lambert. Da paßte es ihm nicht, daß ein Fremder hier eindrang, ohne Roux an dem Geschäft zu beteiligen. Roux wäre von sich aus nie auf den Gedanken gekommen, daß er nur deshalb keine Aufträge mehr erhielt, weil er schon zu viele Unternehmen verpfuscht, zu viele Bestechungsgelder angenommen und zu viele Leute um ihren Sold betrogen hatte.

Aber Lambert hatte Angst vor Roux und fühlte sich verpflichtet, ihn zu verständigen. Eigentlich wollte er es an diesem Nachmittag tun, aber da bekam er von Shannon die restlichen fünfhundert Pfund. Eine Warnung an Roux hätte ihn dieses Geld gekostet, denn Lambert war sicher, daß Roux ihm für einen schlichten Hinweis keine so hohe Summe gezahlt hätte. Er wußte nicht, daß Roux auf den Iren einen Kopfpreis ausgesetzt hatte. Deshalb legte er sich einen anderen Plan zurecht.

Benny Lambert war nicht sehr schlau, aber er glaubte, die perfekte Lösung seines Problems gefunden zu haben. Er brauchte nur von Shannon die fünfhundert Pfund zu kassieren und dann Roux zu sagen, der Ire hätte sich bei ihm vergeblich um ein Endverbraucherzertifikat bemüht. Nur ein Haken war an der Sache: Er kannte Shannons Ruf und hatte auch vor ihm Angst; deshalb fürchtete er, Shannon könnte den Ursprung einer Warnung an Roux erraten, falls Lambert sich unmittelbar nach dem Gespräch an Roux wandte. Er beschloß, bis zum nächsten Morgen zu warten.

Als er Roux endlich den Hinweis gab, war es zu spät. Roux rief sofort unter einem fingierten Namen im Hotel an und erkundigte sich nach Mr. Shannon. Vom Empfang wurde ihm wahrheitsgemäß mitgeteilt, dieser Name sei im Hotel nicht bekannt.

Im Kreuzverhör gab der eingeschüchterte Lambert zu, er sei selbst nicht im Hotel gewesen, sondern nur von Shannon vom Hotel aus angerufen worden.

Kurz nach neun stand Roux' Beauftragter Henry Alain am Empfang des ›Plaza Surene‹ und stellte fest, daß auf den einzigen Engländer, der die Nacht im Hotel verbracht hatte, genau die Beschreibung CAT Shannons paßte. Er erfuhr ferner, daß dieser Mann einen Paß auf den Namen Keith

Brown besaß und daß er für den Neun-Uhr-Zug nach Luxemburg eine Fahrkarte bestellt hatte. Noch etwas hörte Henry Alain: Mr. Brown habe sich in der Halle des Hotels am vorangegangenen Nachmittag mit einem Franzosen getroffen, der nach der Beschreibung nur Lambert sein konnte. Henry Alain erstattete genauen Bericht.

Später fand in der Wohnung des französischen Söldnerführers ein Kriegsrat zwischen Roux, Henry Alain und Raymond Thomard statt. Danach traf Roux eine Entscheidung.

»Henry, diesmal ist er uns durch die Lappen gegangen, aber er ahnt wahrscheinlich immer noch nichts. Es kann durchaus sein, daß er wieder dieses Hotel wählen wird, wenn er in Paris zu tun hat. Ich möchte, daß du dich mit irgendeinem Hotelangestellten anfreundest. Sobald er dort wieder absteigt, muß ich es sofort erfahren. Verstanden?«

Alain nickte.

»Natürlich, Patron. Ich werde dafür sorgen, daß wir gleich benachrichtigt werden, wenn er ein Zimmer reserviert.«

Roux wandte sich an Thomard.

»Wenn er wiederkommt, Raymond, schnappst du dir den Schweinehund. Bis dahin habe ich noch einen kleinen Auftrag für dich. Dieser Scheißkerl von Lambert hat uns angelogen. Er hätte mich schon gestern abend warnen können. Vermutlich hat er Geld von Shannon genommen und dann versucht, noch etwas aus mir herauszuquetschen. Sorg dafür, daß Benny Lambert für die nächsten sechs Monate aus dem Verkehr gezogen wird.«

Die Gründungsversammlung der Firma Tyrone Holdings war kürzer, als Shannon es je für möglich gehalten hätte. Kaum hatte die Prozedur begonnen, war sie auch schon vorbei. Er wurde in Herrn Steins Privatbüro geführt, wo bereits Herr Lang und ein jüngerer Mitarbeiter warteten. An einer Wand standen die Sekretärinnen der drei Herren. Damit waren die vom Gesetz vorgeschriebenen sieben Teilhaber vorhanden, und Herr Stein gründete innerhalb von fünf Minuten die Firma. Shannon überreichte ihm die restlichen fünfhundert Pfund, dann wurden tausend Anteile ausgegeben. Jeder nahm gegen Quittung eine Aktie in Empfang und deponierte sie bei Herrn Stein. Auf einem anderen Dokument wurden Shannon in einem Block neunhundertvierundneunzig Anteile überschrieben. Er quittierte sie und steckte sie ein. Dann unterzeichneten der Vorsitzende und der Schriftführer die Statuten der Gesellschaft, die beim Firmenregister des Großherzogtums Luxemburg hinterlegt werden mußten. Die drei Sekretärinnen wurden wieder an die Arbeit geschickt, die dreiköpfige Geschäftsführung trat zusammen und billigte den Firmenzweck. Das Protokoll wurde aufgesetzt, vom Schriftführer verlesen und vom Vorsitzenden unterzeichnet. Das war alles. Die Tyrone Holdings S. A. war damit ins Leben gerufen.

Die beiden anderen Mitgeschäftsführer schüttelten Shannon die Hand, Herr Stein führte ihn zur Tür.

»Sollten Sie und Ihre Teilhaber eine Firma kaufen wollen, die in den Besitz der Tyrone Holdings gelangen soll«, erklärte er Shannon, »kommen Sie einfach hierher, überreichen einen Scheck über den entsprechenden Betrag und kaufen die neu ausgegebenen Anteile zum Preis von einem Pfund pro Stück. Alle Formalitäten können Sie uns überlassen.«

Shannon begriff: Weiter als bis zum geschäftsführenden Teilhaber Stein konnte keine Anfrage vordringen. Zwei Stunden später flog er mit der Abendmaschine nach Brüssel und war kurz vor acht im ›Holiday Inn‹.

Der Mann, den Tiny Marc Vlaminck am nächsten Vormittag kurz nach zehn in Shannons Hotelzimmer führte, wurde Monsieur Boucher genannt. Die beiden machten einen komischen Eindruck. Marc war groß und muskulös, sein Begleiter ungewöhnlich dick und wesentlich kleiner. Er hatte fast die Figur eines Fußballs. Erst bei genauerem Hinsehen bemerkte man unterhalb der Masse von Fett zwei winzige Füße in hochpolierten Schuhen und darüber zwei kurze Beine.

Bouchers Kopf war für den kugelrunden Rumpf viel zu klein geraten. Das massige Doppelkinn ruhte auf den Schultern. Nach einigen Sekunden merkte Shannon, daß die Kugel auch zwei Ärmchen besaß und daß unter einem Arm ein Diplomatenkoffer steckte.

»Bitte, treten Sie ein«, sagte Shannon.

Boucher schob sich seitlich durch die Tür, dann folgte ihm Marc mit einem Augenzwinkern für Shannon. Er machte die beiden miteinander bekannt. Shannon gab ihm und Boucher die Hand und deutete auf einen Sessel, doch Boucher setzte sich vorsichtshalber auf die Bettkante. Aus dem Sessel wäre er vielleicht nicht wieder hochgekommen.

Shannon goß Kaffee ein und kam gleich zur Sache. Tiny Marc schwieg dazu.

»Monsieur Boucher, wie mein Freund Ihnen vielleicht schon mitgeteilt hat, ist mein Name Brown. Ich bin britischer Staatsbürger und spreche im Auftrag einer Gruppe von Freunden, die gern eine gewisse Anzahl automatischer Karabiner oder Maschinenpistolen erwerben möchten. Monsieur Vlaminck war so freundlich, diesen Kontakt für mich einzuleiten. Wenn ich ihn richtig verstanden habe, dreht es sich um neuwertige Maschinenpistolen, Typ Schmeisser, neun Millimeter, aus der Kriegszeit. Mir ist klar, daß eine Exporterlaubnis für diese Waffen nicht zu erlangen ist, und meine Partner sind selbstverständlich bereit, in dieser Hinsicht jede Verantwortung zu übernehmen. Habe ich mich klar genug ausgedrückt?«

Boucher nickte mühsam.

»Ich bin eventuell imstande, eine gewisse Anzahl dieser Waffen zu besorgen«, sagte er vorsichtig. »Was die Exportgenehmigung betrifft, haben Sie recht. Genau deshalb kann ich die Identität meiner Geschäftsfreunde nicht preisgeben. Ein eventueller Abschluß kommt nur gegen Barzahlung in Betracht und unter strengsten Sicherheitsvorkehrungen für meine Freunde.«

Er lügt, dachte Shannon. Es gibt keine Freunde. Er ist der Besitzer der Maschinenpistolen, und er arbeitet ganz allein.

Monsieur Boucher war in früheren Jahren, als er noch schön und schlank war, tatsächlich Koch bei der belgischen SS in Namur gewesen. Seine Begeisterung für gutes Essen hatte ihn zu diesem Beruf geführt, und schon vor dem Krieg waren ihm nacheinander einige Posten verlorengegangen, weil er mehr aß als servierte. Während der Hungerzeit in Belgien hatte er sich als Koch bei der SS gemeldet, weil er annahm, daß es dort genügend zu essen gab. Als sich die Deutschen 1944 aus Namur zurückzogen, war ein Lastwagen mit fabrikneuen Schmeisser-MPs zusammengebrochen. Da keine Zeit war, den Lastwagen zu reparieren, verlud man die Waffen in einen nahegelegenen Bunker und sprengte den Zugang. Boucher sah zu. Jahre später kam er zurück, schaufelte den Schutt beiseite und brachte die tausend Maschinenpistolen an sich.

Sie ruhten seitdem unter einer Falltür im Fußboden der Garage seines Landhauses, das ihm seine Eltern nach ihrem Tod um die Mitte der fünfziger Jahre vermacht hatten. Ungefähr die Hälfte seines Waffenbestands hatte er in kleineren Posten verkauft.

»Falls sich die genannten Waffen in gutem Zustand befinden, würde ich eventuell hundert Stück kaufen«, sagte Shannon. »Selbstverständlich wird bar bezahlt, und zwar in jeder beliebigen Währung. Was die Übergabe der Ladung betrifft, werden wir gern jede von Ihnen gewünschte Vorsichtsmaßnahme beachten. Dafür erwarten wir auch unsererseits völlige Diskretion.«

»Was den Zustand der Waffen betrifft, Monsieur, sind sie nagelneu: eingefettet und immer noch in der versiegelten Werksverpackung. Sie sind im selben Zustand, in dem sie vor achtundzwanzig Jahren die Fabrik verlassen haben, und dürften trotz ihres Alters noch immer die besten Maschinenpistolen sein, die produziert wurden.«

Shannon hatte keine Vorlesung über die Neun-Millimeter-Schmeisser notwendig. Er selbst hielt zwar die israelische Uzi für besser, aber dafür war sie schwerer. Die Schmeisser war der Sten haushoch überlegen und mindestens ebenso gut wie die moderne britische Sterling. Von den automatischen Waffen amerikanischer, sowjetischer oder chinesischer Herkunft hielt er nicht viel. Aber Uzis und Sterlings sind in brauchbarem Zustand so gut wie nicht zu bekommen.

»Kann ich das Muster sehen?« fragte er.

Heftig schnaufend hob Boucher den schwarzen Koffer auf seine Knie, drehte an dem Kombinationsschloß und klappte den Deckel auf. Er versuchte gar nicht erst, sich zu erheben.

Shannon durchquerte das Zimmer und nahm ihm den Koffer ab. Er legte ihn auf den Tisch und hob die MP heraus.

Die Schmeisser war hervorragende Handwerksarbeit. Shannon strich behutsam über das blauschwarz glänzende Metall, packte den Pistolengriff und spürte, wie leicht die Waffe in der Hand lag. Er klappte den Schulteranschlag heraus, betätigte mehrmals das Schloß und blinzelte in den Lauf hinein. Die Innenseite war glänzend und ohne Rostflecken.

»Das ist mein Muster«, schnaufte Boucher. »Es wurde natürlich entfettet und nur leicht eingeölt. Aber die anderen Stücke entsprechen diesem Muster. Sie sind fabrikneu.«

Shannon legte die MP weg.

»Die Neun-Millimeter-Standardmunition ist leicht zu bekommen«, fuhr Boucher fort.

»Danke, das weiß ich«, murmelte Shannon. »Und wie steht's mit Magazinen? Die liegen nicht auf der Straße herum.«

»Ich kann zu jeder Waffe fünf Stück liefern.«

»Fünf?« Shannon tat erstaunt. »Ich brauche mindestens zehn.«

Nun begann das Tauziehen. Shannon beklagte sich darüber, daß der Belgier nicht genügend Magazine liefern könne, und der behauptete, fünf sei für ihn die oberste Grenze. Shannon bot bei Abnahme von hundert Maschinenpistolen fünfundsiebzig Dollar pro Stück an. Boucher erklärte, diesen Preis könne er nur bei Abnahme von mindestens zweihundertfünfzig Stück einräumen; bei hundert müsse er mindestens einhundertfünfundzwanzig Dollar verlangen. Zwei Stunden später einigten sie sich auf hundert Schmeisser-MPs zum Stückpreis von hundert Dollar. Am nächsten Mittwochabend sollte die Übergabe erfolgen, und zwar auf eine genau festgelegte Weise. Als sie fertig waren, bot Shannon dem Händler an, daß ihn Vlaminck wieder mit zurücknehmen könne, aber der Dicke nahm lieber ein Taxi. Er war sicher, daß Shannon der IRA angehörte, und wollte nicht riskieren, an einer abgelegenen Stelle so lange bearbeitet zu werden, bis er die Lage seines Schatzes preisgab. Boucher tat gut daran: bei Schwarzmarktgeschäften mit Waffen ist Vertrauen nichts anderes als eine unverantwortliche Schwäche.

Vlaminck begleitete den Dicken mit seinem schwarzen Koffer hinunter zum Taxi.

Als er wieder das Zimmer betrat, war Shannon beim Packen.

»Verstehst du jetzt, wozu ich den Lieferwagen brauche?« fragte Shannon.

»Nein.«

»Für die Waffenübernahme am Mittwoch«, erklärte Shannon. »Ich hielt es nicht für richtig, Boucher die echten Nummernschilder zu zeigen. Du hast doch bis Mittwoch die Ersatzschilder fertig? Wir brauchen sie nur für eine Stunde, aber falls Boucher uns anzeigen will, wird man den falschen Wagen jagen.«

»Okay, CAT, ich bereite alles vor. Die Garage habe ich vor zwei Tagen gemietet. Auch alles andere ist geregelt. Kann ich dich irgendwo hinbringen? Ich habe den Mietwagen noch bis heute abend.«

Shannon ließ sich von Vlaminck nach Brügge fahren. Dort wartete der Belgier in einem Café, während Shannon zur Bank ging. Herr Goossens machte Mittagspause, und Shannon mußte noch einmal wiederkommen. Keith Browns Konto wies noch ein Guthaben von siebentausend Pfund auf, dabei waren allerdings in neun Tagen zweitausend Pfund als Monatsgehalt für die vier Söldner fällig. Er ließ sich einen beglaubigten Scheck auf den Namen Johann Schlinker ausstellen und steckte ihn in einen Briefumschlag zu dem Schreiben, das er am vergangenen Abend im Hotelzimmer getippt hatte. Schlinker wurde darin mitgeteilt, die anliegenden viertausendachthundert Dollar seien als Zahlung für die diversen vor einer Woche bestellten Artikel bestimmt, und die Sendung solle unter Zollverschluß an Monsieur Jean Baptiste Langarotti per Adresse der Spedition in Toulon verschickt werden. Nächste Woche werde er Schlinker noch einmal anrufen, um sich zu erkundigen, ob das Endverbraucherzertifikat für die bestellten Neun-Millimeter-Patronen in Ordnung sei.

Der andere Brief war an Alan Baker in Hamburg gerichtet. Ihm lag ein Scheck über siebentausendzweihundert Dollar bei, die vereinbarte fünfzigprozentige Anzahlung für das vor einer Woche im Hotel ›Atlantik‹ besprochene Geschäft. Er legte das Endverbraucherzertifikat der Regierung von Togo und den neutralen Briefbogen bei. Er wies Baker an, das Geschäft abzuwickeln, und versprach, sich in regelmäßigen Abständen telefonisch zu melden.

Beide Briefe wurden in Brügge als eingeschriebene Eilsache aufgegeben. Danach ließ sich Shannon von Vlaminck weiter nach Ostende fahren. In einer kleinen Bar am Hafen trank er mit dem Belgier ein paar Gläser Bier, dann kaufte er sich eine Fahrkarte für die Abendfähre nach Dover.

Um Mitternacht kam er in der Victoria Station an. Am Samstagmorgen um eins lag er wieder im Bett. Kurz zuvor hatte er Endean an dessen Postlageradresse telegrafisch mitgeteilt, er sei wieder in London und hätte ihn gern gesprochen.

Am Samstagmorgen kam mit der Post ein Eilbrief aus Malaga in Südspanien. Er war an Keith Brown adressiert, begann aber mit der Anrede ›Lieber CAT!‹ Kurt Semmler teilte darin mit, er habe einen umgebauten Fischkutter gefunden, vor zwanzig Jahren auf einer englischen Werft gebaut und in London auf den Namen eines britischen Bürgers registriert. Das Schiff segle unter britischer Flagge, sei 90 Fuß lang und habe ein Eigengewicht von 80 Tonnen, einen großen Laderaum mittschiffs und einen kleineren achtern. Es sei zwar als Privatjacht klassifiziert, könne aber als Küstenmotorschiff umgemeldet werden. Es sei für zwanzigtausend Pfund zu haben. Zwei Mann der Besatzung könnten auch vom neuen Eigner beibehalten werden, und für die beiden anderen hoffe er geeigneten Ersatz zu finden.

Semmler halte sich im Hotel ›Palacio‹ in Malaga auf und erbitte Shannons Mitteilung, wann er zur Besichtigung des Schiffes eintreffen werde.

Der Name des Bootes war *Albatros*.

Shannon rief bei der BEA an und buchte für Montagmorgen einen Flug nach Malaga. Das Datum des Rückflugs ließ er offen. Dann teilte er Semmler telegrafisch Flugnummer und Ankunftszeit mit.

Am Nachmittag kontrollierte Endean sein Postfach und rief sofort Shannon an. Sie trafen sich am Abend in Shannons Wohnung. Shannon legte seinen dritten ausführlichen Tätigkeitsbericht und eine neue Abrechnung vor.

»Sie müssen weitere Geldsummen bereitstellen, wenn wir in den kommenden Wochen Fortschritte erzielen wollen«, sagte Shannon. »Jetzt kommen als größte Posten das Schiff und die Waffen auf uns zu.«

»Wieviel brauchen Sie per sofort?« fragte Endean.

»Zweitausend für Gehälter, viertausend für Boote und Motoren, viertausend für Maschinenpistolen und über zehntausend für die Neun-Millimeter-Munition. Das sind über zwanzigtausend. Sagen wir lieber dreißigtausend, sonst komme ich nächste Woche schon wieder.«

Endean schüttelte den Kopf.

»Sie bekommen zwanzigtausend«, erklärte er. »Wenn Sie mehr benötigen, können Sie mich jederzeit erreichen. Übrigens hätte ich gern etwas von dem Zeug gesehen. Sie haben dann innerhalb eines Monats fünfzigtausend Pfund verbraucht.«

»Geht nicht«, antwortete Shannon. »Munition, Boote und so weiter sind noch nicht gekauft. Solche Geschäfte kann man nur machen, wenn man das Geld bar auf den Tisch des Hauses legt – im voraus. Das habe ich in meinem ersten Bericht an Ihre Geschäftsfreunde erklärt.«

Endean sah ihn kalt an.

»Hoffentlich wurde von dem vielen Geld tatsächlich etwas gekauft«, knurrte er.

Shannon sah ihn an, bis Endean den Blick senkte.

»Harris, solche Drohungen mag ich nicht. Das haben schon andere Leute versucht – es kostet ein Vermögen für Blumen. Was ist mit dem Geld für das Schiff?«

Endean stand auf.

»Geben Sie mir den Namen des Schiffes und den Verkäufer durch. Die Überweisung erfolgt dann direkt von meiner Schweizer Bank aus.«

»Wie Sie wünschen«, sagte Shannon.

An diesem Abend aß er allein und legte sich frühzeitig schlafen. Den Sonntag hatte er frei, aber er wußte, daß Julie Manson schon zu ihren Eltern nach Gloucestershire gefahren war. Er trank einen Cognac und malte sich in Gedanken den Angriff auf den Regierungspalast von Zangaro aus.

Am Sonntagvormittag kam Julie Manson auf den Gedanken, in der Wohnung ihres neuen Liebhabers anzurufen und festzustellen, ob er zu Hause war. Draußen fiel der Frühjahrsregen wie ein Schleier auf Gloucestershire herab. Sie hatte gehofft, einmal den hübschen Wallach satteln zu können, den ihr Vater ihr vor einem Monat geschenkt hatte. Ein scharfer Galopp durch die parkähnliche Umgebung des Familiensitzes würde vielleicht ihre Gefühle für diesen Mann etwas dämpfen, dachte sie. Aber bei dem heftigen Regen kam ein Ausritt nicht in Frage. Ihr blieb nichts anderes übrig, als durch das weitläufige Haus zu schlendern, sich das Gerede ihrer Mutter über Wohltätigkeitsfeste anzuhören und zum Fenster hinauszustarren.

Ihr Vater hatte in seinem Zimmer gearbeitet, aber vor einigen Minuten war er hinausgegangen, um mit dem Chauffeur zu sprechen. Da ihre Mutter alles mithören konnte, was in der Halle gesprochen wurde, benutzte Julie das Telefon im Arbeitsraum.

Sie hatte gerade den Hörer abgehoben, da fiel ihr Blick auf einen geschlossenen Aktenordner. Als sie den Titel las, warf sie einen raschen Blick auf die erste Seite. Ein Name ließ sie zusammenzucken: Shannon.

Wie die meisten jungen Mädchen hatte auch sie sich im Internat manchmal in eine Phantasierolle hineingeträumt, wenn sie im dunklen Schlafsaal lag und sich vorstellte, wie sie den Mann ihrer Träume aus finsteren Gefahren errettete, um dann bis ans Lebensende von ihm geliebt zu werden. Aber im Gegensatz zu den meisten anderen Mädchen war sie nie ganz erwachsen geworden. Da Shannon sich so nachdrücklich nach ihrem Vater erkundigt hatte, war sie sich ohnehin schon halb wie eine Agentin vorgekommen. Aber sie kannte ihren Vater nur in der Rolle des nachsichtigen Daddy oder des langweiligen Geschäftsmannes. Von seinen Unternehmungen wußte sie herzlich wenig. Hier an diesem verregneten Sonntagmorgen sah sie auf einmal ihre große Chance.

Sie überflog die erste Seite und verstand nichts von den Zahlen, Kostenaufstellungen und Bankangaben, die sie da sah. Der Name Shannon wurde noch einmal erwähnt, außerdem zweimal ein gewisser Clarence. Weiter kam sie nicht. Ein Geräusch an der Tür unterbrach sie.

Erschrocken klappte sie den Ordner zu, trat einen Schritt zurück und begann albernes Zeug in die tote Leitung zu plappern. In der Tür erschien ihr Vater.

»Ja, fein, Christine, das wäre wirklich wunderbar! Wir sehen uns also am Montag. Tschüs!«

Sie legte auf.

Die Miene ihres Vaters entspannte sich etwas, als er seine Tochter sah. Er setzte sich hinter den Schreibtisch.

»Was soll denn das?« fragte er mit gespielter Strenge.

Anstatt einer Antwort legte sie ihm von hinten ihre weichen Arme um den Hals und gab ihm einen Kuß auf die Backe.

»Ich habe nur eine Freundin in London angerufen, Daddy«, sagte sie mit ihrer Kleinmädchenstimme. »Mami läuft dauernd durch die Halle, da habe ich von hier aus telefoniert.«

»Hm, du hast doch in deinem Zimmer auch ein Telefon. Bitte, führ deine Privatgespräche von dort aus.«

»Mach' ich, Daddylein.« Sie warf einen Blick auf die Papierbogen, die unter der Mappe lagen, aber die Schrift war zu klein, und es handelte sich hauptsächlich um Zahlenaufstellungen. Nur die Überschriften konnte sie entziffern. Es waren Rohstoffpreise. Da drehte sich ihr Vater herum.

»Willst du nicht die langweilige Arbeit einfach liegenlassen und mit mir Tamerlane satteln?« fragte sie. »Sicher hört es bald zu regnen auf, dann kann ich ausreiten.«

Er lächelte Julie an.

»Zufällig leben wir alle von dieser langweiligen Arbeit. Aber geh schon voraus in den Stall, ich komme gleich nach.«

Vor der Tür blieb Julie stehen und holte tief Luft. Mata Hari hätte es nicht besser gemacht, davon war sie fest überzeugt.

7. Kapitel

Die spanischen Behörden sind gegenüber Touristen weitaus toleranter, als man gemeinhin annimmt. Bedenkt man, wie viele Millionen von Skandinaviern, Deutschen, Franzosen und Briten jedes Frühjahr und jeden Sommer ins Land einfallen, und überlegt man ferner, daß sich unter ihnen ein gewisser Prozentsatz von Taugenichtsen befinden muß, so haben es die Behörden schon schwer. Kleinere Verstöße gegen die Vorschriften übersieht man in Spanien: wenn beispielsweise zwei Stangen Zigaretten anstatt der erlaubten einen importiert werden.

Grundsätzlich muß sich ein Tourist schon große Mühe geben, wenn er sich mit den spanischen Behörden anlegen will, aber hat er das erst einmal geschafft, dann können sie ihm das Leben sehr sauer machen. Es gibt vielerlei, was sie im Touristengepäck nicht finden dürfen: Waffen und Sprengstoff, Rauschgift, Pornografie und kommunistische Propagandaschriften. Andere Länder haben vielleicht etwas gegen zwei Flaschen unverzollten Schnaps, dafür dulden sie ein Magazin mit nackten Mädchen. In Spanien ist das anders. Das gibt jeder Spanier offen zu.

Der Zollbeamte auf dem Flughafen von Malaga warf an diesem strahlenden Montagnachmittag einen flüchtigen Blick auf die tausend Pfund in gebrauchten Zwanzigpfundnoten, die er in Shannons Gepäck entdeckt hatte. Er zuckte mit den Achseln. Dieses Geld mußte durch den englischen Zoll geschmuggelt worden sein. Falls der Mann wirklich wußte, daß die Ausfuhr von Landeswährung verboten war, ließ er sich nichts davon anmerken. Da er weder pornografische Schriften noch kommunistische Flugblätter fand, ließ er Shannon anstandslos passieren.

Kurt Semmler sah braungebrannt und erholt aus. Er war zwar hager und rauchte eine Zigarette nach der anderen, aber im Einsatz bewies er stets kaltes Blut. Sein kurzgeschnittenes helles Haar und die eisblauen Augen stachen auffällig von der gesunden Bräune ab.

Semmler wartete auf dem Flughafen von Malaga mit einem Taxi. Auf dem Weg in die Stadt erzählte er Shannon, er sei in Neapel, Genua, La Valetta, Marseille, Barcelona und Gibraltar gewesen, er habe sich bei alten Freunden nach kleinen Schiffen erkundigt, die Verkaufslisten seriöser Schiffsmakler durchgesehen und einige ankernde Fahrzeuge besichtigt. Es waren mindestens ein Dutzend, aber keines davon geeignet. Ein weiteres Dutzend hatte er sich gar nicht erst angesehen, weil schon die Namen der Skipper suspekt waren. So war schließlich eine Liste von sieben Schiffen entstanden; die *Albatros* war Nummer drei. Sie schien ihm in Ordnung zu sein.

Er hatte im ›Palacio‹ für Shannon ein Zimmer unter dem Namen Brown reserviert. Dorthin brachte er ihn zunächst. Kurz nach vier Uhr nachmittags schlenderten sie durch das breite Tor am Südende des Acera de la Marina in den Hafen.

Die *Albatros* lag drüben auf der anderen Seite des Hafens, längsseits an einer Kaimauer. Ihr weißer Anstrich leuchtete in der Sonne. Sie gingen an Bord. Semmler machte Shannon mit dem Eigner und Kapitän bekannt, einem George Allen. Er führte ihn durch das Schiff. Shannon merkte bald, daß es für seine Zwecke zu klein war. Es gab da eine Kapitänskajüte mit zwei Schlafgelegenheiten, zwei Einzelkabinen und einen Salon, wo man Luftmatratzen und Schlafsäcke auf den Boden legen konnte.

Die Luke achtern ließ sich verhältnismäßig leicht zu einer Kabine für weitere sechs Mann umbauen, aber es wurde doch sehr eng, wenn man vier Mann Besatzung und fünf Leute von Shannon rechnete. Er ärgerte sich, weil er Semmler nicht mitgeteilt hatte, daß noch weitere sechs Mann mit an Bord genommen werden mußten.

Die Schiffspapiere waren in Ordnung. Die *Albatros* war in Großbritannien registriert. Shannon sprach eine Stunde lang mit Allen über den Zahlungsmodus, er ließ sich Rechnungen und Quittungen von Arbeiten zeigen, die in den letzten Monaten an der *Albatros* vorgenommen worden waren, und er kontrollierte das Logbuch.

Kurz vor sechs Uhr ging er mit Semmler von Bord und schlenderte nachdenklich zum Hotel zurück.

»Was ist los?« fragte Semmler. »Das Boot ist sauber.«

»Darum geht es nicht«, sagte Shannon. »Das Schiff ist zu klein und als Privatjacht registriert. Es gehört keiner Schiffahrtsgesellschaft. Die Ausfuhrbehörde könnte uns untersagen, eine Ladung Waffen an Bord zu nehmen.

Kurz vor neun am nächsten Morgen rief Shannon vom Hotel aus Lloyd in London an und bat um eine Überprüfung des Jachtregisters. Dort war die *Albatros* als Hilfsfahrzeug von 74 Nettoregistertonnen verzeichnet, und zwar mit dem Heimathafen Milford.

Was, zum Teufel hat der Kahn hier zu suchen, überlegte er und ließ sich die geforderte Zahlungsweise durch den Kopf gehen. Nach seinem zweiten Gespräch, diesmal mit Hamburg, wußte er Bescheid.

»Nein, bitte keine Privatjacht«, sagte Johann Schlinker am Telefon. »Die Gefahr ist zu groß, daß man sie keine Handelsware an Bord nehmen läßt.«

»Okay. Bis wann müssen Sie den Namen des Schiffes wissen?«

»Sobald wie möglich. Übrigens ist Ihre Überweisung für die bestellten Gegenstände eingetroffen. Sie werden verpackt und unter Zollverschluß an die Spedition in Frankreich geschickt. Zweitens habe ich den Papierkram für die andere Bestellung erledigt und kann sie ausführen, sobald der Rest der Zahlung eingeht.«

»Bis wann müssen Sie spätestens den Namen des Frachters wissen?« schrie Shannon.

Schlinker überlegte eine Weile.

»Wenn ich Ihren Scheck in fünf Tagen erhalte, kann ich sofort um die Kaufgenehmigung ansuchen. Für die Exporterlaubnis brauche ich den Namen des Schiffes. In weiteren fünfzehn Tagen.«

»Ich sorge dafür«, sagte Shannon und legte auf. Er drehte sich zu Semmler um und erklärte ihm alles.

»Tut mir leid, Kurt, wir brauchen eine Firma, die für den Mittelmeerhandel zugelassen ist, und einen Frachter, keine Privatjacht. Du mußt weitersuchen. Aber in spätestens zwölf Tagen muß ich den Namen wissen. Der Mann in Hamburg braucht ihn allerspätestens in zwanzig Tagen.«

Am Abend verabschiedeten sich die beiden am Flughafen. Shannon kehrte nach London zurück, Semmler flog über Madrid weiter nach Rom und Genua.

Shannon war erst spät zu Hause. Vor dem Schlafengehen bestellte er bei der BEA einen Platz in der morgigen Mittagsmaschine nach Brüssel. Dann bat er Marc Vlaminck, ihn dort am Flughafen abzuholen und ihn erst nach Brügge zur Bank und von da zu dem Treffen mit Boucher zu fahren. So endete der zweiundzwanzigste Tag.

Harold Roberts war ein nützlicher Mann. Der Vater des Zweiundsechzigjährigen war Brite, seine Mutter Schweizerin; nach dem frühen Tod des Vaters war er in der Schweiz aufgewachsen und besaß beide Staatsangehörigkeiten. Er machte eine Banklehre durch, arbeitete zwanzig Jahre in der Hauptverwaltung einer großen Züricher Bank und wurde dann als stellvertretender Geschäftsführer nach London geschickt.
Das war kurz nach dem Krieg. Er stieg zum Leiter der Investmentabteilung auf, wurde später Direktor der Londoner Niederlassung und setzte sich mit sechzig Jahren zur Ruhe. Seinen Lebensabend wollte er in England verbringen.
Seit seiner Pensionierung stellte er sich nicht nur dem früheren Arbeitgeber, sondern auch anderen Schweizer Banken für gewisse delikate Geschäfte zur Verfügung. Auch an diesem Mittwochnachmittag war er mit einer solchen Aufgabe beschäftigt.
Die Zwingli-Bank hatte Mr. Roberts offiziell beim Vorstandsvorsitzenden und beim Schriftführer der Bormac eingeführt; er wies sich durch ein Beglaubigungsschreiben als Bevollmächtigter der Zwingli-Bank in London aus.
Danach hatten zwischen Mr. Roberts und dem Schriftführer der Gesellschaft zwei weitere Besprechungen stattgefunden; beim zweiten Mal war auch der Vorstandsvorsitzende Major Luton anwesend, der jüngere Bruder des einstigen Mitarbeiters von Sir Ian Macallister.
Im Stadtbüro des Schriftführers fand eine außerordentliche Vorstandssitzung statt. Außer dem Rechtsanwalt und Major Luton selbst war ein weiteres Vorstandsmitglied dafür nach London gekommen. Zu dritt waren sie beschlußfähig. Sie beratschlagten über die Dokumente, die Ihnen der Schriftführer vorgelegt hatte. Die vier anwesenden Aktionäre, die durch die Zwingli-Bank repräsentiert wurden, besaßen unzweifelhaft dreißig Prozent des Firmenkapitals. Es war nicht zu bestreiten, daß sie die Zwingli-Bank mit der Wahrnehmung ihrer Geschäfte beauftragt hatten, und ebenso unbezweifelbar war Mr. Roberts, der Bevollmächtigte dieser Bank.
Wenn sich ein Konsortium von Geschäftsleuten dazu entschloß, ein so großes Paket von Bormac-Aktien zu erwerben, mußte man der Erklärung ihrer Bank Glauben schenken, daß sie die Gesellschaft durch beträchtliche Finanzspritzen neu beleben wollten. Das war nicht ungünstig für den Aktienkurs, und alle drei Vorstandsmitglieder waren gleichzeitig Aktionäre. So wurde ohne große Schwierigkeiten beschlossen, Mr. Roberts als Treuhänder für die Bank mit in den Vorstand aufzunehmen. Niemand dachte daran, die Statuten zu ändern, nach denen zwei Vorstandsmitglieder

schon in der Lage waren, Beschlüsse zu verabschieden, obgleich sich der Vorstand nunmehr aus sechs anstatt wie bisher aus fünf Mitgliedern zusammensetzte.

Mr. Keith Brown war für die Kredietbank in Brügge inzwischen ein hochgeschätzter Dauerkunde geworden. Er wurde von Herrn Goossens mit großer Freundlichkeit empfangen und ließ sich bestätigen, daß an diesem Morgen eine Gutschrift über zwanzigtausend Pfund aus der Schweiz eingetroffen sei. Shannon hob zehntausend Dollar in bar ab und ließ sich einen beglaubigten Scheck auf den Namen Johann Schlinker in Hamburg ausstellen.

Auf dem Postamt nebenan gab er den Scheck per Einschreiben an Schlinker auf und beauftragte ihn in dem Begleitschreiben, das Geschäft mit Spanien voranzutreiben.

Bis zu dem Treffen mit Boucher hatten er und Marc Vlaminck noch vier Stunden Zeit. Zwei davon verbrachten sie in einem Café in Brügge, dann machten sie sich kurz vor der Abenddämmerung auf den Weg.

Zwischen Brügge und dem vierundvierzig Kilometer entfernten Gent liegt eine recht einsame Wegstrecke. Da sich die Straße in unendlichen Windungen zwischen Wiesen und Feldern hindurchschlängelt, ziehen die meisten Autofahrer die neue E5 von Ostende nach Brüssel vor. An der fast verlassenen alten Landstraße fanden die beiden Söldner den aufgegebenen Bauernhof, den ihnen Boucher beschrieben hatte. Die Gebäude selbst waren hinter einer Baumgruppe versteckt, aber eine verblaßte Tafel kennzeichnete die Abzweigung.

Shannon fuhr an der Stelle vorbei und stellte den Wagen ab. Marc stieg aus, um den Bauernhof zu überprüfen. Zwanzig Minuten später kam er zurück und bestätigte, daß hier offenbar seit langer Zeit niemand mehr gewesen war. Nichts deutete auf irgendeine unangenehme Überraschung hin.

Shannon sah auf die Uhr. Sie hatten noch eine Stunde Zeit, aber es war schon dunkel. »Geh in Deckung«, befahl er. »Ich behalte von hier aus den Vordereingang im Auge.«

Als Marc verschwunden war, kontrollierte Shannon noch einmal den Lastwagen. Er war alt und klapprig, aber ein guter Mechaniker hatte die Maschine überholt. Shannon überklebte die Zulassung mit zwei falschen Nummernschildern. Sie ließen sich später leicht wieder entfernen. Er wollte nicht, daß Boucher die richtige Nummer zu sehen bekam. Auch die auffälligen Werbesprüche auf beiden Seiten des Wagens konnte man schnell entfernen. Auf der Ladefläche lagen sechs Säcke mit Kartoffeln, die Vlaminck auf seine Anweisung mitgebracht hatte, und ein breites Holzbrett, das man vor die rückwärtige Klappe schieben konnte. Zufrieden bezog Shannon seinen Posten am Straßenrand.

Um fünf vor acht tauchte der erwartete Lastwagen auf. Als er langsam in die Einfahrt zu dem Bauernhof einbog, erkannte Shannon neben dem Fahrer einen kugelrunden Umriß mit einem winzigen Kopf darauf. Das konnte nur Boucher sein. Die roten Schlußlichter verschwanden zwischen den Bäumen. Boucher schien keine krumme Tour zu planen. Shannon ließ ihm drei Minuten Zeit, dann fuhr er mit seinem Lastwagen hinterher. Als er den Hof erreichte, stand Bouchers Lastwagen mit brennendem Standlicht genau in der Mitte. Shannon schaltete den Motor aus und stieg aus. Auch sein Standlicht brannte, die Kühlerhaube seines Wagens war drei Meter von Bouchers Lastwagen entfernt.

»Monsieur Boucher!« rief er ins Dunkle. Auch er selbst hielt sich etwas außerhalb des Lichtscheins.

»Monsieur Brown«, hörte er Bouchers schnaufende Stimme. Der Dicke kam herangewatschelt. Er hatte einen Helfer mitgebracht, ein gewaltiges Muskelpaket, dessen Bewegungen aber recht langsam wirkten. Marc konnte sich flink und elegant wie ein Ballett-Tänzer bewegen, wenn er wollte. Shannon fühlte sich einigermaßen sicher.

»Haben Sie das Geld?« fragte Boucher und trat näher.

Shannon deutete auf den Fahrersitz seines Lastwagens.

»Da drin. Und Sie haben die Maschinenpistolen?«

Boucher zeigte auf seinen Wagen.

»Ich schlage vor, daß wir beide unsere Sachen aus dem Wagen holen«, sagte Shannon.

Boucher rief seinem Begleiter einige Worte in flämischer Sprache zu, die Shannon nicht verstand. Der Mann trat hinter den Lastwagen und öffnete die Klappe. Shannons Muskeln spannten sich. Wenn eine Überraschung geplant war, würde sie jetzt erfolgen. Aber es kam nichts. In dem matten Licht seiner eigenen Scheinwerfer sah Shannon nur zehn flache Kisten und einen offenen Karton.

»Ihr Freund ist nicht hier?« fragte Boucher.

Shannon pfiff. Tiny Marc trat hinter einer Scheune hervor. Es wurde still, dann räusperte sich Shannon.

»Bringen wir die Übergabe hinter uns«, sagte er und holte einen braunen Briefumschlag aus der Fahrerkabine. »Bargeld, wie vereinbart. Zwanzig-Dollar-Noten zu je fünfzig gebündelt. Zehn Bündel.«

Er blieb in Bouchers Nähe, als der Dicke die Banknoten mit erstaunlicher Geschicklichkeit nachzählte und sie in die Manteltaschen stopfte. Als er damit fertig war, zog er die Bündel noch einmal heraus und entnahm jedem einen beliebigen Geldschein. Im Licht einer kleinen Taschenlampe untersuchte er das Geld auf seine Echtheit. Dann nickte er.

»Alles in Ordnung«, schnaufte er und rief seinem Helfer etwas zu. Der entfernte sich einen Schritt von der Ladefläche des Lastwagens. Auf ein Zeichen von Shannon trat Marc an den Wagen heran und wuchtete die erste Kiste heraus. Shannon zog ein Stemmeisen aus der Tasche und öffnete den Deckel. Im Licht seiner Lampe kontrollierte er die zehn Schmeisser-MPs, die nebeneinander in der Kiste lagen. Er nahm eine der Waffen heraus und überprüfte Zündschloß und Funktion. Dann legte er die Maschinenpistole wieder in die Kiste und klopfte den Deckel fest.

Nach zwanzig Minuten hatte er alle Kisten kontrolliert. Bouchers Muskelmann hielt sich immer in der Nähe auf. Der offene Karton enthielt fünfhundert Magazine für die Maschinenpistolen. Marc vergewisserte sich, daß die Magazine tatsächlich zu den Waffen paßten, dann nickte er Shannon zu.

»Alles in Ordnung!« rief er.

»Könnten Sie Ihren Freund bitten, meinem Begleiter beim Umladen zu helfen?« fragte Shannon.

Der Dicke gab die Anweisung weiter. Nach weiteren fünf Minuten waren die zehn Kisten und der offene Karton in Marcs Lastwagen verschwunden. Vorher hatten die beiden Belgier natürlich die Kartoffelsäcke ausgeladen. Marc machte eine Bemerkung auf flämisch, und beide lachten.

Als sie damit fertig waren, schob Marc das breite Holzbrett in einigem Abstand von der hinteren Klappe senkrecht vor die Kisten. Dann schlitzte er einen Kartoffelsack auf und schüttete den Inhalt hinten in den Lastwagen. Die losen Kartoffeln rollten in die Zwischenräume zwischen den Kisten. Lachend half ihm der andere Flame dabei. Nach kurzer Zeit waren die Kisten so mit Kartoffeln bedeckt, daß man nichts mehr sehen konnte. Die Säcke wurden weggeworfen.

»Fertig, fahren wir«, sagte Marc.

Shannon wandte sich an Boucher. »Wenn Sie nichts dagegen haben, fahren wir zuerst. Schließlich haben wir jetzt die gefährliche Ladung an Bord.«

Er wartete, bis Marc den Motor angelassen und den Lastwagen gewendet hatte. Dann erst verließ er Boucher und kletterte in die Kabine hinauf. Etwa in der Mitte der Einfahrt war ein besonders tiefes Schlagloch, über das man sehr vorsichtig und langsam fahren mußte. An dieser Stelle ließ Shannon sich von Marc das Messer geben, sprang vom Wagen und versteckte sich zwischen den Büschen.

Zwei Minuten später kam Bouchers Fahrzeug vorbei. Natürlich mußte es ebenfalls im Schrittempo durch das Schlagloch fahren. Shannon glitt zwischen den Büschen hervor, bückte sich und stieß das Messer in einen Hinterreifen. Er hörte ein giftiges Zischen, aber da hockte er schon wieder in seinem Versteck. Bald darauf erreichte er auf der Hauptstraße Tiny Marc. Der Belgier hatte inzwischen die Reklameaufkleber an beiden Seiten und die falschen Nummernschilder entfernt.

Shannon hatte zwar nichts gegen Boucher, aber er wollte lieber eine halbe Stunde Vorsprung haben.

Um halb elf waren die beiden wieder in Ostende. Der Lastwagen mit den Frühkartoffeln wurde in der verschließbaren Garage abgestellt, die Vlaminck auf Shannons Anweisung gemietet hatte. Die beiden setzten sich in Marcs Bar in der Kleinstraat und warteten bei einem Glas schäumenden Biers auf das Abendessen, das ihnen Anna richtete. Shannon sah bei dieser Gelegenheit zum erstenmal die recht ordentlich gebaute Geliebte seines Freundes und behandelte sie mit ausgesuchter Höflichkeit, wie das bei Söldnern gegenüber dem weiblichen Anhang von Freunden alte Tradition war.

Vlaminck hatte ihm zwar ein Hotelzimmer in der Innenstadt bestellt, aber die beiden hockten noch lange beisammen, tranken und tauschten Kriegserlebnisse aus, lachten über Zwischenfälle, die ihnen rückblickend komisch erschienen, und nickten düster vor sich hin, wenn traurige Ereignisse erwähnt wurden. Die anderen Gäste saßen um sie herum und hörten zu.

Der Morgen dämmerte schon fast, als sie endlich ins Bett kamen.

Am Vormittag holte ihn Tiny Marc im Hotel ab. Gemeinsam nahmen sie ein spätes Frühstück zu sich. Shannon erklärte dem Belgier, daß er die Schmeisser-Maschinenpistolen so verpacken sollte, daß man sie zur Verladung in einem südfranzösischen Hafen über die belgische Grenze nach Frankreich schmuggeln konnte.

»Vielleicht in Kisten mit Frühkartoffeln«, schlug Marc vor. Shannon schüttelte den Kopf.

»Kartoffeln verlädt man in Säcke und nicht in Kisten«, erklärte er. »Es braucht nur beim Verladen eine Kiste umzukippen, und wir sind geliefert. Ich habe eine bessere Idee.«

Eine halbe Stunde erklärte er Vlaminck seinen Plan.

Der Belgier nickte.

»Gut«, sagte er. »Ich kann morgens, wenn die Bar geschlossen hat, in der Garage arbeiten. Wann fahren wir das Zeug nach Süden?«

»Um den fünfzehnten Mai«, antwortete Shannon. »Wir wählen die Route durch die Champagne. Ich schicke Jean Baptiste zum Helfen her, und in Paris laden wir alles auf einen Wagen mit französischer Nummer um. Jedenfalls muß die Ware am fünfzehnten Mai versandfertig sein.«

Marc begleitete ihn in einem Taxi hinunter zum Hafen, denn der Lastwagen sollte vor seiner letzten Fahrt von Ostende nach Paris nicht mehr benutzt werden. Shannon kaufte sich eine Fahrkarte für die Autofähre nach Dover. Am frühen Abend war er wieder in London.

Den Rest des Tages verbrachte er mit einem ausführlichen Bericht für Endean, gab aber nicht an, von wem er die Waffen gekauft und wo er sie gelagert hatte. Dem Bericht fügte er eine Spesenabrechnung und den Kontoauszug der Bank in Brügge bei. Dann steckte er alles in einen Um-

schlag und schickte es an die Postlageradresse, die er mit Endean vereinbart hatte.

Am Freitag kam mit der Morgenpost ein großes Päckchen von Jean Baptis-
te Langarotti. Es enthielt einen Stapel Prospekte von drei europäischen
Firmen, die Schlauchboote der gesuchten Art herstellten. Sie wurden als
Rettungsboote, Motorboote, Zugboote für Wasserski, als Sportboote für
Taucher und als schnelle Tender für Luxusjachten angepriesen. Daß diese
Fahrzeuge ursprünglich als rasche und sehr bewegliche Landungsboote
für die Marine-Infanterie entwickelt worden waren, wurde mit keinem
Wort erwähnt.
Shannon las die Prospekte mit großem Interesse. Sie stammten von einer
italienischen, einer britischen und einer französischen Firma. Die italienische Firma hatte an der Côte d'Azur sechs Niederlassungen und schien
für Shannons Zwecke am besten geeignet zu sein. Von dem größten Modell mit einer Länge von fünfeinhalb Metern waren zwei Stück sofort lieferbar. Eins lag in Marseille, das andere in Cannes. Langarotti schrieb in
seinem Brief, auch die französische Firma habe ein Fünfmeterboot in einem Fachgeschäft in Nizza zur Verfügung. Die britischen Modelle müßten erst bestellt werden und seien nur in leuchtenden Farben lieferbar.
Alle Boote seien für Außenborder mit Leistungen von über fünfzig PS
eingerichtet, und solche Motoren von sieben verschiedenen Typen könnte
er sofort besorgen.
Shannon schrieb einen langen Antwortbrief. Er wies Langarotti an, die
beiden italienischen Schlauchboote und das dritte von der französischen
Firma zu kaufen. Der Korse solle gleich nach Eingang des Briefes die
Händler anrufen, einen festen Auftrag erteilen und jeweils zehn Prozent
der Kaufsumme als Anzahlung überweisen. Er bat ihn, auch drei der besten Motoren zu kaufen, aber in drei verschiedenen Geschäften.
Allein die Kosten für Boote und Motoren beliefen sich etwas über viertausend Pfund. Das bedeutete, das er seinen Etat für Hilfsgeräte mit allem, was sonst noch dazukam, überziehen mußte, aber darüber zerbrach
er sich nicht den Kopf. Dafür blieb er bei den Waffen und hoffentlich auch
bei dem Schiff unter dem Kostenvoranschlag. Er kündigte Langarotti die
Überweisung des Gegenwerts von viertausendfünfhundert Pfund an und
bat ihn, mit dem restlichen Geld einen guten gebrauchten Zweitonner,
versteuert und versichert, zu kaufen.
Mit diesem Wagen sollte er die Küste entlangfahren, die drei Schlauchboote und die drei Außenborder kaufen und sie persönlich bei seinem
Spediteur in Toulon abliefern. Alles müsse spätestens am fünfzehnten
Mai zur Verschiffung bereitliegen. Am Morgen dieses Tages sollte sich
Langarotti in Paris in dem gewohnten Hotel mit Shannon treffen und den
Lastwagen mitbringen. Noch am selben Tag wies der Söldnerführer die

Kredietbank in Brügge schriftlich an, viertausendfünfhundert Pfund in französischen Francs auf das Konto von Jean Baptiste Langarotti bei der Zentralstelle der Societée Generale in Marseille zu überweisen. Beide Briefe gingen noch am Nachmittag mit Eilpost ab.

Als CAT Shannon fertig war, legte er sich auf sein Bett und starrte die Decke an. Er fühlte sich abgespannt, denn die Anstrengung der letzten dreißig Tage machte sich bemerkbar. Bisher verlief alles planmäßig. Es würde Alan Baker sicher gelingen, die Granatwerfer und Bazookas so rechtzeitig in Jugoslawien zu kaufen, daß sie Anfang Juni geholt werden konnten; Schlinker kaufte inzwischen in Madrid für die Schmeisser-Maschinenpistolen genügend Munition für ein Jahr. Der einzige Grund für die Bestellung einer so unvernünftig großen Menge bestand darin, daß man den spanischen Behörden eine plausible Erklärung dafür geben mußte. Die Exportbewilligung müßte in der zweiten Junihälfte vorliegen, vorausgesetzt, er konnte bis Mitte Mai den Namen des Schiffes mitteilen, und ferner vorausgesetzt, daß das Schiff und seine Reederei den Beamten in Madrid paßte.

Vlaminck hatte bis dahin bestimmt schon die Maschinenpistolen für den Transport nach Marseille verstaut. Um dieselbe Zeit sollten Schlauchboote und Motoren in Toulon verladen werden, dazu die anderen Dinge, die er bei Schlinker bestellt hatte.

Abgesehen davon, daß die MPs über die Grenze geschmuggelt werden mußten, verlief alles ganz legal. Trotzdem konnte einiges schiefgehen. Es war zum Beispiel denkbar, daß Spanier oder Jugoslawen die Formalitäten hinauszögerten oder Schwierigkeiten mit den Papieren machten.

Dupree war in London noch immer dabei, Uniformen zu kaufen. Auch die sollten spätestens Ende Mai in Toulon lagern.

Das große ungelöste Problem war das Schiff. Semmler suchte bereits seit fast einem Monat vergeblich danach.

Shannon stand auf, griff nach dem Telefon und diktierte ein Telegramm: Dupree sollte sich bei ihm melden. Als er den Hörer auflegte, läutete der Apparat.

»Hallo, ich bin's.«

»Hallo, Julie«, sagte er.

»Wo hast du gesteckt, CAT?«

»Ich war verreist.«

»Bist du dieses Wochenende in der Stadt?«

»Ja, höchstwahrscheinlich.« Es gab für ihn tatsächlich nichts mehr zu tun, solange Semmler kein geeignetes Schiff aufgetrieben hatte. Er wußte nicht einmal, wo sich der Deutsche um diese Zeit aufhielt.

»Fein«, sagte das Mädchen am Telefon, »dann unternehmen wir doch etwas.«

Wahrscheinlich lag es an seiner Müdigkeit, daß er nicht gleich begriff.

»Was?« fragte er.

Sie erklärte es ihm so genau und detailliert, daß er sie schließlich unterbrach und aufforderte, sofort zu einer praktischen Demonstration in seine Wohnung zu kommen.

Noch vor einer Woche hätte Julie vor Aufregung kaum an sich halten können, aber jetzt freute sie sich viel zu sehr, ihren Liebhaber wiederzusehen. Sie hatte vergessen, was sie ihm sagen wollte. Erst gegen Mitternacht fiel es ihr wieder ein. Shannon schlief schon halb, und Julie sagte:

»Übrigens habe ich neulich deinen Namen gelesen.«

Shannon brummte.

»Auf einem Stück Papier«, fuhr sie fort. Er zeigte immer noch keinerlei Interesse und lag entspannt da, das Gesicht auf den verschränkten Armen.

»Soll ich dir sagen, wo?«

Seine Reaktion war enttäuschend. Er brummte nur.

»In einer Aktenmappe auf dem Schreibtisch meines Vaters.«

Die Überraschung gelang ihr. Mit einer katzenhaften Bewegung fuhr er hoch und packte sie schmerzhaft bei den Armen. Sein durchdringender Blick erschreckte sie.

»Du tust mir weh«, sagte sie kläglich.

»Was war das für eine Aktenmappe?«

»Na, eben ein Ordner.« Sie war den Tränen nahe. »Ich wollte dir doch nur helfen.«

Seine Aufregung ließ sichtlich nach.

»Warum hast du herumgestöbert?« fragte er.

»Du hast mich doch dauernd nach ihm gefragt, und da habe ich eben nachgeblättert, als ich den Ordner sah. Dein Name ist mir aufgefallen.«

»Erzähl mir alles von Anfang an«, bat er sie.

Als sie fertig war, schlang sie ihm beide Arme um den Hals.

»Ich liebe dich, CAT«, flüsterte sie, »nur deshalb hab' ich's getan. War das nicht richtig?«

Shannon überlegte eine Weile. Sie wußte ohnehin schon zuviel, und es gab nur zwei Möglichkeiten, ihre Verschwiegenheit zu garantieren.

»Liebst du mich wirklich?« fragte er.

»Ja, ganz wirklich.«

»Möchtest du, daß mir etwas zustößt, nur weil du irgend etwas sagst oder tust?«

Sie beugte den Kopf zurück und sah ihm ernsthaft ins Gesicht. Das war eine Szene wie aus ihren Jungmädchenträumen.

»Niemals«, antwortete sie voller Überzeugung. »Ich würde nie etwas sagen. Sie könnten mit mir machen, was sie wollen.«

Shannon blinzelte erstaunt.

»Niemand wird dir etwas antun«, sagte er. »Du darfst nur deinem Vater nichts davon sagen, daß du mich kennst oder daß du in seinen Akten geblättert hast. Verstehst du: er hat mir den Auftrag gegeben, für ihn Informationen über die Aussichten eines Bergbauvorhabens in Afrika zu sammeln. Wenn er wüßte, daß wir beide uns kennen, würde er mich hinauswerfen. Dann müßte ich mir einen anderen Job suchen. Man hat mir zwar einen angeboten, aber weit weg in Afrika. Deshalb müßte ich dich verlassen, wenn er jemals etwas über uns erführe.«

Das saß. Sie wollte ihn nicht verlieren. Natürlich wußte er, daß er ohnehin bald gehen mußte, aber das brauchte er ihr noch nicht zu sagen.

»Ich werde schweigen wie ein Grab«, versprach sie.

»Noch ein paar Kleinigkeiten«, sagte Shannon. »Du hast die Überschrift auf dem Blatt mit den Rohstoffpreisen gelesen. Wie lautete die Überschrift?«

Sie legte angestrengt die Stirn in Falten und versuchte, sich an das Wort zu erinnern.

»Es ist das Zeug, das man in Füllfedern hineintut. Es kommt in Anzeigen für teure Füllfederhalter vor.«

»Tinte?« fragte Shannon.

»Nein, Platin«, antwortete sie.

»Aha, Platin«, murmelte er sehr nachdenklich. »Und wie lautete der Titel des Aktenstücks?«

»Das weiß ich noch genau«, sagte sie erleichtert. »Es war wie die Überschrift eines Märchens: Der Kristallberg.«

Shannon stieß einen tiefen Seufzer aus.

»Sei lieb und mach mir bitte einen Kaffee.«

Während er drüben in der Küche die Tassen klappern hörte, lehnte er sich an das Kopfende des Bettes und blickte hinaus auf London.

»So ein gerissener Hund«, murmelte er. »Aber so billig kriegst du das nicht, Sir James, so billig nicht!«

Dann lachte er leise.

An diesem Samstagabend schwankte Benny Lambert heimwärts, nachdem er mit ein paar Freunden in seinem Stammcafé getrunken hatte. Das Geld, das er von Shannon erhalten hatte, war inzwischen in Francs umgewechselt worden, und er hatte davon viele Runden für seine Kumpane geschmissen. Es tat ihm gut, von dem großen ›Ding‹ zu sprechen, das er gerade gedreht hatte, und den Barmädchen Champagner zu spendieren. Er selbst hatte mehr als genug getrunken und merkte nicht, daß ihm im Abstand von zweihundert Metern im Schrittempo ein Wagen folgte. Eine halbe Meile vor seinem Zuhause holte dieser Wagen in Höhe eines unbebauten Grundstücks auf, aber auch davon merkte er kaum etwas.

Als er endlich aufmerksam wurde und protestieren wollte, zerrte ihn der Hüne, der aus dem Wagen gesprungen war, schon über das leere Grundstück und hinter einen Bretterzaun, der zehn Meter von der Straße entfernt war.

Seine Proteste verstummten, denn der Hüne packte ihn an der Gurgel, drehte ihn herum und rammte ihm die Faust in den Solarplexus. Benny Lambert sackte in sich zusammen und ging zu Boden, als der Fremde losließ. Im dunklen Schatten hinter dem Bretterzaun beugte sich die Gestalt über ihn und zog ein Eisenstück von etwa einem halben Meter Länge aus dem Gürtel. Der Riese griff nach Lamberts linkem Oberschenkel und riß ihn hoch. Es gab einen dumpfen Laut, als die Eisenstange die Kniescheibe traf und sie auf der Stelle zersplitterte. Lambert schrie einmal schrill auf und wurde ohnmächtig. Das Zertrümmern seiner rechten Kniescheibe spürte er schon nicht mehr.

Zwanzig Minuten später rief Thomard von einem fast zwei Kilometer entfernten Café aus seinen Auftraggeber an. Roux ließ sich Bericht erstatten und nickte. »Gut«, sagte er, »ich habe auch eine Neuigkeit für dich. Es geht um das Hotel, in dem Shannon für gewöhnlich übernachtet. Henry Alain berichtet mir gerade, daß ein Brief von einem gewissen Mr. Keith Brown angekommen ist. Er hat für den fünfzehnten ein Zimmer bestellt. Verstanden?«

»Ja, am Fünfzehnten«, sagte Thomard. »Dann kommt er also.«

»Und du wirst auch dort sein«, sagte die Stimme am Telefon. »Henry bleibt mit seinem Kontaktmann im Büro in Verbindung, und du hältst dich schon am Nachmittag in der Nähe des Hotels auf.«

»Bis wann?« fragte Thomard.

»Bis er das Hotel allein verläßt«, antwortete Roux. »Dann holst du ihn dir, für fünftausend Dollar.«

Thomard lächelte, als er die Telefonzelle verließ. Er trank an der Bar noch ein Bier und spürte unter der linken Achsel den Druck seines Revolvers. Ein angenehmes Gefühl. In ein paar Tagen würde ihm das Schießeisen ein kleines Vermögen einbringen. Er war seiner Sache ganz sicher. Er stellte es sich sehr einfach vor, einen Mann zu erledigen, der ihn nie gesehen hatte und der von seiner Existenz und seiner Absicht nichts ahnte. Selbst wenn es sich um CAT Shannon handelte.

Am Sonntagvormittag rief Kurt Semmler an. Shannon lag noch nackt im Bett, während Julie in der Küche das Frühstück richtete.

»Mr. Keith Brown?« fragte das Fräulein vom Amt.

»Ja, am Apparat.«

»Ich habe für Sie eine Voranmeldung von einem Mr. Seminola in Genua.« Shannon saß sofort auf der Bettkante und preßte den Hörer ans Ohr.

»Stellen Sie durch«, befahl er.

Kurt Semmlers Stimme klang schwach, aber einigermaßen verständlich.

»Carlo?«

»Ja, Kurt.«

»Ich bin jetzt in Genua.«

»Ich weiß. Was gibt es Neues?«

»Ich hab's. Diesmal bin ich ganz sicher. Genau, was du haben willst. Aber es ist noch ein anderer Kaufinteressent hier. Wenn wir das Schiff haben wollen, werden wir ihn überbieten müssen. Es ist für unsere Zwecke ausgezeichnet. Kannst du herkommen und dir das ansehen?«

»Bist du ganz sicher, Kurt?«

»Ja, ganz sicher. Ein registrierter Frachter im Besitz einer Reederei aus Genua. Wie maßgeschneidert.«

Shannon überlegte.

»Dann komme ich morgen. In welchem Hotel wohnst du?«

Semmler sagte es ihm.

»Ich komme mit der nächsten erreichbaren Maschine. Wann das sein wird, weiß ich noch nicht. Bleib nachmittags im Hotel, dann melde ich mich, sobald ich eintreffe. Laß mir ein Zimmer reservieren.«

Wenige Minuten später telefonierte er mit der BEA und erfuhr, die nächste erreichbare Verbindung sei ein Alitalia-Flug nach Mailand um neun Uhr fünf am kommenden Morgen mit Anschluß nach Genua und Ankunft dort kurz nach dreizehn Uhr. Shannon buchte sofort einen Einzelflug.

Er lachte vor sich hin, als Julie mit dem Kaffee kam. Wenn das Schiff in Ordnung war, konnte er das Geschäft innerhalb der nächsten zwölf Tage abschließen, und am Fünfzehnten rechtzeitig zu seiner Verabredung mit Langarotti wieder in Paris sein. Er wußte, daß Semmler alles zum Auslaufen vorbereiten würde und bis zum 1. Juni eine gute Mannschaft und genügend Treibstoff beschaffen konnte.

»Wer war das?« fragte das Mädchen.

»Ein Freund.«

»Was für ein Freund?«

»Ein Geschäftsfreund.«

»Was wollte er?«

»Ich muß ihn besuchen.«

»Wann?«

»Morgen früh in Italien.«

»Wie lange bleibst du weg?«

»Das weiß ich noch nicht. Vielleicht vierzehn Tage, vielleicht auch länger.«

Sie schmollte über ihrer Kaffeetasse.

»Und was soll ich die ganze Zeit machen?« fragte sie.

Shannon grinste. »Es wird dir schon etwas einfallen. Es gibt ja so viele Möglichkeiten.«

»Du bist ein Mistkerl«, sagte sie ganz ruhig. »Aber wenn du weg mußt, läßt sich daran wahrscheinlich nichts ändern. Wir haben nur noch bis morgen früh Zeit, und diese paar Stunden, mein lieber Kater, werde ich nach besten Kräften ausnutzen.«

Während sich sein Kaffee über das Kopfkissen ergoß, überlegte Shannon, daß der Kampf um Kimbas Palast ein Kinderspiel sein würde, verglichen mit dem Versuch, Sir James Mansons Tochter zufriedenzustellen.

8. Kapitel

Der Hafen von Genua lag friedlich in der Spätnachmittagssonne da, als CAT Shannon und Kurt Semmler aus dem Taxi stiegen. Der Deutsche führte seinen Chef an den Kaimauern entlang zu der Stelle, wo das Motorschiff *Toscana* lag. Das alte Küstenboot verschwand beinahe zwischen den beiden Dreitausend-Tonnen-Frachtern links und rechts, aber das machte nichts. Für Shannons Zwecke war es groß genug.

Von dem winzigen Vordeck ging es gut einen Meter tief auf das Hauptdeck hinunter, wo eine große Luke zu dem einzigen Laderaum des Schiffs führte. Achtern unter der kleinen Brücke waren offenbar die Mannschaftsunterkünfte und die Kapitänskajüte untergebracht. Das Schiff hatte einen kurzen gedrungenen Mast mit einem fast senkrecht hochgezogenen einzelnen Ladebaum. Über dem Heck war das einzige Rettungsboot befestigt.

Das Schiff war verrostet, die Farbe an vielen Stellen von der Sonne in Blasen abgesprengt, an anderen vom Salzwasser weggefressen. Es war klein, alt und vergammelt, vor allem aber unscheinbar. Und das war es genau, wonach Shannon suchte. Es gibt tausende kleine Frachter dieser Art an den Küsten von Haifa bis Gibraltar, Tanger bis Dakar, Monrovia bis Simonstown. Alle sehen einander ähnlich, keines der Schiffe fällt irgendwie auf, und man traut ihnen nicht zu, daß sie etwas anderes an Bord haben als kleine Ladungen für den Verkehr von Hafen zu Hafen.

Semmler führte Shannon an Bord. Sie fanden den Niedergang zum Mannschaftsquartier, und Semmler rief ins Dunkle hinab. Dann stiegen sie hinunter. Unten erwartete sie ein muskulöser, eckig wirkender Mann von Mitte Vierzig, der Semmler zunickte und Shannon fragend ansah. Semmler gab ihm die Hand und machte ihn mit Shannon bekannt.

»Carl Waldenberg, der Erste Maat.«

Waldenberg nickte knapp und drückte Shannon die Hand.

»Sie wollen sich also unsere alte *Toscana* ansehen?« fragte er.

Shannon stellte erfreut fest, daß Waldenberg trotz seines Akzents ein recht gutes Englisch sprach und so aussah, als sei er durchaus bereit, eine nicht ganz astreine Ladung an Bord zu nehmen, wenn nur der Preis stimmte. Daß sich der Deutsche für ihn interessierte, war klar. Semmler hatte ihn bereits in großen Zügen unterrichtet und ihm gesagt, sein Chef werde sich das Schiff ansehen und es vielleicht kaufen. Für den Ersten Maat mußte der neue Eigner ein interessanter Mann sein. Abgesehen von allem anderen dachte Waldenberg natürlich auch an die eigene Zukunft. Der jugoslawische Ingenieur war irgendwo an Land, aber den Moses lernten sie kennen, einen halbwüchsigen Italiener, der in seiner Koje lag und in einem Sexmagazin blätterte. Ohne die Rückkehr des italienischen Kapitäns abzuwarten, führte sie der Erste Maat durch die *Toscana*. Dreierlei interessierte Shannon: Die Möglichkeit, an Bord irgendwo zwölf Mann unterzubringen, selbst wenn sie auf dem offenen Deck schlafen mußten, die Hauptladeluke und die Möglichkeit, unten in den Bilgen ein paar Kisten verschwinden zu lassen – und schließlich die Zuverlässigkeit der Maschinen.

Waldenbergs Augen wurden ein wenig eng, als Shannon seine Fragen stellte, aber er beantwortete sie höflich. Er konnte sich leicht denken, daß es keine zahlenden Passagiere waren, die an Bord der *Toscana* in Decken gewickelt unter freiem Himmel auf dem Lukendeckel schlafen mußten. Für eine Fahrt bis zum anderen Ende Afrikas würde die *Toscana* auch nicht viel Ladung an Bord nehmen. Auf so große Entfernungen werden Frachten mit größeren Fahrzeugen transportiert. Der Vorteil des kleinen Küstenfrachters besteht darin, daß er kurzfristig Ladung an Bord nehmen und sie zwei Tage später ein paar huntert Meilen entfernt abliefern kann. Große Schiffe haben längere Liegezeiten. Aber auf einer langen Fahrt vom Mittelmeer bis nach Südafrika gleicht ein großes Schiff durch seine höhere Geschwindigkeit die Liegezeit im Hafen aus. Für Entfernungen von mehr als fünfhundert Seemeilen sind Schiffe wie die *Toscana* für Exporteure uninteressant.

Nach der Besichtigung des Schiffes gingen sie nach oben. Waldenberg bot ihnen Flaschenbier an, und sie setzten sich damit in den Schatten einer aufgespannten Zeltbahn hinter der Brücke. Jetzt erst begannen die eigentlichen Verhandlungen. Die beiden Deutschen unterhielten sich in ihrer Muttersprache, wobei Waldenberg offenbar fragte und Semmler antwortete. Schließlich warf Waldenberg einen scharfen Blick auf Shannon, wandte sich wieder an Semmler und nickte bedächtig.

»Durchaus möglich«, sagte er auf englisch.

Semmler übersetzte Shannon die Unterhaltung.

»Waldenberg möchte gern wissen, warum ein Mann wie du, der offenbar nichts vom Frachtgeschäft versteht, einen generell zugelassenen Frachter kaufen möchte. Ich hab ihm gesagt, du bist Geschäftsmann und nicht Seemann. Er meint, das Frachtgeschäft sei zu riskant für einen reichen Mann, der Geld investieren möchte, falls er nicht ganz besondere Absichten verfolgt.«

Shannon nickte.

»Durchaus verständlich, Kurt, ich möchte dich unter vier Augen sprechen.«

Sie gingen nach achtern und lehnten sich an die Reling, während Waldenberg sein Bier trank.

»Was hältst du von diesem Mann?« fragte Shannon leise.

»Er ist in Ordnung«, sagte Semmler ohne zu zögern. »Der Kapitän ist gleichzeitig der Schiffseigner – ein alter Mann, der sich zur Ruhe setzen möchte. Der Erlös aus dem Schiffsverkauf soll seinen Lebensabend sichern. Damit wird der Posten des Kapitäns frei. Ich glaube, Waldenberg möchte ihn gern haben, und ich wäre durchaus einverstanden. Er besitzt sein Kapitänspatent und kennt das Boot wie seine eigene Westentasche. Auch auf dem Meer kennt er sich aus. Bleibt nur die Frage, ob er eine Fracht an Bord nimmt, die ein gewisses Risiko mit sich bringt. Ich glaube aber, er würde auch das tun, wenn der Preis stimmt.«

»Er vermutet schon etwas?« fragte Shannon.

»Klar. Er nimmt an, daß du illegale Einwanderer nach England bringen willst. Er möchte natürlich nicht ins Gefängnis wandern, wird das Risiko aber eingehen, wenn er genug Geld dafür bekommt.«

»In erster Linie müssen wir das Schiff kaufen. Er kann sich dann immer noch entscheiden, ob er bleiben will oder nicht. Wenn er geht, suchen wir uns einen anderen Kapitän.«

Semmler schüttelte den Kopf.

»Nein, wir müßten ihn im voraus soweit informieren, daß er den Auftrag ungefähr kennt. Und das wäre ein hohes Sicherheitsrisiko.«

»Wenn er erfährt, worum es geht, und dann aussteigt, gibt es für ihn nur den einen Weg«, sagte Shannon und deutete auf die Ölpfützen im Brackwasser unter dem Heck.

»Noch etwas ist zu berücksichtigen, CAT. Es wäre vorteilhaft, ihn auf unserer Seite zu haben. Er kennt das Schiff, und wenn er sich entschließt, bei uns zu bleiben, wird er auf den Kapitän einwirken, daß er die *Toscana* uns verkauft und nicht der örtlichen Reederei, die sich auch dafür interessiert. Sein Wort hat bei dem Kapitän großes Gewicht, denn der alte Knabe will die *Toscana* in guten Händen wissen, und er vertraut Waldenberg.«

Das sah Shannon ein. Die Zeit wurde knapp, und er wollte die *Toscana* haben. Der Erste Maat konnte ihn dabei unterstützen, und er war bestimmt in der Lage, das Schiff zu kommandieren. Außerdem würde er dafür sorgen, daß sein neuer Erster Maat ein Gleichgesinnter war. Doch abgesehen davon muß man bei Bestechungen einen nützlichen Grundsatz beachten: Man darf niemals versuchen, alle zu bestechen, sondern nur den Mann an der Spitze, der dann seine Untergebenen in Schach zu halten hat. Shannon beschloß, Waldenberg nach Möglichkeit zu seinem Verbündeten zu machen. Sie kehrten unter die Zeltbahn zurück.

»Ich will Ihnen gegenüber offen sein, Mr. Waldenberg«, sagte Shannon. »Wenn wir die *Toscana* kaufen, werden wir damit natürlich keine Erdnüsse transportieren. Es trifft auch zu, daß mit der vorgesehenen Ladung ein gewisses Risiko verbunden sein dürfte. Das Löschen wird ungefährlich sein, weil das Schiff dabei außerhalb irgendwelcher Hoheitsgewässer bleibt. Ich brauche einen guten Kapitän, und Kurt Semmler hat Sie mir empfohlen. Kommen wir also zur Sache. Wenn ich die *Toscana* bekomme, biete ich Ihnen den Posten des Kapitäns an. Sie erhalten einen Sechsmonatsvertrag, der Ihnen das Doppelte Ihres jetzigen Gehalts garantiert, zusätzlich eine Prämie von fünftausend Dollar für die erste Fahrt, fällig heute in zehn Wochen.«

Waldenberg hörte ihm zu, ohne ein Wort zu sagen. Dann grinste er und stand auf. Er streckte die Hand aus.

»Mister, Sie haben Ihren Kapitän.«

»Gut«, sagte Shannon. »Nur müssen wir vorher das Schiff kaufen.«

»Kein Problem«, entgegnete Waldenberg. »Wieviel würden Sie dafür anlegen?«

»Was ist die *Toscana* wert?« konterte Shannon.

»Das hängt von Angebot und Nachfrage ab«, erklärte Waldenberg. »Die andere Seite bietet fünfundzwanzigtausend Pfund und keinen Pfennig mehr.«

»Ich gehe bis sechsundzwanzigtausend«, sagte Shannon. »Wird der Kapitän damit einverstanden sein?«

»Natürlich. Sprechen Sie Italienisch?«

»Nein.«

»Spinetti spricht kein Wort Englisch. Ich werde für Sie dolmetschen. Ich mache das mit dem Alten schon klar. Bei diesem Preis und mit mir als Kapitän bekommen Sie das Schiff. Wann können Sie sich mit ihm treffen?«

»Vielleicht morgen früh?« fragte Shannon.

»In Ordnung. Um zehn Uhr hier an Bord.«

Nach einem weiteren Händedruck verließen die beiden Söldner das Schiff.

Marc Vlaminck arbeitete zufrieden in der gemieteten Garage, während der Lastwagen abgeschlossen draußen in der Einfahrt parkte. Marc hatte auch die Tür der Garage verschlossen, weil er bei der Arbeit nicht gestört werden wollte. Er verbrachte nun schon den zweiten Nachmittag allein in der Garage und hatte den ersten Teil seiner Aufgabe fast beendet.

Entlang der Hinterwand der Garage hatte er aus soliden Brettern einen Arbeitstisch aufgebaut und ihn mit den notwendigen Werkzeugen ausgestattet. Wie den Lastwagen hatte er alles übrige von Shannons fünfhundert Pfund gekauft. An der anderen Wand standen fünf große Fässer. Sie waren leuchtend grün gestrichen und trugen das Firmenzeichen ›Castrol‹.

Sie waren leer; Marc hatte sie sehr billig von einem größeren Transportunternehmen im Hafen bekommen. Auf den Fässern stand zu lesen, daß sie einmal schweres Schmieröl enthalten hatten.

Aus dem Boden des ersten Fasses hatte Marc eine kreisrunde Scheibe herausgeschnitten. Das Faß stand nun mit dem Loch nach oben auf dem Fußboden. Ein fünf Zentimeter breiter Rand rings um das Loch war alles, was von dem ursprünglichen Faßboden übriggeblieben war.

Von dem Lastwagen hatte Tiny Marc zwei Kisten mit Schmeisser-Maschinenpistolen abgeladen und die zwanzig Waffen für das neue Versteck vorbereitet. Jede einzelne Maschinenpistole war von oben bis unten mit Isolierband umwickelt, und an jeder Waffe waren fünf Magazine befestigt. Nach dem Einwickeln hatte er jede MP einzeln in eine kräftige Plastiktüte gesteckt, die Luft abgesaugt und die Tüten mit Kordel zugebunden. Dann kam noch ein zweiter äußerer Plastikbeutel darum, der ebenfalls zugebunden wurde. Marc war sicher, daß die Waffen in dieser Verpackung bis zu ihrer Verwendung trocken bleiben würden.

Er nahm die zwanzig gedrungenen Pakete und rollte sie mit kräftigem Gurtband zu einem großen Bündel zusammen. Dieses Bündel schob er von oben her in das Faß und ließ es auf den Boden hinab. Die Zweihundert-Liter-Fässer waren groß genug für je zwanzig Schmeisser-MPs samt zugehöriger Magazine, und an der Wand blieb noch etwas Luft.

Nachdem das erste Bündel versteckt worden war, verschloß Marc das Faß wieder. Er hatte sich in einer Spenglerei am Hafen neue Blechscheiben schneiden lassen und paßte die erste Scheibe in die Öffnung des Fasses ein. Eine halbe Stunde lang feilte er an den Rändern, dann paßte die Scheibe genau in die Faßöffnung. Sie berührte rundherum den Rand und bedeckte den fünf Zentimeter breiten Rest des alten Faßbodens. Mit Hilfe eines gasbetriebenen Brenners verlötete Marc das Blech.

Metall kann man normalerweise schweißen und bekommt damit die dauerhafteste Verbindung. Aber in einem Faß, das einmal Öl oder Brennstoff enthalten hat, bleibt auf dem Metall immer ein Ölfilm zurück. Bei den hohen Temperaturen, die durch das Schweißen entstehen, kann der Film verdampfen, und die Explosionsgefahr ist hoch. Durch Löten erhält man bei Blech zwar keine so dauerhafte Verbindung, aber man kann mit niedrigen Temperaturen arbeiten. Solange die Fässer nicht gekippt und gerüttelt wurden, mußten sie auch so jeder normalen Belastung standhalten. Als Marc fertig war, füllte er alle noch verbliebenen Fugen mit Lötzinn, wartete, bis alles abgekühlt war, und übersprühte die ganze Fläche mit einer Farbe, wie sie auf der ganzen Welt bei Castrol-Öl verwendet wird. Er ließ die Farbe trocknen, stellte dann das Faß vorsichtig auf seine neue Bodenfläche, schraubte den jetzt nach oben weisenden Verschluß auf und goß aus mehreren bereitstehenden Kanistern Schmieröl hinein.

Die zähe smaragdgrüne Flüssigkeit suchte sich gurgelnd ihren Weg bis zum Boden des Fasses. Allmählich füllte sie alle Luftlöcher entlang der Faßwand aus und bedeckte das Bündel mit den Maschinenpistolen. Gleichzeitig wurden Gewebe und Kordeln imprägniert. Marc hatte zwar die Luft aus den Plastikbeuteln abgesaugt, aber in den Magazinen, Läufen und Schlössern waren doch Luftblasen zurückgeblieben. Sie glichen das Gewicht des Metalls aus, so daß beim allmählichen Füllen des Fasses das ganze Bündel fast gewichtslos wurde, in dem dicken Öl nach oben stieg wie eine Leiche im Wasser und schließlich langsam auf den Boden sank. Der Belgier verbrauchte zwei Kanister Öl. Als das Faß randvoll war, schätzte er, daß es etwa zu sieben Zehntel mit dem Bündel und zu drei Zehntel mit Öl gefüllt war. Er hatte in das Zweihundert-Liter-Faß sechzig Liter eingefüllt. Zuletzt nahm er eine kleine Stablampe und leuchtete die Oberfläche des Öls ab. Sie schimmerte gleichmäßig glatt und grün, durchsetzt von goldenen Reflexen. Von dem, was auf dem Boden des Fasses ruhte, war keine Spur zu sehen. Marc wartete eine Stunde, dann kontrollierte er den unteren Rand des Fasses. Es gab keine undichte Stelle, der neue Fußboden hatte gehalten.

In bester Laune schob Marc das Tor der Garage auf und setzte den Lastwagen rückwärts herein. Er mußte noch die beiden Kisten mit den deutschen Aufschriften verbrennen und die alte Blechscheibe fortwerfen, am besten in den Hafen. Nun wußte er, daß er auf diese Weise in jeweils zwei Tagen ein Ölfaß umbauen konnte. Am 15. Mai würde alles bereitstehen, wie er es Shannon versprochen hatte. Es tat gut, wieder eine Aufgabe zu haben.

Dr. Iwanow war außer sich – nicht zum erstenmal und ganz sicher auch nicht zum letztenmal.

»Diese Bürokratie!« fauchte er über den Frühstückstisch hinweg seine Frau an. »Diese dämliche, bornierte, vernagelte Bürokratie in unserem Land ist einfach nicht zu fassen!«

»Du hast sicherlich recht, Michail Michailowitsch«, sagte seine Frau beruhigend. Sie goß zwei neue Tassen Tee ein, stark, schwarz und bitter, wie ihr Mann ihn bevorzugte. Als vorsichtige, ruhige Frau wünschte sie sich nur, daß ihr Mann, dieser unberechenbare Wissenschaftler, seine Temperamentsausbrüche besser kontrollierte oder sie wenigstens auf das eigene Heim beschränkte.

»Wenn die Kapitalisten wüßten, wie lange es in unserem Land dauert, ein paar Schrauben und Bolzen zu beschaffen, würden sie sich kugeln vor lachen!«

»Psst, Liebling«, flüsterte sie und nahm sich Zucker. »Du mußt eben Geduld haben.«

Es war schon Wochen her, seit ihn der Direktor des riesigen Komplexes von Labors und Wohnungen in sein fichtengetäfeltes Büro gerufen hatte, das Herz dieses Instituts in den Weiten Sibiriens, um ihm mitzuteilen, daß man ihm die Leitung einer wissenschaftlichen Exkursion nach West-afrika anvertraut habe. Um die Einzelheiten müsse er sich selbst küm-mern.

Die Übernahme dieses Auftrags bedeutete, daß er ein hochinteressantes Projekt und zwei vielversprechende junge Kollegen im Stich lassen mußte. Er hatte die für das afrikanische Klima erforderliche Ausrüstung beantragt, seine Anforderungen an ein halbes Dutzend zuständiger Stel-len weitergereicht, kleinliche Rückfragen so höflich wie möglich beant-wortet und dann endlich gewartet, bis alles Gerät eingetroffen und ver-packt war. Er wußte von einem früheren Auftrag in Ghana unter Nkrumah, was man zur Arbeit im afrikanischen Busch brauchte.

»Meinetwegen kann es schneien, soviel es will«, hatte er zu seinem Assi-stenten gesagt. »Wir werden schon fertig, das Winterwetter macht mir nichts aus.«

Er hatte es trotz allem termingerecht geschafft. Sein Team stand bereit, alles Zubehör bis hinunter zu den Trinkwassertabletten und den Feldbet-ten war seegerecht verpackt. Er hatte gehofft, mit etwas Glück seinen Auftrag auszuführen und mit den Gesteinsproben wieder zurückzukeh-ren, bevor die wenigen Tage des strahlenden sibirischen Sommers dem herbstlichen Kälteeinbruch weichen mußten. Der Brief, den er in der Hand hielt, durchkreuzte alle seine Hoffnungen.

Er stammte vom Direktor persönlich. Gegen ihn hegte er keinen Groll, weil er ja wußte, daß er lediglich Anweisungen aus Moskau weiterreichte. Das dortige Transportministerium habe wegen des vertraulichen Charak-ters der Mission leider verfügt, daß keine öffentlichen Verkehrsmittel be-nutzt werden dürften, andererseits sehe sich das Außenministerium aber nicht imstande, dem Forscherteam eine Maschine der Aeroflot zur Verfü-gung zu stellen. Angesichts der weiterhin angespannten Lage im Nahen Osten sei es auch nicht möglich, einen Militärfrachter vom Typ Antonow einzusetzen.

Infolgedessen erachte man es in Moskau angesichts des großen Umfangs der benötigten Ausrüstung und des noch größeren Volumens des zu er-wartenden Rücktransports aus Westafrika als angebracht, auf dem See-weg zu reisen. Es sei die beste Lösung, das Forscherteam von einem so-wjetischen Frachter mitnehmen zu lassen, der auf seinem Weg in den Fernen Osten die westafrikanische Küste passieren mußte. Was die Rück-reise anbetreffe, sei einfach Botschafter Dobrovolsky vom Abschluß der Unternehmungen zu verständigen, und er werde einen auf der Heimreise befindlichen sowjetischen Frachter veranlassen, den kleinen Abstecher zu machen, und das dreiköpfige Team sowie die Gesteinsproben an Bord zu nehmen. Zu gegebener Zeit würden noch Termin und Ort der Abreise be-kanntgegeben sowie die zur Benutzung staatlicher Verkehrsmittel erfor-derlichen Reisedokumente zugestellt.

»Der ganze Sommer ist futsch!« schrie Iwanow, während ihm seine Frau in den pelzgefütterten Mantel half und ihm die Pelzmütze reichte. »Ich werde den ganzen verdammten Sommer versäumen. Und dort unten komme ich mitten in die Regenzeit.«

CAT Shannon und Kurt Semmler suchten am folgenden Morgen wieder das Schiff auf und lernten Kapitän Alessandro Spinetti kennen, einen ver-hutzelten alten Mann mit einem Gesicht, das an eine vertrocknete Wal-nuß erinnerte. Er trug ein T-Shirt über seiner immer noch kräftigen Brust und eine flotte weiße Kapitänsmütze auf dem Kopf.

Die Verhandlungen begannen gleich an Ort und Stelle. Später suchten sie den Anwalt des Schiffseigners auf, einen gewissen Giulio Ponti, der seine Kanzlei in einer der schmalen, steilen Nebengassen der geräusch-vollen Via Gramsci betrieb. Um dem werten Signor Gerechtigkeit ange-deihen zu lassen, muß man sagen, daß er am vornehmeren Ende der Via Gramsci residierte; je näher man seiner Kanzlei kam, um so ansehnli-cher und teurer wurden die käuflichen Mädchen in den Bars.

Alles, was mit der Justiz zu tun hat, geht in Italien so langsam wie eine fußkranke Schnecke.

Über die Bedingungen war man sich bereits einig geworden. Kapitän Spi-netti hatte Shannons Angebot, das von Carl Waldenberg übersetzt wurde, akzeptiert: sechsundzwanzigtausend Pfund in bar für das Schiff, zahlbar in jeder gewünschten Währung und in dem vom Kapitän angegebenen Land; die Übernahme des bisherigen Ersten Maates als neuen Kapitän des Schiffes mit einem Vertrag über mindestens sechs Monate und zum Dop-pelten seines bisherigen Gehalts; für den Schiffsingenieur und den Moses die freie Wahl, entweder zum bisherigen Gehalt für weitere sechs Monate an Bord zu bleiben oder abzuheuern, wobei dem Jungen eine Entschädi-gung in Höhe von fünfhundert Pfund und dem Ingenieur eine von tau-send Pfund in Aussicht gestellt wurde.

Insgeheim hatte Shannon bereits beschlossen, den italienischen Jungen zum Abmustern zu bewegen, aber den Ingenieur unter allen Umständen zu halten. Er war ein wortkarger Serbe, der es nach Waldenbergs Aussage verstand, den altersschwachen Maschinen ungeahnte Leistungen zu ent-locken; er redete wenig und stellte keine Fragen; seine Papiere waren höchstwahrscheinlich nicht in Ordnung, so daß er den Job vermutlich dringend brauchte.

Aus steuerlichen Gründen hatte der Kapitän schon vor langer Zeit mit ei-nem Kapital von hundert Pfund eine kleine Reederei gegründet, die ›Spi-netti Maritimo‹. Von den einhundert Stammaktien befanden sich neun-undneunzig Prozent in Spinettis Besitz; das restliche Prozent sowie den Posten des Schriftführers hatte Rechtsanwalt Ponti inne. Der Verkauf der MS *Toscana*, der einzigen Wertanlage dieser Gesellschaft, zog daher auch den Verkauf der Reederei Spinetti Maritimo nach sich. Das paßte gut in Shannons Konzept.

Was ihm weniger behagte, war die Tatsache, daß zur Regelung aller Details mehrtägige Besprechungen mit dem Anwalt nötig waren. Und das betraf nur die erste Etappe der Transaktion.

In der ersten Maiwoche, am 31. Tag auf Shannons privatem Terminkalender, konnte Ponti endlich mit der Formulierung der Verträge beginnen. Da das Geschäft in Italien abgewickelt werden mußte, weil die *Toscana* ein in Italien registriertes Schiff war, mußte der Vertrag den verwickelten italienischen Gesetzen entsprechen. Drei verschiedene Verträge mußten aufgesetzt werden: einer über den Verkauf der Firma Spinetti Maritimo an die Firma Tyrone Holdings in Luxemburg, ein zweiter Vertrag verpflichtete die Tyrone Holdings, Carl Waldenberg für die Dauer von mindestens sechs Monaten mit dem vereinbarten Gehalt den Posten des Kapitäns zu geben, und der dritte Vertrag garantierte den beiden anderen Besatzungsmitgliedern wahlweise entweder ihr gegenwärtiges Gehalt oder eine Abstandssumme. Diese Abwicklung dauerte fünf Tage. Dabei benahm sich Ponti, als breche er sämtliche Geschwindigkeitsrekorde. Natürlich war allen Beteiligten daran gelegen, das Geschäft so rasch wie möglich abzuschließen.

Zufrieden mit sich und der Welt verließ Janni Dupree an diesem sonnigen Maimorgen das Geschäft für Campingartikel, in dem er gerade seine letzte Bestellung aufgegeben hatte. Er hatte für die benötigten Proviantbeutel und Schlafsäcke eine Anzahlung hinterlegt. Die Lieferung war ihm für den folgenden Tag versprochen worden. Noch an diesem Nachmittag wollte er zwei große Kartons voller Armee-Wäschesäcke und Käppis aus einem Lager im Londoner East End abholen.

Drei umfangreiche Lieferungen mit allen möglichen Ausrüstungsgegenständen waren schon nach Toulon abgegangen. Nach Duprees Schätzung mußte die erste Sendung inzwischen angekommen sein, die beiden anderen dürften noch unterwegs sein. Morgen nachmittag sollte die vierte Sendung seegerecht verpackt und dem Spediteur übergeben werden. Somit hatte er noch eine Woche übrig. Am Tag zuvor hatte ihn Shannon brieflich angewiesen, zum 15. Mai seine Londoner Wohnung aufzugeben und nach Marseille zu fliegen. Er sollte sich dort im französischen Hafen in einem bestimmten Hotel einmieten und auf weitere Nachrichten warten. So gefiel es Dupree: Präzise Anweisungen, bei denen kaum ein Irrtum möglich war – und ging doch einmal etwas schief, traf die Schuld nicht ihn. Er besorgte sich eine Flugkarte und konnte es kaum erwarten, bis diese letzte Woche verstrichen war. Endlich war wieder etwas los!

Als Signor Ponti den notwendigen Papierkram vorbereitet hatte, schickte CAT Shannon von seinem Hotel in Genua aus mehrere Briefe ab. In seinem ersten Schreiben teilte er Johann Schlinker mit, das für den Transport der Waffen aus Spanien bestimmte Schiff sei die MS *Toscana*, im Besitz der Reederei Spinetti Maritimo in Genua. Er forderte von Schlinker Details über den angeblichen Bestimmungsort der Waffen an, damit der Kapitän des Schiffes eine entsprechende Frachtliste erstellen könne.

Er legte seinem Brief genaue Angaben über die *Toscana* bei und hatte sich bereits vom britischen Vizekonsul in Genua ein Exemplar von Lloyds Schiffahrtsverzeichnis vorlegen lassen, um sich davon zu überzeugen, daß die *Toscana* darin aufgeführt war. Er teilte Schlinker mit, er werde sich innerhalb fünfzehn Tagen wieder mit ihm in Verbindung setzen.

Ein weiterer Brief ging an Alan Baker, damit auch er den jugoslawischen Behörden Name und Bezeichnung des betreffenden Schiffes für die Erteilung der Ausfuhrgenehmigung mitteilen konnte. Was in der Frachtliste zu stehen hatte, wußte er bereits: die jugoslawische Ladung war für Lome, die Hauptstadt Togos, bestimmt.

Er schrieb einen langen Brief an Herrn Stein als dem Vorstandsvorsitzenden der Tyrone Holdings und wies ihn an, alle Unterlagen für eine in vier Tagen in seinem Büro anzuberaumende Vorstandssitzung mit zwei Tagesordnungspunkten vorzubereiten. Erstens sollte beschlossen werden, die Spinetti Maritimo einschließlich sämtlicher Wertanlagen für sechsundzwanzigtausend Pfund zu kaufen; zweitens sollten an Mr. Keith Brown weitere sechsundzwanzigtausend Inhaberaktien im Wert von je einem Pfund gegen Hinterlegung eines beglaubigten Schecks über sechsundzwanzigtausend Pfund ausgegeben werden.

In kurzen Mitteilungen verschob er die Übernahme der Ladung bei Marc Vlaminck in Ostende auf den 20. Mai und das Treffen mit Langarotti in Paris auf den 19. Mai.

Schließlich schrieb er Simon Endean in London noch einen Brief: Mr. Harris möge sich in fünf Tagen mit ihm in Luxemburg treffen und sechsundzwanzigtausend Pfund für den Ankauf des Schiffes für die geplante Operation bereitstellen.

Der Abend des 13. Mai war angenehm kühl. Nach einer Fahrt von mehreren hundert Kilometern entlang der Küste lenkte Jean Baptiste Langarotti seinen Lastwagen das letzte Stück von Hyères westwärts nach Toulon. Er hatte die Fenster heruntergedreht, und von rechts wehte der Duft nach Harz und Macchia herein. Langarotti freute sich des Lebens, genau wie Dupree in London, der sich an diesem Abend auf seinen Flug nach Marseille vorbereitete, oder Vlaminck in Ostende, der das letzte seiner fünf Ölfässer mit den Maschinenpistolen fertigmachte.

Auf der Ladefläche lagen die letzten beiden Außenborder, ausgerüstet mit

schalldämpfendem Unterwasserauspuff und bar bezahlt. Er wollte sie in
Toulon im Zollager abliefern. Drei schwarze Schlauchboote, einzeln see-
mäßig verpackt, und die dritte Maschine lagerten bereits bei Maritime
Duphot. Im Laufe der letzten vierzehn Tage waren ferner aus London vier
große Kisten mit verschiedenen Kleidungsstücken auf Langarottis Namen
eingetroffen. Auch er würde termingerecht fertig sein.
Schade, daß er sein Hotel verlassen mußte. Vor drei Tagen hatte er beim
Verlassen des Hotels zufällig einen alten Bekannten aus der Unterwelt
getroffen und sich gezwungen gesehen, am folgenden Morgen unter einem Vorwand rasch auszuziehen. Nun wohnte er in einem neuen Hotel
und hätte Shannon gern von dem Umzug verständigt, aber er wußte leider nicht, wo sich Shannon gerade aufhielt. Macht nichts, dachte er. In
achtundvierzig Stunden, am 15. Mai, wollte er sich ohnehin mit seinem
Chef im Pariser Hotel ›Plaza Surene‹ treffen.

Die Sitzung in Luxemburg am 14. Mai war überraschend kurz. Shannon
nahm nicht daran teil. Er hatte Herrn Stein schon zuvor in dessen Büro
aufgesucht und ihm die Dokumente des Verkaufs der Firma Spinetti Maritimo mitsamt ihrem Schiff, der *Toscana*, sowie einen beglaubigten
Scheck über sechsundzwanzigtausend Pfund, zahlbar an die Tyrone Holdings S. A., übergeben.
Dreißig Minuten später kam Herr Stein aus der Vorstandssitzung und
überreichte Shannon sechsundzwanzigtausend Inhaberstammaktien der
Tyrone Holdings. Er zeigte ihm außerdem einen Umschlag, der die Dokumente über den Verkauf des Schiffes an die Firma Tyrone und einen
Scheck zugunsten von Signor Alessandro Spinetti enthielt. Er versiegelte
den an Signor Giulio Ponti in Genua adressierten Briefumschlag und gab
ihn Shannon mit. Zuletzt händigte er Kurt Semmlers Ernennungsur-
kunde zum geschäftsführenden Direktor der Reederei Spinetti Maritimo
aus.

Drei Tage später wurde in der Kanzlei des italienischen Rechtsanwalts der
Handel unter Dach und Fach gebracht. Nach der Bestätigung des Schecks
für den Kauf der *Toscana* war die Firma Tyrone Holdings nunmehr zu
hundert Prozent Besitzerin der Reederei Spinetti Maritimo. Signor Ponti
konnte per Einschreiben die hundert Anteile der Reederei an den Firmensitz der Tyrone in Luxemburg schicken. Daß Signor Ponti von Shannon
ein Paket entgegennahm und in seinem Safe einschloß, hatte nichts mit
der Transaktion zu tun. Shannon hinterließ zwei Unterschriftsproben des
Namen Keith Brown, die Ponti später in die Lage versetzen sollten, die
Echtheit einer Anweisung zur Auslieferung des Paketes zu kontrollieren.
Ponti wußte nicht, daß dieses Paket die siebenundzwanzigtausendvier-
undneunzig Aktien der Tyrone Holdings enthielt.

Der neue Kapitän Carl Waldenberg bekam einen Sechsmonatsvertrag, ebenso der serbische Ingenieur. Beiden wurde ein Monatsgehalt in bar ausgezahlt; die restlichen fünf Gehälter nahm Signor Ponti in Verwahrung.

Der italienische Schiffsjunge ließ sich ohne Schwierigkeiten dazu überreden, gegen eine Abstandszahlung von fünfhundert Pfund plus hundert Pfund Prämie abzumustern. Semmler wurde zum Direktor der Reederei bestellt.

Shannon ließ sich aus Brügge weitere fünftausend Pfund auf sein Konto in Genua überweisen und bezahlte daraus die Gehälter der beiden Männer, die auf der *Toscana* blieben. Vor seiner Abreise aus Genua am 18. Mai gab er Semmler den Rest des Geldes und erteilte ihm einige Anweisungen.

»Wie steht es mit den zwei neuen Besatzungsmitgliedern?«

»Waldenberg kümmert sich schon darum«, antwortete Semmler. »Er meint, hier im Hafen laufen genug Leute herum, die nur auf eine Anmusterung warten. Er kennt sich hier aus, und er weiß genau, was wir brauchen: Ordentliche, harte Männer, die keine überflüssigen Fragen stellen und genau das tun, was man ihnen sagt. Besonders dann, wenn sie hinterher eine fette Prämie zu erwarten haben. Keine Sorge, bis Ende der Woche hat er zwei brauchbare Leute gefunden.«

»Gut, in Ordnung. Ich möchte folgendes erledigt haben. Die *Toscana* wird reisefertig gemacht. Komplette Überholung der Maschinen. Alles muß erledigt sein – Liegegebühren bezahlt, Schiffspapiere auf dem laufenden, der Name des neuen Kapitäns muß eingetragen sein. Dann die Ladeliste für die Ladung, die wir aus Toulon für Marokko abholen. Schiff vollbunkern und verproviantieren. Die Vorräte müssen für die Mannschaft und ein Dutzend Passagiere reichen. Zusätzlich Frischwasser, Bier, Wein, Zigaretten. Sobald alles bereit ist, überführst du das Schiff nach Toulon. Du mußt spätestens am 1. Juni dort sein. Ich werde dich mit Marc, Jean Baptiste und Janni erwarten. Du kannst mich über die Spedition Agence Maritime Duphot erreichen. Das Büro liegt im Hafengebiet. Also bis dann. Und viel Glück!«

9. Kapitel

Daß Jean Baptiste Langarotti noch am Leben war, hatte er zumindest teilweise seiner Fähigkeit zu verdanken, Gefahren im voraus zu spüren. An seinem ersten Tag in dem Pariser Hotel saß er zur vereinbarten Stunde still in der Halle und las eine Zeitschrift. Er wartete zwei Stunden auf Shannon, doch der ließ sich nicht blicken.

Für alle Fälle erkundigte sich der Korse an der Reception. Shannon hatte zwar nichts von Übernachtung gesagt, aber vielleicht war er schon früher eingetroffen und hatte sich ein Zimmer genommen. Der Hotelangestellte sah im Verzeichnis nach und antwortete Langarotti, Monsieur Brown aus London sei noch nicht eingetroffen. Also nahm Langarotti an, daß Shannon aufgehalten worden war und morgen um dieselbe Zeit zum Treffpunkt kommen würde.

So saß der Korse am 16. Mai um dieselbe Zeit wieder in der Hotelhalle. Shannon ließ sich immer noch nicht blicken, aber etwas anderes bemerkte er: Ein Angehöriger des Hotelpersonals sah zweimal herein und verschwand, sobald Langarotti den Kopf hob. Als Shannon nach zwei Stunden immer noch nicht da war, verließ er das Hotel wieder. Er ging die Straße entlang und sah an der nächsten Ecke einen Mann stehen, der ein geradezu übertriebenes Interesse für ein Schaufenster mit Damenkorsetts bewies. Langarotti hatte das Gefühl, daß dieser Mann in einer frühlingshaft stillen Nebenstraße ein Fremdkörper war.

Im Laufe der nächsten vierundzwanzig Stunden hörte sich der Korse in den Bars um, in denen für gewöhnlich Söldner verkehrten, und nutzte einige alte Kontakte zur Unterwelt aus. Er ging immer noch jeden Vormittag in das Hotel und stieß beim fünften Versuch am 19. Mai auf Shannon. Shannon war am Abend zuvor per Flugzeug aus Genua über Mailand angekommen und hatte die Nacht im Hotel verbracht. Er war bester Laune und erzählte beim Kaffee seinem Kameraden, er hätte nun das Schiff für das Unternehmen gekauft.

»Ohne weitere Probleme?« fragte Langarotti.

Shannon schüttelte den Kopf.

»Keinerlei Probleme.«

»Aber hier in Paris haben wir Schwierigkeiten.«

Da der kleingewachsene Korse nicht in aller Öffentlichkeit sein Messer wetzen konnte, lagen seine Hände untätig im Schoß. Shannon stellte die Kaffeetasse hin. Er sah Langarotti aufmerksam an.

»Welcher Art?« fragte er leise.

»Auf deinen Kopf ist ein Preis ausgesetzt«, sagte Langarotti.

Die beiden Männer schwiegen eine Weile, und Shannon dachte nach. Sein Freund störte ihn nicht dabei. Er war es gewohnt, Fragen seines Chefs abzuwarten.

»Weißt du, wer der Auftraggeber ist?« fragte Shannon.

»Nein, ich weiß auch nicht, wer den Auftrag übernommen hat. Aber der Preis ist hoch: fünftausend Dollar.«

»Erst neuerdings?«

»Angeblich wurde der Preis schon vor sechs Wochen ausgesetzt. Es scheint unklar zu sein, ob der Auftraggeber, der in Paris ansässig sein muß, persönlich dahintersteckt, oder ob noch ein anderer die Sache bezahlt. Man sagt, einen solchen Mordauftrag gegen dich würde nur ein sehr tüchtiger Mann übernehmen oder ein sehr dummer. Aber irgend jemand hat den Auftrag übernommen. Man erkundigt sich nach dir.«

Shannon fluchte leise. An der Richtigkeit von Langarottis Beobachtung war kaum zu zweifeln. Der Korse war ein viel zu vorsichtiger Mann, um solche Gerüchte ungeprüft weiterzuerzählen. Shannon überlegte, welcher Vorfall in der Vergangenheit wohl Anlaß gewesen sein könnte, einen Preis auf seinen Kopf auszusetzen. Aber dafür gab es zu viele mögliche Anlässe, die sich teilweise sogar seiner Kenntnis entzogen.

Er ging systematisch jede Möglichkeit durch, die ihm einfiel. Der Mordauftrag stand entweder im Zusammenhang mit der augenblicklichen Operation, oder das Motiv war irgendwo in der Vergangenheit zu suchen. Er begann mit der ersten Möglichkeit.

War in der Geheimhaltung eine Lücke entstanden? Hatte irgendein Geheimdienst einen Hinweis erhalten, daß Shannon in Afrika einen Coup plante? Wollte man das Unternehmen im Keim ersticken, indem man den Kopf beseitigte? Ihm kam sogar der Gedanke, daß vielleicht Sir James Manson von seinem Verhältnis zu seiner Tochter erfahren haben könnte. Aber er verwarf diese Überlegungen wieder. Es konnte sein, daß er jemanden in den trüben Gewässern der Waffen-Schwarzhändler beleidigt hatte, und daß dieser nun endgültig mit ihm abrechnen wollte, während er selbst im Hintergrund blieb. Aber es war bei keiner Verhandlung zu einer Auseinandersetzung, zu Streitigkeiten wegen des Geldes oder zu Drohungen gekommen.

Er kramte weiter in seiner Erinnerung und dachte an vergangene Kriege und Kämpfe. Leider weiß man nie, ob man sich nicht versehentlich irgendwann mit einer wichtigen Organisation angelegt hat. Vielleicht war einer der Männer, die er niedergeschossen hatte, ein Geheimagent des CIA oder KGB gewesen. Beide Organisationen galten als sehr nachtragend und waren mit den skrupellosesten Typen der Welt besetzt, die auch dann noch alte Rechnungen beglichen, wenn es dafür außer schlichter Rachlust kein Motiv mehr gab. Er wußte, daß zum Beispiel der CIA immer noch einen Mordauftrag gegen Bruce Rossiter laufen hatte, der einst in einer Bar in Léopoldville einen Amerikaner niedergeschossen hatte, nur weil der Mann ihn anstarrte. Später stellte sich dann heraus, daß der Amerikaner ein CIA-Agent war, aber das konnte Rossiter nicht wissen. Unkenntnis schützt vor Strafe nicht. Der Auftrag galt immer noch, und Rossiter war immer noch auf der Flucht.

Genauso schlimm waren die KGB-Leute. Sie schickten ihre Attentäter bis an das andere Ende der Welt, um Flüchtlinge zu liquidieren, fremde Agenten, die ihnen geschadet hatten und die dann entlarvt worden waren; so genossen sie keinen Schutz mehr von seiten ihrer einstigen Auftraggeber. Es kam den Russen nicht darauf an, ob der Betreffende irgendeine Information besaß, die es zu vertuschen galt. Sie mordeten aus Rache.

Blieben noch der französische SDECE und der britische SIS. Die Franzosen hätten ihn während der letzten zwei Jahre hundertmal erwischen können, auch in den Dschungeln Afrikas. Sie hätten einen solchen Kopfpreis nicht ausgerechnet in Paris ausgesetzt und eine undichte Stelle riskiert. Außerdem brauchten sie keine gedungenen Mörder, da sie selbst genug gute Leute besaßen. Noch weniger kamen die Briten in Frage. Sie waren so pedantisch, daß sie für die Liquidierung eines Gegners praktisch eine Entscheidung auf Kabinettsebene brauchten und wandten derart harte Methoden nur im äußersten Notfall an, um gefährliche Indiskretionen zu verhindern, für andere Leute in ihren Diensten ein warnendes Exempel zu statuieren, oder auch gelegentlich, um einen der eigenen Leute zu rächen, der wissentlich von einem identifizierbaren Mörder umgelegt worden war. Shannon war ganz sicher, niemals einen britischen Geheimdienstler getötet zu haben – blieb also nur noch das Motiv der Vermeidung von Peinlichkeiten. Für die Russen und Franzosen wäre das ein Anlaß zum Töten gewesen, nicht jedoch für die Briten. Sie hatten Stephen Ward am Leben gelassen, und er hatte später bei der Gerichtsverhandlung beinahe die Regierung MacMillan gestürzt; sie hatten Philby nach seiner Entlarvung am Leben gelassen und auch Blake; in Frankreich oder Rußland wären beide Verräter einem Verkehrsunfall zum Opfer gefallen.

Oder irgendeine private Gruppe? Vielleicht die Korsen? Nein, denn in diesem Fall hätte es Langarotti bei ihm nicht ausgehalten. Soweit Shannon wußte, hatte er niemals die Mafia in Italien oder das Syndikat in Amerika verärgert. So kam eigentlich nur noch ein Privatmann in Betracht, der einen Groll gegen ihn hegte. Wenn es sich nicht um einen Geheimdienst oder eine große private Gruppe handelte, konnte es nur ein einzelner sein. Aber wer in aller Welt?

Langarotti beobachtete ihn immer noch stumm und abwartend. Shannons Miene blieb unbewegt, er tat gelangweilt.

»Weiß man, daß ich hier in Paris bin?«

»Ich glaube schon. Sie scheinen dieses Hotel zu kennen. Du wohnst immer hier. Das ist ein Fehler. Ich habe vier Tage hier gewartet, wie du gesagt hast...«

»Ich habe dir doch geschrieben und das Treffen auf heute verlegt.«

»Ich mußte vor einer Woche aus meinem Hotel aus Marseille ausziehen.«

»Ach so. Weiter!«

»Als ich das zweite Mal herkam, hat jemand das Hotel beobachtet. Ich hatte bereits nach Mr. Brown gefragt. Die undichte Stelle muß sich also im Hotel selbst befinden. Der Mann hat uns gestern und heute beobachtet.«

»Also werde ich das Hotel wechseln«, sagte Shannon.

»Vielleicht schüttelst du ihn ab, vielleicht auch nicht. Irgend jemand

kennt den Namen Keith Brown. Damit kann man dich auch anderswo finden. Mußt du in den nächsten Wochen öfter in Paris sein?«
»Ziemlich oft«, gab Shannon zu. »Ich habe hier noch einiges zu erledigen, und in zwei Tagen müssen wir Marcs Sachen aus Belgien über Paris nach Toulon schaffen.«
Langarotti zuckte die Achseln.
»Möglich, daß sie dich nicht finden. Wir wissen nicht, wie viele es sind und wie gut sie sind. Wir wissen auch nicht, wer dahintersteckt. Aber es kann sein, daß sie dich auch ein zweites Mal auftreiben. Dann könnte es Schwierigkeiten mit der Polizei geben.«
»Das kann ich mir nicht erlauben. Gerade jetzt nicht, wo Marcs Lieferung schon verladen ist«, sagte Shannon.
Als vernünftiger Mensch hätte er am liebsten mit dem Mann verhandelt, der den Preis auf seinen Kopf ausgesetzt hatte. Aber wer das auch sein mochte, er schien nicht verhandeln zu wollen.
Shannon hätte es trotzdem versucht, aber vorher mußte er ihn ausfindig machen. Das war nur auf dem Weg über den gedungenen Mörder möglich. Als er dem Korsen sein Vorhaben erklärte, nickte dieser.
»Ja, mon ami, ich glaube, du hast recht. Wir müssen den Kerl schnappen. Aber vorher müssen wir ihn aus der Reserve locken.«
»Hilfst du mir dabei, Jean Baptiste?«
»Selbstverständlich«, versprach Langarotti. »Er gehört bestimmt nicht zur Korsischen Union. Sonst könnte ich es nicht tun.«
Sie studierten fast eine Stunde lang eine Straßenkarte von Paris, dann ging Langarotti.
Während des Tages parkte er seinen in Marseille zugelassenen Lastwagen an einer vereinbarten Stelle. Am Spätnachmittag erkundigte sich Shannon an der Reception seines Hotels nach einem bekannten Restaurant, das etwa einen Kilometer entfernt lag. Der verdächtige Hotelangestellte, den ihm Langarotti beschrieben hatte, hielt sich in Hörweite auf. Der Empfangschef beschrieb ihm den Weg.
»Kann man zu Fuß hingehen?« fragte Shannon.
»Gewiß, Monsieur. Es sind nur fünfzehn bis zwanzig Minuten.«
Shannon bedankte sich und bestellte über das Telefon am Empfang für zehn Uhr abends einen Tisch auf den Namen Brown. Er blieb den ganzen Tag im Hotel.
Genau um einundzwanzig Uhr vierzig verließ er das Hotel, seine Reisetasche in einer Hand und einen leichten Regenmantel über dem anderen Arm und machte sich auf den Weg zu dem Restaurant. Er nahm nicht die direkte Route, sondern ging durch zwei Straßen, die noch schmaler waren als die Gasse, in der das Hotel lag. Von anderen Passanten war bald nichts mehr zu sehen. Im 1. Arrondissement betrat er Straßen, die um diese Zeit schlecht beleuchtet und menschenleer waren. Er ließ sich un-

terwegs Zeit, blieb immer wieder stehen, betrachtete erleuchtete Schaufenster und sah sich nicht ein einziges Mal um, bis es lange nach zehn Uhr war. Manchmal hörte er in der Stille der Nacht irgendwo hinter sich den leisen Schritt weicher Sohlen. Das konnte unmöglich Langarotti sein. Der Korse bewegte sich so geschickt und lautlos, daß er kein Staubkorn aufwirbelte.

Es war schon nach elf Uhr, als er die unbeleuchtete Nebenstraße erreichte, für die er sich entschieden hatte. Sie zweigte nach links ab und hatte keinerlei Straßenlampen. Ein paar in den Boden eingelassene Pfosten sperrten die Straße am anderen Ende ab. Die Mauern zu beiden Seiten waren hoch und fensterlos. Auch vom anderen Ende her konnte kein Lichtschein in die Gasse fallen, weil dort der französische Lastwagen parkte. Er war leer, aber die hinteren Türen standen offen. Shannon ging auf die gähnende Rückwand des Lastwagens zu und drehte sich um, als er sie erreicht hatte.

Wie die meisten erprobten Kämpfer sah er einer Gefahr lieber ins Auge, anstatt sie irgendwo hinter sich zu wissen. Es war eine alte Erfahrung, daß es immer sicherer ist, eine mögliche Gefahrenquelle im Auge zu behalten. Auf dem Weg durch die finstere Straße hatten ihm die Haare im Nacken zu Berge gestanden. Wenn er sich verrechnete, konnte das seinen Tod bedeuten.

Aber seine Psychologie stimmte. Auf dem Weg durch die menschenleeren Straßen hatte sich sein Gegner im Hintergrund gehalten und genau auf die Gelegenheit gewartet, die sich ihm nun bot.

Shannon warf seine Reisetasche und den Regenmantel auf den Boden und starrte den dunklen Umriß einer Gestalt an, die sich gegen das vom Ende der Straße her einfallende Licht abhob. Er wartete. Er hoffte nur, daß es hier mitten in Paris keinerlei ungewohnte Geräusche geben würde. Der Schatten hielt inne – der Mann überlegte offenbar, ob Shannon bewaffnet war. Aber der Anblick des geöffneten Lastwagens beruhigte den Attentäter. Er nahm an, daß Shannon ihn aus Sicherheitsgründen geparkt hatte, und daß er immer wieder hierher zurückkehrte.

Leise setzte sich der Schatten in Bewegung. Shannon konnte jetzt ausmachen, daß der Mann die rechte Hand aus der Tasche des Regenmantels nahm und einen Gegenstand hielt. Die Gesichtszüge waren nicht zu erkennen; es war überhaupt nur eine Silhouette, aber die eines großen, kräftigen Mannes. Er blieb mitten auf dem Kopfsteinpflaster der finsteren Sackgasse stehen und hob seine Waffe. Sekundenlang zielte er mit ausgestrecktem Arm, dann ließ er ihn wieder sinken, als hätte er es sich anders überlegt.

Der Mann starrte Shannon immer noch unverwandt an, dann sank er langsam in die Knie. Manche Pistolenschützen tun das, um ein sicheres Ziel zu haben. Der Mann räusperte sich, beugte sich noch weiter vor und stützte beide Hände auf die Pflastersteine. Man hörte das metallische Klappern des 45er-Colts. Bedächtig wie ein Moslem während der Gebetsstunde neigte der Revolvermann den Kopf vor und sah zum erstenmal seit zwanzig Sekunden nicht Shannon an, sondern die Pflastersteine. Ein seltsames Geräusch war zu hören, wie von einer rasch auslaufenden Flüssigkeit, dann gaben Arme und Beine des Mannes nach. Er fiel nach vorn in eine Pfütze seines eigenen Blutes und schlief sanft wie ein Kind ein.

Shannon lehnte immer noch an der hinteren Tür des Lastwagens. Jetzt, wo der Mann zu Boden gegangen war, fiel vom beleuchteten Ende der Straße das Licht herein. Man sah den glänzend schwarzen Beingriff eines vierzölligen Messers, der aus dem Rücken des Mannes ragte, ein Stück links von der Mitte, genau zwischen der vierten und fünften Rippe. CAT Shannon hob den Blick. Gegen den Lampenschein war noch eine andere Gestalt zu erkennen, klein und regungslos, fünfzehn Meter von dem Toten entfernt. Von dort aus hatte er das Messer geworfen. Shannon zischte leise. Geräuschlos kam Langarotti über die Pflastersteine heran.

»Ich dachte schon, du kommst zu spät«, knurrte Shannon.

»Ich komme nie zu spät. Seit du das Hotel verlassen hast, konnte er an keiner anderen Stelle seinen Colt abdrücken.«

Auf der Ladefläche des Lastwagens war bereits eine kräftige Plastikplane über eine Zeltbahn ausgebreitet. Die Zeltbahn hatte ringsum Löcher, damit man sie rasch zusammenschnüren konnte, und daneben lagen in genügender Menge Schnüre und Steine bereit. Die beiden packten den Toten jeweils an einem Arm und einem Bein und hievten ihn hinauf. Während Shannon die hinteren Türen schloß, kletterte Langarotti hinauf, um sein Messer zu bergen. Er verriegelte die Türen von innen.

Dann stieg Langarotti auf den Fahrersitz und ließ den Motor an. Im Schrittempo stieß er den Wagen zurück aus der Sackgasse und erreichte die Straße. Bevor er abfuhr, erschien Shannon neben seinem Fenster.

»Hast du ihn dir genau angesehen?«

»Klar.«

»Kennst du ihn?«

»Ja, er heißt Raymond Thomard. Er war mal kurz im Kongo, ist aber mehr ein Stadtmensch. Ein professioneller Killer. Aber kein sehr guter, wie ihn die großen Auftraggeber einsetzen würden. Er scheint nur für seinen Boss zu arbeiten.«

»Und wer ist das?« fragte Shannon.

»Charles Roux«, antwortete Langarotti.

Shannon fluchte leise und wütend.

»Dieser Schweinehund, dieser Pfuscher, dieser Dummkopf! Er hätte uns leicht die ganze Operation vermasseln können, nur weil man ihn nicht daran beteiligt hat.«

Er schwieg und überlegte eine Weile. Man mußte Roux den Schneid abkaufen, aber so, daß er ein für allemal die Finger von dem Unternehmen Zangaro lassen würde.

»Beeil dich«, sagte der Korse und trat behutsam aufs Gas. »Ich möchte unseren Kunden zu Bett bringen, bevor jemand kommt.«

Shannons Entschluß stand fest. Ein paar Sekunden lang sprach er auf Langarotti ein, dann nickte der Korse.

»In Ordnung. Ja, das gefällt mir gut. Das wird dem Hund für einige Zeit das Maul stopfen. Aber es kostet fünftausend Francs extra.«

»Gemacht«, sagte Shannon. »Fahr los. Wir sehen uns in drei Stunden an der Metro-Station Porte de la Chapelle.«

Sie trafen sich mit Marc Vlaminck in der kleinen südbelgischen Stadt Dinant zum Mittagessen. Shannon hatte ihn am Tag zuvor angerufen und ihm die notwendigen Anweisungen erteilt. Am Morgen hatte sich Tiny Marc von Anna verabschiedet und außer einem liebevoll gepackten Koffer ein Freßpaket mit einem halben Laib Brot, etwas Butter und einem Stück Käse für die Frühstückspause mitbekommen. Natürlich auch den Rat, gut auf sich aufzupassen.

Er hatte den Lastwagen mit den fünf Zweihundert-Liter-Fässern Castrol-Öl quer durch Belgien gesteuert, ohne angehalten zu werden. Dafür gab es auch keinen Grund. Führerschein und Fahrzeugpapiere waren ja in Ordnung.

Nun saßen die drei Männer beim Mittagessen in einem Restaurant an der Hauptstraße. Shannon fragte den Belgier: »Wann gehen wir über die Grenze?«

»Morgen früh, kurz vor Sonnenaufgang. Das ist die ruhigste Zeit. Habt ihr beide letzte Nacht gut geschlafen?«

»Nein.«

»Dann ruht euch jetzt aus«, sagte Marc. »Ich bewache die beiden Lastwagen. Bis Mitternacht könnt ihr euch aufs Ohr legen.«

Auch Charles Roux war an diesem Tag sehr müde. Den ganzen vergangenen Abend hatte er auf Nachricht gewartet, seit Henry Alain ihn telefonisch davon verständigt hatte, daß Shannon zu Fuß das Restaurant aufsuchen wolle. Spätestens bis Mitternacht hätte Thomard die Vollzugsmeldung erstatten müssen. Aber auch am Morgen lag noch keine Nachricht von ihm vor.

Roux war unrasiert und verstört. Er wußte, daß Thomard normalerweise Shannon nicht gewachsen war, aber er war sicher, daß sein Mann den Iren in irgendeiner stillen Seitenstraße mit einem Schuß in den Rücken erledigen konnte.

Um dieselbe Zeit, als Langarotti und Shannon vormittags mit ihrem leeren Lastwagen ohne Schwierigkeiten nördlich von Valenciennes die

Grenze nach Belgien passierten, zog Roux schließlich Hose und Hemd an und fuhr mit dem Lift die fünf Stockwerke hinunter zur Halle, um nach seiner Post zu sehen.

Sein Briefkasten war ein Blechbehälter, genau wie die der zwölf oder fünfzehn anderen Mieter: etwa dreißig Zentimeter hoch, fünfundzwanzig breit und fünfundzwanzig tief, fest mit der Wand verschraubt.

Dem Blechkasten war nichts anzumerken, daß sich jemand daran zu schaffen gemacht hatte, und trotzdem mußte ihn ein Unbefugter geöffnet haben.

Roux zog seinen Schlüssel aus der Tasche, steckte ihn ins Schloß und öffnete die Tür.

Zehn Sekunden lang stand er regungslos da. Er bewegte keinen Muskel, nur sein Gesicht wurde kalkgrau.

Dann murmelte er: »Mon dieu, mon dieu...« Es klang fast wie eine Litanei. Der Magen drehte sich ihm um, und er kam sich vor wie damals im Kongo, als er mitanhören mußte, daß die kongolesischen Soldaten Zweifel an seiner Identität hegten, während er von Kopf bis Fuß bandagiert auf einer Trage lag und John Peters versuchte, ihn vor dem sicheren Tod zu retten. Er wäre am liebsten davongerannt, aber nur der kalte Schweiß brach ihm aus. Aus dem Inneren des Briefkastens sahen ihn mit einem unsagbar traurigen Ausdruck die halbgeschlossenen Augen von Raymond Thomard an.

Roux war nicht gerade empfindlich, aber ein Held war er auch nicht. Er schloß den Briefkasten wieder ab, kehrte in seine Wohnung zurück und griff zur Schnapsflasche. Er brauchte jetzt eine Menge von dieser Medizin.

Alan Baker trat aus dem Büro der staatlichen jugoslawischen Waffenfirma in den hellen Belgrader Sonnenschein hinaus und war mit dem Verlauf der Dinge sehr zufrieden. Nachdem er Shannons Anzahlung in Höhe von siebentausendzweihundert Dollar und das Endverbraucherzertifikat erhalten hatte, war er zu einem lizenzierten Waffenhändler gegangen, mit dem er früher schon gelegentlich zusammengearbeitet hatte. Genau wie Schlinker hatte dieser Mann den Umfang der Bestellung als lächerlich empfunden, sich aber schließlich Bakers Argument gebeugt, daß diese erste Bestellung weitere sehr große Aufträge nach sich ziehen könnte, falls die Auftraggeber zufrieden seien.

Er hatte Baker seine Fiatmaschine für den Flug nach Belgrad geliehen, damit er dort das entsprechend ausgefüllte Zertifikat der Republik Togo und eine persönliche Vollmacht des Waffenhändlers vorlegen und den Kaufantrag stellen konnte.

Baker büßte auf diese Weise einen Teil seiner Provision ein, aber es gab für ihn keine andere Möglichkeit, in Belgrad zu den richtigen Leuten vorzudringen. Außerdem hatte er einen so kleinen Auftrag ohnehin sicherheitshalber mit einem Aufschlag von einhundert Prozent kalkuliert.

Seine fünftägigen Verhandlungen mit Herrn Pavlovic waren fruchtbar verlaufen; gemeinsam mit ihm hatte er das staatliche Waffenlager besucht und zwei Granatwerfer sowie zwei Bazookas ausgewählt. Die Munition für beide Waffen war genormt und wurde in Kisten zu je zwanzig Bazooka-Raketen und zehn Werfer-Granaten geliefert.

Die Jugoslawen hatten das Endverbraucherzertifikat aus Togo widerspruchslos akzeptiert, und obgleich Baker, der zugelassene Waffenhändler und wahrscheinlich auch Herr Pavlovic sich im klaren waren, daß diese Urkunde nichts weiter war als ein Stück Papier, tat man doch so, als wartete die togolesische Regierung ungeduldig darauf, jugoslawische Waffen erproben zu können. Herr Pavlovic hatte auf Vorauszahlung bestanden, und Baker war gezwungen gewesen, alles auf den Tisch zu legen, was nach Abzug der Reisekosten von Shannons siebentausendzweihundert Dollar noch übriggeblieben war, plus eintausend Dollar aus seiner eigenen Tasche. Er war sicher, daß Shannon anstandslos die zweiten siebentausendzweihundert Dollar bezahlen würde, so daß nach Abzug der Provision für den lizenzierten Waffenhändler noch etwa viertausend Dollar Gewinn verblieben.

Bei dem Gespräch an diesem Morgen war ihm zugesichert worden, daß die Waren mit einer gültigen Ausfuhrerlaubnis auf Armeelastwagen und unter Zollverschluß in den Freihafen von Ploce im Nordwesten Jugoslawiens, nicht weit von den Ferienorten Dubrovnik und Split entfernt, transportiert würden.

Hier sollte die *Toscana* nach dem 10. Juni anlegen, um die Ladung an Bord zu nehmen. Erleichtert flog Baker über München nach Hamburg zurück.

Am Morgen des 20. Mai hielt sich Johann Schlinker in Madrid auf. Er hatte schon vor einem Monat seinem spanischen Geschäftspartner über Fernschreiber alle Einzelheiten über die gewünschte Neun-Millimeter-Munition mitgeteilt und war später mit seinem irakischen Endverbraucherzertifikat selbst in die spanische Hauptstadt geflogen, nachdem die sechsundzwanzigtausend Dollar von Shannon angekommen waren.

Die Formalitäten in Spanien waren umständlicher als für Alan Baker in Belgrad. Zwei verschiedene Anträge mußten gestellt werden: einer für den Kauf der Munition und der zweite für den Export. Der Kaufantrag war vor drei Wochen eingereicht und während der vergangenen zwanzig Tage von den drei für diese Angelegenheiten zuständigen staatlichen Behörden in Madrid geprüft worden. Zuerst mußte das Finanzministerium bescheinigen, daß der volle Kaufpreis in Höhe von achtzehntausend Dollar in harter Währung bei der entsprechenden Bank eingegangen war. Bis vor wenigen Jahren wurden bei solchen Geschäften nur US-Dollar akzeptiert, aber neuerdings nahm man in Madrid nur zu gern auch D-Mark an. Dann mußte das Außenministerium bestätigen, daß es sich bei dem Bestimmungsland um einen mit Spanien befreundeten Staat handelte. Im Falle des Irak ergaben sich hier keine Schwierigkeiten, da Spanien seit jeher zu den arabischen Ländern sehr freundschaftliche Beziehungen unterhält und in den Arabern den Hauptabnehmer seiner Waffen und Munition hat. Das Außenministerium erhob gegen den Irak als Empfänger spanischer Neun-Millimeter-Munition also keine Einwände.

Schließlich mußte noch das Verteidigungsministerium bescheinigen, daß die beantragten Waren nicht der Geheimhaltung unterlagen oder für den Export verboten waren. Bei einfacher Munition für Handfeuerwaffen ergaben sich keinerlei Probleme.

Trotzdem waren achtzehn Tage vergangen, bis der Antrag die drei Ministerien passiert hatte. Als endlich der Genehmigungsstempel unter das letzte Schriftstück gesetzt wurde, hatte sich eine dicke Mappe von Papieren angesammelt. Die Munitionskisten wurden nun aus der CETME-Fabrik in ein Lagerhaus der spanischen Armee am Stadtrand von Madrid verfrachtet. Von hier an war das Armeeministerium zuständig, genauer gesagt Oberst Antonio Salazar, Chef der Abteilung für Waffenexporte. Schlinker war nach Madrid gekommen, um den Antrag auf Erteilung einer Exportgenehmigung persönlich zu stellen. Er hatte alle erforderlichen Angaben über die MS *Toscana* bei sich und füllte den sieben Seiten umfassenden Fragebogen aus. Als er dann in seinem Zimmer im Hotel ›Mindanao‹ saß, rechnete er nicht mehr mit Schwierigkeiten. Die *Toscana* war ein unverdächtiges Schiff, klein, aber im Besitz der ordnungsgemäß registrierten Reederei Spinetti Maritimo und im Schiffsregister von Lloyd verzeichnet. Laut Antrag sollte sie zwischen dem 16. und 20. Juni in Valencia anlegen, die Ladung an Bord nehmen und von da aus direkt nach Latakia an der syrischen Küste fahren; dort sollte die Lieferung den Irakern übergeben und auf Lastwagen nach Bagdad transportiert werden. Die Ausstellung der Exportbewilligung würde kaum länger dauern als zwei Wochen, dann konnte der Transportantrag gestellt werden, damit die Kisten aus dem Lager der Armee in Begleitung einer Militäreskorte, bestehend aus einem Offizier und zehn Soldaten, bis zum Kai in Valencia transportiert werden konnten. Diese Vorsichtsmaßnahme war vor drei Jahren eingeführt worden, damit solche Transporte nicht unterwegs von baskischen Terroristen überfallen wurden. Die Regierung des Caudillo wollte verhindern, daß in Madrid hergestellte Kugeln gegen die Guardia Civil in La Coruña verwendet wurden.

Als sich Schlinker zur Rückreise nach Hamburg rüstete, glaubte er es seinem Geschäftspartner in Madrid überlassen zu können, im Einvernehmen mit dem Armeeministerium die Kisten rechtzeitig vor der Ankunft der *Toscana* nach Valencia zu schaffen.

In London fand eine dritte Besprechung statt, die scheinbar nichts mit den beiden anderen zu tun hatte. Während der vergangenen drei Wochen hatte sich Mr. Harold Roberts, Vorstandsmitglied der Bormac Trading Company und Treuhänder von dreißig Prozent des Stammkapitals, sehr um den Vorsitzenden, Major Luton, bemüht. Er hatte ihn mehrmals zum Essen eingeladen und auch einmal in Guildford besucht. So hatten sich die beiden angefreundet.

Im Laufe der Gespräche hatte Roberts deutlich gemacht, daß die Gesellschaft nur mit Hilfe einer kräftigen Kapitalspritze wieder ins Geschäft kommen könne, sei es wieder in der Gummibranche oder auf einem anderen Sektor.

Major Luton sah das ein. Als die Zeit dafür reif war, schlug Roberts dem Vorstandsvorsitzenden eine neue Anteilsemission im Verhältnis eins zu eins vor – insgesamt sollten also eine halbe Million neuer Anteile aufgelegt werden.

Der Major war zunächst über die Kühnheit eines solchen Schrittes betroffen, aber Roberts versicherte ihm, daß die Bank, die er repräsentierte, die erforderlichen Mittel beschaffen werde. Roberts fügte hinzu, daß die Zwingli-Bank alle überzähligen Anteile, die eventuell nicht bei den bisherigen oder neuen Aktionären untergebracht werden konnten, selber zum vollen Nennwert übernehmen würde.

Roberts brachte ein zwingendes Argument vor: Sobald an der Börse die Nachricht von der Kapitalerhöhung bekannt würde, mußte der Wert der Stammaktien der Bormac steigen, vielleicht sogar auf das Doppelte der jetzigen Notierung von einem Shilling und drei Pence. Major Luton dachte an seine eigenen 100.000 Anteile und stimmte zu. Nachdem sein Widerstand erst einmal aufgeweicht war, folgte er ohne zu murren Mr. Roberts' Vorschlag.

Der neue Kollege wies darauf hin, daß sie zu zweit ein Quorum bilden, eine Vorstandssitzung abhalten und für die Gesellschaft verbindliche Beschlüsse fassen könnten. Auf Drängen des Majors wurde trotzdem ein Brief an die vier anderen Vorstandsmitglieder geschickt. Er enthielt nur die schlichte Mitteilung, es sei eine Sitzung vorgesehen, um geschäftliche Dinge zu besprechen, unter anderem auch die Frage einer Ausgabe neuer Aktien.

Zu der Sitzung erschien lediglich der Schriftführer, der Anwalt aus der Londoner City. Der Beschluß wurde gefaßt, die neuen Aktien konnten aufgelegt werden. Eine Hauptversammlung war nicht erforderlich, da in ferner Vergangenheit einmal eine Kapitalerhöhung genehmigt, aber nie ausgeführt worden war.

Zuerst wurde den derzeitigen Aktionären die Gelegenheit geboten, im Verhältnis eins zu eins neue Anteile aus der Kapitalaufstockung zu erwerben. Zusammen mit der entsprechenden Zuweisung teilte man ihnen mit, sie hätten auch das Recht, auf Antrag Aktien aus nicht ausgenutzten Optionen zu kaufen.

Innerhalb einer Woche waren die Dokumente und Schecks, unterschrieben von den Herren Adams, Ball, Carter und Davis, von der Zwingli-Bank eingetroffen und in den Händen des Schriftführers. Jeder dieser Herren optierte auf 50.000 der neuen Aktien, einschließlich jener, die ihnen aufgrund ihrer eigenen Pakete ohnehin zustanden.

Die Aktien mußten zu pari ausgegeben werden, also zum Stückpreis von vier Shilling. Das war bei einem Kurswert von weniger als einem Drittel kein sehr attraktives Angebot. Zwei Spekulanten in der City sahen die Zeitungsnotiz und versuchten die Emission aufzukaufen, da sie annahmen, daß etwas in der Luft lag. Ohne Mr. Roberts wäre es ihnen auch geglückt. Sein eigenes Angebot im Namen der Zwingli-Bank lag bereits vor: Ankauf aller Aktien, die bei Ablauf der Optionsfrist von den derzeitigen Aktionären der Bormac nicht übernommen worden waren.

Irgendein Idiot in Wales war bereit, trotz des überzogenen Preises 1.000 Anteile zu erwerben, und weitere 3.000 wurden von achtzehn anderen Aktionären in Stadt und Land gekauft, die entweder nicht rechnen konnten oder Hellseher waren. Mr. Roberts konnte als Treuhänder für sich selbst keine Aktien erwerben, da er nicht am Stammkapital beteiligt war. Aber er unterschrieb am 20. Mai nachmittags um fünfzehn Uhr, dem Schlußtermin der Option, im Namen der Zwingli-Bank eine Subskription über die restlichen 296.000 Anteile. Die Bank kaufte im Namen zweier ihrer Kunden. Diese hießen zufällig Edwards und Frost. Das Geschäft lief wiederum über Konten der Treuhänderfirma.

Die Offenlegungsvorschriften des Firmengesetzes wurden in keinem einzigen Fall verletzt. Die Herren Adams, Ball, Carter und Davis besaßen nun je 75.000 Anteile aus der ersten Übernahme und 50.000 aus der zweiten. Aber da nun nicht mehr eine Million, sondern eineinhalb Millionen Anteile im Umlauf waren, machte das Paket eines jeden einzelnen immer noch weniger als zehn Prozent aus und blieb von der Anmeldevorschrift unberührt. Die Herren Edwards und Frost verfügten über je 148.000 Anteile und blieben damit ebenfalls knapp unter der Zehn-Prozent-Grenze. Was der Öffentlichkeit und sogar dem Vorstand verborgen blieb, war der Umstand, daß Sir James Manson mit 796.000 Bormac-Aktien eine überwältigende Mehrheit besaß. Er kontrollierte über Martin Thorpe die sechs nicht existierenden Aktionäre, die so große Pakete gekauft hatten. Sie konnten über Martin Thorpe das Verhalten der Zwingli-Bank gegenüber der Aktiengesellschaft dirigieren, und die Bank wiederum hatte Mr. Roberts unter Vertrag. Durch ihre Bevollmächtigten waren die sechs unsichtbaren Männer hinter der Zwingli-Bank über Harold Roberts imstande, die Firma zu jeder gewünschten Maßnahme zu veranlassen.

Sir James Manson hatte 60.000 Pfund für den Kauf der ursprünglichen

300.000 Anteile und weitere 100.000 Pfund zum Erwerb der Mehrheit der neu ausgegebenen halben Million aufgewandt. Aber sobald der Kurs der Aktien die prophezeite Höhe von 100 Pfund erreichte, was nach seiner Überzeugung schon bald nach der zufälligen ›Entdeckung‹ des Kristallberges im Herzen des Bormac-Schürfgebietes der Fall sein mußte, würde er glatte achtzig Millionen Pfund verdienen.

Mr. Roberts machte ein sehr zufriedenes Gesicht, als er das Büro der Bormac verließ und erfahren hatte, wie viele Anteile seinen sechs in der Schweiz ansässigen Aktionären zugeteilt worden waren. Er wußte, daß für ihn ein hübscher Bonus abfallen würde, sobald er Dr. Martin Steinhofer die Urkunden in die Hand drückte. Er war ohnehin kein armer Mann, aber nun war sein Lebensabend gesichert.

In Dinant rüttelte Marc seine Kameraden Shannon und Langarotti kurz nach Einbruch der Dunkelheit wach. Beide lagen ausgestreckt auf der Ladefläche des leeren französischen Lastwagens.

»Es wird Zeit«, sagte der Belgier. Shannon sah auf die Uhr.

»Du hast doch gesagt, kurz vor Sonnenaufgang«, knurrte er.

»Dann überqueren wir die Grenze«, sagte Marc. »Wir müssen die Lastwagen aus der Stadt schaffen, bevor sie auffallen. Für den Rest der Nacht können wir sie irgendwo am Straßenrand abstellen.«

Sie taten es, aber keiner der drei Männer konnte mehr schlafen. Sie saßen rauchend beisammen und spielten Karten; Vlaminck hatte immer ein Spiel in seinem Handschuhfach liegen. Während sie so im Dunkeln unter den Bäumen neben einer belgischen Landstraße hockten und auf die Morgendämmerung warteten, spürten sie den Nachtwind auf ihren Gesichtern und glaubten fast wieder im afrikanischen Busch zu sein, kurz vor einem Einsatz; nur gehörten die Lichter, die hinter dem Schutz der Bäume an ihnen vorbeihuschten, zu Autos, die nach Süden in Richtung Frankreich fuhren.

Als ihnen dann in den frühen Morgenstunden die Lust am Kartenspiel verging und ihre angespannten Nerven den Schlaf vertrieben, verfielen sie wieder in ihre alten Gewohnheiten. Tiny Marc kaute auf den Resten von Brot und Käse herum, die Anna ihm mitgegeben hatte. Langarotti wetzte die ohnehin schon rasiermesserscharfe Klinge seines Messers. Shannon sah hinauf zu den Sternen und pfiff leise vor sich hin.

10. Kapitel

Es ist nicht sehr schwierig, eine Warenladung illegal über die belgisch-französische Grenze zu schaffen, nicht einmal eine verbotene Waffensendung.

Zwischen dem Meer bei La Panne und der luxemburgischen Grenze bei Longwy verläuft diese Grenze im Südosten Belgiens meilenweit durch dicht bewaldete Jagdgebiete. Sie wird von Dutzenden kleiner Landstraßen und Waldwegen gekreuzt, die keineswegs alle beaufsichtigt sind.

Beide Staaten bemühen sich, durch sogenannte *douanes volantes* oder ›fliegende Zollkontrollen‹ eine gewisse Aufsicht auszuüben. Es handelt sich dabei um Gruppen von Zollbeamten, die willkürlich einmal hier und einmal da an Waldwegen provisorische Grenzposten errichten. An den regulären Übergängen muß man damit rechnen, daß etwa jedes zehnte Fahrzeug angehalten und kontrolliert wird. Wenn an einem normalerweise unbesetzten Grenzübergang für einen Tag die fliegende Zollkontrolle eingerichtet wird, kontrolliert man jedes durchfahrende Fahrzeug. Man kann es sich aussuchen...

Die dritte Möglichkeit besteht darin, eine Straße zu wählen, an der es mit Sicherheit keinen Grenzposten gibt, und einfach durchzufahren. Diese Methode des Grenzübertritts wird vor allem von den Schmugglern französischen Champagners bevorzugt, die nicht einsehen, warum ihr freudenspendendes Getränk von humorlosen belgischen Beamten mit einem Einfuhrzoll belastet werden sollte. Als Barbesitzer kannte Marc Vlaminck diese Route. Man nennt sie nicht umsonst ›Champagnerstrecke‹. Von Namur, der alten belgischen Festungsstadt, fährt man nach Süden über die Maas, erreicht zuerst Dinant und von hier aus eine Straße, die fast genau südwärts über die Grenze zum ersten französischen Ort, Givet, verläuft. An dieser Strecke ragt wie ein Finger französisches Territorium in den Bauch des belgischen Staatsgebietes hinein, ein Korridor, der auf drei Seiten von belgischem Territorium eingeschlossen wird. Dieses Jagdrevier wird von Dutzenden schmaler Wege und Pfade durchkreuzt. An der Hauptstraße von Dinant nach Givet existieren zwei Grenzposten, ein belgischer und ein französischer, vierhundert Meter voneinander entfernt, aber in Sichtweite.

Kurz vor Tagesanbruch holte Marc seine Straßenkarte hervor und erklärte Shannon und Jean Baptiste, wie er unbemerkt über die Grenze gelangen wollte.

Dann setzte sich der Konvoi in Bewegung. Voraus fuhr der belgische Lastwagen mit Marc am Steuer, zweihundert Meter dahinter folgten die beiden anderen in dem französischen Fahrzeug.

Südlich von Dinant liegen entlang der Straße mehrere Dörfer, die beinahe ineinander übergehen. Sie wirkten in der ersten grauen Dämmerung finster und verlassen. Sechs Kilometer südlich von Dinant bog Marc auf eine Seitenstraße nach rechts ab. Hier entfernten sie sich von der Maas. Viereinhalb Kilometer weit führte die Straße zwischen gleichförmigen dichtbewaldeten Hügeln hindurch. Sie verlief parallel zur Grenze, mitten in das Jagdgebiet hinein. Dann bog Vlaminck plötzlich nach links ab, hielt wieder genau auf die Grenze zu und stoppte sein Fahrzeug nach drei- bis vierhundert Metern am Straßenrand. Er stieg aus und kam zu dem französischen Lastwagen zurück.

»Beeilt euch«, sagte er. »Ich will hier nicht endlos herumsitzen. Mit meinen Nummernschildern aus Ostende falle ich hier zu sehr auf.« Er zeigte die Straße entlang.

»Die Grenze ist genau eineinhalb Kilometer entfernt. Ich gebe euch zwanzig Minuten Zeit, während ich so tue, als wollte ich einen Reifen wechseln. Dann fahre ich nach Dinant zurück, und wir treffen uns in dem Café.«

Der Korse nickte und ließ die Kupplung los. Wenn entweder der belgische oder der französische Zoll hier eine fliegende Kontrolle eingerichtet hatte, läßt sich der erste Wagen anhalten und durchsuchen. Da bei ihm alles in Ordnung ist, fährt er weiter nach Süden, erreicht wieder die Hauptstraße, biegt hinter Givet nach Norden ab und kehrt über die normale Zollkontrolle nach Dinant zurück. Wenn auf einer der beiden Seiten kontrolliert wird, kann er nicht innerhalb von zwanzig Minuten die Straße zurückkommen.

Eineinhalb Kilometer entfernt sahen Shannon und Langarotti die belgische Zollstation. Links und rechts von der Straße waren senkrechte Stahlschienen in den Beton eingelassen. Neben dem Posten auf der rechten Seite stand eine kleine Bude aus Glas und Holz, die den Zollbeamten Unterschlupf bot, während die Fahrer ihre Papiere zum Fenster hereinreichten. Wenn der Posten besetzt war, mußten die beiden Schienen durch eine rot-weiß-gestreifte Schranke verbunden sein. Die Schranke fehlte. Langarotti fuhr im Schrittempo durch, während Shannon die Bude beobachtete. Nichts rührte sich. Auf der französischen Seite war es schwieriger. Einen halben Kilometer weit wand sich die Straße um den Berg herum, und zwar außer Sichtweite des belgischen Postens. Dann erst kam die französische Grenze. Hier gab es keine Schranke und keine Hütte, sondern nur einen Parkplatz auf der linken Seite, auf dem der Dienstwagen der Zollbehörde abgestellt wurde. Auch hier war niemand. Sie waren inzwischen fünf Minuten unterwegs. Shannon bedeutete dem Korsen, bis hinter die übernächste Biegung weiterzufahren, aber die Luft schien rein zu sein. Am östlichen Horizont stieg über den Bäumen der erste Lichtstreifen auf.

»Umkehren!« rief Shannon. »Allez!«

Langarotti schlug scharf ein, schaffte die Wende beinahe, setzte ein Stück zurück und schoß in Richtung Belgien davon wie der Korken aus einer Flasche vom besten Champagner. Von nun an war jede Sekunde kostbar. Sie rasten an dem französischen Kontrollpunkt vorbei, passierten den belgischen Posten und hatten eintausendfünfhundert Meter dahinter den dunklen Umriß von Marcs Lastwagen vor sich. Langarotti blendete auf

– zweimal kurz, einmal lang –, und Marc ließ seinen Motor an. Eine Sekunde später donnerte er an ihnen vorbei in Richtung Frankreich.

Jean Baptiste wendete gemächlicher und folgte ihm. Wenn sich Marc beeilte, konnte er trotz einer Tonne Ladung innerhalb von vier Minuten die Gefahrenzone passiert haben. Sollte in dieser Zeitspanne ein Zollbeamter auftauchen, dann hatten sie eben Pech. Marc mußte in einem solchen Fall versuchen zu bluffen und behaupten, er hätte sich verfahren. Er konnte nur hoffen, daß die Ölfässer einer gründlichen Untersuchung standhielten.

Auch bei der zweiten Durchfahrt ließen sich keine Beamten blicken. Hinter dem französischen Kontrollpunkt folgt eine fünf Kilometer lange schnurgerade Strecke. Manchmal patrouilliert hier die französische Gendarmerie, aber an diesem Morgen schlief sie. Langarotti holte den belgischen Lastwagen ein und folgte ihm im Abstand von zweihundert Metern. Marc bog nach etwa fünf Kilometern nach rechts ab, folgte weitere sechs Kilometer weit mehreren Nebenstraßen und erreichte schließlich wieder eine breite Hauptverkehrsader. Am Straßenrand stand ein Schild. Shannon sah, wie Marc Vlaminck den Arm aus seinem Fenster streckte und darauf deutete. Der Wegweiser ›Givet‹ zeigte ihnen entgegen, und auf dem anderen Schild, das in ihre Richtung wies, stand das Wort ›Reims‹. Ein gedämpfter Jubelruf ertönte aus dem vorderen Lastwagen. Auf einem zementierten Parkplatz neben einer Raststätte, gleich südlich von Soissons, luden sie um. Sie öffneten die Türen, setzten die Rückseiten der beiden Lastwagen dicht aneinander, dann rollte Marc vorsichtig die fünf Fässer aus dem belgischen Wagen in den französischen. Shannon und Langarotti hätten dafür gemeinsam alle ihre Kraft aufwenden müssen, zumal der beladene Lastwagen sich in den Federn senkte und beide Ladeflächen nicht mehr dieselbe Höhe hatten. In den leeren Wagen führte eine fünfzehn Zentimeter hohe Stufe. Marc schaffte es ganz allein, indem er jedes Faß mit seinen riesigen Händen am oberen Rand packte und es im Rollen auf dem unteren Rand balancierte.

Jean Baptiste holte das Frühstück aus der Raststätte: lange, frische Weißbrotstangen, Käse, Obst und Kaffee. Sie benutzten alle Marcs Messer. Shannon hatte keins bei sich, und Langarotti hätte sein Messer nie für diesen Zweck hergegeben. In seinen Augen wäre es schon eine Art Entweihung gewesen, damit auch nur eine Apfelsine zu schälen.

Kurz nach zehn brachen sie wieder auf. Der alte, langsame belgische Lastwagen wurde bald darauf in eine Kiesgrube gefahren und einfach stehengelassen. Nummernschilder und Fensterkleber hatte Marc zuvor abgenommen, um sie in einen Fluß zu werfen. Der Wagen stammte ursprünglich ohnehin aus Frankreich. Zu dritt fuhren sie in dem Lkw weiter, der auf Langarottis Namen zugelassen war. Er besaß einen gültigen Führerschein. Sollte er angehalten werden, würde er angeben, daß er fünf Fässer Schmieröl einem Freund bringen wolle, der in der Nähe von Toulon eine Landwirtschaft und drei Traktoren besaß. Die beiden ›Anhalter‹ hätte er unterwegs mitgenommen.

Sie verließen die A1, nahmen die Umgehungsstraße an Paris vorbei und stießen dann auf die A6, die südwärts nach Lyon, Avignon, Aix-en-Provence und Toulon führt.

Südlich von Paris zeigte schon bald ein Wegweiser nach rechts zum Flughafen Orly. Shannon stieg aus. Sie gaben sich die Hand.

»Ihr wißt, was ihr zu tun habt?« fragte er.

Die beiden nickten.

»Keine Sorge«, antwortete Langarotti. »Wo ich die Kiste verstecke, ist sie sicher. Niemand wird sie finden, bis du nach Toulon kommst.«

»Die *Toscana* muß spätestens am 1. Juni einlaufen, wahrscheinlich schon früher. Bis dahin bin ich wieder bei euch. Den Treffpunkt kennt ihr? Dann viel Glück!«

Er nahm seine Tasche und ging. Der Lastwagen fuhr weiter nach Süden. Von einer nahegelegenen Tankstelle aus bestellte er ein Taxi und erreichte eine Stunde später den Flughafen. Er bezahlte sein Ticket nach London in bar und war bei Sonnenuntergang wieder in seiner Wohnung in St. John's Wood.

Von den hundert Tagen waren sechsundvierzig verstrichen.

Bei seiner Ankunft schickte er Endean ein Telegramm, aber es war Sonntag und Endean rief ihn erst vierundzwanzig Stunden später in der Wohnung an. Sie verabredeten sich für den Dienstagmorgen.

Eine Stunde lang erläuterte Shannon alles, was seit ihrer letzten Begegnung geschehen war. Er brachte Endean bei, daß er sowohl sein Bargeld in London als auch das Guthaben des belgischen Kontos aufgebraucht hätte.

»Und wie geht es weiter?« fragte Endean.

»Ich muß spätestens in fünf Tagen wieder nach Frankreich zurück und die erste Verladung auf die *Toscana* überwachen«, antwortete Shannon. »Alles an dieser Lieferung ist legal, bis auf den Inhalt der Ölfässer. Die vier Kisten mit verschiedenen Uniformstücken und Koppelzeug dürften wir ohne alle Schwierigkeiten durch den Zoll bekommen. Dasselbe gilt für die nichtmilitärische Ausrüstung, die ich in Hamburg gekauft habe. Es sind durchwegs Dinge, wie sie ein Schiff für den eigenen Bedarf an Bord nimmt: Signalleuchtkugeln, Nachtgläser und so weiter.

Die Schlauchboote und Außenborder sind für Marokko bestimmt, jedenfalls steht das in der Ladeliste. Auch diese Sendung ist absolut legal. Die fünf Ölfässer müssen als Notvorrat an Bord genommen werden. Die Menge ist sehr groß, aber trotzdem dürfte es keine Schwierigkeiten geben.«

»Und wenn doch?« fragte Endean. »Wenn der Zoll in Toulon die Fässer zu genau untersucht?«

»Dann fliegen wir auf«, sagte Shannon schlicht. »Das Schiff wird beschlagnahmt, falls der Kapitän nicht nachweisen kann, daß er keine Ahnung hatte. Der Exporteur wird verhaftet, unser Unternehmen ist geplatzt.«

»Verdammt riskant«, bemerkte Endean.

»Haben Sie einen anderen Vorschlag? Die Waffen müssen irgendwie an Bord. Die Ölfässer sind dafür so ziemlich die beste Möglichkeit. Ein Risiko ist mit einem solchen Unternehmen immer verbunden.«

»Wir hätten die Maschinenpistolen doch legal über Spanien kaufen können«, sagte Endean.

»Schon möglich«, gab Shannon zu. »Aber dann hätte man den Auftrag wahrscheinlich abgelehnt. Waffen und Munition passen zusammen. Man hätte klar erkannt, daß es um die Ausrüstung einer Kompanie ging, also um ein kleines Unternehmen. Deshalb hätte Madrid den Auftrag wahrscheinlich abgelehnt oder das Endverbraucherzertifikat zu genau kontrolliert. Ich hätte die Waffen in Spanien und die Munition auf dem Schwarzmarkt kaufen können. Aber dann hätte ich die Patronen an Bord schmuggeln müssen, und das wäre ein wesentlich größerer Posten gewesen. So oder so ging es nicht ohne Schmuggel und damit auch nicht ohne Risiko ab. Wenn alles schiefgeht, werden meine Leute und ich geschnappt, aber nicht Sie. Ihnen kann man nichts anhaben.«

»Trotzdem paßt mir die Sache nicht«, sagte Endean scharf.

»Was ist los«, spottete Shannon. »Gehen Ihnen die Nerven durch?«

»Nein.«

»Dann beruhigen Sie sich. Sie haben nichts weiter zu verlieren als ein bißchen Geld.«

Endean war drauf und dran, Shannon zu erklären, wieviel er und sein Arbeitgeber zu verlieren hatten, aber er verzichtete lieber darauf. Die Vernunft gebot ihm, so vorsichtig wie nur möglich zu sein, wenn die Gefahr bestand, daß der Söldner ins Gefängnis wanderte.

Eine weitere Stunde sprachen sie über Geldangelegenheiten. Shannon erklärte Endean, mit der vollen Bezahlung an Johann Schlinker, der fünfzigprozentigen Anzahlung an Alan Baker, dem zweiten Monatsgehalt für die Söldner und den fünftausend Pfund, die er zur Ausrüstung der *Toscana* nach Genua überwiesen hatte, sowie seinen eigenen Reisekosten sei das Konto in Brügge leergeräumt.

»Außerdem verlange ich die zweite Hälfte meines Gehalts«, fügte er hinzu.

»Warum jetzt schon?« fragte Endean.

»Weil ich ab kommendem Montag mit einer Verhaftung rechnen muß und deshalb nicht mehr nach London zurückkehren werde. Wenn die Beladung des Schiffes glatt verläuft, fährt die *Toscana* nach Brindisi, während ich mich um die Übernahme der jugoslawischen Waffen kümmere. Danach holen wir die spanische Munition aus Valencia. Von dort aus geht es direkt ins Einsatzgebiet. Sollten wir unserem Terminplan voraus sein, möchte ich die gewonnenen Tage lieber auf hoher See als in einem Hafen zubringen. Sobald die Schießeisen an Bord sind, werde ich mich so wenig wie möglich in Häfen blicken lassen.«

Endean setzte sich mit diesem Argument auseinander.

»Ich werde mit meinen Geschäftspartnern darüber sprechen«, sagte er.

»Bis zum Wochenende möchte ich den Betrag auf meinem Schweizer Konto haben und die Überweisung des vereinbarten Restbetrags auf das Konto in Brügge«, erklärte Shannon bestimmt.

Sie rechneten aus, daß nach der Zahlung von Shannons vollem Gehalt noch zwanzigtausend Pfund von der ursprünglichen Summe auf der Schweizer Bank vorhanden waren. Shannon erklärte, warum er das ganze Geld brauchte.

»Von jetzt an muß ich ständig ein paar größere Reiseschecks in US-Dollar bei mir tragen. Falls irgend etwas schiefgeht, dürfte man es in Ordnung bringen können, wenn man sofort mit einem entsprechenden Schmiergeld zur Hand ist. Ich möchte alle noch vorhandenen Spuren verwischen, damit nichts zurückbleibt, falls wir alle geschnappt werden. Außerdem könnte es notwendig sein, der Schiffsbesatzung eine Prämie in bar auszubezahlen, wenn sie auf hoher See dahinterkommt, was wir in Wirklichkeit beabsichtigen. Da die zweite Hälfte der Kaufsumme für die jugoslawischen Waffen noch zu entrichten ist, werde ich diese zwanzigtausend Pfund brauchen.«

Endean versprach, auch diese Forderung an seine ›Geschäftspartner‹ weiterzuleiten und Shannon wieder Bescheid zu geben.

Am nächsten Tag rief er an und teilte mit, beide Überweisungen seien bewilligt worden, und die schriftliche Anweisung an die Schweizer Bank sei schon abgegangen.

Shannon buchte für den folgenden Freitag einen Flug London–Brüssel und für den Samstagvormittag den Weiterflug von Brüssel über Paris nach Marseille.

Er hatte diese Nacht und auch den Donnerstag sowie die darauffolgende Nacht mit Julie verbracht. Dann packte er seine Koffer, schickte seine Wohnungsschlüssel mit ein paar erklärenden Worten an das Maklerbüro und machte sich auf den Weg.

Julie fuhr ihn in ihrem roten MGB zum Flugplatz.

»Wann kommst du zurück?« fragte sie, während sie im Gebäude Nummer zwei vor dem Eingang zu dem Warteraum für Auslandsfluggäste warteten.

»Ich komme nicht wieder«, antwortete er und gab ihr einen Kuß.

»Dann laß mich mitkommen.«

»Nein.«

»Du wirst wiederkommen! Ich habe dich nicht gefragt, wohin du fährst, aber ich weiß, daß es gefährlich sein wird. Es handelt sich nicht um eine ganz einfache Geschäftsreise. Aber du wirst bestimmt wiederkommen. Du mußt wiederkommen.«

»Ich komme nicht zurück«, sagte er leise. »Such' dir 'nen anderen, Julie.« Sie begann zu schluchzen.

»Ich will aber keinen anderen. Ich liebe dich. Aber du liebst mich nicht. Deshalb sagst du auch, du willst mich nicht wiedersehen. Sicher hast du schon eine andere. Du fliegst jetzt zu einer anderen Frau…«

»Es gibt keine andere Frau«, sagte er und strich ihr zärtlich übers Haar. Ein Flughafenpolizist wandte sich diskret ab. Abschiedstränen sind da, wo Menschen verreisen, kein ungewohnter Anblick. Shannon wußte, daß er keine andere Frau mehr in seinen Armen halten würde. Nur einen automatischen Karabiner, dessen blauen Stahl er in der kühlen Nacht an die Brust drücken konnte. Sie weinte immer noch, als er ihr einen Kuß auf die Stirn gab und zur Paßkontrolle ging.

Dreißig Minuten später zog die Düsenmaschine der Sabena ihre letzte Schleife über den südlichen Stadtteil Londons und nahm dann Kurs auf ihren Heimatflughafen Brüssel. Unter der Steuerbordschwinge breitete sich in der hellen Sonne die Grafschaft Kent aus. Es war ein wunderschöner Mai. Durch die Fenster sah man meilenweit die rosa und weiß blühenden Apfel-, Birnen- und Kirschbäume.

Entlang der Landstraßen, die sich durch die Gegend zogen, würde jetzt der Weißdorn seine Blüten ansetzen, die Roßkastanien steckten in dem üppigen Grün ihre weißen Kerzen auf, und Tauben gurrten zwischen den Eichen. Er kannte die Gegend gut, denn als er vor Jahren in Chatham stationiert war, hatte er sich ein altes Motorrad gekauft und die Landgasthöfe zwischen Lamberhurst und Smarden erkundet. Eine schöne Gegend, um hier seßhaft zu werden – vorausgesetzt man zählt zum seßhaften Typ. Zehn Minuten später rief ein Fluggast im rückwärtigen Teil der Maschine eine Stewardeß und beschwerte sich über jemanden, der ein Stück weiter vorn ständig eine monotone kleine Melodie pfiff.

Am Freitagnachmittag verbrachte CAT Shannon zwei Stunden damit, das aus der Schweiz überwiesene Geld abzuheben und sein Konto aufzulösen. Er ließ sich zwei beglaubigte Schecks über je fünftausend Pfund ausstellen, mit denen er jederzeit bei irgendeiner Bank ein Konto eröffnen konnte, um sich eventuell weitere Reiseschecks geben zu lassen. Die übrigen zehntausend Pfund bekam er in Form von fünfzig Fünfhundert-Dollar-Schecks ausgehändigt, die bei der Einlösung nur gegengezeichnet werden mußten.

Die Nacht verbrachte er in Brüssel, und am nächsten Morgen flog er nach Paris und Marseille weiter.

Ein Taxi brachte ihn vom Flugplatz in das kleine Hotel am Stadtrand, wo Langarotti einmal unter dem Namen Lavallon abgestiegen war. Dort sollte vereinbarungsgemäß Janni Dupree auf ihn warten. Er war gerade ausgegangen und kam erst am Abend ins Hotel zurück. Dann fuhren sie zusammen in einem Mietwagen weiter nach Toulon. Der ausgedehnte französische Hafen glänzte im warmen Sonnenschein.

Das war das Ende des vierundfünfzigsten Tages.

Am Sonntag hatte das Speditionsbüro nicht geöffnet, aber das spielte keine Rolle. Wie vereinbart stießen Shannon und Dupree um Punkt neun Uhr vor dem Büro auf Marc Vlaminck und Langarotti. Zum ersten Mal seit Wochen waren sie wieder beisammen, und nur Kurt Semmler fehlte. Er mußte mit der *Toscana* noch ungefähr hundert Meilen entfernt an der Küste entlang nach Toulon tuckern.

Auf Shannons Vorschlag rief Langarotti von einem nahegelegenen Café aus bei der Hafenmeisterei an und ließ sich bestätigen, daß die Agenten der *Toscana* in Genua telegrafisch die Ankunft für Montagmorgen gemeldet und einen Liegeplatz reserviert hatten.

Da es an diesem Tag nichts weiter zu erledigen gab, fuhren sie in Shannons Mietwagen die Küstenstraße entlang in Richtung Marseille und verbrachten die restlichen Stunden mit Faulenzen und Sonnenbaden am steinigen Strand des Fischerdorfes Sanary. Trotz der Wärme und der friedlichen Feiertagsstimmung in dem malerischen kleinen Dorf wurde Shannon die innere Spannung nicht los. Dupree kaufte sich eine Badehose und sprang vom Ende der Mole in den Jachthafen. Er meinte später, das Wasser sei doch noch verdammt kalt. Im Juni und Juli, wenn die Touristen von Paris aus nach Süden strömten, würde es sich etwas erwärmt haben. Aber dann rüsteten sie sich schon zum Angriff auf ein anderes Hafenstädtchen, das nicht viel größer war, aber viele Meilen entfernt lag.

Shannon saß fast den ganzen Tag mit dem Belgier und dem Korsen auf der Terrasse von Charleys Bar, der ›Pot d'Etain‹, genoß die Sonne und dachte an morgen früh. Die Sendungen aus Jugoslawien und Spanien konnten sich verzögern oder von den Bürokraten aus unerfindlichen Gründen zurückgehalten werden, in Jugoslawien oder Spanien war eine Verhaftung zu befürchten. Vielleicht hielt man sie ein paar Tage lang fest, während das Schiff durchsucht wurde, aber das war auch schon alles. Die Sache morgen früh war riskanter. Wenn jemand darauf bestand, sich die Ölfässer genauer anzusehen, dann konnten sie Monate oder gar Jahre in Les Baumettes schmoren, dem gewaltigen festungsähnlichen Gefängnis, das sie am Samstag auf der Fahrt von Marseille nach Toulon gesehen hatten.

Das Warten zerrt immer am meisten an den Nerven, dachte Shannon, während er bezahlte und seine drei Kameraden zum Wagen rief.

Alles ging viel glatter als erwartet. Toulon ist als riesiger Marinestützpunkt bekannt, und das Bild des Hafens wird von den Aufbauten der vor Anker liegenden französischen Kriegsschiffe bestimmt. Die Hauptattraktion für Touristen und Spaziergänger war an diesem Montag das Schlachtschiff *Jean Bart*, das von einer Reise durch die Karibische See zurückgekommen war; die Matrosen hatten ihre Heuer erhalten und suchten nun nach Mädchenbekanntschaften.

Entlang der ganzen Esplanade am Jachthafen waren die Cafés gefüllt mit Menschen, die sich der Lieblingsbeschäftigung aller Mittelmeerbewohner hingaben: sie saßen da und ließen das Leben an sich vorbeiströmen. Grellbunte Markisen schützten sie vor der Sonne, und sie bewunderten die Jachten, die, angefangen von kleinen Booten mit Außenbordern bis hin zu den schneeweißen Luxusschiffen der Millionäre, auf dem Wasser an ihren Bojen schaukelten.

Weiter ostwärts lagen ein Dutzend Fischerboote, die an diesem Tag nicht ausgelaufen waren, und dahinter die weitläufigen einstöckigen Anlagen der Zolldienststellen, Lagerhäuser und Hafenbüros.

Noch ein Stück dahinter, in dem kleinen, wenig beachteten Handelshafen, machte die *Toscana* am Montag kurz vor zwölf Uhr fest.

Shannon wartete, bis das Schiff vertäut war. Er saß auf einem Poller, fünfzig Meter entfernt, und beobachtete, wie Semmler und Waldenberg an Deck hin und her liefen. Von dem serbischen Ingenieur war nichts zu sehen. Wahrscheinlich beschäftigte er sich unten mit seiner geliebten Maschine. Aber an Deck waren noch zwei andere Gestalten, die an den Tauen arbeiteten. Das mußten die beiden neuen Besatzungsmitglieder sein, die Waldenberg angeworben hatte.

Ein kleiner Renault summte den Kai entlang und hielt an der Gangway. Ein rundlicher Franzose in dunklem Anzug stieg aus und ging an Bord der *Toscana*: der Beauftragte der Firma Agence Maritime Duphot. Wenige Minuten später kam er, gefolgt von Waldenberg, zurück. Die beiden Männer schlenderten hinüber zum Zoll. Es dauerte fast eine Stunde, bis sie wieder auftauchten. Der Speditionsagent setzte sich in seinen Wagen und fuhr in die Stadt zurück, der deutsche Kapitän begab sich wieder auf sein Schiff.

Shannon wartete noch weitere dreißig Minuten, dann betrat er über die Gangway die *Toscana*. Semmler begrüßte ihn und führte ihn durch den Niedergang in den Mannschaftsraum.

»Was war los?« fragte Shannon, nachdem sie beide Platz genommen hatten. Semmler grinste.

»Alles ging wie geschmiert«, berichtete er. »Ich ließ die Papiere auf den neuen Kapitän umschreiben und die Maschine gründlich überholen, ich habe unglaublich viele Decken und ein Dutzend Schaumgummimatratzen gekauft. Aber niemand stellte mir irgendeine Frage, und der Kapitän glaubt immer noch, wir wollten illegale Einwanderer nach England bringen.

Ich habe die *Toscana* über die Agentur in Genua hier anmelden lassen. Laut Ladeliste übernehmen wir hier diverse Sportartikel und Freizeitgeräte für ein Feriendorf an der marokkanischen Küste.«

»Und was ist mit dem Schmieröl?«

Semmler griente.

»Es war schon bestellt, aber ich habe die Bestellung telefonisch rückgängig gemacht. Als das Öl nicht ankam, wollte Waldenberg erst einen Tag später auslaufen und darauf warten. Ich habe mein Veto eingelegt und ihm gesagt, daß wir es hier in Toulon übernehmen.«

»Gut«, sagte Shannon, »aber paß auf, daß Waldenberg kein Öl bestellt. Sag ihm, du hättest das schon getan. Dann erwartet er die Sendung, wenn sie eintrifft. Dieser Mann, der vorhin an Bord war...«

»Der Speditionsagent. Er hat alles im Zollager und auch die Papiere vorbereitet. Heute nachmittag schickt er uns die Sachen mit zwei Lastwagen her. Die Kisten sind so klein, daß wir sie mit unserem eigenen Ladegeschirr an Bord nehmen können.«

»Gut, er und Waldenberg sollen sich um den Papierkram kümmern. Wenn alles an Bord ist, kommt eine Stunde später der Lastwagen der Ölgesellschaft mit Langarotti am Steuer. Hast du noch genug Geld, um das Zeug zu bezahlen?«

»Ja.«

»Dann bezahl das Öl in bar und laß dir eine Quittung geben. Sorg dafür, daß die Fässer beim Verladen nicht hart herumgestoßen werden. Es wäre zu dumm, wenn uns ein Faßboden herausfallen würde. Ich möchte nicht, daß auf dem Kai Schmeisser-Maschinenpistolen herumliegen.«

»Wann kommen die Männer an Bord?«

»Wenn es dunkel ist. Sie kommen einzeln. Nur Marc und Janni. Jean Baptiste lasse ich noch für eine Weile hier. Er hat mit dem Lastwagen hier noch etwas zu erledigen. Wann kannst du ablegen?«

»Jederzeit. Auch heute abend schon. Das läßt sich einrichten. Geschäftsführer ist übrigens ein hübscher Posten.«

»Gewöhn dich nicht zu sehr daran. Dein Job ist nur eine Tarnung.«

»Schon gut, CAT. Wohin geht es übrigens von hier aus?«

»Nach Brindisi. Kennst du die Stadt?«

»Natürlich. Ich habe von Jugoslawien aus schon mehr Zigaretten nach Italien geschmuggelt, als du dir vorstellen kannst. Was nehmen wir dort an Bord?«

»Nichts. Du wartest mein Telegramm ab. Ich werde in Deutschland sein und dir über das Hafenbüro von Brindisi den nächsten Bestimmungsort und den Termin mitteilen, an dem du dort sein mußt. Du gehst dann zu einem Schiffahrtsagenten und läßt telegrafisch in dem betreffenden jugoslawischen Hafen einen Liegeplatz reservieren. Kannst du dich in Jugoslawien blicken lassen?«

»Ich denke schon. Außerdem brauche ich das Schiff nicht zu verlassen. Nehmen wir noch weitere Waffen an Bord?«

»Ja. Zumindest habe ich das vor. Ich kann nur hoffen, daß mein Waffenhändler und die jugoslawischen Behörden alles geregelt haben. Sind die nötigen Seekarten an Bord?«

»Ja, die habe ich nach deiner Anweisung in Genua gekauft. Waldenberg wird bestimmt merken, was wir in Jugoslawien übernehmen. Spätestens dann erfährt er, daß wir keine illegalen Einwanderer transportieren. Schlauchboote, Außenborder, Funksprechgeräte und Kleidungsstücke empfindet er noch als normal, aber Waffen sind etwas ganz anderes.«

»Ich weiß«, sagte Shannon. »Es wird uns eine schöne Stange Geld kosten, aber ich denke doch, daß er begreifen wird. Bis dahin sind wir beiden sowie Janni und Marc an Bord. Außerdem können wir ihm dann sagen, was die Ölfässer wirklich enthalten. Er steckt dann schon so tief mit drin, daß er nicht mehr aussteigen kann. Wie sind die beiden neuen Besatzungsmitglieder?«

Semmler nickte und drückte seine fünfte Zigarette aus. Blauer Dunst hing in der kleinen Kabine.

»In Ordnung. Es sind zwei Italiener. Harte Burschen, aber sie gehorchen. Ich glaube, beide werden aus irgendwelchen Gründen von den Carabinieri gesucht. Sie konnten es kaum erwarten, unter Deck zu verschwinden und wieder in See zu stechen.«

»Sehr gut. Dann wollen die Jungs sicher nicht irgendwo im Ausland an Land gesetzt werden. Das würde nämlich bedeuten, daß man sie ohne Papiere erwischt und sie der italienischen Polizei übergibt.«

Waldenberg hatte eine gute Wahl getroffen. Shannon lernte die beiden Männer kurz kennen und nickte ihnen zu. Semmler stellte ihn einfach als Beauftragten der Zentrale vor, und Waldenberg übersetzte. Der Erste Maat Norbiatto und der Leichtmatrose Cipriani bekundeten kein weiteres Interesse an Shannon. Er erteilte Waldenberg noch ein paar Anweisungen und ging wieder.

Im Laufe des Nachmittags rollten zwei Lastwagen der Agence Maritime Duphot heran und hielten am Liegeplatz der *Toscana*. Sie wurden von dem Mann begleitet, der am Vormittag schon da war. Aus der Baracke trat ein französischer Beamter, mit einer Liste in der Hand, und beobachtete, wie die Kisten vom Ladebaum des Schiffs an Bord genommen wurden: Vier Kisten mit diverser Arbeitskleidung, mit Gürteln, Stiefeln und Mützen für die marokkanischen Arbeiter in dem Feriendorf, drei große verpackte Schlauchboote für Sportzwecke, dazu drei Außenbordmotoren, zwei Kisten mit diversen Leuchtkugeln, Feldstechern, einem gasbetriebenen Nebelhorn, Radioteilen und Magnetkompaß. Diese beiden Kisten waren als Schiffszubehör gekennzeichnet.

Der Zollbeamte hakte die einzelnen Posten ab und ließ sich von dem Beauftragten der Spedition versichern, daß die Waren entweder unter Zollverschluß zum Wiederexport aus Deutschland oder Großbritannien gekommen oder in Frankreich gekauft und mit keiner Ausfuhrsteuer belegt waren. Den Inhalt der Kisten wollte der Zollbeamte überhaupt nicht sehen. Er hatte tagtäglich mit der Speditionsfirma zu tun und kannte ihre Zuverlässigkeit.

Als alles an Bord war, drückte der Zollbeamte seinen Stempel unter die Ladeliste des Schiffes. Waldenberg sagte auf deutsch etwas zu Semmler und der übersetzte: Er erklärte dem Agenten, Waldenberg brauche noch Schmieröl für seine Maschinen. Es sei schon in Genua bestellt, aber nicht rechtzeitig geliefert worden.

Der Speditionsvertreter machte sich eine Notiz.

»Wieviel brauchen Sie?«

»Fünf Fässer«, sagte Semmler auf französisch.

Waldenberg verstand ihn nicht.

»Das ist sehr viel«, wandte der Agent ein.

Semmler lachte. »Der alte Kasten braucht fast so viel Öl wie Dieseltreibstoff. Außerdem wollen wir uns hier für längere Zeit eindecken.«

»Wann brauchen Sie das Öl?« fragte der Agent.

»Geht es bis heute nachmittag fünf Uhr?« fragte Semmler.

»Sagen wir sechs Uhr«, schlug der Mann vor und notierte in seinem Bestellbuch Art und Menge sowie den Liefertermin. Er warf dem Zollbeamten einen Blick zu. Der nickte nur. Gleichgültig schlenderte er ins Büro zurück. Kurz danach fuhr der Speditionsvertreter mit seinem Wagen weg, gefolgt von den zwei Lkws.

Um fünf Uhr verließ Semmler die *Toscana*, rief von einem Café im Hafen aus die Agentur an und bestellte das Öl wieder ab. Er sagte, der Kapitän hätte ganz hinten in seinem Laderaum noch ein volles Faß entdeckt, das für die nächsten Wochen reiche. Der Spediteur war verärgert, erhob aber keine Einwände.

Um sechs Uhr kam ein unauffälliger Lastwagen heran und hielt gegenüber der *Toscana*. Am Steuer saß Jean Baptiste Langarotti in einem leuchtend grünen Overall mit dem Firmenzeichen ›Castrol‹ auf dem Rücken.

Er öffnete die hintere Tür des Lastwagens und rollte fünf große Ölfässer von der Ladefläche über ein breites Brett herunter. Der Zollbeamte warf einen Blick aus seinem Fenster.

Waldenberg sah es und winkte ihm zu. Er zeigte auf die Fässer und dann auf sein Schiff.

»Okay?« rief er fragend hinüber und fügte mit schwerem Akzent hinzu: »Ça va?«

Von seinem Fenster aus nickte der Zollbeamte und zog sich zurück, um seinen Akten eine kurze Notiz anzufügen. Waldenberg wies die beiden Italiener an, Paletten unter die Fässer zu schieben und sie nacheinander an Bord zu hieven. Semmler war dabei ein ungewohnt eifriger Helfer. Er hielt die Fässer fest, als sie über die Reling herüberschwangen und schrie Waldenberg zu, an der Winsch vorsichtig zu sein. Dann verschwanden sie in der dunklen, kühlen Ladeluke der *Toscana*. Bald darauf war der Deckel wieder befestigt.

Langarotti war nach der Lieferung mit seinem Lastwagen längst wieder abgefahren. Ein paar Minuten später stopfte er irgendwo in der Stadt seinen grünen Overall tief in eine Mülltonne. Shannon hatte am anderen Ende des Kais auf einem Poller gesessen und mit angehaltenem Atem die Übernahme beobachtet. Es wäre ihm viel lieber gewesen, wie Semmler Hand mit anzulegen, denn das Warten bedeutete eine größere Anstrengung als harte körperliche Arbeit.

Als das Verladen vorüber war, wurde es auf der *Toscana* still. Der Kapitän und seine drei Leute hielten sich unter Deck auf; der Ingenieur war einmal ums Schiff gegangen, um eine Brise salzige Seeluft zu schnuppern und dann wieder in seine Dieseldämpfe zurückgekehrt. Semmler wartete eine halbe Stunde, dann schlich er über die Gangway hinunter zu Shannon. Erst drei Ecken weiter trafen sie sich an einer Stelle, wo man sie vom Hafen aus nicht mehr beobachten konnte.

Semmler strahlte.

»Ich hab's dir ja gesagt: Keinerlei Probleme.«

Shannon nickte und grinste erleichtert. Er wußte besser als Semmler, was auf dem Spiel stand, und im Gegensatz zu dem Deutschen war er mit den Gepflogenheiten in einem Hafen nicht vertraut.

»Wann kannst du die Männer an Bord nehmen?«

»Das Zollamt schließt um neun. Sie sollen zwischen Mitternacht und ein Uhr kommen. Um fünf legen wir ab. Es ist schon alles geregelt.«

»Gut«, sagte Shannon. »Dann gehen wir jetzt zu ihnen und trinken einen Schluck. Ich möchte, daß du bald wieder an Bord gehst und zur Stelle bist, falls irgendwelche Rückfragen kommen.«

»Es werden keine kommen.«

»Trotzdem wollen wir auf Nummer Sicher gehen. Du mußt die Ladung bewachen wie eine Glucke ihre Küken. Laß niemand an die Fässer heran, bis ich es selbst erlaube. Das wird in einem jugoslawischen Hafen sein, und dann sagen wir Waldenberg, was er tatsächlich an Bord hat.«

Sie trafen sich wie verabredet in einem Café mit den anderen drei Söldnern und erfrischten sich mit einigen Gläsern kühlem Bier. Die Sonne ging schon unter, und das Meer in der riesigen Bucht von Toulon wurde von einer leisen Brise gekräuselt. Vor dem Hafen drehten ein paar Jachten, die von ihrer Besatzung in den Wind gebracht wurden.

Um acht Uhr verabschiedete sich Semmler und kehrte auf die *Toscana* zurück.

Zwischen Mitternacht und ein Uhr schlichen Janni Dupree und Marc Vlaminck heimlich an Bord. Um fünf Uhr lief die *Toscana* aus. Shannon und Langarotti sahen ihr vom Kai aus nach.

Langarotti fuhr Shannon am Vormittag zum Flughafen, damit Shannon rechtzeitig seine Maschine bekam. Er hatte dem Korsen beim Frühstück die letzten Instruktionen erteilt und ihm genügend Geld gegeben.

»Ich möchte viel lieber mitkommen«, sagte Jean Baptiste, »oder wenigstens auf dem Schiff sein.«

»Ich weiß«, entgegnete Shannon, »aber was du hier zu erledigen hast, ist außerordentlich wichtig. Es ist entscheidend für das ganze Unternehmen. Ich brauche einen zuverlässigen Mann, und du hast noch den Vorteil, Franzose zu sein. Außerdem kennst du zwei der Leute recht gut, und einer von ihnen spricht etwas Französisch. Janni könnte mit seinem südafrikanischen Paß dort niemals einreisen. Marc brauche ich an Bord, damit er die Besatzung einschüchtert, falls sie meutern sollte. Ich weiß, daß du mit deinem Messer besser bist als er mit seinen Fäusten, aber ich will keinen Streit, sondern den Leuten nur klarmachen, daß sie ihre Befehle auszuführen haben. Kurt brauche ich als Navigator für den Fall, daß Waldenberg nicht mitspielt. Sollte es zum Schlimmsten kommen, wird Waldenberg über Bord gehen, und Kurt muß das Schiff übernehmen. Also bleibst nur du.«

Langarotti erklärte sich bereit, den Auftrag zu übernehmen.

»Es sind anständige Burschen«, sagte er etwas zugänglicher. »Ich freue mich darauf, sie wiederzusehen.«

Als sie sich auf dem Flughafen verabschiedeten, erinnerte ihn Shannon:
»Alles kann in die Binsen gehen, wenn wir eintreffen und keinen Rückhalt vorfinden. Wir müssen uns darauf verlassen können, daß du keinen Fehler machst. Es ist alles vorbereitet. Tu nur das, was ich dir gesagt habe. Sollte es Schwierigkeiten geben, mußt du eben improvisieren. Wir sehen uns in einem Monat wieder.«

Er gab dem Korsen die Hand, ging durch die Zollkontrolle und bestieg seine Maschine über Paris nach Hamburg.

11. Kapitel

»Nach meinen Informationen können Sie die Granatwerfer und Bazookas nach dem zehnten Juni jederzeit abholen«, sagte Alan Baker. »Das wurde mir gestern per Fernschreiben noch einmal bestätigt.«

Shannon hatte den Waffenhändler am Tag nach seiner Ankunft in Hamburg angerufen und sich mit ihm zum Essen verabredet.

»Welcher Hafen?« fragte Shannon.

»Ploce.«

»Wie bitte?«

»Ploce. Ich buchstabiere: P-L-O-C-E. Das ist ein kleiner Hafen, ziemlich genau in der Mitte zwischen Split und Dubrovnik.«

Shannon überlegte. Er hatte Semmler angewiesen, in Genua die Seekarten für die gesamte jugoslawische Küste einzukaufen, aber doch angenommen, daß die Auslieferung der Waffen über einen größeren Hafen erfolgen würde. Er konnte nur hoffen, daß der Deutsche die Seekarte für den Bereich um Ploce besaß oder sie beschaffen konnte.

»Wie klein ist der Ort?«

»Sehr klein und sehr diskret. Ein halbes Dutzend Molen und zwei große Lagerhäuser. Die Jugoslawen benutzen den Hafen häufig für ihre Waffenexporte. Meine letzte Lieferung erfolgte auf dem Luftweg, aber man sagte mir gleich, daß Verschiffungen grundsätzlich von Ploce aus erfolgen würden. Je kleiner der Hafen, um so besser. Man findet immer einen freien Liegeplatz, und die Verladung erfolgt schneller. Außerdem gibt es dort nur einen kleinen Zollposten mit einem hoffnungslos unterbezahlten Chef. Wenn er sein Geschenk bekommt, sorgt er dafür, daß alles innerhalb weniger Stunden an Bord ist.«

»Okay, dann also Ploce am elften Juni«, sagte Shannon, und Baker notierte sich das Datum.

»Ist die *Toscana* in Ordnung?« fragte er Shannon. Es wäre ihm immer noch lieber gewesen, für seinen Freund das Geschäft mit der *San Andrea* perfekt zu machen, aber er beschloß, sich für spätere Gelegenheiten die *Toscana* zu merken. Er war sicher, daß Shannon das Schiff nach seiner derzeitigen Operation nicht mehr brauchen würde, und Baker war stets auf der Suche nach einem geeigneten Fahrzeug, das seine Warenlieferungen in entlegene Winkel der Erde bringen konnte.

»Sie ist in Ordnung«, sagte Shannon. »Die *Toscana* läuft gerade einen italienischen Hafen an, und ich muß sie per Fernschreiben oder schriftlich umdirigieren. Hatten Sie irgendwelche Schwierigkeiten?«

Baker rutschte auf seinem Stuhl hin und her.

»Doch, eine«, sagte er. »Den Preis.«

»Was ist damit?«

»Ich weiß, daß ich Ihnen Festpreise in Höhe von insgesamt vierzehntausendvierhundert Dollar angeboten habe. Aber im Laufe der letzten sechs Monate hat sich in Jugoslawien an der Abwicklung einiges geändert. Ich mußte einen jugoslawischen Partner hinzunehmen, um den Papierkrieg zeitgerecht zu bewältigen. Im Grunde genommen handelt es sich nur um einen weiteren Mittelsmann.«

»Na und?« fragte Shannon.

»Er bekommt dafür, daß er die verwaltungstechnische Abwicklung in Belgrad übernimmt, eine Gebühr oder ein Honorar. Alles in allem war das für Sie wahrscheinlich günstiger, weil auf diese Weise die Sendung rechtzeitig und ohne Störungen durch die Bürokratie abgefertigt wurde. Deshalb war ich auch bereit, diesen Partner in das Geschäft einzuschalten. Er ist der Schwager des zuständigen Beamten im Handelsministerium. Eine moderne Form der Vetternwirtschaft. Doch was kann man bei den Leuten schon erwarten? Sie sind nur geschickter geworden, aber der Balkan ist derselbe geblieben.«

»Wie hoch sind die zusätzlichen Kosten?«

»Tausend Pfund.«

»In Dinar oder Dollar?«

»In Dollar.«

Shannon überlegte. Vielleicht sagte Baker die Wahrheit, vielleicht versuchte er auch nur, etwas mehr Geld aus ihm herauszuquetschen. Falls es die Wahrheit war, wäre Baker im Falle einer Weigerung gezwungen gewesen, den Jugoslawen aus seinem eigenen Anteil zu bezahlen. Das hätte Bakers Gewinn sosehr geschmälert, daß er eventuell das Interesse an dem Geschäft verlor und sich nicht weiter um die Abwicklung kümmerte. Shannon brauchte Baker zumindest so lange, bis er die *Toscana* aus dem Hafen von Ploce in Richtung Spanien abdampfen sah.

»Na gut«, sagte er. »Wer ist dieser Geschäftspartner?«

»Ein gewisser Ziljak. Im Augenblick sorgt er persönlich dafür, daß die Lieferung pünktlich in das Lager in Ploce gebracht wird. Sobald das Schiff einläuft, schafft er das Zeug aus dem Lager an Bord und kümmert sich um die Zollabfertigung.«

»Ich dachte, daß wäre Ihre Aufgabe.«

»Ist es auch, aber leider muß ich jetzt dafür einen jugoslawischen Partner einschalten. Ehrlich, CAT: Es blieb mir nichts anderes übrig.«

»Dann werde ich den Mann auszahlen, und zwar mit Reiseschecks.«

»Das würde ich nicht tun«, sagte Baker.

»Warum nicht?«

»Empfänger der Sendung ist doch angeblich die Republik Togo, nicht wahr. Das sind Schwarze. Nun tritt noch ein Weißer auf, ganz offenkundig der Zahlmeister, und die Jugoslawen könnten allmählich den Braten riechen. Wenn Sie wollen, fahren wir zusammen nach Ploce, oder ich fahre allein hin. Aber falls Sie mitkommen wollen, müssen Sie sich für meinen Assistenten ausgeben. Außerdem müssen Reiseschecks bei einer Bank eingewechselt werden, und das heißt in Jugoslawien, daß man sich Namen und Ausweisnummer des Einreichers notiert. Ist der Einreicher ein Jugoslawe, stellt man unbequeme Fragen. Es wäre besser, Ziljaks Wunsch nachzukommen und in bar zu bezahlen.«

»In Ordnung«, sagte Shannon. »Ich werde hier in Hamburg einige Reise-
schecks einlösen und mit Dollarnoten bezahlen. Aber Sie bekommen Ihr
Geld in Schecks. Ich schleppe nie riesige Dollarbeträge mit mir herum.
Bestimmt nicht nach Jugoslawien. Man erregt sonst leicht Aufmerksam-
keit, und der Geheimdienst beginnt sich zu interessieren. Es könnte der
Verdacht entstehen, man wollte eine Spionageorganisation finanzieren.
Deshalb werden wir uns wie Touristen benehmen und Reiseschecks bei
uns tragen.«
»Mir ist es recht«, sagte Baker. »Wann soll es losgehen?«
Shannon sah auf seine Uhr. Morgen war der dritte Juni.
»Übermorgen«, antwortete er. »Wir fliegen nach Dubrovnik und gönnen
uns eine Woche Urlaub in der Sonne. Ich brauche ohnehin eine Ruhe-
pause. Sie können am Achten oder Neunten nachkommen, aber keinen
Tag später. Ich miete einen Wagen, und wir fahren am zehnten Juni die
Küste hinauf nach Ploce. An diesem Abend oder spätestens am frühen
Morgen des elften Juni läuft die *Toscana* ein.«
»Fliegen Sie allein hin«, sagte Baker, »ich habe in Hamburg viel zu erledi-
gen und komme am Neunten nach.«
»Aber unbedingt«, schärfte ihm Shannon ein. »Sollten Sie nicht auftau-
chen, werde ich Sie holen. Und dann können Sie etwas erleben.«
»Ich komme bestimmt«, versprach Baker. »Vergessen Sie nicht, daß ich
ja noch den Rest meines Geldes haben will. Bisher habe ich bei diesem
Geschäft nur zugelegt. Ich bin an der pünktlichen Abwicklung genauso
sehr interessiert wie Sie.«
Das war die Einstellung, die Shannon bei ihm erzeugen wollte.
»Ich nehme doch an, daß Sie über das Geld verfügen?« fragte Baker und
griff nach einem Stück Würfelzucker.
Shannon hielt ihm ein Bündel von Dollar-Schecks über hohe Beträge un-
ter die Nase. Der Waffenhändler lächelte.
Sie standen auf und riefen vor Verlassen des Restaurants eine Hamburger
Chartergesellschaft an, die sich auf Pauschalreisen für Tausende von
deutschen Urlaubern an der Adriaküste spezialisiert hatte. Von dieser
Gesellschaft ließen sie sich die drei besten Hotels in dem jugoslawischen
Urlaubsort nennen. Baker bekam Anweisung, in diesen Hotels nach ei-
nem gewissen Keith Brown zu fragen.

Johann Schlinker war, was die Abwicklung seines Auftrags anbetraf, genauso zuversichtlich wie Baker, nur ahnte er natürlich nicht, daß Shannon auch von Baker beliefert wurde. Höchstwahrscheinlich kannten sich
die beiden, aber es bestand keinerlei Gefahr, daß sie miteinander über Geschäfte sprachen.
»Der Verladehafen sollte Valencia sein, aber das muß noch festgelegt
werden und wird ohnehin von den spanischen Behörden entschieden«,

erklärte Schlinker. »Ich habe aus Madrid erfahren, daß die Verladung zwischen dem sechzehnten und zwanzigsten Juni erfolgen soll.«

»Der zwanzigste Juni wäre mir lieber«, sagte Shannon. »Ich möchte, daß die *Toscana* am Abend des Neunzehnten anlegt und am nächsten Morgen beladen wird.«

»Gut«, sagte Schlinker. »Ich werde meinen Geschäftsfreund in Madrid benachrichtigen. Für gewöhnlich kümmert er sich selbst um Transport und Verladung und arbeitet in Valencia mit einem erstklassigen Spediteur zusammen, der die Zollbeamten persönlich sehr gut kennt. Dort dürfte kaum mit Schwierigkeiten zu rechnen sein.«

»Es darf keine Schwierigkeiten geben«, sagte Shannon drohend. »Das Schiff ist schon einmal aufgehalten worden, und wenn ich die Lieferung am zwanzigsten Juni an Bord nehme, bleibt mir für meinen eigenen Schlußtermin kein zeitlicher Spielraum mehr.«

Das stimmte zwar nicht, aber er sah keine Veranlassung, Schlinker nicht in diesem Glauben zu lassen.

»Ich möchte bei der Verladung selbst zugegen sein«, sagte er zu dem Waffenhändler.

Schlinker schob die Lippen vor. »Sie können den Vorgang natürlich aus der Ferne beobachten«, sagte er, »davon kann ich Sie nicht abhalten. Aber da es sich bei dem Kunden angeblich um einen arabischen Staat handelt, dürfen Sie nicht als Käufer der Ware auftreten.«

»Ich möchte außerdem in Valencia an Bord gehen«, sagte Shannon.

»Das wird noch schwieriger sein. Das ganze Hafengebiet ist hermetisch abgeriegelt. Unbefugten ist der Zutritt verboten. Wenn Sie das Schiff betreten wollen, müssen Sie durch die Paßkontrolle. Außerdem wird ein Mann der Guardia Civil am Fuß der Gangway stehen, da die *Toscana* Munition befördert.«

»Was ist, wenn der Kapitän noch einen Matrosen braucht? Könnte er nicht in Valencia einen Mann anheuern?«

Schlinker überlegte.

»Ich denke schon. Haben Sie etwas mit der Reederei zu tun, der das Schiff gehört?«

»Auf dem Papier nicht«, antwortete Shannon.

»Der Kapitän müßte beim Einlaufen der Hafenbehörde mitteilen, er hätte im letzten Hafen einem Besatzungsmitglied erlaubt, zur Beerdigung seiner Mutter nach Hause zu fliegen und in Valencia wieder an Bord zu kommen. In diesem Fall dürfte es keinen Ärger geben. Aber Sie müßten sich als Berufsmatrose ausweisen können, Mister Brown. Sie brauchen dafür eine Heuerkarte, die auf Ihren Namen ausgestellt ist.«

Shannon überlegte einige Minuten.

»Okay, die kann ich mir besorgen«, sagte er.

Schlinker blätterte in seinem Terminkalender.

»Zufällig bin ich am Neunzehnten und Zwanzigsten auch in Madrid«, sagte er. »Ich habe dort noch etwas anderes zu erledigen. Ich wohne im Hotel ›Mindanao‹. Dort können Sie mich erreichen, wenn Sie mich brauchen. Wenn das Schiff am Zwanzigsten beladen werden soll, wird der Konvoi mit einer Eskorte der spanischen Armee im Laufe der Nacht die Ladung zur Küste bringen und in der ersten Morgendämmerung eintreffen. Wenn Sie überhaupt an Bord wollen, sollten Sie auf das Schiff gehen, bevor der Militärkonvoi den Hafen erreicht.«

»Ich könnte schon am Neunzehnten in Madrid sein«, sagte Shannon. »Ich würde mich dann bei Ihnen vergewissern, daß der Konvoi tatsächlich pünktlich abgefahren ist. Wenn ich schnell fahre, bin ich vor den Lastwagen in Valencia und besteige die Toscana als der aus einem Urlaub zurückgekehrte Seemann, bevor die Ladung ankommt.«

»Das liegt ganz bei Ihnen«, sagte Schlinker. »Ich meinerseits werde über meine Beauftragten auf ganz normalem Weg die Abfertigung und Verladung für den frühen Morgen des Zwanzigsten vorbereiten lassen. Dazu bin ich vertraglich verpflichtet. Es ist Ihre eigene Angelegenheit, wenn Sie im Hafen das Schiff betreten und damit ein Risiko eingehen. Dafür kann ich keinerlei Verantwortung übernehmen. Ich kann Sie nur darauf hinweisen, daß alle Schiffe, die Waffen aus Spanien transportieren, von der Armee und vom Zoll durchsucht werden. Wenn Ihretwegen beim Verladen oder bei der Abfertigung des Schiffes etwas schiefgeht, ist das nicht meine Angelegenheit. Und noch etwas: Nach der Übernahme von Waffen hat jedes Schiff innerhalb von sechs Stunden aus einem spanischen Hafen auszulaufen und darf erst nach dem Löschen der Ladung wieder spanische Hoheitsgewässer berühren. Außerdem muß die Ladeliste vollkommen in Ordnung sein.«

»Das wird sie«, versprach Shannon. »Wir sehen uns am Morgen des Neunzehnten in Madrid.«

Kurt Semmler hatte vor der Abreise aus Toulon einen Brief an die Schiffahrtsagenten der Toscana in Genua geschrieben und Shannon gebeten, ihn aufzugeben. Darin wurde mitgeteilt, daß sich eine kleine Veränderung der Reiseroute ergeben hätte: Die Toscana werde von Toulon aus nicht auf direktem Weg nach Marokko laufen, sondern vorher in Brindisi weitere Ladung aufnehmen. Semmler teilte der Agentur ferner mit, er hätte die Ladung in Toulon selbst besorgt und sie sei als Eilsendung sehr lukrativ, während die Mischladung aus Toulon nach Marokko nicht so eilig sei. Semmlers Worte als geschäftsführender Direktor der Spinetti Maritimo hatten Gewicht. Er forderte die Agenten in Genua auf, für den siebenten und achten Juni telegrafisch einen Liegeplatz in Brindisi zu reservieren und das Hafenbüro zu ersuchen, eventuelle Postsendungen für die Toscana bis zum Tag der Ankunft zurückzubehalten.

Dazu gehörte ein Brief, den Shannon von Hamburg aus abschickte. Er war an Signore Kurt Semmler MS *Toscana*, c/o Hafenbüro Brindisi, Italien gerichtet.

Er teilte Semmler mit, daß er von Brindisi aus nach Ploce an der jugoslawischen Adriaküste weiterzufahren hätte und sich unbedingt Seekarten des schwierigen Küstenstrichs nördlich der Insel Korcula an Ort und Stelle besorgen sollte, falls er sie noch nicht hätte. Die *Toscana* müßte am Abend des zehnten Juni in Ploce einlaufen, ein Liegeplatz sei reserviert. Die Agenten in Genua brauchten von dem kurzen Abstecher Brindisi–Ploce nicht unterrichtet zu werden.

Seine letzte Anweisung an Kurt Semmler war besonders wichtig. Er bat den ehemaligen Schmuggler um die Beschaffung einer gestempelten und gültigen Heuerkarte für einen Leichtmatrosen namens Keith Brown, ausgestellt von den italienischen Behörden. Zweitens sei eine Ladeliste erforderlich, aus der hervorgehe, daß die *Toscana* von Brindisi aus ohne Zwischenaufenthalt nach Valencia gefahren sei, und daß sie von Valencia aus, nach Übernahme der Ladung, den Hafen Latakia in Syrien anlaufen werde. Zur Besorgung dieser Dokumente sollte Semmler seine alten Verbindungen in Brindisi spielen lassen.

Bevor Shannon von Hamburg aus nach Jugoslawien reiste, schrieb er noch einen Brief an Simon Endean in London. Endean wurde darin ersucht, sich am sechzehnten Juni mit Shannon in Rom zu treffen und bestimmte Seekarten mitzubringen.

Etwa um dieselbe Zeit tuckerte die *Toscana* mit ruhiger Fahrt durch den Bocche di Bonifazio, die strahlend blaue Wasserstraße zwischen der Südspitze Korsikas und dem nördlichsten Punkt Sardiniens. Die pralle Sonnenhitze wurde durch einen leichten Wind gemildert. Marc Vlaminck lag mit bloßem Oberkörper auf dem Deckel der großen Ladeluke, unter sich ein feuchtes Handtuch; mit seiner ölglänzenden Haut erinnerte er an ein rosarotes Nilpferd. Janni Dupree, der in der Sonne immer gleich feuerrot anlief, hockte unter einer Markise gleich hinter den Aufbauten und trank an diesem Vormittag schon seine zehnte Flasche Bier. Der Leichtmatrose Cipriani strich die Reling am Bug weiß an, und der Erste Maat Norbiatto schnarchte nach einer langen Nachtwache unten in seiner Koje.

Der Ingenieur Grubic hielt sich unten im stinkenden Maschinenraum auf und ölte irgendwelche beweglichen Teile, die nur er richtig kannte, die aber zweifellos von lebenswichtiger Bedeutung waren, wenn die *Toscana* gleichmäßig mit ihren acht Knoten durch das Mittelmeer dampfen sollte. Im Ruderhaus tauschten Kurt Semmler und Karl Waldenberg bei kühlem Bier Erinnerungen aus ihrem bewegten Leben aus.

Jean Baptiste Langarotti wäre jetzt gern hier gewesen. Er hätte dann von der Backbordreling aus beobachten können, wie die grauweiße, sonnen-

verbrannte Küste seiner Heimat in kaum vier Meilen Entfernung vorüberglitt. Aber er war viele Meilen entfernt in Westafrika, wo die Regenzeit schon eingesetzt hatte und wo trotz der Fieberhitze bleigraue Wolken
am Horizont hingen.

Alan Baker betrat am Abend des neunten Juni Shannons Hotel in Dubrovnik. Er wirkte müde.

Im Gegensatz dazu ging es CAT Shannon, der gerade vom Strand zurückkam, erheblich besser. Eine Woche lang hatte er sich in dem jugoslawischen Urlaubsort wie jeder andere Tourist benommen: Er lag viel in der
Sonne und schwamm jeden Tag mehrere Meilen. Er war schmaler geworden, aber von der Sonne gebräunt und gut in Form. Außerdem war er in
optimistischer Laune.

Nach der Ankunft im Hotel hatte er nach Brindisi telegrafiert und Semmler gebeten, die Ankunft des Schiffes sowie den Empfang des postlagernden Briefes aus Hamburg zu bestätigen. An diesem Morgen war Semmlers Antworttelegramm eingetroffen. Die *Toscana* war sicher in Brindisi
angekommen, und was den Inhalt des Briefes betraf, werde alles wunsch-
gemäß erledigt. Am Morgen des neunten Juni wollten sie wieder auslaufen und am zehnten Juni um Mitternacht den Bestimmungsort erreichen.
Das teilte Shannon dem Waffenhändler bei einem Drink auf der Hotel-
terrasse mit. Er hatte Baker für diese Nacht ein Zimmer reservieren lassen. Baker nickte und lächelte zufrieden.

»Sehr schön. Vor zwei Tagen hat mir Ziljak aus Belgrad telegrafiert. Die
Kisten sind in Ploce eingetroffen und liegen unter strenger Bewachung
in einem staatlichen Lagerhaus gleich am Kai.«

Sie verbrachten die Nacht in Dubrovnik und fuhren am nächsten Morgen
mit einem Taxi die rund fünfzig Kilometer hinauf nach Ploce. Der Klap-
perkasten schien viereckige Räder und Federn aus Schmiedeeisen zu haben, aber trotzdem war die Fahrt entlang der Küste sehr erfreulich. Meilenweit erstreckte sich hier unberührtes Land, noch nicht verdorben vom
Tourismus. Auf halbem Wege hielten sie in dem kleinen Ort Slano an,
um eine Tasse Kaffee zu trinken und sich die Beine zu vertreten.

Um die Mittagszeit erreichten sie ihr Hotel und warteten auf der schatti-
gen Terrasse, bis das Hafenbüro um vier Uhr nachmittags wieder öffnete.
Der Hafen liegt an einem breiten Becken von tiefblauem Wasser, zur See
hin geschützt durch die langgestreckte Halbinsel Peljesac, die südlich von
Ploce ins Meer hinausragt und parallel zur Küste nach Norden verläuft.
Oben im Norden wird die Durchfahrt zwischen der Spitze der Halbinsel
und der Küste selbst von der Felseninsel Hvar fast versperrt; nur eine
schmale Wasserstraße führt zu der Salzwasserlagune, an die Ploce liegt.
Diese fast fünfzig Kilometer lange Lagune, zu neun Zehnteln von Land
umgeben, ist ein Paradies für Schwimmer, Angler und Segler.

Als sie sich dem Hafenbüro näherten, hielt wenige Meter entfernt mit quietschenden Bremsen ein klappriger Volkswagen an und hupte laut. Shannon erstarrte. Sein Instinkt meldete Gefahr. Das hatte er die ganze Zeit befürchtet: Irgendeinen Fehler im Papierkram, ein plötzliches Eingreifen der Behörden, langwierige Verhöre auf der hiesigen Polizeiwache. Der Mann, der aus dem Käfer kletterte und vergnügt winkte, konnte nicht gut ein Polizist sein, da den Polizeibeamten in allen totalitären Staaten des Ostens und des Westens offenbar von ihrer Dienstvorschrift das Lächeln streng verboten wird. Shannon warf Baker einen Blick zu und sah, wie dieser erleichtert aufatmete.

»Ziljak«, murmelte er mit halb geschlossenen Lippen und ging auf den Jugoslawen zu. Der Mann erinnerte an einen großen, zottigen, liebenswürdigen Bären mit schwarzem Haar. Er umarmte Baker herzlich. Bei der Vorstellung erfuhr Shannon, daß sein Vorname Kemal war. Der Mann schien türkisches Blut in den Adern zu haben – ein weiterer Pluspunkt in Shannons Augen. Diese Leute sind für gewöhnlich tapfere Kämpfer und gute Kameraden, und außerdem besitzen sie eine gesunde Abneigung gegen jegliche Bürokratie.

»Mein Assistent«, sagte Baker.

Ziljak schüttelte Shannon die Hand und murmelte ein paar unverständliche Worte, vermutlich auf serbokroatisch. Da viele Jugoslawen ein paar Brocken Deutsch sprechen, verständigten sich Baker und Ziljak in dieser Sprache. Englisch konnte Ziljak nicht.

Mit Ziljaks Hilfe machten sie den Leiter des Zollamtes ausfindig und wurden zu einer ersten Besichtigung in das Lagerhaus geführt. Der Zollbeamte sagte ein paar Worte zu dem Posten an der Tür. In einer Ecke des Gebäudes fanden sie ihre Kisten. Es waren dreizehn: Eine enthielt anscheinend die beiden Bazookas, zwei weitere je einen Granatwerfer mitsamt Bodenplatten und Zielvorrichtung. Die restlichen Kisten waren mit Munition gefüllt: Vier enthielten je zehn Bazooka-Raketen, die anderen sechs die bestellten dreihundert Bomben für die Granatwerfer. Die Kisten waren aus frischem Holz gezimmert und trugen keinerlei Inhaltsangabe, sondern lediglich aufgemalte Seriennummern und das Wort *Toscana*.

Ziljak und der Chef des Zollamtes schienen glücklicherweise denselben Dialekt zu sprechen. Das erleichterte die Abwicklung; denn manchmal ergeben sich Verständigungsschwierigkeiten daraus, daß in Jugoslawien sieben Hauptsprachen und dutzende Dialekte gesprochen werden.

Nach einer Weile wandte sich Ziljak an Baker und sagte einige Sätze in seinem stockenden Deutsch. Baker antwortete, und Ziljak übersetzte die Antwort für den Zollbeamten. Lächeln, allgemeines Händeschütteln, dann ging man wieder. Die Sonnenhitze draußen traf Shannon mit der Wucht eines Vorschlaghammers.

»Was war denn eigentlich los?« fragte Shannon.

»Der Zollbeamte fragte Kemal, ob nicht ein kleines Geschenk für ihn drin sei«, antwortete Baker. »Kemal hat ihm ein schönes Bakschisch versprochen, falls beim Papierkrieg keine Schwierigkeiten auftreten und das Schiff morgen früh pünktlich beladen wird.«

Shannon hatte Baker bereits die erste Hälfte der tausend Pfund ausgehändigt, die als Ziljaks Prämie für seine Unterstüzung bei der Abwicklung des Geschäftes bestimmt waren. Baker nahm nun den Jugoslawen beiseite und steckte ihm das Geld zu. Die Freundschaft des schwarzhaarigen Bären wurde daraufhin noch herzlicher. Sie gingen ins Hotel, um den Abschluß mit einem Slibowitz zu begießen. Zumindest hatte Baker von einem gesprochen. Doch Ziljak schien mengenmäßig andere Vorstellungen zu haben. Glückliche Jugoslawen trinken Slibowitz nie in kleinen Mengen. Mit fünfhundert Pfund in der Tasche bestellte Ziljak eine ganze Flasche von dem erstklassigen Pflaumenschnaps und dazu immer neue Schüsselchen mit Mandeln und Oliven. Als die Sonne unterging und der milde adriatische Abend sich über das Städtchen senkte, wurden Ziljaks Erinnerungen an die Kriegsjahre wach, die er mit Titos Partisanen in den bosnischen Bergen im Norden zugebracht hatte.

Baker wurde mit der Übersetzung sehr strapaziert. Kemal erzählte begeistert von seinen Streifzügen durch die Berge Montenegros, gleich hinter Dubrovnik an der Küste der Herzegowina entlang und in der kühleren, fruchtbaren Waldgegend nördlich von Split in Bosnien. Er sonnte sich in der Vorstellung, daß man ihn früher auf der Stelle erschossen hätte, wenn er sich in eine der Städte gewagt hätte, die er jetzt im Auftrag seines Schwagers, des Beamten, bereiste. Shannon fragte ihn, ob er als ehemaliger Partisan ein überzeugter Kommunist sei. Baker gebrauchte in der Übersetzung das Wort ›guter Kommunist‹. Ziljak schlug sich mit beiden Fäusten an die Brust.

»Guter Kommunist!« rief er mit weit aufgerissenen Augen und zeigte auf sich. Dann zwinkerte er Shannon zu, warf den Kopf in den Nacken, brüllte vor Lachen und goß sich ein weiteres Glas Slibowitz hinter die Binde. Hinter seinem Gürtel steckten die zusammengefalteten Banknoten der ersten Hälfte seiner tausend Pfund Prämie. Shannon mußte ebenfalls lachen und wünschte sich, daß der Hüne sie nach Zangaro begleiten könnte. Mit solchen Männern war er gern beisammen.

Sie verzichteten auf das Abendessen und schwankten um Mitternacht zurück zum Kai, um die Ankunft der *Toscana* zu beobachten. Sie passierte gerade die Hafeneinfahrt und hatte eine Stunde später an der einzigen Mole aus roh behauenem Stein festgemacht. Am Bug stand Semmler und sah hinunter auf den schlecht beleuchteten Kai. Sie nickten einander zu. Waldenberg sprach am oberen Ende der Gangway mit seinem Ersten Maat. Nach Shannons Instruktionen war er angewiesen worden, das Reden Semmler zu überlassen.

Nachdem Baker und Ziljak ins Hotel zurückgekehrt waren, mogelte sich Shannon unbemerkt die Laufplanke hinauf und verschwand in der winzigen Kapitänskajüte. Semmler holte Waldenberg herein, dann schlossen sie die Tür hinter sich ab.

Shannon brachte Waldenberg schonend bei, was die *Toscana* hier in Ploce tatsächlich an Bord nehmen sollte. Der deutsche Kapitän zuckte nicht mit der Wimper. Seine Miene blieb ausdruckslos, bis Shannon fertig war.

»Ich habe noch nie Waffen befördert«, sagte er dann. »Sie behaupten, daß diese Ladung legal ist?«

»Absolut legal«, antwortete Shannon. »Die Waffen wurden in Belgrad gekauft, per Lastwagen hierher transportiert, und natürlich wissen die Behörden, was die Kisten enthalten. Sonst bekämen wir keine Ausfuhrgenehmigung. Die Genehmigung ist nicht gefälscht, niemand wurde bestochen. Nach jugoslawischem Gesetz handelt es sich um eine absolut legale Warensendung.«

»Und nach dem Gesetz des Bestimmungslandes?« fragte Waldenberg.

»Die *Toscana* wird die Hoheitsgewässer des Landes, in dem die Waffen benutzt werden sollen, niemals berühren«, sagte Shannon. »Nach Ploce werden wir noch zwei weitere Häfen anlaufen. Es geht jeweils um die Übernahme weiterer Ladungen. Sie wissen, daß Schiffe niemals durchsucht werden, wenn sie einen Hafen nur anlaufen, um Ladung aufzunehmen, es sei denn, die Behörden hätten einen Hinweis erhalten.«

»Trotzdem kommt das vor«, sagte Waldenberg. »Wenn ich diese Dinge an Bord habe, die nicht in der Ladeliste stehen, und sie werden bei einer Durchsuchung gefunden, wird das Schiff beschlagnahmt, und ich lande im Gefängnis. Von Waffen war nie die Rede. Seit den Zwischenfällen mit der Organisation Schwarzer September und der IRA fahndet man überall nach Waffensendungen.«

»Aber nicht in Häfen, wo nur Ladung an Bord genommen wird«, sagte Shannon.

»Von Waffen war nie die Rede«, wiederholte Waldenberg.

»Sie dachten wohl an illegale Einwanderer nach Großbritannien?« fragte Shannon.

»Solange sie ihren Fuß nicht auf britischen Boden setzen, sind sie nicht illegal«, erklärte der Kapitän. »Die *Toscana* würde außerhalb der britischen Hoheitszone bleiben. Die Leute könnten in Motorbooten an Land gebracht werden. Bei Waffen ist das anders. Sie befinden sich illegal auf diesem Schiff, weil sie nicht auf der Ladeliste stehen. Warum setzen wir sie nicht darauf? Erklären Sie einfach, daß diese Waffen ganz legal von Ploce nach Togo transportiert werden. Niemand kann uns etwas nachweisen, wenn wir später vom Kurs abweichen.«

»Das hat seinen Grund: Wenn sich bereits Waffen an Bord befinden, werden die spanischen Behörden niemals erlauben, daß die *Toscana* Valencia oder einen anderen spanischen Hafen anläuft. Nicht einmal im Transit. Und ganz bestimmt nicht, um weitere Waffen aufzunehmen. Deshalb dürfen sie nicht auf der Ladeliste stehen.«

»Woher kommen wir also nach Spanien?« fragte Waldenberg.

»Aus Brindisi«, antwortete Shannon. »Wir wollten dort Ladung an Bord nehmen, aber sie wurde nicht termingerecht fertig. Daraufhin befahl Ihnen die Reederei, nach Valencia zu laufen und eine neue Ladung für Latakia an Bord zu nehmen. Natürlich haben Sie dieser Anweisung gehorcht.«

»Und wenn die spanische Polizei das Schiff durchsucht?«

»Dafür gibt es nicht den geringsten Anlaß«, sagte Shannon. »Für den Fall, daß es trotzdem geschieht, müssen wir die Kisten unter Deck in den Bilgen verschwinden lassen.«

»Wenn man sie dort findet, gibt es für uns keine Rettung mehr«, erklärte Waldenberg. »Sie werden glauben, daß das Zeug für die baskischen Terroristen bestimmt ist. Wir kämen nie mehr aus dem Gefängnis heraus.«

Sie diskutierten bis drei Uhr morgens. Die Sache kostete Shannon eine Prämie von fünftausend Pfund, fällig je zur Hälfte vor dem Verladen und nach dem Auslaufen aus Valencia. Der Zwischenaufenthalt in dem afrikanischen Hafen kostete keine weitere Gebühr; dort waren keine Schwierigkeiten zu erwarten.

»Sie kümmern sich um die Mannschaft?« fragte Shannon.

»Um die kümmere ich mich schon«, versprach Waldenberg mit einer Entschiedenheit, die keine Zweifel offen ließ.

Nach seiner Rückkehr ins Hotel traf sich Shannon noch mit Baker und zahlte ihm das dritte Viertel der Rechnungssumme in Höhe von dreitausendsechshundert Dollar aus. Dann versuchte er, ein wenig Schlaf zu bekommen. Das war nicht leicht. Die schwüle Nachtluft preßte ihm den Schweiß aus allen Poren, und er hatte ständig die *Toscana* vor Augen, die unten im Hafen lag, während sich die Waffen noch im Schuppen befanden. Jetzt durfte einfach nichts mehr schiefgehen. Er war seinem Ziel so nahe – nur durch drei kurze Formalitäten von dem Punkt getrennt, von dem an ihn keine Macht der Welt mehr aufhalten konnte.

Die Sonne stand schon ein ganzes Stück über dem Horizont, als um sieben Uhr das Beladen begann. Ein Zollbeamter, mit einem Karabiner bewaffnet, begleitete jede der Kisten, die auf Handwagen an den Kai gerollt und dann mit dem Ladegeschirr der *Toscana* an Bord gehievt wurden. Keine der Kisten war sehr groß. Vlaminck und Cipriani konnten sie unten in der Luke leicht an Ort und Stelle rücken, bevor sie auf dem Boden des Laderaumes vertäut wurden. Um neun Uhr war alles ausgestanden, und die Luke schloß sich wieder.

Waldenberg hatte seinem Ingenieur befohlen, das Schiff klar zum Auslaufen zu machen. Das ließ sich Grubic nicht zweimal sagen. Später erfuhr Shannon, daß der Ingenieur plötzlich unsichtbar geworden war, als er drei

Stunden nach dem Auslaufen von Brindisi erfahren hatte, daß sein Heimatland angesteuert wurde. Offenbar wurde er dort aus irgendeinem Grund gesucht. Er versteckte sich in seinem Maschinenraum, und niemand kümmerte sich um ihn.

Während die *Toscana* aus dem Hafenbecken hinausdampfte, erhielt Baker von Shannon die restlichen dreitausendsechshundert Dollar sowie die zweiten fünfhundert Pfund für Ziljak. Keiner der beiden ahnte, daß Vlaminck auf Shannons Anweisung bei der Übernahme der Kisten in fünf Fällen heimlich die Deckel gelockert und Stichproben gemacht hatte. Die Ladung war in Ordnung. Vlaminck hatte Semmler zugewinkt, der oben auf Deck stand, und Semmler hatte sich die Nase geputzt. Shannon sah dieses Zeichen und wußte nun, daß die Kisten kein Alteisen enthielten. Solche Tricks kamen im Waffenhandel nicht selten vor.

Nachdem Baker sein Geld bekommen hatte, steckte er Ziljak die zweiten fünfhundert Pfund zu und tat, als stammten sie aus seiner eigenen Tasche. Der Jugoslawe sorgte dafür, daß der Chef des Zollamtes ein anständiges Mittagessen bekam. Dann verließen Alan Baker und sein britischer ›Assistent‹ unauffällig die Stadt.

Shannon strich auf seinem Kalender den siebenundsechzigsten Tag der Hundert-Tage-Frist ab, die ihm Sir James Manson für die Ausführung des Unternehmens gesetzt hatte.

Kaum befand sich die *Toscana* wieder draußen auf hoher See, da machte Kapitän Waldenberg klar Schiff. Die drei übrigen Besatzungsangehörigen wurden zu Unterredungen unter vier Augen in seine Kajüte geholt. Keiner von ihnen ahnte, daß ihm ein verhängnisvoller Betriebsunfall drohte, sollte er den weiteren Dienst auf der *Toscana* verweigern. Wenn man einen Menschen spurlos verschwinden lassen will, gibt es dafür keine bessere Gelegenheit als eine Neumondnacht auf hoher See; Vlaminck und Dupree wären durchaus imstande gewesen, jeden ausgewachsenen Mann im hohen Bogen über Bord zu werfen. Möglicherweise wirkte ihre Anwesenheit überzeugend. Jedenfalls gab es keine Weigerung.

Waldenberg verteilte tausend der zweieinhalbtausend Pfund, die er von Shannon in Form von Reiseschecks erhalten hatte. Der jugoslawische Ingenieur war heilfroh, seiner Heimat wieder den Rücken kehren zu können; er steckte kommentarlos seine zweihundertfünfzig Pfund ein und kehrte zu seinen Maschinen zurück. Der Erste Maat Norbiatto regte sich bei dem Gedanken an ein spanisches Gefängnis furchtbar auf, aber seine sechshundert Pfund in Dollarnoten beruhigten ihn wieder und verbesserten seine Chance, jemals ein eigenes Schiff zu erwerben, ganz beträchtlich. Den Leichtmatrosen Cipriani schien der Gedanke, auf einem Schiff voller Konterbande Dienst zu tun, fast zu beglücken. Er nahm seine einhundertfünfzig Pfund mit einem begeisterten *molto grazie* entgegen und murmelte beim Weggehen: »Ist das ein Leben!« Seine Phantasie war beschränkt, und von spanischen Gefängnissen wußte er nichts.

Nachdem dieser Punkt erledigt war, wurden die Kisten aufgebrochen. Die Männer waren den ganzen Nachmittag über damit beschäftigt, den Inhalt zu kontrollieren, in Plastikbeutel zu wickeln und alles tief unter den Planken des Laderaumes in den Bilgen des Schiffes zu verstauen. Dann wurden die Planken wieder aufgelegt und mit einer harmlosen Ladung, bestehend aus Kleidungsstücken, Schlauchbooten und Außenbordmotoren, bedeckt.

Zuletzt sagte Semmler zu Waldenberg, er sollte die Fässer mit dem Castrol-Öl lieber in die hinterste Ecke des Vorratsraumes schieben. Als Waldenberg den Grund erfuhr, verlor er doch die Fassung. Er gebrauchte Ausdrücke, die man auch beim besten Willen nur als bedauerlich bezeichnen kann.

Semmler beruhigte ihn wieder. Sie tranken ein Bier miteinander, während die *Toscana* nach Süden in Richtung auf den Otranto-Kanal und das Ionische Meer dampfte. Zuletzt begann Waldenberg zu lachen.

»Schmeisser-MPs«, rief er. »Die verdammten Schmeisser! Mensch, lange nicht mehr gehört!«

»Nun, man wird sie bald wieder hören«, sagte Semmler.

Waldenberg wurde nachdenklich.

»Wissen Sie was«, murmelte er dann. »Am liebsten möchte ich mit Ihnen an Land gehen.«

12. Kapitel

Als Shannon ankam, las Simon Endean gerade die *Times*. Er hatte die Zeitung morgens vor dem Abflug nach Rom in London gekauft. Die Halle des Hotels ›Excelsior‹ war fast leer, da die meisten Gäste mit ihrem Vormittagskaffee draußen auf der Terrasse saßen, zusahen, wie sich der chaotische römische Verkehr zentimeterweise an ihnen vorbeischob, und dabei versuchten, sich miteinander zu verständigen.

Shannon hatte diesen Treffpunkt nur gewählt, weil er von Dubrovnik aus leicht erreichbar war und auf gerader Linie nach Madrid lag. Er hielt sich zum erstenmal in Rom auf und fand die Lobhudeleien der Reiseführer sehr übertrieben. Es liefen mindestens sieben verschiedene Streiks gleichzeitig, unter anderem auch bei der Müllabfuhr, und so stank die Stadt zum Himmel. Überall auf den Bürgersteigen und in den Seitengassen lagen ganze Haufen von verwesendem Obst und anderen Abfällen. Shannon nahm neben dem Mann aus London Platz und genoß nach der Hitze der anstrengenden Taxifahrt, die eine Stunde gedauert hatte, die angenehme Kühle der Hotelhalle. Endean betrachtete ihn.

»Sie haben lange nichts von sich hören lassen«, sagte er kalt. »Meine Geschäftsfreunde glaubten schon fast, Sie hätten sich verdrückt. Das war unklug von Ihnen.«

»Es hatte wenig Sinn, mich zu melden, wenn es nichts mitzuteilen gab. Dieses Schiff fliegt schließlich nicht übers Wasser. Es braucht seine Zeit, um von Toulon nach Jugoslawien zu kommen, und während dieses Zeitraumes gab es nichts zu berichten«, sagte Shannon. »Übrigens – haben Sie die Seekarten mitgebracht?«

»Selbstverständlich.«

Endean deutete auf die prallgefüllte Aktentasche neben seinem Sessel.

Endean hatte Shannons Brief aus Hamburg bekommen und dann mehrere Tage bei drei führenden Fachverlagen für Seekarten in der Leadenhall Street in London zugebracht. In mehreren Partien hatte er Spezialkarten der Zufahrtswege für die gesamte Afrikaküste von Casablanca bis Kapstadt erstanden.

»Warum zum Teufel brauchen Sie so viele?« fragte er verärgert. »Ein bis zwei Karten hätten doch genügt.«

»Aus Sicherheitsgründen«, sagte Shannon knapp. »Falls Sie oder ich beim Zoll durchsucht werden, oder falls das Schiff in einem Hafen kontrolliert werden sollte, würde uns eine einzelne Karte von unserem Zielgebiet verraten. Nun kann niemand – nicht einmal Kapitän und Mannschaft – herausfinden, welcher Abschnitt der Küste mich wirklich interessiert. Ich brauche es ihnen erst im allerletzten Augenblick zu sagen, und dann ist es schon zu spät. Haben Sie die Dias auch mit?«

»Ja, natürlich.«

Endean hatte von sämtlichen Fotos, die Shannon aus Zangaro mitgebracht hatte, sowie von den Landkarten und Skizzen der Stadt Clarence und der gesamten Küste Zangaros Diapositive anfertigen lassen.

Shannon selbst hatte bereits auf dem Flughafen in London zollfrei einen Diaprojektor gekauft und ihn für die *Toscana* nach Toulon geschickt.

Nun erstattete er Endean einen umfassenden Bericht, der mit seiner Abreise aus London begann. Er streifte den Aufenthalt in Brüssel, das Verladen der Schmeisser-Maschinenpistolen und der übrigen Ausrüstung in Toulon, die Gespräche mit Schlinker und Baker in Hamburg und die vor wenigen Tagen in Ploce erfolgte Verladung der jugoslawischen Waffen. Endean hörte ihm schweigend zu und machte sich einige Notizen für den Bericht, den er später Sir James Manson zu erstatten hatte.

»Wo hält sich die *Toscana* jetzt auf?« fragte er schließlich.

»Sie müßte auf dem Weg nach Valencia ein Stück südöstlich von Sardinien sein.«

Shannon fuhr mit den weiteren Plänen fort: In drei Tagen sollten die vierhunderttausend Schuß Neun-Millimeter-Munition für die Maschinenpistolen in Valencia an Bord genommen werden, dann konnte das

Schiff nach Afrika in See stechen. Daß sich einer seiner Leute bereits in Afrika aufhielt, erwähnte er nicht.

»Etwas müssen Sie mir noch erklären«, sagte er zu Endean. »Was geschieht nach dem Überfall? Wie geht es in der Morgendämmerung weiter? Wir können uns nämlich nicht allzulange halten, bis ein neues Regime die Macht ergreift, den Palast besetzt und die Nachricht von dem Handstreich und der Regierungsumbildung über Rundfunk verbreitet.«

»Das wurde alles genau überlegt«, antwortete Endean. »Die Errichtung einer neuen Regierung ist ja der eigentliche Zweck der Übung.«

Er nahm aus seiner Aktenmappe drei eng beschriebene Blätter Papier. »Das hier sind Ihre Anweisungen von dem Augenblick an, wo Sie den Palast besetzt und die Armee sowie die Palastwache vernichtet oder versprengt haben. Lesen Sie diesen Text hier in Rom, solange wir noch beisammen sind, lernen Sie ihn auswendig und vernichten Sie dann die Blätter. Sie müssen alles im Kopf haben.«

Shannon überflog rasch die erste Seite. Sie enthielt für ihn wenig Überraschendes. Er hatte schon vermutet, daß es Mansons Absicht war, Oberst Bobi zum neuen Präsidenten zu machen; dieser wurde in dem Schriftstück zwar nur als X bezeichnet, aber Shannon zweifelte nicht daran, daß Bobi der neue starke Mann werden sollte. Der übrige Plan war von seinem Standpunkt aus sehr simpel.

Er hob den Kopf und sah Endean an.

»Wo werden Sie sich aufhalten?« fragte er.

»Hundert Meilen nördlich von Ihnen«, antwortete Endean.

Shannon wußte, was Endean meinte: Er wollte in der Hauptstadt der Nachbarrepublik nördlich von Zangaro warten, weil von dort aus eine direkte Küstenstraße bis zur Grenze und von da nach Clarence führte.

»Sind Sie ganz sicher, daß Sie meine Meldung empfangen werden?« fragte er.

»Ich werde ein ziemlich starkes tragbares Empfangsgerät von großer Reichweite bei mir haben. Brown baut die besten Apparate, die es auf diesem Gebiet gibt. Damit kann man auf diese Entfernung alles aufnehmen, wenn auf dem richtigen Kanal und mit der richtigen Frequenz gefunkt wird. Ein Schiffssender müßte stark genug sein, um mindestens die doppelte Entfernung zu überbrücken.«

Shannon nickte und las weiter. Als er fertig war, legte er die Blätter auf den Tisch.

»Klingt ganz gut«, sagte er. »Aber lassen Sie mich eines klarstellen. Ich werde auf dieser Frequenz zur angegebenen Zeit von der *Toscana* aus funken, während das Schiff irgendwo fünf bis sechs Meilen vor der Küste ankert. Aber machen Sie mich nicht dafür verantwortlich, wenn Sie mich nicht verstehen oder wenn der Funkverkehr gestört ist. Das Auffangen des Funkspruchs ist ganz allein Ihre Angelegenheit.«

»Kümmern Sie sich nur darum, daß Sie die Meldung absetzen«, sagte Endean. »Die Frequenz wurde bereits praktisch erprobt. Mein Gerät muß einen Funkspruch der *Toscana* auf mindestens hundert Meilen Entfernung aufnehmen können. Vielleicht nicht gleich beim ersten Mal, aber wenn Sie die Meldung dreißig Minuten lang wiederholen, muß ich sie empfangen.«

»In Ordnung«, sagte Shannon. »Noch ein letzter Punkt: Was sich in Clarence ereignet hat, dürfte sich dann noch nicht bis zum Grenzposten von Zangaro herumgesprochen haben. Das bedeutet, daß dieser Posten von Vindus besetzt sein wird. Sie müssen irgendwie an diesem Posten vorbeikommen. Auf der Straße nach Clarence dürften dann noch versprengte Vindus unterwegs sein, die in den Busch fliehen, aber trotzdem gefährlich sind; was geschieht, wenn Sie nicht durchkommen?«

»Wir kommen durch«, versicherte Endean. »Wir werden Unterstützung bekommen.«

Shannons Vermutung war richtig: Das Unternehmen sollte von einem kleinen Trupp von Bergwerksingenieuren und Arbeitern unterstützt werden, den Manson in der Nachbarrepublik unterhielt. Sie würden einem leitenden Angestellten der Firma einen Lastwagen oder einen Jeep und vielleicht ein paar Repetiergewehre zur Verfügung stellen. Zum ersten Mal wurde ihm bewußt, daß dieser Endean nicht nur ein hinterhältiger Gauner war, sondern sicher auch Mut besaß.

Shannon lernte den Code und die Funkfrequenz auswendig, dann verbrannte er die drei Bogen in Endeans Gegenwart auf der Herrentoilette. Eine Stunde später trennten sie sich.

Fünf Stockwerke über den Straßen von Madrid saß Oberst Antonio Salazar, Leiter der Exportabteilung im spanischen Armeeministerium, an seinem Schreibtisch und blätterte in den vor ihm liegenden Papieren. Er war ein grauhaariger, pflichtgetreuer Beamter, unkompliziert und kompromißlos. Seine ganze Treue galt seinem geliebten Vaterland Spanien. Für ihn verkörperte einzig und allein der kleine alternde Generalissimo drüben im Prado alles, was richtig und gut und wahrhaft spanisch war. Antonio Salazar war ein Franco-Anhänger vom Scheitel bis zur Sohle.

Mit achtundfünfzig hatte er bis zu seiner Pensionierung noch zwei Jahre Dienst vor sich. Er hatte zu jenen Männern gehört, die mit Francisco Franco am Sandstrand von Fuengirola gelandet waren, vor mehr als drei Jahrzehnten, als der spätere Caudillo noch ein Rebell gewesen war, ein Vogelfreier, der unter Mißachtung aller Befehle zurückkehrte, um der republikanischen Regierung in Madrid den Krieg zu erklären. Sie waren damals nur wenige gewesen, von Madrid zum Tode verurteilt, und fast hätte sie es auch alle erwischt.

Sergeant Salazar war ein guter Soldat. Er führte seine Befehle aus, wie immer sie auch lauten mochten, ging zwischen Schlachten und Exekutionen in die Kirche und glaubte aus tiefstem Herzen an Gott, die Jungfrau Maria, an Spanien und an Franco.

In einer anderen Armee oder in einer anderen Epoche wäre er als Stabsfeldwebel verabschiedet worden. Aber nach dem Ende des Bürgerkrieges war er Capitán, einer der ›Ultras‹, Mitglied des engeren Führungskreises. Er stammte aus einer braven, bäuerlichen Familie und hatte so gut wie keine Schulbildung genossen. Dennoch wurde er zum Oberst befördert und war dankbar dafür. Man vertraute ihm einige Aufgaben an, die so streng geheim waren, daß man in Spanien darüber nicht sprach. Kein Spanier darf jemals erfahren, daß Spanien in großen Mengen Waffen exportiert, und zwar praktisch an jeden, der des Weges kommt. In der Öffentlichkeit verurteilt Spanien den internationalen Waffenhandel aus ethischen Gründen und auch deshalb, weil er in einer ohnehin schon von Kriegen zerrissenen Welt zu immer neuem Blutvergießen führt. Insgeheim verdient der spanische Staat aber eine Menge Geld daran. Antonio Salazar genoß volles Vertrauen. Er kontrollierte die Papiere, entschied über Bewilligung oder Ablehnung der Anträge auf Ausfuhrgenehmigungen und hielt im übrigen den Mund.

Das Aktenstück, das vor ihm lag, bearbeitete er nun schon seit vier Wochen. Einzelne Papiere daraus waren vom Verteidigungsministerium überprüft worden, das, ohne den Grund der Anfrage zu kennen, bescheinigte, daß Neun-Millimeter-Patronen nicht auf der schwarzen Liste standen; das Außenministerium hatte ebenfalls, ohne den Grund zu kennen, versichert, die Lieferung von Neun-Millimeter-Munition an die Republik Irak widerspreche nicht der derzeitigen Außenpolitik; das Finanzministerium bescheinigte schlicht, daß eine bestimmte Dollarsumme auf einem bestimmten Konto der Banco Popular ordnungsgemäß eingegangen sei. Das oberste Blatt in der Mappe war ein Antrag auf die Transportgenehmigung für eine bestimmte Anzahl von Kisten aus Madrid nach Valencia, wo sie auf ein Schiff namens MS *Toscana* verladen werden sollten. Die Ausfuhrgenehmigung lag darunter und trug seine eigene Unterschrift. Er sah den vor ihm stehenden Beamten an.

»Warum die Änderung?« fragte er.

»Herr Oberst, im Hafen Valencia ist für die nächsten zwei Wochen einfach kein Liegeplatz mehr frei. Der Hafen ist restlos belegt.«

Oberst Salazar knurrte. Diese Erklärung klang plausibel. Wenn in den Sommermonaten aus dem umliegenden Gebiet von Gandia Millionen von Orangen exportiert wurden, war Valencia immer voll belegt. Aber nachträgliche Änderungen behagten ihm nicht. Er liebte einen reibungslosen Ablauf. Auch diese Bestellung gefiel ihm nicht. Für eine ganze Polizeitruppe war sie viel zu klein. Tausend Polizisten würden die Patronen allein schon bei einer Stunde Übungsschießen verbrauchen. Er traute auch

Schlinker nicht, den er gut kannte. Der Hamburger hatte diesen Auftrag, zusammen mit einem Stapel anderer Aufträge, darunter einem über zehntausend Sprenggranaten für Syrien, durch sein Ministerium geschleust.

Er blätterte die Papiere noch einmal durch. Eine Kirchturmuhr schlug eins. Mittagspause. Die Papiere schienen in Ordnung zu sein, auch das Endverbraucherzertifikat. Alle Dokumente trugen die richtigen Stempel. Wenn er wenigstens eine einzige Unstimmigkeit entdeckt hätte, entweder an dem Zertifikat oder an dem Schiff oder an der Reederei. Aber es war alles in Ordnung. Er gab sich einen Ruck und setzte seine Unterschrift unter den Transportbefehl. Dann reichte er die Akte dem wartenden Beamten.

»In Ordnung«, knurrte er. »Castellón.«

»Wir mußten die Übernahme der Waren von Valencia nach Castellón verlegen«, sagte Johann Schlinker zwei Abende später. »Es gab keine andere Möglichkeit, wenn der Verladetermin am 20. Juni eingehalten werden sollte. Valencia war auf Wochen hinaus belegt.«

CAT Shannon saß im Zimmer des deutschen Waffenhändlers im Hotel ›Mindanao‹.

»Wo liegt Castellón?« fragte Shannon.

»Vierzig Meilen die Küste entlang. Der Hafen ist kleiner und ruhiger. Für Ihre Zwecke eignet er sich wahrscheinlich besser als Valencia. Ihr Schiff dürfte rascher abgefertigt werden. Der Spediteur in Valencia wurde bereits unterrichtet und kommt persönlich nach Castellón, um das Verladen zu beaufsichtigen. Sobald sich die *Toscana* über Funk mit der Hafenmeisterei von Valencia in Verbindung setzt, wird man ihr den neuen Bestimmungshafen mitteilen. Geht sie dann sofort auf den neuen Kurs, sind es nur zwei Stunden Fahrt mehr.«

»Und wie komme ich an Bord?«

»Das ist Ihre Angelegenheit«, sagte Schlinker. »Ich habe unserem Agenten jedenfalls mitgeteilt, daß ein Seemann der *Toscana* vor zehn Tagen in Brindisi zurückgelassen wurde und nun wieder zur Besatzung stoßen soll. Seinen Namen habe ich mit Keith Brown angegeben. Wie steht's mit Ihren Papieren?«

»Alles in Ordnung«, antwortete Shannon. »Paß und Heuerkarte.«

»Sie finden den Agenten der Spedition im Zollamt von Castellón, sobald es am Morgen des Zwanzigsten öffnet«, sagte Schlinker. »Es ist ein gewisser Senor Moscar.«

»Und wie sieht die Sache in Madrid aus?«

»Laut Transportbefehl wird die Ware unter militärischer Aufsicht am neunzehnten Juni, also morgen, zwischen zwanzig Uhr und Mitternacht auf Lastwagen verladen. Der Transport geht um Mitternacht mit einer

Militäreskorte ab und richtet die Fahrzeit so ein, daß er morgens um sechs gleich zur Öffnung im Hafen von Castellón eintrifft. Wenn die *Toscana* pünktlich ist, müßte sie im Laufe der Nacht anlegen. Der Transport wird von einer Spedition durchgeführt, mit der ich viel zusammenarbeite. Sie ist zuverlässig und sehr erfahren. Ich habe den Lademeister gebeten, mich sofort hier anzurufen, wenn der Konvoi von dem Lagerhaus abgegangen ist.«

Shannon nickte. Nach menschlichem Ermessen konnte nichts mehr schiefgehen.

»Ich werde da sein«, sagte er und ging.

Am Nachmittag mietete er bei der Madrider Niederlassung eines internationalen Autoverleihs einen schnellen Mercedes.

Am nächsten Abend um zehn war er wieder bei Schlinker im Hotel ›Mindanao‹. Sie warteten auf den Telefonanruf. Beide Männer waren natürlich nervös, denn Erfolg oder Scheitern eines sorgfältig vorbereiteten Plans hingen nun von der Leistung anderer ab. Schlinker machte sich ebenso große Sorgen wie Shannon, wenn auch aus anderen Gründen. Wenn etwas wirklich schiefging, wußte er, daß eventuell eine gründliche Überprüfung des von ihm vorgelegten Endverbraucherzertifikats angeordnet werden konnte, und einer solchen Überprüfung, zu der auch eine Rückfrage beim Innenministerium in Bagdad gehörte, würde das Dokument niemals standhalten. Platzte dieses Geschäft, dann wurden auch andere, für ihn weitaus lukrativere Abschlüsse mit Madrid durchkreuzt. Er machte sich nicht zum ersten Mal Vorwürfe, weil er den Auftrag überhaupt angenommen hatte, aber andererseits war er, wie die meisten Waffenhändler, so habgierig, daß er Geld einfach nicht zurückweisen konnte. Das hätte ihm fast körperliche Schmerzen bereitet.

Es wurde Mitternacht, und der Anruf blieb immer noch aus. Um halb eins lief Shannon ungeduldig im Zimmer auf und ab und beschimpfte den dicken Deutschen, der mit einem Glas Whisky in der Hand auf der Bettkante hockte. Um null Uhr vierzig läutete das Telefon.

Schlinker sprang auf und griff nach dem Hörer. Er sagte einige Worte auf spanisch und wartete dann.

»Was gibt's?« rief Shannon.

»Moment«, sagte Schlinker und bat mit einer Handbewegung um Ruhe. Es wurde weiterverbunden, dann folgte wieder ein kurzer Wortwechsel in spanischer Sprache, die Shannon nicht verstand. Endlich grinste Schlinker und rief ein paarmal erleichtert: »Gracias, gracias.«

»Der Transport ist unterwegs«, sagte er, nachdem er den Hörer aufgelegt hatte. »Vor fünfzehn Minuten hat der Konvoi in Richtung Castellón das Depot verlassen.«

Shannon stand schon in der Tür.

Der Mercedes war weitaus schneller als der Konvoi, obgleich dieser auf der langen Autobahn von Madrid nach Valencia mit einer Dauergeschwindigkeit von 100 Stundenkilometern fahren konnte. Shannon brauchte vierzig Minuten, bis er die ausgedehnten Vororte Madrids hinter sich gelassen hatte. Er nahm an, daß der Leiter des Konvois sich wesentlich besser auskannte. Aber auf der Autobahn schaffte der Mercedes bis zu 180 Stundenkilometern Spitze. Shannon hielt die Augen offen, während er Hunderte von Lastwagen überholte, die durch die Nacht in Richtung Küste fuhren; den gesuchten Konvoi entdeckte er kurz hinter Requena, siebzig Kilometer westlich von Valencia.

Im Scheinwerferlicht tauchte zunächst ein Armeejeep auf. Dann folgte ein gedeckter Achttonner, und im Vorbeifahren las er den Firmennamen an der Seite des Lkw. Es war die Spedition, die Schlinker ihm genannt hatte. Vor dem Lastwagen fuhr ein weiteres Armeefahrzeug, eine viertürige Limousine mit einem einzelnen Offizier auf dem Rücksitz. Shannon gab Gas, und der Mercedes raste weiter zur Küste.

Bei Valencia wählte er die Umgehung um die schlafende Stadt und folgte den Wegweisern zur E 26 Richtung Barcelona. Ein Stück nördlich von Valencia hört die Autobahn auf, und er mußte hinter Lkws voller Orangen und landwirtschaftlichen Fahrzeugen herkriechen, an der herrlichen römischen Festung Sagunto vorbei, die von den Legionären aus dem gewachsenen Fels herausgehauen und später von den Mauren in eine Zitadelle des Islams verwandelt worden war. Kurz nach vier Uhr morgens erreichte er Castellón und folgte den Wegweisern mit der Aufschrift ›Puerto‹.

Der Hafen von Castellon liegt fünf Kilometer von der eigentlichen Stadt entfernt. Eine schmale, schnurgerade Straße führt von dem Ort zum Meer. Am Ende der Straße kann man unmöglich den Hafen verfehlen, weil es dort einfach nichts anderes gibt.

Wie fast überall am Mittelmeer existieren drei verschiedene Häfen: einer für Frachter, einer für Jachten und Sportboote und ein dritter für Fischereifahrzeuge. Steht man mit dem Blick zum Meer, liegt der Handelshafen von Castellon auf der linken Seite, und er ist wie alle spanischen Häfen von einem Zaun umgeben, der Tag und Nacht von bewaffneten Männern der Guardia Civil bewacht wird. Im Zentrum liegt das Büro der Hafenmeisterei, daneben der glänzende Jachtclub mit seinem Speisesaal, der nach der einen Seite den Handelshafen und nach der anderen Seite den Jachthafen und den Fischereihafen überblickt. Landeinwärts von der Hafenmeisterei erstrecken sich die Lagerschuppen.

Shannon bog nach links ab, parkte den Wagen am Straßenrand, stieg aus und ging zu Fuß weiter. Etwa in der Mitte des Zauns, der das Hafengebiet umgab, fand er das Haupttor mit einer Wache, die in dem Schilderhäuschen daneben schlief. Das Tor war verschlossen. Er ging noch ein Stück weiter, blieb dann an der Sperrkette stehen und sah voller Erleichterung die *Toscana*, die drüben am anderen Ende des Hafenbeckens festgemacht hatte. Nun richtete er sich darauf ein, bis sechs Uhr zu warten.

Um Viertel vor sechs stand er am Haupteingang und nickte lächelnd dem Posten der Guardia Civil zu. Der Mann sah ihn nur kühl an. Im Schein der aufgehenden Sonne entdeckte er das Armeefahrzeug, den Lastwagen und den Jeep sowie sieben oder acht Soldaten, die sich zwischen den Fahrzeugen bewegten. Der Konvoi war etwa hundert Meter entfernt geparkt. Zehn Minuten nach sechs traf ein Zivilwagen ein, hielt am Tor und hupte. Ein kleiner, eleganter Spanier stieg aus. Shannon trat auf ihn zu.

»Señor Moscar?«

»Si.«

»Mein Name ist Brown. Ich bin der Matrose, der hier wieder an Bord gehen sollte.«

Der Spanier runzelte die Stirn. »Por favor, qué?«

»Brown«, wiederholte Shannon. » *Toscana*.«

Die Miene des Spaniers erhellte sich.

»Ah, si! El marinero, kommen Sie bitte.«

Das Tor war inzwischen geöffnet worden. Moscar zeigte seinen Passierschein. Er redete auf den Posten und den Zollbeamten ein, die das Tor geöffnet hatten, und zeigte auf Shannon. CAT schnappte mehrfach das Wort *marinero* auf, dann wurden sein Paß und seine Heuerkarte kontrolliert. Er folgte Moscar zum Zollamt. Eine Stunde später war er an Bord der *Toscana*.

Um neun Uhr begann ganz unvermittelt die Durchsuchung. Die Ladeliste des Kapitäns war vorgelegt und kontrolliert worden. Sie war in bester Ordnung. Unten am Kai parkte der Lastwagen aus Madrid neben dem Zivilfahrzeug und dem Jeep. Der Capitán der Militäreskorte, ein hagerer, düsterer Mann mit schmalen Lippen und dem Gesicht eines Mauren, beriet sich mit zwei Zollbeamten. Dann kamen die beiden an Bord. Moscar folgte ihnen. Sie kontrollierten die Ladung, um festzustellen, ob sie mit der Ladeliste übereinstimmte – mehr nicht. Sie warfen einen Blick in alle Ecken und Winkel, aber nicht unter die Bodenplatten der Hauptladeluke. Sie betrachteten den Vorratsraum, das Durcheinander von Ketten, Ölfässern und Farbdosen und schlossen die Tür wieder. Das alles dauerte eine Stunde. Am meisten interessierte sie die Frage, warum Kapitän Waldenberg für ein so kleines Schiff sieben Mann Besatzung brauchte. Es wurde ihnen erklärt, Dupree und Vlaminck seien Angestellte der Reederei, die in Brindisi ihr Schiff versäumt hatten und auf dem Weg nach Latakia in Malta abgesetzt werden sollten. Das Fehlen ihrer Heuerkarten wurde damit erklärt, daß sie ihre Sachen an Bord ihres Schiffes gelassen hatten. Auf die Frage des Zollbeamten nannte Waldenberg den Namen eines Schiffes, das er im Hafen von Brindisi gesehen hatte. Die Spanier antworteten mit einem längeren Schweigen und sahen ihren Chef fragend an.

Der warf einen Blick auf den Armeeoffizier, zuckte die Achseln und verließ das Schiff. Zwanzig Minuten später begann das Beladen.

Um zwölf Uhr dreißig lief die *Toscana* aus dem Hafen von Castellon aus und steuerte nach Süden auf das Cap San Antonio zu. CAT Shannon spürte erst jetzt, wo alles vorüber war, die Reaktion. Er wußte, daß man ihn von nun an praktisch nicht mehr anhalten konnte, lehnte achtern an der Reling und sah hinüber zu den grünen, flachen Orangenhainen südlich von Castellon, die an ihm vorbeiglitten. Kapitän Waldenberg trat hinter ihn.

»War das der letzte Zwischenaufenthalt?« fragte er.

»Der letzte Hafen, in dem wir unsere Luken öffnen müssen«, antwortete Shannon. »An der afrikanischen Küste müssen wir noch ein paar Männer an Bord nehmen, aber wir werden vor dem Hafen ankern. Die Männer kommen mit einer Barke zu uns heraus. Es sind eingeborene Decksarbeiter – zumindest offiziell.«

»Meine Seekarten reichen nur bis zur Straße von Gibraltar«, widersprach Waldenberg.

Shannon öffnete den Reißverschluß seiner Windjacke und holte ein paar Seekarten heraus, etwa die Hälfte des Stapels, den Endean ihm in Rom übergeben hatte.

»Hier«, sagte er und reichte sie dem Kapitän. »Damit kommen sie bis Freetown in Sierra Leone. Dort gehen wir vor Anker und nehmen die Männer an Bord. Sorgen Sie dafür, daß wir um die Mittagszeit des zweiten Juli dort sind. Das ist der vereinbarte Termin.«

Der Kapitän kehrte in seine Kajüte zurück, um Kurs und Geschwindigkeit zu berechnen. Shannon blieb allein an der Reling zurück. Möwen segelten um das Heck der *Toscana* und tauchten nach Küchenabfällen, die Cipriani aus der Kombüse warf; kreischend und streitend schlugen sie sich in der Gischt um ein Stückchen Brot oder Gemüse.

Ein aufmerksamer Zuhörer hätte trotz ihres Lärms noch einen anderen Laut gehört – die leise gepfiffene Melodie von ›Spanish Harlem‹.

Im fernen Norden lichtete noch ein anderes Schiff seine Anker und verließ unter dem Kommando eines Lotsen den Hafen von Archangelsk. Das Motorschiff *Komarov* war nur zehn Jahre alt und gut fünftausend Tonnen groß.

Auf der Brücke war es warm und gemütlich. Während Molen und Lagerhäuser an der Backbordseite zurückblieben, standen Kapitän und Lotse nebeneinander und behielten den Kanal im Auge, der ins offene Meer hinausführte. Jeder der beiden hielt eine Tasse dampfenden Kaffee in der Hand. Der Steuermann hielt das Fahrzeug auf dem Kurs, den der Lotse ihm angegeben hatte, und links von ihm zuckte in gleichmäßigen Abständen grünlich der Radarschirm auf, dessen Strahl bei jeder Umdrehung den stark befahrenen Ozean und die Eisbarriere dahinter erfaßte, die auch im Hochsommer niemals schmolz.

Am Heck lehnten zwei Männer über der Reling unter dem Emblem von Hammer und Sichel und sahen ebenfalls hinüber zu dem Hafen in der russischen Arktis. Dr. Iwanow biß auf das Pappmundstück seiner schwarzen Zigarette und hob die Nase in die kühle, salzige Luft. Beide Männer waren warm eingepackt, denn selbst im Juni war der Wind des Weißen Meeres zu kühl für Hemdsärmel. Einer der jüngeren Techniker, der sich auf seine erste Auslandsreise freute, trat näher.

»Genosse Doktor«, begann er.

Iwanow nahm die Kippe seiner Papirossi aus dem Mund und schnippte sie in die schäumende Heckwelle.

»Mein Freund«, sagte er, »da wir nun an Bord sind, können Sie mich ebensogut Michail Michailowitsch nennen.«

»Aber im Institut...«

»Wir sind jetzt nicht im Institut, sondern an Bord eines Schiffes. Und in den nächsten Monaten werden wir hier und im Dschungel sehr aufeinander angewiesen sein.«

»Ich verstehe«, sagte der Jüngere zögernd. »Waren Sie schon einmal in Zangaro?«

»Nein«, antwortete sein Chef.

»Aber doch in Afrika?« fragte der Jüngere.

»Ja, in Ghana.«

»Und wie sieht es dort aus?«

»Dschungel, Sümpfe, Moskitos, Schlangen und Leute, die kein Wort von dem verstehen, was man sagt.«

»Aber sie verstehen doch Englisch«, sagte der Assistent. »Wir sprechen beide Englisch.«

»In Zangaro versteht man das nicht.«

»Ach...« Der junge Techniker hatte in den Handbüchern des Instituts alles über Zangaro nachgelesen, was er bekommen konnte, und das war nicht viel.

»Der Kapitän hat mir gesagt, daß wir bei guter Fahrt in zweiundzwanzig Tagen Clarence erreichen werden. Das ist dann genau der Unabhängigkeitstag der Republik.«

»Na wie schön für Sie«, knurrte Iwanow und ging weg.

Gleich hinter Kap Spartel, auf dem Weg vom Mittelmeer in den Atlantik, gab die *Toscana* über Gibraltar ein Telegramm auf. Es war an Mr. Walter Harris gerichtet und lautete schlicht: ›Teile mit, daß ihr Bruder völlig genesen.‹

Diese verschlüsselte Meldung besagte, daß die *Toscana* pünktlich unterwegs war. Kleinere Variationen hinsichtlich des Gesundheitszustandes von Mr. Harris' Bruder hätten bedeuten können, daß sie verspätet auf Kurs gegangen oder irgendwelche Schwierigkeiten angetroffen hatte. Ein Ausbleiben jeglichen Telegramms hätte besagt, daß sie die spanische Hoheitszone nicht verlassen konnte.

Am Nachmittag fand in Sir James Mansons Büro eine Besprechung statt.

»Sehr gut«, sagte Manson, als Endean ihm die Nachricht überbracht hatte. »Wie lange wird das Schiff bis zum Ziel unterwegs sein?«

»Zweiundzwanzig Tage, Sir James. Von der Hunderttagefrist unseres Projektes sind jetzt achtundsiebzig Tage verstrichen. Shannon hat den achtzigsten Tag als spätesten Termin für die Abreise aus Europa festgesetzt, dann wären ihm noch zwanzig Tage verblieben. Die Dauer der Seereise beträgt nach seiner Schätzung sechzehn bis achtzehn Tage, wobei durch schlechtes Wetter schon eine zweitägige Verzögerung berücksichtigt ist. Selbst nach seinem vorsichtigen Zeitplan verfügt er über vier Tage Reserve.«

»Wird er vorher zuschlagen?«

»Nein, Sir, es bleibt beim hundertsten Tag. Notfalls wird er die Seereise verzögern.«

Sir James Manson schritt in seinem Büro auf und ab.

»Und die gemietete Villa?« fragte er.

»Alles erledigt, Sir James.«

»Dann sehe ich keinen Grund, warum Sie in London noch mehr Zeit vertrödeln. Fliegen Sie hinüber nach Paris, besorgen Sie sich ein Visum für Cotonou, fliegen Sie hin und bringen Sie unseren neuen Mitarbeiter, Oberst Bobi, in die Nachbarrepublik von Zangaro. Sollte er kneifen, bieten Sie ihm mehr Geld.

Richten Sie sich ein, besorgen Sie den Lastwagen und die Jagdgewehre, und sobald Sie Shannons Meldung von dem bevorstehenden Angriff erhalten, weihen Sie Bobi ein.

Sorgen Sie dafür, daß er in seiner Eigenschaft als Präsident die Abbaurechte unterschreibt, datieren Sie den Vertrag um einen Monat vor und schicken Sie mir alle drei Exemplare per Einschreiben in drei getrennten Umschlägen.

Bobi muß praktisch hinter Schloß und Riegel bleiben, bis Shannons zweite Meldung vom Erfolg der Aktion eintrifft. Dann greifen Sie ein. Übrigens fällt mir gerade Ihr Leibwächter ein, der Sie begleiten soll: Hat er akzeptiert?«

»Ja, Sir James. Für diese Summe tut er alles.«

»Was ist das für ein Mann?«

»Ein gemeiner Hund. Genau das, was ich suchte.«

»Es könnte für Sie trotzdem schwierig werden. Shannon wird seine Leute bei sich haben, zumindest jene, die den Kampf überleben. Er könnte aufmucken.«

Endean grinste.

»Shannons Leute werden ihm bedingungslos gehorchen«, sagte er. »Und mit ihm werde ich fertig. Jeder Söldner hat seinen Preis. Den werde ich ihm anbieten – aber in der Schweiz, weit weg von Zangaro.«

Nachdem er gegangen war, sah Sir James Manson hinunter auf die Stadt und überlegte: Jeder Mensch hat seinen Preis. Man kann ihn entweder mit Geld oder mit Angst kaufen. Ein Unbestechlicher war ihm noch nie begegnet. Einer seiner Lehrer hatte einmal zu ihm gesagt: »Jeden kann man kaufen, und wer sich nicht kaufen läßt, den kann man zerbrechen.« Diese Auffassung vertrat Manson immer noch, nachdem er viele Jahre lang Politiker, Generäle, Journalisten, Redakteure, Geschäftsleute, Geistliche, Unternehmer und Aristokraten, Arbeiter und Gewerkschaftsführer, Schwarze und Weiße genau beobachtet hatte.

Vor vielen Jahren erblickte ein spanischer Seefahrer, als er landwärts schaute, einen Berg, der ihn mit der aufgehenden Sonne dahinter an einen Löwenkopf erinnerte. Er nannte den Küstenabschnitt ›Löwenberg‹ und fuhr weiter.

Der Name blieb, und das Land wurde Sierra Leone genannt.

Später sah ein anderer denselben Berg in einer anderen Beleuchtung und mit anderen Augen; er nannte ihn ›Mount Aureole‹. Auch dieser Name blieb hängen. In seinem Schatten wurde eine Stadt gegründet, die noch später ein anderer Weißer aus einer Laune heraus ›Freetown‹ nannte. Und so heißt die Stadt heute noch.

Am zweiten Juli, dem neunundachtzigsten Tag auf Shannons privatem Kalender, ging die *Toscana* kurz nach Mittag eine Drittelseemeile vor der Küste von Freetown in Sierra Leone vor Anker.

Während der ganzen Fahrt von Spanien hierher hatte Shannon darauf bestanden, die Ladung unberührt und ungeöffnet zu lassen. Es konnte ja sein, daß in Freetown eine Durchsuchung stattfand, obgleich das sehr ungewöhnlich gewesen wäre, da hier keine Ladung gelöscht und keine an Bord genommen werden sollte.

Von den Munitionskisten waren die spanischen Aufschriften entfernt worden. Mit einer Polierscheibe war das Holz dann geschliffen worden, bis es sauber und weiß glänzte. Die neuen mit Schablonen aufgetragenen Buchstaben besagten, daß die Kisten Ersatzteile für die Bohrtürme vor der Küste von Kamerun enthielten.

Nur eines hatte er für den Weg nach Süden gestattet: Die verschiedenen Kleidungsstücke waren sortiert und die Kiste mit den Brotbeuteln und dem Koppelzeug war geöffnet worden. Cipriani, Vlaminck und Dupree hatten die letzten Tage damit verbracht, die Beutel auseinanderzuschneiden und sie mit Hilfe von Nadel und Faden so umzuändern, daß sie jetzt lange schmale Taschen enthielten; in jede dieser Taschen paßte eine Bazooka-Rakete. Diese formlosen, schwer definierbaren Bündel wurden zwischen den Putzlappen im Farbenschrank verstaut.

Auch die kleineren Proviantbeutel waren umgeändert worden. Die Behälter selbst waren weggeschnitten, so daß nur die Schultergurte mit den Verbindungsstücken über Brust und Taille blieben. Daran sollte später jeweils eine Kiste mit Granatwerfer-Bomben befestigt werden. Auf diese Art und Weise konnte man immer zwanzig Granaten gleichzeitig befördern.

Die *Toscana* hatte sich aus einer Entfernung von sechs Meilen vor der Küste bei der Hafenmeisterei von Freetown gemeldet und die Erlaubnis erhalten, einzulaufen und in der Bucht zu ankern. Da es nichts zu löschen oder zu laden gab, brauchte sie am Kai des Hafens, der nach Königin Elisabeth II. benannt war, keinen kostbaren Liegeplatz in Anspruch zu nehmen. Es sollten hier nur ein paar Decksarbeiter übernommen werden. Wer diese kräftigen Arbeiter braucht, die mit Ladezeug und Winden umzugehen verstehen, läuft an der westafrikanischen Küste am liebsten Freetown an. So machen es die meisten Frachter, die in kleineren Häfen Nutzholz laden. Sie nehmen die Arbeiter auf dem Hinweg in Freetown an Bord, zahlen sie aus und lassen sie auf der Rückfahrt wieder an Land gehen. In hundert kleinen Buchten und Flüßchen entlang der Küste gibt es kaum Kräne und andere Einrichtungen, so daß die Schiffe eigenes Ladegeschirr verwenden müssen. In der tropischen Hitze ist das harte Knochenarbeit, für die weiße Seeleute sich zu gut sind. Da es nicht sicher ist, ob man an Ort und Stelle Arbeitskräfte bekommen kann, die dann vielleicht doch nicht mit der Ladung umzugehen verstehen, nimmt man lieber geschulte Leute aus Sierra Leone mit. Sie schlafen während der Fahrt im Freien auf Deck, kochen sich ihr eigenes Essen und verrichten ihre Notdurft über das Heck ins Wasser. Deshalb war in Freetown niemand überrascht, als die *Toscana* ihren Wunsch bekanntgab.

Während noch die Ankerkette rasselte, beobachtete Shannon die Küste. Fast die ganze Bucht war mit Buden und Wellblechhütten bebaut, die zur Hauptstadt des Landes gehörten.

Der Himmel war bedeckt. Es regnete nicht, aber unter der Wolkendecke herrschte eine schwüle Treibhaushitze. Das Hemd klebte ihm schweißnaß am Körper. Von hier an war kaum noch anderes Wetter zu erwarten. Sein Blick wanderte hinüber zum Mittelpunkt der Stadtsilhouette, wo ein großes Hotel die Bucht beherrschte. Dort wartete jetzt wahrscheinlich Langarotti und blickte aufs Meer hinaus. Aber vielleicht war er noch gar nicht eingetroffen. Sie konnten nicht ewig auf ihn warten. Falls er bis Sonnenuntergang nicht hier war, mußten sie eine Ausrede erfinden, um ihren Aufenthalt zu verlängern, vielleicht ein defekter Kühlschrank. Ein Schiff kann unmöglich weiterfahren, wenn die Kühlung an Bord nicht funktioniert. Shannon riß sich vom Anblick des Hotels los und beobachtete die Schlepper und Tender rings um den großen weißen Dampfer am Kai.

Der Korse hatte vom Ufer aus die *Toscana* schon gesehen, bevor sie den Anker auswarf, und eilte in die Stadt zurück. Er hielt sich seit einer Woche hier auf und hatte die Männer bei sich, die Shannon brauchte. Sie gehörten nicht derselben Stammesgemeinschaft an wie die übrigen Leoner, aber das störte niemanden. Die Decksarbeiter rekrutierten sich aus den unterschiedlichsten Stämmen.

Kurz nach zwei Uhr näherte sich vom Zollamt her eine kleine Pinasse mit einem Uniformierten. Es war der stellvertretende Zollchef. In weißleuchtenden Strümpfen, messerscharf gebügelten Khaki-Shorts und Hemd mit funkelnden Aufschlägen und einer genau waagrecht aufgesetzten Mütze kam er an Bord. Seine Knie leuchteten ebenholzschwarz, sein Gesicht strahlte. Shannon begrüßte ihn, stellte sich als Beauftragter der Reederei vor, schüttelte ihm herzlich die Hand und geleitete ihn zur Kapitänskajüte.

Die drei Flaschen Whisky und zwei Stangen Zigaretten standen schon bereit. Der Zollbeamte fächelte sich Kühlung zu, trank sein Bier und genoß den Luxus der Klimaanlage. Er warf einen gleichgültigen Blick auf die neue Ladeliste, die angab, daß die *Toscana* in Brindisi Maschinenteile für die Ölgesellschaft Agip an Bord genommen hatte und sie zu den Bohrtürmen der Gesellschaft vor der Küste Kameruns transportieren sollte. Jugoslawien oder Spanien wurde nicht erwähnt. Als weitere Ladung wurden deklariert: Boote (Schlauch), Motoren (Außenborder) und tropische Kleidung (diverse), alles für die Ölmänner. Auf dem Rückweg sollte die *Toscana* in San Pietro an der Elfenbeinküste eine für Europa bestimmte Ladung Kakao und Kaffee an Bord nehmen. Der Mann hauchte auf seinen Stempel, um ihn anzufeuchten, und drückte ihn unter die Ladeliste. Eine Stunde später zog er mit seinen Geschenken in der Tasche wieder ab.

Abends wurde es ein wenig kühler. Kurz nach sechs sah Shannon, wie ein Ruderboot vom Strand ablegte. In der Mitte saßen pullend die beiden Männer, die Passagiere zwischen dem Ufer und wartenden Schiffen hin und her brachten. Achtern hockten sieben Afrikaner mit Bündeln auf ihren Knien. Vorn im Bug saß allein ein Europäer. Als das Boot in elegantem Bogen längsseits ging, turnte Jean Baptiste Langarotti geschickt die Strickleiter der *Toscana* hinauf.

Nacheinander wurden die Bündel aus dem tanzenden Boot über die Reling des Frachters gehievt, dann folgten die sieben Afrikaner. Vlaminck, Dupree und Semmler schüttelten ihnen die Hände und klopften ihnen auf die Schultern, obgleich das in Sichtweite der Küste unklug war. Die Afrikaner strahlten über das ganze Gesicht und schienen sich ebenso zu freuen wie die Söldner. Waldenberg und seine Leute standen verdutzt dabei. Dann gab Shannon dem Kapitän das Zeichen zum Auslaufen.

Nach Einbruch der Dunkelheit saßen sie in kleineren Gruppen auf dem Hauptdeck und genossen die kühle Brise, während die *Toscana* weiter nach Süden dampfte. Shannon machte seine schwarzen Kameraden mit Waldenberg bekannt. Sechs der Afrikaner waren junge Männer; sie hießen Johnny, Patrick, Jinja, Sunday, Bartholomew und Timothy.

Sie alle hatten schon früher an der Seite der Söldner gekämpft und waren von den europäischen Soldaten ausgebildet worden. Sie alle waren bewährte Kämpfer, die vor keiner Gefahr zurückschreckten. Und sie waren ihrem Anführer treu ergeben. Der siebente war Doktor Okoye, ein Mann voller Würde, der nicht soviel lächelte wie die anderen und der von Shannon respektvoll mit ›Doktor‹ angesprochen wurde. Auch er war seinem Anführer und seinem Volk treu ergeben.

»Wie steht es zu Hause?« fragte ihn Shannon. Dr. Okoye schüttelte betrübt den Kopf.

»Nicht sehr gut«, sagte er.

»Morgen beginnt die Arbeit«, kündigte Shannon an. »Morgen laufen die Vorbereitungen an.«

Dritter Teil
Das große Töten

1. Kapitel

Bis zum Ende der Seereise arbeitete CAT Shannon pausenlos mit seinen Männern. Nur Dr. Okoye nahm an dem Training nicht teil. Die übrigen wurden in Gruppen eingeteilt, die verschiedene Aufgaben zu erledigen hatten.

Marc Vlaminck und Kurt Semmler öffneten die fünf grünen Castrol-Fässer, indem sie den falschen Boden wegschlugen. Sie entnahmen jedem Faß ein großes Bündel mit zwanzig Schmeisser-Maschinenpistolen und hundert Magazinen. Schmieröl wurde in kleinere Behälter umgefüllt und für die Maschinen des Schiffs aufbewahrt.

Unterstützt von den sechs afrikanischen Soldaten, entfernten die beiden die schützende Verpackung von den hundert Maschinenpistolen. Jede Waffe wurde dann gründlich gereinigt. Als sie damit fertig waren, hatten sich die sechs Afrikaner mit der Funktionsweise der Schmeisser-Maschinenpistolen besser vertraut gemacht, als irgendein Schulungskurs das vermocht hätte. Die ersten zehn Munitionskisten wurden aufgebrochen. Dann saßen die acht Männer an Deck und schoben in jedes Magazin dreißig Neun-Millimeter-Patronen, bis die ersten fünfzehntausend Schuß in den verfügbaren fünfhundert Magazinen untergebracht waren. Achtzig Maschinenpistolen wurden beiseite gelegt, während Jean Baptiste Langarotti unten im Laderaum die Uniformen zusammenstellte. Jede Ausrüstung bestand aus zwei Unterhemden, zwei Unterhosen, zwei Paar Socken, einem Paar Stiefel, einer Hose, einem Käppi, einer Uniformbluse und einem Schlafsack. Das Bündel wurde zusammengewickelt, eine Schmeisser und fünf volle Magazine wurden in ein geöltes Tuch gepackt und in einen Plastikbeutel geschoben, dann stopften sie alles in den Schlafsack. Diesen konnte man am oberen Ende zubinden. Er enthielt dann Uniform und Bewaffnung für einen Soldaten.

Zwanzig Uniformen und zwanzig Schmeisser-Maschinenpistolen mit je fünf Magazinen wurden reserviert. Das eigentliche Einsatzkommando bestand zwar nur aus elf Mann, aber Shannon wollte genügend Ersatz zur Verfügung haben. Langarotti hatte in der Armee und im Gefängnis mit Nadel und Faden umzugehen gelernt. Er änderte jede der elf Uniformen, bis sie wie angegossen paßten.

Janni Dupree und der Leichtmatrose Cipriani, der sich als geschickter Zimmermann entpuppte, zerlegten einige der Munitionskisten und nahmen sich dann die Außenbordmotoren vor. Es waren 60-PS-Maschinen vom Typ Johnson. Die beiden Männer konstruierten Holzkästen, die genau über den oberen Teil des Motors paßten, und verkleideten die Kästen innen mit Schaumgummi aus den mitgebrachten Matratzen. Die Auspuffgeräusche wurden durch die Unterwasseranlage ohnehin schon gedämpft. Die Holzverkleidung der Motoren mußte auch die übrigen Geräusche auf ein leises Brummen zurückdämmen.

Als Vlaminck und Dupree mit diesen Aufgaben fertig waren, wandten sie ihre Aufmerksamkeit den Waffen zu, die sie am Abend des Handstreichs gebrauchen würden. Dupree packte seine beiden Granatwerfer aus und machte sich mit der Zielvorrichtung vertraut. Er hatte noch nie zuvor ein jugoslawisches Modell in der Hand gehabt, stellte aber erleichtert fest, daß die Bedienung denkbar einfach war. Er bereitete siebzig Granaten vor, kontrollierte den Zünder in der Nase einer jeden Granate und machte sie dann scharf.

Die scharfen Bomben wurden wieder in die Kisten gepackt. Dupree befestigte zwei Kisten übereinander an den Gurten der umgewandelten Proviantbeutel, die er vor zwei Monaten in London gekauft hatte.

Vlaminck konzentrierte sich auf seine beiden Bazookas, von denen beim Angriff nur eine verwendet werden sollte. Auch hier setzte der Gewichtsfaktor gewisse Grenzen. Alle Lasten mußten auf dem Rücken von Menschen transportiert werden. Er stand auf dem Vordeck, benutzte die Spitze einer Fahnenstange im Heck als Fixpunkt und stellte die Zieleinrichtung der Waffe so genau ein, daß er ganz sicher war, auf eine Entfernung von zweihundert Metern jedes Faß mit höchstens zwei Schüssen zu treffen. Er hatte sich bereits Patrick zu seinem Helfer erkoren, weil sich die beiden von früher her kannten und gut aufeinander eingespielt waren. Auf seinem Rücken mußte der Afrikaner zusätzlich zu seiner eigenen Maschinenpistole zehn Bazooka-Raketen schleppen. Seiner eigenen Ladung fügte Vlaminck noch zwei weitere Raketen hinzu, die er in eigens von Cipriani genähten Säcken an seinem Gürtel befestigen konnte.

Shannon beschäftigte sich mit der übrigen Ausrüstung. Er überprüfte die Magnesium-Leuchtraketen und erklärte Dupree, wie sie funktionierten. Dann teilte er jedem Söldner einen Kompaß zu, probierte das gasbetriebene Nebelhorn aus und überprüfte die tragbaren Funkgeräte.

Da Shannon genügend Zeit zur Verfügung hatte, ließ er die *Toscana* weit draußen auf hoher See für zwei Tage beidrehen. Auf dem Radarschirm des Schiffes war in zwanzig Meilen Umkreis kein anderes Fahrzeug zu sehen. Während die *Toscana* leise auf der Dünung schaukelte, probierte jeder seine Schmeisser aus. Die Weißen hatten dabei keine Schwierigkeiten. Jeder von ihnen hatte im Laufe der Zeit mindestens ein halbes Dutzend verschiedener Maschinenwaffen in der Hand gehalten, und die Unterschiede zwischen den Typen sind nur geringfügig. Die Afrikaner gewöhnten sich nicht so leicht an die Schmeisser-Maschinenpistolen, da sie bisher nur 7,92-mm-Mauser-Gewehre oder das Standardmodell der NATO vom Kaliber 7,62 kannten. Eine der Maschinenpistolen hatte dauernd Ladehemmung. Shannon warf sie über Bord und gab dem Mann eine andere. Jeder der Afrikaner mußte neunhundert Schuß abgeben. Dann hatte er sich an das Gefühl der Schmeisser in seiner Hand gewöhnt und auch die ärgerliche Angewohnheit vieler afrikanischer Soldaten abgelegt: beim Abdrücken die Augen zu schließen.

Die fünf leeren, an einem Ende offenen Ölfässer waren noch vorhanden. Sie wurden jetzt über Bord geworfen und dienten als Zielscheiben. Bald waren alle Soldaten, Schwarze wie Weiße, imstande, ein Faß auf hundert Meter Entfernung zu durchlöchern. Auf diese Weise wurden vier der Ölfässer versenkt. Das fünfte brauchte Marc Vlaminck. Er wartete, bis die Entfernung etwa zweihundert Meter betrug, dann stellte er sich breitbeinig ans Heck der *Toscana*, nahm die Bazooka über die rechte Schulter und drückte das rechte Auge ans Visier. Er kalkulierte das leichte Schaukeln des Schiffes mit ein, wartete einen Augenblick und feuerte die erste Rakete ab. Sie jaulte über den Rand des Fasses hinweg und explodierte in einer Gischtwolke beim Aufprall auf das Wasser. Seine zweite Rakete traf das Faß genau in der Mitte. Das Donnern der Explosion hallte über das Meer. Blechfetzen flogen umher, wo eben noch das Ölfaß geschwommen war. Die Zuschauer an Bord spendeten lautstark Beifall. Mit breitem Grinsen drehte sich Vlaminck zu Shannon um, nahm die Brille ab, die er zum Schutz seiner Augen aufgesetzt hatte, und wischte sich einen Schmierflecken vom Gesicht.

»Du hast gesagt, ich soll ein Tor sprengen, CAT?«

»Richtig. Ein kräftiges hölzernes Tor, Tiny.«

»Ich werde es dir in Streichholzgröße überreichen, das versprech' ich dir«, sagte der Belgier.

Da sie so viel Lärm verursacht hatten, befahl Shannon am nächsten Tag die Weiterfahrt. Zwei Tage später wurde wieder haltgemacht. Inzwischen hatten die Männer die drei Schlauchboote aufgepumpt und startklar gemacht. Sie lagen nebeneinander auf dem Hauptdeck. Die Boote selbst waren zwar dunkelgrau, hatten aber eine leuchtend orange Nase und trugen auf beiden Seiten, ebenfalls in derselben Leuchtfarbe, die Firmenbezeichnung des Herstellers. Diese Stellen wurden mit schwarzer Farbe überpinselt.

Nachdem die *Toscana* das zweite Mal beigedreht hatte, erprobten sie alle drei Schlauchboote. Wenn die schalldämpfenden Kisten nicht über die Motoren gestülpt waren, konnte man die Johnsons noch aus einer Entfernung von vierhundert Metern deutlich hören. Mit aufgesetzten Kästen und gedrosselter Motorleistung auf weniger als ein Viertel der Spitzendrehzahl war aus dreißig Metern Entfernung kaum etwas zu vernehmen. Bei halber Kraft neigten die Motoren nach zwanzig Minuten zur Überhitzung, aber wenn man die Leistung noch weiter reduzierte, ließ sich diese Frist auf dreißig Minuten strecken. Shannon erprobte eines der Boote zwei Stunden lang und fand das günstige Verhältnis zwischen Geschwindigkeit und Geräusch heraus. Da die starken Außenborder ihm eine erhebliche Kraftreserve gaben, brauchte er mit der Gaszufuhr nie ein Drittel der Höchstleistung zu überschreiten. Er riet seinen Männern, bei der Annäherung an die vorgesehene Landestelle auf den letzten zweihundert Metern auf weniger als ein Viertel der Leistung zurückzugehen.

Auch die Walkie-Talkies wurden auf vier Meilen Entfernung erprobt. Trotz schwerer atmosphärischer Störungen und gedämpften Donnergrollens in der drückend schwülen Luft waren die Durchsagen noch deutlich aufzunehmen, wenn langsam und klar gesprochen wurde. Um die Afrikaner an die Schlauchboote zu gewöhnen, nahm Shannon sie am Tage und auch bei Nacht bei wechselnden Geschwindigkeiten mit. Die Nachtübungen waren am wichtigsten.

Einmal führte Shannon die anderen vier Weißen und die sechs Afrikaner nachts drei Seemeilen weit hinaus. Die *Toscana* zeigte nur ein kleines Licht an der Mastspitze. Während der Fahrt hatten die zehn Männer ihre Augen verbunden. Nachdem die Masken abgenommen waren, hatte jeder zehn Minuten Zeit, sich in der Dunkelheit, so gut es ging, zu orientieren. Mit gedrosseltem Motor und ohne das geringste Geräusch an Bord näherte sich das Schlauchboot wieder dem Lichtpunkt über der *Toscana*. Shannon saß am Steuer und ließ den Motor gleichmäßig mit einem Drittel der Höchstleistung laufen. Als er dann auf dem letzten Stück das Gas noch weiter zurücknahm, spürte er die innere Spannung der vor ihm sitzenden Männer. Genauso würde auch die Landung verlaufen, und es gab keine zweite Chance, das wußten sie.

Sie stiegen wieder an Bord. Karl Waldenberg trat neben Shannon. Gemeinsam beobachteten sie, wie das Schlauchboot bei Lampenlicht mit der Winsch an Deck genommen wurde.

»Ich habe kaum etwas gehört«, sagte Waldenberg. »Und ich habe meine Ohren verdammt angestrengt. Erst auf den letzten zweihundert Metern war ein Geräusch auszumachen. Wenn die Posten nicht ungewöhnlich scharf aufpassen, müßte es Ihnen überall gelingen, unbemerkt den Strand zu erreichen. Wo geht es übrigens hin? Wenn wir noch weiterfahren, brauche ich neue Seekarten.«

»Ich denke, Sie sollten jetzt alle Bescheid wissen«, antwortete Shannon. »Wir werden heute nacht alles miteinander durchsprechen.«

Die Mannschaft (mit Ausnahme des Ingenieurs, der unten bei seinen Maschinen schlief), die sieben Afrikaner und die vier Söldner lauschten gespannt bis zum Morgengrauen, als ihnen Shannon unten im Mannschaftsraum den gesamten Angriffsplan erläuterte. Er hatte seinen Projektor aufgebaut und die Dias zurechtgelegt. Einige davon zeigten Schnappschüsse, die er in Zangaro selbst gemacht hatte, andere die Karten und Skizzen, die er gekauft oder gezeichnet hatte.

Als er fertig war, wurde es in dem drückend heißen Raum totenstill. Bläuliche Rauchringe zogen durch die offenen Bullaugen hinaus in die ebenso schwüle Nacht.

Schließlich sagte Waldenberg: »Gott im Himmel!« Dann legten alle auf einmal los. Es dauerte eine Stunde, bis alle Fragen beantwortet waren. Waldenberg nahm Shannon das Versprechen ab, daß die Überlebenden im Falle eines Fehlschlags schnellstens auf das Schiff zurückkehren würden, damit die *Toscana* noch vor Sonnenaufgang verschwinden konnte.

»Wer garantiert uns, daß sie keine Marine, keine Kanonenboote haben?« fragte Waldenberg.

»Sie müssen mir schon glauben, wenn ich Ihnen sage, daß keine Marine existiert«, antwortete Shannon.

»Nur weil Sie nichts davon gesehen haben?«

»Sie haben keine Schiffe«, sagte Shannon scharf. »Ich habe stundenlang mit Leuten gesprochen, die seit Jahren dort leben. Es gibt kein einziges Kanonenboot.«

Die sechs Afrikaner hatten keine Fragen. Jeder von ihnen würde sich an den Söldner halten, dem er zugeteilt war, und ihm blindlings vertrauen. Dr. Okoye fragte nur, wo er sich aufhalten sollte. Er war damit einverstanden, an Bord der *Toscana* zu bleiben. Die vier Söldner erkundigten sich nach technischen Einzelheiten, die Shannon in einem Fachkauderwelsch beantwortete.

Als sie wieder an Deck gingen, streckten sich die Afrikaner auf ihren Schlafsäcken aus und schliefen ein. Shannon hatte sie schon oft um ihre Fähigkeit beneidet, jederzeit an jedem Ort und praktisch in jeder Lebenslage schlafen zu können. Der Doktor zog sich in seine Kajüte zurück. Auch Norbiatto, der die nächste Wache hatte, verschwand. Waldenberg stieg hinauf ins Ruderhaus, dann setzte sich die *Toscana* wieder in Bewegung. Ihr Ziel war nur drei Tage entfernt.

Die fünf Söldner saßen auf dem Achterdeck hinter den Mannschaftsunterkünften beisammen und redeten, bis die Sonne schon hoch am Himmel stand. Alle waren mit dem Angriffsplan einverstanden und verließen sich darauf, daß Shannon die Lage gründlich und exakt studiert hatte. Sie wußten, daß es ihren Tod bedeuten konnte, falls sich seitdem etwas verändert hatte, oder falls die Verteidigung von Stadt und Palast verbessert worden war. Für eine solche Aufgabe war ihre Zahl klein, gefährlich klein sogar, und es durfte nichts schiefgehen. Aber sie akzeptierten die beiden Alternativen: entweder sie errangen innerhalb von zwanzig Minuten einen Sieg oder sie mußten schleunigst mit ihren Booten abhauen, sofern sie das noch konnten. Sie wußten, daß sich niemand um Verwundete kümmern würde und daß jeder, der einen Kameraden schwer verletzt und bewegungsunfähig vorfand, ihm die letzte Gnade eines Söldners erweisen würde. Ein rascher Tod war immer noch besser als Gefangenschaft und Folter. Das gehörte mit zu den feststehenden Regeln, und jeder von ihnen war schon gezwungen gewesen, danach zu handeln.

Kurz vor Mittag legten auch sie sich aufs Ohr.

Am Morgen des neunundneunzigsten Tages waren alle schon sehr früh wach. Shannon hatte die halbe Nacht bei Waldenberg gesessen und die Küste beobachtet, die sich auf dem winzigen Radarschirm im Ruderhaus abzeichnete.

»Ich möchte, daß Sie südlich der Hauptstadt in Sichtnähe der Küste kommen«, sagte er zu dem Kapitän, »und dann vormittags parallel zur Küste nach Norden fahren, damit wir um die Mittagszeit diesen Punkt hier erreichen.«

Sein Finger deutete auf eine Stelle vor der Küste Zangaros nördlich der Hauptstadt. In den dreiundzwanzig Tagen auf See hatte er gelernt, dem deutschen Kapitän zu vertrauen. Nachdem Waldenberg im Hafen von Ploce sein Geld bekommen hatte, hatte er seinen Teil der Vereinbarung eingehalten und alles nur Erdenkliche getan, um zum Erfolg der Operation beizutragen. Shannon verließ sich darauf, daß der erfahrene Seemann sein Schiff genau vier Meilen vor der Küste, etwas südlich von Clarence, bereithalten würde, während drüben der Kampf tobte; im Falle eines Notrufs über das Walkie-Talkie würde er bestimmt warten, bis die Überlebenden mit ihren Booten die *Toscana* wieder erreicht hatten, bevor er dann mit voller Kraft voraus davondampfte. Shannon konnte es sich nicht leisten, einen Mann auf dem Schiff zurückzulassen. Er mußte also Waldenberg vertrauen.

An dem Sender des Schiffes hatte er bereits die Frequenz eingestellt, über die er um die Mittagszeit seine erste Mitteilung an Endean absetzen sollte. Der Vormittag verging nur langsam. Durch das starke Fernglas des Schiffes beobachtete Shannon, wie die Küstenebene Zangaros vorüberglitt, ein langer schmaler Strich von Mangroven-Bäumen am Horizont. Dann war in der grünen Linie eine Unterbrechung zu erkennen: die Hauptstadt Clarence. Er ließ auch Vlaminck, Langarotti, Dupree und Semmler durch das Fernrohr sehen. Jeder von ihnen betrachtete schweigend die verschwommene weiße Silhouette. Sie rauchten mehr als gewöhnlich und drückten sich auf Deck herum. Jetzt, wo das Ziel so nahe lag, ging ihnen das Warten auf die Nerven. Am liebsten hätten sie sofort losgeschlagen.

Um zwölf Uhr begann Shannon mit seiner Durchsage. Sie bestand nur aus dem einen Wort ›Planklar‹. Fünf Minuten lang sprach er dieses Wort alle zehn Sekunden langsam und deutlich ins Mikrophon, dann machte er fünf Minuten Pause und begann von neuem. Im Laufe einer halben Stunde sendete er jeweils fünf Minuten lang dieses Kode-Wort und konnte nur hoffen, daß Endean es auffing. Es besagte nichts weiter, als daß Shannon und seine Leute planmäßig eingetroffen waren und in den frühen Morgenstunden des folgenden Tages die Stadt Clarence und Kimbas Palast angreifen würden.

Zweiundzwanzig Meilen entfernt, jenseits des Wassers, saß Simon Endean an seinem Brown-Transistor-Radio. Er hörte das Stichwort, klappte die lange Peitschenantenne ein und zog sich vom Balkon des Hotels ins Schlafzimmer zurück. Dann brachte er dem früheren Oberst der Armee von Zangaro schonend bei, daß er, Antoine Bobi, in vierundzwanzig Stunden Präsident der Republik sein werde. Um vier Uhr nachmittags hatte der Oberst seinen Handel mit Endean besiegelt. Er rieb sich lachend die Hände bei dem Gedanken an die Vergeltungsmaßnahmen, die er gegen alle ergreifen würde, die bei seiner Ausweisung mitgewirkt hatten. Er unterschrieb ein Dokument, das der Bormac Trading Company für zehn Jahre gegen Entrichtung eines jährlichen Pauschalpreises exklusiv die Abbaurechte in den Kristallbergen gewährte, wobei für den Staat eine winzige Gewinnbeteiligung abfiel. Vor seinen Augen steckte Endean das Papier in einen Briefumschlag, dann zeichnete er den beglaubigten Scheck einer Schweizer Bank über eine halbe Million Dollar zugunsten von Antoine Bobi gegen.

In Clarence wurden während des ganzen Nachmittags die Vorbereitungen für die Feierlichkeiten zum morgigen Unabhängigkeitstag getroffen. Sechs Gefangene lagen zusammengeschlagen in den Zellen unter der Polizeistation der früheren Kolonialmacht und lauschten dem Geschrei der Patriotischen Kimba-Jugend, die oben durch die Straßen marschierte; sie wußten, daß man sie während der von Kimba vorbereiteten Feiern oben auf dem Marktplatz zu Tode prügeln würde. An allen öffentlichen Gebäuden prangten große Plakate mit dem Bild des Präsidenten, und die Diplomatenfrauen pflegten ihre Migränen, um sich bei den Zeremonien entschuldigen zu können.
In dem streng isolierten Palast saß Präsident Jean Kimba, umgeben von seiner Leibwache, an seinem Schreibtisch und dachte an das nun beginnende sechste Jahr seiner Amtszeit.

Im Laufe des Nachmittags änderte die *Toscana* mit ihrer tödlichen Fracht den Kurs und fuhr gemächlich entlang der Küste wieder zurück.
Im Ruderhaus trank Shannon einen heißen Kaffee und erklärte Waldenberg, wo die *Toscana* beidrehen sollte.

»Bleiben Sie bis Sonnenuntergang knapp nördlich der Grenze«, sagte er zu seinem Kapitän. »Ab einundzwanzig Uhr laufen Sie diagonal auf die Küste zu. Zwischen Sonnenuntergang und einundzwanzig Uhr bringen wir die fertig beladenen Schlauchboote achtern zu Wasser. Das muß bei Lampenlicht geschehen, aber mindestens zehn Meilen vom Land entfernt.

Etwa um neun setzen Sie sich ganz langsam in Bewegung, damit Sie um zwei Uhr morgens diesen Punkt hier erreichen: vier Meilen vor der Küste und eine Meile nördlich der Halbinsel. In dieser Position liegen Sie außer Sichtweite der Stadt. Wenn alle Lichter gelöscht werden, kann eigentlich niemand Sie sehen. Soviel ich weiß, gibt es auf der Halbinsel keinen Radar, es sei denn, ein Schiff liegt im Hafen.«

»Und selbst dann dürfte das Gerät nicht eingeschaltet sein«, knurrte Waldenberg. Er beugte sich über das Blatt der Küstenkarte und maß die Entfernungen mit Zirkel und Lineal. »Wann wird das erste Boot in Richtung Land ablegen?«

»Um zwei. Es hat Dupree und seine Granatwerfereinheit an Bord. Die beiden anderen Boote machen ebenfalls los und laufen eine Stunde später den Strand an. Alles klar?«

»Alles klar«, bestätigte Waldenberg. »Ich bringe Sie pünktlich hin.«

»Sie müssen die Position sehr genau einhalten«, bekräftigte Shannon. »Solange wir die Halbinsel nicht umrundet haben, können wir in Clarence keine Lichter sehen, selbst wenn Lampen eingeschaltet sind. Wir sind einzig und allein auf Kompaß und Geschwindigkeit angewiesen, bis wir die Küste erkennen können, und dann dürften wir bis auf hundert Meter herangekommen sein. Es hängt davon ab, ob der Himmel bewölkt ist, oder ob Mond und Sterne scheinen.«

Waldenberg nickte. Alles andere wußte er bereits. Sobald die Schießerei einsetzte, sollte er die *Toscana* vier Meilen vor Land an der Hafeneinfahrt vorbeiführen und zwei Meilen südlich von Clarence – vier Meilen von der Spitze der Halbinsel entfernt – wieder beidrehen. Von da an durfte er das Walkie-Talkie nicht mehr aus der Hand legen. Wenn alles glattging, hatte er diese Position bis Sonnenaufgang beizubehalten. Sollte etwas schiefgehen, würde er an der Mastspitze, an Bug und Heck Lichter setzen, um die Rückkehrer zur *Toscana* zu dirigieren.

An diesem Abend wurde es früh dunkel, denn der Himmel war bedeckt und der Mond würde erst in den Morgenstunden aufgehen. Es hatte bereits zu regnen begonnen. Während der letzten drei Tage mußten sie zweimal starke Wolkenbrüche über sich ergehen lassen. Der Wetterbericht, der sehr aufmerksam verfolgt wurde, kündete während der Nacht für den Küstenbereich vereinzelte Böen an, aber keine Stürme. Sie konnten nur darum beten, daß sie von Wolkenbrüchen verschont wurden, während sich die Männer in den offenen Booten befanden oder während der Palast gestürmt wurde.

Vor Sonnenuntergang wurden die Zeltbahnen über den Ausrüstungsgegenständen, die in langen Reihen auf dem Hauptdeck gestapelt waren, eingerollt. Als es dann dunkel wurde, bereiteten Shannon und Norbiatto alles für die Abfahrt der Sturmboote vor. Als erstes wurde Duprees Boot zu Wasser gelassen. Es war sinnlos, dafür den Ladebaum zu verwenden. Die niedrigste Stelle des Decks lag nur zweieinhalb Meter über der Wasserfläche. Die Männer brachten das voll aufgepumpte Boot von Hand zu Wasser, dann stiegen Semmler und Dupree in das Schlauchboot, das im leichten Wellengang neben der *Toscana* tanzte.

Die beiden holten den schweren Außenborder herüber und schraubten ihn fest. Bevor der Schalldämpfer aufgesetzt wurde, ließ Semmler die Johnson-Maschine zwei Minuten lang laufen. Der serbische Schiffsingenieur hatte alle drei Motoren gründlich durchgesehen. Der Außenborder schnurrte wie eine Nähmaschine. Nur noch ein leises Summen war zu hören, nachdem der schalldämpfende Holzkasten aufgesetzt war.

Semmler stieg wieder aus. Dupree bekam seine Sachen hinuntergereicht: die Bodenplatten und Zielgeräte für beide Granatwerfer, dann die Rohre selbst. Dupree nahm vierzig Granaten für den Palast und zwölf für die Baracken mit. Sicherheitshalber erhöhte er die Stückzahl auf sechzig Granaten, alle scharf gemacht und mit Aufschlagzündern versehen.

Er nahm außerdem beide Leuchtraketen und die zehn Magnesiumfackeln mit, eins der Nebelhörner, ein Walkie-Talkie und sein Nachtglas. Über der Schulter hing seine Schmeisser-Maschinenpistole, in seinem Gürtel steckten fünf volle Magazine. Zuletzt stiegen Timothy und Sunday in das Sturmboot, die beiden Afrikaner, die ihn begleiten sollten.

Als alles fertig war, sah Shannon hinunter auf die drei Gesichter, die ihm im gedämpften Lampenlicht entgegenleuchteten.

»Viel Glück!« rief er leise. Als Antwort hob Dupree den Daumen und nickte. Semmler ging mit der Leine des Schlauchboots in der Hand entlang der Reling nach achtern, während Dupree unten das Boot vom Schiffsrumpf abstieß. Als es achtern in der Dunkelheit verschwand, befestigte Semmler das Tau an der Heckreling; die drei Männer schaukelten nun in der Dünung auf und ab.

Beim zweiten Boot hatten die Männer schon Übung, und das Manöver ging rasch vonstatten. Marc Vlaminck und Semmler kletterten hinunter, um den Außenborder anzubringen, Denn dies war ihr Boot. Vlaminck nahm eine Bazooka und zwölf Raketen mit, zwei davon an seinem Gürtel, die anderen zehn auf dem Rücken seines Helfers Patrick. Semmler hatte seine Schmeisser umhängen und fünf volle Magazine in den Patronentaschen an seinem Gürtel stecken. An seinem Hals baumelte ein Nachtglas, und das zweite Walkie-Talkie war an seinen Oberschenkel geschnallt. Da er als einziger Deutsch, Französisch und etwas Englisch sprach, mußte er während des Angriffs zusätzlich die Aufgabe des Funkers übernehmen. Als die beiden Weißen in ihrem Schlauchboot Platz genommen hatten, turnten auch Patrick und Jinja, die Semmler zugeteilt waren, von der *Toscana* über die Jakobsleiter hinunter.

Auch das zweite Schlauchboot wurde achtern ins Schlepptau genommen. Duprees Tau wurde an Semmler weitergereicht, der es an seinem eigenen Boot befestigte. Nun schlingerten die beiden Fahrzeuge in einer Linie hintereinander im Kielwasser der *Toscana*, durch eine Taulänge voneinander getrennt. Keiner der Männer sprach ein Wort.

Langarotti und Shannon nahmen das dritte und letzte Boot. Sie wurden von Bartholomey und Johnny begleitet, einem muskulösen, immer fröhlichen Kämpfer, der beim letzten Einsatz auf Shannons Betreiben zum Hauptmann befördert worden war. Johnny hatte sich jedoch geweigert, eine Kompanie zu übernehmen, obwohl sein Rang ihn dazu berechtigt hätte. Er wollte lieber in CAT Shannons Nähe bleiben.

Kurz bevor Shannon als letzter ins Boot steigen wollte, erschien Kapitän Waldenberg von der Brücke her und zupfte ihn am Ärmel. Der Deutsche nahm den Söldner beiseite und sagte leise: »Es könnte Ärger geben.« Shannon blieb regungslos stehen, betroffen von dem Gedanken, daß in letzter Minute etwas schiefgegangen sein sollte.

»Was gibt's?« fragte er.

»Ein Schiff. Es liegt vor Clarence, aber noch weiter draußen als wir.«

»Wann haben Sie es bemerkt?«

»Schon vor einiger Zeit«, antwortete Waldenberg. »Aber ich dachte, es fährt die Küste nach Süden hinunter wie wir, oder vielleicht nach Norden. Doch das Schiff macht keine Fahrt, es hat beigedreht.«

»Ganz bestimmt? Kein Zweifel möglich?«

»Auf keinen Fall. Wir sind mit so wenig Fahrt die Küste heruntergekommen, daß das andere Schiff längst weg wäre, wenn es in dieselbe Richtung dampfte. Nach Norden zu hätte es uns inzwischen passiert. Seine Position ist unverändert.«

»Irgendein Hinweis darauf, was es für ein Schiff sein könnte und wem es gehört?«

Der Deutsche schüttelte den Kopf.

»Der Größe nach ist es ein Frachter. Wenn wir wissen wollen, wer es ist, müssen wir uns mit ihm in Verbindung setzen.«

Shannon überlegte einige Minuten lang.

»Wenn es ein Frachter wäre, der eine Ladung nach Zangaro bringt – würde er dann bis zum Morgen ankern, bevor er in den Hafen einfährt?« fragte er.

Waldenberg nickte. »Durchaus möglich. In manchen kleineren Häfen entlang dieser Küste ist das Einlaufen während der Nacht nicht erlaubt.

Wahrscheinlich wartet das Schiff bis zum Morgen, bevor es um Erlaubnis ersucht, den Hafen anzulaufen.«

»Wenn Sie das Schiff gesehen haben, wurden wir wahrscheinlich auch gesehen«, meinte Shannon.

»Sicherlich«, sagte Waldenberg. »Sie müssen uns auf dem Radarschirm haben.«

»Kann das Radar unsere Schlauchboote ausmachen?«

»Das ist unwahrscheinlich«, antwortete der Kapitän. »Sie liegen vermutlich zu tief im Waser.«

»Wir machen weiter«, entschied Shannon. »Jetzt ist es zu spät. Wir müssen einfach davon ausgehen, daß es sich um einen Frachter handelt, der draußen den Morgen abwartet.«

»Man wird auf dem Schiff den Schußwechsel hören«, sagte Waldenberg »Was kann dann passieren?«

Der Deutsche griente.

»Viel nicht. Wenn Sie Pech haben und wir vor Sonnenaufgang nicht von hier fort sind, wird man die *Toscana* durch die Ferngläser erkennen.«

»Dann dürfen wir eben kein Pech haben. Es läuft alles so ab wie befohlen.«

Waldenberg kehrte auf die Brücke zurück. Dr. Okoye, der schweigend zugehört hatte, trat nun vor.

»Viel Glück, Major«, sagte er in sehr gepflegtem Englisch. »Gott sei mit Ihnen.«

Shannon hätte beinahe geantwortet, ein rückstoßfreier Womwat-Karabiner in der Hand sei ihm lieber, aber er hielt den Mund. Er wußte, wie religiös diese Leute waren. So nickte er nur, murmelte: »Ja, sicher«, und ging von Bord.

Draußen im Dunkeln herrschte bis auf das leise Gurgeln des Wassers um das Schlauchboot absolute Stille. Gelegentlich hörte man ein Geräusch hinter dem Ruder des Schiffes. Vom Land her war nichts zu hören, da sie weit genug vom Ufer entfernt lagen; erst lange nach Mitternacht würden sie sich dem Ufer genügend nähern, um Schreien und Lachen zu hören, aber bei einigem Glück schliefen dann alle bereits. In Clarence gab es ohnehin nicht viel zu lachen. Shannon wußte, wie weit in der Stille der Nacht ein einzelnes, scharfes Geräusch über dem Wasser zu hören ist, und hatte deshalb alle Männer auf der *Toscana* und in den Booten zu völligem Schweigen verpflichtet. Auch das Rauchen war untersagt.

Er sah auf die Uhr. Viertel vor neun.

Er lehnte sich zurück und wartete.

Um neun Uhr drang ein leises Rumpeln aus dem Rumpf der *Toscana*. Das Wasser unter dem Heck sprudelte, ein phosphoreszierender weißer Streifen klatschte gegen die stumpfe Nase von Shannons Sturmboot. Sie waren aufgebrochen. Wenn er die Hand über Bord hielt, spürte er an den

Fingern das leise Streicheln des vorbeiströmenden Wassers. Fünf Stunden Zeit für achtundzwanzig Seemeilen.

Der Himmel war immer noch bedeckt, und die Luft stand still wie in einem Treibhaus. Aber ein Loch zwischen den Wolken ließ ein wenig bleiches Sternenlicht durch. Er konnte das Boot mit Vlaminck und Semmler am Ende des sieben Meter langen Taus ausmachen, und noch ein Stück weiter bewegte sich Janni Dupree im Kielwasser der *Toscana*.

Die fünf Stunden glichen einem Alptraum. Es gab nichts zu tun. Sie hielten Augen und Ohren offen, sahen aber nichts als das dunkel glitzernde Wasser, hörten nichts als das leise Stampfen der alten Kolben in dem verrosteten Rumpf der *Toscana*. Trotz des einlullenden Schaukelns der kleinen Boote konnte niemand schlafen, denn die Ruhe vor dem Sturm ließ bei allen Beteiligten die innere Spannung ständig wachsen.

Irgendwie ging die Zeit doch herum. Auf Shannons Uhr war es fünf nach zwei, als das Maschinengeräusch in der *Toscana* verstummte und sie antriebslos über das Wasser glitten. Hoch oben vom Heck ertönte ein leiser Pfiff: Waldenbergs Signal, daß die Position zum Ablegen erreicht war. Shannon wollte das Zeichen an Semmler weitergeben, aber Dupree schien es gehört zu haben, denn wenige Sekunden später sprang hustend sein Motor an, und sein Boot glitt dem Ufer entgegen. Sie sahen ihn nicht, hörten aber, wie sich das leise Summen des schallgedämpften Außenborders entfernte.

Am Steuerruder seines Sturmbootes kontrollierte Janni Dupree mit der Rechten am Drehgriff das Handgas und hielt das linke Handgelenk mit dem Kompaß so ruhig wie möglich dicht vor seine Augen. Er wußte, daß er viereinhalb Meilen zu bewältigen hatte und versuchen mußte, die Küste schräg anzufahren, um sie außerhalb der weitgeschwungenen nördlichen Mole zu erreichen. Wenn Kurs und Geschwindigkeit stimmten, mußte er das Land in dreißig Minuten erreichen. Nach fünfundzwanzig Minuten würde er den Motor fast bis zum Leerlauf drosseln und nach Sicht navigieren. Wenn ihm die anderen eine Stunde Zeit ließen, um seine Granat- und Raketenwerfer aufzubauen, würden sie die Spitze der Mole in Richtung auf die Landestelle genau dann umrunden, wenn er gerade fertig war. Aber diese eine Stunde lang waren er und seine beiden Afrikaner allein an der Küste Zangaros. Um so mehr Anlaß, beim Aufbau der Batterie vollkommen lautlos zu arbeiten.

Zweiundzwanzig Minuten nach dem Ablegen von der *Toscana* hörte Dupree vom Bug seines Schlauchbootes ein leises Zischen. Das war Timothy, der Ausguck. Dupree hob den Blick von seinem Kompaß. Was er sah, ließ ihn rasch das Gas zurücknehmen. Sie waren kaum noch dreihundert Meter vom Ufer entfernt. Im fahlen Sternenlicht, das durch das Wolkenloch über ihnen fiel, konnten sie genau voraus einen dunkleren Streifen ausmachen. Dupree kniff die Augen zusammen und bugsierte sein Boot noch weitere zweihundert Meter landwärts. Hier lag Mangroven-Dschungel, das hörte er am Gluckern des Wassers zwischen den Wurzeln. Weit drüben auf der rechten Seite hörte die Vegetation auf, und die gerade Linie des Horizonts zwischen Meer und Nachthimmel erstreckte sich bis ins Unendliche. Er hatte das Ufer drei Meilen nördlich von der Halbinsel erreicht.

Er wendete sein Boot und fuhr mit immer noch stark gedrosseltem und praktisch unhörbarem Motor wieder vom Ufer weg. Er steuerte so, daß er das Ufer der Halbinsel auf eine halbe Meile Entfernung noch sehen konnte, bis er den Landstreifen erreichte, an dessen Ende sich die Stadt Clarence befand. Dann hielt er langsam wieder auf das Ufer zu. Aus zweihundert Metern Entfernung machte er endlich den langgestreckten, flachen Kiesstreifen aus, den er suchte, schaltete achtunddreißig Minuten nach dem Ablegen von der *Toscana* die Maschine aus und ließ das Schlauchboot treiben. Mit leisem Knirschen lief es auf die Steine auf.

Dupree stieg vorsichtig über die mitgebrachten Ausrüstungsgegenstände hinweg, schwang ein Bein über den Bug und betrat den sandigen afrikanischen Boden. Er hielt das Boot am Tau fest, damit es nicht abtrieb. Fünf Minuten lang regte sich keiner der Männer. Sie horchten angestrengt auf das geringste Geräusch, das von der Stadt herüberdringen konnte, die, wie sie wußten, vierhundert Meter halblinks vor ihnen jenseits eines flachen Hügels lag. Aber es war nichts zu hören. Sie waren tatsächlich unbemerkt gelandet.

Als Dupree seiner Sache sicher war, zog er einen metallenen Hering aus dem Gürtel, rammte ihn tief in den Kiesboden und machte das Tau daran fest. Dann lief er geduckt und leichtfüßig die vor ihm liegende Böschung hinauf. Sie hatte eine Höhe von kaum fünf Metern über dem Meeresspiegel und war mit kniehohem Gestrüpp bedeckt, das raschelnd gegen seine Stiefelschäfte schlug. Dieses Geräusch bereitete ihm keine Sorgen, denn es wurde von der Brandung auf dem steinigen Strand übertönt und konnte in der Stadt ohnehin nicht gehört werden. Dupree duckte sich hinter den Hügel, der einen Arm des Hafenbeckens bildete, und spähte über die Kuppe hinweg. Auf der linken Seite verlor sich die natürliche Mole im Dunkel, und genau vor ihm lag wieder Wasser: die spiegelglatte Fläche des geschützten Hafenbeckens. Zehn Meter rechts von ihm endete die Kiesmole.

Er kehrte zu dem Landungsboot zurück und befahl flüsternd den beiden Afrikanern, vollkommen lautlos die Geräte auszuladen. Er hob die einzelnen Bündel auf und trug sie nacheinander zur höchsten Stelle des Hügels empor. Alle Metallstücke waren mit Sackleinen umwickelt, damit nichts klirren konnte. Als sämtliche Teile an Land waren, begann er mit dem Zusammenbau. Er arbeitete rasch und leise. Einen Granatwerfer brachte er am Ende der Mole in Stellung, wo sich nach Shannons Angabe ein kreisrundes, flaches Terrain befand. Das Shannons Entfernungsangaben stimmten, wußte er genau; von der Landspitze bis zum Mittelpunkt des Palasthofes betrug die Luftlinie siebenhunderteinundzwanzig Meter. Mit Hilfe seines Kompasses richtete er den Granatwerfer genau auf den Präsidentenpalast aus und stellte den Neigungswinkel des Rohres so ein, daß schon die erste Granate beim Einschießen möglichst mitten im Hof aufschlug.

Er wußte, daß er nicht den ganzen Palast überblicken konnte, wenn die Leuchtraketen hochgingen, sondern nur das obere Stockwerk. Den Einschlag der Bombe konnte er daher nicht beobachten. Aber es genügte ihm, wenn er den Lichtschein der Explosion jenseits der Hügelkuppe hinter dem Lagerhaus am anderen Ende des Hafens sah.

Als er mit dem ersten Granatwerfer fertig war, baute er den zweiten auf. Er war auf die Militärbaracken gerichtet und wurde auf der Mole zehn Meter weiter landeinwärts in Stellung gebracht. Er kannte sowohl die Entfernung als auch die genaue Richtung, aber bei dem zweiten Granatwerfer spielte die Treffsicherheit keine entscheidende Rolle, da die Bomben nur irgendwo im Bereich der früheren Polizeiunterkünfte niedergehen und die Soldaten zu panikartiger Flucht veranlassen sollten. Timothy, der schon beim letzten Einsatz als Sergeant bei ihm gewesen war, sollte diesen zweiten Granatwerfer allein bedienen.

Dupree stapelte ein Dutzend Granaten neben dem zweiten Rohr auf, holte Timothy herbei und flüsterte ihm letzte Instruktionen ins Ohr.

Zwischen den beiden Granatwerfern stellte er die zwei Abschußgeräte für die Leuchtraketen auf, schob je eine Rakete in die Rohre und legte die acht anderen griffbereit. Jede Rakete sollte angeblich eine Brenndauer von zwanzig Sekunden haben; wenn er sowohl seinen Granatwerfer als auch die Raketenwerfer allein bedienen wollte, müßte er schnell und fehlerfrei arbeiten. Sundays Aufgabe war es, ihm die Granaten von dem Stapel anzureichen, den er neben seinem Werfer errichtet hatte.

Als er mit allem fertig war, sah er auf die Uhr. Drei Uhr zweiundzwanzig. Die beiden anderen Boote mit Shannon mußten sich jetzt irgendwo auf dem Weg zum Hafen befinden. Dupree griff nach seinem Walkie-Talkie, zog die Antenne zur vollen Länge aus, schaltete das Gerät ein und wartete die vorgeschriebenen dreißig Sekunden ab, die zum Aufwärmen erforderlich waren. Dann drückte er dreimal in Abständen von je einer Sekunde auf den Signalgeber. Von nun an sollte das Gerät nicht mehr ausgeschaltet werden.

Shannon saß eine Meile vom Ufer entfernt am Steuer seines Landungsbootes und spähte angestrengt in die Finsternis. Links von ihm glitt Semmler mit seinem Boot in gleichmäßigem Abstand durch die Nacht. Er war es, der aus dem Walkie-Talkie auf seinen Knien die drei Summzeichen auffing. Behutsam steuerte er sein Schlauchboot an Semmlers Fahrzeug heran, bis sich die Rundungen berührten. Shannon sah hinüber zu dem anderen Boot. Semmler zischte leise und ging wieder auf eine Entfernung von zwei Metern. Shannon war erleichtert. Er wußte jetzt, daß Semmler über die Breite des Hafenbeckens hinweg Duprees Signal empfangen hatte und daß der schlaksige Südafrikaner vorschriftsmäßig in Stellung gegangen war. Zwei Minuten später und tausend Meter vom Ufer entfernt, sah Shannon kurz das Aufleuchten von Duprees Handlampe, die bis auf einen winzigen Lichtpunkt abgeblendet war. Das Licht kam von seiner rechten Seite, also wußte er, daß er zu weit nach Norden geraten war. Gemeinsam schwenkten die beiden Boote nach Steuerbord ab. Shannon versuchte, sich an die genaue Stelle zu erinnern, von der das Lichtzeichen gekommen war, um einen Punkt etwa hundert Meter rechts davon anzuvisieren. Das mußte dann die Hafeneinfahrt sein. Der Lichtpunkt flackerte wieder auf, als Dupree das leise Summen der beiden gedämpften Außenborder hörte. Zu diesem Zeitpunkt waren sie noch dreihundert Meter von der Spitze der Mole entfernt. Shannon sah die Stelle jetzt genauer und änderte seinen Kurs um einige Winkelgrade.

Zwei Minuten später glitten die beiden Schlauchboote mit stark gedrosselten Motoren, nicht lauter summend als Hummeln, in einer Entfernung von fünfzig Metern an der Spitze der Mole vorbei, wo Dupree am Boden hockte. Der Südafrikaner sah das Kielwasser glitzern, die silbernen Luftblasen aus den Auspuffen an die Wasseroberfläche steigen – dann waren sie durch die Hafeneinfahrt verschwunden und glitten über das unbewegte Wasser auf das große Lagerhaus zu.

Vom Ufer her war immer noch kein Geräusch zu hören, als Shannon mit einiger Anstrengung die Silhouette des Lagerhauses gegen den etwas helleren Himmel ausmachte. Er steuerte ein Stück nach rechts und ließ sein Boot auf dem steinigen Strand des Fischereihafens zwischen Eingeborenenkanus und trocknenden Fischnetzen auflaufen.

Ein paar Schritte entfernt brachte Semmler sein Boot an Land. Beide Außenborder verstummten gleichzeitig. Wie schon Dupree und seine Männer, blieben auch sie mehrere Minuten lang regungslos sitzen und warteten auf einen eventuellen Alarm. Sie versuchten, zwischen den kaum erkennbaren Umrissen der umgedrehten Kanus Anzeichen für irgendeinen Hinterhalt auszumachen. Aber da war nichts.

Shannon und Semmler gingen an Land. Jeder von ihnen stieß einen Hering in den Boden und vertäute sein Schlauchboot. Die anderen folgten ihnen. Mit einem leisen »Los geht's! Marsch!« führte Shannon die anderen über den Strand und die Böschung des zweihundert Meter breiten Plateaus empor, das zwischen dem Hafen und dem schlafenden Palast von Präsident Jean Kimba lag.

2. Kapitel

Die Männer kletterten tief geduckt zwischen dem Gestrüpp den Hang hinauf und erreichten oben die freie, ebene Fläche. Es war gleich vier, und im Palast brannte kein einziges Licht. Shannon wußte, daß sie auf halbem Wege zwischen dem Plateau und dem Palast, zweihundert Meter entfernt, auf die Küstenstraße stoßen würden und daß dort an der Kreuzung mindestens zwei Mann der Palastwache stationiert waren. Er rechnete nicht damit, daß es ihm gelingen würde, die beiden geräuschlos außer Gefecht zu setzen. Wenn die Schießerei erst begonnen hatte, mußten sie die letzten hundert Meter bis zur Mauer des Palastes robbend zurücklegen. Er sollte recht behalten.

Jenseits des Hafenbeckens wartete Janni Dupree auf den ersten Schuß, der für ihn das Signal zum Eingreifen bedeutete. Seine Anweisung lautete: Wer immer den Schuß auch abfeuert und wo das auch sein mochte, dieser erste Schuß war das Zeichen für ihn. Er hockte neben dem Werfer, bereit, jederzeit eine Leuchtrakete abzufeuern. In der freien Hand hielt er die erste Werfergranate.

Shannon und Langarotti hatten einen Vorsprung vor den übrigen sechs Soldaten, als sie die Straßenkreuzung vor dem Palast erreichten. Beide waren schon jetzt schweißnaß. Ihre mit Erdfarbe beschmierten dunklen Gesichter waren streifig vom herunterrinnenden Schweiß. Der Riß in der Wolkendecke wurde immer größer, immer mehr Sterne zeigten sich, und obgleich sich der Mond immer noch versteckte, lag über der freien Fläche vor dem Palast ein ungewisses Licht. Auf hundert Meter Entfernung konnte Shannon die Silhouette des Daches vor dem Himmel ausmachen. Aber den Posten entdeckte er erst, als er buchstäblich über einen Mann stolperte, der schlafend am Boden saß.

Er stieß mit dem Messer in seiner rechten Hand nicht schnell genug zu. Er stolperte, fand zwar rasch das Gleichgewicht wieder, aber ebenso schnell sprang der Vindu auf und stieß einen kurzen Überraschungsschrei aus. Sein Kamerad, der einige Schritte entfernt im hohen Gras lag, wurde aufmerksam. Er raffte sich auf, gurgelte einmal, als ihm das Messer des Korsen die Kehle von der Halsschlagader bis zur großen Vene öffnete, kippte wieder um und würgte seinen letzten Atemzug heraus. Shannons Gegner wurde von dem Bowiemesser in die Schulter getroffen. Er stieß einen zweiten Schrei aus und wandte sich zur Flucht. Hundert Meter weiter vorn, dicht am Tor zum Palast, ertönte noch ein Ruf, dann klickte das Schloß eines Karabiners. Wer den ersten Schuß abgab, wurde nie restlos geklärt. Es krachte drüben am Palasttor, und genau gleichzeitig zerfetzte ein kurzer Feuerstoß aus Shannons Waffe den Flüchtenden. Weit hinter ihnen zischte und jaulte etwas zum Himmel empor, dann zerplatzte zwei Sekunden später über ihren Köpfen ein grellweißes Licht. Shannon nahm den vor ihm liegenden Palast wahr und sah die zwei Gestalten am Tor, dann merkte er, wie seine sechs Mann nach links und rechts ausschwärmten. Alle acht lagen schließlich mit ihren Gesichtern im nachtkühlen Gras und robbten auf dem Bauch vorwärts.

Janni Dupree trat vom Raketenwerfer zurück, sobald er die Abzugsleine der ersten Leuchtrakete abgerissen hatte, und schob die Granate in das Rohr des Werfers, als die Rakete emporjaulte. Mit einem dumpfen Schlag begab sich die Bombe auf ihre parabolische Flugbahn hinüber zum Palast; gleichzeitig explodierte die Magnesiumfackel über der Stelle, von der Dupree hoffte, daß seine Kameraden sie inzwischen erreicht hatten. Er nahm die zweite Granate zur Hand, blinzelte durch das grelle Licht hinüber zum Palast und wartete auf den Einschlag des ersten Geschosses. Nach seiner Berechnung brauchte jede Granate eine Flugzeit von fünfzehn Sekunds, und er hatte sich vier Granaten zum Einschießen zurechtgelegt. Danach konnte er im Abstand von zwei Sekunden feuern, wenn ihm Sunday schnell und in gleichmäßigem Rhythmus die Munition einzeln anreichte. Seine erste Granate traf die rechte vordere Ecke des Daches. Der Einschuß lag so hoch, daß Dupree die Stelle schon sehen konnte. Sie durchschlug das Dach nicht, sondern zerfetzte nur die Dachziegel dicht über der Regenrinne. Er beugte sich vor, drehte den Knopf der Zielvorrichtung ein paar Millimeter nach links und schob die zweite Granate ins Rohr, als die Leuchtkugel gerade verlosch. Dann sprang er hinüber zu dem zweiten Raketenwerfer, riß an der Abzugsschnur und steckte zwei neue Raketen in die Rohre, bevor er wieder den Kopf hob. Die zweite Leuchtkugel explodierte hoch über dem Palast, und vier Sekunden später schlug auch die zweite Granate ein. Die Richtung stimmte jetzt genau, aber der Einschlag lag etwas zu kurz, da er nur die Ziegel über dem Haupttor zerschlug. Auch an Dupree lief der Schweiß in Bächen herab. Die Schraube der Höheneinstellung rutschte ihm zwischen den Fingern durch. Er verringerte ein wenig den Neigungswinkel und senkte die Mündung der Waffe um eine Kleinigkeit, damit die Reichweite größer wurde. Anders als bei der Artillerie muß man das Rohr von Granatwerfern senken, wenn man eine größere Reichweite erzielen will. Duprees dritte Granate war schon unterwegs, bevor die Leuchtkugel verlosch. Er hatte volle fünfzehn Sekunden Zeit, um die dritte Leuchtkugel hochzujagen, ein Stück die Mole entlangzulaufen, das Nebelhorn zu betätigen und dann von seinem alten Posten aus den Einschlag der Granate zu beobachten. Sie flog über das Dach des Palastes hinweg und explodierte auf dem Hof dahinter. Für den Bruchteil einer Sekunde flammte ein roter Feuerschein auf, dann verschwand er wieder. Das genügte Dupree. Er wußte jetzt, daß die Einstellung haargenau stimmte. Seine eigenen Kameraden vor dem Palast konnten nicht mehr gefährdet werden.

Shannon und seine Männer preßten die Gesichter ins Gras, als die drei

Leuchtraketen aufflammten und Jannis Granaten einschlugen. Keiner dachte daran, den Kopf zu heben, solange der Südafrikaner seine Geschosse nicht über das Dach hinweg in den Hof beförderte.

Zwischen der zweiten und dritten Explosion riskierte Shannon einen kurzen Blick. Er wußte, daß er fünfzehn Sekunden Zeit hatte, bis die dritte Granate detonierte. Der Palast erstrahlte im Licht der dritten Magnesiumfackel, und zwei Fenster im Obergeschoß waren jetzt erleuchtet. Nachdem die zweite Explosion verklungen war, konnte man innerhalb der Festung laute Schreie hören. Es war das erste und einzige Geräusch, das die Verteidiger von sich gaben, bevor der Donner der Detonationen alles andere auslöschte.

Fünf Sekunden später heulte das Nebelhorn los. Das grausige Getöse drang von der Spitze der Mole über die stille Hafenbucht herüber. Die afrikanische Nacht war von einem Kriegsgeschrei erfüllt, das aus tausend wilden Kehlen zu stammen schien. Es übertönte fast noch die Explosion des Einschlags auf dem Hof – und erst recht alle anderen Schreie. Als Shannon den Kopf wieder hob, sah er keinen neuen Schaden an der Fassade des Palastes und nahm an, daß Janni seine Granate über das Dach hinweggejagt hatte. Es war vereinbart, daß Janni nach dem ersten Volltreffer das Einschießen abbrechen und sofort in rascher Folge feuern sollte. Von der Mole her, weit hinter seinem Rücken, hörte Shannon das gleichmäßige dumpfe Dröhnen der Granatwerfer, das ihm wie ein lauter Herzschlag in den Ohren klang, unterstützt vom Blöken des Nebelhorns, dessen Gasflasche für siebzig Sekunden reichte.

Zum Abfeuern von vierzig Granaten würde Janni achtzig Sekunden brauchen. Da niemand die Detonationen mitzählen konnte, war vereinbart worden, daß Janni das Feuer sofort einstellen sollte, falls aus technischen Gründen eine Pause von mehr als zehn Sekunden eintreten sollte. Shannon wußte, daß er sich auf Janni Dupree verlassen konnte.

Als fünfzehn Sekunden nach den ersten dumpfen Abschüssen der Geschoßhagel auf den Palast niederging, hatten die acht Männer im Gras einen Logenplatz. Leuchtkugeln wurden nicht mehr benötigt. Die Granaten, die im Abstand von zwei Sekunden mit ohrenbetäubendem Donner auf die Steinplatten des Hofes hinter dem Palastgebäude trafen, jagten rote Lichtblitze in die Höhe. Nur Marc Vlaminck hatte keine Zeit, das Schauspiel zu bewundern.

Er befand sich an der linken Flanke der weit auseinandergezogenen Schützenlinie fast genau vor dem Haupttor. Er stellte sich breitbeinig hin, zielte sorgfältig und jagte seine erste Rakete los. Aus dem hinteren Ende der Bazooka züngelte eine sechs Meter lange Flamme, dann raste der ananasgroße Sprengkopf auf das Eingangstor zu. Er explodierte hoch oben in der rechten Ecke des doppelten Tors, riß eine Angel aus dem Mauerwerk und hinterließ im Holz ein metergroßes Loch.

Patrick kniete neben Vlaminck, breitete die Raketen aus seinem Rucksack auf dem Boden aus und reichte sie hinauf. Der zweite Schuß explodierte an den Steinen über dem Torbogen. Der dritte traf genau das Schloß in der Mitte. Beide Türflügel schienen sich unter der Wucht des Aufpralls aufzubäumen, dann klafften sie an ihren verbogenen Angeln auseinander und gingen nach innen auf.

Janni Dupree hatte etwa die Hälfte seiner Munition verschossen. Hinter dem Palast leuchtete ununterbrochen ein roter Feuerschein. Auf dem Hof brannte etwas, vermutlich das Haus der Wachen, wie Shannon annahm. Als das Tor gesprengt war, konnten die im Gras hockenden Männer durch den Torbogen den roten Schein sehen und zwei schwankende Gestalten, die sich davor abzeichneten; sie stürzten zu Boden, bevor sie dem Inferno entrinnen konnten.

Marc jagte noch vier weitere Raketen durch das offene Tor in den brennenden Durchgang dahinter, der anscheinend direkt zum Hof führte. Zum ersten Mal konnte Shannon einen Blick auf das werfen, was sich hinter den schweren Torflügeln verbarg.

Der Söldnerführer schrie Vlaminck den Befehl zur Feuereinstellung zu. Sieben von den zwölf Bazooka-Raketen waren verschossen, und Shannon konnte nicht wissen, ob sich nicht trotz Gomez' Behauptung irgendwo in der Stadt doch ein gepanzertes Fahrzeug befand. Aber der Belgier war nicht zu stoppen. Er jagte weitere vier Raketen in Höhe des Erdgeschosses und des ersten Stocks durch die Mauern des Palastes und stand schließlich jubelnd auf, sein Bazooka-Rohr und die letzte Rakete schwenkend, während Duprees Granaten über ihn hinwegjaulten.

In diesem Augenblick wurde das Nebelhorn leiser und verstummte. Shannon ignorierte Vlaminck und schrie den anderen zu: »Vorwärts!« Er selbst, Semmler und Langarotti rannten geduckt durch das hohe Gras, die Schmeisser-MPs schußbereit in beiden Händen, die Zeigefinger um den Abzug gespannt. Sie wurden von Johnny, Jinja, Bartholomew und Patrick gefolgt; dieser war heilfroh, keine Raketen mehr auf dem Rücken herumschleppen zu müssen. Er nahm die MP von der Schulter und schloß sich den anderen an.

Zwanzig Meter vor dem gesprengten Tor hielt Shannon inne und wartete, bis Duprees letzte Granaten detoniert waren. Er hatte nicht mitgezählt, aber die plötzlich eintretende Stille nach dem letzten Einschlag sagte ihm, daß das Bombardement nun vorüber war. Zwei Sekunden lang wirkte diese Stille selbst ohrenbetäubend. Nach dem Höllenlärm, verursacht durch Nebelhorn und Granatwerfer, dem Splittern und Krachen der Bazooka-Raketen war das Fehlen eines jeden Geräusches unheimlich. Man konnte sich kaum vorstellen, daß der ganze Feuerüberfall weniger als fünf Minuten gedauert hatte.

Einen Augenblick lang überlegte Shannon, ob Timothy seine zwölf Granaten zu den Mannschaftsunterkünften hinübergejagt hatte. Waren die Soldaten versprengt, wie er gehofft hatte? Und was dachten sich wohl die anderen Bewohner der Stadt bei dem Inferno, das ihnen fast die Trommelfelle zerrissen hatte? Als über Shannon die nächsten beiden Magnesiumfackeln explodierten, sprang er hoch und schrie: »Los, vorwärts!« Die letzten zwanzig Meter bis zu dem qualmenden Palasttor legte er im Laufschritt zurück.

Pausenlos feuernd durchquerte er das Tor. Die Gestalten von Jean Baptiste Langarotti zu seiner Linken und Kurt Semmler dicht rechts von ihm spürte er mehr, als er sie sehen konnte. Der Anblick, der sich ihnen hinter dem Torbogen bot, genügte, um jeden Mann auf der Stelle erstarren zu lassen. Die gewölbte Einfahrt reichte durch das ganze Gebäude hindurch bis zum Hof. Über dem Innenhof verbreiteten die Magnesiumraketen ein grelles, unwirkliches Licht.

Kimbas Wachen waren von den ersten Probeschüssen im Schlaf überrascht worden. Sie mußten aus ihren Baracken auf den Hof herausgetaumelt sein. Dort ereilte sie ihr Schicksal, als nach der dritten Granate in rascher Folge vierzig Einschläge auf dem Plaster explodierten. Auf der einen Seite war eine Leiter an die Wand gelehnt. An ihren Sprossen hingen vier verstümmelte Leichen, beim verzweifelten Fluchtversuch über die Begrenzungsmauer von Granatsplittern im Rücken getroffen. Die auf dem harten Boden einschlagenden Geschosse hatten nach allen Seiten hin Tod und Verderben verbreitet.

Ein paar Männer lebten noch, die meisten waren tot und zerfetzt. An der Rückwand lagen aufgerissen zwei Armeelastwagen und drei Zivilfahrzeuge, darunter der Mercedes des Präsidenten. Mehrere Diener aus dem Palast hatten offenbar versucht, dem Inferno zu entfliehen. Sie hatten sich wohl gerade hinter dem Haupttor versammelt, als es von Vlamincks Raketen gesprengt wurde. Ihre Leichen lagen auf dem Boden des halbdunklen Durchgangs verstreut.

Nach links und rechts führten zwei Bogengänge zu Treppen nach oben. Ohne auf eine Aufforderung zu warten, übernahm Semmler die rechte Treppe, Langarotti die linke. Sekunden später kündigten Feuerstöße aus den Maschinenpistolen an, daß die beiden Söldner das obere Stockwerk stürmten.

Gleich hinter den Treppen ins Obergeschoß befanden sich auf jeder Seite ebenerdig zwei Türen. Shannon mußte sich anstrengen, um das Geschrei der verletzten Vindu-Soldaten und das Knattern der Schüsse oben zu übertönen; er befahl den vier Afrikanern, das Erdgeschoß zu besetzen. Daß sie auf alles zu schießen hatten, was sich bewegte, brauchte er nicht hinzuzufügen. Keuchend warteten sie nur auf sein Zeichen.

Ganz langsam und vorsichtig drang Shannon durch den Torbogen bis an die Schwelle des Innenhofs vor. Falls von seiten der Palastwache überhaupt noch Widerstand zu erwarten war, mußte er von dort kommen. Als er ins Freie trat, rannte von links laut schreiend eine Gestalt mit einem Gewehr in der Hand auf ihn zu. Vielleicht war es ein Vindu, der in heller Panik einen Ausbruchsversuch unternehmen wollte; jedenfalls hatte Shannon keine Zeit, Fragen zu stellen. Er wirbelte herum und schoß. Der Mann klappte in der Mitte zusammen wie ein Taschenmesser und spuckte aus seinen Lippen rötlichen Blutschaum. Der gesamte Palast roch nach Blut und Angst, Schweiß und Tod. Über allem hing der Duft von Cordit. Die Schritte im Torbogen hinter sich ahnte Shannon mehr, als daß er sie hörte. Er fuhr herum. Aus einer der Seitentüren war ein Mann aufgetaucht. Dort hatte Johnny begonnen, das Erdgeschoß von überlebenden Vindus zu säubern. Was dann geschah, als der Mann unter dem Torbogen mitten auf den Steinplatten stand, hatte Shannon später nur noch als eine kaleidoskopartige Folge von Bildern vor Augen. Der Mann erblickte Shannon im selben Augenblick, in dem dieser ihn sah. Aus der Hüfte feuerte er einen Schuß auf ihn ab.

Shannon spürte den leisen Luftzug der Kugel, als sie an seiner linken Backe vorbeizischte. Eine halbe Sekunde später drückte er ab, doch der Mann war sehr beweglich. Nach seinem Schuß ging er zu Boden, vollführte eine Rolle und kam ein zweites Mal schußbereit hoch. Die fünf Kugeln aus Shannons Schmeisser gingen über den Kopf des Mannes hinweg, dann war das Magazin leer. Bevor ihn der Mann unter dem Torbogen noch einmal anvisieren konnte, ging Shannon blitzschnell hinter einer steinernen Säule in Deckung. Er warf das alte Magazin aus und setzte ein neues ein. Dann sprang er feuernd ins Freie. Der Mann war verschwunden.

Erst jetzt wurde ihm voll bewußt, daß sein Gegner, nackt bis zur Hüfte und barfuß, kein Afrikaner gewesen war. Selbst im düsteren Licht unter dem Torbogen hatte sein Oberkörper hell geschimmert. Sein Haar war dunkel und glatt.

Fluchend rannte Shannon zurück zu dem immer noch glimmenden Haupttor. Er kam zu spät.

Während der Schütze aus dem zerstörten Palast floh, kam Marc Vlaminck gerade auf die Toreinfahrt zu. Er hielt das Rohr seiner Bazooka mit beiden Händen an die Brust gedrückt und hatte seine letzte Rakete vorn eingesetzt. Der Gegner blieb nicht einmal stehen. Im Laufen jagte er die beiden letzten Patronen aus seinem Magazin. Die leergeschossene Waffe fanden sie später im hohen Gras. Es war eine Neun-Millimeter-Makarow.

Der Belgier wurde von beiden Kugeln in die Brust getroffen. Eine davon durchschlug seine Lungen. Dann war der andere schon an ihm vorbei und versuchte, sich außerhalb des Lichtkreises der Magnesiumfackeln, die Dupree immer noch hochjagte, in Sicherheit zu bringen. Vor Shannons Augen drehte sich Vlaminck im Zeitlupentempo zu dem Fliehenden um, hob seine Bazooka, stemmte sie bedächtig gegen die rechte Schulter, zielte sorgfältig und schoß.

Daß ein Sprengkörper von der Größe der Raketen für die jugoslawische RPG-7 einen Mann ins Kreuz trifft, bekommt man aus der Nähe nicht oft zu sehen. Später fanden sie nur noch ein kleines Stückchen Stoff von seiner Hose.

Shannon mußte sich noch einmal flach hinwerfen, damit ihn die Flammenzunge vom letzten Schuß des Belgiers nicht erfaßte. Er lag noch acht Meter entfernt am Boden, als Marc seine Waffe fallenließ und mit ausgebreiteten Armen vor dem Tor auf den harten Boden kippte.

Da erlosch die letzte Leuchtrakete.

Janni Dupree richtete sich auf, nachdem er seine zehnte Magnesiumfackel abgeschossen hatte.

»Sunday!« rief er. Er mußte dreimal schreien, bevor ihn der Afrikaner auf eine Entfernung von zehn Metern verstand. Das Donnern der Abschüsse, das Brüllen des Nebelhorns hatte alle drei Männer halb taub gemacht. Er befahl Sunday, zur Bewachung der Granatwerfer und des Bootes zurückzubleiben, und winkte Timothy zu sich heran. Im Laufschritt rannten die beiden durch das kniehohe Gestrüpp auf dem Kamm der langgestreckten Mole landeinwärts. Dupree hatte zwar mehr Sprengstoff verschossen als die anderen vier Söldner zusammengenommen, aber er sah nicht ein, warum er von dem Kampf ausgeschlossen sein sollte.

Außerdem hatte er noch eine Aufgabe zu erfüllen: die Soldaten in den Militärbaracken. Von Shannons Karten her wußte er ungefähr, wo die Unterkünfte lagen. Die beiden brauchten zehn Minuten bis zur Straße, die quer über die Halbinsel verlief, und bogen nicht nach rechts zum Palast ab, sondern nach links in Richtung auf die Baracken. Im Schrittempo arbeiteten sich Janni und Timothy links und rechts neben der geteerten Straße vor. Die Maschinenpistolen hielten sie schußbereit unter dem Arm, darauf gefaßt, im nächsten Augenblick kämpfen zu müssen.

Gleich hinter der ersten Straßenbiegung stießen sie auf die Gegner. Vor zwanzig Minuten waren Timothys erste Granaten zwischen den Baracken eingeschlagen und hatten die zweihundert Mann von Kimbas Armee in blinder Panik in die Nacht hinausgetrieben. Aber etwa ein Dutzend von ihnen hatte sich im Dunkel neu formiert. Sie standen nun am Straßenrand und unterhielten sich flüsternd. Dupree und Timothy hätten sie viel früher gehört, wenn sie nicht von dem Bombardement so taub gewesen wären. Aber nun stolperten sie beinahe in den Soldatentrupp hinein, bevor sie die Schatten unter den Palmen wahrnahmen. Zehn der Männer waren nackt, weil der Feuerüberfall sie im Schlaf überrascht hatte. Die anderen beiden, die gerade Wache gehabt hatten, waren uniformiert und bewaffnet.

Durch den sintflutartigen Regen in der vorangegangenen Nacht war der Boden so weich, daß die meisten von Timothys zwölf Granaten sich tief eingewühlt und nicht ihre volle Wirkung entfaltet hatten. Die Vindu-Soldaten, die hinter der Wegbiegung lauerten, waren noch einigermaßen bei Sinnen. Einer von ihnen hatte eine Handgranate mitgenommen. Eine plötzliche Bewegung lief durch die Gruppe, als sie Duprees Gesicht weiß schimmern sahen. Der Schweiß hatte die dunkle Farbe längst abgewaschen. Durch diese Bewegung wurde der Südafrikaner aufmerksam. Er schrie: »Feuer!« und begann sofort zu schießen. Vier der Vindus gingen unter den Kugeln aus der Schmeisser zu Boden. Die übrigen acht wandten sich zur Flucht. Bevor sie die Bäume erreichten, brachte Dupree noch zwei weitere zu Fall. Im Lauf drehte sich einer von ihnen um und schleuderte das Ding, das er in der Halt hielt. Er hatte keine Ahnung, wie man mit einer Handgranate umging. Aber er hatte immer gehofft, eines Tages so ein gefährliches Ding werfen zu dürfen.

Die Handgranate flog steil in die Luft und verschwand aus dem Blickfeld. Als sie wieder herunterkam, traf sie Timothy voll gegen die Brust. Der erfahrene afrikanische Soldat hielt in einer instinktiven Reaktion das Ding fest, das ihn getroffen hatte, während er hinten überkippte, dann saß er auf dem Boden und erkannte, daß es sich um eine Handgranate handelte.

Und er sah außerdem, daß der Idiot, der sie geworfen hatte, dabei den Abzug vergessen hatte. Timothy hatte schon einmal beobachtet, wie ein Söldner eine geworfene Handgranate auffing. Sie war dem Gegner postwendend zurückgeschickt worden. Nun stand Timothy auf, riß den Ring aus der Handgranate und schleuderte sie mit aller Kraft hinter den flüchtenden Vindu-Soldaten her.

Ein zweites Mal segelte sie hoch durch die Lüfte, aber diesmal traf sie einen Baum. Es gab einen dumpfen Aufprall, und die Granate fiel weit vor dem Ziel zu Boden. Im gleichen Augenblick nahm Janni Dupree, der ein neues Magazin in seine Waffe geschoben hatte, die Verfolgung auf. Timothy schrie ihm eine Warnung zu, aber Dupree hielt sie für einen Schrei der Begeisterung. Ständig aus der Hüfte feuernd, rannte er acht Schritte auf die Bäume zu und war zwei Meter von der Handgranate entfernt, als sie explodierte.

An dieser Stelle setzte seine Erinnerung aus. Er registrierte noch den grellen Feuerblitz, den Krach, das Gefühl, wie eine Stoffpuppe durch die Luft geschleudert zu werden. Dann wurde er ohnmächtig. Als er wieder zu sich kam, lag er ausgestreckt auf der Teerstraße und merkte, daß jemand neben ihm kniete und seinen Kopf festhielt. Von seinem Hals ging ein Gefühl der Wärme aus, wie damals, als er als kleiner Junge einmal hohes Fieber hatte – ein angenehmes, wohliges Gefühl des Zustandes zwischen Schlafen und Wachen. Er hörte, wie eine Stimme immer wieder auf ihn einredete, aber er verstand die Worte nicht: »Tut mir leid, Janni, es tut mir so sehr leid, es tut mir leid...«

Er verstand noch seinen Namen, sonst nichts. Es war eine andere Sprache, fremdartig und fern. Er richtete den Blick auf die Gestalt, die seinen Kopf festhielt, und machte in der Dunkelheit unter den Bäumen ein schwarzes Gesicht aus. Da lächelte er und sagte ganz deutlich auf Afrikaans: »Hallo, Pieter.«

Er starrte hinauf durch eine Lücke zwischen den Palmwedeln, als endlich die Wolken abzogen und der Mond auftauchte. Er sah riesengroß aus, wie immer über der afrikanischen Erde, leuchtend weiß und schimmernd. Aus der fruchtbaren Erde neben der Straße roch es nach Regen, und über allem hing der Mond wie eine gewaltige, schimmernde Perle – wie der Perlenfelsen nach einem Regen. Es ist schön, wieder zu Hause zu sein, dachte er. Janni Dupree war sehr still und zufrieden, als er die Augen schloß und starb.

Um halb sechs kroch die erste silbergraue Morgendämmerung vom Horizont herauf. Die Männer im Palast konnten ihre Lampen ausschalten. Bei Tage sah die Szene auf dem Innenhof auch nicht erfreulicher aus. Aber der Auftrag war erledigt.

Sie hatten Vlamincks Leiche hereingetragen und sie in einem Zimmer, im Erdgeschoß aufgebahrt. Neben ihm lag Janni Dupree, den drei der Afrikaner von der Uferstraße herbeigetragen hatten. Auch Johnny war tot. Offenbar hatte ihn der weiße Leibwächter, der nur Sekunden später von Vlamincks letzter Bazooka-Rakete zerrissen worden war, überrascht und niedergeschossen. Die drei Toten lagen nebeneinander.

Semmler hatte Shannon in das Schlafzimmer in den ersten Stock heraufgerufen und ihm im Licht seiner Taschenlampe den Mann gezeigt, den er niedergeschossen hatte, als er gerade aus dem Fenster fliehen wollte. »Das ist er«, sagte Shannon.

Unter der Dienerschaft des toten Präsidenten gab es sechs Überlebende. Sie waren in einem der Kellerräume gefunden worden. Shannon befahl ihnen, mit dem Aufräumen zu beginnen.

Jeder einzelne Raum im Hauptteil des Palastes wurde durchsucht, die Leichen aller Freunde Kimbas und seiner Diener, die überall in den Zimmern herumlagen, in den Hof hinuntergetragen und dort nebeneinandergelegt. Da sich das Tor nicht mehr reparieren ließ, hatte man einen großen Vorhang aus einem der Empfangsräume vor die Einfahrt gehängt, damit niemand hineinsehen konnte.

Um fünf Uhr war Semmler mit einem der Schlauchboote zur *Toscana* zurückgefahren und hatte die beiden anderen Boote in Schlepp genommen. Vorher hatte er sich über sein Walkie-Talkie mit der *Toscana* in Verbindung gesetzt und die verschlüsselte Mitteilung durchgegeben, daß alles in Ordnung sei.

Um halb sieben kam er mit Dr. Okoye wieder zurück. Die drei Boote waren jetzt mit Vorräten, den übrigen Granaten, den achtzig verpackten Schmeisser-MPs und fast einer Tonne Neun-Millimeter-Munition beladen.

Gemäß einer schriftlichen Anweisung von Shannon an Kapitän Waldenberg hatte die *Toscana* um sechs begonnen, drei Worte auf der Frequenz durchzugeben, die Endean abhörte. Es waren die Worte: ›Paw-Paw‹, ›Cassava‹ und ›Mango‹. Sie bedeuteten: Operation planmäßig durchgeführt, Überfall erfolgreich beendet, Kimba tot.

Der afrikanische Doktor besichtigte das Schlachtfeld auf dem Innenhof des Palastes, seufzte und sagte: »Das ließ sich wahrscheinlich nicht vermeiden.«

»Nein, es war unvermeidbar«, versicherte ihm Shannon und bat ihn, nun die Aufgabe in Angriff zu nehmen, zu deren Erledigung er mitgekommen war.

Um neun Uhr hatte sich in der Stadt immer noch nichts geregt. Die Aufräumungsarbeiten waren fast beendet. Die Beisetzung der Vindu-Soldaten mußte auf später verschoben werden. Zwei der Schlauchboote waren zur *Toscana* zurückgekehrt, an Bord genommen und verstaut worden. Das dritte wurde in einer Flußmündung, nicht weit vom Hafen entfernt, versteckt. Alle Spuren der Granatwerfer-Batterie auf der Spitze der Hafenmole waren beseitigt, Rohre und Bodenplatten verstaut, Raketenwerfer und Packkisten ins Meer versenkt. Alles übrige hatte man in den Palast gebracht, der innen zwar sehr ramponiert war, aber nach außen hin nur durch ein paar zersplitterte Dachziegel, drei zerbrochene Fenster an der Vorderseite und das gesprengte Tor verriet, daß ein Überfall stattgefunden hatte.

Um zehn Uhr kamen Semmler und Langarotti zu Shannon in den großen Speisesaal. Dort beendete der Söldnerführer gerade sein Frühstück. Brot und Marmelade hatte er noch in der Küche des Präsidenten gefunden. Die beiden meldeten das Ergebnis ihrer Suchaktionen. Von Semmler erfuhr Shannon, daß die Radiostation bis auf ein paar Kugellöcher in der Wand unversehrt war und daß der Sender jederzeit benutzt werden konnte. Kimbas Privatkeller unter dem Gebäude hatte mehreren Geschoßgarben nicht standgehalten. Der Staatsschatz befand sich offenbar in einem Safe ganz unten im Keller, und an den Wänden entlang war das Arsenal der Republik aufgestapelt: ausreichend Waffen und Munition, um eine Armee von zwei- bis dreihundert Mann für einen mehrmonatigen Kampf zu versorgen.

»Was geschieht nun?« fragte Semmler, als er fertig war.

»Wir warten ab«, antwortete Shannon.

»Worauf warten wir?«

Shannon brach ein Streichholz ab und benutzte es als Zahnstocher. Er dachte an Janni Dupree und Tiny Marc, die unten in dem Zimmer lagen, und an Johnny, der nun keine Ziege mehr für sein Abendessen organisieren würde. Langarotti wetzte bedächtig sein Messer an dem Ledergurt, den er um die linke Faust trug.

»Wir warten auf die neue Regierung«, sagte Shannon.

Der amerikanische Eintonner mit Simon Endean traf kurz nach dreizehn Uhr ein. Am Steuer saß ein anderer Europäer. Endean hielt ein großkalibriges Jagdgewehr zwischen den Knien.

Shannon hörte schon das Brummen des Motors, als der Lastwagen von der Uferstraße abbog und langsam bis vor den Eingang zum Palast rollte. Dort hing vor dem klaffenden Loch an Stelle des hölzernen Tors der Teppich bewegungslos in der feuchten Luft.

Von seinem Fenster aus beobachtete Shannon, wie Endean voller Mißtrauen ausstieg, den Teppich und die Kampfspuren an der Fassade des Palastes betrachtete und dann die acht schwarzen Soldaten musterte, die stramm vor dem Tor standen.

Endeans Reise war nicht ganz ohne Zwischenfälle verlaufen. Nach dem Empfang des Funkspruchs von der *Toscana* an diesem Morgen hatte Endean zwei Stunden gebraucht, um Oberst Bobi dazu zu überreden, so kurz nach dem erfolgreichen Staatsstreich in seine Heimat zurückzukehren. Persönlicher Mut war offenbar nicht die Eigenschaft, die ihm zu seinem hohen Rang verholfen hatte.

Endean selbst mangelte es nicht an Courage, er hatte allerdings auch ein starkes Motiv; den Geldsegen, der ihn erwartete, sobald das Platin im Kristallberg in zwei bis drei Monaten ›zufällig entdeckt‹ wurde.

Um neun Uhr dreißig waren sie aus der Hauptstadt der Nachbarrepublik aufgebrochen und hatten sich auf die einhundertachtzig Kilometer lange Fahrt nach Clarence gemacht. In Europa braucht man für eine solche Strecke vielleicht zwei Stunden; in Afrika viel länger. Im Laufe des Vormittags erreichten sie die Grenze und mußten nach mühsamen Verhandlungen die Vindu-Soldaten bestechen, die von dem nächtlichen Handstreich in der Hauptstadt noch nichts erfahren hatten. Oberst Bobi versteckte sich unter einer sehr großen und dunklen Sonnenbrille und trug ein flatterndes weißes Gewand, das wie ein Nachthemd aussah; er gab sich als persönlicher Diener des Europäers aus und brauchte als solcher in Afrika für einen Grenzübertritt nirgendwo Papiere. Endeans Paß war in Ordnung, ebenso der Ausweis seines Begleiters, eines stämmigen Gorillas aus Londons Eastend, der Endean als einer der gefürchtetsten Schläger von Whitechapel und als früherer Killer der Kray-Bande empfohlen worden war. Ernie Locke bekam ein hübsches Sümmchen dafür, daß er Endean gesund und wohlbehalten ablieferte. Unter seinem Hemd trug er eine Pistole, die er über das örtliche ManCon-Büro in der Nachbarrepublik erstanden hatte. Das viele Geld verleitete ihn ebenso wie Endean zu der irrigen Annahme, daß ein harter Bursche vom Eastend sich automatisch auch in Afrika leicht durchsetzen müßte.

Nach dem schwierigen Grenzübertritt war der Lastwagen gut vorangekommen, bis fünfzehn Kilometer vor Clarence ein Reifen platzte. Endean hielt mit seinem Gewehr Wache, während Locke den Reifen wechselte und Bobi sich auf der Ladefläche unter einer Zeltbahn versteckte. Von hier an wurde es schwierig. Eine Handvoll Vindu-Soldaten, die sich auf der Flucht aus Clarence befanden, entdeckten den Lastwagen und gaben ein paar Schüsse ab. Alle Kugeln bis auf eine gingen daneben. Diese traf ausgerechnet den Reifen, den Locke gerade gewechselt hatte. So mußte die Reise mit einem platten Reifen im ersten Gang beendet werden.

Shannon beugte sich aus dem Fenster und rief: »Harris!« Endean hob den Kopf.

»Alles okay?« rief er zurück.

»Klar«, sagte Shannon. »Aber machen Sie sich unsichtbar. Noch scheint sich nichts zu rühren, aber bestimmt beginnen bald ein paar Leute herumzuschnüffeln.«

Endean führte Oberst Bobi und Locke hinter den Teppichvorhang. Sie stiegen zum ersten Stock hinauf, wo sie von Shannon erwartet wurden. Nachdem sie im Speisesaal des Präsidenten Platz genommen hatten, bat Endean um einen ausführlichen Bericht über den nächtlichen Kampf. Shannon erzählte kurz und knapp, was geschehen war.

»Und Kimbas Palastwache?« fragte Endean.

An Stelle einer Antwort führte ihn Shannon zum rückwärtigen Fenster, dessen stählerne Jalousien geschlossen waren. Er stieß einen Fensterflügel auf und zeigte hinunter auf den Innenhof, über dem in Schwärmen die Fliegen schwirrten. Endean zuckte zurück.

»Alle?« fragte er.

»Alle«, antwortete Shannon. »Bis zum letzten Mann.«

»Und die Armee?«

»Zwanzig Mann gefallen, die übrigen versprengt. Bis auf ein rundes Dutzend alter Mauser-Karabiner wurden sämtliche Waffen zurückgelassen. Wir haben sie eingesammelt und in Sicherheit gebracht. Von dieser Seite her gibt es keinerlei Probleme.«

»Was ist mit dem Arsenal des Präsidenten?«

»Es liegt unten im Keller und wird von unseren Leuten bewacht.«

»Und die Radiostation?«

»Unten im Erdgeschoß. Alles intakt. Um die Stromversorgung haben wir uns noch nicht gekümmert, aber der Sender scheint einen eigenen Dieselgenerator zu haben.«

Endean nickte zufrieden.

»Dann bleibt wohl nichts weiter zu tun, als daß der neue Präsident den erfolgreichen Staatsstreich der vergangenen Nacht, die Bildung einer neuen Regierung und die Übernahme der Macht bekanntgibt«, sagte er.

»Wie steht es mit der Sicherheit?« fragte Shannon. »Vorläufig ist die Armee restlos zerschlagen, aber falls sich die versprengten Vindu-Soldaten sammeln, werden vielleicht nicht alle unter dem neuen Mann dienen wollen.«

Endean grinste.

»Sie werden zurückkommen, sobald sich die Machtübernahme herumspricht. Und sie werden ihm gehorchen, wenn sie erfahren, wer der Chef ist. Bis dahin dürfte die Einheit genügen, die Sie mitgebracht haben. Es sind schließlich Schwarze dabei, und den hiesigen europäischen Diplomaten wird der Unterschied zwischen einem Schwarzen und einem anderen kaum auffallen.«

»Fällt Ihnen der Unterschied auf?« fragte Shannon.

Endean zuckte die Achseln.

»Nein«, gestand er, »aber das spielt keine Rolle. Übrigens möchte ich Ihnen den neuen Präsidenten der Republik Zangaro vorstellen.« Er deutete auf den Oberst, der sich mit breitem Grinsen in dem vertrauten Raum umgesehen hatte.

»Der einstige Befehlshaber der Armee von Zangaro, für die Welt draußen der Sieger des nächtlichen Handstreichs – der neue Präsident von Zangaro, Oberst Antoine Bobi.«

Shannon stand auf und verbeugte sich vor dem Oberst. Bobis Grinsen wurde noch um eine Spur breiter. Shannon deutete auf die Tür an der Schmalseite des Speisesaals.

»Vielleicht möchte der Herr Präsident seine Amtsräume besichtigen?« sagte er.

Bobi nickte und marschierte über den Fliesenboden auf die Tür zu. Shannon folgte ihm und schloß die Tür hinter sich. Fünf Sekunden später krachte ein einzelner Schuß.

Shannon kam zurück. Endean saß eine ganze Weile regungslos da und starrte ihn an.

»Was war das?« fragte er überflüssigerweise.

»Ein Schuß«, antwortete Shannon.

Endean sprang auf und rannte durch den Saal zur offenen Tür des Arbeitszimmers. Er blieb stehen, drehte sich aschfahl um und brachte kaum ein Wort über die Lippen.

»Sie – haben ihn erschossen«, flüsterte er. »All das Blutvergießen, und nun haben Sie ihn erschossen. Sie sind verrückt geworden, Shannon. Vollkommen verrückt!«

Seine Stimme wurde schrill vor Wut und Fassungslosigkeit.

»Sie wissen ja gar nicht, was Sie da angerichtet haben, Sie verdammter Bluthund, Sie Vollidiot, Sie hirnloser Söldner...«

Shannon nahm in dem Lehnstuhl Platz und betrachtete Endean ohne sonderliches Interesse. Nur der Eßtisch trennte sie. Aus den Augenwinkeln bemerkte er, wie der Leibwächter seine Hand unter das lose Flanellhemd schob.

Der zweite Schuß krachte Endean noch lauter in den Ohren, weil die Entfernung viel geringer war. Ernie Locke wurde von seinem Stuhl hochgerissen und überschlug sich rückwärts. Ausgestreckt blieb er auf dem Boden liegen. Das kostbare Fliesenmuster überzog sich mit einer roten Lache. Ernie war auf der Stelle tot. Die Kugel war in seinen Bauch eingedrungen und hatte ihm das Rückgrat zerschmettert.

Shannon zog die Hand unter der dicken Eichenplatte hervor und legte die Neun-Millimeter-Makarov auf den Tisch. Aus dem Lauf der Waffe kräuselte ein bläulicher Rauchfaden.

Endean sackte kraftlos in sich zusammen. Er hatte nicht nur das Vermögen eingebüßt, das ihm Sir James Manson für Bobis Einsetzung in das Präsidentenamt versprochen hatte – ihm war darüber hinaus in dieser Sekunde klargeworden, daß ihm noch nie in seinem Leben ein so gefährlicher Mann begegnet war wie dieser Shannon. Nur kam die Erkenntnis reichlich spät.

Semmler erschien in der Tür des Arbeitsraumes hinter Endean, und vom Flur her stahl sich lautlos Langarotti herein. Beide hielten entsicherte Schmeisser-MPs in den Fäusten, die Mündungen fest auf Endean gerichtet.

Shannon stand auf.

»Kommen Sie«, sagte er. »Ich fahre Sie zur Grenze zurück. Von dort aus können Sie laufen.«

Der einzige noch unversehrte Reifen der beiden Militärfahrzeuge, die auf dem Hof gestanden hatten, war inzwischen an Endeans Lastwagen montiert worden. Die Zeltbahn hinter dem Führerhaus hatte man entfernt. Drei afrikanische Soldaten hockten, mit Maschinenpistolen bewaffnet, auf der Ladefläche. Weitere zwanzig Mann, voll uniformiert und bewaffnet, traten vor dem Palast in einer Reihe an.

Auf dem Flur in der Nähe des zerschossenen Tors begegneten sie einem älteren Afrikaner in Zivil. Shannon nickte ihm zu, und sie wechselten ein paar Worte.

»Alles in Ordnung, Doktor?«

»Bis jetzt schon. Ich habe mit meinen Leuten abgesprochen, daß sie hundert Freiwillige zum Aufräumen herschicken. Weitere fünfzig Soldaten werden heute nachmittag erwartet, um eingekleidet und ausgerüstet zu werden. Sieben der Würdenträger auf unserer Liste konnten wir in ihren Wohnungen erreichen, sie haben sich bereit erklärt, wieder dem Staat zu dienen. Und heute abend treffen sie zu einer ersten Besprechung zusammen.«

»Gut. Vielleicht sollten Sie sich jetzt um den Wortlaut der ersten offiziellen Botschaft der neuen Regierung kümmern. Sie müßte so rasch wie möglich gesendet werden. Mr. Semmler soll versuchen, den Sender in Gang zu bringen. Sollte es nicht möglich sein, verwenden wir dafür den Sender des Schiffes. Sonst noch etwas?«

»Ja, eine Kleinigkeit«, antwortete Dr. Okoye. »Mr. Semmler berichtet mir, daß es sich bei dem Schiff, das draußen vor der Küste liegt, um den russischen Frachter *Komarov* handelt. Er hat wiederholt um Erlaubnis gebeten, in den Hafen einlaufen zu dürfen.«

Shannon überlegte. Dann sagte er:

»Mr. Semmler soll an die *Komarov* funken: ›Ersuchen endgültig abgelehnt!‹«

Sie verabschiedeten sich. Shannon führte Endean zu seinem Lastwagen zurück. Er übernahm selbst das Steuer und erreichte bald die Straße, die durch das Hinterland Zangaros zur Grenze führte.

»Wer war das?« fragte Endean mürrisch, während der Wagen über die Halbinsel rollte.

»Das war Dr. Okoye.«

»Vermutlich so ein Stammeszauberer.«

»Nein, er hat seinen Doktor in Oxford gemacht.«

»Ein Freund von Ihnen?«

»Ja.«

Dann brach die Unterhaltung ab, bis sie die nach Norden führende Hauptstraße erreicht hatten.

»Also gut«, sagte Endean. » *Was* Sie getan haben, weiß ich. Sie haben einen der größten und lukrativsten Coups durchkreuzt, der jemals geplant wurde. Aber das können Sie natürlich nicht wissen. Dafür sind Sie zu vernagelt. Nur hätte ich gern gewußt, *warum* Sie das getan haben. Warum, um Himmels willen?«

Shannon dachte eine Weile nach, während er geschickt den Schlaglöchern auswich.

»Sie haben zwei Fehler begangen, Endean«, sagte er. Endean zuckte zusammen, als er aus Shannons Mund seinen richtigen Namen hörte.

»Sie haben mich von vornherein für dumm gehalten, nur weil ich Söldner bin. Anscheinend ist Ihnen nicht aufgegangen, daß wir beide Söldner sind – und auch Ihr Sir James Manson und alle Leute, die auf dieser Welt Macht ausüben. Der zweite Fehler bestand in Ihrer Annahme, daß alle Schwarzen gleich seien, nur weil Sie keinen Unterschied erkennen können.«

»Was soll das heißen?«

»Sie haben über Zangaro sehr eingehende Erkundigungen eingeholt. Sie sind dabei sogar auf die Zehntausende von Einwanderern gestoßen, die durch ihre Arbeit die Republik praktisch am Leben erhielten. Aber niemals ist Ihnen der Gedanke gekommen, daß diese Arbeiter eine selbständige Gemeinschaft bilden. Sie sind ein dritter Stamm im Land, sie sind die intelligentesten und fleißigsten Arbeiter. Wenn man ihnen nur eine kleine Chance einräumt, können sie durchaus auch eine Rolle im politischen Leben des Landes spielen. Schlimmer noch: Sie haben nicht daran gedacht, daß man die neue Armee und damit die neue Macht im Lande aus den Reihen dieses dritten Stammes rekrutieren könnte. Genau das ist bereits geschehen. Die Soldaten, die Sie gesehen haben, gehörten weder den Caja noch den Vindus an. Fünfzig Mann, fertig eingekleidet und bewaffnet, haben Sie im Palast schon gesehen. Bis heute abend werden weitere fünfzig da sein. In fünf Tagen wird es in Clarence mehr als vierhundert neue Soldaten geben, natürlich noch nicht ausgebildet, aber allein durch ihr Vorhandensein werden sie Gesetz und Ordnung aufrechterhalten. Von nun an stellen sie die eigentliche Macht in diesem Lande dar. In der vergangenen Nacht wurde ein Staatsstreich ausgeführt, das stimmt – aber nicht für Oberst Bobi!«

»Für wen dann?«

»Für den General.«

»Welchen General?«

Shannon nannte ihm den Namen. Endean starrte ihn an. Vor Entsetzen war ihm der Mund offen stehengeblieben.

»Doch nicht *der!* Er wurde geschlagen und verbannt!«

»Ja – vorübergehend. Aber nicht für immer. Die in Zangaro eingewanderten Arbeiter gehören zu seinem Volk. Man nennt sie die Juden Afrikas. Sie zählen eineinhalb Millionen, über den ganzen Kontinent verstreut. In vielen Gegenden sind sie es, die den Hauptteil der Arbeit verrichten, die am bildungsfähigsten sind. Hier in Zangaro leben sie in der Budenstadt hinter Clarence.«

»Dieser verfluchte Schweinehund von einem Idealisten…«

»Vorsicht!« warnte Shannon.

»Warum?«

Shannon deutete mit einer Kopfbewegung über die Schulter.

»Auch das sind Soldaten des Generals.«

Endean drehte sich um und musterte die drei ausdruckslosen schwarzen Gesichter über den Läufen der Schmeisser-MPs.

»Soviel Englisch verstehen sie doch wohl nicht, wie?«

Shannon antwortete leise: »Der mittlere von ihnen war früher Chemiker. Dann wurde er Soldat, weil ein Saladin-Panzer seine Frau und seine vier Kinder umbrachte. Wie Sie wissen, werden diese Panzerfahrzeuge von Alvis in Coventry hergestellt. Er mag die Leute nicht, die dafür verantwortlich sind.«

Einige Meilen weit schwieg Endean.

»Wie geht es nun weiter?« fragte er dann.

»Das Komitee für Nationale Einigung übernimmt die Macht«, antwortete Shannon. »Vier Mitglieder der Vindu, vier von den Caja, zwei Vertreter der Einwanderer. Aber die Armee wird sich aus solchen Männern zusammensetzen, wie sie jetzt hinter Ihnen sitzen. Dieses Land wird ihnen als Stützpunkt, als Hauptquartier, dienen. Vor hier aus werden eines Tages gutausgebildete Soldaten aufbrechen, um das Unrecht zu rächen, das man ihnen angetan hat. Vielleicht wird der General hier seinen Wohnsitz aufschlagen und die Republik regieren.«

»Und Sie glauben, das klappt alles?«

»Sie haben doch sogar geglaubt, es klappt mit Ihrem Halbaffen von Bobi, den Sie zum neuen Präsidenten machen wollten. Im übrigen: die neue Regierung wird durchaus fair sein. Und die Bodenschätze, hinter denen Sie her waren? Zufällig weiß ich, daß es sich um Platin handelt. Im Kristallberg liegt ein Vermögen. Zweifellos wird die neue Regierung irgendwann diese Rohstoffe finden. Und zweifellos wird man das Platinvorkommen ausbeuten. Aber wenn Sie die Rechte haben wollen, werden Sie dafür bezahlen müssen – einen fairen, marktgerechten Preis. Sagen Sie das Sir James, wenn Sie wieder zu Hause sind.«

Hinter der nächsten Wegbiegung tauchte der Grenzposten auf. In Afrika verbreitet sich eine Neuigkeit, auch ohne Telefone, sehr schnell. Die Vindu-Soldaten waren von der Grenzstation verschwunden.

Shannon hielt an und deutete geradeaus.

»Von hier aus gehen Sie zu Fuß«, befahl er.

Endean kletterte aus der Kabine. Er sah mit seinem Blick voll unverhohlenen Hasses zu Shannon hinauf.

»Das Warum haben Sie mir noch immer nicht erklärt«, sagte er. »Sie haben über das Was und Wie gesprochen, aber nicht über den eigentlichen Grund.«

Shannon blickte die Straße entlang.

»Fast zwei Jahre lang habe ich zugesehen, wie zwischen fünfhunderttausend und einer Million kleiner Kinder verhungern mußten, weil es Leute wie Sie und Manson gibt«, sagte er nachdenklich. »Im Grunde genommen ging es immer nur darum, daß Sie und Ihresgleichen durch eine bösartige, völlige korrupte Diktatur noch mehr Geld verdienen konnten. Alles geschah im Namen des Gesetzes – alles war legal und verfassungsmäßig gedeckt. Vielleicht bin ich ein Kämpfer, vielleicht auch ein Killer, aber ich bin kein blutrünstiger Sadist. Ich bin dahintergekommen, wie und warum das alles geschieht und wer in Wirklichkeit dahintersteckt. Als Aushängeschild dienen immer ein paar Politiker und Diplomaten, aber sie sind nichts weiter als ein Käfig voller arroganter Affen. Über die Grenzen ihrer Abteilung und über das Datum der nächsten Wahl denken sie nicht hinaus. Hinter ihnen stehen unsichtbare Profitgeier wie Ihr werter James Manson. Deshalb habe ich es getan. Sagen Sie es Sir James, wenn Sie ihn wieder treffen. Ich möchte, daß er es weiß. Sagen Sie es ihm – mit einem schönen Gruß von mir. Und jetzt hauen Sie ab!«

Nach etwa zehn Schritten drehte sich Endean noch einmal um.

»Wagen Sie sich nie mehr nach London!« rief er. »Mit Leuten wie Ihnen, Shannon, werden wir dort schon fertig!«

»London? Bestimmt nicht!« rief Shannon zurück. Leise fügte er hinzu: »Das habe ich Gott sei Dank nicht mehr nötig.«

Dann wendete er den Lastwagen und fuhr nach Clarence zurück.

Die neue Regierung wurde ordnungsgemäß gebildet. Nach letzten Berichten ist das Regime gut und menschlich. In den europäischen Tageszeitungen wurde der Staatsstreich kaum erwähnt. Nur *Le Monde* berichtete in einem kurzen Absatz, rebellierende Einheiten der Armee von Zangaro hätten den Präsidenten am Vorabend des Unabhängigkeitstages gestürzt und bis zu den angekündigten allgemeinen Wahlen werde die Republik von einem Staatsrat regiert.

Etwas war in dem Zeitungsbericht nicht zu lesen: daß einer Gruppe sowjetischer Geologen die Landung und Einreise verweigert worden sei; zu gegebener Zeit würden weitere Maßnahmen zur Erkundung des fraglichen Gebietes in Aussicht genommen.

Janni Dupree und Marc Vlaminck wurden an der Landspitze begraben, wo der Seewind in den Palmen raschelt. Auf Shannons Wunsch blieben die Gräber namenlos. Johnnys Leiche wurde zu seinem Volk übergeführt, das ihn nach eigenem Ritus betrauerte und beisetzte.

Simon Endean und Sir James Manson schwiegen über ihre Beteiligung an der Affäre. Was hätten sie auch in der Öffentlichkeit dazu sagen sollen?

Shannon schenkte Jean Baptiste Langarotti die restlichen fünftausend Pfund aus dem Operationsetat, die noch in seinem Gürtel steckten. Damit kehrte der Korse nach Europa zurück. Wie man hört, fuhr er bald darauf nach Burundi, um die Hutu-Partisanen auszubilden, die gegen Micomberos Tutsi-Diktatur rebellierten.

Beim Abschied an der Küste hatte er zu Shannon gesagt: »Eigentlich geht es mir gar nicht um das Geld. Das war mir nie so wichtig.«

Shannon schrieb unter dem Namen Keith Brown einen Brief an Signor Ponti in Genua und wies ihn an, seine Inhaberaktien der Reederei des Motorschiffes *Toscana* zu gleichen Teilen auf Kapitän Waldenberg und Kurt Semmler zu übertragen. Ein Jahr später verkaufte Semmler seinen Anteil an Waldenberg. Der Kapitän nahm eine Hypothek auf das Schiff auf, um seinen Partner auszahlen zu können.

Semmler zog wieder in den Krieg. Er starb im südlichen Sudan, als er zusammen mit Ron Gregory und Rip Kirby eine Mine legte, um ein sudanesisches Panzerfahrzeug vom Typ Saladin in die Luft zu jagen. Die Mine ging hoch, tötete Kirby auf der Stelle und verletzte Semmler und Gregory schwer. Gregory konnte mit Hilfe der britischen Botschaft in Äthiopien heimkehren, aber Semmler starb im afrikanischen Busch.

Shannons letzte Tat bestand darin, daß er über Langarotti einige Briefe an seine Schweizer Bank schickte. Er ordnete darin eine Überweisung in Höhe von fünftausend Pfund an die Eltern von Janni Dupree in Paarl in der Kap-Provinz an; dieselbe Summe sollte an eine Frau namens Anna ausgezahlt werden, die in der Kleinstraat im Dirnenviertel von Ostende eine Bar betrieb.

Shannon starb einen Monat nach dem Handstreich genauso, wie er es einmal zu Julie gesagt hatte: Mit einer Waffe in der Faust und Blut im Mund und einer Kugel in der Brust. Nur stammte die Kugel aus seiner eigenen Waffe. Nicht der Kampf oder die Gefahren des Söldnerdaseins hatten ihn besiegt, sondern die kleinen weißen Stäbchen mit dem Filtermundstück. Das war es nämlich, was er in der Praxis des Pariser Arztes Dr. Dunois erfahren hatte: Höchstens noch ein Jahr, wenn er sich sehr schonte, knapp sechs Monate bei körperlicher Anstrengung, und der letzte Monat könnte sehr schlimm werden. Deshalb ging er, als ihm der Husten immer mehr zusetzte, mit seiner Pistole in der Hand und einem dicken Umschlag mit maschinenschriftlichen Aufzeichnungen in der Tasche allein in den Dschungel hinaus. Der Umschlag wurde einige Wochen danach einem Freund in London zugesandt.

Die Eingeborenen, die ihn hinausgehen sahen und die ihn später auch zurückbrachten, sagten aus, er hätte dabei gepfiffen. Den schlichten Bauern, die nichts kannten als ihre Yamwurzeln und ihre Cassava, bedeutete die Melodie natürlich nichts. Es war das alte, traurige Lied ›Spanish Harlem‹.